Anne Jacobs

Der Dorfladen

Anne Jacobs

Der Dorfladen

Roman

blanvalet

MIX
Papier | Fördert gute Waldnutzung
FSC® C014496

Penguin Random House Verlagsgruppe FSC® N001967

3. Auflage

Neumarkter Str. 28, 81673 München
Redaktion: Ulrike Strerath-Bolz
Umschlaggestaltung: www.buerosued.de
Umschlagmotiv: iStock.com/clu; © Stephen Mulcahey/Trevillion Images; www.buerosued.de
LH · Herstellung: sam
Satz: GGP Media GmbH, Pößneck
Druck und Bindung: GGP Media GmbH, Pößneck
Printed in Germany
ISBN: 978-3-7645-0843-2

www.blanvalet.de

Kapitel 1

Ende Oktober 1923

Es ist kurz nach sieben. Frieda zieht den Fenstervorhang beiseite und schaut in die morgendliche Dunkelheit hinaus. Drüben im Pfarrhaus brennt Licht, hinter dem Fenster liegt das Studierzimmer von Pfarrer Seybold. Rechts davon, im Hof Grossmann, sind sie noch im Stall zugange, auf den anderen Höfen ist das Vieh um diese Zeit längst gemolken und gefüttert. Die Lichter sind verzerrt, das bedeutet, dass Morgennebel über dem Dorf liegt. Frieda zieht das Nachthemd enger um den Körper und wünscht sich weit fort. Nach Eschnapur in Indien, wo goldgeschmückte Fürstinnen auf Elefanten reiten. Das hat sie im Kino gesehen. Oder wenigstens nach Frankfurt, wo das richtige Leben stattfindet.

Dingelbach ist schrecklich öde.

»Bist du immer noch nicht aus den Federn?«, schimpft hinter ihr die ältere Schwester Herta. »Willst du schon wieder zu spät zur Schule kommen?«

Sie meint nicht Frieda, sondern die dreizehnjährige Ida, deren rötlicher Haarschopf zwischen Kissen und Federbett vergraben ist. Ida ist das Nesthäkchen, sie ist aufsässig und altklug; sie tut nur, was sie will, von der braven Herta lässt sie sich nichts sagen. Als Herta ihr das Federbett wegziehen will, klammert sie sich daran fest und kreischt dann, weil Herta bei diesem Kräftemessen schließlich die Gewinnerin ist.

»Los, aufstehen! Wasch dich anständig. Frieda macht dir die Zöpfe.«

Herta zieht den Nachttopf unter dem Bett hervor und geht damit die Stiege herunter, um ihn draußen im Häuschen auszuleeren. Ida hockt immer noch in ihrem Bett, das lange Nachthemd über die angewinkelten Knie gezogen, die dicken Zöpfe sind mal wieder vollkommen verfilzt. Frieda wendet sich vom Fenster ab und zieht die Gardine wieder vor, dann gießt sie Waschwasser aus der Kanne in die Emailleschüssel.

»Du warst gestern an meinen Sachen!«, sagt sie ärgerlich zu Ida.

Ida antwortet nicht. Sie steigt umständlich aus dem Bett, tunkt den Waschlappen ein und wischt sich über ihr Gesicht. Das Wasser ist kalt, aber sie sind zu faul, hinunter in die Küche zu gehen, um sich eine Kanne warmes Wasser zu holen.

»Du hast Blätter aus meinem Heft gerissen!«

In der Schlafkammer gibt es drei Betten. Jedes Mädchen besitzt einen Nachttisch, darin verwahren sie ihre wenigen Besitztümer. Der Schrank wird gemeinschaftlich genutzt, daneben steht der Waschtisch mit der großen Emailleschüssel. Für weitere Möbelstücke ist es zu eng, es ist so schon schwierig, am Schrank vorbei zu Idas Bett zu gelangen, weil Schuhe, Schultasche, Socken und allerlei andere Dinge auf dem Fußboden herumliegen.

»Das war nur geliehen«, gibt Ida unwillig zu. »Mama muss mir heute neue Schreibhefte geben, dann kriegst du eins.«

Frieda ist trotzdem zornig. Ida ist eine diebische Elster, nichts ist vor ihr sicher.

»Papierschiffchen auf dem Bach schwimmen lassen«, sagt sie und rollt mit den Augen. »Für so'n Quatsch das teure Schreibpapier!«

Die Mädchen haben beide die Nachthemden abgestreift und waschen sich mit dem eingeseiften Lappen. Vor allem »untenherum«, das hat die Mutter ihnen so beigebracht. Da muss man sauber sein, das ist wichtiger, als das Gesicht zu waschen. Zuletzt sind die Füße dran, dann kippt Frieda das Waschwasser in den Eimer.

»Wir haben eine Regatta gemacht«, erklärt Ida mit wichtiger Miene. »Mein Schiff hat gewonnen.«

»Glückwunsch!«, versetzt Frieda böse. »Wegen dir kann ich mein Theaterstück nicht fertigschreiben!«

»Schreib es doch auf Klopapier!«

Frieda zeigt der kleinen Schwester einen Vogel, dann hakt sie den von der Mutter geerbten Büstenhalter zu, zieht Strumpfbandgürtel, Hemd und Unterhose an, darüber Bluse und Rock. Die langen Strümpfe sind aus Baumwolle, die kratzen nicht. Im Winter muss sie die wollenen anziehen, das ist eine Qual. In der Stadt tragen die Frauen seidene Strümpfe und feine Unterwäsche mit Spitze dran. Das hat sie mal in einem Schaufenster in Frankfurt gesehen. Hier in Dingelbach sind solche Dinge die pure Sünde.

»Zwei Schreibhefte will ich dafür haben!«, verkündet sie.

Ida macht nur spöttisch »Pfff« und tippt sich an die Stirn.

»Zwei Schreibhefte. Unbenutzt. Mit Linien!«, beharrt Frieda.

Sie fährt in die hölzernen Hausschuhe und greift sich im Hinausgehen noch rasch die graue Strickjacke. Die gehörte auch einmal der Mutter und ist an den Ärmeln geflickt, trotzdem ist sie schöner als die selbst gestrickten Jacken, weil Papa sie der Mutter einmal in einem Laden in Bad Homburg gekauft hat. Damals, vor dem Weltkrieg, als sie Geld hatten und der Vater noch bei ihnen war.

Die Stiege ist eng und dunkel, man muss aufpassen, dass man mit den hölzernen Schuhen nicht eine Stufe verfehlt oder abrutscht. Vor allem, wenn man den Nachttopf hinunterträgt. Unten in der Küche ist es angenehm warm, weil die Mutter den Herd angefeuert hat, es riecht nach Malzkaffee und den Brotscheiben, die auf der Herdplatte rösten. In einem Topf wärmt die Mutter Milch auf, das riecht weniger gut. Frieda hasst den Geruch von warmer Milch.

»Hast du ihr die Zöpfe geflochten?«, will Herta wissen.

»Noch nicht …«

Herta seufzt und steckt den Schlüssel in die Küchenuhr, um sie aufzuziehen. Den Tisch hat sie schon gedeckt, jetzt nimmt sie die Brotscheiben vom Herd und legt sie in ein Körbchen. Dann bringt sie der Mutter die Kanne für die warme Milch. Herta kann keine Minute dasitzen, ohne etwas zu tun, sie muss ständig beweisen, wie fleißig sie ist, und dann seufzen, dass sie den ganzen Tag noch nicht gesessen hat. Frieda trägt anstandshalber den Malzkaffee zum Tisch, und da es für sie weiter nichts zu tun gibt, lässt sie sich auf ihrem Schemel nieder. Draußen dämmert der Morgen, trotzdem kann man durch das Küchenfenster nicht einmal das Hühnerhaus im Garten sehen, weil es so nebelig ist.

Idas Holzschuhe poltern auf der Stiege, sie hat den Schulranzen in der Hand, ein Strumpf hängt über dem Knie, die Zöpfe sehen aus, als hätten die Mäuse daran geknabbert.

»Mama soll mich kämmen«, fordert sie. »Bei Frieda ziept es immer ganz schlimm.«

»Setz dich hin, Idchen«, sagt die Mutter und stellt ihr einen Becher Malzkaffee mit viel Milch zurecht. Während Ida das warme Getränk in sich hineinschüttet und Röstbrot mit Pflaumenlattwersch verdrückt, löst die Mutter die verfilzten Zöpfe und arbeitet vorsichtig mit dem Kamm. Ida hat das rotblonde Haar ihres Vaters geerbt, die Mutter und Herta sind dunkelblond, aber Friedas Haar ist schwarz und lockig. Dazu hat sie braune Augen, keine blauen wie fast alle Leute im Dorf. Darüber ist oft gespottet worden, Onkel Georg hat sogar gemeint, ob da vielleicht einmal ein Italiener oder ein Spanier auf der Durchreise gewesen wäre.

Onkel Georg ist Mutters Bruder, sein Hof liegt gleich neben dem Dorfladen.

Gerade hat sich Herta ein Brot mit Mus geschmiert, da bollert es an der Ladentür. Der Dorfladen wird zwar erst um acht geöffnet, aber wenn jemand etwas außer der Zeit haben will, sagt die Mutter niemals Nein.

»Ich geh schon«, verkündet Herta und legt das Brot wieder auf den Teller. Die Mutter nickt nur, weil sie Idas Zopfspangen zwischen den Lippen eingeklemmt hat. Sie kämpft noch immer mit Idas verwuscheltem Haarschopf. Drüben hört man die laute, herrische Stimme der Gertrud Schütz: Sie braucht Zimt, weil sie Birnenmus einkochen will, und jammert, dass das Obst auf der Schoppenwiese so viele faule Stellen hat. Zahlen tut sie nicht, weil der Otto Schütz, ihr Schwiegersohn, ja der Marthe Haller den Acker gepflügt hat. Marthe Haller – das ist Friedas Mutter.

Eine halbe Stunde später ist Ida mit fest geflochtenen Zöpfen und hochgezogenem Strumpf hinüber zum Schulhaus gelaufen, wo sie knapp nach dem Läuten der Schulglocke eintrifft. Herta hat im Garten die Hühner herausgelassen und die Eier eingesammelt, jetzt spült sie das Geschirr, während die Eier in einem Topf hartkochen. Das gibt Soleier, die kauft der Rabenwirt bei ihnen ein und verkauft sie seinen Gästen um das Doppelte.

Frieda muss der Mutter im Laden helfen, wo es um diese Zeit aber nicht viel zu tun gibt. Die Ladenscheibe hat Herta gestern erst geputzt, und ausgefegt wird am Abend. Frieda ist gern hier, weil sie stolz auf den Laden ist, den die Eltern so schön eingerichtet haben. Der Vater hat seinerzeit aus dem Eingangsflur und den beiden Zimmern einen großen Raum gemacht, der fast zwanzig Quadratmeter misst. Die Tragebalken des Fachwerks musste er stehen lassen, aber sie haben sie grün angestrichen, an einigen hängen bunte Werbeschilder, manchmal auch Zettel, auf denen steht, welche Waren gerade neu eingetroffen sind. Zumindest früher war das so, jetzt, bei der Inflation, kauft die Mutter nur selten neue Waren ein. Hinten an der Wand sind die Regale und Schubladen, davor steht der lange Ladentisch mit einer gläsernen Vitrine, in der man Niveacreme, Kölnisch Wasser und zwei Fläschchen mit Likör bewundern kann.

Das Schönste im Dorfladen ist aber die dicke grüne Schlange aus Holz, die über dem Ladentisch hängt. Sie hat einen schmalen Kopf mit einer roten Zunge und windet ihren schuppigen Körper bis zum anderen Ende des Tisches, wo ihr Schwanz geringelt ausläuft. An der Schlange befinden sich viele Haken, an denen unterschiedlich große Papiertüten hängen. Wenn man eine Tüte braucht, greift man einfach hinauf und reißt sich eine ab.

Draußen ist es jetzt hell, der Nebel hat sich gehoben, die ersten schwächlichen Sonnenstrahlen fallen schräg über die Dorfstraße, und die kahlen Kastanienbäume vor der Kirche werfen dünne Schattengespinste auf den Boden. Die Marlis Alberti steht am Anger unter den Kastanien und redet mit zwei Bäuerinnen, drüben spannt der Herbert Grossmann seinen Braunen vor den Wagen, wahrscheinlich will er hinüber zu seiner Obstwiese. Es geht jetzt gemächlicher zu im Dorf, Korn und Hafer sind in den Scheunen, Heu und Grummet eingefahren, und auch die Kartoffelernte ist vorbei. Bleibt noch das Obst, dann kommt der Winter, und es wird geschlachtet. Hungern muss keiner im Dorf, auch jetzt nicht, obwohl die Preise ins Unendliche steigen und so mancher über Nacht zum Millionär wird, ohne dass er sich dafür viel kaufen könnte.

Die Mutter räumt herum und wischt den Ladentisch sauber, Frieda hat sich hinter einen der grünen Balken verzogen, um auf dem Schemel hockend an ihrem Theaterstück weiterzuschreiben. Dafür benutzt sie eine der braunen Tüten; das sieht nicht schön aus, geht aber zur Not. Im Winter war sie mit Onkel Georg und Kusine Luise in Frankfurt im Kino und hat den Film *Der Tiger von Eschnapur* gesehen. Seitdem schreibt sie Dialoge und Szenen, die sie mit Kusine Luise in deren Schlafkammer aufführt. Drei Hefte hat sie schon vollgeschrieben, aber jetzt ist das Papier knapp, und die Schulhefte, die die Mutter für den Laden eingekauft hat, darf sie nicht nehmen. Weil sie mit ihren siebzehn Jahren nicht mehr in die Dorfschule geht.

Mitten in die spannende Szene zwischen Irene Armundsen und der gefangenen Fürstin bimmelt die Ladenglocke. Anni Christ tritt sich sorgfältig die Schuhe ab, bevor sie hereinkommt, drinnen muss sie das Kopftuch richten, an dem der Herbstwind gezerrt hat.

»Ei Guude, Anni«, sagt die Mutter freundlich. »Kommst ja schon in aller Früh zum Einkaufen!«

Anni lächelt und humpelt zum Ladentisch. Sie hat wehe Knochen, besonders die Knie wollen nicht mehr richtig, auch die Füße sind geschwollen. Das ist nun mal so, wenn man alt wird, sagt sie immer. Da kommen die Zipperlein.

»Muss wohl. Das Obst will eingeweckt und gedörrt werden.«

»Was brauchst du denn? Zucker? Weckgläser habe ich keine mehr da. Nur noch Gummiringe.«

Anni Christ will ein Pfund Zucker. Dann weist sie auf die drei großen Glasgefäße auf dem Ladentisch, in denen noch ein Rest bunter Lutschbonbons zu sehen ist. Süße Klumpen in der Form von Himbeeren, Erdbeeren und Zitronen. Von den gelben Zitronenbonbons sind nur noch fünf Stück übrig.

»Von jeder Sorte eins.«

»Für den Enkel, wie?«, meinte die Mutter und greift eine Tüte. Frieda eilt herbei, um die Deckel von den Glasbehältern zu nehmen, damit die Mutter die Bonbons mit der Zange herausholen kann. Das ist schwierig, weil die Dinger aneinanderkleben, die Mutter muss mit der Zange stoßen und hacken, damit sie sich voneinander lösen. Anni schaut lächelnd zu. Sie wird dem kleinen Heinz die Süßigkeit heimlich zustecken, weil die Gertrud nicht will, dass der Enkel verzärtelt wird. Auf dem Schützhof regiert die Gertrud mit harter Hand. Sogar der Otto, ihr Sohn, muss sich ihr oft fügen. Seine Frau, die Helga und deren Mutter Anni haben nicht viel zu melden.

»So geht's, wenn du arm bist und einen reichen Bauern heiratest«, sagt Marthe oft zu ihren Töchtern. »Da kriegst du tagaus, tagein vorgehalten, dass du nichts mitgebracht hast und nichts wert bist.«

Eine Weisheit, die an Frieda vorbeigeht, da sie nicht die Absicht hat, einen Bauern zu heiraten. Schon gar nicht einen aus Dingelbach. Wenn überhaupt, dann soll es einer aus der Stadt sein, ein Künstler oder ein Architekt. Das hat ihr Vater einmal werden wollen, aber er hat es aufgegeben und ist zur Mutter nach Dingelbach gezogen.

Jetzt geht die Ladenglocke wieder, Frau Pfarrer Seybold kommt herein, die tritt sich natürlich nicht die Füße ab, da muss Frieda gleich wischen, weil die Dorfstraße nass ist. Anni lässt die Tüte mit den Bonbons rasch in der Einkaufstasche verschwinden und begrüßt die Frau Pfarrer mit dem gebotenen Respekt. Darauf legt die Seyboldsche Wert.

»Ja, die Anni … Wie geht's denn mit den Knien? Der Herbst ist ja keine gute Zeit für die Knochen. Der Herr Pfarrer klagt auch, der Rücken tut weh, und die Finger sind am Morgen steif. So muss eben jeder sein Päckchen tragen …«

Frau Pfarrer ist immer zufrieden, wenn jemand krank oder sonst wie in Not ist, weil sie dann tröstende Worte spenden kann. Jetzt erkundigt sie sich bei der Mutter, wie sie denn mit dem Laden »so zurechtkommt«, weil das Geld ja nichts mehr wert ist und sie keine neuen Waren einkaufen kann.

»Es geht schon, Frau Pfarrer«, sagte die Mutter. »Wir haben ja den Acker und dazu den Garten – da kommen wir ganz gut über die Runden.«

»Ja so …«, meint die Seyboldsche fast enttäuscht und macht die Lippen schmal.

»Und dann soll ja bald die Rentenmark kommen, dann ist es vorbei mit der Teuerung«, fügt die Mutter zuversichtlich hinzu.

»Ach, die Rentenmark«, ruft die Frau Pfarrer aus und lacht, als hätte ihr die Mutter etwas ganz und gar Unsinniges erzählt. »Wer glaubt denn, dass die Rentenmark es richten wird? Gar nichts wird sie ausrichten, Frau Haller. Ein trauriges Weihnachten wird sie uns bescheren.«

Frieda fürchtet, dass sie nun wieder mit den sieben Plagen anfangen wird, die Gott der Herr über Ägypten geschickt hat, aber stattdessen verlangt sie Nähgarn und schwarze Knöpfe.

»Einen Moment noch, Frau Pfarrer«, gebietet die Mutter und schaut Anni Christ fragend an. »War das alles, Anni?«

»Verzeihung«, sagt die Seyboldsche beleidigt. »Ich wollt mich net vordrängeln.«

Anni Christ versichert ihr eilig, dass sie mit ihrem Einkauf fertig sei, und klaubt mehrere große Scheine aus dem zerschlissenen Portemonnaie. Die Bonbons kosten mehrere tausend Reichsmark, und das ist schon ein Sonderpreis. In der Stadt muss man das Zehnfache bezahlen, sagt die Mutter. Anni Christ steckt das Portemonnaie wieder ein und verabschiedet sich. Frieda hält ihr die Ladentür auf, damit sie auf den Stufen nicht etwa stolpert mit den wehen Knien.

Die Mutter hat inzwischen die Schubladen mit den Kurzwaren herausgezogen und auf den Ladentisch gestellt. Schwarzes Nähgarn ist zwar da, aber nicht in der Stärke, die die Frau Pfarrer benötigt.

Die Knöpfe sind zu je zehn Stück auf eine Pappe aufgenäht. Die Kundin wählt lange, mäkelt herum, dass die einen zu klein, die anderen zu groß seien, und entschließt sich endlich für ein Röllchen Nähseide und zehn große Knöpfe.

»Schreiben Sie es an, Frau Haller. Ich komm dann nächste Woche zahlen.«

»Das tut mir schrecklich leid, Frau Pfarrer. Aber Anschreiben tu ich gar nichts mehr.«

Das weiß die Frau Pfarrer längst, aber sie versucht es trotzdem immer wieder. Doch Friedas Mutter bleibt hart. Geschäft ist Geschäft, da gibt's keine Ausnahmen, wo käme sie hin, wenn sie so anfangen wollte. Die Seyboldsche tut einen Seufzer und zieht ein in Papier eingewickeltes Stückchen Schinkenspeck aus der Einkaufstasche.

»Dann nehmen Sie das dafür in Gottes Namen, Frau Haller. Sie können's ja brauchen bei den vielen Mäulern, die Sie stopfen müssen, netwahr?«

Der Schinkenspeck ist eingetrocknet und steinhart – den wird man kochen müssen, damit er weich wird. Aber die Mutter nimmt das Stückchen trotzdem und bedankt sich. Was soll sie machen? Sie kann der Frau Pfarrer ja nicht Nähgarn und Knöpfe verweigern.

Die hat inzwischen Frieda beim Schreiben erspäht und will wissen, ob sie an dem Krippenspiel für Weihnachten arbeitet.

»Ich bin schon beinahe fertig«, erklärt Frieda, obgleich sie noch nicht einmal angefangen hat. Das Krippenspiel ist schnell geschrieben, sie hat alles schon im Kopf. Früher hat sie selber mitgespielt, aber das war langweilig, weil sie immer nur einen Engel oder die Maria spielen durfte, und das waren stumme Rollen. Seitdem sie selber das Krippenspiel schreibt und einstudiert, hat sie mehrere gute Rollen für die Mädchen eingebaut.

»Ihr Friedchen schreibt ja recht schön«, sagt die Frau Pfarrer gönnerhaft zu Friedas Mutter. »Lehrer Hohnermann hat neulich gemeint, sie sei eine begabte Schriftstellerin.«

Dabei schaut sie mit einem seltsam schrägen Lächeln zu Frieda hinüber. Die verzieht keine Miene. Sie weiß, dass alle im Dorf darüber schwatzen, dass der Lehrer Hohnermann eine Schwäche für sie hat. Sie mag ihn auch recht gern. Weil er ihr Bücher ausleiht und sie mit ihm über ihre Theaterszenen reden kann. Aber verliebt ist er sicher nicht in sie. Er hat viele Narben im Gesicht, das waren Granatsplitter im Krieg.

Nun geht die Seyboldsche endlich aus dem Laden, bleibt aber draußen stehen, um mit zwei Bäuerinnen zu schwatzen, die zum Einkaufen gekommen sind. Die Sonne hat ein wenig mehr Kraft bekommen, aber dafür wirbelt der Wind das Laub auf dem Kirchplatz auf und Lenchen Grossmann, die drüben auf ihrem Hof den Stall ausmistet, muss innehalten, um das Kopftuch fester zu binden. Frieda wirft noch einen resignierten Blick über die abgeernteten Äcker und Wiesen jenseits des Baches, wo Schwärme von Krähen ihr freies Spiel mit dem Wind treiben. Dann schiebt sie die Schubladen wieder an Ort und Stelle und bringt das jämmerliche Stück Schinkenspeck zu Herta in die Küche. Die Schwester schnippelt Birnen, um Mus zu kochen.

»Leg's in die Speisekammer«, befiehlt Herta.

»Ich glaub, da sind schon Maden drin. Das gibst du besser den Hühnern.«

»Zeig mal her. Das ist noch gut, das koch ich mit Kraut und Kartoffeln.«

»Pfui Deibel!«

Herta blickt die Schwester vorwurfsvoll an. Ein Stück Schinkenspeck, auch wenn es ranzig ist, gibt man nicht den Hühnern. Das wäre sündhafte Verschwendung.

»Wenn drüben nichts zu tun ist, kannst du hier helfen, Friedchen«, sagt sie und weist auf die Blechschüssel, in der die geernteten Birnen liegen.

»Nee, da kommt gleich wieder Kundschaft.«

Frieda hat Besseres zu tun, als bei Herta in der Küche zu hocken, um die kleinen, harten Birnchen zu schnippeln. Der große

Dialog im Kerker des Palasts wartet auf seine Vollendung, es ist ein spannender Moment, weil Irene der unglücklichen Fürstin ausmalt, welche Todesqualen sie erwarten, wenn sie nicht auf der Stelle zur Flucht bereit ist. Das muss richtig eindrucksvoll werden, damit die Zuhörer ergriffen sind.

Doch als sie in den Laden zurückkehrt, steht die Mutter beim Schaufenster und winkt ihr herbeizukommen.

»Schau dir das an, Friedchen«, sagt sie. »Nun hat er das Automobil tatsächlich zum Fahren gebracht.«

Frieda reckt den Hals und erblickt den dunklen Mercedes-Benz, der langsam über die holprige Dorfstraße schwankt. Das Verdeck ist geschlossen, aber durchs Fenster sieht man Onkel Georg, der das Steuerrad mit beiden Händen festhalten muss, weil die Schlaglöcher dem Wagen hart zusetzen. Das Automobil hat er im Frühjahr der Frau Küpper abgehandelt, dafür hat er ihr den Park um die Fabrikantenvilla umgepflügt, Sommergerste gesät und Dickwurz gesetzt. Die Schirmstockfabrik Pilz & Küpper ist in Schwierigkeiten, da ist ein Acker mehr wert als ein schöner Park.

»Wenn das nur gut geht!«, hört man die Frau Pfarrer rufen.

»Der Altmann Schorsch will halt hoch hinaus!«, bemerkt eine der Frauen.

»Der geht mit der Zeit«, meint eine andere.

»Hochmut kommt vor dem Fall!«

Frieda hält es nicht mehr im Laden, sie muss auf die Dorfstraße hinaus, um dem Onkel zuzuwinken. Er hat wochenlang verbissen an seinem Automobil herumgebastelt, weil es nicht fahren wollte. Aber nun hat er es geschafft, und Frieda ist begeistert. Ein Automobil! Wie es die Leute in der Stadt haben. Da setzt man sich hinein und fährt einfach in die Welt hinaus. Ohne Pferd und Wagen. Ohne Eisenbahnschienen. Nach Frankfurt. Nach Berlin. Vielleicht sogar nach Indien.

Überall gehen die Haustüren auf, die Leute kommen aus ihren Höfen und laufen zur Dorfstraße, die eigentlich »Frankfurter Straße« heißt. Der Altmann Schorsch und sein Automobil – das ist eine Sensation in Dingelbach. Niemand sonst im Dorf besitzt ein Auto, man geht zu Fuß, nimmt das Fahrrad oder spannt ein Zugtier vor den Wagen. Ein Auto – das ist etwas für reiche Leute.

Drüben im Schulhaus steht Lehrer Hohnermann mit den Kindern an den Fenstern, man sieht an seinen Gesten, wie er ihnen etwas erklärt. Wahrscheinlich lernen sie jetzt, wie ein Automobil funktioniert. Das wird Ida ihnen nachher beim Mittagessen ganz genau erklären.

»Ach du liebe Zeit«, sagt die Mutter, die jetzt neben Frieda an der Straße steht. Sie deutet nach rechts hinüber, wo sich ein Gefährt nähert.

»Der Schütz Otto kommt zweispännig mit dem Pflug auf dem Leiterwagen. Der will bestimmt noch den Preußenacker pflügen«, sagt die Marlis Alberti, die auch herbeigelaufen ist.

»Das wird eng!«

»Aufpassen!«

Die Frauen vor dem Laden weichen hastig zurück, Marlis schimpft laut auf den Schütz Otto, der seine Pferde nicht zügelt, sondern stur in der Straßenmitte weiterfährt. Direkt vor dem Laden, wo die Dorfstraße besonders schmal ist, treffen Pferdewagen und Automobil aufeinander. Man hört den Schütz Otto wütend brüllen, der Georg steuert einen Schlenker zum Dorfladen hin, dann kracht und knirscht es, ein flaches Stück Metall fliegt durch die Luft und landet im Pfarrgarten. Der Leiterwagen vom Schütz Otto hat das Automobil gestreift, und die Radnaben haben dabei ein Schutzblech abgerissen.

Beim Kirchanger hält der Schütz Otto sein Gefährt an, bindet die Zügel fest und steigt vom Wagen. Auch das Automobil ist stehen geblieben, der Motor läuft noch einen Moment, dann stottert er und stirbt ab. Georg Altmann öffnet die Wagentür und steigt ebenfalls aus. Gewitter liegt in der Luft.

Die Zuschauer warten schweigend ab, was geschehen wird. Onkel Georg inspiziert das verbliebene hintere Schutzblech, das ist verbogen, hält aber noch. Der Schütz Otto prüft die hölzernen Räder an seinem Wagen, die Naben sind noch fest, haben nur ein paar Schrammen abbekommen. Er fährt mit der Hand über die Kratzer, schaut nach dem Pflug, der auf dem Wagen liegt und nichts abbekommen hat. Dann will er wieder aufsteigen. Aber da steht schon der Altmann Georg neben ihm.

»Das zahlst du mir, Otto!«

Der Otto tippt sich an die Stirn und wendet sich ab. Aber Georg lässt nicht nach. »Zwei Schutzbleche hast du mir ruiniert. Das muss in der Werkstatt repariert werden. Da muss ich nach Frankfurt!«

»Wärst du halt auf die Seite gefahren«, knurrt der Schütz Otto.

»Ich bin auf die Seite gefahren, Gottverdammich noch mal. Alle haben's gesehen. Aber du hast deine Gäule gelenkt, als ob die Dorfstraße dir allein gehören tät!«

»Ich hab meine Gäule gelenkt, wie ich's immer tu, Georg. Da ist bisher noch jeder an mir vorbeigekommen. Nur du net, mit deinem großkotzigen Automobil …«

Georg Altmann schwellen die Zornadern, er stemmt die Hände in die Hüften und baut sich vor dem Schütz Otto auf. Der lässt sich nicht lumpen und nimmt gleichfalls Kampfhaltung ein.

»Einen neuen Kotflügel zahlst du mir!«

»Einen Dreck zahl ich dir!«

Jetzt mischen sich die Frauen ein. Die Helga ist vom Schützhof herbeigelaufen und fasst ihren Mann am Arm. »Reg dich net so auf, Otto«, fleht sie. »Im Zorn, da kommt nix Gutes bei heraus.«

Die Mutter ist zu Onkel Georg geeilt, Herta ist auch bei ihr. »Mach dich nicht unglücklich, Georg!«

Der Schütz Otto stößt seine Frau rüde beiseite, Onkel Georg schiebt seine Schwester Marthe mit einer Armbewegung von sich weg. Vom Schulhaus gegenüber kommt Lehrer Hohnermann mit fliegenden Rockschößen über die Straße und stellt sich mit ausgebreiteten Armen zwischen die Kampfhähne.

»Ich bitte Sie! Herr Bürgermeister! Herr Altmann! Vor den Augen der Kinder!«

»Mach dich fort, Schulmeister!«, schimpft der Schütz Otto.

»Kümmer dich um deinen eigenen Kram!«, brummt Onkel Georg.

Da ist auch schon der alte Pfarrer Seybold bei ihnen, und mit ihm kommen der Rabenwirt und der Bauer Grossmann. Die Situation entspannt sich. Der Altmann Georg krakeelt immer noch lauthals und fordert, dass ihm der Schaden ersetzt werden muss, der Schütz Otto verweist auf die Schrammen an seinem Leiterwagen. Der alte Pfarrer Seybold beschwichtigt und vermittelt. Der Rabenwirt schlägt vor, die Sache am Abend im Wirtshaus zu bereden, die erste Runde geht auf ihn. Schließlich muss der Schütz Otto aufsteigen, weil seine Pferde unruhig geworden sind, er macht noch eine wütende Armbewegung nach rückwärts, dann zockelt er mit seinem Gefährt davon.

»Der Deibel soll ihn holen!«, flucht Onkel Georg hinter ihm her.

»Versündige dich nicht, Schorsch«, sagt Pfarrer Seybold. »Sei dankbar, dass du heil und gesund geblieben bist. Der Herr hat seine schützende Hand über dich gehalten.«

Onkel Georg gibt keine Antwort, aber man sieht ihm an, dass die Worte des Pfarrers keinen Weg zu seinem Herzen finden. Er geht zu seinem Automobil, streicht über das lädierte Schutzblech und nimmt dann die Kurbel aus dem Kofferraum, um den Motor wieder anzuwerfen. Die Dorfbewohner haben sich inzwischen zerstreut. Der Pfarrer schaut in seinem Garten nach dem Fremdkörper, der dort hineingeflogen ist, Lehrer Hohnermann ist längst wieder bei seinen Schülern. Mehrere Frauen sind mit der Mutter und Herta in den Laden gegangen, um das aufregende Ereignis zu bereden und sich Luft zu machen. Nur der Rabenwirt und Herbert Grossmann stehen noch mit Frieda bei dem Automobil, weil sie von diesem technischen Wunder fasziniert sind.

»Mit der Kurbel wird der Motor angeworfen!«, erklärt der Rabenwirt dem Grossmann Herbert. »Die steckt man vorn in das Loch, und dann muss man feste drehen.«

Sie schauen neugierig zu, wie Onkel Georg sich abmüht. Die Kurbel lässt sich schwer drehen, er schwitzt, sein Gesicht läuft rot an. Dreimal, viermal, fünfmal. Der Motor schweigt beharrlich. Georg hört auf zu drehen, dann versucht er es noch einmal. Nichts.

»Lass mich mal ran«, fordert der Grossmann Herbert.

»Nein. Wenn das Ding zurückschlägt, haut es dir den Arm zu Klump.«

»Ich bin doch nicht blöd, Schorsch.«

Aber Onkel Georg mag niemanden an sein geliebtes Automobil lassen. Er setzt sich ans Steuer und will, dass die beiden anschieben. Das schmeckt ihnen gar nicht, aber sie spucken in die Hände und fassen an, Nachbarschaftshilfe ist selbstverständlich in Dingelbach, keiner lässt den anderen in der Not im Stich.

Frieda will gerade zurück in den Laden gehen, um zu hören, was da geschwatzt wird, da kommt plötzlich einer vom Kirchenanger über die Dorfstraße und stellt sich vor das Automobil.

»Wartet mal!«, sagt er. »Ich kann helfen.«

Sie kennt den Mann, aber sie weiß nicht mehr, woher. Er trägt eine alte Jacke und eine speckige Hose, über der Schulter hängt ein Bündel. Ein Landarbeiter. Was will der hier jetzt im Herbst, wo keine Lohnarbeiter gebraucht werden?

Der Mann lässt sich die Kurbel geben, setzt sie an und dreht.

Nicht zu schnell, aber kräftig und gleichmäßig. Der Motor schnauft, setzt wieder aus, dann rattert er im Takt. Es hört sich an wie viele kleine Stöße, das Automobil zittert dabei. Das verbogene Schutzblech klappert, weil es nicht mehr richtig fest sitzt.

»Gute Maschine«, sagt der Mann zufrieden und gibt Onkel Georg die Kurbel zurück.

Was sie weiter reden, kann Frieda nicht verstehen, weil der Motor so laut rattert. Aber plötzlich erinnert sie sich, dass der Mann Oskar Michalski heißt und im Krieg auf dem Schützhof in Lohnarbeit gewesen ist. Das war zu der Zeit, als der Otto in englischer Kriegsgefangenschaft war und die Frauen den Hof allein führen mussten. Als der Otto dann zurückkam, ist Oskar Michalski auf und davon. Mitten in der Kornernte hat er sein Bündel geschnürt, das war nicht anständig von ihm, weil der Schütz Otto noch mit seinem kaputten Arm zu tun gehabt hat und das Mähen mit der Sense schwer für ihn war. Aber da gab es auch Gerüchte im Dorf. Wegen der Helga Schütz und dem Oskar Michalski.

Kapitel 2

Natürlich regnet es, als der Zug am Bahnhof Dingelbach hält. Ilse Küpper steht auf dem Bahnsteig, der eigentlich nur ein gepflasterter Weg ist, und überlegt, ob sie sich nicht besser unterstellen und den Regenguss abwarten soll. Aber der hölzerne Unterstand bietet ohnehin wenig Schutz, weil das Dach kaputt ist, und außerdem treibt der Wind den Regen vorn hinein und hinten wieder heraus.

Es ist zum Lachen, denkt sie. Die künftige Besitzerin der Schirmstockfabrik Pilz & Küpper wird nass bis auf die Haut, weil sie keinen Schirm bei sich hat.

Sie kann die Villa der Fabrik von hier aus sehen, ein schmuckes Fachwerkgebäude. Der Erker im ersten Stock hat hohe Glasfenster, das Dach ist mit Schiefer gedeckt, mehrere Giebel und Schornsteine ragen heraus. Die Tannen, die das Anwesen früher vor neugierigen Blicken geschützt haben, hat ihr Bruder Josef im vergangenen Jahr fällen lassen. Auch die alten Bäume im Park haben weichen müssen. Jetzt breiten sich rund um die Villa Äcker und Wiesen aus, und neben dem Gartenhäuschen, in dem sie sich früher Tee, Limonade und Kuchen servieren ließen, wurde ein Gemüsegarten angelegt.

Sie schlägt den Mantelkragen hoch und bindet sich ein Tuch ums Haar. Den schönen Hut hat sie schon im Zug abgesetzt und in den kleinen Lederkoffer gelegt. Der Regen würde dem guten Stück den Rest geben. Also los, denkt sie. In zehn Minuten bin ich oben, weiter als bis auf die Haut kann es nicht gehen. Die ist ja zum Glück wasserdicht.

Sie muss gegen den Wind laufen, der ihr den Regen ins Gesicht peitscht. Heute kommt eben alles zusammen. Die Fahrt nach Frankfurt hat sie am frühen Morgen angetreten und gleich – sie hat dafür einen sechsten Sinn – das Gefühl gehabt, dass es Schwierigkeiten geben würde. Auf der Bank ging noch alles reibungslos. Sie haben ihr den Kredit bewilligt, warum auch nicht, sie haben ja die Villa und das Land als Sicherheit. Außerdem sind Schulden zurzeit leicht abzutragen, sie zerfließen unter den Händen. Die Summe, die man zurückzahlt, ist nur ein Bruchteil dessen wert, was man aufgenommen hat. Nein, das Gespräch bei der Bank war angenehm, sie hat alles erreicht, was sie sich vorgenommen hat. Der Ärger fing an, als sie gegen Mittag in der Eschersheimer Landstraße aus der Straßenbahn stieg, um den Eltern des toten Klaus-Peter Pilz die letzte Rate zu bezahlen. Damit wäre die Stockschirmfabrik in Dingelbach wieder ganz in den Händen ihres Bruders Josef.

Klaus-Peter Pilz war Teilhaber der Fabrik, aber er ist im Oktober 1917 in Frankreich gefallen, und da er unverheiratet war, haben seine Eltern den Anteil an der Fabrik geerbt. Anfang des Jahres erhielt Ilses Bruder ein Schreiben, in dem Helmut Pilz ihm mitteilte, man sei an der Fabrik nicht interessiert, benötige aber Geld, da die Inflation alle Ersparnisse der Familie vernichtet habe. Josef Küpper war bereit, den Küppers ihren Anteil abzukaufen. Man machte die Sache vertraglich fest und bestimmte drei Zahlungstermine, wobei die galoppierende Geldentwertung berücksichtigt wurde. Darüber hat Ilse lange mit ihrem Bruder gestritten, denn Josef wollte das Geld auf einen Schlag auszahlen. Damit hätte man Klaus-Peters Anteil zu einem Spottpreis erworben, aber Ilse weigerte sich, die Not der Eltern ihres toten Teilhabers auszunutzen.

»Wie kann man nur so gefühlsduselig sein«, hat er ihr vorgeworfen. »Dem Klaus-Peter tut's nicht mehr weh, der kommt nicht mehr zurück.«

Klaus-Peter Pilz ist keine vierzig geworden. Die Fabrik war ihm eine Lebensaufgabe, er hat den Kopf voller Pläne und Ideen gehabt, als er ins Feld musste. Wäre er zurückgekommen, würde jetzt manches in Ilses Leben anders aussehen. Aber es ist, wie es ist. Sie ist nicht die Einzige, die im Krieg ihre Hoffnungen eingebüßt hat.

Sie muss stehen bleiben, um die unteren Mantelknöpfe zu schließen, weil der Wind den Stoff auseinanderbläst. Drüben auf der anderen Seite des Bachs liegt das Dorf Dingelbach malerisch zwischen Äckern und Wiesen eingebettet. Die Höfe mit den hohen Toreinfahrten reihen sich längs der Dorfstraße aneinander, in der Mitte steht die kleine Kirche mit dem Hahn auf der Turmspitze, der früher vergoldet war. Um das Kirchlein herum ist der Dorfanger, vorn zur Dorfstraße hin stehen Kastanien, hinten die große Linde mit der Sitzbank und dem alten Friedhof. Links der Kirche ist das Pfarrhaus, auf der anderen Seite das Schulhaus. Dort unten scheint die Welt noch in Ordnung, alles hat seinen Platz, jeder geht fleißig seinem Tagwerk nach. Sie liebt diese Idylle, dieses kleine Dorf mit seinen Bewohnern, die vielfarbigen Rechtecke der Äcker und Wiesen, die den Ort umgeben, die sanft gewellte Landschaft, die sich in die Hügel und Berge des Taunus hineinzieht, die dunklen Flecken der Waldbereiche. Jedes Mal, wenn sie aus dem lärmenden, hässlich grauen Frankfurt zurückkommt, spürt sie, dass sie hierhergehört.

Ärgerlich schaut sie auf ihre Schuhe, die durchweicht und von gelbem Lehm verklebt sind. Hätte sie nur die alten Halbschuhe angezogen – für wen hat sie sich so städtisch zurechtgemacht? Es gibt niemanden mehr, der darauf Wert gelegt hätte. Schon seit sechs Jahren nicht mehr. Inzwischen ist sie vierzig, die Blüte der Jugend ist vorbei, und außerdem ist sie auch früher keine Schönheit gewesen. Zu dünn, zu direkt, zu klug. »Der Dragoner« wird sie in der Fabrik genannt. Weil sie den Arbeitern auf die Finger schaut und mit Kritik nicht hinterm Berg hält. Ihr Bruder sagt scherzhaft »meine Rechenmaschine« zu ihr. Sie erledigt die Buchführung, achtet auf anständige Löhne, prüft die Rechnungen, kümmert sich um Probleme in der Produktion und ist da, wenn eine Lieferung per Bahn ankommt. Sie ist das Mädchen für alles – gehören tut die Fabrik ihrem Bruder Josef Küpper.

Aber das wird sich bald ändern. Sie hat sich einen Plan ausgedacht, den sie Stück für Stück in die Tat umsetzen will. Der Rückkauf der Teilhaberschaft war der erste Schritt – der zweite und entscheidende Schritt steht noch bevor, da muss sie hart bleiben, darf sich nicht über den Tisch ziehen lassen. Sie stapft über Pfützen und Wasserläufe hinweg, die der Regen gebildet hat – jetzt ist es schon egal, die Schuhe sind hin. Hier beginnt schon das Gelände des ehemaligen Parks. Der Weg zum Hauseingang war früher geschottert, jetzt liegt an mehreren Stellen matschige Erde darauf: Hinterlassenschaft der Kartoffelernte. Als sie sich auf dem Pflaster im Hof die Lehmklumpen von den Schuhen tritt, wird die Haustür aufgerissen, und sie vernimmt Carla Ritters anklagende Rede.

»So hat's kommen müssen, gnädige Frau. Hab ich heut früh net noch gesagt, Sie sollen besser den Schirm mitnehmen, weil's nach Regen aussieht?«

»Das hast du allerdings gesagt, Carla …«

Ilse Küpper bleibt in dem weiten Eingangsflur der Villa stehen, um Schuhe und Mantel auszuziehen. Der Flur ist mit farbigen Bodenfliesen ausgestattet, die ruhig nass werden dürfen, die gebohnerte Treppe in die oberen Räume ist jedoch empfindlich, deshalb wird sie in Strümpfen hinauf ins Badezimmer gehen.

»Die teuren Schuhe!«, jammert Carla.

Sie hält die triefenden, ehemals hochmodischen Pumps aus Vorkriegszeiten in der Hand und besieht sie kopfschüttelnd von allen Seiten. Den nassen Mantel hat sie schon über den Arm gelegt, um ihn zum Trocknen aufzuhängen.

»Ich hab den Badeofen angeheizt«, ruft sie Ilse Küpper ins Treppenhaus nach.

»Eine gute Idee. Danke!«

»Und heute Abend will Ihr Bruder aus Bad Homburg kommen.«

Auch das noch! Sie hatte nach dem Ärger in Frankfurt auf einen ruhigen Abend gehofft, um Kraft für die Verhandlungen mit Josef zu sammeln. Klaus-Peters Eltern haben den Scheck, den sie ihnen heute ausstellen wollte, nicht angenommen. Sie wollen auf die Rentenmark warten und das Geld erst danach kassieren. Das ist nicht rechtens, es gibt einen Vertrag, in dem die Zahlungsfristen geregelt sind, sie könnte damit vor Gericht gehen. Aber das will sie nicht. Weil sie es dem toten Klaus-Peter nicht antun mag, seine Eltern vor Gericht zu zerren. Ihr Bruder wird sie dafür gehörig auslachen und sie auffordern, umgehend einen Anwalt zu beauftragen. Noch hat er das Sagen, die Fabrik gehört schließlich ihm.

»Hat er angerufen?«

»Ja. Gleich nachdem Sie heute früh zum Bahnhof sind, gnädige Frau.«

»Danke, Carla.«

Im Badezimmer liegen Handtücher und ein Stück feine Rosenseife für sie bereit, sie lässt heißes Wasser in die Wanne laufen und zieht schon einmal die nassen Sachen aus. Der Regen ist durch den Mantel gesickert, das Kleid ist an den Schultern und am Rücken feucht, wahrscheinlich werden nach dem Trocknen Flecken zurückbleiben. Doch der heiße Dampf, der aus der Wanne aufsteigt, tut ihr wohl. Sie lässt etwas kaltes Wasser dazulaufen, prüft die Temperatur mit der Hand und steigt vorsichtig in die Wanne. Immer erscheint es ihr am Anfang viel zu heiß, aber nach ein paar Sekunden hat sich der Körper auf die Wärme eingestellt, dann ist es angenehm. In Dampf eingehüllt, sitzt sie zusammengekauert da, spült sich mit den Händen heißes Badewasser über die hochgezogenen Knie, reibt sich die müden Füße und streckt sich schließlich aufseufzend in der Wanne aus. Wohliges Behagen macht sich in ihr breit. Mag die Welt da draußen noch so viel Ungemach für sie bereithalten – hier in dem schönen Badezimmer geht es ihr gut, hier umgeben sie zärtliche Wärme und der sanfte Duft der Rosenseife.

Das Badezimmer hat der Vater damals nach den Wünschen der Mutter einrichten lassen. Wände und Fußboden sind hell gekachelt und mit einem goldfarbenen Blütenfries geschmückt; auch die große weiße Badewanne steht auf vier goldenen Löwenfüßen. Die sind im Inneren zwar aus Gusseisen, aber goldfarben angestrichen. Sie hat schon als Kind in dieser Wanne gesessen, damals oft mit dem Bruder zusammen, da wurden sie gemeinsam vom Kindermädchen eingeschäumt und später in weiße Badetücher gewickelt hinüber in die Schlafzimmer getragen. Damals ging es mit der Fabrik aufwärts, Schirmstöcke und Gehstöcke mit kunstvoll geschnitzten Griffen waren gefragt. Der Vater hat die kleine Dreherei vom Großvater übernommen und ein Werk mit siebzig Arbeitern daraus gemacht, er hat eine große Halle mit Nebengebäuden in der Nähe der Bahnstrecke errichten lassen und die Fabrikantenvilla erbaut. Später hat er einen Gasthof in Bad Homburg ersteigert; mehrere Häuser und Gartenland gehören dazu, das hat nach seinem Tod die Mutter bekommen. Der Vater ist früh gestorben, schon mit Anfang fünfzig. Das Herz wollte nicht mehr, vielleicht hat er sich übernommen, er war einer, der keine Ruhe fand und immer nur seine Fabrik im Kopf hatte. Die ging an den Sohn, so hat er es in seinem Testament bestimmt. Josef hatte schon früh an der Seite des Vaters mitgearbeitet, aber als Fabrikdirektor taugte er wenig, vielleicht, weil ihm die Besessenheit fehlt, die den Vater vorangetrieben hat. Erst als sie Klaus-Peter Pilz als Teilhaber aufnahmen, gingen die Geschäfte wieder besser. Zu dieser Zeit hatte sich auch Ilse schon gut eingearbeitet, und sie hat sich nicht selten auf Klaus-Peters Seite gestellt, wenn es um wichtige Entscheidungen ging. Als der Krieg kam, stellten sie um auf hölzerne Rahmen für die Tornister der Soldaten. Diese Holzgestelle wurden mit Leinen bespannt und mit Kalbfell überzogen. »Affen« nannten die Soldaten diese Gepäckstücke, weil sie sie immer auf dem Rücken herumtrugen. Unterwäsche, Socken, Rasierzeug, Notration, Munition und vieles andere steckte der Soldat in den Tornister. Auch Klaus-Peter trug solch ein Behältnis auf dem Rücken, als er fortging.

»Der hat einen guten Kern«, hat er gescherzt und darauf geklopft. »Der ist aus unserem Holz gemacht.«

Geholfen hat es ihm nichts. Ilse hat nie erfahren, auf welche Weise Klaus-Peter Pilz in Frankreich zu Tode gekommen ist. Man hat ihnen nur mitgeteilt, dass er als Held für Kaiser und Vaterland sein Leben opferte.

»Warten wir mit dem Abendessen auf Ihren Bruder?«, tönt es vom Flur herüber.

Ilse erwacht aus den Träumereien. Höchste Zeit, in die Realität zurückzufinden. Sie muss sich wappnen, der Bruder hat Pläne, die nicht mit ihren Wünschen übereinstimmen.

»Wir warten, Carla. Er muss ja bald hier sein.«

Sie steigt aus der Wanne, wickelt sich fröstelnd in das große Badetuch, das noch aus ihrer Kindheit stammt und ihr heute nur noch bis zu den Knien reicht. Im Schlafzimmer nebenan ist es kalt, sie nimmt hastig Wäsche aus dem Schrank, zieht seidene Strümpfe und ein Kleid an. Das blonde Haar trägt sie zu einem Bubikopf geschnitten, das steht ihr besser als die Hochsteckfrisur, die die Eltern ihr verordnet hatten. Sie hat sie enttäuscht, hat der Fabrik nicht den wohlhabenden Schwiegersohn und Geschäftspartner zugeführt, den der Vater sich erhoffte. Eine Weile haben die Eltern sie erfolglos auf Gesellschaften herumgereicht; daran erinnert sie sich nur ungern, weil sie das erniedrigende Gefühl gehabt hat, wie saures Bier angeboten zu werden. Schließlich hat es auch der Vater eingesehen: Tochter Ilse ist weder niedlich noch häuslich noch charmant. Wenn sie in Gesellschaft den Mund auftat, redete sie von Drehbänken, Bilanzen oder Lohnangleichung für die Arbeiter – welcher heiratswillige junge Mann mag solche Gespräche mit einem Mädchen führen? Blaustrumpf haben sie sie genannt. Graue Maus. Bruder Josef hat ihr grinsend hinterbracht, dass einer sogar von »Mannsweib« gesprochen hätte.

»Ei, was bin ich erschrocken, Herr Direktor!«, ruft Carla unten im Eingangsflur aus. »Ich hab Sie gar net kommen hören. Sonst hätt ich Ihnen doch die Tür geöffnet.«

»Macht nichts, Carla«, sagt Josef. »Hab ja einen Schlüssel. Bring mal rasch meine Hausschuhe. Eine Sauerei ist das da draußen, da könnt man genauso gut durch einen Misthaufen steigen.«

»Da haben Sie recht, Herr Direktor. Den Mantel auch, bitte. Und den Hut, bitte schön. Im Speisezimmer ist angerichtet.«

Ilse atmet tief durch, bevor sie die Treppe hinuntergeht. Im Speisezimmer hat Carla den Kamin angeheizt und die schweren Samtvorhänge zugezogen. Die lange Tafel, an der gut zwölf Personen sitzen können, ist nur an einem Ende gedeckt. Carla hat das Meißner Porzellan und das gute Silberbesteck aufgelegt, zwei Kerzen geben zusätzlich festliches Gepräge. Das dargebotene Mahl ist nahrhaft, aber ländlich. Es gibt Kartoffelsalat mit Senfeiern, Räucherwurst und eingelegte Gurken, dazu eine Karaffe mit frischem Apfelsaft. Zum Nachtisch hält Carla warme Apfelküchlein mit einem Klecks Sahne bereit.

Als Ilse eintritt, steht der Bruder mit dem Rücken zu ihr vor der Vitrine und betrachtet eingehend deren Inhalt. Josef ist im Gegensatz zu seiner Schwester stämmig gebaut, in den letzten Jahren hat er einen Bauchansatz entwickelt, vermutlich ist er selbst sein bester Gast. Nach dem Tod der Mutter vor einem halben Jahr ist er mit Frau und Kindern aus der Villa ausgezogen, um die Wohnung der verstorbenen Mutter im Gasthof »Zum König« zu beziehen. Der Gasthof hat ihn schon immer mehr interessiert als die Fabrik, die der Vater ihm vererbt und anvertraut hat.

»Willst du etwas davon mitnehmen?«, fragt Ilse.

Sie kennt die Leidenschaft der Schwägerin für Meißner Porzellan und silberne Gerätschaften. Die Villa ist Teil der Fabrik und gehört dem Bruder, nicht aber das Inventar. Alle Möbel und Gerätschaften in der Villa haben Ilse und Josef zu gleichen Teilen geerbt, ebenso die Gastwirtschaft in Bad Homburg samt den dazugehörigen Häusern und Ländereien. Dafür hat die Mutter in ihrem Testament gesorgt.

Josef dreht sich um, als er angesprochen wird, und schaut sie mit dem überlegenen, ein wenig belustigten Blick des großen Bruders an. Woher er dieses herablassende Selbstbewusstsein nimmt, ist ihr immer noch nicht klar. Was hat er im Leben schon erreicht? Der verwöhnte und weit überschätzte einzige Sohn hat die Fabrik beinahe ruiniert, solange er sie allein führte. Wer hat denn den Karren aus dem Dreck gezogen? Sie war es, gemeinsam mit Klaus-Peter Pilz! Aber diese Tatsache hat Josef niemals gelten lassen.

»Alles zu seiner Zeit«, sagt er. »Lass uns erst mal essen. Ah – Kartoffelsalat von eigenen Krumbeeren. Sehr originell. Ich könnte mich jetzt ohrfeigen, dass ich zugestimmt habe, den schönen Park umpflügen zu lassen wegen ein paar Säcken Korn und einem Häuflein Kartoffeln!«

»Es macht Sinn in diesen Zeiten, Josef. Ich denke, es war richtig.«

Er schnaubt und faltet die Serviette aus weißem Leinen auseinander. An den Ecken ist das Monogramm der Mutter eingestickt. Ein A und ein K, die kunstvoll ineinander verschlungen sind. Alma Küpper. Es gibt zwölf Stück davon, die Carla regelmäßig im Waschkessel kocht, dann bleicht und stärkt, bevor sie sie makellos glatt bügelt.

»Dann wollen wir mal«, sagt Josef und lädt sich den Teller voll. Den Apfelsaft verschmäht er, der ist ihm zu süß. »Ich hab uns zwei Flaschen Rotwein mitgebracht, die können wir nachher köpfen. Damit du mal was Anständiges zu trinken bekommst.«

Ilse weiß genau, aus welchem Grund er den Wein angeschleppt hat. Er ist der Meinung, dass der Alkohol ihm bei der Durchsetzung seiner Absichten behilflich sein wird. Aber sie nickt freundlich und bedankt sich.

Eine Weile dreht sich das Gespräch um Alltägliches. Das verdammte Regenwetter. Die Gäste, die momentan ausbleiben, weil niemand sich mehr einen Urlaub leisten kann. Sein Erwin, der demnächst dreizehn wird und auf dem Gymnasium Schwierigkeiten hat. »Aber da kennt die Irma nichts, der muss spuren, sonst gibt's Dresche. Das Gymnasium kostet eine Stange Geld, das zahl ich, weil der Junge etwas Anständiges werden soll …«

Von den beiden Töchtern erzählt er nur, dass die Johanna und das Lottchen schon fleißig im Gasthof mithelfen. Vor allem in der Küche, da putzen sie das Gemüse und schälen Kartoffeln.

Schließlich erkundigt er sich, wie sie so zurechtkommt. »Ihr zwei Weibsleute ganz allein in der Villa – das taugt doch nichts. Jetzt kommt der Winter, da ist's kalt und dunkel.«

»Ich hab mich noch nicht gelangweilt«, gibt Ilse zurück. »Es gibt ja genug in der Fabrik zu tun.«

Um die Fabrik kümmert sich Josef herzlich wenig. Es läuft schlecht, weil kaum jemand Geld für Schirme und Spazierstöcke übrig hat. Das Werk in Höchst, an das sie die Schirmstöcke liefern, hat die gleichen Probleme, zudem fehlt es an Metall und Stoffen, um die Schirme herzustellen. Ilse hat mehrfach angeregt, hölzerne Etageren, geschnitzte Kästchen oder kleine Tische zu produzieren, aber davon will Josef nichts hören. Er behauptet, die

Arbeiter brächten solche Dinge nicht zustande, und das Ende wäre, dass sie auf dem ganzen Kram sitzen blieben.

»In der Fabrik? Was gibt's da schon zu tun?«, meint er schulterzuckend. »Ich denk mal, wir müssen kurzarbeiten, sonst zahlen wir uns dumm und dämlich an Lohngeldern.«

Momentan sind nur noch vier Arbeiter in der Fabrik angestellt, alle anderen sind gekündigt, um sie kümmert sich die staatliche Erwerbslosenfürsorge. Reichen tut das hinten und vorne nicht, um eine Familie zu ernähren. Im vergangenen Jahr hat es in Oberursel eine Demonstration der drei sozialistischen Parteien gegeben. Über zweitausend Menschen sind durch die Stadt gezogen, haben die Glocken der Kirche geläutet und die Aula der Oberrealschule verwüstet. Zum Glück sind die verbliebenen Arbeiter der Stockschirmfabrik friedlich gesinnt, sie sehen selbst, wie die Lage ist, und sind froh, ihren Arbeitsplatz nicht zu verlieren.

»Kurzarbeit ist keine Lösung, Josef«, erklärt Ilse und will auf ihre Idee mit den Kästchen und Etageren zurückkommen. Doch Josef macht eine wegwerfende Handbewegung, und dann kommt Carla mit den warmen Apfelküchlein herein. Vor der Hausangestellten wollen sie nicht streiten.

Josef stärkt sich mit dem herbstlich duftenden Gebäck, kleckst ausgiebig Rahm darauf, und Ilse sieht ihm an, dass er jetzt zur Sache kommen will.

»Ich denk mir halt«, beginnt er kauend, »die Einsamkeit hier droben in der leeren Villa wird dir nicht guttun, Ilse. Schaust schon ganz verhärmt aus. Und dann immer nur drüben in der Fabrik zugange sein – das ist doch nichts für eine Frau. Bei uns in Bad Homburg, da ist Leben, da sind die Irma und die Kinder, da sind Gäste zu bedienen, Reisende kommen vorbei. Da ist der Adel, Ilse! Keine armen Schlucker wie drunten im Dorf. Gebildete Leute, denen die Inflation nichts anhaben kann. Die sitzen das einfach aus, weißt du?«

Ilse spürt, wie ihr Magen in Unordnung gerät. Sie ist aufgeregt, muss sich zusammennehmen, um jetzt keinen Fehler zu machen. Nur ruhig Blut, denkt sie. Lass ihn erst einmal ausreden.

»Was willst du damit sagen?«, erkundigt sie sich.

Er legt das Besteck hin und stützt die Ellbogen auf. Schaut sie eindringlich an. »Ich hab's mit der Irma gut durchgesprochen. Wir lassen das Nebenhaus herrichten, damit du dort einziehen kannst. Du nimmst die Möbel und alles andere, an dem du hängst, mit hinüber, und den Rest lass ich für uns abholen.«

»Und was soll aus der Villa werden?«

»Das ist doch ganz einfach: Die wird vermietet.«

Sie hat also richtig vermutet. Er war immer leicht zu durchschauen, ihr Bruder. Aber sie tut überrascht. »Und Carla? Willst du die gleich mit vermieten?«

Er lacht fröhlich über den Scherz und meint, das wäre keine schlechte Idee. »Aber wenn sie mag, kann sie auch mit nach Bad Homburg kommen, wir finden schon was für sie.«

Die Fabrik soll ein Angestellter leiten, er selbst will nur hin und wieder vorbeischauen, um notwendige Entscheidungen zu treffen. Dafür will er sich in Bad Homburg »ins Zeug legen«, den Gasthof ausbauen, einen Saal errichten, die Küche vergrößern, die umliegenden Häuser niederreißen und eine Parkanlage schaffen.

»Damit wir die adeligen Gäste einfangen, verstehst du? Da stell ich einen richtigen Koch ein, der französische Menüs kocht, und die Zimmer droben, die müssen auch neu ausgestattet werden.«

Er schwärmt ihr von seinen adeligen Herrschaften vor, hat schon mit den Umbauten angefangen, nur sei es schwer, anständige Bausteine und Mörtel zu bekommen, aber er habe da Beziehungen, eine Hand wäscht die andere.

»Arbeiter bekommst du ja heutzutage an jeder Ecke«, schwatzt er. »Aber Fachleute, solche, die was von ihrer Sach' verstehen, die sind nicht wohlfeil zu haben.«

Ilse hat jetzt genügend Zorn angesammelt, um endlich einzuhaken. »Hast du bei all deinen Plänen einmal darüber nachgedacht, dass der Besitz in Bad Homburg zur Hälfte mir gehört?«, fragt sie anzüglich.

Das weiß er natürlich. Aber er redet sich heraus und betont, dass es ja auch in ihrem Sinne sei, wenn er den Besitz vergrößert und etwas für die Zukunft aufbaut.

»Schau, Ilse«, sagt er mit treuherzigem Augenaufschlag. »Wir machen das doch gemeinsam. Wär doch ein Jammer, den schönen Besitz auseinanderzudividieren. Pure Dummheit wär das. Du wohnst gemütlich im Nebenhaus und kümmerst dich um den Papierkram, wie du es bisher für die Fabrik gemacht hast. Und ich führe den Gasthof und das Hotel. Die Irma macht den Empfang, und die Mädchen helfen auch bald mit ...«

Sie gibt ihm keine Zeit, die schöne gemeinsame Zukunft noch weiter in leuchtenden Farben zu schildern. Sie weiß nur zu gut, wie es in der Realität aussehen wird. Er wird bestimmen, und sie darf wie eine Angestellte für ihn arbeiten. So wie es bisher in der Fabrik war. Auch wenn sie Mitbesitzerin ist, so wird ihre Meinung doch nichts gelten, weil er der Mann ist und die Irma in jedem Fall zu ihm halten wird. Und die Fabrik, das Lebenswerk von Vater und Großvater, wird er einem unfähigen Deppen anvertrauen, der sie in den Konkurs jagt. Nein, so darf das nicht laufen.

»Ich habe einen anderen Vorschlag«, unterbricht sie ihn.

»Aber so ist es das Beste für uns alle!«

»Das ist deine Ansicht, Josef, nicht meine.«

Er lehnt sich ärgerlich zurück und kreuzt die Arme über der Brust. »Welchen Blödsinn hast du dir denn zurechtgedacht?«, fragt er missmutig.

Sie lächelt ihm kühl ins Gesicht. »Ich überschreibe dir meinen Anteil am Erbe unserer Mutter«, sagt sie und freut sich, weil ihm jetzt die Augen vor Verblüffung fast aus dem Kopf fallen.

»Das … das ist sehr anständig von dir, Ilse. Ich hätt nicht gedacht, dass du so vernünftig sein könntest.«

»Unter einer Bedingung.«

Er senkt misstrauisch die Augenbrauen, weil er seine Schwester natürlich kennt. »Was für eine Bedingung?«

»Du überschreibst mir dafür die Fabrik und die Villa.«

Beinahe fällt er mit dem Stuhl um, weil er sich zu weit nach hinten gelehnt hat. Er wedelt mit den Armen und produziert zugleich einen hysterischen Lacher.

»Die Fabrik? Ja, spinnst du denn? Die ist doch viel mehr wert als die paar Gärten und Häuser in Bad Homburg!«

»Momentan ist sie das keineswegs, Josef. Du weißt, wie es drüben aussieht. Wir stehen auf der Kippe.«

Er lacht immer noch in einer Mischung aus Wut und Heiterkeit. »Die Villa allein ist beinahe so viel wert wie dein Erbanteil. Dazu das Land, die Hallen, die Maschinen …«

»Die Hallen sind überaltert, die Maschinen ebenfalls. Und die Villa ist reparaturbedürftig.«

»Hältst du mich für einen Idioten? Soll ich dir die Fabrik mit der Villa vielleicht schenken? Bin ich so blöd?«

Jetzt kommt sie mit härteren Bandagen. Er soll nicht glauben, sie ließe sich von seinem Theater beeindrucken.

»Andernfalls verlange ich, dass der Besitz in Bad Homburg aufgeteilt wird …«

»Auszahlen tu ich dich, wenn du unbedingt willst.«

Das könnte ihm so passen. Von dem Geld könnte sie sich am folgenden Tag gerade noch ein Pfund Butter kaufen.

»Nicht ausgezahlt, aufgeteilt«, wiederholt sie. »Mir gehört von allem die Hälfte. Häuser, Gasthof und Gartenland. Und wie wir es auch aufteilen: Auf meinem Grund wird weder ein Tanzsaal noch ein Park entstehen, in dem sich deine adeligen Gäste tummeln.«

Das ist ein Ultimatum. Wenn sie das verlangt, scheitern alle seine hochfliegenden Pläne. Er starrt sie mit weit aufgerissenen Augen an und begreift, dass sie es ernst meint. Und dieses Mal kann er sie nicht übergehen, weil sie Miterbin ist. Wer besitzt, hat etwas zu sagen. Das hat die Mutter sehr wohl gewusst, sie hat immer zu Ilse gehalten.

»Wenn du das machst, geh ich vor Gericht«, droht er.

Sie bleibt äußerlich gelassen. Innerlich ist sie so angespannt, dass sie Mühe hat, das Zittern zu verbergen.

»Schau, Josef«, sagt sie sanft. »Wenn wir es so machen, dann hat jeder von uns beiden das bekommen, was er wollte. Du hast deinen Gasthof und ich die Fabrik. Die hat dich doch sowieso nie wirklich interessiert, oder?«

Damit hat sie natürlich recht. Aber er will halt beides haben, die Fabrik, die ihm sowieso gehört, und den Gasthof dazu, der ihm nur zur Hälfte gehört.

»So nicht, Ilse«, wehrt er sich. »Wenn du mich übertölpeln willst, dann musst du schlauer sein. Ich geb dir einen Anteil an der Fabrik …«

»Ganz oder gar nicht!«, beharrt sie.

»Was willst denn du mit der Fabrik? Willst du die vielleicht leiten? Bist du größenwahnsinnig geworden?«

»Lass das nur meine Sache sein.«

Sie trinkt keinen Tropfen von seinem Rotwein, lässt ihn mit der Flasche allein im Speisezimmer sitzen und zieht sich in ihr Schlafzimmer zurück. Er wird hier übernachten, weil kein Zug mehr fährt, und morgen früh werden sie weiterfeilschen. Aber sie weiß, dass er schließlich tun wird, was sie will.

Kapitel 3

Helga Schütz ist gerade dabei, die Wäsche im Garten aufzuhängen, weil heute endlich wieder einmal die Sonne herausgekommen ist. Als sie das seltsame Husten hört, stutzt sie. Es klingt bedrohlich, als wäre jemand am Ersticken. Sie klammert schnell noch das Betttuch fest, aber das Husten will nicht aufhören. Jetzt zieht jemand keuchend die Luft ein, als hätte sein letztes Stündlein geschlagen. Entsetzt wirft sie die Wäscheklammer zurück in den Beutel und läuft zum Haus hinüber. Das ist der Heini! Er wird doch nicht den Keuchhusten haben? Daran ist letztes Jahr der kleine Albert Schmidtkunz erstickt.

In der Küche stehen die Anni und die Gertrud um den Neunjährigen herum, der sich die Seele aus dem Leib hustet. Er steht vornübergebeugt, die Hände hält er an den Hals, das Gesicht ist dunkelrot. Er würgt und zieht mühsam die Luft ein.

»Heini! Was hast du denn gemacht?«

Er kann nicht antworten, aber die Gertrud jammert laut, dass dem Jungen etwas im Hals stecken geblieben sei.

»Ich hab ihm eine Kartoffel gegeben, damit er es hinunterschluckt«, sagt sie. »Aber es geht halt net hinab. Wenn er uns nur net erstickt.«

Anni hat einen Becher Apfelmost gebracht und hält ihn dem Bub vor, doch der stößt ihn mit der Hand weg.

»Warmes Wasser«, sagt Helga und legt die Arme um den Kleinen. »Ganz still bleiben, Heini, hörst du? Du musst keine Angst haben, das geht gleich vorbei. So ist's brav. Kriegst du jetzt Luft?«

Der Junge beruhigt sich und nickt. Tränen laufen ihm über das Gesicht, er hat sich schrecklich aufgeregt, weil die Gertrud schreit, dass er sterben muss, und weil der harte Kloß in seinem Hals wehtut.

»Trink ganz vorsichtig«, sagt Helga und hält ihm den Becher mit warmem Wasser an die Lippen. »Kleine Schlucke.«

»Ich kann aber net schlucken …«, heult Heini.

Dann muss er husten, er krümmt sich zusammen, würgt, keucht und spuckt etwas aus. Ein kleiner, rosiger Klumpen prallt auf den Küchenboden, rollt davon und bleibt dicht vor dem Küchenschrank liegen. Der Kater Flocki macht einen Satz, um das Ding zu fangen, aber die Gertrud ist schneller. Sie packt das Corpus Delicti mit Daumen und Zeigefinger und hält es ans Fenster, wo das beste Licht ist. Der kleine, runde Gegenstand leuchtet rot wie helles Blut.

»Ein Guudsje! Ein Himbeerknollen!«, stellt sie fest. »Wo haste den her, Bub?«

Heini hält sich ächzend die Hände um den schmerzenden Hals.

»Von der Anni«, sagt er gepresst. »Aber die kann nichts dafür. Ich hab mich halt verschluckt.«

Gertrud dreht sich zum Herd, wo die Anni noch mit dem Wasserkessel in der Hand steht und schuldbewusst die Augen niederschlägt.

»Nur drei Stück, Gertrud. Weil der Heini doch so gern die Guudsjes lutscht. Und wo er so fleißig beim Kartoffelausmachen geholfen hat …«

Helga will noch rasch etwas sagen, um die Mutter zu verteidigen, aber Gertrud lässt sie nicht zu Wort kommen. »Guudsjes hast du ihm gekauft!«, keift sie die Anni an. »Wo ich dir tausend Mal gesagt hab, dass der Bub nicht verwöhnt und verzärtelt werden soll. Erstickt ist er uns beinahe dran. Hättest ihn auf dem Gewissen gehabt, Anni!«

»Es ist doch noch mal gut gegangen«, versucht Helga sie zu beschwichtigen.

Aber das ist nur Wasser auf Gertruds Mühle. »Ich hab's verboten«, schreit sie. »Heimlich hast du's ihm zugesteckt, Anni. Warte nur, bis der Otto vom Pflügen heimkommt, da kriegst du was zu hören. So eine wie dich, die braucht keiner auf dem Hof. Aus purem Mitleid haben wir dich aufgenommen, füttern dich durch, kleiden dich, geben dir einen warmen Platz am Ofen. Und so vergiltst du es uns …«

»Du sollst net so auf die Anni schimpfen!«, mischt sich Heini ein und stellt sich vor die Oma Anni.

»Mach dich fort, du Rotzbub!«

Schon hat sich der gerade erst vom Erstickungstod Gerettete eine Ohrfeige eingefangen. Die Gertrud hat ein lockeres Handgelenk und ist genau wie ihr Sohn Otto der Meinung, dass ein Kind desto besser gerät, je öfter es geprügelt wird. Das war schon immer so, die Eltern und Großeltern haben es auch so gehalten, und darum ist es richtig. Schließlich steht es so auch in der Bibel, bei Jesus Sirach.

Heini kassiert die Ohrfeige, ohne mit der Wimper zu zucken. Er ist Prügel gewohnt; früher hat er geheult, aber inzwischen hat er gelernt, die Schläge schweigend einzustecken. Helga will ihn tröstend in den Arm nehmen, aber er wehrt sie ab und läuft in den Garten hinaus. Zum Hühnerhaus, wo er so gern am Zaun hockt und zuschaut, wie sie die Körner picken und die Würmer aus der Erde ziehen. Helga macht sich Sorgen um ihren Sohn. Früher war er ein fröhliches Kind, hat sich zutraulich an sie geschmiegt und am Abend energisch den Gutenachtkuss verlangt. Jetzt will er nicht einmal mehr in den Arm genommen werden, zeigt sich verschlossen, manchmal trotzig, und wenn sie ihn fragt, was er hat, dann schweigt er. Im Dorfladen haben die Frauen gesagt, das sei ganz normal, mit neun Jahren würde ein Bub sich verändern, da ging es los mit dem Erwachsenwerden. Aber Helga hat das Gefühl, dass etwas mit ihrem Sohn nicht stimmt.

Gertrud lässt ihren Zorn immer noch an der armen Anni aus. »Was stehst du hier herum? Kannst rüber in den Schweinestall gehen und dem Adam beim Ausmisten helfen. Hier in der Küche brauchst dich nicht mehr blicken lassen.«

Sie besieht den klebrigen rosaroten Klumpen noch einmal ganz genau und will ihn in den Schweineeimer werfen, dann besinnt sie sich und legt ihn vorsichtig auf eine Untertasse. Helga weiß, warum sie das tut. Sie will ihrem Sohn Otto das Beweisstück für Annis verhängnisvollen Ungehorsam vorführen.

»Hast die Wäsche noch net auf der Leine?«, keift sie Helga an, die am Küchenfenster steht und nach dem Jungen Ausschau hält. »Allweil immer nur die feinen Arbeiten tun. Wäsche waschen und bügeln. Staub von den Möbeln wischen. Die Betten aufschütteln. Aber wenn's ans Heuwenden geht, bist die Langsamste von allen. Und die Garben, die du bindest, fallen auseinander, wenn der Wind drübergeht …«

»Ich tu meine Arbeit, so gut ich kann«, gibt Helga zurück. »Vielleicht magst du dich ja einmal an den Webstuhl setzen, Gertrud? Den Flachs, der noch da war, hab ich fertig gesponnen.«

Da hat sie die boshafte Schwiegermutter erwischt. Die kann zwar recht gut Strümpfe und Jacken stricken, und auch das Spinnen der Wollgarne gelingt ihr leidlich. Aber den Flachs kann sie nicht spinnen, da versagen ihre schwieligen Hände. Und auch mit dem Webstuhl, der oben im Dachraum steht, ist sie auf Kriegsfuß. Weil sie zu ungeduldig ist und die Fäden zu fest anzieht, wird das Tuch, das sie webt, ungleichmäßig, und dazu ist es stets oben breiter als unten.

»Bist halt eine Städtische und gehörst net aufs Land!«, versetzt Gertrud und geht zur Kellertür, um das Huhn, das sie gestern geschlachtet hat, heraufzuholen. Helga wartet, bis sie unten ist, dann zieht sie den Stallkittel über und nimmt der Mutter die Holzschuhe fort, die sie gerade anziehen will.

»Ich geh in den Stall, und du hängst die Wäsche auf, Mama«, sagt sie. »Und schau nach dem Heini. Dass er keinen Unsinn macht.«

Anni nickt stumm und tut einen Seufzer. Helga nimmt sie zärtlich in den Arm. »Wird schon net so schlimm werden, Mama. Ich steh zu dir, das weißt du ja.«

»Manchmal denk ich, du und der Bub, ihr hättet ein besseres Leben, wenn ich unter der Erde wär«, meint die Mutter leise.

»So was darfst du nicht denken, Mama!«, schimpft Helga ärgerlich. »Ich weiß nicht, wie ich ohne dich zurechtkommen sollte. Und der Heini, der liebt seine Oma Anni über alles.«

»Wenn du's sagst, Helga …«, erwidert Anni lächelnd und streicht ihrer Tochter über die Wange. Dann zieht sie den Stallkittel wieder aus, hängt ihn auf den Haken und geht in den Garten zum Wäschekorb.

Helga steckt die Füße in ihre speckigen Stallstiefel, die gleich neben der Küchentür auf einem Stück Zeitungspapier stehen, und bindet sich ein Tuch um den Kopf. Schweinemist ist noch widerlicher als Kuhmist, weil die Kühe ja sauberes Gras und Heu fressen, die Schweine aber mit allen möglichen Abfällen aus Haus und Garten gefüttert werden.

Der alte Knecht Adam ist schon beinahe fertig mit dem Ausmisten, er blinzelt Helga stirnrunzelnd an, als sie im Stall auftaucht.

»Willst mir helfen, Bäuerin? Der Mist ist gefahren, kannst höchstens kehren.«

»Auch recht«, gibt sie zurück und nimmt Besen und Schaufel, um den letzten Schweinekoben auszukehren. Es ist keine schwere Arbeit, die rosige Sau, die hierhergehört, ist freundlich und macht ihr willig grunzend Platz. Man muss an einigen Stellen mit der

Schaufel kratzen, wenn der Mist an der Mauer festklebt, aber der Stallboden ist aus gestampftem Lehm, da muss sie nur fest mit dem Besen arbeiten, um die Reste zusammenzuschieben. Es gibt acht kleine Schweinekoben im Stall, die momentan alle besetzt sind. Drei der Säue werden wohl noch im November ihr Leben lassen müssen.

Adam hat die Schubkarre an die Wand gelehnt, bringt ihr den Eimer und hilft selbst noch mit, den Mist hineinzuschaufeln. Er weiß, wie sehr sich Helga vor dem Schweinemist ekelt, und versucht, ihr die Arbeit, so gut es geht, abzunehmen. Adam ist schon seit über dreißig Jahren auf dem Schützhof Knecht und darf mit am Küchentisch essen. Er ist dürr wie eine Vogelscheuche und geht etwas krumm. Reden tut er wenig, aber wenn er arbeitet, ist er bedächtig und klug. Helga hat bei den Feldarbeiten schon mehrfach gestaunt, welche Kräfte in dem scheinbar schmächtigen Körper des Knechts stecken.

»Gut ist's«, sagt er und nimmt den Eimer, um ihn zum Misthaufen zu tragen. Dann streuen sie gemeinsam frisches Stroh in die Koben und schütten geraspelte Dickwurz und Schweinekartoffeln in die Futtertröge. Wohliges Schmatzen ist von allen Seiten zu hören – Helga sieht den alten Knecht lächeln. Er mag die Tiere und leidet, wenn sie geschlachtet werden. Sie versteht es gut, weil es ihr genauso geht.

Aus der Küche dringt Essensgeruch – Gertrud kocht das Huhn. Da wird es heute Abend die Brühe mit Graupen und morgen das Fleisch mit Wirsing und Kartoffeln geben. Helga hat keine Lust, der Schwiegermutter zu begegnen, sie geht durch die Scheune in den Garten und wäscht sich die Hände an der Regentonne sauber. Die Wäsche flattert auf der Leine – Anni hat sich eine Hacke genommen, um den Kohl vom Unkraut zu befreien. Ein paar Köpfe Rotkohl sind noch übrig, auch Wirsing ist noch da, am meisten aber Grünkohl, der in diesem Jahr besonders gut gedeiht.

»Ist der Heini hinten beim Hühnerhaus?«, fragt Helga die Mutter, da sie den Bub nicht im Garten entdecken kann.

»Der ist wohl im Dorf unterwegs«, meint Anni und richtet sich auf, um den Rücken gerade zu biegen. »Hab ihn im Garten nicht gesehen.«

Das wird Gertrud missfallen. Sie mag es nicht, wenn der Bub im Dorf mit den anderen Kindern herumläuft, weil sie gern alle Bewohner des Schützhofs im Blick und unter ihrer Fuchtel hat. Aber die Schwiegermutter ist mit ihrem Suppenhuhn beschäftigt, davon sind die Fenster der Küche beschlagen, sodass sie nur schwer hinaus in den Garten schauen kann. Also nimmt sich Helga auch eine Hacke und einen Korb, um mit der Mutter gemeinsam zu arbeiten und dabei ungestört zu reden.

»Sollst dem Bub net immer heimlich Guudsjes zustecken, Mama. Hast ja gesehen, was dabei herauskommt«, sagt sie vorwurfsvoll.

»Er mag sie halt so gern …«

»Löcher in den Zähnen kriegt er davon.«

Die Mutter schweigt und klaubt das Unkraut vom Boden auf, um es in den Korb zu werfen. Das Bücken fällt ihr immer schwerer, weil die Knie dick und steif geworden sind. Helga schmiert sie ihr oft mit Pferdebalsam ein, aber es will nicht recht helfen. Manchmal kann Anni nachts vor Schmerzen nicht schlafen, aber sie beklagt sich nicht. Die harte Arbeit auf dem Hof ist für sie beide ungewohnt, weil sie nicht vom Land kommen. Helgas Vater war Angestellter in einer Fabrik in Höchst, dort hat er im Büro gesessen und Rechnungen geschrieben. Das Gehalt war schmal und reichte kaum aus für die Familie. Vor allem als Helgas jüngere Brüder heranwuchsen, wurde es knapp. Aber sie besaßen ein kleines Haus und einen Garten, da zog die Mutter Gemüse und Kartoffeln, dazu hielten sie Hühner und zwei Ziegen. Helga wollte den Eltern nicht auf der Tasche liegen, darum hat sie sich gleich nach der Schule eine Stellung gesucht. Zuerst war sie in Frankfurt bei einer Familie, aber da hat sie wieder gekündigt, weil der Hausherr ihr nachgestellt hat. Helga ist auffallend hübsch, das honigblonde Haar ringelt sich in weichen Locken, das Gesicht hat einen kindlichen, heiter verschmitzten Ausdruck, der sogar jetzt, da sie fast dreißig ist, noch hin und wieder durchschimmert. Auf eine Anzeige hin hat sie sich bei der Fabrikantenfamilie Küpper vorgestellt und wurde als Hausmädchen engagiert. Otto Schütz hat sie bei einem Dorffest gesehen und ihr gleich wie ein verliebter Gockel den Hof gemacht. Sie hat ihn zuerst ausgelacht, aber er hat sich nicht abweisen lassen und ihr schließlich einen Antrag gemacht. Das war kurz nachdem ihr Vater an einem Nierenleiden gestorben war, als die Mutter nicht gewusst hat, wie es mit ihnen weitergehen soll. Da hat Helga ihre Träumereien von einer großen Liebe beiseitegeschoben und dem Otto Schütz ihr Jawort gegeben. Weil sie es für ihre Pflicht gehalten hat, die Brüder und die Mutter vor der Armut zu retten.

Während der ersten drei Jahre war sie recht zufrieden. Otto war verliebt und hat sie freundlich behandelt, nach einem Jahr hat sie den Heinz geboren, aber zwei Jahre später ist der Weltkrieg ausgebrochen, und Otto musste ins Feld. Da hat Helga erst die ganze Herrschsucht und Bosheit ihrer Schwiegermutter Gertrud kennengelernt, und sie hat eine böse Zeit gehabt. Schlimmer wurde es noch, als ihre Brüder beide in Russland gefallen sind und die Mutter das Häuschen verkaufen musste. Dass sie die Anni auf den Hof aufnehmen musste, hat die Gertrud von Anfang an schwer geärgert. Auch Otto, der hin und wieder auf Heimaturlaub nach Dingelbach gekommen ist, war nicht froh darüber. Aber er hat bestimmt, dass die Schwiegermutter bleiben darf. Das hat er seiner Frau zuliebe getan, aber auch, weil die Leute im Dorf sonst schlecht über ihn geredet hätten. Helga hat keinen Grund gehabt, sich über ihren Ehemann zu beschweren. Im Dorf gab es viele

Mädchen, die sie beneideten, weil sie selbst gehofft hatten, einmal Bäuerin auf dem großen Schützhof zu werden.

Nur ist gegen die Liebe kein Kraut gewachsen. Und die Liebe, die wirkliche, große, leidenschaftliche Liebe, ist über sie gekommen, als sie es am wenigsten erwartet hat.

»Der Grünkohl braucht noch den Frost«, sagt Mutter Anni. »Der Wirsing da drüben, der ist madig, den kannst du den Hühnern geben.«

Schweigend greift Helga den Korb mit dem Unkraut, legt den verschrumpelten Wirsingkopf darauf und trägt alles zum Hühnergatter. Die Hinkel machen sich hungrig über die Gaben her, scharren und picken darin herum, der Hahn scheucht die Hennen flügelschlagend davon, weil er den besten Teil vom Wirsing haben will. Helga schaut an der Scheune vorbei zur Dorfstraße hinüber, die sich vor dem Schützhof mit der Obergasse gabelt. Die Lina Altmann steht dort mit den beiden Stuten, um sie am Brunnen trinken zu lassen. Von Heini ist nichts zu sehen.

Als sie der Mutter den geleerten Korb wieder hinstellt, hebt Anni den Kopf und schaut sie an. »Es wird geredet im Dorf«, sagt sie.

Helga weiß, was sie meint. Sie hat es erst zwei Tage später erfahren, weil keine der Nachbarinnen es ihr gesagt hat. Alle haben fein den Mund gehalten und abgewartet, was geschehen würde. Erst als sich Lenchen Grossmann im Dorfladen verplappert hat, ist die Nachricht, dass der Oskar Michalski zurück ist, zu ihr gelangt. Da hat sie Mühe gehabt, ihr Erschrecken zu verbergen, denn die Frau Pfarrer und die Marlis Alberti haben im Laden gestanden.

»Das geht mich nichts an«, sagt sie zu ihrer Mutter und greift sich die Harke, um die Erde rund um das Suppengrün ein wenig anzuhäufeln. Das soll die Pflanze vor dem Frost schützen.

»Beim Altmann Schorsch ist er jetzt auf dem Hof«, sagt Anni. »Der hat ihn eingestellt, damit er ihm das Automobil repariert.«

Das hat Helga bisher noch nicht gewusst. Nur dass er hiergeblieben und nicht weitergezogen ist, das hat ihr gestern der Heini erzählt. Der Bub kennt den Oskar noch recht gut, und er mag ihn leiden. Aber er sagt nicht viel, obgleich in der Schule unter den Kindern sicher darüber geredet wird.

»Dann zieht er gewiss weiter, wenn das Auto wieder ganz ist«, meint sie zur Mutter.

»Das kann dauern. Das Schutzblech haben sie aus dem Pfarrgarten geholt, da feilt er dran herum und will es wieder anbringen. Und den Motor hat er auseinandergebaut, heißt es.«

Helga schweigt. Seitdem sie weiß, dass Oskar Michalski zurückgekommen ist, hat sie in den Nächten kaum ein Auge zugetan. Schweißgebadet, mit wild klopfendem Herzen liegt sie wach, starrt an die hölzerne Decke der Schlafkammer und hört neben sich das friedliche Schnarchen ihres Ehemannes. Otto weiß nichts von dem, was während seiner Kriegsgefangenschaft auf dem Hof geschehen ist. Nur die Gertrud hat es wohl bemerkt, vor ihr muss sich Helga in Acht nehmen. Und auch die Anni ist im Bilde.

»Warum sollt der Oskar länger als nötig dableiben? Der repariert das Automobil, dann zieht er weiter«, beharrt sie, damit die Mutter beruhigt ist.

»Das glaubst du doch nicht im Ernst?«

»Weshalb sollte er hierbleiben?«

»Das weißt du recht gut, Helga«, sagt Anni und schaut vorsichtig hinüber zu den Küchenfenstern. Die sind jetzt nicht mehr beschlagen, man sieht Gertrud, die in der Küche hin und her läuft.

»Es ist vorbei, Mutter. Ich weiß, wo ich hingehöre.«

»Dann ist's ja gut«, sagt Anni und rückt den Korb für das Unkraut ein Stück weiter nach vorn. Es klingt nicht überzeugend in Helgas Ohren, aber sie gibt sich zufrieden.

Drüben geht jetzt die Küchentür auf, die Gertrud steht auf der

Schwelle und beschattet die Augen mit der Hand, weil sie gegen die schrägen Sonnenstrahlen schauen muss.

»Wo ist der Heini?«, schreit sie zu ihnen hinüber. »Der Otto ist da, der Bub soll beim Ausspannen helfen.«

»Der Heini ist im Dorf«, sagt Helga.

Gertrud stemmt die Arme in die Hüften und muss Luft holen, bevor sie ihren Zorn ablässt. »Was hat der Bengel im Dorf herumzulaufen? Der hat dem Vater zu helfen! Lauf hinüber zum Anger, Anni, und hol ihn herbei.«

Damit knallt sie die Tür wieder zu, und Helga weiß, dass sie jetzt ihrem Sohn Otto von den Missetaten der Anni ausführlich berichten wird. Sie stellt die Hacke gegen die Scheunenwand und spült die Hände am Regenfass ab, dann geht sie eilig in die Küche, um das Schlimmste zu verhindern.

Otto Schütz steht bei Gertrud am Herd, er hat Durst gehabt und trinkt einen Becher Apfelmost, bevor er wieder in den Hof zurückkehrt, wo der Adam mit Wagen und Gäulen zugange ist. Während er trinkt, redet Gertrud auf ihn ein, hält ihm das himbeerrote Bonbon vor die Nase und will, dass er ein Machtwort spricht.

»Umgebracht hätt sie den Bub um ein Haar. Hättest deinen Erben auf dem Totenbett gefunden. Ist das denn möglich, dass eine so dumm und halsstarrig ist …«

Otto trinkt in großen Schlucken und starrt dabei auf das todbringende Klümpchen in Gertruds Hand. Als Helga in die Küche kommt, stellt er den Becher auf dem Tisch. Er ist zornig, das sieht sie an seinem rot angelaufenen Gesicht.

»Es war halb so schlimm«, beeilt sich Helga zu versichern. »Er hat sich halt verschluckt und das Guudsje in den Hals bekommen. So was kann passieren.«

»Die Anni hat ihm nichts Süßes zuzustecken«, tobt er. »Wenn die so weitermacht, dann soll sie sehen, wo sie bleibt.«

»Eine Plage ist sie«, stößt Gertrud erfreut ins gleiche Horn. »Jeden Tag passiert etwas anderes. Neulich hat sie das Hühnergatter offen gelassen, da sind die Hinkel über den Kohl hergefallen.«

Das ist nun gut zwei Wochen her, und es ist nur geschehen, weil der Riegel am Türchen abgebrochen war. Da hat Anni einen Stein vor das Türchen gelegt und den Adam gesucht, dass er das Gatter heil macht. Aber wie sie zurückgekommen sind, hatte der Hahn den Stein weggedrückt, und alle Hühner waren im Garten.

»Sie hat versprochen, es nie wieder zu tun«, sagt Helga zu ihrem Mann.

Gertrud stößt ein hysterisches Gelächter aus und ruft, das hätte sie schon oft zu hören bekommen. Aber Otto will zu Pferd und Wagen, er hat wenig Lust auf die ewigen Streitereien der Weiber und sagt seiner Mutter, sie solle Ruhe geben.

»Wo ist der Bub?«, will er von Helga wissen.

»Die Anni holt ihn.«

Otto macht schweigend kehrt und geht auf den Hof hinaus. Er fährt den Adam an, weil er den Wallach ausgespannt und zum Brunnen geführt hat, bevor er die Säcke vom Wagen ablädt. Der Knecht erträgt den ungerechten Tadel ohne Widerspruch; er weiß, dass der Schützbauer eine Wut in sich hat, die hinausmuss, jedes Wort dagegen bringt ihn nur noch mehr auf.

Otto ist ein Machtmensch, laut, polternd, herrisch. Wer ihm in die Quere kommt, hat nichts zu lachen, da kann er auch handgreiflich werden, sogar jetzt noch, obgleich ihm sein kaputter Arm, den er aus dem Krieg mitgebracht hat, nicht wie früher gehorchen will. Wenn er gut gelaunt ist, kann er großmütig sein, im »Raben« schmeißt er gern Runden, dann lassen sie den Otto Schütz, ihren Bürgermeister, hochleben und trinken auf ihn. Die meisten Bauern im Dorf sind froh, einen starken Bürgermeister zu haben, und lachen mit, wenn er auf ihre Kosten Scherze macht. Auch Helga tut das hin und wieder, um Streit zu vermeiden.

Otto hat sich sehr zu seinem Nachteil verändert, seitdem er aus der Kriegsgefangenschaft zurück ist. Er ist früh Bauer auf dem Hof gewesen, weil sein Vater schon in jungen Jahren an einem Magenleiden gestorben ist. Manche Leute im Dorf sagen auch, die Gertrud hätte ihren Mann ins Grab geärgert, was Helga für sehr wahrscheinlich hält. Otto ist nach seiner Mutter geraten, er hat sich ihrem Diktat nur in den ersten Jahren gefügt, dann hat er die Herrschaft übernommen, und Gertrud hat einsehen müssen, dass ihr Sohn von anderem Kaliber ist, als der Ehemann es war. Sie hat sich aber nur scheinbar gefügt. Wenn der Otto daheim ist, tut sie ihm schön und versucht, ihn dahin zu lenken, wo sie ihn haben will. Ist der Sohn aber nicht auf dem Hof, dann zeigt sie ihr wahres Gesicht.

»Der kommt gleich? Was soll das heißen? Der hat da zu sein, wenn ich ihn brauch. Alte Gewitterhex! Schaff den Bub herbei!«

Gertrud stellt den Suppentopf, den sie gerade auf den Tisch setzen wollte, zurück auf den Herd und läuft auf den Hof hinaus. Helga hört, wie sie nun zu zweit über die Anni herfallen, die den Heini wohl nicht mitgebracht hat.

»Zu nix taugt sie. Ich geh schon, Otto. Dem zieh ich die Ohren lang, dem Rotzbengel!«, keift Gertrud.

Jetzt kommt Anni in die Küche. Ganz blass schaut sie aus und muss sich auf einen Stuhl setzen.

»Was ist?«, fragt Helga besorgt.

»Am Dorfanger bin ich gewesen«, keucht Anni. »Da war die Frau Pfarrer und Lenchen Grossmann, die hab ich nach dem Heini gefragt. Sie haben gesagt, er hätt ganz allein auf der Bank bei der Linde gesessen. Geheult hätt er zum Steinerweichen.«

Helga verspürt einen Stich im Herzen. Der Bub leidet unter den fortwährenden Streitereien auf dem Hof. Ist das der Grund, warum er so still und abweisend geworden ist?

»Und wo ist er jetzt?«

»Auf einmal ist er fort gewesen, haben sie gemeint. Vielleicht ist er zum Bach gelaufen? Oder zum Killinger? Aber ich denk, der Heini kommt gewiss gleich von selber heim.«

Ganz sicher wird er kommen. Nur erwarten ihn dann ein väterliches Donnerwetter und eine ordentliche Tracht Prügel. Helga vermutet, dass er zum Killinger Hannes in die Schmiedewerkstatt gelaufen ist; da sitzt er gern und schaut dem Hannes und seinem Gesellen, dem Erwin, bei der Arbeit zu. Sie geht hinaus, um beim Abladen zu helfen, trägt die leeren Säcke in die Scheune und hängt das Pferdegeschirr an seinen Platz. Gertrud und Heini lassen auf sich warten. Helga sieht ihrem Mann an, dass er unruhig ist. Immer wieder schaut er zum Hoftor, schließlich geht er zum Brunnen, um suchend die Dorfstraße zu überblicken. Den Grossmann Herbert, der seine Stute am Brunnen tränkt und ein paar Worte über das gute Wetter redet, lässt er stehen, ohne Antwort zu geben.

»Ist schon sechs Uhr durch«, sagt er zu Helga. »Wird bald dunkel.«

»Der kommt gleich«, beruhigt sie ihn.

»Wenn dem Bub etwas zugestoßen ist, fliegt die Anni vom Hof«, schimpft er. »Die werf ich raus, wenn sie mir den Buben verdirbt!«

Helga würde gern entgegnen, dass sie in diesem Fall mit der Mutter gemeinsam gehen wird. Aber sie wagt es nicht, denn dann würde er jähzornig werden und zu schreien anfangen. Sie weiß, dass er Angst um seinen Bub hat, der Heini ist sein Ein und Alles, sein einziges Kind, dem er eines fernen Tages den Hof übergeben will. Er hält ihn streng, erzieht ihn mit harter Hand, aber im Herzen hängt er an seinem Sohn.

Sie haben schon alle Mehlsäcke auf den Dachboden getragen, als endlich die Gertrud zurückkommt. Allein. Der Heini ist nicht bei ihr.

»Der Saubub!«, schimpft sie ganz außer Atem. »Beim Killinger ist er nicht. Beim Grossmann auch nicht. Keiner hat ihn gesehen. Die Altmann Lina hat gemeint, er könnt beim Rabenwirt sein, weil die junge Katzen haben. Aber da ist er auch nicht. Er wird doch wohl nicht zum Weiher gelaufen sein?«

Otto wird blass. Letztes Jahr ist ein Bub im Badeweiher ertrunken, den haben sie auch am Abend gesucht wie eine Stecknadel im Heuhaufen und erst am nächsten Tag tot aus dem Wasser gezogen. Der Badeweiher liegt ein Stück vom Dorf entfernt hinter der Mühle, die Dorfkinder sind oft dort, um zu baden oder Fische zu angeln. Seit dem Vorfall im vergangenen Jahr hat Otto dem Sohn verboten, sich beim Weiher aufzuhalten.

»Spann wieder an, Adam«, befiehlt Otto. »Ich fahr hoch zum Weiher.«

Er legt selbst mit Hand an, zerrt den Wallach, der sich gerade über das Heu hergemacht hat, wieder aus dem Stall und legt ihm das Geschirr an. Der Wallach ist unwillig, er hat seine Arbeit getan und meint, er hätte jetzt ein Recht auf Stallruhe und Futter. Otto schlägt das Tier mit dem Stock, bis der Knecht Adam aufmuckt, weil er es nicht leiden kann, wenn ein unschuldiges Vieh geprügelt wird.

»So erreichst du nichts, Bauer. Machst ihn nur wild.«

»Willst du mir Lehren erteilen?«, schimpft Otto.

Aber er stellt den Stock beiseite und überlässt es Adam, den Wallach mit Ruhe und Geduld vor den Wagen zu spannen. Kaum ist er damit fertig, da sitzt Otto schon auf und treibt das Tier an. Ein Nachbar, der mit der Schubkarre Holz zu seinem Hof bringt, muss eilig beiseitespringen, weil der Wagen dicht an ihm vorüberprescht. Helga hört den Mann fluchen und geht hinaus, hilft ihm, das herabgefallene Holz einzusammeln, und erklärt die Sache.

»Der Bub ist vielleicht gestohlen worden«, vermutet der Nachbar. »Fahrendes Volk, die tun so was. Oder die Juden, die stehlen auch Kinder.«

»Das sind doch Märchen«, regt sich Helga auf.

»Ist alles schon passiert.«

Sie glaubt ihm kein Wort, aber dennoch bekommt sie es jetzt mit der Angst zu tun. Die Abenddämmerung senkt sich über die Felder, das Licht wird fahl, die Villa und die Fabrik drüben auf der anderen Bachseite fangen noch die letzten Sonnenstrahlen ein, aber über den Wiesen schwebt schon weißlicher Dunst. Warum ist der Heini noch nicht daheim? Noch nie war er am Abend so lange fort.

In der Küche keift die Gertrud die Anni an, aber Helga kann der Mutter jetzt nicht helfen. Sie zieht den Mantel an, steigt in die Halbschuhe und läuft auf die Dorfstraße hinaus. Wer könnte etwas wissen? Wo kann sie etwas erfahren? Sie sieht durchs Schaufenster, wie im Dorfladen Licht angeschaltet wird, und steigt die Stufen zur Ladentür hinauf.

Zwei Mägde stehen am Ladentisch und schwatzen mit der Herta. Als Helga eintritt, verstummt das Gespräch. Sie weiß, was da geredet wurde, das sie nicht mithören soll, aber jetzt ist es ihr gleich. Die Frauen wünschen ihr einen schönen Abend und packen die gekauften Waren ein: Zucker, Salz und eingelegte Heringe aus dem Fass. Dann gehen sie hinaus, bleiben noch ein Weilchen am Anger stehen, wo Lehrer Hohnermann mit dem Pfarrer auf der Bank sitzt, und trollen sich dann.

»Den Heini suchst du? Den hab ich den ganzen Tag noch nicht gesehen«, sagt Herta und zuckt bedauernd mit den Schultern.

Sie dreht sich um und ruft zur Küche hinüber:

»Mama, die Schütz Helga ist hier. Ob wir den Heini gesehen hätten.«

Marthe Haller kommt aus der Küche, begrüßt Helga freundlich wie immer. Aber auch sie kann nicht helfen.

»Frag mal Frieda«, sagt sie zu Herta. »Sie ist oben und schreibt am Krippenspiel.«

Helga hat schon alle Hoffnung verloren und will sich verabschieden.

Sie vernimmt Friedas unwillige Stimme – wenn sie schreibt, will sie nicht gestört werden. Die Haller-Töchter sind ungewöhnliche Mädchen, vor allem die beiden jüngeren. Die Bauern im Dorf schütteln die Köpfe über sie, manche sagen: Die gehören nicht hierher, die sind von auswärts. Andere sind weniger zurückhaltend und nennen sie »verrückte Hühner«.

»Der Heini?«, schreit Frieda von oben aus der Schlafkammer. »Weiß ich nicht. Oder warte mal, doch: Der ist vielleicht mit der Ida und den anderen zur Schoppenwies.«

Die Ida Haller. Die ist die Schlimmste von den dreien, macht immer ganz verrückte Sachen und schart eine Gruppe Gleichaltriger um sich, die sie zu ihrem Unsinn anstiftet.

»Auf der Schoppenwies?«, ruft Herta nach oben. »Was machen die denn da?«

»Kartoffelfeuer. Der Rudolf hat's erlaubt.«

Rudolf Alberti ist der Ehemann von Marlis. Er ist Bauer wie die meisten anderen Dingelbacher auch, aber daneben ist er ein Heiler, zu dem man mit allerlei Krankheiten gehen kann. Das hat er vom Vater gelernt und wohl auch geerbt, denn es gehört eine besondere Gabe dazu. Der Alberti Rudolf kann auch Wasseradern mit einer Astgabel finden, und er kennt sich mit den Pilzen aus.

Ein Kartoffelfeuer ist nichts Ungewöhnliches, das wird oft im Dorf nach der Ernte angezündet, allerdings ist die Zeit jetzt eigentlich schon vorbei. Dennoch ist es ein Hoffnungsschimmer. Der Heini hat sich schon öfter an die Ida angeschlossen, vielleicht haben sie ihn mitgenommen.

»Dank dir schön, Frieda«, ruft sie laut in die Küche hinein. Marthe Haller wünscht ihr alles Gute.

»Brauchst dich net aufregen, Helga. Kinder und vor allem Buben müssen halt einmal über die Stränge schlagen.«

Helga nickt und ist froh, dass der Otto solche Reden nicht zu hören bekommt. Der würde ihr verbieten, bei der Marthe einzukaufen.

Die Schoppenwies ist nicht in der Nähe des Dorfweihers, sondern am anderen Ende des Dorfes, wo der Schmied Killinger seine Werkstatt hat. Die Wiese gehört dem Rudolf Alberti, möglich, dass der sogar dabei ist und die Kartoffeln gestiftet hat, die im Feuer gebacken werden.

Sie geht an der Kirche vorbei zum Bach hinunter, und als sie bei der Brücke ist, kann sie den Feuerschein in der Ferne schon sehen. »Lieber Gott«, fleht sie innerlich. »Mach, dass er dort ist. Heil und gesund.«

Sie geht am Bach entlang durch die Wiesen, holt sich feuchtes Schuhwerk und weiß, dass die Bauern in ihren Häusern jetzt verwundert schauen und sich fragen, was die Schütz Helga wohl drüben am Bach verloren hat. Es ist ihr gleich. Sie steigt durch das niedrige Gras bis zur Schmiede, wo das Wasserrad ihr den Weg versperrt und sie über den Steg auf die andere Bachseite überwechselt. Es ist dämmrig geworden, Nebelfrauen ziehen über Äcker und Wiesen, und drüben hinter dem Albertihof versinkt der letzte Tagesschein. Das Feuer leuchtet nur noch wenig, es ist zu rötlicher Glut zusammengefallen, aber sie kann die Gestalten erkennen, die im Kreis um das glimmende Kartoffelkraut hocken. Es sind Halbwüchsige, die Ida mit ihrem Gefolge, ein Erwachsener ist dabei, das muss der Alberti Rudolf sein. Fröhliche Stimmen sind zu hören, die Ida Haller sticht hervor, sie führt das Wort, die anderen mischen sich ein, lachen und kichern. Der Rudolf redet nichts, sitzt nur dabei und stochert in der Glut herum.

Sie geht näher heran, da bemerkt sie einer der Jungen, sagt es den anderen, und sie drehen sich zu ihr um.

»Ist der Heini bei euch?«, ruft sie hinüber.

Da hebt der Rudolf den Kopf, und sie kann sein Gesicht erkennen. Der Schreck fährt ihr in alle Glieder, sie muss stehen bleiben, weil ihr schwindelig wird. Der Mann, den sie für Rudolf Alberti gehalten hat, ist ein anderer. Oskar Michalski sitzt dort am Feuer bei den Jugendlichen und schaut sie mit dunklen Augen an, in denen sich die Glut des Feuers spiegelt.

Er sagt leise etwas, was sie nicht hören kann. Da steht neben ihm ein Junge auf, langsam und angestrengt, als hinge ein Mühlstein um seinen Hals.

»Ich komm schon, Mama!«

Heini wirft den Stecken, den er in der Hand gehalten hat, beiseite und geht widerwillig auf sie zu. Helga dreht sich um und stapft voraus über die Wiese. Sie hat es so eilig, dass Heini kaum folgen kann. Ihr Herz hämmert lauter als der Schmiedehammer in der Werkstatt.

»Der Oskar ist wieder da«, sagt Heini hinter ihr. »Der ist ein feiner Kerl.«

Kapitel 4

»Feuer! Jemand hat Feuer gelegt. Die Flammen schlagen hoch …«

Frieda schüttelt unzufrieden den Kopf.

»Du musst es nicht ablesen, Luise. Die drei Sätze kannst du dir doch merken. Noch mal!«

Luise nickt gehorsam und legt das Heft, in dem ihr Rollentext steht, aufs Bett. Ihre Schlafkammer ist eng; Bett, Kommode und Schrank nehmen viel Platz ein, den Stuhl haben sie aufs Bett gelegt, damit sie mehr Bewegungsfreiheit zum Theaterspielen haben.

»Feuer! Die Flammen schlagen hoch …«, deklamiert Luise und unterstützt die dramatische Wirkung, indem sie mit den Armen wedelt.

»Du hast den zweiten Satz vergessen!«

»Ach so. Wie war der noch?«

Sie muss das Heft zu Rate ziehen und seufzt. Texte auswendig zu lernen ist nicht ihre Sache, aber sie gibt sich Mühe, weil sie ja so gern mit der Frieda Theater spielt.

»Kann ich den nicht weglassen, Friedchen?«

Frieda verdreht die Augen zur Zimmerdecke, weil Luise so begriffsstutzig ist. Schließlich hat sie sich etwas dabei gedacht, als sie diese Szene geschrieben hat.

»Das steht da, weil gleich klar sein muss, dass das Feuer mit Absicht gelegt wurde, Luise. Jetzt streng dich mal an.«

Luise holt tief Luft und versucht es aufs Neue. »Feuer! Jemand hat Feuer gelegt. Die Flammen schlagen hoch!«

»Mehr Schwung. Pass auf, ich mach's dir vor.«

Frieda streckt den Arm aus und zeigt auf den Schrank. In ihrer Fantasie steht dort der weiße Palast des Maharadschas, von zierlichen Türmen flankiert. Aus der Kuppel in der Mitte steigt Rauch in den Himmel auf, Gebälk stürzt ein, Menschen fliehen in Scharen …

»Feuer!«, ruft sie, blankes Entsetzen in der Stimme. »Jemand hat Feuer gelegt! Die Flammen schlagen …«

Es poltert auf der Stiege, Tante Lina reißt die Kammertür auf und stürzt an ihnen vorbei zum Fenster.

»Wo brennt's denn? Doch nicht beim Dippel Alfred in der Mühle?« Draußen liegen Dorf und Landschaft friedlich im grauen Novemberlicht. Es hat Frost gegeben, die Äcker sind von weißlichen Gespinsten überzogen, die Wiesen sind gefroren. Tante Lina dreht sich zu den verblüfften Mädchen um und stemmt die Arme in die Hüften.

»Zu Tode erschreckt habt ihr mich! Hab schon geglaubt, im Dorf sei ein Feuer ausgebrochen, und wollt rüber zum Grossmann Herbert, dass sie die Feuerspritze aus der Remise holen!«

Luise macht ein betretenes Gesicht, während Frieda sich das Lachen nicht verkneifen kann. Offenbar hat sie so gut gespielt, dass die Tante darauf hereingefallen ist.

»Wir haben doch nur geprobt, Mama«, entschuldigt sich Luise. »Der Palast des Maharadschas brennt gerade.«

»Allweil das dumme Theaterspielen!«, schimpft Tante Lina. »Wozu braucht ein Mensch so was? Die anderen Mädchen sitzen beisammen und stricken Jacken und Strümpfe für den Winter. Wolle muss auch gesponnen werden. Vom Theaterspielen kriegst du keine warmen Füß'.«

»Aber ein warmes Herz, Tante Lina!«, meinte Frieda mit Überzeugung.

Das klingt in Tante Linas Ohren verdächtig. Was das Herz und

Herzenssachen angeht, da muss eine Mutter gut auf ihre Tochter aufpassen. Passiert ist schnell etwas, und nicht immer findet sich der junge Bursch bereit, das Mädchen zu heiraten.

»Ein *reines* Herz, das ist wichtig für ein anständiges Mädchen«, erklärt sie mit Nachdruck und schaut ihre Tochter Luise eindringlich an. »Ein reines Herz und warme Füß' – so soll das sein.«

Frieda kann den Schalk, der ihr im Nacken sitzt, nicht bändigen. Auch wenn sie weiß, dass sie die Tante verärgern wird. »Reine Füß' und ein warmes Herz ist aber auch net verkehrt«, witzelt sie.

Tante Lina reagiert wie erwartet unfreundlich. Sie zieht die Nase hoch und erklärt, dass die Luise gleich runterkommen müsse, morgen sei Waschtag, da solle sie noch die Laken und die Leibwäsche einweichen. Damit geht sie aus der Kammer und zieht die Tür hinter sich zu.

»Wäsche einweichen!«, murrt Luise. »Dazu braucht sie mich gar nicht. Sie will nur nicht, dass wir Theater spielen.«

Natürlich ist das auch Frieda klar. Fast alle Leute im Dorf schütteln die Köpfe über ihre Theaterbegeisterung. Aber am Heiligen Abend kommen sie trotzdem zum Krippenspiel, und dann wird sie gelobt, weil sie es wieder so schön einstudiert hat. So sind sie eben, die Dingelbacher. Nur Lehrer Hohnermann, der ist anders. Der kann sie verstehen. Aber den nehmen die Bauern ja nicht für voll. Weil er nur ein Schulmeister ist.

»Wir machen's noch mal«, bestimmt sie. »Du weißt jetzt, wie ich es meine. Leg los!«

»So wie du kann ich das nicht«, meint Luise entmutigt. »Wenn du das sprichst, dann klingt das so, als wäre man mittendrin.«

»Du musst es dir eben vorstellen«, rät Frieda. »Da steht der große, schöne Palast des Maharadschas, und du siehst, wie die Flammen züngeln.«

Luise starrt auf die elektrische Deckenlampe, die ein kärgliches gelbes Licht von sich gibt. Der Schrank ist aus dunklem Holz und hat schon Risse, an der Ecke ist ein Stück abgebrochen. Und die Vorhänge hat noch die Großmutter genäht.

»Feuer!«, deklamiert sie und hält gleich inne, weil es recht jämmerlich klingt. »Ich komm irgendwie nicht rein, Friedchen!«

Frieda beschließt, Luises Vorstellungskraft nachzuhelfen, und greift nach der Streichholzschachtel, die auf dem Nachttisch neben der Petroleumlampe liegt.

»Schau in die Flamme, Luise. Und stell dir vor, sie wäre riesengroß.«

Sie zündet ein Hölzchen an und hält es Luise vor die Nase. Die starrt so intensiv in das Flämmchen, dass sie zu schielen beginnt.

»Feuer«, flüstert sie. »Jemand hat ... Aua! Bist du verrückt? Du hast mir das Haar angezündet ...«

Entsetzt sieht Frieda, wie Luises Stirnlocke zu brennen beginnt. Geistesgegenwärtig greift sie die Kanne auf der Kommode mit dem Waschwasser und gießt sie Luise über den Kopf. Die schreit noch lauter, das Wasser fließt ihr übers Gesicht und den Rücken hinunter, die Bluse ist nass, der Rock ebenfalls, und auf dem Dielenboden breitet sich ein dunkler Fleck aus.

»Den ganzen Schopf hast du mir verbrannt! Wenn das die Mutter sieht ...«

Frieda tut, was sie kann. Sie reicht der Kusine das Handtuch, damit sie sich abtrocknen kann, aber dabei tritt der Schaden erst recht zutage. Eine dicke Haarsträhne ist nicht mehr zu retten, die kann sie nicht mehr in den Zopf einflechten, weil sie zu kurz ist.

»Wie das stinkt!«, jammert Luise. »Ich rieche wie eine gesengte Gans. So kann ich doch nirgendwo hingehen ...«

»Da schneide ich dir einfach einen Pony ...«, schlägt Frieda vor. »Das sieht modern aus und ...«

Aber da steht plötzlich Onkel Georg an der Kammertür, und sie verstummt.

»Was treibt ihr zwei denn schon wieder ...«, setzt er an, doch dann bleibt ihm der Satz im Hals stecken, weil er seine Tochter mit dem nassen, versengten Schopf erblickt.

»Ja, seid ihr denn vom wilden Watz gebissen? Es stinkt wie im Gänsestall, und ausschauen tust du wie ein gerupftes Hinkel. Schluss jetzt mit dem Theaterspielen! Mach dich heim, Frieda. Und du wischst den Boden auf, Luise!«

Onkel Georg ist im Grunde ganz umgänglich, aber wenn er zornig ist, kann man nicht mit ihm reden. Das weiß Frieda, und deshalb nimmt sie ihr Heft an sich und meint zu Luise: »Bis morgen dann …«

Die kann nicht antworten, weil der Vater ihren Kopf untersucht und wissen will, wieso das Haar versengt ist. Während sie die Treppe hinuntersteigt, kann Frieda hören, wie Luise jetzt alle Schuld auf sie schiebt.

»Die Frieda hat ein Streichholz angezündet …«

Unten an der Küchentür steht Tante Lina mit der alten Magd Grete, die gerade aus dem Stall gekommen ist und einen Eimer Milch hereinträgt. Beide schauen Frieda böse an und horchen, wie der Onkel Georg oben Luise ausschimpft. Frieda läuft an den Frauen vorbei aus dem Haus und merkt erst auf dem Hof, dass sie ihre Jacke oben in Luises Kammer vergessen hat. Sie wird sie morgen holen, jetzt hat sie keine Lust, wieder umzukehren und sich ausschelten zu lassen.

Sie streicht dem zottigen Hasso, dem Hofhund, über den Kopf und schaut rasch in die Remise hinein, wo Oskar Michalski an Onkel Georgs Automobil herumwerkelt. Er sitzt auf dem Boden und wischt mit einem Tuch an einem metallischen Gegenstand herum. Hände und Gesicht sind voll dunkler Ölflecke.

Als er Frieda entdeckt, grinst er freundlich. »Dicke Luft da drin?«, fragt er und zwinkert ihr zu.

»Dick wie Erbsensuppe.«

»Wird schon wieder!«, sagt er lachend.

Frieda beeilt sich, nach Hause zu kommen, denn der Wind, der durch die Dorfstraße bläst, ist winterlich kalt. Unterwegs ärgert sie sich über ihre Kusine, die solch ein Aufheben um ein paar versengte Haare macht. Opfer müssen halt gebracht werden, wenn es ums Theaterspielen geht. Und überhaupt würde der Luise ein Bubikopf gut stehen. Leider erlauben ihre Eltern es nicht, dass sie sich das Haar kurz schneidet, da geht es ihr genauso wie ihr selbst. Die Frauen im Dorf tragen das Haar nach althergebrachter Sitte lang, den kleinen Mädchen flicht man zwei Zöpfe, die älteren Mädchen und die erwachsenen Frauen stecken den Zopf am Hinterkopf mit Haarnadeln zu einem Dutt auf. An dieser Haartracht hat sich seit der Steinzeit nichts geändert.

Im Laden ist der Ofen angefeuert, Frieda setzt sich gleich daneben und wärmt die kalten Finger. Herta bedient Marlis Alberti; Karin Guckes, die Frau vom Rabenwirt, und Lenchen Grossmann warten an der Ladentheke und reden über die Ilse Küpper.

»Ganz allein wohnt sie in der großen Villa. Das wär mir zu unheimlich. Wenn da nachts einer kommt …«

»Die hat doch die Carla, die ist nicht mit nach Bad Homburg gegangen.«

»Und wenn schon. Glaubst du, die Carla nimmt's mit einem Einbrecher auf?«

»Die? Ganz bestimmt net. Der Direktor Küpper hat neulich ja wieder Möbel und schönes Geschirr nach Bad Homburg bringen lassen. Der Guckes Jörg hat es ihm mit dem Pferdewagen gefahren.«

»Der hat sich fortgemacht, der Direktor Küpper. Hast du schon gehört, dass die Fabrik jetzt seiner Schwester gehören soll?«

»Gewiss. Die Frau Pfarrer hat's erzählt. Da wird's wohl bald in Konkurs gehen, hat sie gemeint. Die Küpper'sche kann doch keine Fabrik leiten.«

»Warum denn net?«

»Weil's eine Frau ist. Das ist eine Sach, da gehört ein Mannsbild hin.«

»Ich weiß net. Die Marthe führt ihren Laden doch auch ohne den Bruno.«

»Das schon. Aber eine Fabrik, das ist ganz was anderes! Da brauchst du einen Direktor. Verstehst du? Wenn da eine Frau daherkommt – da lachen die Arbeiter doch bloß.«

Frieda reibt sich die klammen Finger und denkt, dass die Ilse Küpper richtig mutig ist und es vielleicht doch schaffen wird. Wenn's denn stimmt, was die beiden Schwatztanten da reden. Sicher kann man nie sein, aber ein Stück Wahrheit steckt immer im Dorftratsch.

Die Frauen sind schon beim nächsten Thema: Die Rentenmark ist da. Eine Rentenmark ist so viel wert wie eine Billion Papiermark. Dabei ist die Rentenmark auch nichts anderes als ein Stück Papier. Der Schütz Otto hat geflucht, weil er einen Kredit für die teure Mähmaschine aufgenommen hat und jetzt in Rentenmark zahlen soll. Im Dorf hat bisher kaum einer eine Rentenmark zu sehen bekommen, nur der Guckes Jörg hat für seine Fahrdienste vom Direktor Küpper zwei neue Rentenmark in Scheinen erhalten. Bei Marthe Haller wird immer noch mit dem alten Papiergeld bezahlt, das sie nicht mehr in die Kasse, sondern in eine große Schachtel legen muss, weil es zu viele Scheine sind. Manche bezahlen auch mit Notgeldscheinen, die von Städten und Gemeinden herausgebracht werden, die nimmt die Mutter auch an. Meistens aber wird getauscht, das ist sicherer, da weiß man, was man hat. Marthe Haller ist froh darüber, weil sie kein Vieh hält und Fleisch, Speck und Würste gut gebrauchen kann.

Jetzt ist die Marlis fertig und steckt ihren Einkauf in die Tasche. Sie hat Schuhwichse, Grieß und Waschmittel gekauft. Herta wendet sich der Guckes Karin zu, die benötigt zwei Schulhefte mit Linien und einen Bleistift. Mit Bedauern sieht Frieda den

Stapel Schulhefte schwinden. Der Ernst und der Gustav, für die diese Hefte bestimmt sind, freuen sich garantiert nicht über den Einkauf, weil sie sich mit dem Schreiben schwertun. Sie selbst hingegen würde liebend gern zwei oder drei der schönen Schreibhefte nach oben in ihre Kammer entführen. Aber die Mutter hat sie durchgezählt und merkt sofort, wenn eines fehlt.

Marthe Haller sitzt mit dem reisenden Händler Sirius Engelke in der Küche, sie hat ihm einen Gerstenkaffee gekocht, und die Zuckerdose steht auch auf dem Tisch. Sirius Engelke ist einer der Vertreter, die die Dorfläden in der Umgebung mit Waren versorgen. Auf dem Küchenboden stehen seine Koffer, er öffnet sie einen nach dem anderen, um der Mutter seine neuesten Waren zu zeigen. Frieda setzt sich dazu und bestaunt den Krimskrams, der zu Bündeln geordnet in den Koffern liegt. Strumpfbänder, Sockenhalter und Selbstbinder, braunmelierte Kämme und Päckchen mit Haarnadeln, Schleifen, die die armen Kinder an Festtagen in die Zöpfe gebunden bekommen, Wundertüten, Weihnachtsbaumschmuck aus glitzernder bunter Pappe und vieles andere mehr. Sirius Engelke ist schon über vierzig, an der Stirn hat er »Geheimratsecken«, sonst ist sein schwarzes Haar dicht und glänzend. Er hat blaue Augen und einen gepflegten Schnurrbart, und auch sonst legt er Wert auf sein Äußeres. Wenn er von seinem Pferdewagen steigt, klopft er sich immer zuerst die Jacke und die Hose ab. Seine Waren preist er mit weicher, melodischer Stimme an, das gefällt der Mutter, aber Marthe Haller ist trotzdem auf der Hut und lässt sich keine unverkäuflichen Waren aufschwatzen.

»Sterne aus Goldpappe – da brauchen wir keine«, sagt sie, als er den Koffer mit den Weihnachtssachen öffnet. »Dafür geben die Bauern kein Geld aus.«

Frieda nimmt eins der glänzenden Sternchen in die Hand und fragt nach dem Preis. Herr Engelke rechnet noch in Papiermark – ein Sternchen kostet zwei Millionen.

»Wenn Sie es billiger machen – ich könnt die Sterne gut für das Krippenspiel brauchen«, meint sie. »Für die Engel.«

Herr Engelke ist bereit, bei Abnahme von zwanzig Sternchen einen Nachlass zu geben.

Die Mutter runzelt die Stirn. »Engel hin – Krippenspiel her«, meint sie kopfschüttelnd. »Ich kauf doch nicht zwanzig Sterne, um sie zu verschenken.«

»Du nicht, Mama. Aber der Otto Schütz. Der kauft sie uns ab, und der Pfarrer Seybold bedankt sich dann im Gottesdienst für die großzügige Spende des Bürgermeisters.«

Marthe Haller ist unsicher. Der Schütz Otto ist unbeliebt im Dorf, weil er schon zwei Höfe ersteigert hat, die überschuldet waren. Er hat es so dargestellt, als sei er als Retter in der Not gekommen, damit kein Fremder die Höfe erwirbt und das Land beim Dorf bleibt. Aber viele Dingelbacher sehen das anders. Deshalb ist der Bürgermeister Otto Schütz bemüht, seinen Ruf durch solche Geschenke an die Dingelbacher aufzubessern. Sicher ist dieses Geschäft jedoch nicht – wenn der Otto schlechte Laune hat und die Sterne nicht kauft, bleibt sie auf den Dingern sitzen.

»Da geben Sie Ihrem Herzen doch einen Stoß, Frau Haller«, bemüht sich Herr Engelke. »Wo das Fräulein Tochter solch schöne Krippenspiele schreibt und überhaupt eine begabte Schauspielerin ist.«

Er lächelt die Mutter an. Seine regelmäßigen weißen Zähne kommen unter dem schwarzen Schnurrbart gut zur Geltung, sie sind aber vermutlich nicht echt. Von Friedas Schauspielleidenschaft weiß er, weil sie im Frühjahr einmal mit Luise oben in ihrer Kammer geprobt hat, als Engelke der Mutter seine Waren zeigte.

»Ach, was die beiden Mädchen sich da zurechtspinnen«, seufzt Marthe Haller. »In der Fabrik oben hätte Frieda Arbeit finden können. Aber da steht es nicht gut, sie haben fast alle Leute entlassen müssen.«

Herr Engelke zieht die Stirn in Falten, weil er den Sternenverkauf rasch noch einmal durchkalkuliert, dann bietet er zwanzig Prozent Nachlass. Die Mutter willigt ein, sie wird dem Schütz Otto das Doppelte draufschlagen – das rechnet sich.

Erfreut notiert Herr Engelke die Bestellung und zählt schon einmal die Sterne ab. Dabei redet er unaufhörlich mit sanfter, schmiegsamer Stimme.

»Sie irren sich, liebe Frau Haller, wenn Sie meinen, dass der Beruf des Schauspielers verachtenswert sei … sieben, acht, neun … Die jungen Leute, die in Frankfurt zur Schauspielschule gehen, werden alle an namhaften Theatern engagiert und verdienen gutes Geld. … dreizehn, vierzehn, fünfzehn … Manche werden sogar weltberühmt und kommen ins Kino. Wie die Fritzi Massary, die die Madame Dubarry im Kino singt …«

Herr Engelke wohnt in Ginnheim, das gehört zu Frankfurt. Frieda beneidet ihn, weil er ein eifriger Kinogänger ist und immer die neuesten Filme gesehen hat.

»Es gibt eine Schule, wo man das Theaterspielen lernen kann?«, erkundigt sie sich,

Herr Engelke macht ein verlegenes Gesicht, weil Marthe Haller ihn vorwurfsvoll anschaut.

»Setzen Sie dem Mädchen keine Flöhe ins Ohr!«, warnt sie stirnrunzelnd.

»Nun ja. Die gibt es schon«, meint er zurückhaltend und lächelt Frieda mit seinen schönen weißen Zähnen an. »Zumindest habe ich davon gehört. Es heißt aber, dass dort nur wenige Schüler aufgenommen werden und es außerdem sehr teuer ist. Das macht dann zusammen siebzig Billionen, dreihundertfünfzig Milliarden, siebenundzwanzig Millionen, liebe Frau Haller …«

Friedas Mutter nimmt die großen, bunten Papierscheine aus dem Karton und zählt sie auf den Tisch. Wenn man die so einfach in Rentenmarkscheine eintauschen könnte, aber dazu müsste sie mit dem ganzen Karton zur Bank nach Frankfurt fahren. Und es ist keineswegs sicher, dass sie es auch eintauschen. Mit der Rentenmark sind sie knauserig, heißt es. Weil nicht so viel davon in Umlauf gesetzt werden soll.

Frieda wagt nicht weiterzufragen, denn sie weiß, dass die Mutter sich dann schrecklich aufregen wird. Die Schauspielerei ist schön und gut, wenn es um das Krippenspiel im Dorf geht. Aber alles, was mit Film oder gar Theater zu tun hat, gehört in den Bereich der sogenannten Halbwelt. Dort blühen Laster und Sittenlosigkeit, wer dort hineingerät, muss aufgrund seines schlimmen Lebenswandels unweigerlich am Alkohol oder am Drüsenfieber zugrunde gehen, heißt es. Frieda schaut zu, wie Herr Engelke seinen Weihnachtskoffer wieder sorgfältig verschließt, den kalt gewordenen Gerstenkaffee austrinkt und danach den Schnurrbart mit dem Finger glattstreicht. Er verabschiedet sich formvollendet mit Verbeugung und Händedruck von »den beiden Damen«. Sirius Engelke hat immer feuchte, schweißige Hände.

Aber die Sache mit der Schauspielschule lässt Frieda nicht mehr los. Eine Schauspielerin werden und in einem richtigen Theater auf der Bühne stehen! Oder sogar in einem Film auf der Leinwand zu sehen sein. Ist es nicht das, was sie immer schon gewollt hat? Nur hat sie bisher geglaubt, dass es nur ein schöner, unerreichbarer Traum sei. Aber heute ist dieser Traum in greifbare Nähe gerückt. Man kann das Theaterspielen an einer Schule lernen. Genau das will sie. Aber wo in Frankfurt ist diese Schule? Und was muss man tun, um dort aufgenommen zu werden?

Wer könnte ihr da weiterhelfen? Ihr fällt nur Lehrer Hohnermann ein. Er ist der Einzige in Dingelbach, der ihre Schauspielleidenschaft verstehen kann. Er hat ihr sogar einmal ein Heftchen ausgeliehen, das war ein Theaterstück von einem William Shake-spe-are. Das würde »Schekspier« ausgesprochen werden, weil er ein Engländer gewesen sei, hat er ihr erklärt. Das Stück hieß:

»Ein Sommernachtstraum«. Es hat ihr nicht so gut gefallen, weil man darin gar keine richtige Handlung erkennen kann und alles durcheinandergeht. Lehrer Hohnermann besitzt eine Menge Bücher, die er gern ausleiht. Ihre kleine Schwester Ida holt sich bei ihm jede Woche ein neues Buch; sie liest so viel, dass die Mutter gemeint hat, wenn sie so weitermacht, wird sie als Brillenschlange enden. Weil das Lesen schlecht für die Augen ist.

»Willst du schon wieder fort?«, fragt Marthe Haller, als Frieda aus der Küche geht. »Die neuen Waren müssen ausgepreist und eingeräumt werden.«

»Hab meine Jacke bei Luise vergessen.«

»Mach aber schnell. Es geht nicht, dass Herta immer allein im Laden steht!«

Die macht das doch gern, denkt Frieda unbekümmert. Sagen tut sie es besser nicht, sonst jammert Herta wieder, sie habe immer den schwersten Teil und arbeite vom frühen Morgen bis zum späten Abend. Sie läuft einen Umweg, weil Mutter durchs Ladenfenster sehen könnte, wenn sie statt nach rechts zum Schützhof nach links zum Schulhaus geht. Hinter dem Pfarrgarten am alten Friedhof vorbei gelangt sie wieder zum Anger, wo das Schulhaus steht. Die Lehrerwohnung ist ans Schulhaus angebaut, ein Garten mit Beeten und Obstbäumen gehört auch dazu. Bis vor zwei Jahren hat dort der alte Lehrer Schmidt mit seiner Frau gewohnt und drei Kinder großgezogen. Jetzt hat der Lehrer Hohnermann die beiden Zimmer und die Küche ganz für sich allein.

Um diese Jahreszeit gibt es im Garten nichts mehr zu tun, da sitzt er am Nachmittag meistens in seiner Wohnstube und bereitet sich auf den Unterricht für den nächsten Tag vor. Das tut er, weil er den älteren Schülern allerlei Dinge beibringt, die sie beim Schmidt nie gelernt haben. Über Maschinen und Flugzeuge redet er, oder er erklärt, was eine Republik ist, wozu es ein Parlament gibt und was die verschiedenen Parteien in ihren Programmen vertreten. Frieda weiß das von ihrer kleinen Schwester Ida, die beim Mittagessen immer erzählt, was heute in der Schule dran war.

Sie läutet unten am Eingang zur Wohnung, und gleich öffnet sich oben ein Fenster.

»Ach, du bist das, Frieda«, ruft er hinunter. »Komm herauf.«

Die Haustür hat eine Klinke, man kann einfach ins Haus gehen. Das ist überall im Dorf so. Erst am Abend werden die Türen verschlossen, einige schieben auch die Hoftore zu, weil ja Fremde mit der Bahn nach Dingelbach kommen könnten.

Frieda geht an der offen stehenden Küchentür vorbei und stellt fest, dass der Herd wohl schon eine ganze Weile nicht gefeuert wurde. Lehrer Hohnermann ernährt sich meist von Brot, Wurst und Weißkäse – mit dem Kochen hat er es nicht so. Der soll heiraten, sagen die Leute im Dorf. Sonst verhungert er uns noch.

Als sie die Treppe hinaufsteigt, steht er schon im Flur und reicht ihr die Hand zu Begrüßung. Er hat kräftige, warme Hände, drückt aber nicht fest zu, wie es manche Bauern so gern tun, um den Frauen zu zeigen, wie stark sie sind.

»Ich freue mich, dass du wieder einmal zu mir kommst, Frieda«, sagt er. »Ich hatte schon gefürchtet, dich mit dem ›Sommernachtstraum‹ ganz und gar enttäuscht zu haben.«

»Ach was«, lacht sie fröhlich. »Das war zwar ziemlich kraus und nicht richtig spannend, aber trotzdem gab es schöne Stellen darin.«

Er lächelt. Das sieht merkwürdig aus, weil sein Mund so schmal und etwas schief ist. Vor dem Krieg muss er einmal ein gut aussehender Mann gewesen sein, er ist groß und gerade gewachsen und hat blondes Haar. Aber in seinem Gesicht sind viele Narben, das linke Auge ist schmal, und er sieht damit schlecht. Deshalb trägt er eine Brille, die hat rechts nur Fensterglas, aber links ist das Glas dick. Er hat einmal gesagt, er sei froh, so davongekommen zu sein, er hätte Kameraden gesehen, denen sei es viel schlimmer ergangen.

»Ich habe darüber nachgedacht, welches Theaterstück dir gefallen könnte«, sagt er und hält ihr die Tür zu seinem Wohnzimmer auf. Das ist völlig anders eingerichtet als in den Häusern der Bauern, wo es meistens ein Sofa gibt, über dem ein frommes Bild hängt. Davor stehen Tisch und Stühle, manche haben einen Schrank oder einen Lehnstuhl, andere eine Kommode mit einer Vase oder mit gerahmten Fotos darauf. In Lehrer Hohnermanns Wohnzimmer stehen ringsherum Bücherregale, die hat er sich selbst gezimmert. Aber in einigen stehen die Bücher schon in doppelten Reihen, er muss wohl bald neue Regale bauen. Am Fenster hat er einen Schreibtisch aufgestellt, darauf steht ein Globus, außerdem liegen dort Stapel von Schülerheften und weitere Bücher. Das Theaterstück hat er schon für sie bereitgelegt und nimmt es nun in die Hand.

»*Macbeth*«, sagt er. »Es ist von dem gleichen Autor geschrieben, aber die Geschichte ist sehr spannend. Allerdings auch traurig, denn es geht nicht gut aus.«

Wenn er sie anschaut, weiß sie nie so genau, was sie davon halten soll. Wahrscheinlich liegt das an der komischen Brille, in der sich das Licht spiegelt. Er schaut sie oft und lange an – die Schwatztanten im Dorf erzählen gern, er sei in sie verliebt. Aber sie erzählen dann auch wieder, er sei in Luise Altmann oder Erna Guckes verliebt – das ist bloß dummes Gerede. Sie nimmt gehorsam das kleine Heft, das er ihr reicht, und blättert es kurz durch. Aha, es geht um einen König von Schottland – na, immerhin.

»Setz dich doch«, lädt er sie ein und stellt ihr einen Stuhl zurecht. »Bevor du das liest, will ich dir kurz etwas über Schottland im Mittelalter erzählen …«

Du liebe Zeit, denkt sie. Wenn er damit anfängt, kann es lange dauern. »Warten Sie«, ruft sie. »Ich habe nämlich eine Frage.«

Er ist etwas irritiert, weil er gerade mit der schottischen Geschichte loslegen wollte. »Bitte schön«, sagt er.

»Wissen Sie etwas über die Schauspielschule in Frankfurt?«

»Über … die Schauspielschule in Frankfurt?«, wiederholt er verblüfft. »Wie kommst du denn auf so etwas?«

»Der Herr Engelke, der immer die Kurzwaren bringt, hat davon erzählt. Er hat gesagt, dass die Schüler der Frankfurter Schauspielschule alle an namhaften Theatern engagiert werden und gutes Geld verdienen.«

Er geht zum Schreibtisch und setzt sich. Blickt nachdenklich vor sich hin. »Soso … der Herr Engelke …«, meint er leise.

Schaut er sie jetzt wieder an? Ja, er fixiert sie durch seine Brille und lächelt ein bisschen dabei.

»Und da hast du gedacht, das könnte etwas für dich sein, ja?«

Findet er, dass dies eine ganz verrückte Idee ist? Frieda ist enttäuscht. Sie hat sich Verständnis und Hilfe erhofft, und nun lacht er sie aus.

»Ja, das habe ich gedacht«, beharrt sie. »Weil es doch eine gute Sache ist, das Theaterspielen richtig in einer Schule zu lernen.«

Er stößt die Luft aus und schaut aus dem Fenster.

»Da hast du gewiss nicht unrecht, Frieda«, gibt er zu.

Sie strahlt. Also hat sie sich doch nicht in ihm getäuscht. Jetzt bohrt sie gleich nach.

»Wenn ich wüsste, wo in Frankfurt diese Schule ist. Und was sie kostet. Und wie man dorthin kommen kann …«

»Das weiß ich leider auch nicht.«

»Aber Sie könnten es herausfinden, Herr Hohnermann«, ruft sie aufgeregt. »Sie fahren doch immer nach Frankfurt zur Bibliothek, oder? Da könnten Sie sich doch einmal nach der Schauspielschule erkundigen. Ach, wenn Sie das tun würden!«

Sie versteht es zu bitten. Er wird verlegen, reibt sich die Hände und fragt dann, ob ihre Mutter über ihre Absicht im Bilde sei.

»Sie weiß es … schon«, schwindelt Frieda. »Nur nicht so genau … Sie glaubt, dass es sowieso viel zu teuer ist.«

Er seufzt, schiebt das Tintenfass hin und her und scheint mit sich zu kämpfen. Denkt er vielleicht, sie würde Hals über Kopf davonlaufen, um in Frankfurt Schauspielerin zu werden? So etwas würde sie doch auf keinen Fall tun.

»Also gut«, sagt er endlich. »Erkundigen kann ich mich ja mal. Ich fahre morgen Nachmittag und komme wohl erst spät zurück. Übermorgen sage ich dir, ob ich etwas erfahren habe. Machen wir es so?«

»Ja!«, ruft sie aus. »Und tausend Dank schon mal im Voraus. Ach, ich hab doch gewusst, dass Sie mir helfen würden. Sie sind der einzige Mensch in ganz Dingelbach, dem ich mich anvertrauen kann!«

Er freut sich, muss über ihren begeisterten Ausbruch sogar lachen, wird jedoch gleich wieder ernst. »Aber keine Heimlichkeiten vor deiner Mutter, Frieda. Darum bitte ich dich sehr.«

»Bestimmt nicht!«

Sie ist schon an der Tür, verabschiedet sich hastig, weil sie noch rasch die Jacke holen muss, bevor sie heimgeht. Das Schauspiel von Macbeth hat sie auf seinen Schreibtisch gelegt und dort vergessen.

Kapitel 5

Carla ist mehr als ungehalten, als sie das Frühstück serviert. Immer wieder schaut sie zu der Vitrine hinüber, deren Inhalt nun ziemlich übersichtlich ist.

»Die silbernen Leuchter hätten Sie ihr wirklich net überlassen brauchen, Frau Küpper. Schlimm genug, dass sie das gute Geschirr bis auf das letzte Schüsselchen mitgenommen hat.«

Ilse lässt sich nicht aus der Ruhe bringen. Es stört sie nicht, vom Alltagsgeschirr zu essen, und silberne Leuchter braucht sie auch nicht. Ebenso wenig die Zuckerdosen, Salzfässer und silbernen Körbchen, die doch nur nutzlos herumstehen und blank geputzt werden müssen, weil sie sonst schwarz anlaufen.

»Wir haben elektrisches Licht, Carla, da benötigen wir keine Kerzenleuchter. Und dieses Geschirr ist sehr hübsch, auch wenn es kein Meißner Porzellan ist.«

»Aber die Tischtücher aus gutem Damast und die Servietten«, jammert Carla und stellt die alte Kaffeekanne auf das Stövchen. »Wo Ihre Mutter selig noch ihr Monogramm eingestickt hat. So was gehört der Tochter und nicht der Schwiegertochter.«

»Lass gut sein, Carla. Dafür hat sie uns ein Pfund echten Bohnenkaffee mitgebracht.«

»Weil sie den günstig organisiert hat«, murrt Carla und streicht die weiße Schürze glatt. »Uralt ist er, wahrscheinlich noch Vorkriegsware. Riecht ganz muffig.«

Ilse schmeckt der Kaffee auch nicht, aber sie trinkt ihn mit viel Milch und etwas Zucker. Sie hält nichts von Verschwendung. Der aufwendige Lebensstil ihrer Eltern hat ihr nie gefallen, die teuren Möbel, die Teppiche, die Samtportieren – so etwas dient nur dazu, seine Wichtigkeit und seinen Reichtum zur Schau zu stellen. Früher wurden bis zu dreißig Gäste in der Villa bei großen Anlässen bewirtet, man servierte Tee und »petits fours« im Gartenhaus und erging sich auf den sandbestreuten Parkwegen zwischen Koniferen und exotischen Gewächsen, die der Vater aus Übersee kommen ließ. Bei solchen Gelegenheiten ist sie stets herausgeputzt worden, und die Mutter hat ihr gesagt, worauf sie zu achten und welchem der unverheirateten oder verwitweten Herren sie zu gefallen hat. Es ist immer enttäuschend ausgegangen, und sie ist mit dem Gefühl zurückgeblieben, hässlich und ungeschickt zu sein und die Hoffnungen der Eltern nicht erfüllen zu können. Nein, sie bedauert es nicht, all diese Dinge fortgegeben zu haben, es hängen keine schönen Erinnerungen daran. Eigentlich ist sie froh, den Kram los zu sein.

Carla hat den weißen, mit bemalten Blüten verzierten Kachelofen angefeuert, der jetzt langsam seine Wärme entfaltet. Draußen ist es noch dunkel, nur unten im Dorf glimmen ein paar Lichter, da die Bauern früh auf den Füßen sind, um das Vieh zu versorgen. Die kurze Frostperiode mit sternenklarem Himmel und eisigen Nächten ist vorbei, es ist um einige Grade wärmer geworden, dennoch friert man schlimmer als zuvor, weil die kalte Feuchtigkeit durch alle Ritzen dringt.

»Kommen die heute etwa noch mal?«, will Carla wissen.

»Mein Bruder und seine Frau? Nein, gestern war die letzte Fuhre. Du kannst beruhigt sein, Carla, alles, was jetzt noch hier steht, wird auch in der Villa bleiben.«

»Ist ja kaum noch was da!«, murrt die Haushälterin und geht in die Küche zurück, um den Toast für Frau Küpper zu holen. Auf der Herdplatte gebackene Weißbrotscheiben müssen sein, sie sind der letzte Rest des englischen Frühstücks mit Würstchen, Bohnen und Rührei, das sie vor dem Krieg den Küppers serviert hat. Frau Ilse Küpper nimmt zum Frühstück nur Milchkaffee, gebutterten Toast und einen Klecks Marmelade.

Ilse fühlt sich heute früh von einer Zentnerlast befreit. Gestern war sie mit dem Bruder beim Notar, jetzt ist endgültig alles geregelt, sie ist als alleinige Besitzerin der Fabrik und der dazugehörigen Liegenschaften eingetragen. Bruder und Schwägerin sind Eigentümer des Anwesens in Bad Homburg. Ein langes und unangenehmes Feilschen um allerlei Kleinkram ist dieser endgültigen Regelung vorausgegangen, da Schwägerin Irma eine Liste mit Gegenständen präsentiert hat, die sie aus dem Haushalt der Schwiegereltern haben will, obgleich sie keinen Anspruch darauf hat. Josef hat sich auf die Seite seiner Frau gestellt, wenn auch mit schlechtem Gewissen, aber hätte er es nicht getan, hinge der Ehesegen schief. Ilse hat sich die Liste angesehen und einiges daraus gestrichen. Den Schmuck der Mutter hat sie nicht herausgegeben, auch die Gemälde und Teppiche nicht, die der Vater gekauft hat. Dafür hat Irma die Münzsammlung des Schwiegervaters mitnehmen dürfen, dazu zwei große Frankfurter Schränke, silberne Gerätschaften und das Meißner Tafelservice samt Tischdecken und Stoffservietten. Soll sie damit glücklich werden und ihre adeligen Gäste auf Meißner Tellern bedienen.

Die Schlüssel zur Fabrik hat Josef ihr gestern ausgehändigt, seinen Hausschlüssel der Villa will er vorerst behalten.

»Es könnt ja sein, dass du einmal Hilfe brauchst«, hat er gemeint. »Da ist es besser, wenn ich Zugang zur Villa habe.«

Sie weiß, dass es kein wirklicher Grund, sondern nur ein fadenscheiniger Vorwand ist – er mag sich immer noch nicht endgültig von der Villa trennen. Ein wenig kann Ilse es verstehen, denn auch er ist hier aufgewachsen und hängt an dem Elternhaus. Sie hat nicht auf der Herausgabe des Schlüssels bestanden, sondern sich einfach vorgenommen, das Schloss der Haustür demnächst auswechseln zu lassen. Es ist keine angenehme Vorstellung, plötzlich und unerwartet die Schwägerin im Wohnzimmer vorzufinden.

Nach dem Frühstück geht sie wie gewohnt hinüber in die Fabrik, um im Büro die schriftlichen Arbeiten zu erledigen. Allein das ist mühsam und kostet Zeit, weil sie die Sekretärin, die früher die Briefe getippt hat, entlassen mussten. Allerdings beschränkt sich der Schriftverkehr momentan auf wenige Kunden und Lieferanten: Schirmstöcke sind kaum gefragt, und auch für Spazierstöcke mit geschnitzten Holzgriffen finden sich nur wenige Abnehmer.

Die große Halle ist nur im vorderen Teil beleuchtet, um Strom zu sparen. Auch mit dem Brennholz muss sie haushalten, daher haben sie nur einen der vier Öfen geheizt, aber die Wärme steigt nach oben und verliert sich in der großen Halle – die Männer scharen sich um den Ofen und frieren trotzdem.

»Guude!«, sagt sie beim Eintreten.

Das ist der übliche Gruß hierzulande, die Abkürzung von »Guten Tag«. Eine vierstimmige Antwort schallt ihr entgegen, gefolgt von einem Hustenanfall des Vorarbeiters Offenbach.

»Immer noch erkältet?«, fragt sie.

»Schon viel besser, Frau Küpper …«

Julius Offenbach zieht das Sacktuch und schnäuzt sich ausgiebig. Er ist Ende fünfzig und seit dreißig Jahren in der Fabrik als Dreher tätig. Da er Frau und Schwiegereltern ernähren muss, ist er froh, Arbeit zu haben. Ilse kennt ihn seit ihrer Kindheit, er hat inzwischen die Funktion des Hausmeisters mit übernommen, besitzt einen Schlüssel zur Halle und lässt die drei anderen am Morgen ein.

Der beste ihrer Arbeiter ist immer noch der alte Karl Höhn, der über sechzig ist, aber in seinem Fach ein Künstler. Er schnitzt mit Hingabe lebensechte Tierköpfe und Ornamente in die Griffe der Gehstöcke, dazu benutzt er inzwischen Eichenholz; früher haben sie schwarzes Ebenholz aus den Kolonien und sogar Elfenbein dazu verwendet. Vor zwei Wochen hat ihm die neue Fabrikchefin eine andere Aufgabe erteilt, die er mit großer Begeisterung angenommen hat: Er schnitzt aufwendige Muster für die Deckel der kleinen Kästchen, die Ilse entworfen hat und die von Ignatz Krum, der gelernter Schreiner ist, gebaut werden. Auch Ignatz hat sich mit Eifer ans Werk gemacht, hat viel geflucht, weil er zu Anfang nicht mit dem Ergebnis seiner Arbeit zufrieden war, und immer wieder von vorn angefangen. Inzwischen sind drei verschiedene Prototypen entstanden, die neben den Etageren auf einem Tisch aufgestellt wurden. Die Etageren sind noch zu grob, die runden Platten zu dick, auch fehlt es an passenden Schrauben und Gewinden, die in die hölzernen Stäbe eingelassen werden, damit man sie aneinanderschrauben kann.

Ilse besieht die Kästchen, klappt die Deckel auf und erklärt zum wiederholten Mal, dass sie sehr zufrieden sei. Es gibt drei Formen: rund, rechteckig und sechseckig. Ignatz Krum will sich sogar an einer ovalen Form versuchen. Er geht völlig auf in der neuen Aufgabe und hat ihr gestanden, dass er schon lange darunter gelitten habe, als gelernter Schreiner immer nur Stöcke und Griffe für Schirme herstellen zu dürfen.

»Früher, als ich noch die eigene Werkstatt hatte, da hab ich alles Mögliche gemacht. Tische und Stühle, Schränke und Truhen. Aber dann ist das Unglück über mich gekommen. Weil ich ein gutmütiger Depp bin, darum hab ich alles verloren und in die Fabrik gehen müssen …«

Er hat für einen Freund gebürgt, der dann die Schuld nicht zahlen konnte, und dabei Haus und Werkstatt eingebüßt. Ob die Geschichte wirklich so passiert ist, hat Ilse nicht herausfinden können, aber sie hat den Verdacht, dass der Ignatz Krum auch durch schlampiges Wirtschaften in Schulden geraten sein könnte.

Trotz allem ist sie angenehm überrascht, wie bereitwillig ihre Leute auf die neuen Aufgaben anspringen. Das hat sie nicht erwartet. Eigentlich glaubte sie zunächst, die Männer würden beim Gewohnten bleiben wollen und sich gegen ihre Ideen sträuben. Nun muss sie eher schauen, dass sie den Erfindungseifer ihrer Arbeiter bremst, denn es gilt, die Produkte nicht zu aufwendig zu gestalten, damit sie in Serie hergestellt werden können. Das runde und das rechteckige Kästchen scheinen ihr dazu am besten geeignet, auch hat sie dazu die nötigen Maschinen in der Halle stehen. Jeder Arbeitsschritt muss nun geplant und durchdacht werden, damit man die Herstellung an mehrere Arbeiter verteilen kann. Vor allem die Schnitzarbeit an den Deckeln muss ansprechend, aber nicht zu kompliziert gestaltet sein, dann könnte man sie auch von Frauen herstellen lassen, die dazu angelernt werden. Junge Frauen sind für solche Arbeiten am besten geeignet, sie haben geschickte Finger, arbeiten schnell und exakt. Früher saßen hier in der Halle an die zwanzig Frauen, die haben geschnitzt, die Stöcke lackiert und die Metallspitzen an die Enden aufgesteckt. Ilse erinnert sich an das fröhliche Geschnatter in den Pausen, wenn sie das mitgebrachte Frühstück verzehrten. Zu Zeiten ihres Vaters gab es sogar ein warmes Essen, Milchkaffee und Apfelmost für die Belegschaft. Dafür wurde ein kleiner Anteil des Lohns einbehalten, den Rest legte der Fabrikherr drauf.

Selige Zeiten, denkt sie. Vorerst geht es darum, die Fabrik am Leben zu erhalten. Wenn Schirmstöcke nicht mehr gefragt sind, stellen wir eben andere Dinge her. Irgendwann muss es mit der deutschen Wirtschaft ja wieder bergauf gehen. Vielleicht schon bald, weil wir jetzt die Rentenmark haben.

Der vierte Arbeiter ist ungelernt und nur als Handreicher zu gebrauchen. Willi Bommel ist um die vierzig, hat früher im Holzlager gearbeitet, nach dem Krieg ist er mit einem kaputten Fuß zurückgekommen und hat sich an der Drehbank versucht. Aber da hat er nur Ausschuss produziert, also verrichtet er nun die Arbeiten, die eigentlich für den Lehrling bestimmt sind. Er holt und bringt, kehrt aus, reinigt Werkzeug und Maschinen, heizt den Ofen und schaut bei allen Tätigkeiten recht treuherzig aus der Wäsche. Weil er ein armer Kerl ist und ganz allein in der Welt dasteht, hat es Ilse nicht fertiggebracht, ihn vor die Tür zu setzen. Es sind etliche der jüngeren Arbeiter im Krieg gefallen, die fehlen jetzt in der Fabrik. Wenn der Karl Höhn in ein paar Jahren nicht mehr schnitzen kann, weiß sie nicht, wer ihn ersetzen soll. Auch Julius Offenbach ist nicht mehr der Jüngste. Zwischen den alten Arbeitern, die ihr Handwerk verstehen, und den jungen Leuten klafft eine gewaltige Lücke. Es gibt zwar viele Arbeitslose, aber die meisten müssen erst angelernt werden, und das ist gerade jetzt, da sie kaum Rücklagen hat und erst wieder ins Geschäft kommen will, ein großes Problem.

Sie ermutigt Julius Offenbach, die Etageren noch einmal in Angriff zu nehmen, erklärt, was sie zu bemängeln hat, und hört sich seine Sorgen an. Das Holz ist ungeeignet, die Drehbank nicht präzise genug, die Schrauben und Gewinde passen nicht. Er soll es trotzdem versuchen, sagt sie. Sie weiß, dass es zu meistern ist, ihm fehlt nur die Übung. Und die Schrauben samt Gewinde will sie besorgen.

Damit geht sie hinüber ins Büro, das sie kalt und still empfängt. Staub liegt auf Aktenregalen, Schreibtisch und Fußboden, sie braucht eine Putzfrau, aber die hat sie eingespart; in den vergangenen Monaten hat Carla immer mal durchgewischt, das hat reichen müssen. Der Telefonanschluss ist auch abgestellt – das wird sie als Erstes in Angriff nehmen, sie braucht das Telefon, auch wenn es teuer ist. Es ist der Verbindungsweg der Zukunft, immer mehr Firmen und Geschäftspartner wickeln ihre Angelegenheiten per Telefon ab.

Sie studiert die Prospekte, die sie bestellt hat, prüft die Preise und entscheidet sich, verschiedene Farben und Lacke zu kaufen, die für Holz geeignet sind. Die Kästchen sollen weiß lackiert und mit Goldfarbe verziert werden. Vorerst braucht sie nur einige gut gelungene Exemplare, die will sie an die Vertreter geben, die sie in den Geschäften zeigen und Bestellungen aufnehmen. Dann wird man sehen.

Gegen Mittag hat sie die Post fertig gemacht, die wird sie morgen dem Briefträger mitgeben. Die Arbeiter essen ihre Brote, Carla bringt ihnen heute ausnahmsweise Milchkaffee, weil der alte Kaffee wegmuss.

»Es muss eingekauft werden«, sagt sie zu Ilse, als sie gemeinsam zurück in die Villa gehen. »Waschpulver ist fast alle. Zucker und Salz, Scheuersand und Schuhwichse. Milch, Reis und Grieß können wir auch gebrauchen und noch dies und das.«

»Dann gehen wir nachher zusammen ins Dorf.«

Carla wundert sich. Sonst geht der Willi Bommel mit ihr hinüber, um die Einkäufe zu tragen.

»Will mich mal umhören«, erklärt Ilse auf ihren fragenden Blick hin.

Nach dem Mittagessen ziehen sie Regenmäntel und festes Schuhwerk an, nehmen die Milchkanne und zwei lederne Einkaufstaschen mit und gehen hinunter nach Dingelbach. Der Wind zerrt an den Mänteln, lässt sie um ihre Körper flattern, will ihnen die Kapuzen von den Köpfen reißen. Die Landschaft wirkt kahl und menschenfeindlich, die grauen Wolken scheinen auf den Äckern zu liegen, von den Bergen des Taunus in der Ferne ist nichts zu sehen. Nur die Krähen sind munter, sie feiern krächzende Orgien auf den nackten Äckern, schwärmen in düsteren Scharen über die Wiesen und vertreiben die wenigen Habichte, die nach Mäusen jagen wollen, mit tödlichen Angriffen ihrer messerspitzen Schnäbel.

Über die Brücke und hinter dem Schulhaus die Kirchgasse entlang – dann steht man schon auf der Dorfstraße. Vor dem Gasthaus »Zum Raben« wartet ein Fuhrwerk, es werden Bierfässer abgeladen und zum Kellereingang gerollt, wo der Guckes Jörg sie in Empfang nimmt. Er ruft den vorübergehenden Frauen einen lauten Gruß zu; Ilse bleibt stehen und grüßt ebenso kräftig zurück. Sie wird im Dorf respektiert, aber sie weiß auch, dass sie nicht »dazugehört«. Sie ist in den Augen der Dörfler eine »hochgestellte Persönlichkeit«, die Tochter des Fabrikanten Küpper, der früher vielen der Dörfler Arbeit gegeben hat. Es wird sich auch herumgesprochen haben, dass sie jetzt die alleinige Besitzerin der Fabrik ist. Die Gerüchteküche in Dingelbach ist schneller, als man denken kann.

Das Hoftor beim Bauern Georg Altmann steht offen, sie kann in die Remise sehen, wo das Automobil untergestellt ist, das einmal ihrem Bruder gehört hat. Carla hat ihr erzählt, dass es einen Unfall gegeben hat, ein Kotflügel ist weggeflogen, der andere verbogen. Jetzt ist von dem Schaden nichts mehr zu erkennen. Ein junger Mensch in verdreckter Jacke und ausgebeulter Hose wischt mit einem Tuch die Scheinwerfer blank und poliert die blinkenden Chromteile auf dem Kühler. Sie kann ihn nur von hinten sehen und überlegt, wer es wohl sein könnte. Der Georg Altmann jedenfalls nicht, der ist stämmig, und sein Haar ist nicht schwarz, sondern blond. Ein Mechaniker? Wo mag er den herhaben?

Aus der Kirche dringt Orgelmusik. Ilse bleibt wieder stehen und lauscht. Das kann nicht die Frau Pfarrer sein, die da spielt, das ist ein Könner. Wenn sie nicht alles täuscht, spielt er ein Präludium von Johann Sebastian Bach. Eine Musik, die auf der kleinen, alten Orgel der Dorfkirche nur selten zu hören ist. Der Organist hat auch seine liebe Mühe mit dem Instrument, einige Töne bleiben weg, dann hat er einen »Heuler«, eine Orgelpfeife lässt sich nicht mehr abstellen, und er muss aufhören.

Carla drängt darauf weiterzugehen, ihr ist kalt, und sie will den

Einkauf erledigt haben, weil sie noch Wäsche zu bügeln hat. Vor dem Dorfladen angekommen, treten sie sich die Schuhe ab und schütteln die nassen Mäntel, damit sie nicht zu viel Schmutz hineintragen. Drinnen ist es einladend warm. Der Müller Dippel steht am Ladentisch und kauft Tabak für seine Pfeife, Anni Christ vom Schützhof hat mit Lina Altmann geschwatzt, doch als Ilse und Carla eintreten, verstummt das Gespräch.

»Ja, die Frau Küpper persönlich«, sagt Marthe Haller erstaunt. »Bei so einem Mistwetter haben Sie sich auf den Weg ins Dorf gemacht?«

Ilse zieht die Kapuze herunter und schüttelt das feuchte Haar. Jetzt wird sie von den Frauen neugierig angestarrt, weil sie das Haar kurz geschnitten trägt, aber das ist sie gewohnt. Sie grüßt freundlich in die Runde und erklärt, dass sie heute der Carla beim Tragen helfen wolle.

»Viel zu tun in der Mühle?«, fragt sie den Müller Dippel, der seinen Tabak einsteckt und mit einem Bündel großer Scheine bezahlt.

»Die Arbeit hört net auf«, meint er vielsagend. »Bei Ihnen oben wird ja auch geschafft, oder?«

»Ja, wir sind fleißig«, behauptet sie. »Wenn's so weitergeht, müssen wir wieder Leute einstellen.«

Sie sieht an den Gesichtern, dass man dieser Aussage nicht recht trauen will. Etliche Fabriken in der Umgebung sind in den letzten Jahren in Konkurs gegangen, vermutlich sind die Dörfler der Ansicht, dass es mit der Schirmstockfabrik Pilz & Küpper auch bald vorbei sein wird.

»Haben Sie jetzt da droben das Sagen?«, erkundigt sich der Müller.

Ein ungläubiger Zweifel schwingt in der Frage mit.

»So ist es, Herr Dippel. Trauen Sie mir das etwa nicht zu?«, gibt sie provokativ zurück.

Er schiebt verlegen die Mütze hoch und kratzt sich am Ohr. »Doch, doch …«, murmelt er. »Warum net? So eine Fabrik ist ja was anderes wie ein Bauernhof. Oder eine Mühle. Bei so was braucht's einen Mann, sonst taugt das nichts. Aber eine Fabrik …«

Er lässt den Satz unbeendet im Raum stehen und erklärt, jetzt aber rasch los zu müssen, weil der Grossmann Herbert bestimmt schon mit den Kornsäcken vor der Mühle wartet. Damit läuft er hinaus in Regen und Wind. Dass Jacke und Hose nass werden, stört ihn wenig. Regenmäntel sind im Dorf wenig verbreitet. Wenn's regnet wird man halt nass und trocknet die Sachen hinterher über dem Ofen.

»Was darf's denn sein, Frau Küpper?«, fragt Marthe Haller eifrig.

»Sind wir denn schon dran?«

Die Anni und die Lina versichern ihr, dass sie mit ihren Einkäufen fertig seien.

»Wir stehen hier nur und haben ein bisschen geschwatzt«, erklärt Lina Altmann.

»Ja, dann …«

Carla übernimmt das Einkaufen. Sie zählt die Waren auf, die sie haben möchte, und Marthe Haller holt sie herbei. Ilse mischt sich nicht ein, stattdessen fragt sie die Anni Christ, wer denn drüben in der Kirche so schön Orgel spielt.

»Das ist der Lehrer Hohnermann. Der übt manchmal auf der Orgel. Aber die Frau Pfarrer hat's net gern. Sie sagt, er spielt so wild, dass die Orgel davon kaputtgeht.«

»Die müsste halt mal repariert werden«, meint Lina Altmann. »Aber das kostet, weil das ein Orgelbauer machen muss.«

Ilse wünscht sich, sie könnte eine Spende für die Renovierung der Orgel zusagen, aber das kann sie nicht. Momentan braucht sie jeden Pfennig. Besser gesagt: jede Million. Oder jede einzelne Rentenmark. Die am meisten.

»Er spielt großartig«, sagt sie. »Ich musste stehen bleiben und zuhören. Was für ein Gewinn für das Dorf, wenn er den Gottesdienst spielt.«

»Das wird so bald net passieren«, meint die Anni Christ. »Weil die Frau Pfarrer ihn net lassen wird.«

Wie schade. Da gibt es im Dorf einen begnadeten Organisten, aber am Sonntag spielt die Frau Pfarrer. Die zieht die Choräle so in die Länge, dass man bei der letzten Strophe fast einschläft.

»Und dann noch eine Tüte Scheuersand und ein Päckchen Soda …«

Carla ist mit dem Einkauf beinahe fertig. Ilse erkundigt sich nach dem Automobil, das der Georg Altmann von ihrem Bruder gekauft hat.

»Fährt's denn wieder?«

»Gestern hat der Schorsch mit dem Oskar Michalski eine Probefahrt gemacht«, erzählt die Lina Altmann mit Eifer. »Alles bestens. Wenn nur der Kraftstoff net so teuer wär. Aber der Schorsch hat an dem Wagen einen Narren gefressen, der würd Haus und Hof verkaufen, wenn er nur Auto fahren kann …«

Es wird gelacht, weil das eine starke Übertreibung ist. Der Altmann Georg ist schon ein besonderer Mensch, er hat neben der Landwirtschaft auch andere Interessen, was im Dorf selten ist. Die beiden jüngeren Töchter der Marthe Haller scheinen nach dem Onkel zu kommen. Oder auch nach ihrem Vater, dem Bruno Haller. Der ist leider aus dem Krieg nicht zurückgekommen. Wie so viele.

»Oskar Michalski?«, erkundigt sie sich. »Ist das nicht der Pole, der vor ein paar Jahren auf dem Schützhof gearbeitet hat?«

»Ei freilich«, sagt die Lina. »Das ist der Oskar.«

Mehr sagt sie nicht, aber Ilse kennt die Gerüchte um Helga Schütz und den Polen Michalski. Es ist schon merkwürdig, dass er nach Dingelbach zurückgekommen ist. Noch dazu im Herbst, wo kein Erntehelfer mehr gebraucht wird. Dann fällt ihr ein, dass Michalski eigentlich Stellmacher ist. Ein geschickter Bursche. Hat damals die Sense geschwungen, das Korn gedroschen und eine Seilwinde gebaut, um das Heu auf den Heuboden zu heben. Und er kann anscheinend ein Automobil reparieren.

»Wenn der Arbeit sucht«, sagt sie der Lina Altmann, »dann soll er sich bei mir in der Fabrik melden. Sagen Sie ihm das bitte, Frau Altmann.«

Lina wechselt Blicke mit Anni und Marthe Haller. Vermutlich wegen dieser dummen Sache mit der armen Helga. Immer dieser Dorftratsch. Einen Arbeiter wie Oskar Michalski könnte sie gut gebrauchen.

»Ich sag's ihm gern, Frau Küpper«, meint Lina Altmann freundlich.

»Dann will ich mal zahlen«, sagt Ilse zu Marthe Haller, die schon die Preise addiert hat und erwartungsvoll zu ihr hinschaut. »Was macht's denn?«

»Acht Billionen, sechshundert Milliarden …«

Kapitel 6

»Und?«, fragt Lehrer Hohnermann. »Wie haben dir die Bücher gefallen, Ida?«

Ida zuckt mit den Schultern und legt zwei dicke Romane auf den Schreibtisch des Lehrers. *Soll und Haben* von Gustav Freytag und *Die Chronik der Sperlingsgasse* von Wilhelm Raabe. Für die beiden Bücher hat sie eine ganze Woche gebraucht. Ziemlich lange für Idas Verhältnisse. Sie ist normalerweise eine Schnellleserin.

»Der da ist ganz gut«, sagt sie und tippt auf das obere Buch, das von Gustav Freytag. »Der andere war langweilig. Lauter traurige Sachen. Und immer mit Liebe …«

Der Lehrer schmunzelt. Ida sieht es, weil er das Gesicht auf eine besondere Art verzieht. Richtig lächeln oder schmunzeln wie andere Leute kann er nicht, weil er so viele Narben und Schnitte im Gesicht hat. Aber die Schulkinder kennen sich mit ihrem Lehrer aus.

»Soso«, meint er. »Du magst also keine Liebesgeschichten.«

»Nein …«

Nein, Ida mag Liebesgeschichten nicht, schon deshalb, weil ihre Alterskameradinnen nur noch davon reden. Fast alle Mädchen im Dorf haben mit dreizehn einen Busen, und sie tuscheln und gackern miteinander, wenn ein Junge in der Nähe ist. Ida ist obenherum flach, und sie hofft, dass das noch eine Weile so bleibt. Sie wäre viel lieber ein Bub geworden.

Lehrer Hohnermann steht auf, um die Bücher wieder ins Regal

zu stellen. Er weiß ganz genau, wohin sie gehören, weil er die Bücher geordnet hat. Atlanten, Sachbücher, Romane. Die Atlanten sind ziemlich groß, die stehen nicht, sondern sie liegen im Regal. Die Sachbücher sind nach den Themen sortiert, es gibt viele Reiseberichte aus Afrika und Amerika, aber auch Bücher über Flugmaschinen, Dampfmaschinen, Automobile und Fernsprecher. Die meisten hat Ida schon ausgeliehen. Jetzt ist sie bei den Romanen angekommen, die wollte sie zuerst gar nicht lesen, weil es lauter erfundene Geschichten sind. Früher hat sie heimlich in den Heften geschmökert, die ihre Schwester Herta in ihrem Nachttisch eingeschlossen hat. Ida hat schnell gemerkt, dass der Schlüssel von ihrem eigenen Nachtisch auch Hertas Geheimversteck öffnen kann, und sie hat die Hefte eines nach dem anderen »ausgeliehen«. Zuerst fand sie diese Geschichten aufregend, aber nachdem sie drei oder vier davon gelesen hatte, wurde es langweilig. Weil es immer das Gleiche war. Am Anfang ist da ein armes Mädchen, das verliebt sich in einen reichen, adeligen Mann, aber der ist nicht nett zu ihr. Weil sie eben arm ist und nicht zu ihm passt. Aber am Schluss – darauf kann man wetten – ist der Reiche ganz schrecklich in sie verliebt, und er heiratet sie. Damit ist die Geschichte zu Ende, und alle sind glücklich. Vor allem Herta, die hat immer ganz glasige Augen, wenn sie in ihren Heftchen gelesen hat. Wahrscheinlich denkt sie, dass auch sie für immer und alle Zeit glücklich sein wird, wenn sie einen gefunden hat, der sie heiraten will. Das kommt Ida seltsam vor, weil es im Dorf so viele verheiratete Leute gibt, die überhaupt nicht glücklich sind. Zum Beispiel die Helga Schütz, die Frau vom Bürgermeister. Die wäre viel lieber mit dem Oskar Michalski verheiratet. Das wissen alle Leute im Dorf. Aber es geht eben nicht, weil sie den Otto genommen hat. Umtauschen kann man einen Ehemann nicht, wie eine Packung Waschmittel, die ein Loch hat, oder einen kaputten Sockenhalter. Man muss ihn behalten. Ein ganzes Leben lang.

Die Romane, die Lehrer Hohnermann ihr gibt, sind dicker und komplizierter als Hertas Hefte. Man erfährt eine Menge Dinge, über die man nachdenken kann, aber auch einiges, was sie nicht gleich versteht. Manchmal muss Lehrer Hohnermann ihr bestimmte Worte erklären, das tut er gern, aber er ist dabei schrecklich ausführlich und kommt vom Hölzchen aufs Stöckchen.

»Das kannst du einmal lesen«, sagt er und zieht ein dünnes Bändchen aus dem Regal.

»Auch von dem Wilhelm Raabe«, meint sie misstrauisch.

»Ja, aber das ist spannend. Mit Schiffen und Seeräubern.«

Das klingt schon besser. Schiffe findet sie wunderbar. Sie würde gern einmal das Meer sehen. Und mit einem großen Schiff nach Afrika segeln. Unter den Sachbüchern des Lehrers ist eines über Segelschiffe und Dampfer, das hätte sie am liebsten behalten.

»Ist auch Liebe drin?«, erkundigt sie sich.

»Nun ja, es geht auch um eine Liebesgeschichte«, gibt er zu.

»Geht sie wenigstens schlecht aus?«

»Aber nein …«

Sie blättert das Büchlein mit dem Daumen durch. Das liest sie in einer Nacht.

»Warum möchtest du, dass die Liebesgeschichte schlecht ausgeht?«, wundert er sich.

»Das gefällt mir so. In den Theaterstücken, die Sie Frieda ausleihen, sind hinterher immer alle tot.«

Er stutzt und schaut sie durch seine Brille neugierig an.

»Hast du die etwa auch gelesen, Ida?«

»Ei ja«, gibt sie zu. »Die Frieda lässt doch immer alles auf ihrem Bett herumliegen. *Die Räuber* hab ich gelesen, *Don Carlos* und noch eines. Das hatte so einen komischen Titel. Ach ja: *Kabale und Liebe*. Was ist eigentlich ›Kabale‹?«

»Das ist ein hinterhältiger Plan, der geschmiedet wird, um jemandem zu schaden«, erklärt der Lehrer. »In früheren Zeiten war so etwas an den Fürstenhöfen nicht selten, da versuchten die Höflinge, einander auszustechen, um eine bessere Stellung zu erreichen. Manchen war dazu jedes Mittel recht, auch Lüge und Verleumdung …«

»Hab ich mir schon gedacht«, unterbricht sie eilig, damit er nicht wieder so weit ausholt. »Ach ja – Frieda lässt schöne Grüße ausrichten. Sie hätte nun doch gern den *Macbeth* ausgeliehen, ich soll es ihr mitbringen.«

Wenn sie ihre Schwester Frieda erwähnt, verändert sich sein Blick, und seine Hände werden unruhig.

»Die Frieda? Ja so … den *Macbeth*, den hatte sie neulich hier vergessen.«

Er sucht auf seinem Schreibtisch herum, schiebt einen Stapel Schulhefte zur Seite, etwas fällt auf den Boden. Das Heftchen *Macbeth*. Er steht rasch auf, hebt es auf und legt es auf die Seeräubergeschichte von Wilhelm Raabe.

»Geht es deiner Schwester gut?«, erkundigt er sich.

»Frieda? Ja, der geht es gut. Sie übt das Krippenspiel mit den Kindern und schimpft, weil die sich den Text so schlecht merken können. Jetzt wollen alle Engel spielen, weil jeder Engel einen goldenen Pappstern mit Draht auf dem Kopf befestigt kriegt. Den Stern dürfen sie nach dem Krippenspiel behalten.«

Er hat interessiert zugehört und lacht über das, was sie von den Engeln erzählt. Eigentlich müsste er es längst wissen, weil Frieda ja in der Kirche übt und er da oft an der Orgel sitzt.

»Dann richte deiner Schwester einen schönen Gruß von mir aus, Ida. Wenn sie eine Frage hat oder ein anderes Theaterstück ausleihen will, kann sie gern zu mir kommen.«

»Ich sag's ihr. Und vielen Dank auch.«

Draußen ist es bitterkalt. Der Himmel ist klar, in der Nacht kann man die Sterne sehen. Das sind die Nächte, in denen es Stein und Bein friert, da sagen die Bauern im Dorf immer, dass jetzt das Ungeziefer kaputtgeht. Heute früh ist sie wieder zu spät in die Schule gekommen, weil sie vorher zum Bach laufen musste, um zu sehen, ob er zugefroren ist. An einigen Stellen war das Eis schon dick genug, um darauf zu stehen, aber leider nicht überall. Letztes Jahr ist sie zusammen mit dem Guckes Ernst im Bach eingebrochen, das war kein Spaß. Die Karin Guckes hat ihrem Sohn eine ordentliche Tracht Prügel verpasst und geschimpft, dass die Haller Ida die Kinder im Dorf immer zu solchen dummen Sachen verführt. Dieses Jahr will Ida die Schlittschuhe vom Dachboden holen, die einmal ihrem Vater gehört haben. Ihre Füße sind ordentlich gewachsen, sie trägt jetzt schon Hertas Lederschuhe, und an die könnte man die Schlittschuhe anschrauben. Leider sind die Kufen ziemlich verrostet, aber sie wird die Schlittschuhe dem Oskar Michalski bringen, der kann alles reparieren.

Während sie zum Laden zurückkehrt, muss sie über Lehrer Hohnermann nachdenken. Vorgestern ist Frieda bei ihm gewesen – angeblich wollte sie sich das Theaterstück abholen. Aber sie ist ohne Theaterstück zurückgekommen und hatte stattdessen allerlei Dinge auf einen Zettel geschrieben. Den hat sie dann in ihre Nachttischschublade gelegt. Frieda kann vor Mama Geheimnisse haben und auch vor Herta, die merkt sowieso selten etwas. Aber nicht vor Ida. Sie hat den Zettel gestern früh, als Frieda schon unten in der Küche war, aus der Nachttischschublade genommen und gelesen. Es waren lauter Dinge, die mit der Schauspielschule in Frankfurt zu tun hatten. Wo die Schule in Frankfurt ist. Was man dort lernt und wie lange es dauert, bis man fertig ist. Was es kostet. Und dass die Aufnahmeprüfungen für neue Schüler im Januar des kommenden Jahres sind.

Das muss ihr Lehrer Hohnermann erzählt haben, wer sonst in Dingelbach könnte so etwas wissen?

Ida hat nichts dagegen, dass ihre Schwester Schauspielerin werden will. Aber wenn Frieda wirklich auf diese Schule geht, dann ist sie vielleicht die ganze Woche über in Frankfurt. Oder sie muss dort sogar wohnen. Das wäre schade, weil Ida ihre Schwester vermissen würde. Nur mit Herta im Zimmer schlafen – wie schrecklich öde! Frieda ist nicht immer sanft, sie streiten oft miteinander, aber sie versöhnen sich auch schnell. Mit Frieda kann man lachen, sie macht verrückte Sachen, sie ist mutig und setzt sich oft in die Nesseln. Da ist sie Ida sehr ähnlich. Sie ist ihre Lieblingsschwester. Wenn sie fortgeht, wird es schlimm für Ida sein. Aber auf der anderen Seite will Ida, dass ihre Schwester Frieda erreicht, was sie sich wünscht. Wenn sie unbedingt Schauspielerin werden will, darf sie nicht in Dingelbach bleiben. Da kann sie höchstens Bäuerin werden.

Im Laden wird Ida von der Mutter brummig empfangen. Karin Guckes und Lenchen Grossmann warten darauf, dass sie drankommen, und vorn am Ladentisch steht der Schmied Hannes Killinger. Wenn der einkauft, dauert es immer lange, weil er Junggeselle ist und nur alle zwei Wochen zum Einkaufen geht.

»Wo läufst du schon wieder herum? Geh in die Küche, der Brotteig muss angesetzt werden. Und sag Herta, dass ich sie im Laden brauche.«

Morgen sind sie mit Backen dran, das hat Ida völlig vergessen. Dann muss der Brotteig schon am Abend zubereitet werden, damit er über Nacht geht und man am Morgen die Brote formen kann. Gebacken wird einmal in der Woche, dann teilen sich zwei Familien das kleine Backes vor dem Gasthaus. Wer mit wem backen muss, entscheidet das Los. Morgen müssen sie mit der Helga Schütz zusammen ins Backes, das wäre nicht schlimm, wenn sich nicht immer die Gertrud einmengen würde. Die ist ein Rabenaas und will immer alles bestimmen.

In der Küche haben Herta und Frieda schon den hölzernen Backtrog auf zwei Schemel gestellt. Der Trog ist rechteckig und so lang, dass sich Ida vor ein paar Jahren noch mit ausgestreckten

Beinen hineinsetzen konnte. Einmal hat sie den Backtrog genommen, um mit ihren Freunden auf dem Bach Boot zu fahren. Aber der Trog war zu schwer und hat gleich auf dem Bachgrund gesessen. Als sie ihn wieder zurückbringen wollte, hat Herta sie erwischt und ein fürchterliches Theater gemacht. Sie musste den Trog stundenlang sauberschrubben, dabei ist er innen kaum schmutzig gewesen. Nur außen hing etwas Schlamm daran.

Herta hat schon Mehl, Salz und Wasser in den Backtrog eingefüllt, jetzt kommt der Sauerteig dazu, den sie vorgestern angesetzt hat, manchmal tut sie auch Hefe hinein, wenn sie vom Rabenwirt welche bekommt. Der kriegt sie von der Brauerei. Wenn Hefe dabei ist, schmeckt das Brot besser, weil es lockerer ist.

»Na endlich!«, sagt Frieda, die schon mit beiden Händen im Teig mengt und ordentlich schwitzt. Sie sieht hübsch dabei aus, weil ihr eine schwarze Locke ins Gesicht hängt und ihre Wangen so rosig sind. Herta schwitzt auch, aber es macht sie nicht schöner, sie ist trotzdem blass, nur auf der Stirn und der Oberlippe stehen Schweißperlen. Die wischt sie immer wieder mit dem Ärmel weg.

»Du sollst in den Laden kommen, Herta«, richtet Ida aus und geht zum Spülstein, um sich die Hände zu waschen.

»Ärmel hochkrempeln, Ida«, weist Herta sie ein, während sie sich hastig den Teig von den Händen streift. »Und kräftig durchkneten. Überall, nicht nur an einer Stelle!«

Herta hat es schrecklich eilig, in den Laden zu kommen. Sie wäscht sich rasch die Hände, streicht über das Haar und steckt den Knoten fester. Natürlich hat sie gehört, dass der Killinger Hannes drüben einkauft, und auf den hat es die Herta abgesehen. Weil er so groß und kräftig ist und buschige, dunkle Augenbrauen hat.

Ida macht sich widerwillig über den Teig her. Der ist fest und klebrig, man braucht Kraft, um ihn zu kneten. Ida muss zwischendrin immer mal eine Pause machen, weil ihr die Arme wehtun.

Was für eine Schinderei! Das Brot schmeckt auch nur gut, wenn es frisch gebacken ist. Nach ein paar Tagen wird die Kruste matschig und bitter, dann würde sie sie am liebsten abschneiden. Aber das darf sie nicht, weil das Verschwendung ist.

»Hast du den *Macbeth* mitgebracht?«, fragt Frieda, als Herta gegangen ist.

Ida nickt und knetet aus Leibeskräften.

»Hat er noch was gesagt?«

Jetzt muss sie mit dem Braten heraus, länger kann sie es nicht bei sich behalten.

»Von der Schauspielschule in Frankfurt hat er nichts erzählt.«

Frieda wirft ihr einen wütenden Blick zu. »Ich hab schon gemerkt, dass du an meiner Schublade gewesen bist. Weil der Zettel eingeklemmt war.«

Richtig. Ida hat die Schublade hastig wieder zumachen müssen, weil Herta ins Schlafzimmer gekommen ist. Dabei hat sich der Zettel wohl eingeklemmt.

»Ich sag es niemandem. Ehrenwort«, verspricht sie der Schwester. »Willst du wirklich auf diese Schule gehen?«

Frieda nickt. Sie richtet sich kurz auf, um den Rücken zu strecken. Dann knetet sie weiter.

»Das kostet ganz schön viel Geld.«

Frieda schaut rasch zur Tür hinüber, aber die Mutter ist nur hinüber ins Lager gegangen.

»Es gibt ein Stipendium«, erklärt sie. »Für besonders begabte Schüler. Wenn die Eltern es nicht bezahlen können, ist es umsonst.«

»Hat das auch der Hohnermann erzählt?«

»Ja. Er ist extra nach Frankfurt gefahren, um es herauszubringen.«

Das klingt gut. Ida ist überzeugt, dass ihre Schwester besonders begabt ist. Aber da sind noch weitere Hindernisse.

»Und was sagst du Mama?«

Beide Mädchen wissen, dass die Mutter nichts von der Schauspielerei hält. Sie wird auf keinen Fall erlauben, dass Frieda auf eine Schauspielschule geht. Auch nicht, wenn es umsonst ist.

»Ich fahre erst mal zu der Aufnahmeprüfung. Und wenn ich genommen werde, dann sehen wir weiter«, meint Frieda zuversichtlich.

Ida hält das auch für klug. Ein Schritt nach dem anderen. Nur nicht gleich mit der Tür ins Haus fallen, da regt sich die Mutter nur auf, und alles ist von vornherein verloren.

»Und was erzählst du ihr, wenn du zu der Prüfung nach Frankfurt fährst?«

»Weiß ich noch nicht … Vielleicht sage ich, dass ich nach Oberursel zum Zahnarzt muss. Oder ich erzähle, dass ich mich oben bei Pilz & Küpper bewerbe. Die hat doch neulich gesagt, dass sie bald wieder Leute einstellen …«

Ida hält das für keine guten Ideen. Wenn Frieda zum Zahnarzt muss, will die Mutter sie sicher begleiten. Und ob die Fabrik schon im Januar Leute einstellen wird, steht in den Sternen. In Dingelbach glauben sie eher, dass Pilz & Küpper bis dahin in Konkurs gegangen ist.

Aber Ida hat sich schon ihre Gedanken gemacht. »Du könntest unsere Oma Else in Frankfurt besuchen«, schlägt sie vor.

Frieda guckt sie groß an, dann wendet sie sich schnell ab, weil sie niesen muss. Das Mehl steigt ihr immer in die Nase.

»Spinnst du, Ida?«, sagt sie und schnieft. »Die will doch nichts von uns wissen.«

Das ist leider wahr, aber Ida ist der Meinung, dass es nicht so bleiben muss. Else Haller ist damals, als die Eltern geheiratet haben, sehr wütend gewesen. Sie wollte, dass Papa bei ihr in Frankfurt bleiben sollte, um Architekt zu werden. Dass er ohne ihre Einwilligung ein Mädchen vom Land geheiratet hat und in ein

Dorf gezogen ist, um dort einen Laden zu eröffnen, hat sie ihm nie verzeihen können. Deshalb wollte sie auch seine Frau und die Kinder nicht kennenlernen.

»Und überhaupt ist sie vielleicht längst tot«, überlegt Frieda.

»Und wenn nicht?«, hält Ida dagegen. »Schreib ihr doch mal einen Brief nach Frankfurt!«

Frieda starrt grüblerisch in den Brotteig. Beide haben jetzt mit Kneten aufgehört, die verrückte Idee steht im Raum, und Ida merkt, dass ihre Schwester sich damit anfreundet. Oma Else in Frankfurt könnte sehr nützlich für ihre Pläne sein.

»Das wird Mama nicht gefallen, Ida«, sagt sie leise. »Die kann die Oma nicht leiden.«

Von der Großmutter in Frankfurt wird im Hause Haller nicht gesprochen. Der Vater hat früher jedes Jahr zu Ostern und zu Weihnachten eine Postkarte nach Frankfurt geschickt, es ist aber nie eine Antwort gekommen. Als der Vater in den Krieg musste, hat die Mutter diese Gewohnheit nicht fortgeführt.

»Aber vielleicht versöhnen sich die beiden ja«, meint Ida zuversichtlich. »Man kann doch nicht so schrecklich lange zornig aufeinander sein. Oma Else freut sich bestimmt, wenn eine ihrer Enkelinnen ihr schreibt. Sicher ist sie ganz einsam und traurig.«

Frieda ist nicht so hoffnungsvoll. Wenn Oma Else Interesse an ihren Enkelinnen hätte, wäre sie doch einmal nach Dingelbach zu Besuch gekommen. Aber das hat sie nie getan, sie wissen nicht einmal, wie Oma Else aussieht.

»Eine Adresse hab ich auch nicht«, meint Frieda. »Aber die könnte vielleicht in Mamas …«

Sie verstummt und beugt sich rasch über den Teig, um angestrengt zu kneten. Herta ist in die Küche getreten, und Ida sieht gleich, dass sie wieder ihren glasigen Blick hat.

»Na? Seid ihr fleißig? Schau einmal, Ida. Dort in der Ecke ist noch ganz viel Mehl. Ich komm mal bei …«

»Ja doch …«

Ida und Frieda grinsen einander zu, während sie nun zu dritt den Brotteig durcharbeiten. Der Hannes Killinger macht oft seine Scherze mit Herta, er ist überhaupt ein lustiger Kerl, der die Leute gern auf die Schippe nimmt. Alle wissen das, aber Herta denkt jedes Mal, dass er in sie verliebt sein könnte. Mama hat ihr einmal gesagt, sie solle vorsichtig sein, weil der Killinger Hannes im Krieg in Frankreich gewesen ist, und es wird gemunkelt, dass er da eine Liebschaft gehabt hätte.

»Wenn der sich nur nicht die Franzosenkrankheit mitgebracht hat, Herta!«

Was das für eine Krankheit ist, hat die Mutter nicht erklärt. Aber sie soll furchtbar peinlich und sehr ansteckend sein, und wer sie bekommt, der ist nicht mehr zu retten. Alle Franzosen hätten diese Krankheit. Aber das hat ihr keine der Töchter – nicht einmal Herta – geglaubt, denn dann wäre Frankreich ja schon ausgestorben.

»Ich muss mal schnell hoch, ein Taschentuch holen«, sagt Ida und wischt sich den klebrigen Teig von den Fingern. Herta nickt nur, sie ist milde gestimmt, die Scherze des Killinger Hannes wirken nach. Ida steigt die Treppe hinauf und öffnet so leise wie möglich die Tür der elterlichen Schlafkammer. Mama schläft hier allein, seit Papa fortgeblieben ist. Die Möbel sind aus dunklem Holz: Schrank, Kommode mit Spiegel, das Ehebett und zwei Nachttische. Alles passt zusammen, die Eltern haben das Schlafzimmer gekauft, als sie geheiratet haben. Auf Papas Seite ist das Bett frisch gemacht, die Kissen aufgeschüttelt, das Federbett glatt gestrichen. Mamas Seite ist nicht ganz so ordentlich, weil sie ja dort schläft.

Ida zieht vorsichtig die oberste Schublade der Kommode auf. Es geht schwer, weil das Holz sich im Winter immer verzieht. Bündel mit Feldpostbriefen liegen hier, eine Schachtel mit Fotografien, Papas steifer Kragen, sein Rasierzeug und andere Dinge, die ihm gehören. Ganz unten liegt ein brauner, verschlissener Umschlag, darin steckt ein Brief. Den hat Oma Else an Papa geschrieben, als er Mama geheiratet hat. Ida, die längst alle Schubladen im Haus durchforstet hat, kann die Schrift der Oma nicht gut lesen, deshalb weiß sie nicht genau, was darin steht. Aber wahrscheinlich hat sie geschrieben, dass sie nichts mehr von ihm wissen will.

Auf der Rückseite steht die Adresse:

Else Haller, Frankfurt am Main, Bockenheimer Landstraße 96

Ida legt alles wieder ordentlich an seinen Platz, das ist wichtig, wenn man fremde Schubladen untersucht. Mama wäre sehr wütend, wenn sie wüsste, dass ihre jüngste Tochter in ihren Sachen herumschnüffelt. Ida vergisst nicht, ein Taschentuch aus ihrem eigenen Nachttisch zu nehmen, schnäuzt vorsichtshalber hinein und geht damit zurück in die Küche.

Dort ist der Teig inzwischen fertig. Herta und Frieda stellen den Backtrog neben den Herd, der nicht mehr gefeuert wird, aber noch bis morgen früh seine Wärme verstrahlt. Herta deckt ein altes Bettlaken über den Trog, damit der Teig über Nacht in Ruhe gehen kann.

Dann macht sie sich daran, das letzte Stück Brot von der vergangenen Woche aufzuschneiden, dazu gibt es geräucherte Blutwurst und Leberwurst. Die Würste hat ihnen Lenchen Grossmann vorgestern zum Tauschen gegen eine Dose Schuhwichse »Erdal« und eine Schachtel Zahnpulver gebracht, weil sie geschlachtet haben. Einen ganzen Topf Metzelsuppe hat sie ihnen dazu geschenkt, das ist die Brühe, in der die Würste gekocht werden. Im Dorf heißt es, die Metzelsuppe ist am besten, wenn eine der Würste darin beim Kochen aufgeplatzt ist. Aber Ida und Frieda mögen diese Suppe nicht, weil sie so fett ist und so sauer riecht. Und dann tut Herta immer Graupen hinein.

Beim Abendessen ist die Mutter fröhlich. Heute hat sie gute Einnahmen gehabt, ein paar Ladenhüter sind auch weggegangen, und Helga Schütz hat das Geld für die Sterne gebracht. Die will der Bürgermeister Otto Schütz spenden, damit das Krippenspiel besonders schön wird und alle daran Freude haben.

»Der Handel war zwar gewagt«, sagt sie zu Frieda. »Aber es ist gut gegangen.«

»Wir hätten auch auf den Sternen sitzen bleiben können«, sagt Herta.

»Ach was«, lacht die Mutter. »Man muss auch mal was riskieren. Das hat Vater auch immer gesagt.«

Herta seufzt grämlich und erwähnt, dass sie vor lauter Arbeit beinahe vergessen hätte, die Hühner einzusperren. Das Türchen am Hühnerstall muss bei Einbruch der Dunkelheit immer heruntergelassen werden, damit der Fuchs die Hinkel nicht holt.

Nach dem Essen wäscht Herta das Geschirr ab, danach will sie Strümpfe stopfen. Die Mutter muss die Buchführung erledigen und aufschreiben, was sie morgen bei Herrn Krug einkaufen will. Herbert Krug ist der Vertreter für Lebensmittel wie Salz, Zucker, Grieß und Reis. Er hat auch Margarine im Angebot, aber die will hier im Dorf keiner haben. Jetzt, nach dem Krieg, wo man wieder buttern darf, mag niemand mehr die »Ersatzbutter« essen.

Ida erklärt, noch Schularbeiten machen zu müssen, und Frieda möchte lesen. Oben in der Schlafkammer, weil sie da mehr Ruhe hätten.

»Wollt ihr nicht lieber unten bleiben?«, fragt die Mutter besorgt. »Es ist doch so kalt oben.«

Die Schlafkammern werden nicht geheizt, es gibt nicht einmal einen Ofen dort oben. Der wärmste Raum im Winter ist die Küche, auch im Laden brennt tagsüber der Ofen, aber mollig warm ist es dort niemals, weil ständig jemand von draußen hereinkommt oder hinausgeht.

»Wir nehmen die Federbetten, Mama.«

Die Mutter und Herta sind richtige Frostbeulen, ständig ist ihnen kalt. Frieda friert nur selten, Ida niemals. Trotzdem hocken sie bald darauf in die Federbetten eingewickelt auf Friedas Bett. Weil es so gemütlich wie in einer Höhle ist.

»Bockenheimer Landstraße sechsundneunzig«, verkündet Ida stolz.

»Oma Else? Woher weißt du das?«

»Da liegt ein alter Brief in Mamas Kommode …«

Frieda guckt halb bewundernd, halb ärgerlich. »Vor dir muss man sich in Acht nehmen«, sagt sie. »Du bist ja eine ausgefuchste Spionin.«

»Schreib es auf den Zettel, sonst vergisst du es wieder.«

Frieda folgt dem Vorschlag und notiert die Adresse. Ob sie noch stimmt und ob Oma Else überhaupt noch am Leben ist – das wissen sie nicht.

»Und schreib viele Grüße von mir in den Brief«, fordert Ida.

»Du musst mir ein Blatt aus deinem Schulheft geben, ich hab kein Papier mehr.«

»Schon wieder!« Ida stöhnt und reißt zwei Blätter aus dem Schreibheft. In der Mitte, dann merkt man es nicht, weil dann hinten kein Blatt herausfällt. Frieda verzieht sich mit Bleistift und Papier in ihr eigenes Bett, sie will gründlich nachdenken, wenn sie den Brief formuliert, und mag sich von Ida nicht hineinreden lassen.

»Den Briefumschlag musst du aus dem Laden nehmen«, erinnert Ida sie. »Und die Briefmarken hat Mama auch abgezählt.«

»Ja doch!«, knurrt Frieda.

Darum soll sie sich jetzt aber selber kümmern, denkt Ida und nimmt sich das Büchlein von Wilhelm Raabe vor. Der Anfang ist nicht schlecht. Eine stürmische Nacht im November, der Wind pfeift von Nordost, und wie es aussieht, kommt es gleich zu einem

Schiffskampf. Mit Kanonen. Da hat Lehrer Hohnermann recht gehabt, es wird spannend. Ida verkriecht sich in ihr Federbett und hört im Geist Geschützdonner, sieht, wie schäumende Brecher an die Kaimauer schlagen und die Soldaten sich zum Kampf bereit machen. Aber leider muss der Schriftsteller jetzt langweilige Dialoge schreiben und von dem schlimmen Krieg erzählen, anstatt den Kampf auf See zu beschreiben. Enttäuscht lässt sie das Buch sinken.

Frieda hat den Brief inzwischen fertig geschrieben, der Bleistift liegt auf ihrem Nachttisch, das Blatt hat sie wohl in die Schublade getan, damit es die Mutter oder Herta nicht zu sehen bekommen. Frieda blättert in dem Heftchen, das Ida ihr von Lehrer Hohnermann mitgebracht hat. Die Geschichte von dem schottischen König »Macbeth«. Wenn man das Wort richtig aussprechen will, muss man am Ende lispeln.

»Darf ich den Brief lesen?«

»Nein!«

»Warum nicht? Es war meine Idee!«

Frieda macht eine abwehrende Bewegung, sie will nun einmal nicht und mag es auch nicht erklären. Stattdessen lenkt sie ab. »Hör mal zu. Das ist famos.«

Sie springt vom Bett und stellt sich in Positur. Ihr Gesicht bekommt einen unheimlichen Ausdruck, so als würde sie gleich verrückt werden oder den Mond anbeten, wie es die Nachtwandler tun. Der Großvater vom Müller Dippel soll so etwas gemacht haben, sagen die Leute im Dorf.

»... kommt Geister, die ihr lauscht auf Mordgedanken, und entweibt mich hier ...«

Jetzt muss sie ins Heft schauen, weil sie den Text nicht mehr weiß. Dann setzt sie neu an.

»... entweibt mich hier. Füllt mich vom Wirbel bis zur Zeh randvoll mit wilder Grausamkeit. Verdickt mein Blut ...«

Ida ist beeindruckt. Das ist noch besser als bei Friedrich Schiller. »Sagt das der schottische König?«

Frieda hat Luft geholt, um fortzufahren. Jetzt hält sie inne, ärgerlich über die dumme Frage. »Doch nicht der König. Der ist ja ein Mann, wie soll der entweibt werden?«

»Ich dachte, sie wollen seine Frau umbringen. Dann ist er entweibt …«

»Quatsch. Das sagt die Lady. Das ist seine Frau. Ich glaube, die will jemanden ermorden.«

»Gut«, meint Ida. »Mach weiter. Das gefällt mir. Du musst die Haare aufmachen, wenn du das sprichst. Das wirkt noch unheimlicher.«

Frieda nestelt an ihrem langen Zopf herum und schüttelt das offene Haar, sodass ein Teil davon über ihr Gesicht hängt. Es sieht großartig aus.

»Verdickt mein Blut! Sperrt jeden Weg und Eingang dem Erbarmen, dass kein anklopfend Mahnen …«

Herta denkt nicht daran anzuklopfen. Sie platzt einfach in die Schlafkammer und schimpft los. Für Theaterspielen hat sie kein Verständnis.

»Bist du verrückt geworden, so laut herumzuschreien, Friedchen? Was sollen die Nachbarn von uns denken? Mama hat gerade gesagt, dass das nicht so weitergeht mit dir!«

Sie hat sich die blecherne Wärmeflasche mit heißem Wasser gefüllt und steckt sie unter ihr Federbett. Weil sie im Winter immer kalte Füße hat.

»Ich gehe jetzt schlafen«, verkündet sie und zieht die Vorhänge an den Fenstern zu, weil sie sich ausziehen will.

Frieda legt *Macbeth* unter ihr Kopfkissen. Ida tut einen Seufzer und zieht sich ebenfalls aus. Gleich wird Herta verlangen, dass das Licht ausgeknipst wird, weil sie sonst nicht einschlafen kann und weil Strom Geld kostet. Sie müssen warten, bis die große Schwester schläft, dann steigt Frieda barfuß aus dem Bett, schleicht sich zur Tür und schaltet die Deckenleuchte wieder ein. Sie lesen meist noch stundenlang, bis sie müde werden. Herta wacht von dem Licht nicht auf. Wenn sie mal schläft, dann schläft sie.

»Jetzt«, flüstert Ida. »Fall nicht über meinen Schulranzen, der steht vor deinem Bett.«

So durchgeistern Mordgelüste und wilde Schiffsschlachten die Schlafkammer bis weit nach Mitternacht, während draußen im Dorf Mensch und Vieh friedlich der Ruhe pflegen und nur hin und wieder der Ruf eines Käuzchens zu hören ist.

Kapitel 7

»Was machst du denn so lange bei dem Bub? Der soll schlafen!«

Helga sitzt am Bettrand ihres Sohnes und hat ihm ein Märchen erzählt. Als Otto so plötzlich die Tür aufreißt, fahren beide erschrocken zusammen.

»Ich komm gleich, Otto«, sagt sie. »Nur noch das Nachtgebet.«

»Ach was!«, poltert er und fasst sie an der Schulter. »Der ist kein Kleinkind mehr und kann allein beten.«

Heini starrt mit großen, ängstlichen Augen den Vater an. Er will nicht, dass die Mutter wieder um seinetwillen gescholten wird. Das tut ihm mehr weh, als wenn er selbst Prügel bekommt. Die hat er gelernt wegzustecken.

»Geh nur, Mama«, sagt er leise. »Ich mach das schon.«

Helga beugt sich zu ihm herunter und gibt ihm einen Gutenachtkuss. Ottos Hand liegt dabei schwer auf ihrer Schulter.

»Schlaf gut, Heini!«

»Du auch, Mama. Und der Papa auch.«

»Gut Nacht!«, erwidert Otto kurz angebunden und schaltet die Deckenlampe aus.

Im Flur steht die Gertrud im Nachtgewand, sie hat die Kammer gleich neben Heinz, die Anni schläft einen Stock höher, wo die Magd untergebracht war. Die ist im Frühjahr davongelaufen, weil sie es bei der Gertrud nicht ausgehalten hat.

»Ich sag's nicht zum ersten Mal«, meint sie hämisch. »Die Helga verwöhnt den Bub so, dass er bald ganz und gar verweichlicht ist und nicht zum Hoferben taugt.«

Aber Otto hat im Moment andere Dinge im Sinn, das Gezänk seiner Mutter geht ihm auf die Nerven.

»Halt dein Maul!«, fährt er sie an. »Mach dich fort in deine Kammer und schlaf!«

Das war ein Fehler, denn so kann er der Gertrud nicht kommen. Sie plustert sich vor ihm auf und reckt angriffslustig den Hals. »Wie redst du denn mit deiner Mutter?«, faucht sie ihn an. »Ist das der Dank dafür, dass ich mich für dich abrackere? Was glaubst du denn, wie es hier aussehen würd, wenn ich nicht da wäre? Da würd es drunter und drüber geh'n, das kannst du aber glauben!«

Otto hat keine Lust auf einen langen Streit. Er brummt, sie solle sich nicht so anstellen, er habe es nicht bös gemeint.

»Nicht bös gemeint!«, ruft Gertrud und stemmt die Arme in die Seiten. »Ich will dir mal was sagen, Otto: Pass auf, was du daherschwätzt, sonst könnt's sein, dass du es einmal schwer bereust.«

»Gut Nacht!«, sagt Otto verdrossen und öffnet die Tür der Eheschlafkammer. Helga folgt ihm. Gertrud bleibt auf dem Flur stehen und schaut ihnen mit bösen Augen hinterher. Helga weiß, wie eifersüchtig sie auf die eheliche Zweisamkeit von Sohn und Schwiegertochter ist. Es hat Zeiten gegeben, da hat Otto seine Mutter bei später Nacht vor der ehelichen Schlafkammer erwischt, wie sie das Ohr an die Tür gehalten hat. Da ist er wohl zornig geworden, aber das letzte Wort hat immer die Gertrud gehabt.

Helga empfindet keine Häme. Sie würde der Schwiegermutter den Platz im Eheschlafzimmer nur allzu gern überlassen, wenn sie selbst eine Kammer für sich allein haben könnte. Aber darauf kann sie nicht hoffen, sie ist seine Ehefrau und hat an seiner Seite zu liegen. In guten und in bösen Tagen. Die guten Tage sind vor dem Krieg gewesen, sie kehren nicht zurück.

Otto zieht die Jacke aus und wirft sie auf den Schemel. Streift

Schuhe und Socken ab, zieht die Hose herunter, sie landet ebenfalls auf dem Schemel. Das lange Hemd, das in die Hose eingesteckt war, lässt er an. Es ist nicht sauber, weil er nichts von Unterhosen hält und die Hemdzipfel zwischen die Beine legt, wie es schon der Vater und der Großvater getan haben. Helga ekelt sich davor. Früher hat er das Hemd abgelegt, bevor sie miteinander ins Bett gingen – aber weil er den verletzten Arm hat, an dem die Ärzte so viel herumgeschnitten haben, mag er sich nicht mehr ohne Hemd zeigen. Das hat er nie zugegeben, weil er eitel ist, aber Helga hat es schon begriffen.

»Kommst du endlich?«, schnauzt er sie an, während sie langsam und umständlich den Rock auszieht. »Willst du jede Falte einzeln zurechtlegen? Dass ich bis morgen früh auf dich warten kann?«

Wie viele verheiratete Frauen im Dorf trägt sie die Tracht. Dunkles Mieder, helle Bluse, dazu den wadenlangen Rock, ein langes Stück Stoff, das in Falten gelegt und mit einem Band um die Taille gebunden wird. Darüber kommt die Schürze. Die Haube erspart sie sich, sie wird nur noch selten getragen und meist durch das Kopftuch ersetzt.

Helga weiß, dass sie ihn nicht weiter aufregen darf, sonst fängt er an zu schreien, sodass der Heini und die Gertrud jedes Wort verstehen können. Manchmal steigt er aus dem Bett und packt sie am Arm, einmal hat er sie ins Gesicht geschlagen. Da ist ihr die Lippe aufgerissen, und es hat Gerede im Dorf gegeben. Seitdem hat er es nicht wieder getan, weil er auf seinen guten Ruf als Bürgermeister Wert legt. Mit den Frauen ist es so wie mit den Pferden, heißt es im Dorf. Wer sein Pferd schlagen muss, der ist ein schlechter Bauer, weil er es nicht versteht, ein Tier abzurichten, dass es freiwillig gehorcht. Deshalb wird über einen, der seine Frau schlägt, überall gelästert und heimlich gelacht.

»Ich bin schon da«, sagt sie und löscht das Deckenlicht. Dann setzt sie sich aufs Bett, um die Strümpfe auszuziehen. Doch er mag nicht warten, sondern fasst sie um die Taille und zieht sie zu sich hinüber. Den Unterrock, den sie noch anhat, streift er ihr hoch, dann spürt sie ihn schon.

»Soll doch mit dem Teufel zugeh'n, wenn wir net noch einem Buben zustande bringen«, murmelt er und müht sich ab.

Helga hält still und lässt es über sich ergehen. Ihre Gleichgültigkeit stört ihn nicht, es ist ihm unwichtig, was sie dabei fühlt. Sie ist seine Ehefrau, sie hat bei ihm zu liegen, Kinder zu gebären und die Arbeit in Haus und Feld zu tun. Sie hat ihm dankbar zu sein, weil sie nichts in die Ehe mit eingebracht hat außer ihrem verführerischen Körper, der ihn von Anfang an begehrlich gemacht hat. Auch jetzt ist er noch wild auf sie, kann es oft kaum erwarten, sie im Bett zu haben. Zärtlich ist er nie gewesen, aber früher hat sie geglaubt, das müsse so sein. Inzwischen weiß sie es besser. Ein Wissen, das tückisch ist, weil es niemandem hilft. Aber es ist da, spukt in ihrem Kopf und in ihrem Körper herum wie ein böser Geist und macht sie unglücklich.

Otto ist schnell fertig, er schnauft noch einmal heftig, hustet und dreht sich dann weg. Ein paar Atemzüge später ist er eingeschlafen. Er stößt die Luft pfeifend aus, und wenn er sie wieder einsaugt, röchelt er.

Helga legt sich von ihm abgewandt auf die Seite und kauert sich zusammen. Sie versucht, gegen die Erinnerung anzukämpfen, die jetzt in ihr aufsteigen will, aber es geht nicht. Sie kann Oskar Michalski nicht aus ihrem Kopf verbannen. Wie es zwischen ihnen begonnen hat. Die langen Blicke aus dunklen Augen, das Lächeln, die umsichtige Art, ihr die Arbeit zu erleichtern. Seine Stimme. Warm und sanft wie ein weicher Mantel, den man um sich zieht. Die erste zarte Berührung, die sie erschauern ließ und ihr in der Nacht den Schlaf raubte. Ein Nichts, kaum fühlbar. Als sie einen Moment lang in der Scheune allein waren, hat er mit dem Finger über ihre Wange gestrichen. Das war alles. Und doch hat sie in diesem Moment geglaubt, vor Glück und Sehnsucht sterben zu müssen.

Später ist es mehr geworden. Sie haben die Gelegenheit gesucht, in der Scheune oder auf dem Heuboden. Es war nicht einfach, schon wegen der Gertrud, die sie stets misstrauisch verfolgt hat. Aber auch wegen des Jungen, ihrem Heini, der ihr meist nachgelaufen ist. Oskar mochte den Buben, er hat oft mit ihm gespielt, ihm einen Wagen und ein Pferd gebaut, Flöten aus Weidenzweigen geschnitzt und Krebse mit ihm im Bach gefangen. Irgendwann haben sie begonnen, sich in der Nacht oben im Gartenhaus der Villa zu treffen. Oskar hat keine Mühe gehabt, das Schloss zu öffnen, sie haben die Gartenstühle beiseitegeräumt, und er hat seine Jacke auf dem Boden ausgebreitet, damit ihr Rock nicht schmutzig wird. Da hat er ihr gezeigt, was Liebe und Leidenschaft bedeutet und was sie bisher nicht gekannt hat. Wie ein Rausch ist es gewesen, so heftig, als wären Flammen über ihr zusammengeschlagen, und zugleich doch so sanft und zärtlich, dass sie weinen musste, wenn sie sich trennten. Wirklich betrogen haben sie den Otto nicht, weil nichts zwischen ihnen geschehen ist, was ein Kind zur Folge hätte haben können. Aber in ihrem Fühlen und in ihrem Denken hat sie Otto Schütz schon betrogen. Sie hat die Liebe erfahren, und die wird sie nicht wieder los. Eine heimliche, unerlaubte, sündhafte Liebe zu einem Mann, der nicht ihr Ehemann ist. Sie ist eine schlechte, lasterhafte Frau.

Am Morgen steht sie mit dem ersten Hahnenschrei auf, weil sie das Backhaus anheizen muss. So ist es üblich, eine heizt an, die andere kehrt später die Asche aus dem Backofen und wischt die heißen Steine mit einem nassen Tuch sauber, sodass man die Brote darauf backen kann. Das Anheizen muss früh am Morgen geschehen, damit Holz und Reisig Zeit genug haben, restlos zu Asche zu verbrennen. Draußen ist es noch stockdunkel, sie macht trotzdem kein Licht, wäscht sich im kalten, dunklen Zimmer, kleidet sich an und geht leise aus der Schlafkammer. Otto schläft noch. Vorsichtig zieht sie die Kammertür des Sohnes ein wenig auf. Ein Streifen Flurlicht fällt auf sein Bett, der Bub hat sich in die Kissen eingewühlt und regt sich nicht. Ein Weilchen kann er noch schlafen; wenn sie sich mit dem Anheizen beeilt, kommt sie noch rechtzeitig zurück, um ihn für die Schule zu wecken. Sonst übernimmt Gertrud diese Aufgabe in ihrer barschen Art, da gibt es Ohrfeigen, wenn er nicht gleich aufsteht, das möchte sie dem Kleinen ersparen.

Gertrud ist schon unten in der Küche zugange, sie schläft nur wenige Stunden in der Nacht und ist am Morgen immer die Erste. Sie hat den Herd angefeuert und Gerstenkaffee gekocht, die Milchkanne steht auf dem Tisch.

»Guude«, sagt Helga und gießt sich Kaffee in einen Becher.

»Brot ist alle«, gibt Gertrud statt des Morgengrußes mürrisch zurück. »Man fragt sich, wo's hingekommen ist. Die Mäuse werden's gefressen haben.«

»Gibt heut frisches Brot«, meint Helga. »Kochst halt einen Haferbrei zum Frühstück.«

Sie bekommt keine Antwort. Gertrud nimmt von der Schwiegertochter keine Ratschläge entgegen. Den Brei wird sie auf jeden Fall kochen, weil der Otto sonst über die »Sauwirtschaft« im Haus schimpfen wird.

»Schau, dass du zum Melken wieder da bist!«, weist sie die Schwiegertochter an und reißt den Herddeckel auf, um Holz nachzulegen.

Helga zieht eine Jacke über, nimmt die Petroleumlampe und bindet ein Tuch um den Kopf. Es hat gefroren, die Pflastersteine im Hof sind mit einer dünnen Eisschicht überzogen, man muss aufpassen, dass man nicht ausgleitet. Die gewohnten Geräusche umfangen sie: Im Stall rasseln die Kühe mit ihren Ketten, Hahnenschreie mehren sich von allen Seiten, ein paar Hofhunde bellen heiser. Im Heuboden über dem Stall ist Licht zu sehen, das ist der Adam, der dort seine Schlafkammer hat und sich zum Tagesbeginn fertig macht. Den Leiterwagen haben sie schon gestern Abend mit Ästen und Reisig beladen, sie legt noch ein paar Holzscheite dazu und hebt mühsam den Balken, der das Hoftor in der Nacht sichert.

»Ich komm schon!«, ruft es hinter ihr.

Adam ist rasch hinabgestiegen und hilft ihr, die schweren Torflügel aufzuschieben. Die Dorfstraße liegt im Dunkeln, es gibt nur wenige Straßenlaternen in der Dorfmitte beim Kirchanger, die um die Morgenstunden ausgeschaltet werden. Hie und da sieht man in den Fenstern Lichtschein aufglimmen, das Leben im Dorf beginnt früh.

Helga zieht den Leiterwagen langsam und vorsichtig, weil auch das Pflaster der Dorfstraße vereist ist und zusätzlich Buckel und Schlaglöcher den Weg erschweren. Bis zum Backhaus ist es nicht weit, sie muss am Kirchanger vorbei bis zum Gasthaus »Zum Raben«, dann ist sie schon am Ziel. Im Dorfladen ist noch alles dunkel, Marthe Haller hat kein Vieh zu versorgen und macht den Laden erst gegen acht Uhr auf, sie kann länger schlafen. Helga würde gern mit ihr tauschen. Im Dorfladen ist es sauber und warm, es riecht nach angenehmen Dingen wie Seifenpulver, Malzkaffee oder Zimt, und die Frauen vom Laden tragen keine Tracht, sie sind stets hübsch gekleidet, haben eine weiße Schürze vorgebunden und das Haar nett aufgesteckt. Auch der Umgangston ist freundlich, es wird erzählt, ein wenig gelästert, oft auch gelacht. Es gibt Frauen im Dorf, die mehrmals am Tag wegen einer Kleinigkeit in den Laden laufen, um dort ein Schwätzchen zu halten. Helga gehört nicht zu ihnen – solche Zeitverschwendung würde Gertrud ihr übel anrechnen.

Vor dem Backhaus angekommen, stellt sie den Leiterwagen ab

und nimmt die Schlüssel aus der Jackentasche. Es gibt einen kleinen Vorraum, dort sind Halterungen an den Wänden, auf denen man die Bretter mit den ungebackenen Broten abstellen kann; auch stehen dort die Gerätschaften, die man zum Backen benötigt. Der »Holer«, ein flaches Brett an einem langen Stiel, mit dem man die Brote in den Ofen hineinschiebt und sie später wieder herausholt. Auch die Eimer und langstieligen Schrubber für die Reinigung der heißen Steine werden hier aufbewahrt und von allen benutzt, die ihr Brot im Backhaus backen. Helga stellt die Petroleumlampe auf, weil es im Backes kein elektrisches Licht gibt, und öffnet die eisernen Türen des Backofens. Dann geht sie zurück zu ihrem Leiterwagen, um zuerst das Holz und danach das Reisig in den Ofen zu tragen. Gerade hat sie die erste Ladung Holzscheite in den Armen, als sie plötzlich eine Stimme vernimmt.

»Darf ich dir helfen?«

Sie kennt diese Stimme und erstarrt. Seitdem Oskar im Dorf ist, hat sie es nach Möglichkeit vermieden, ihm zu begegnen. Jetzt steht er neben ihr, wie aus der morgendlichen Dunkelheit gewachsen, sie kann ihm nicht ausweichen. Die Holzscheite auf ihren Armen sind bleischwer geworden.

»Es geht schon«, stößt sie hervor.

»Zu zweit geht es schneller.«

Er nimmt ungefragt ein Bündel Reisig vom Wagen, sie hört die Äste und Zweige knacken und weiß nicht, was sie tun soll.

»Du musst zuerst hineingehen«, meint er. »Ich komme nach.«

»Du brauchst mir nicht zu helfen«, wehrt sie sich.

»Ich tu es gern.«

Es ist niemand in der Nähe, die Bauern sind in den Ställen beschäftigt, die Dorfstraße ist dunkel und leer. Sie spürt, wie ihr Herz klopft, um die Brust wird es eng, sie atmet hastig. Sie könnte das Holz hinwerfen und davonlaufen, aber sie geht in den Vorraum des Backhauses und legt die Scheite in den Ofen. Er steht mit dem Reisig hinter ihr und wartet, bis sie fertig ist. Als sie sich umdreht, sehen sie einander in die Augen.

»Was willst du hier?«, flüstert sie.

»Dich wiedersehen, Helga.«

»Es ist vorbei. Das weißt du!«

»Für mich nicht. Ich hab es ohne dich nicht ausgehalten.«

Es klingt so süß, sie saugt die Worte in sich ein, eine schmerzhafte Sehnsucht steigt auf. Sie wehrt sich dagegen. Es ist unmöglich. Kann nur für sie beide ins Unglück führen.

»Geh!«, sagt sie mit harter Stimme. »Hier ist kein Platz für dich!«

»Mein Platz ist bei dir. Jetzt und für immer.«

Sie starrt ihn an. Er ist älter geworden, kleine Fältchen liegen um seine Augen. Die Wangen sind dunkel umflort, weil er sich nicht rasiert hat. Um den Mund ist ein fremder Zug. Eine hartnäckige Entschlossenheit, die sie noch nicht an ihm kennt.

»Ich habe einen Mann und einen Sohn. Mehr brauche ich nicht«, beharrt sie. »Das musst du einsehen. Also geh!«

Er schüttelt den Kopf und schiebt das Reisig in den Ofen. Die Ästchen sind widerspenstig und haken sich an der Ofentür fest, er muss mit der Hand nachhelfen, um sie hineinzubringen. Seine Bewegungen sind ruhig, er achtet darauf, dass das Reisig über den Scheiten liegt, rückt ein paar verschobene Scheite zurecht, hebt die herabgefallenen Zweige auf. Sie müsste eigentlich das nächste Bündel vom Wagen holen, doch sie steht wie angewachsen da und sieht ihm zu.

»Oskar, ich bitte dich«, flüstert sie. »Bring uns nicht ins Unglück.«

Er tritt dicht an sie heran, sie kann seinen Atem spüren. Sie presst sich an die kalte Mauer. Die Angst vor ihm und vor sich selbst ist übermächtig.

»Ins Unglück?«, fragt er. »Willst du mir sagen, dass du mit deinem Leben glücklich und zufrieden bist?«

»Und wenn es so wäre …«

»Es ist nicht so. Ich habe mich umgehört, Helga. Die Leute im Dorf erzählen nichts Gutes über deinen Mann.«

»Nichts als Lügen und dummes Gerede.«

»Was da geredet wird, hat immer einen wahren Kern.«

»Glaub, was du willst«, stöhnt sie. »Es ist mein Schicksal, und niemand kann es ändern.«

Sie zuckt zusammen, weil er ihr sanft die Hände auf die Schultern legt. Sein Gesicht ist ganz nah, seine dunklen Augen dringen in ihr Inneres. Fordernd, beschwörend, bittend. »Wir können es ändern«, sagt er. »Wenn du mich noch liebst und mir vertraust, kann alles gut werden. Bitte lass dich scheiden, Helga, und komm zu mir.«

Einen winzigen Augenblick lang glaubt sie ihm. Es ist möglich, die Ketten zu lösen und ein neues Leben anzufangen. Sie braucht nur Mut und Vertrauen. Die Liebe ist allmächtig. Sie ist stärker als alle Hindernisse und wird sie davontragen. Dann vernimmt sie plötzlich Hundegebell, der Wirt zum Raben hat die Tür geöffnet, und der Pluto ist auf die Dorfstraße gelaufen. Wütend kläfft er den Leiterwagen an.

»Geh endlich«, wispert sie erschrocken. »Geh, bevor man uns hier zusammen sieht!«

»Sag mir, dass du mich liebst«, fordert er.

Vom Gasthaus her hört man die heisere Stimme des Guckes Jörg, der seinen Hund ruft. Auf dem Altmannhof nebenan schimpft die Lina auf den verdammten Mistköter, der schon wieder gegen ihr Tor gepinkelt hat. Das schwache Hoffnungsfünkchen sinkt in sich zusammen. Nicht die Liebe ist allmächtig, sondern das Dorf und seine Regeln, die Rechte eines Eheherrn, der kirchliches und weltliches Gesetz auf seiner Seite hat.

»Nein!«, sagt Helga verzweifelt. »Ich liebe dich nicht mehr. Das ist vorbei. Verstehst du? Gestorben und begraben. Für immer!«

Er nimmt die Hände von ihren Schultern und geht einen Schritt rückwärts. Sein Gesicht ist voller Schatten, die Augen sind schmal zusammengekniffen, als hätte er einen Schlag erhalten.

»Das ist nicht wahr«, flüstert er. »Ich weiß, dass es nicht wahr ist, Helga.«

Wenn sie ihm jetzt um den Hals fallen dürfte ... Ihm gestehen, dass sie gelogen hat, ihm versichern, dass sie ihn mehr denn je zuvor liebt.

»Verschwinde!«, zischt sie ihn an. »Lass mich in Ruhe. Ich will dich nie wiedersehen!«

Da dreht er sich um und geht hinaus, verschwindet in der Dunkelheit der Dorfstraße, und sie steht hilflos allein, kann nicht fassen, was sie gesagt hat, hat aber auch nicht den Mut, ihn zurückzuholen. Die Guckes Karin schaut ins Backhaus, wünscht ihr einen guten Morgen und beginnt, sich über den Köter vom Schorsch Altmann zu beklagen, den er frei umherlaufen lässt, anstatt ihn anzubinden.

»Bist beim Anfeuern, Helga? Warte, ich reich's dir an. Dann geht's schneller.«

Helga nickt. Reden kann sie nicht, sie ist noch wie betäubt. Mechanisch stopft sie das Reisig in den Ofen, nimmt die Streichhölzer aus der Jackentasche und zündet das trockene Reisig an. Es brennt nach wenigen Sekunden lichterloh, die Flammen fressen sich bis zum hinteren Teil des Steingewölbes durch, züngeln rot, blau und gleißend gelb empor, das Holz knackt, kleine Fünkchen sprühen ihr entgegen.

»Mach die Ofentür zu, dass die Hitze drinbleibt«, rät die Karin und geht zufrieden davon.

Helga steht und starrt ins Feuer. Es kommt ihr vor, als verschlängen die gierigen Flammen alles, was in ihrem Leben jemals schön gewesen ist und sie froh gemacht hat. Die Hoffnungen, die Wünsche, die Träume. Und auch die Liebe. All das frisst dieser lodernde Feuerbrand und lässt es zu grauer Asche werden.

Mechanisch schließt sie die Ofentür, nimmt die Lampe und zieht den Leiterwagen zum Schützhof zurück. Sie kommt am Altmannhof vorbei, dort ist Licht im Stall und in der Remise, aber Oskar ist nicht zu sehen. Sie könnte hineingehen und ihm sagen, dass sie ihn liebt, aber ihre Füße tragen sie davon, zurück zum Schützhof. Die Hoffnung ist verbrannt.

Auf dem Hof ist der Otto mit dem Adam beim Schweinefüttern. Gertrud melkt die Kühe.

»Kommst du endlich?«, ruft sie ihr durch die halb offene Stalltür entgegen. »Soll ich heut allein melken? Der Saubub wollt wieder net aufstehen.«

Helga erwacht aus der Benommenheit, schiebt den Leiterwagen in die Remise und geht in die Küche. Dort sitzt Heini vor einem Teller Haferbrei und stopft die graue Masse in sich hinein. Seine linke Wange ist unnatürlich gerötet, Gertrud fackelt nicht lange, wenn sie ungeduldig ist. Impulsiv nimmt Helga den Buben in die Arme und drückt ihn fest an sich. Ihr Kind, ihr kleiner Sohn, ist ihr größter Schatz auf Erden. Ihr eigenes Glück ist unwichtig, wenn es Heini nur gut geht.

»Lass mich los, Mama«, wehrt er sich gegen die unerwartete Liebesbezeugung. »Ich muss gleich beim Melken helfen.«

Er kratzt die Reste vom Teller, trinkt die Milch aus und steigt in die Stallstiefel. Das Melken hat er schon mit fünf gelernt, er tut es gern. Auch andere Arbeiten verrichtet er ohne Murren. Er hilft Adam beim Stallmisten, füttert die Hühner und sammelt die Eier ein. Er wendet mit den Frauen das Heu und harkt nach, hilft bei der Kartoffellese und beim Schlachten im Winter. Beim Holzhacken muss er die Scheite aufheben und ordentlich schichten, die Axt darf er noch nicht führen. Auch mit der Sense klappt es noch nicht, er hat es versucht, aber sie ist noch zu schwer für ihn. Alle Kinder im Dorf müssen bei der Landarbeit helfen, jede Hand wird gebraucht, und wer ein rechter Bauer werden will, der muss früh damit anfangen. Auch die Schule hat sich danach zu richten.

Wenig später sind sie zu dritt im Kuhstall beim Melken. Die Luft ist dick von den Ausdünstungen der Tiere, man hört die Kühe schnauben und rasseln, rhythmisch spritzt die Milch aus den Eutern in die Eimer. Helga schaut zu den verlassenen Schwalbennestern hinauf, die oben an den Stallwänden kleben. Die Schwalben sind schon lange fort, sie fliegen nach Süden, wo es heiter und warm ist, den dunklen Winter lassen sie im Dorf zurück. Drüben ist Gertrud schon dabei, die Milch durch das Sieb zu gießen und einen Teil davon in die Behälter zu füllen, die für die Molkerei bestimmt sind. Heini hängt seinen Melkschemel an die Wand und streichelt noch rasch die Loni, seine Lieblingskuh. Dann muss er sich sputen, dass er nicht zu spät in die Schule kommt.

Helga geht mit Gertrud in die Küche, um die Brote zu formen, die heute gebacken werden sollen. Die langen Bretter liegen auf dem Küchentisch, Helga bestreut sie mit Mehl, damit der Teig nicht an ihnen kleben bleibt, dann geht die Arbeit rasch voran. Draußen beginnt der fahle Wintermorgen zu dämmern. Der Himmel hängt tief über dem Dorf, gut möglich, dass es Schnee gibt. Gertrud schultert das erste Brett und geht voran zum Backhaus, Helga muss noch einmal tief durchatmen, weil etwas ihr die Brust zuklemmt. Sie atmet es weg und hebt das Brett, auf dem sechs Brotlaibe liegen, auf die Schulter.

»Wenn die Herta nur schon fertig mit Auskehren ist«, sagt Gertrud. »Die meint immer, sie müsste jedes Stäubchen wegmachen und jedes Eckchen im Ofen sauberwischen.«

Ein wenig Asche schadet den Broten nicht, findet Gertrud. Aber die Marthe Haller und die Töchter sind da empfindlich, sie mögen keine schwarzen Brotkrusten. Heute ist allerdings nicht Herta, sondern Frieda im Backhaus am Werk, sie grüßt die beiden Frauen vom Schützhof fröhlich und stellt den Schrubber mit dem Lumpen daran in den Eimer.

»Es kann losgehen«, sagt sie. »Herta bringt schon unsere Brote.«

Auf den Brotlaiben des Schützhofs haben sie ein Kreuz eingedrückt, die Frauen vom Dorfladen machen eine Delle in der Mitte. So kann man die gebackenen Brote später voneinander unterscheiden. Helga legt die Brotlaibe auf den Holer, damit Gertrud einschieben kann, Frieda tut das Gleiche für ihre Schwester Herta, die inzwischen dazugekommen ist. Sie schieben im Wechsel, es muss rasch gehen. Aus der offenen Ofentür dringt glühende Hitze, die Frauen schwitzen und haben rote Gesichter. Helga hat das Gefühl, kaum noch Luft zu bekommen.

»Wisst ihr schon das Neueste?«, sagt Frieda, die bei der Arbeit nie den Mund halten kann.

»Hast du wieder ein Stück für das Theater geschrieben?«, fragt Gertrud spöttisch. »Schad um die Müh und die Zeit. Könntest was Anständiges arbeiten und deiner Mutter helfen.«

»Die Frieda hilft unserer Mutter recht gut«, verteidigt Herta ihre Schwester.

Auch wenn die Haller-Schwestern einander nicht immer grün sind – nach außen hin halten sie eisern zusammen.

Frieda macht sich nicht viel aus Gertruds Meinung, sie lacht. »Ich red doch gar net von mir. Den Oskar Michalski hab ich gesehen. Der ist eben am Laden vorbei und hat sein Bündel auf der Schulter getragen. Der macht sich jetzt wohl wieder fort …«

Mehr hört Helga nicht. Der Boden aus gestampftem Lehm nähert sich plötzlich mit unheimlicher Geschwindigkeit, das Brot, das sie gerade auf den Holer legen will, fällt aus ihren Händen, und sie taucht ein in abgrundtiefe Schwärze.

Als sie wieder zu sich kommt, liegt sie auf ihrem Bett. Otto steht am Fenster, die Hände am Rücken verschränkt, und starrt hinaus in den Garten. Vorsichtig versucht sie sich aufzurichten, sinkt aber gleich wieder zurück. Etwas Schweres liegt auf ihr wie ein Mühlstein und drückt sie in die Kissen.

Otto hat ihre Bewegung bemerkt, er dreht sich um und fragt: »Bist schwanger?«

»Ich glaub nicht«, flüstert sie.

Er ist enttäuscht, schaut sie mürrisch an und geht zur Tür.

»Schau zu, dass du aufstehst. Morgen ist Schlachttag, da muss der Kessel für die Würscht ausgewaschen werden.«

Kapitel 8

»Wem Gott will rechte Gunst erweisen, den schickt er in die weite Welt …«

Die hellen Kinderstimmen klingen fröhlich durch das Schulzimmer, man hört sie noch auf der Dorfstraße bis hin zum Kirchenanger. Johannes Höhnermann lässt seine Schülerinnen und Schüler oft und gern singen, die meisten sind musikalisch, nur ein oder zwei »Brummer« sind darunter. Wenn es nötig ist, singt er ein paar Zeilen mit, sonst hört er lieber zu, weil seine tiefe Stimme den Zusammenklang stört.

Nach zwei Strophen dürfen sie sich hinsetzen. Die alten Schulbänke knacken und knarren, und wenn einer den Pultdeckel hebt, quietschen die Scharniere. Leises Getuschel ist zu hören, das sich zu halblautem Geschwätz steigert. Sie sind meistens brav, seine Kinder. Nur selten muss er den Rohrstock benutzen, den ihm sein Vorgänger hinterlassen hat. Wenn er es tut, dann nur mit innerem Widerstand und dem Gefühl, versagt zu haben. Leider gibt es unter den älteren ein paar Lausebengel, deren Übermut nur auf diese Weise zu bremsen ist. Es ist nicht die Schuld der Kinder, sie sind es von zu Hause aus gewohnt, dass Vater und Mutter kräftig zuschlagen, wenn ihnen etwas nicht passt. Mit Vorhaltungen und Strafen kommt man da nicht weit. Im Dorf herrscht die Meinung, dass ein Lehrer, der nicht prügelt, ein schlechter Lehrer ist.

Er trägt ein, dass zwei Kinder fehlen, die Kati Dönges und ihr Bruder Klaus. Der Klaus war schon gestern krank, wahrscheinlich Keuchhusten, vermutlich hat er seine Schwester angesteckt. Er klappt das Buch zu und schaut in die Runde. Das Schwatzen wird leiser, nur Ida hinten in der letzten Reihe muss noch den angefangenen Satz laut beenden. Er gibt nun die üblichen Arbeitsanweisungen.

»Erste Klasse: Tafel rausnehmen. Zweite und dritte Klasse: Schreibheft vorzeigen. Vierte, fünfte und sechste Klasse: Abschreiben, was links auf der Tafel steht. In Schönschrift. Siebte und achte: Die Aufgaben rechts auf der Tafel abschreiben und ausrechnen …«

Acht Jahrgänge sitzen hier im Schulzimmer, insgesamt zwanzig Kinder unterschiedlichen Alters, die er gleichzeitig unterrichten muss. Das erfordert Übung, Aufmerksamkeit und Organisationstalent von Seiten des Lehrers, und von den Kindern wird Gehorsam und Disziplin erwartet. Wenn er den Kleinen einen neuen Buchstaben beibringt, muss er die anderen Jahrgänge mit einer Aufgabe beschäftigen, die sie ohne ihn erledigen können. Jeder Jahrgang soll täglich etwas dazulernen, aber auch Gelerntes einüben und Aufgaben selbstständig lösen.

So die Theorie. Es gibt Tage, da klappt es gut, da ist er mit sich zufrieden. An anderen Tagen geht alles schief, die Kinder sind unkonzentriert, die Aufgaben zu schwer, die Kleinen ungewöhnlich begriffsstutzig, die Großen albern und schwatzhaft. Dann sitzt er am Nachmittag in seinem Arbeitszimmer und grübelt, was er falsch gemacht hat, überlegt sich neue Methoden, sucht in seinen Büchern nach interessanten Themen, die er den älteren Kindern nahebringen will. Johannes Hohnermann ist im dritten Jahr Lehrer in Dingelbach, und er mag die Dorfkinder gern. Inzwischen kennt er jeden Buben und jedes Mädchen nicht nur vom Unterricht in der Schule, er sieht sie auch täglich im Dorf umherlaufen, weiß, wer die Eltern sind und wie es daheim ausschaut. Wenn ein Kind sechs Jahre alt ist, besucht er die Familie, um herauszufinden, ob es schulreif ist oder ob man den Buben oder das Mädchen noch ein Jahr »laufen lassen« soll. So hat es sein Vorgänger gehalten, und er führt diese Gewohnheit fort, da sie ihm sinnvoll erscheint. Neu war für die Bauernfamilien, dass Lehrer Hohnermann in zwei Fällen eindringlich zum Besuch einer Oberschule geraten hat. Man hat ihm höflich zugehört, ihm ein Glas Apfelmost angeboten und dann erklärt, dass der Bub ein Handwerk lernen soll und deshalb keine höhere Schule braucht. Und ein Mädchen aus dem Dorf auf die Mädchenoberschule nach Frankfurt oder Bad Homburg zu schicken ist völlig außerhalb der Vorstellungswelt der Dörfler.

Es hat ihm wehgetan, weil es unter den Dorfkindern einige gibt, die zu schade für den Acker sind und eine gute Schulbildung verdient hätten. Doch gegen den Willen der Eltern kommt er nicht an. Es ist die Dorftradition, aus der keiner auszubrechen wagt. Die Dingelbacher sind eine verschworene Gemeinschaft. Man nimmt Anteil, hält zusammen, springt in der Not für den anderen ein, ist mit Rat und Tat zur Stelle. Doch wenn einer ausschert, sind sie unerbittlich. Die Söhne des Pfarrers und die des Lehrers gehen auf ein Gymnasium. Die Dorfkinder nicht.

Er beginnt mit den Erstklässlern, die sind zappelig und benötigen seine Aufmerksamkeit, sie müssen langsam an die Schuldisziplin herangeführt werden. Eifrig sind sie schon, die drei Kleinen: der Gustav, die Gerda und die Anna. Vor allem der Gustav, der ist der jüngste Sohn vom Guckes Jörg, dem Rabenwirt. Anders als seine drei Geschwister ist der Bub aufgeweckt, er begreift schnell und ist den beiden Alterskameradinnen voraus. Zudem ist er musikalisch und hat eine hübsche Knabenstimme. Leider ist er aber auch ein gewitzter Lausbub, der viel Unsinn im Kopf hat. Es ist nicht immer einfach, ihn ans Lernen heranzubringen.

Heute ist ihm angeblich die Schiefertafel zerbrochen, er legt die Einzelteile auf das Pult, wo sie ineinanderrutschen, weil das Pult eine Neigung hat.

»Ich hab's so schön geschrieben, Herr Lehrer. Und dann ist die Tafel mir vom Tisch gefallen und ist kaputtgegangen.«

»Und da hast du alle Buchstaben ausgewischt?«

Auf den Scherben ist keine weiße Griffelschrift zu erkennen. Nur Kratzer und Kringel, aber auch die sind verwischt.

»Das ist ganz von selber passiert. Weil ich die Scherben in den Schulranzen gelegt hab.«

Dem treuherzigen Augenaufschlag ist nichts entgegenzuhalten. Hohnermann ist dennoch misstrauisch. Gewiss, die Schiefertafeln zerbrechen hin und wieder, aber er weiß auch, dass Gustav nicht viel vom gewissenhaften Malen der Buchstaben hält.

»Da hast du richtig Glück«, sagt er freundlich. »Ich habe noch ein paar Schiefertafeln im Schrank.«

Die Schiefertafeln sind alt, aber noch brauchbar. Sie stammen von Familien, deren Kinder erwachsen sind; oft findet sich auch im Nachlass eines Verstorbenen die alte Schiefertafel, die er als Kind benutzt hat. Er hat richtig vermutet: Als er Gustav die Ersatztafel mit der Mahnung übergibt, von nun an vorsichtiger zu sein, macht der Kleine eine enttäuschte Miene. Hat er geglaubt, nichts mehr schreiben zu müssen, weil er keine Tafel mehr hat?

»Die ist ja schon ganz schäbig«, murrt er.

»Sei doch froh, dass du sie geschenkt kriegst!«, sagt Anna, die neben ihm sitzt. Und Gerda fügt hinzu: »Wenn ich meine Schiefertafel zerbrochen hätte, da würde mir die Mutter aber rechts und links eine scheuern.«

Die beiden Mädchen sind fleißig und ordentlich, die Buchstabenreihen auf ihren Tafeln sind zwar etwas krumm, aber man sieht das Bemühen.

»Sehr schön, Anna«, lobt er. »Deinem O musst du noch ein wenig mehr zu essen geben, Gerda. Damit es runder wird.«

Heute lernen sie den Buchstaben P. Er schreibt ihn an die Tafel, sie müssen drei Reihen davon schreiben. Welche Worte fangen mit P an? Zum Schluss gibt er ihnen einige Worte, die ein P enthalten und die sie mit den Buchstaben, die sie schon kennen, schreiben können. Zwischendrin muss er andere Schüler ermahnen, weil sie zu laut geworden sind oder gar ihren Platz verlassen haben. Immer ist Ida dabei, die ständig Neues ausbrütet und mit den älteren Buben irgendwelche Unternehmungen plant. Es ist erstaunlich, wie sehr die Zwölf- und Dreizehnjährigen, die sonst recht wild sind, auf dieses Mädchen hören. Ida hat sie im Griff, was sie sagt, das gilt, und wen sie lobt, der strahlt vor Stolz. Sie ist die geborene Anführerin und nutzt ihre Macht gern und häufig. Nicht immer kommt etwas Gutes dabei heraus, doch das tut der Anhänglichkeit ihrer Gefolgschaft keinen Abbruch.

Der Schulmeister kümmert sich nun um die Zweit- und Drittklässler, schaut die Schularbeiten an und gibt neue Aufgaben. Viel ist bei den Schularbeiten nicht zu erwarten, weil die Kinder zu Hause mitarbeiten müssen und oft zu müde sind, um noch für die Schule zu schreiben oder zu rechnen. Jetzt, im Winter, ist es besser, die Feldarbeit ist getan, da bleibt Zeit für andere Dinge.

Bei den älteren, die auf der rechten Seite des Schulzimmers an ihren Bänken sitzen, muss er länger verweilen. Ein Gedicht sollte auswendig gelernt werden. Das klappt bei den Mädchen tadellos, die Buben tun sich schwerer damit. In der achten Klasse gibt es drei Schüler: Ida Haller, Hans Koppel und Rudi Schmidtkunz. Die Buben sind beide nicht besonders helle Köpfe, sie werden auf den elterlichen Höfen bleiben, vielleicht irgendwo einheiraten, wie es im Dorf üblich ist. Ida ist ein Sonderfall, vermutlich sogar eine Hochbegabung. Er sitzt oft am Nachmittag und überlegt, welche Extraaufgaben er ihr stellen könnte, damit sie sich nicht allzu sehr langweilt. Ihr Wissensdurst ist groß, sie lernt und begreift in unfassbar schnellem Tempo. Dabei springt sie von einem Thema zum anderen; was sie gestern noch gefesselt hat, ist heute schon abgetan.

Heute hat er ihr eine Erzählung von Emanuel Geibel mitgebracht, die soll sie lesen, in eigenen Worten zusammenfassen und im dritten Schritt aufschreiben, was ihr daran gefallen hat.

»Und bemühe dich, ordentlich und vor allem leserlich zu schreiben«, ermahnt er sie.

»Kann ich nicht etwas über Kleopatra schreiben?«, fragt sie unzufrieden.

»Kleopatra?«

»Die Königin von Ägypten. Sie hat es mit Cäsar und Antonius gehabt, und dann hat sie sich von einer Giftschlange beißen lassen. Daran ist sie gestorben.«

Er stört sich an der Formulierung »sie hat es mit Cäsar und Antonius gehabt«, aber er sagt nichts dazu. Offensichtlich liest sie die Dramen von Shakespeare, die er ihrer Schwester gibt. Das hätte er sich denken können. In letzter Zeit kommt Frieda mehrmals in der Woche, um sich Dramen und Theaterstücke auszuleihen. Er überlegt schon, ob er nicht nach Frankfurt fahren soll, um einige Werke zu kaufen, denn sein Bestand ist fast erschöpft. Leider sind Bücher recht teuer, und sein Gehalt ist schmal.

»Beginne erst einmal mit dieser Erzählung. Danach schreibst du etwas über Kleopatra.«

»Haben Sie auch ein Buch über giftige Schlangen?«

Ihre Neigung zu lasterhaften Frauen und grausamen Morden erschreckt ihn manchmal. Vermutlich ist es aber nur eine vorübergehende Phase.

»Du kannst gern in Brehms Tierleben nachschauen«, rät er ihr.

»Gut.«

Wenn er einmal durch ist, schickt er die Schüler zur Pause hinaus, und die Fenster im Schulraum werden zum Lüften geöffnet. Im Winter nur für kurze Zeit, sonst dauert es zu lange, bis der Ofen den Raum wieder aufgeheizt hat. Heute stürzen alle fröhlich schwatzend nach draußen, denn es hat über Nacht geschneit.

Auch jetzt fällt Schnee vom Himmel: kleine, eisige Flöckchen, die auf dem gefrorenen Boden liegen bleiben werden. Die Bauern sind froh über den Schnee, weil er die Wintersaat vor größeren Frostschäden schützt. Hohnermann trägt zweien der Kleinen die Jacke hinterher, die sie in der Eile vergessen haben anzuziehen, und wartet ein Weilchen, bis alle sich ausgetobt haben. Dann sollen sie die Schneeflöckchen auf der Mauer des Schulgartens ganz genau anschauen. Was sehen sie? Wer hat die besten Augen? Die älteren kennen das schon, weil er es jedes Jahr beim ersten Schnee fragt, die jüngeren gucken angespannt auf die winzigen Eiskristalle.

»Lauter durchsichtige Sternchen!«

»Richtig, Annelie. Jede Schneeflocke besteht aus unzähligen winzigen Eissternchen. Und keines sieht aus wie das andere …«

»Da fallen ja haufenweise *Sternscher* vom Himmel!«

Er erklärt, dass die Wassertröpfchen hoch oben in den Wolken zu Eiskristallen werden, wenn die Temperatur unter den Gefrierpunkt sinkt. Alle hören interessiert zu, auch die älteren. Sogar Ida starrt fasziniert auf das Schneepolster, das sich auf der Mauer angesammelt hat. Er liebt es, die Kinder auf diese Weise an Naturerscheinungen heranzuführen. Im Frühjahr geht er oft mit ihnen über die Wiesen oder zum Wald hinauf, dann sammeln sie Pflanzen, beobachten Insekten, und er erklärt ihnen verschiedene Mineralien. Manchmal gesellt sich ein Bauer zu ihnen, der bei der Feldarbeit ist, hört ein wenig mit, grinst und gibt seinen Senf dazu. Was nicht selten für ihn selbst, den Städter, recht lehrreich ist.

Nach der Pause muss er sie wieder zur Ruhe bringen, geht erneut die Reihen durch, später erzählt er ihnen etwas über das Leben der Beduinen in der afrikanischen Wüste, da hören alle zu, und er freut sich, wenn sie Fragen stellen.

»Waren Sie schon mal in der Wüste, Herr Lehrer?«

»Leider nicht. Aber ich habe viel darüber gelesen. Morgen zeige ich euch ein Buch mit Bildern.«

Mittags, wenn die Schule aus ist, laufen die meisten eilig davon, weil daheim das Mittagessen wartet. Einige aber trödeln herum und scheinen sich nur ungern vom Klassenraum trennen zu wollen. Es sind die Kinder, die zu Hause hart ranmüssen, weil der Vater im Krieg gefallen ist und die Mutter den Hof allein weiterführen muss. Das Dorf hat schwer bluten müssen im Weltkrieg. Beinahe die Hälfte der Männer, die für Kaiser und Reich kämpfen mussten, sind nicht mehr zurückgekommen. Und auch diejenigen, die Krieg und Gefangenschaft überlebt haben, sind oft nicht glücklich davongekommen. So wie der Schütz-Bauer, der einen kaputten Arm mitgebracht hat, oder der Rabenwirt, der selbst sein bester Gast ist, weil er meint, die schrecklichen Dinge, die er erlebt hat, im Bier und Äppler ertränken zu müssen.

Auch Johannes Hohnermann hat sein Päckchen zu tragen. Er kommt aus einfachen Verhältnissen: Der Vater führte ein kleines Antiquariat, die Mutter nähte für eine Fabrik in Heimarbeit, Johannes war der jüngste von drei Brüdern. Dass er eine Ausbildung als Kirchenmusiker an der Musikhochschule erhielt, verdankt er seinem Lehrer, der seine Begabung früh erkannt hat und sich um ein Stipendium bemühte. Als er im fünften Semester war, brach der Weltkrieg aus, er wurde als einer der Ersten eingezogen, erlebte den Krieg als Soldat von Anfang bis Ende. In diesen Jahren ist das christliche Weltbild, das man ihn gelehrt hat, ins Wanken geraten und letztlich zusammengebrochen wie ein Kartenhaus. Er ist der Lust am Zerstören und Töten begegnet, er hat Grausamkeiten übelster Art erlebt, er hat unschuldige Menschen, Alte, Frauen und Kinder sterben sehen. Das Böse hat ihn umgeben, es hat ihn durchdrungen und zu der fatalen Erkenntnis gebracht, dass der Ursprung für alles Teuflische im Menschen selbst zu finden ist. In jedem Menschen, auch in ihm.

Die Wunden, die Granatsplitter in Gesicht und Brust hinterlassen haben, nimmt er hin; fast staunt er, dass es ihn nicht schlimmer getroffen hat. Einem jüdischen Arzt im Lazarett in Frankreich verdankt er sein Augenlicht, er wird den kleinen, älteren Mann mit dem dunklen Bärtchen niemals vergessen. Als er heimkehrte, erfuhr er, dass seine Brüder beide gefallen waren und dass auch der Vater sein Leben für das Vaterland gelassen hatte. Seine Mutter war krank vor Kummer und Entkräftung. Um sie zu unterstützen, hat er das Musikstudium nicht wieder aufgenommen, sondern ein Lehrerseminar besucht, um nur rasch in Amt und Brot zu gelangen. Doch die Mutter ist gestorben, noch bevor er das Abschlussexamen bestanden hat – so hat er seine erste Lehrerstelle ganz allein angetreten.

Nach dem Elend des Krieges findet er langsam wieder zu sich selbst. Er hat gelernt, dass Tod und Zerstörung nicht das letzte Wort haben, dass es andere, bessere Kräfte gibt, die unser Dasein bestimmen. In dem engen, friedlichen Kreis des kleinen Dörfchens hat er erfahren, dass sein Dasein einen Sinn haben kann. Vor allem die Kinder sind es, die ihm die Hoffnung auf das Gute zurückgegeben haben. Das ist der Grund, warum er seine Arbeit liebt und alles daransetzt, sie so gut zu verrichten, wie er es nur vermag.

In seiner Wohnung ist es kalt, weil das Feuer im Ofen längst erloschen ist. Aber in der Küche steht ein Topf aus grau-blau glasiertem Ton, wie man sie oben im Westerwald brennt. Darin ist sein Mittagessen: Kartoffelbrei, Blutwurst und Äpfel geschichtet und überbacken. Himmel und Erde nennen es die Bauern. Er ist gerührt und dankbar für diese Gaben, die seit einigen Wochen den Weg in seine Küche finden. Mal bringt es die Lina Altmann, dann wieder die Karin Guckes, oft sogar die Elli Dönges, die ihren Mann im Krieg verloren hat und die beiden Kinder mit der kleinen Landwirtschaft allein durchbringen muss. Es ist ein Zeichen dafür, dass er zu einem Teil des Dorfes geworden ist und dass man ihn schätzt.

Zu Anfang war das keineswegs so. Schon sein zerschnittenes Gesicht und die dicke Brille erregten das Misstrauen der Dörfler, dazu kam, dass er anders mit den Kindern umging, als es sein Vorgänger getan hatte. Es hat Klagen gegeben, die ihm von der Frau Pfarrer übermittelt wurden, Vorwürfe, er würde den Kindern »Flöhe ins Ohr setzen«, anstatt ihnen einfach auf anständige Weise das Rechnen und Schreiben beizubringen. Er war bekümmert darüber, hat sich aber nicht irremachen lassen und Geduld gezeigt. Die wird nun auf wunderbare Weise belohnt. Gewiss gibt es immer noch solche, die ihn für »zu weich« halten, vor allem unter den Männern. Aber die Frauen hat er auf seiner Seite. Das geht so weit, dass sie um seine Gesundheit besorgt sind, Lenchen Grossmann hat ihm warme Socken aus Schafswolle gestrickt, Marlis Alberti bringt ihm Tinkturen gegen den Husten, der ihn meist im Frühjahr befällt, und nun haben sie sich offensichtlich verabredet, ihm mehrmals in der Woche einen Topf mit einer warmen Mahlzeit in die Küche zu stellen. Weil er Junggeselle ist und sie gemerkt haben, dass er nicht gern am Herd hantiert.

»Das ist ja auch nichts für ein Mannsbild«, hat Lenchen Grossmann in ihrer direkten Art zu ihm gesagt. »Warum haben Sie sich denn bloß keine Frau mitgebracht, Herr Hohnermann? Wie mein Herbert in Ihrem Alter war, da haben wir schon zwei Kinder gehabt.«

Er ist achtundzwanzig – ans Heiraten hat er noch nie gedacht. Er ist ja erst dabei, wieder Fuß im normalen Leben zu fassen.

»Es hat sich noch keine gefunden, die mich haben will«, hat er scherzhaft geantwortet.

Lenchen Grossmann hat nur unwillig den Kopf geschüttelt, aber das Thema nicht weiter verfolgt. Er kennt den Grund. Kein Dingelbacher Bauer würde seine Tochter freiwillig einem Schulmeister geben, weil der immer ein armer Schlucker ist. Eine Bauerntochter hat auf einen Bauernhof zu heiraten, wenn nicht hier in Dingelbach, dann irgendwo in der Umgebung. So gehört sich das, so haben es die Eltern und die Großeltern schließlich auch schon gehalten.

Er hat über die besorgten Dorffrauen lächeln müssen. Nein, er wird vermutlich niemals heiraten. Der Krieg hat ihn entstellt, er weiß, dass er keiner Frau gefallen kann, und auf eine Ehefrau, die ihn aus Mitleid nimmt, legt er keinen Wert. Er hat die Bücher, die ihm sein Vater hinterlassen hat, sie füllen sein Arbeitszimmer, einige stehen noch in Kisten verpackt auf dem Dachboden. Und er hat die Musik. Nach sechs Jahren Pause hat er wieder angefangen, auf der Orgel zu spielen. Die kleine Pfeifenorgel der Dorfkirche ist zwar reparaturbedürftig – da hat er schon manche Kleinigkeit selbst wieder in Ordnung gebracht –, aber sie genügt seinen Ansprüchen. So oft es ihm möglich ist, sitzt er dort und übt, versucht, die verlorene Spielfertigkeit wieder zu erlangen, und freut sich an den Klängen, die ihm so viel Großes und Schönes vermitteln. Allen voran das Orgelwerk von Johann Sebastian Bach, in dem die Botschaft des christlichen Glaubens in nie erreichter Meisterschaft lebendig ist. Jene Botschaft, die er selbst als kleiner Junge so bereitwillig in sich aufgenommen hat und die ihm im Krieg abhandenkam.

Heute wird sein Spiel schon nach wenigen Minuten durch eine lebhafte Unruhe im Kirchenschiff unterbrochen. Er steht von der Orgelbank auf und geht zur Brüstung der Empore, um hinunterzuschauen. Im Kirchenschiff sind mehrere Kinder aus dem Dorf eingetroffen, sie lachen und albern herum, was dem kirchlichen Raum eigentlich nicht angemessen ist. Er lächelt trotzdem, da er weiß, was sich nun dort unten abspielen wird.

Frieda erscheint, umringt von den Kleinen, die beim Krippenspiel mit Nachthemden und weißen Tüchern als Engel verkleidet werden. Es dauert ein Weilchen, bis alle ihren Platz in der Apsis zur Zufriedenheit der Regisseurin gefunden haben – rechts bei der Kanzel stehen Maria und Josef, die von Marie Guckes und Rudi Schmidtkunz verkörpert werden. Die beiden ziehen gelangweilte Mienen, weil sie nur herumstehen und warten müssen, bis die Kleinen ihr »Vom Himmel hoch« einigermaßen anständig gesungen haben. Johannes Hohnermann hört interessiert zu. Frieda hat eine hübsche Stimme, sie singt rein und musikalisch. Wie begeistert die Kleinen mitmachen! Wie sie sich bemühen, die richtigen Töne zu treffen und den Text deutlich auszusprechen! Ohne dabei herumzuzappeln, darauf legt Frieda Wert. Engel tun so etwas nicht.

Kaum sind die Engelein aus der Probe entlassen, da verwandeln sie sich in ganz normale Dorfkinder, rennen aus der Kirche und lärmen auf dem Kirchanger herum, bis man die ärgerliche Stimme der Frau Pfarrer vernimmt.

»Macht euch fort, Lausegören! Der Herr Pfarrer schreibt die Predigt und kann keinen Lärm vertragen!«

Frieda ist längst dabei, die beliebte Szene vor der Herberge zu Bethlehem zu proben, in der das heilige Paar keine Aufnahme findet. Hohnermann hat schon mehrfach dabei zugeschaut und sich köstlich amüsiert, weil sie aus dem Wirt eine Wirtin gemacht hat. Auch die heilige Maria, die in früheren Krippenspielen kein Wort zu sagen hatte, darf jetzt ihre Position vertreten und der geizigen Wirtin vorhalten, es sei eine Schande, einer schwangeren Frau die Tür zu weisen. Die beste Szene aber ist die Geburt des Kindleins im Stall: Da hat Frieda aus Ochs und Esel mangels passender Kostüme zwei Schafe gemacht, die auf ihre Weise berichten, was gerade in ihrem Stall geschehen ist. Den Text hat sie im Dingelbacher Dialekt geschrieben.

»Die fremd' Fraa hat en Kindsche gebore. Bei us im Stall. In Windele hat sei's gewickelt und in ei Futterkripp' gelescht!«

»In mei' Futterkripp. Un' woraus soll isch jetzt fresse?«

»Du bleed' Schaf! De Heiland, was alle Welt erlöse werd, der liescht in dei' Futterkripp'! Da kannste rischtisch stolz druff sei.«

»Des ist ja schee. Aber mer knurrt de' Maache.«

»Alsfort willste nur fresse! Haste net de' große Stern am Himmel g'sehe?«

»Ei was soll isch dann miteme Stern? E' Bindel Heu wäre mer lieber.«

»Da guck! Die Hirte' komme vom Feld gelaafe …«

Das ist die Überleitung zu Hirtenszene. Der Text ist gewagt, aber er gefällt ihm. Er hofft nur, dass die Frau Pfarrer nicht mit dem Rotstift über Friedas Krippenspiel herfällt, das wäre schade. Frieda ist mit solcher Freude bei der Sache, und die Kinder machen begeistert mit. Sie probt nun auch die Szene mit den Heiligen Drei Königen, wobei zwei davon Mädchen sind. Es geht recht gut, sie knien nacheinander vor der – vorläufig durch den Opferstock symbolisierten – Krippe nieder und stellen imaginäre Gaben auf den Boden. Die Texte haben sie auch gelernt.

»Ich bin die Königin von Saba und bringe dir Weihrauch, damit es im Stall besser riecht.«

»Ich bin der König von Arabien und bringe dir Gold. Damit du dir was leisten kannst.«

»Ich bin die Königin von Ägypten, und ich bringe dir Möhren, damit du die bösen Geister ausräuchern kannst …«

»Das heißt nicht ›Möhren‹, sondern ›Myrrhe‹«, greift Frieda ein. »Myrrhe wie … Dürre.«

»Und warum bringen die so'n komischen Kram?«, will Pauline wissen.

»Weil sie eben Könige und Königinnen sind. Die schenken keine Hemdchen oder Strampelhosen.«

Hohnermann unterstützt die Proben in der Kirche, indem er das elektrische Licht einschaltet, denn es wird früh dunkel in dieser Jahreszeit. Als die Lampen aufleuchten, schaut Frieda hinauf zur Empore und winkt ihm.

»Danke schön, Herr Hohnermann! Wir sind auch gleich fertig, dann können Sie Orgel spielen.«

Er winkt zurück und erklärt, er habe es nicht eilig. »Nehmt euch ruhig Zeit genug zum Proben.«

Es geht aber doch schnell, weil die Darsteller nach Hause müssen. Sie sind hungrig, die häuslichen Pflichten rufen, und die Schularbeiten haben sie vermutlich auch noch nicht erledigt. Sie helfen Frieda, den Opferstock und das hölzerne Taufbecken wieder an Ort und Stelle zu rücken, dann gehen sie miteinander zum Ausgang.

»Einen schönen Abend noch!«, ruft Frieda nach oben.

»Danke gleichfalls!«

Die Kirchentür fällt zu – sie sind fort. Die plötzliche Stille liegt seltsam schwer über dem beleuchteten Kirchenraum. Hohnermann kommt sich einsam vor. Kopfschüttelnd über sich selbst, geht er zum Lichtschalter, um die teuren Lampen auszuschalten, lässt nur das Licht an der Orgel brennen, damit er die Noten sehen kann. Er zieht die Register, muss herumprobieren, weil einige davon kaputt sind, dann beginnt er mit einem Präludium, eine wunderschöne, kraftvolle Musik. Er spielt eine Weile, wiederholt, wählt unentschlossen andere Register, dann bemerkt er, dass er nicht bei der Sache ist, und hört auf.

Es ist das Mädchen, das ihm im Kopf herumspukt. Frieda, die eine Schauspielerin werden will. Sie ist eine auffallende Erscheinung in diesem kleinen Dorf, wo die Mädchen eher ländlich ausschauen mit ihren runden, frischen Gesichtern, dem dunkelblonden Haar und den hellen Augen. Wirklich hübsch sind nur wenige. Frieda ist mehr als hübsch, sie ist eine kleine exotische Schönheit. Lebhaft, talentiert und mit einem großen Lebenshunger ausgestattet, wird sie ihren Weg gehen, da ist er sicher. Sie wird nicht in Dingelbach bleiben, das ist gar nicht möglich, hier in dem kleinen Dorf würde sie verkümmern.

Frieda wird in die Stadt gehen, vielleicht schon bald.

Die Erkenntnis ist nicht neu, er weiß es schon seit einer Weile, und doch fühlt er stets einen kleinen Schmerz dabei. Das Dorf wird ärmer sein ohne sie. Sie wird nicht mehr mit ihren Plänen zu ihm kommen, um seinen Rat zu hören, er wird ihr keine Theaterstücke mehr ausleihen, auch im Dorfladen und an den Sonntagen in der Kirche wird er sie nicht mehr sehen. Ab und zu wird sie sicher ihre Mutter und die Schwestern besuchen, dann wird man einen kurzen Gruß austauschen, fragen, wie es denn geht, und sich schließlich »Alles Gute« wünschen. Mehr nicht. Weil sich Frieda dann schon meilenweit von ihm entfernt haben wird und das kleine Dorf Dingelbach nur noch eine schöne Kindheitserinnerung für sie ist.

Er klappt das Notenheft zu, schaltet den Orgelmotor aus. Löscht das Licht und steigt im Dunkeln die Treppe hinunter in den Kirchenraum. Er kennt jede Stufe, jeden Schritt, er benötigt kein Licht, um sich zurechtzufinden. Sorgfältig schließt er die Kirchentür ab, schlägt fröstelnd den Kragen seiner Jacke hoch und schaut hinauf in den schwarzen Nachthimmel, der voller Sterne ist. Es ist bitterkalt, der Schnee knirscht unter seinen Füßen, als er hinüber zum Schulhaus geht; von Norden weht ein eisiger Wind über das Tal. Als er vor seiner Wohnungstür steht, kann er zur Dorfstraße hinübersehen. In der Gaststube des »Raben« sind die Fenster erleuchtet, auch die beiden Außenlampen brennen. Im Altmannhof sind nur zwei Lichter zu sehen, weiter links davon liegt der Dorfladen. Unten ist es dunkel, Marthe Haller hat schon zugemacht, aber die beiden Fenster darüber sind hell. Welche Räume dort erleuchtet sind, weiß er nicht: vielleicht ein Wohnzimmer, vielleicht auch die Schlafkammern. Sicher ist nur, dass sie jetzt dort sitzt und irgendeinen Monolog auswendig lernt.

Er hat das Gefühl, eine große Verantwortung auf sich genommen zu haben, weil er sich nach der Frankfurter Schauspielschule erkundigt und ihr alles Wichtige mitgeteilt hat. Das hat er sich lange und gründlich überlegt, denn der Beruf einer Schauspielerin hat auch für ihn etwas Anrüchiges. Leichtfertigkeit wird den Künstlerinnen nachgesagt, sie frönen angeblich der »freien Liebe«, verachten die Regeln der bürgerlichen Gesellschaft. Aber wenn das Mädchen unbedingt diesen Beruf ergreifen will, dann ist es besser, sie absolviert eine fundierte Ausbildung. Über die Frankfurter Schauspielschule hat er nur Gutes gehört, sie ist dem Schauspielhaus angeschlossen, sodass die Schüler dort erste Bühnenerfahrungen erwerben können.

Nun ja, er hat ihr den Weg bereitet, und er hofft inständig, dass es gut ausgehen wird.

Oben in seinem Arbeitszimmer legt er eine Schaufel Kohlen auf die Ofenglut und macht sich daran, die Diktate der sechsten und siebten Klassen zu korrigieren. Das ist rasch erledigt, es sind nur fünf Hefte. Danach sucht er einen Bildband über die Sahara hervor, den er den Kindern morgen zeigen will, und schließlich fällt ihm ein Heftchen in die Finger, das er bisher übersehen hatte. George Bernard Shaw: *Pygmalion* – Eine Romanze in fünf Akten.

Er ist glücklich über diesen Fund. Morgen in der Schule wird er Ida sagen, ihre Schwester könne sich ein modernes Theaterstück bei ihm abholen. Er ist sicher, dass sie kommen wird.

Kapitel 9

Zuerst hat Ilse befürchtet, dass er die Anstellung bei dem geringen Lohn, den sie zahlt, gar nicht annehmen wird. Aber Oskar Michalski zuckt mit den Schultern und erklärt sich einverstanden.

»Es nur für den Anfang, Herr Michalski. Bis Sie sich eingearbeitet haben. Dann werden wir sehen …«

Sie könnte hinzufügen, dass sie ihm mehr Lohn zahlen wird, wenn die Fabrik die augenblickliche Talsohle überwunden hat. Aber sie lässt es bleiben. Es ist besser, die schwierige Lage des Werks nicht zu erwähnen und Optimismus auszustrahlen. Der geht ihr zwar nicht ab, aber im Augenblick gründet sich ihre Zuversicht ausschließlich auf Hoffnungen.

Oskar Michalski ist am Vormittag gekommen und einfach in die Werkhalle hineingegangen, hat dort mit den Arbeitern geredet und sich alles angeschaut. Ilse war im Büro mit dem Bezahlen von Rechnungen und dem Erstellen von Angeboten beschäftigt, aber weil sie stets ein Ohr für das Geschehen in der Halle hat, ist ihr die fremde Stimme gleich aufgefallen.

Sie hat ihn auch sofort erkannt. Er trug ein Bündel über der Schulter und redete mit dem alten Karl Höhn; auch Willi Bommel, der eigentlich die Sägespäne zur Seite fegen sollte, hatte sich dazugesellt. Die beiden anderen Arbeiter haben sich nicht stören lassen und an ihren Maschinen gewerkelt.

»Guten Morgen!«, hat sie mit lauter Stimme gerufen, um den Lärm der Drehbank zu übertönen. »Wollten Sie zu mir, Herr Michalski?«

Er hat den Kopf gehoben und neugierig hinübergeschaut, dann hat er lächelnd genickt.

»Da kommen Sie bitte in mein Büro.«

Ganz sicher haben die Leute im Dorf ihm erzählt, dass sie jetzt die Besitzerin und Leiterin der Fabrik ist. So eine Neuigkeit verbreitet sich in Dingelbach schnell. Vermutlich ist es ihm merkwürdig erschienen, aber als er jetzt in ihr Büro tritt, zeigt er seine Verwunderung mit keiner Miene.

»Nehmen Sie's mir bitte nicht übel, dass ich so einfach hereinschneie«, sagt er. »Ich habe gehört, dass Sie Arbeiter einstellen, und da wollte ich einmal nachfragen, ob Sie etwas für mich haben.«

Sie erklärt, dass sie jemanden sucht, der in mehreren Bereichen einsetzbar ist, weil sie neue Produkte auf den Markt bringen will und Arbeitsgänge umstellen muss.

»Ich hab's schon gesehen«, sagt er. »Kästchen und Etageren. Da fehlt's noch an den Verschraubungen, wie?«

»Richtig. Ich plane auch, Toilettentische mit Halterungen für Spiegel und Schubladenschränkchen für Schmuck oder Schminkutensilien herzustellen. Außerdem fabrizieren wir nach wie vor Schirmstöcke und Spazierstöcke für den gehobenen Gebrauch …«

»Da haben Sie viel vor, Frau Küpper«, meint er. »Dreher oder Schreiner bin ich nicht, sondern gelernter Stellmacher. Aber ich bin einer, der sich gern an etwas Neuem versucht, und finde mich schnell hinein.«

Das weiß sie. Und genau aus diesem Grund möchte sie ihn gern einstellen. Er ist jung und kräftig, einer, der etwas im Kopf hat und dazu geschickte Finger besitzt. Trotzdem muss sie vorsichtig sein, ein großartiges Lohnangebot mag sie ihm nicht machen, weil sie nicht weiß, wie lange sie es zahlen kann. Im Augenblick fressen die Löhne beinahe die gesamten Einnahmen auf, es bleibt kaum Geld übrig, um neues Material zu kaufen, das sie dringend braucht, um ihre Ideen umzusetzen. Holz ist zwar noch am Lager, aber es taugt nicht zu den feinen Möbeln, die sie herstellen will. Auch Beschläge, Verschraubungen und Lacke müssen eingekauft werden. Sie zahlt sich selbst nur einen Bruchteil dessen aus, was sie früher in der Fabrik verdient hat. Nicht zuletzt muss sie auch Carlas Lohn aufbringen, und essen und trinken müssen sie auch. Sie betet täglich, dass keine der Maschinen ausfällt, denn eine Reparatur wäre eine zusätzliche Ausgabe, die die Fabrik momentan kaum verkraften kann.

Sie hat sich vorgenommen, das schmale Lohnangebot um einen kleinen Betrag zu erhöhen, falls er nicht darauf eingehen wird. Doch zu ihrer Überraschung willigt er sofort ein.

»Ich weiß, dass es für Sie momentan schwierig ist, Frau Küpper«, sagt er und lächelt sie freimütig an. »Aber dass Sie als Frau den Mut haben, eine Fabrik zu leiten, das imponiert mir. Und darum bin ich gern dabei, auch wenn's zu Anfang nicht so wild ist mit dem Lohn.«

So viel Begeisterung und Selbstlosigkeit kommen ihr dann doch komisch vor. Hat er vielleicht noch einen anderen Grund, bei ihr anzuheuern? Da ist dieses Gerücht um ihn und die Helga Schütz. Carla, die im Dorf einkauft, hat ihr vor Jahren schon davon erzählt, und auch jetzt scheint das Gerede wieder umzugehen. Ist er deshalb bereit, für wenig Geld bei ihr zu arbeiten? Weil er wegen der Helga Schütz in Dingelbach bleiben will? Der Gedanke gefällt ihr wenig, denn falls das stimmt, könnte es sein, dass er sich in Schwierigkeiten bringt und von heute auf morgen kündigen muss. Dann hat sie ihn gesehen.

»Da hätte ich noch eine Bitte, Frau Küpper«, sagt er. »Es ist so, dass ich keine Unterkunft habe, weil ich ja fremd hier bin.«

Das ist allerdings ein Problem. Bisher waren alle ihre Arbeiter aus der Gegend, viele direkt aus Dingelbach. Die haben bei ihren Familien gewohnt; Arbeiterwohnungen, wie sie die großen Fabriken haben, gibt es bei Pilz & Küpper nicht. Allerdings wird die Villa, die mehr als fünfzehn Zimmer hat, momentan nur von ihr und Carla bewohnt. Wobei Carla als Hausangestellte einen Raum im Erdgeschoss gleich bei den Wirtschaftsräumen belegt.

»Ich hab mir gedacht, dass ich – wenn Sie nichts dagegen hätten – im Gartenhaus wohnen könnte«, fährt er fort.

»Im Gartenhaus? Aber nein. Das ist voller Gerümpel, und außerdem gibt es keinen Ofen. Sie würden dort erfrieren.«

»Einen Ofen könnte ich mir setzen und dabei gleich ein wenig Ordnung machen«, beharrt er. »Ist nur ein Vorschlag, Frau Küpper. Weil Sie das Gartenhaus ja nicht brauchen, dachte ich.«

Sie zögert. Sie könnte ihm eine Kammer im Dachgeschoss der Villa anbieten, wo früher die Angestellten untergebracht waren. Da gibt es zwar auch keine Öfen, aber der Schornstein geht an den Kammern vorbei, sodass die Temperatur nur selten unter null sinkt. Auf der anderen Seite würde er dann in der Villa ein- und ausgehen, was weder ihr noch Carla gefallen kann.

»Wenn Sie sich diese zusätzliche Arbeit aufhalsen wollen«, meint sie schließlich. »Einen Ofen könnte ich Ihnen zur Verfügung stellen. Wir haben vor Jahren einige veraltete Öfen ausgebaut, die liegen im Keller der Villa. Allerdings sind sie nicht im besten Zustand.«

»Das kriege ich schon hin«, meint er zuversichtlich. »Machen Sie sich keine Gedanken, Frau Küpper. Die Miete ziehen Sie mir halt vom Lohn ab.«

Natürlich wird sie keine Miete für das alte Gartenhaus nehmen. Schon gar nicht bei dem kargen Lohn, den sie ihm zahlt. Eigentlich ist sein Vorschlag eine vernünftige Sache, denn wenn er das Gartenhaus ein wenig instand setzt, hat auch sie einen Vorteil davon. Was er sonst so braucht, kann er sich oben aus den unbewohnten Angestelltenkammern nehmen, darum soll sich Carla kümmern. Ilse ahnt schon, dass ihre Hausangestellte den Gartenhausbewohner mit mütterlicher Fürsorge überschütten wird. Oskar Michalski ist ein gut aussehender Mann, und sein Lächeln kann bezaubern.

»Dann sind wir uns einig, Herr Michalski«, sagt sie erfreut und reicht ihm die Hand. »Sie können gleich anfangen. Den Vertrag schreibe ich heute Nachmittag. Ich mache Sie jetzt mit Ihren Mitarbeitern bekannt und zeige Ihnen, welche Aufgaben ich für Sie habe.«

Er hat einen festen, warmen Händedruck, und sein Gesicht strahlt in vollkommener Zufriedenheit. So, als hätte er gerade eine Anstellung in einer großen Firma in Frankfurt zu besten Bedingungen in einer gehobenen Position ergattert. Ilse befällt das ungute Gefühl, sich auf eine Sache eingelassen zu haben, die Ärger nach sich ziehen wird. Sie hat für so etwas einen sechsten Sinn, der sich durch ein Ziehen in der Magengegend bemerkbar macht. Klaus-Peter Pilz hat sie oft dafür ausgelacht, und ihr Bruder Josef hat sie »alte Unke« genannt. Aber sie hat fast immer recht behalten.

In den folgenden Tagen scheint es jedoch, dass die Einstellung von Oskar Michalski ein Glücksfall für sie und die Fabrik ist. Er versteht sich gut mit den anderen Arbeitern, findet rasch seinen Platz in ihrer Mitte, und seine heitere Ruhe hebt die Stimmung in der Fabrik. Wenn Ilse im Büro sitzt, kann sie manchmal die Unterhaltungen ihrer Arbeiter mit anhören. Oft muss sie dabei schmunzeln.

»Wieso redest du ein richtiges Deutsch?«, fragt Ignatz Krum, der Schreiner. »Du bist doch ein Pole, oder nicht?«

»Mein Vater kam aus Warschau, aber meine Mutter ist eine Deutsche aus Danzig. In Masuren bin ich aufgewachsen, da haben wir deutsch und auch polnisch geredet …«

»Ach so … dann bist du ein halber Pole und ein halber Deutscher«, lacht Ignatz.

»Ja«, gibt Oskar heiter zurück. »Ich habe zwei Seelen in meiner Brust. Manchmal vertragen sie sich, aber manchmal gibt es auch Streit zwischen ihnen.«

»So zwei Seelen hab ich auch«, meint Ignatz grinsend. »Jeden Abend kämpfen sie miteinander. Die eine Seele will ins Wirtshaus, und die andere Seele sagt, dass ich daheim bleiben soll, weil's Geld alle ist. Aber weil die Rabenwirtin mich anschreiben lässt, gewinnt halt immer die Wirtshausseele …«

Ignatz und Julius Offenbach haben dem neuen Mitarbeiter gleich am zweiten Tag geholfen, einen eisernen Ofen aus dem Keller der Villa ins Gartenhaus zu schleppen, dazu Ofenrohre, die sie angeschlossen und durch die Wand nach außen gelegt haben. Den Rest hat Oskar mit Carlas Hilfe allein bewältigt: Bett und Nachtschränkchen, Matratze und Federbett wurden die Stiegen hinuntergetragen und hinüber ins Gartenhaus gebracht. Dazu allerlei Dinge, von denen Carla gemeint hat, dass ein Junggeselle sie unbedingt benötigt: Töpfe und Wasserkessel, Geschirr, Besteck, Petroleumlampe und was nicht noch alles. Auch einen ausgedienten Teppich gegen die Bodenkälte hat sie ihm beschafft und zur Krönung der Einrichtung Gardinen für die beiden Fensterchen genäht.

Oskar hat sich für diese Zuwendungen reichlich revanchiert. In der Fabrik weht ein neuer Geist, seitdem er hier arbeitet. Probleme, die vorher Kopfzerbrechen gemacht haben, löst er mit Einfallsreichtum und Fantasie. Er ist einer, der um die Ecke denken kann und auf Ideen kommt, die keinem bisher eingefallen sind. Die hölzernen Teller der Etageren stehen inzwischen fest aufeinandergeschraubt, er hat die Drehbank anders eingestellt und das richtige Holz gefunden, um leichte, formschöne Teller herzustellen. Und für die Toilettentische, die einmal in den Damenzimmern wohlhabender Käuferinnen stehen sollen, hat er einen recht brauchbaren Entwurf gezeichnet. Ilses Hoffnungen auf eine bessere Zukunft der Fabrik haben eine neue Grundlage erhalten. Was sie geplant hat, ist machbar, sie muss es nur anbieten und verkaufen.

Bis Weihnachten kann sie durchhalten, vielleicht noch bis Mitte Januar. Allerdings nur, wenn die Kunden pünktlich zahlen, was keineswegs sicher ist, denn viele Betriebe sind trotz der Einführung der neuen Währung am Ende.

Die Rentenmark hat die Inflation aufhalten können, was vielen wie ein Wunder erschienen ist. Jeder weiß, dass das Deutsche Reich nicht über genügend Goldvorräte verfügt, um das Grundkapital der neuen Rentenbank zu decken, aber man hat den Grundbesitz von Landwirtschaft, Industrie und Gewerbe mit einer Hypothek von 3,2 Milliarden Rentenmark belastet, und die Rechnung ist aufgegangen. Die Menschen vertrauen auf die neue Währung, die Wirtschaft kommt langsam wieder in Gang. Ilse denkt darüber nach, einen weiteren Kredit aufzunehmen – wenn sie Erfolg haben will, dann muss sie jetzt investieren. Sie hat sogar darüber nachgedacht, die Villa zu verkaufen, um das Geld in die Fabrik zu stecken. Doch noch schreckt sie vor diesem Schritt zurück. Erst wenn alle anderen Mittel ausgeschöpft sind, ist sie bereit, dieses bittere Opfer zu bringen.

Inzwischen geht es auf Weihnachten zu. In den Nächten sinkt das Thermometer auf acht oder neun Grad unter null. Wenn sie am Morgen frierend ans Fenster ihres Schlafzimmers geht, muss sie erst ein Guckloch in die Eisblumen hauchen, die das Fensterglas mit wunderzarten Ornamenten schmücken. Felder und Wiesen rings um das Dorf sind mit Schnee bedeckt, die Fichten in den kleinen Wäldchen tragen schwer an ihrer weißen Last, in der Ferne sieht man die Taunushügel in bläulichem Licht. Im Dorf rauchen die Schornsteine, auf der Dorfstraße und in den Höfen wird Schnee gekehrt, und wo ein Stall frisch gemistet ist, sieht man den Dampf vom warmen Misthaufen in die kalte Winterluft aufsteigen.

Am Heiligen Abend wird bis zur Mittagszeit gearbeitet, über die Feiertage gibt sie ihren Arbeitern frei, zwischen den Jahren aber muss geschafft werden. Nur am Neujahrstag dürfen sie daheim bleiben. Weihnachtsgeld oder Geschenke wie in den guten Vorkriegszeiten kann sie sich nicht leisten, es wird auch nicht erwartet, da dieser schöne Brauch seit Jahren der Vergangenheit angehört. Dafür spendiert sie einen Umtrunk, und die Weihnachtsspekulatius, die Carla liebevoll gebacken hat, machen die Runde. Sie hält eine kurze Rede, genauso wie es ihr Vater und später der Bruder getan haben, darin dankt sie ihren Arbeitern für ihre Treue, lobt ihre Arbeit und erklärt, dass sie hoffnungsvoll in die Zukunft blicke. Julius Offenbach sagt ein paar freundliche Sätze im Namen aller Mitarbeiter, und man trinkt auf die Fabrik Pilz & Küpper, auf die neuen Artikel im Sortiment und schließlich – es ist Oskar, der den Trinkspruch ausbringt – auf die Frau Direktor Küpper. Dann ist Weihnachten angebrochen, man wünscht einander ein frohes Fest, das Tor zur Fabrikhalle wird verschlossen, und jeder geht davon, um das Fest der Geburt Jesu Christi auf seine Weise zu feiern.

Ilse geht mit einem Seufzer zurück in die Villa, wo Carla das Mittagessen für sie warm gestellt hat. Auch ihre Haushälterin wird heute die Villa verlassen, um ihre Verwandten in Steinbach über Weihnachten zu besuchen: Ilse wird das Fest in diesem Jahr allein verbringen müssen. Sie ist nicht übermäßig traurig darüber. Weihnachten war schön, als die Eltern noch lebten, an diese seligen Kinder- und Jugendzeiten hat sie frohe Erinnerungen, die sie sich bewahren will. Später, als der Vater gestorben war und Josef die Fabrik übernommen hat, wurden die Festtage stiller, es lag oft Streit in der Luft, den die Mutter mühsam zu unterbinden suchte. Dann hat Josef geheiratet und bezog mit Frau und Familie die Wohnung, in der ehemals die Eltern gewohnt hatten. Da waren die Weihnachtsfeste in den ersten Jahren recht lebhaft, aber sie hat sich nicht wirklich froh dabei gefühlt, weil ihr die Rolle als unverheiratete Tante nicht behagt hat. Klaus-Peter Pilz verbrachte die Weihnachtstage bei seinen Eltern in Frankfurt, in dieser Zeit sahen sie einander nicht. Vier traurige Kriegsweihnachten hat sie gemeinsam mit der Mutter, der Schwägerin Irma und den Kindern erlebt, als Josef und auch Klaus-Peter eingezogen waren und die Frauen zu Weihnachten einander die Feldpostbriefe vorgelesen haben. Nein, sie ist froh und glücklich, dass der Krieg vorbei ist, auch wenn seine Nachwirkungen das Land noch immer schwer belasten. Ihr Bruder Josef ist heil und gesund zurückgekommen, sie erinnert sich an die rührende Szene, als er plötzlich vor der Tür der Villa stand, ein abgerissener Wanderer, hohlwangig und erschöpft, aber unendlich glücklich, dem Elend des Krieges entronnen zu sein. Irma hat schluchzend in seinen Armen gelegen, und auch der kleine Erich ist gleich auf den Vater zugelaufen, aber Johannes, der erst drei Jahre alt war, als Josef 1916 eingezogen wurde, hat den fremden Mann entsetzt angestarrt und ist weggelaufen.

Danach spielte sich Weihnachten nur noch in der Familie ihres Bruders ab. Dort wurde der Baum geschmückt, man hat in seiner Wohnung gefeiert und getafelt, die Geschenke ausgetauscht, sich mit den Kindern beschäftigt. Ilse und ihre Mutter waren Gäste. Das war freundlich gemeint, aber dennoch waren es beinahe die traurigsten Festtage, die Ilse erlebt hat. Sie gönnt dem Bruder ja das Familienglück, aber sie hat sich inmitten des Trubels bekümmert und einsam gefühlt. Auch sie hat – ganz im Geheimen – auf eine Ehe und auf Kinder gehofft. Doch es hat nicht sein sollen. Sie spielt nach wie vor die Rolle der unverheirateten Tante, die von ihrem Bruder häufig »alte Jungfer« genannt wird, ein Familienmitglied am Rand, das man einlädt und bewirtet, weil es nun einmal so üblich ist.

Nein, im Grunde ist sie recht froh, in diesem Jahr für sich allein zu bleiben, keine gespielte Festtagsmiene zu Schau tragen zu müssen und niemandem für eine Einladung Dank zu schulden. Josef hat sie bereits wissen lassen, dass das Gasthaus in Bad Homburg über Weihnachten geöffnet ist und er daher keine Zeit für eine Familienfeier hat.

Am Heiligen Abend zieht sie den Pelzmantel und gefütterte Stiefel an und geht hinunter ins Dorf in den Gottesdienst. Das haben die Küppers schon immer so gehalten, dafür hat man sich gern den Weihnachtsgottesdienst am Morgen des ersten Feiertags geschenkt, denn nach einer ausgiebigen Familienfeier wollten alle gern ausschlafen. Seit einigen Jahren gibt es am Heiligen Abend in der Dorfkirche ein Krippenspiel, das ihr immer viel Spaß gemacht hat. Einstudieren tut es die Frieda Haller. Dass sie auch die Texte dazu schreibt, hat ihr Carla erst in diesem Jahr verraten. Ein begabtes Mädchen ist die Frieda vom Dorfladen. Und bildhübsch dazu, sie sticht unter den anderen Dorfmädchen schon durch ihr dunkles Haar und die braunen Augen hervor. Einmal, das ist jetzt wohl schon zwei Jahre her, hat sie oben in der Fabrik nach einer Arbeit gefragt. Ilse erinnert sich, dass ihr Bruder das Mädchen wohl gern eingestellt hätte, weil sie ihm gefallen hat. Doch es ist nichts daraus geworden, die Fabrik war längst in einer Schieflage, und sie mussten eher Arbeiterinnen entlassen, als neue einzustellen. Ilse hat es nicht bedauert, dass Frieda unverrichteter Dinge wieder gehen musste – das Mädchen ist im Grunde für die stupide Arbeit in der Fabrik zu schade.

Die kleine Dorfkirche ist wie stets am Heiligen Abend so voll, dass es schwierig ist, einen Sitzplatz zu ergattern. Vor allem die jungen Familien sind mit den Kleinsten gekommen, weil ja das Krippenspiel heute aufgeführt wird und die älteren Geschwister dabei mitwirken. Aber als Ilse in die Kirche tritt, rücken die Dörfler für sie zusammen, weil die Frau Küpper etwas Besonderes ist und man sie respektiert. Früher, als ihre Eltern noch lebten, hat die Familie Küpper an Feiertagen eine ganze Kirchenbank belegt, die wurde für sie freigehalten, ganz gleich, ob sich hinten in der Kirche die Bauern wie die Heringe aneinanderquetschen mussten.

»Ist das net schön, Frau Küpper?«, wispert ihr Lenchen Grossmann zu. »Wie der Baum da so brennt, grad wie ein Engel im himmlischen Licht.«

Tatsächlich hat man ein paar Kerzen an die große Fichte in der Apsis gesteckt. Der Baum ist nach alter Tradition mit Strohsternen und kleinen roten Äpfelchen geschmückt, gleich daneben haben sie aus ein paar Brettern den Stall zu Bethlehem zusammengeschreinert.

»Ja, wirklich – sehr schön«, erwidert sie leise. »Ich freue mich jedes Jahr darauf.«

Dann setzt die Orgel ein, und sie kann es kaum fassen, welch großartige Musik an diesem Heiligen Abend die Dorfkirche erfüllt. Das ist der erste Satz aus der A-Dur Sonate von Felix Mendelssohn-Bartholdy! Unglaublich, dass jemand der kleinen Orgel dieses romantische Werk zumutet. Aber es gelingt. Als der letzte Ton verklungen ist und die Gottesdienstbesucher noch erstarrt vor Staunen in den Bänken sitzen, hört sie hinter sich ein Flüstern.

»Was für ein Glück, dass die Frau Pfarrer mit Fieber im Bett liegt. Das war endlich einmal eine anständige Musik!«

»Pssst, Ida!«

»Na, ist doch wahr, Mama!«

Ilse hat Mühe, ihre Gesichtszüge zu beherrschen. Die beiden jüngeren Haller-Töchter sind einfach bezaubernd. Wie seltsam, dass die älteste so ganz anders geraten ist. Herta Haller ist brav und angepasst, die unentbehrliche Hilfe ihrer Mutter im Laden, ein nettes, aber unauffälliges Wesen.

Das mit Spannung erwartete Krippenspiel gelingt auch in diesem Jahr fast ohne störende Zwischenfälle. Nur als das Mädchen, das die zeternde Wirtin spielt, so richtig loslegt, ruft plötzlich die kleine Schwester, die auf dem Schoß der Mutter sitzt, durch die ganze Kirche: »Ei, Mariesche … Was biste dann so bees?«

Ungewohnte Heiterkeit breitet sich im Kirchenraum aus. Auch der Dialog der beiden Schafe im Stall von Bethlehem ruft Gelächter hervor, und der sternengeschmückte Engelchor ist mit »Vom Himmel hoch« die Krönung des kirchlichen Schauspiels. Der alte Pfarrer Seybold hat heute auf eine Predigt verzichtet, dafür spricht der Bürgermeister Schütz passende Worte, nicht ohne zu erwähnen, dass er der Spender der schönen Goldsternchen sei, die die Engelsköpfe schmücken.

Das großartig gespielte Bach-Präludium mit anschließender Fuge hört leider kaum einer der Kirchgänger, weil alle nun durcheinanderlaufen. Mütter und Väter suchen ihren engelverkleideten Nachwuchs, andere streben schon dem Ausgang zu, weil daheim das Vieh versorgt werden muss, und vorn in der Apsis sammelt Frieda Engelsflügel ein. Es sind Pappflügel, die mit weißen Gänsefedern beklebt wurden und jedes Jahr wieder zum Einsatz kommen.

Ilse legt ein paar Münzen in den Klingelbeutel, drückt Pfarrer Seybold am Ausgang die Hand und erklärt, es sei wunderschön und sehr eindrucksvoll gewesen. Dann geht sie am Schulhaus vorbei zur Kirchgasse und schlägt den Wiesenweg hinauf zur Villa ein. Sie muss vorsichtig gehen, weil der Schnee verharscht ist und es hier keine Beleuchtung gibt. Nur die Außenlichter der Villa, die sie in kluger Voraussicht angeschaltet hat, weisen ihr den Weg. Sie ist noch ganz erfüllt von dem heiteren Spiel und der schönen Musik, sodass sie erst nach einer Weile bemerkt, dass sie nicht allein ist. Hinter ihr knirschen Schritte im Schnee. Verunsichert bleibt sie stehen und schaut sich um.

»Keine Angst, Frau Küpper«, ruft die Gestalt, die sich aus dem Dunkel herausschält. »Ich bin's nur, Oskar Michalski.«

»Ach, Herr Michalski«, sagt sie erleichtert. Es ist ihr ein bisschen peinlich, dass sie nicht gleich auf ihn gekommen ist. »Sie haben sich das Krippenspiel auch angeschaut?«

»Natürlich«, sagt er und schließt mit ein paar raschen Schritten zu ihr auf. »Es wurde ja schon lange im Dorf davon geredet, da war ich neugierig. Schön ist es gewesen. So fröhlich. Wie es sich zu Weihnachten gehört.«

Er muss frieren in der dünnen Jacke. Die Hände hat er in die Taschen gesteckt, vermutlich besitzt er keine wollenen Handschuhe.

»Mir hat es auch gefallen«, sagt sie und geht weiter.

Er bleibt an ihrer Seite und scheint sehr zufrieden, sie begleiten zu dürfen. Sie hat das Gefühl, etwas sagen zu müssen, weil es ihr unbehaglich ist, wenn sie so stumm nebeneinanderher gehen.

»Haben Sie sich denn inzwischen im Gartenhaus wohnlich eingerichtet?«

»Ja. Es ist recht gemütlich geworden. Ich fühle mich dort sehr wohl.«

»Das freut mich …«

Sie hält das Thema damit für abgehakt, und so kommt sein Vorschlag unerwartet und bringt sie in Verlegenheit.

»Darf ich es Ihnen zeigen?«

Sie sind am Eingang des ehemaligen Parks angekommen, das Gartenhäuschen ist nur wenige Schritte entfernt. Durch die Gardinen der beiden Fensterchen schimmert schwaches Licht – er muss eine Petroleumlampe angezündet haben, das Gartenhaus besitzt kein elektrisches Licht.

»Ich möchte Sie am Heiligen Abend nicht belästigen«, meint sie zurückhaltend.

»Das tun Sie nicht, Frau Küpper. Ich bin allein und freue mich über Besuch.«

Bevor sie weitere Ausreden vorbringen kann, hat er schon den Schlüssel aus der Jackentasche genommen und aufgeschlossen.

Einladend öffnet er die Tür und winkt ihr einzutreten. Seine Geste hat etwas Unbefangenes und zugleich Entschiedenes – es wäre unhöflich, diese Einladung abzulehnen.

Neugierig betritt sie den Raum, den sie als Abstellkammer für Gartenmöbel und Gerätschaften in Erinnerung hat. Viel hat sich hier verändert. Die alten Gartenmöbel hat er auf einer Seite des Raums geschickt aufeinandergestapelt, sodass Platz für Bett, Nachttisch, zwei Stühle und einen kleinen Tisch geschaffen wurde. Sie erkennt etliche Dinge wieder, die einmal in der Villa in Gebrauch gewesen sind und später ausrangiert wurden. Auch an den gusseisernen Ofen, der früher das Büro ihres Vaters geheizt hat, kann sie sich erinnern. Die Petroleumlampe steht auf dem Tisch und verbreitet ein sanftes, gelbliches Licht.

»Das ist wirklich sehr hübsch geworden.«

»Nicht wahr?«, freut er sich. »Nehmen Sie Platz, Frau Küpper. Ich will nur noch rasch ein paar Kohlen auflegen.«

Es ist warm im Gartenhäuschen, sie muss den Pelzmantel aufhaken, damit sie nicht friert, wenn sie gleich hinüber zur Villa geht. Er hantiert geschickt am Ofen herum, dann nimmt er vom Regal zwei Gläser und zaubert von irgendwoher eine Flasche Rotwein.

»Einen Begrüßungsschluck dürfen Sie mir nicht verwehren«, sagt er und stellt die Gläser auf den Tisch. Da schau an, denkt sie. Zwei Weingläser hat er. Ob Carla ihm die auch gebracht hat?

»Ausnahmsweise«, stimmt sie zu. »Weil Weihnachten ist.«

Er hat die Flasche schnell mit dem Taschenmesser entkorkt und gießt ein. Dann setzt er sich zu ihr und lobt ihre Haushälterin Carla: eine Frau, die das Herz auf dem rechten Fleck habe.

»Was hätte ich nur ohne sie angefangen?«, lacht er. »Sie hat für mich gesorgt wie eine Mutter. Ich hoffe nur, dass es Ihnen recht ist, Frau Küpper. Ich wurde überreich aus Ihrem Haushalt ausgestattet.«

»Darüber bin ich sehr froh, Herr Michalski. Sie sind für meine Fabrik eine große Bereicherung, das haben mich auch die anderen Mitarbeiter schon wissen lassen.«

Er ist ehrlich erfreut über das Lob, bedankt sich und hebt das Glas. Sie trinken ein paar Schlucke, der Rotwein ist nicht übel, vermutlich hat Georg Altmann ihm die Flasche zum Abschied geschenkt, der ist ein Weinkenner und kauft in Frankfurt ein.

»Sie waren vor einigen Jahren schon einmal in Dingelbach, nicht wahr?«, geht sie vorsichtig ein heikles Thema an.

»Das stimmt. Gleich nach dem Krieg habe ich ein Jahr lang auf dem Schützhof gearbeitet.«

Er stellt das Glas ab und schraubt den Docht der Lampe höher. Sie überlegt, ob sie weiterfragen soll, aber sie möchte nicht aufdringlich erscheinen, deshalb schweigt sie. Auch er lehnt sich im Stuhl zurück, trinkt ihr zu und schaut nachdenklich auf die gemusterte Tischdecke. Schließlich hebt er entschlossen den Kopf und blickt ihr gerade in die Augen.

»Ich denke, Sie haben von den Gerüchten um mich und die Helga Schütz gehört. Ist es so?«

Sie nickt. Es ist ihr peinlich, dass er so direkt fragt. Sie nimmt das Weinglas und trinkt aus Verlegenheit einen kleinen Schluck. Der Wein steigt ihr rasch in den Kopf, weil sie seit dem Mittagessen nichts zu sich genommen hat.

»Ich bin viel herumgewandert, nachdem ich den Schützhof verlassen habe«, sagt er leise. »Bis hinauf nach Ostfriesland, hinüber nach Pommern und nach Thüringen bin ich gekommen. Aber dann hat's mich wieder nach Dingelbach gezogen. So, als ob ich hierhergehören würde. Und ich hab vor, an diesem Ort zu bleiben.«

Er schweigt und schaut in die kleine Flamme der Lampe. Ilse spürt plötzlich ein tiefes Mitgefühl mit diesem Mann, der so beharrlich einer Liebe gefolgt ist, für die es keine Hoffnung gibt.

Sind sie nicht Seelenverwandte? Auch sie hängt einer Liebe nach, die vergangen und vorbei ist. Klaus-Peter Pilz ist nicht aus dem Krieg zurückgekehrt. Es ist der Rotwein, der sie dazu bringt, eine Frage offen auszusprechen, die sie normalerweise nicht gestellt hätte.

»Ist es wegen der Helga Schütz?«

Er lächelt sie an. Traurig und zugleich erleichtert. Ist er froh, offen reden zu können?

»Ja«, sagt er. »Ihretwegen bin ich zurückgekommen. Und ihretwegen will ich nun bleiben.«

»Aber was erwarten Sie sich? Die Helga hat Mann und Kind. Dazu eine alte Mutter, die von ihr abhängig ist …«

»Ich weiß …«

»Und trotzdem wollen Sie hier bleiben?«

Es schwingt eine gewisse Besorgnis in ihrer Frage, die er sehr wohl wahrnimmt.

»So ist es«, sagt er. »Aber glauben Sie bitte nicht, dass ich vorhätte, eine Ehe zu zerstören und eine Mutter von ihrem Kind zu trennen. Das will ich nicht. Ich will die Helga nicht unglücklich machen. Aber ich will in ihrer Nähe sein. Über sie wachen und sie beschützen, das habe ich vor. Solange es mir möglich ist, will ich für sie da sein, mehr nicht.«

Es klingt sehr romantisch in ihren Ohren. Der Rotwein macht, dass sie ihn gerührt anlächelt und auf weitere Fragen oder Einwendungen verzichtet.

»Ich wollte, dass Sie das wissen, Frau Küpper«, fährt er fort. »Sie sollen nicht denken, dass ich Sie vielleicht durch eine unbedachte Handlung in Schwierigkeiten bringe. Es gefällt mir gut bei Ihnen, und ich will tun, was in meinen Kräften steht, um Sie zu unterstützen. Ich glaube, dass die Fabrik auf einem guten Weg ist.«

»Das glaube ich auch.«

Sie trinkt aus und steht auf, um sich zu verabschieden. Sie reichen einander die Hand, und er will sie bis zur Villa begleiten, aber sie lehnt höflich ab.

»Es sind nur ein paar Schritte. Bleiben Sie ruhig in Ihrem warmen Häuschen, ich komme schon zurecht. Und nochmals danke für die Einladung und auch für dieses offene Gespräch. Gute Nacht.«

»Ich hab zu danken, Frau Küpper. Frohe Weihnachten!«

»Frohe Weihnachten, Herr Michalski!«

Die eisige Nachtluft vertreibt die Nebel des Rotweins rasch aus ihrem Kopf. Als sie vor dem Eingang der Villa angelangt ist und aufschließt, denkt sie darüber nach, ob er ihr wohl die Wahrheit gesagt hat oder nur ihre Bedenken zerstreuen wollte. Sie ist Anfang vierzig, eine »alte Jungfer«, und hat keine Erfahrungen in den Irrungen und Wirrungen der Liebe. Aber dumm ist sie nicht. Was er ihr da erzählt hat, klingt in ihren Ohren mehr als unglaubwürdig.

Kapitel 10

»… *Komm, schwarze Nacht, umwölk dich mit dem dicksten Dampf der Hölle, dass nicht mein scharfes Messer sieht die Wunde, die es geschlagen …*«

Frieda verstummt und verharrt in theatralischer Pose auf ihrem Bett, die Fäuste geballt, den starren Blick auf den Kleiderschrank geheftet. Mist – immer an dieser Stelle bleibt sie stecken.

»… *noch der Himmel …*«, hilft Luise, die auf Idas Bett sitzt und den aufgeschlagenen *Macbeth* in der Hand hält.

»… *noch der Himmel, durchschauend aus des Dunkels Vorhang, rufe: Halt! halt!*«

Sie beendet den Monolog wie eine professionelle Schauspielerin, die sich durch eine kleine Gedächtnislücke nicht aus der Rolle bringen lässt. Seufzend setzt sie sich danach hin und ärgert sich, weil sie sich diesen blöden Übergang nicht merken kann. Überhaupt ist es so kalt in der Schlafkammer, dass einem das Hirn einfriert. Die beiden Mädchen haben Strickjacken und dicke Socken an, Luise hat sogar eine Wollmütze auf.

»Ausgerechnet kurz vor dem dramatischen Schluss! Wir machen es gleich noch mal, Luise.«

Luise hat den Monolog heute schon drei Mal gehört. Sie nickt gottergeben, wagt aber doch eine Bemerkung.

»Ist das nicht ein bisschen … stark? Ich meine, weil das so grausig ist. So mit Blut und Messer und Morddämonen …«

Frieda stöhnt. Luise hat wirklich keine Ahnung vom Theater.

»Das ist doch gerade das Gute daran. Da kann ich so richtig

loslegen, verstehst du? So ein Langweiler-Monolog taugt dazu nicht.«

»Ja, schon … Aber muss es denn gleich so blutig sein? Wir hatten doch auch diesen schönen Monolog aus *Cäsar und Cleopatra*: ›Zünde alle Lichter an …‹«

»Ich will diesen, und damit Schluss!«, entscheidet Frieda und macht mit einer energischen Handbewegung deutlich, dass sie keine weiteren Einwände hören will.

»Na schön … wenn du meinst …«, seufzt Luise.

Frieda trinkt einen Schluck Wasser. Sie hat immer ein Glas auf dem Nachttisch stehen, wenn sie probt, um einem trockenen Hals vorzubeugen. Dann rafft sie die Strickjacke enger um den Körper und wirft Luise einen auffordernden Blick zu. »Los, noch mal …«

Sie steigt auf das Bett und taucht ein in die Rolle dieser faszinierend wilden Frau, die sich bereitmacht, einen Mord zu begehen, damit sie Königin werden kann. Gerade will sie die ersten Worte hervorstoßen, da geht die Tür auf, und ihre Schwester Ida platzt in die Schlafkammer.

»Ist Post gekommen?«

Frieda wird augenblicklich wieder zur älteren Schwester und antwortet mürrisch: »Natürlich nicht. Was hast du denn erwartet?«

Ida wirft den Schulranzen mit wohlgezieltem Schwung auf den Fußboden vor ihrem Bett.

»So eine blöde alte Kuh!«, schimpft sie. »Da kriegt sie einen netten Brief von ihrer Enkelin und – pffft! Keine Antwort.«

Frieda zuckt mit den Schultern. Auch sie hatte eine kleine Hoffnung in diesen Brief gesetzt. Aber nun naht der Termin für die Aufnahmeprüfung in der Schauspielschule, und es ist klar, dass sie sich etwas anderes ausdenken müssen. Schon nächste Woche ist es so weit.

»Vielleicht ist sie ja längst tot«, überlegt Luise.

»Das hätte sie uns ja schreiben können«, findet Ida.

»Wenn sie tot ist?«, lacht Frieda.

»Ich meine – da hätte uns doch jemand schreiben müssen, dass unsere Oma gestorben ist«, sagt Ida ärgerlich, weil die Schwester sie nicht verstanden hat.

»Wer soll uns denn da schreiben?«

»Doch, da kriegt man ein Schreiben vom Gericht«, weiß Luise zu berichten. »Die ermitteln die Angehörigen. Das haben die bei einer Tante von meiner Mama auch gemacht. Und da haben wir eine alte Kommode und zwei Blumenvasen geerbt.«

»Was? Bloß so'n bisschen Kram?«, ruft Ida empört. »Und kein Geld? Oder goldene Ringe und so?«

»Nee«, sagt Luise bekümmert. »Das war alles weg. Hat ihr Hausmädchen mitgehen lassen.«

»So ein diebisches Aas!«, schimpft Frieda.

Ida denkt ein Stück weiter.

»Siehste!«, meint sie und nickt bedeutsam. »Und deshalb müssen wir dranbleiben an der Oma. Sonst kriegen wir nix von der Erbschaft ab.«

»Du bist ja eine gierige Wanze!«, regt sich Frieda auf.

An eine Erbschaft hat sie nun wirklich nicht gedacht, als sie der Oma geschrieben hat. Aber klar – es könnte sein, dass Oma Else den Brief auf diese Weise falsch verstanden hat und deshalb nicht antwortet.

»Ist jetzt auch schon egal«, meint sie resigniert »Nächste Woche will ich nach Frankfurt zur Prüfung, und Mama darf nichts davon wissen. Musst du vielleicht zufällig zum Zahnarzt, Luise?«

Luise prüft mit der Zunge eine Plombe unten links, die sie vorletztes Jahr eingesetzt bekommen hat.

»Nee«, sagt sie. »Und einfach so geh ich auf keinen Fall hin. Sonst findet der am Ende noch ein Loch und fängt an zu bohren.«

»Und was ist mit dir, Ida?«

Ida schüttelt den Kopf. Sie war bisher nur einmal beim Zahnarzt in Oberursel, das wird sie so schnell nicht vergessen.

»Und wenn, dann würde Mama mit mir fahren wollen«, redet sie sich heraus.

Das ist leider nicht von der Hand zu weisen. Auch die Idee, sich angeblich oben in der Fabrik vorzustellen, fällt aus. Momentan stellen sie dort keine Frauen ein, heißt es.

Frieda bringt den nächsten Plan aufs Tapet. »Du hast doch einen Onkel in Oberursel, Luise. Könnten wir nicht sagen, dass wir den besuchen?«

»Bloß nicht! Der hat nächste Woche Geburtstag, da sind wir eingeladen und fahren mit dem Auto hin.«

Dann würde der Schwindel auffliegen, und Luise bekäme Ärger. Sie bekommt sowieso dauernd zu hören, dass sie viel zu oft bei Frieda herumsitzt und die Mutter mit der Arbeit alleine lässt.

»Ja, wenn du mir auch gar nicht helfen willst …«, beschwert sich Frieda enttäuscht.

Luise ist im Zwiespalt. Natürlich will sie dazu beitragen, dass Frieda auf die Schauspielschule gehen kann, deshalb hört sie ihr ja die Monologe ab. Sie stöhnt und schaut grüblerisch an die Decke.

»Vielleicht könnte ich den Schmidt in Frankfurt besuchen …«

Herbert Schmidt ist früher Lehrer in Dingelbach gewesen, der Vorgänger von Lehrer Hohnermann. Nach seiner Pensionierung ist er nach Frankfurt gezogen, aber Luise hat ihm in alter Anhänglichkeit jedes Jahr zu Ostern und zu Weihnachten eine Postkarte geschrieben.

Viele Grüße aus Dingelbach von Ihrer Schülerin Luise Altmann

Mehr hat sie nicht darauf geschrieben. Aber er hat immer geantwortet.

Liebe Luise. Herzlichen Dank für deine Karte. Auch ich wünsche dir ein frohes Fest. Dein alter Lehrer Herbert Schmidt

Das war alles – aber immerhin.

Die Idee ist nicht schlecht. Sie ist sogar richtig gut.

»Dann sag deinen Eltern, dass wir beide nächste Woche den Herrn Schmidt besuchen wollen.«

»Gut, das mache ich. Wir gehen zum Kaffeetrinken zu Lehrer Schmidt.«

»Zum Mittagessen«, ruft Ida dazwischen, die schon wieder praktisch denkt. »Weil die Prüfung schon um zehn Uhr anfängt.«

Luise runzelt die Stirn. Sich bei einem entfernten Bekannten gleich zum Mittagessen einzuladen – das tut man nicht. Aber sie nickt und behauptet, das ließe sich machen.

»Gut!«, seufzt Frieda erleichtert. »Das wäre also geritzt. Jetzt noch mal den Monolog. Gib Luise mal das Textheft, Ida, du sitzt gerade darauf.«

Ida zieht das Büchlein unter ihrem Allerwertesten hervor und macht sich bereit, der Schwester fasziniert zuzuhören. Den Text kann sie längst auswendig wie auch alle anderen Monologe, die ihre Schwester probt. Aber dieser ist eindeutig der großartigste!

In der folgenden Woche gibt es Komplikationen, die die Reise nach Frankfurt schwieriger gestalten. Luise hat ihren Eltern nun doch erzählt, sie wollten Lehrer Schmidt zum Kaffeetrinken besuchen, das bedeutet, sie können nicht den Zug um halb neun Uhr morgens nehmen, sondern müssen später fahren. Luise handelt mit Mühe halb elf Uhr heraus und schwindelt vor, sie müsse ja die Adresse erst suchen und hätte Sorge, zu spät zu kommen.

»Dann bin ich erst gegen Mittag dort«, stöhnt Frieda entsetzt. »Und wenn die Prüfung dann längst vorbei ist?«

»Ach was. Du hast doch gesagt, dass sich da viele Leute bewerben, da wird es bestimmt bis zum Abend dauern.«

»Na, hoffentlich hast du recht!«

Der Gipfel ist wieder einmal Ida. Sie hat Lehrer Hohnermann

erklärt, sie müsse ihre Schwester bei dieser wichtigen Prüfung unbedingt begleiten, und er hat ihr für diesen Tag schulfrei gegeben. Sie wird also mitfahren, die Mutter hat es erlaubt, weil Idchen den alten Lehrer Schmidt so gern wiedersehen möchte.

»Du hast mir gerade noch gefehlt«, regt sich Frieda auf. »Ich bin mit den Nerven sowieso schon am Ende.«

»Darum komme ich ja mit«, behauptet Ida seelenruhig. »Damit ich dich unterstützen und anfeuern kann.«

Frieda hadert mit dem Schicksal, das sie in das winzige Nest Dingelbach verschlagen hat, wo die Leute so rückständig und »verbabbt« sind. Würde sie in Frankfurt leben, dann brauchte sie nur in die Straßenbahn zu steigen und zum Schauspielhaus zu fahren, und niemand würde daran Anstoß nehmen. Weil die Städter fortschrittlich und modern denken. In der Nacht vor dem Prüfungstag kann sie kaum schlafen, dreht sich von einer Seite auf die andere und hört neidisch Idas regelmäßige Atemzüge. Am Morgen, als sie endlich eingeschlafen ist, reißt sie Hertas grämliche Stimme aus dem Schlummer.

»Bis zehne kannst du im Laden helfen, Frieda! Oder glaubst du, ich mache alle Arbeit allein, während ihr euch einen schönen Tag in Frankfurt gönnt?«

Die Mutter ist lieb und fürsorglich. Sie bekommen Geld für die Zugfahrt, und Herta muss ihnen Brote schmieren. Dazu dürfen sie sich Äpfel und eine Handvoll von den getrockneten Zwetschgen mitnehmen. Frieda hat ein schlechtes Gewissen.

»Da könnt ihr euch auf der Bahnfahrt stärken«, sagt Marthe Haller.

Ein Geschenk für den alten Lehrer gibt sie ihnen auch mit, die Packung Pralinen kauft sowieso keiner, da soll sich halt der Herbert Schmidt mit seiner Frau daran freuen.

Bis kurz vor zehn steht Frieda im Laden und verkauft Salz, Essiggurken, Waschpulver und Soda an die Dingelbacher Bäuerinnen, dann rennt sie die Stiege hinauf und zieht sich um. Ida hat sich wieder genial vor der Arbeit gedrückt und ist schon fertig, das Büchlein mit dem *Macbeth* hat sie in die Tasche mit dem Proviant gesteckt. Luise ist schon vom Altmannhof gekommen und wartet draußen auf der Dorfstraße.

»Puh«, sagt Ida und rümpft die Nase. »Du riechst heute besonders schlimm nach Kuhstall, Luise.«

»Ich musste noch beim Misten helfen«, gesteht Luise.

»Na, macht nichts«, meint Frieda ungeduldig. »Das verliert sich unterwegs.«

Alle Mädchen vom Land tragen diesen Geruch mit sich herum, weil die Ställe an die Wohnhäuser angebaut sind. Das ist praktischer, weil man im Winter nicht über den kalten Hof gehen muss.

Sie laufen im Eilschritt hinauf zum Bahnhof und sind zehn Minuten zu früh am Gleis. Leider hat es ausgerechnet heute Nacht geschneit, und der Zug kommt nicht pünktlich. Erst kurz vor elf hält die elektrische Vorortbahn an Gleis 1 an, und sie können einsteigen.

»Eisbein mit Sauerkraut«, sagt Luise und reibt sich die kalten Waden.

Bequem ist es nicht, man sitzt auf harten Holzbänken, aber das ist immer noch besser, als wenn man bis Frankfurt stehen müsste. Zum Glück ist die Bahn heute nur schwach besetzt, sie sind vorerst allein im Waggon. Luise und Ida packen die Brote aus und schmausen vergnügt. Sie freuen sich, dass alles so gut geklappt hat und sie nun unterwegs ins spannende Abenteuer sind. Frieda will nichts essen. Sie starrt auf die verschneite Landschaft, die am Zugfenster vorbeizieht, doch sie sieht weder Dörfer noch Hügel noch Wälder. Sie hört auch nicht, was Ida und Luise miteinander schwatzen. Sie hat sich in sich selbst zurückgezogen, denn in ihr brennt ein Gedanke, der sie ganz und gar erfüllt: Heute ist der entscheidende Tag, der alles in ihrem Leben verändern wird.

Die Zeit schreitet schneller voran, als sie geglaubt haben. Bald verschwinden die kleinen Dörfer, das Land ist flach, die Orte werden größer, es sieht schon beinahe städtisch aus. In Weißkirchen und Bommersheim steigen neue Passagiere in ihren Waggon, drei ältere Frauen mit großen Einkaufstaschen, ein junger Mann in Mantel und Hut. Luise senkt die Stimme, Ida schwatzt munter drauflos, die Gegenwart der Mitfahrer stört sie nicht.

Als sie in die Frankfurter Innenstadt hineinfahren, wird auch Frieda wieder lebendig. Das ist die Stadt, denkt sie. Diese hohen, breiten Häuser, die aneinandergebaut sind. Wie viele Stockwerke sie haben! Wie viele Menschen wohl darin wohnen? Es gibt gepflasterte Plätze, da stehen Denkmäler, und es gibt Grünanlagen mit Bäumen, die jetzt freilich kahl sind. Längs der breiten Straßen reihen sich die Geschäfte, wo man alles kaufen kann, was sich nur wünschen lässt. Dazu Restaurants und Cafés, Kinos und Theater. Begeistert liest sie die großen Reklameschilder, die über den Geschäften und auf den Plätzen hängen. Hier ist das Leben. Hier sieht man städtisch angezogene Menschen auf den Straßen, die Frauen tragen moderne Hüte, die Männer lange, elegante Mäntel, einige haben sogar Pelzkragen. Nirgendwo ein stinkender Misthaufen oder ein dummer Gockel, der über den Weg läuft.

An der Hauptwache ist Endstation der Vorstadtlinie, da müssen alle aussteigen. Von hier aus wollen sie zu Fuß weitergehen. Etwas ratlos stehen sie zwischen den hin und her laufenden Menschen, die zu dieser oder jener Straßenbahn eilen. Es ist laut, die Motoren der Automobile brummen, die Straßenbahnen klingeln, ein Zeitungsverkäufer ruft sein Blatt aus. Von irgendwoher duftet es verführerisch nach frischem Backwerk.

»Wo müssen wir denn langgehen?«, fragt Luise, von dem unruhigen Treiben ganz eingeschüchtert.

»Zum Rossmarkt«, sagt Frieda, die sich bei Lehrer Hohnermann eingehend erkundigt hat. »Und von da aus die Friedensstraße immer geradeaus.«

»Schau mal, da kann man sich ein Automobil mieten!«, ruft Ida und zeigt auf die Reihe der wartenden Miettaxen neben dem Gebäude der alten Hauptwache.

»Du bist wohl übergeschnappt!«, meint Frieda. »Das kostet Geld, das wir nicht haben.«

»Aber wir wären schneller da.«

»Quatsch!«

Die Mädchen vom Land sind Fußmärsche gewohnt; wenn sie einen Schritt zulegen, sind sie mindestens so schnell wie ein Automobil. Nur Ida mault, weil sie gern mit einem Miettaxi gefahren wäre, wenn sie schon einmal in Frankfurt ist.

»Vielleicht fahren sie uns ja auch ohne Geld, wenn du hinterher das Auto schrubbst«, witzelt Luise.

»Aber mit der Straßenbahn können wir fahren!«

Ida gibt nicht auf. Natürlich hat sie recht, es fahren viele Straßenbahnen quietschend und bimmelnd an ihnen vorbei, aber erstens wissen sie nicht, welche Linie sie nehmen müssen, und zweitens kostet auch Straßenbahnfahren Geld. Und ihre Barschaft hat gerade einmal für das Zugbillett gereicht. Nur Luise hat von ihrem Vater »für den Notfall« ein paar Scheine in die Hand gedrückt bekommen, darauf sind Zahlen mit vielen Nullen dahinter gedruckt, was man dafür kaufen kann, ist aber fraglich.

Auch in Frankfurt pfeift ein kalter Wind durch die Straßen. Der Schnee ist überall von den Trottoirs und Straßen weggekehrt, nur neben den Bordsteinen türmen sich die schmutzigen verharschten Schneehügel. Die Mädchen ziehen die Mützen über die Ohren und stecken die Hände in die Taschen. Frieda ist sich bewusst, dass sie auf den ersten Blick als Landpomeranzen zu erkennen sind, so wie sie angezogen sind. Nur Luise besitzt einen Mantel, der ist ihr allerdings viel zu weit, weil er einmal ihrer

Mutter gehört hat. Frieda und Ida laufen in Kleid und Jacke herum, tragen dicke Wollstrümpfe und klobige Schuhe. Und dazu riecht Luise immer noch penetrant nach Kuhstall, Frieda merkt es jedes Mal, wenn sie an einem Straßenübergang stehen bleiben.

Am Rossmarkt ist beinahe noch mehr los als an der Hauptwache, weil auch dort die Straßenbahnen halten und wieder abfahren. Sie müssen immer wieder entgegenkommenden Leuten ausweichen und dabei aufpassen, nicht von einem Automobil gestreift zu werden. Dann geht es an einer kleinen, alten Kirche vorbei in die Friedensstraße hinein.

»Die Friedastraße«, sagt Ida. »Siehste, die haben nach dir eine Straße benannt, Friedchen.«

Doch Frieda ist nicht nach Scherzen zumute. Auf dem Uhrtürmchen, an dem sie vorüberlaufen, stehen die Zeiger schon auf zehn nach zwölf. Hoffentlich kommt sie nicht zu spät, dann war alles umsonst.

»Schneller!«, fordert sie. »Die Schaufenster kannst du später angucken, Luise!«

Sie hasten voran, fangen in der Kälte an zu schwitzen vor Anstrengung, dann streckt Ida den Arm aus.

»Das muss es sein, Friedchen. Das dicke graue Haus mit den Türmchen und der großen Kuppel.«

Sie könnte recht haben. Genauso hat Lehrer Hohnermann ihr das Schauspielhaus beschrieben. Die hohe Kuppel, das ist der Schnürboden, hat er gesagt. Der befindet sich über der Bühne, und man benutzt ihn, um die Kulissen, die gerade nicht gebraucht werden, in die Höhe zu ziehen.

»Siehste – da hält die Straßenbahn genau vor dem Schauspielhaus«, ruft Ida rechthaberisch. »Hätten wir die genommen, dann wären wir längst da!«

Das Gebäude wächst zu immer imposanterer Größe, je näher sie kommen. Als sie endlich davorstehen, wirkt es riesig und übermächtig. Dicke Steinquader, hohe Fenster und überall Eingänge, die alle verschlossen sind.

»Wie kommt man denn bloß hinein?«, fragt Frieda verzweifelt.

»Da!«, schreit Luise. »Da ist ein Schild. Da steht etwas von Schauspielschule.«

Tatsächlich. Ein kleiner weißer Zettel hängt an einer der Türen, darauf steht:

Zur Aufnahmeprüfung der Schauspielschule

Gott sei Dank – die Tür lässt sich öffnen. Sie gelangen in einen schmalen Gang, in dem es muffig riecht, dann stehen sie in einem Flur. Dort befindet sich ein Tisch, an dem ein junger Mann sitzt und seelenruhig in einem Buch liest.

»Entschuldigung«, redet ihn Frieda an. »Ich möchte zur Aufnahmeprüfung. Wo muss ich da hingehen?«

Er hebt den Kopf und schaut sie seltsam eindringlich an. Dabei stellt sie fest, dass er gar nicht so jung ist, wie er zunächst gewirkt hat. Seine Gesichtszüge erscheinen ihr ausgeprägt und zugleich verwelkt.

»Haben Sie sich angemeldet?«

Frieda erschrickt heftig. Man muss sich zur Prüfung anmelden – das hat ihr Lehrer Hohnermann nicht gesagt.

»Ich komme von auswärts«, erklärt sie. »Leider wusste ich nicht, dass man sich anmelden soll.«

Er hat eine Liste vor sich liegen, Frieda kann sehen, dass es mehrere Blätter sind. O weh! Da haben sich wohl ziemlich viele Leute zur Prüfung angemeldet.

»Tja …«, meint er und zuckt die Schultern. »Dann wird es schwierig. Wir haben über einhundertsechzig Bewerber …«

Jetzt drängt sich Ida nach vorn, baut sich vor ihm auf und legt los.

»Wenn Sie meine Schwester nicht zur Prüfung lassen, dann werden Sie das schwer bereuen!«, ruft sie laut. »Sie müssen nämlich wissen, dass meine Schwester Frieda eine ganz große und hochbegabte Schauspielerin ist!«

Er schaut zuerst konsterniert, dann verzieht er das Gesicht zu einem Lächeln.

»Das ist schön, dass du so energisch für deine Schwester eintrittst«, meint er. »Wie heißt du denn, Kleine?«

»Ich bin Ida Haller. Und klein bin ich überhaupt nicht!«

»Und möchtest du vielleicht auch Schauspielerin werden?«

»Nee. Nur die Frieda.«

»Das ist schade«, sagt er grinsend. »Ich denke, du hast Talent, Ida.«

Frieda steht daneben und würde ihre kleine Schwester am liebsten meucheln. Wieso muss sich Ida immer einmischen? Schließlich kann sie selber für sich eintreten.

»Gibt es nicht eine Möglichkeit, dass ich trotzdem heute vorsprechen kann?«, fragt sie freundlich und schiebt Ida beiseite. »Ich bin extra für diese Prüfung aus Dingelbach gekommen.«

Er zieht die Stirn kraus. Wie es scheint, hat er diesen Ortsnamen noch nie gehört.

»Das ist ein Dorf in der Nähe von Steinbach … bei Oberursel.«

Oberursel kennt er, das Dorf Steinbach scheint ihm kein Begriff zu sein. Erstaunlich, wie schlecht er sich in der Umgebung von Frankfurt auskennt.

»Na ja«, meint er und holt tief Luft. »Da will ich Sie nicht wieder nach Hause schicken. Sie müssen aber warten.«

»Das macht nichts«, sagt Ida. »Wir haben Zeit.«

Er steht auf und führt sie durch ein Zimmer, in dem Säulen und Köpfe aus Pappe herumstehen, in einen weiteren Gang. Der ist voller junger Leute, die meisten Mädchen und Frauen, die dort einzeln oder in kleinen Gruppen herumstehen, auf Stühlen oder auch auf dem Fußboden sitzen. Aha, das sind also die Mitbewerber. Frieda zählt über zwanzig Personen – das kann dauern.

»Von jetzt an hältst du den Mund«, zischt sie Ida zu. »Ich kann selber sagen, was ich will.«

»Du hast ja nichts gesagt.«

»Weil ich nicht zu Wort gekommen bin. Deshalb!«

»Vorsprechen darfst du nachher allein«, meint Ida schulterzuckend.

Nach einigem Zögern setzen sie sich auf den Fußboden, die wenigen Stühle sind besetzt. Es tut sich nichts. Einige der Kandidaten flüstern miteinander, manche lachen sogar, es klingt aber nicht fröhlich, sondern eher nervös. Andere hocken stumm auf einem Stuhl und starren vor sich hin. Ein schmaler junger Mann hält ein Textbuch in der Hand, und seine Lippen formen lautlos Sätze.

»Wenn der jetzt erst anfängt, seinen Text zu lernen …«, wundert sich Luise.

Frieda lehnt den Rücken müde an die Wand und spürt einen Anflug von Lampenfieber. Wenn sie bloß nicht wieder an der bewussten Stelle stecken bleibt!

»Warum passiert denn hier nichts?«, flüstert Ida.

»Vielleicht machen sie Mittagspause …«

»Das kann sein«, meint Luise. »Gib Frieda mal die Tasche rüber, Ida. Sie muss jetzt unbedingt etwas essen. Sonst fällt sie nachher vor Schwäche um.«

Tatsächlich hat Frieda Hunger bekommen. Sie packt das Wurstbrot aus und beißt hinein. Kauend beobachtet sie, wie sich nun endlich eine Tür in der Mitte des Ganges öffnet. Eine dunkelhaarige schlanke Frau kommt heraus und ruft:

»Fräulein Segebrecht … Bitte sehr!«

Ein junges Mädchen im blauen Kleid springt von ihrem Stuhl auf, streicht rasch noch den Rock glatt und geht mit der Frau in das Zimmer. Frieda hört auf zu kauen und lauscht, aber von dem, was drinnen geschieht, ist nichts zu hören.

Es dauert eine ganze Weile, bis sich die Tür wieder öffnet und das Mädchen im blauen Kleid herauskommt. Sie sieht nicht glücklich aus. Eilig rafft sie ihren Mantel vom Stuhl und zieht ihn über. Ein junger Mann geht zu ihr und fragt etwas – sie schüttelt den Kopf. Dann läuft sie an Frieda, Ida und Luise vorbei und verschwindet in dem Zimmer mit den Pappköpfen.

»Das war wohl nix«, sagt Ida ohne hörbares Mitgefühl.

Frieda packt den Rest von ihrem Wurstbrot ein – ihr Appetit ist verschwunden. Dieses Warten ist nervenzerfetzend. Auch machen sie Ida und Luise jetzt schrecklich nervös.

»Das kann dauern, bis ich dran bin«, meint sie zu Luise. »Ihr müsst nicht die ganze Zeit hier bei mir hocken – schaut euch doch ein wenig Frankfurt an.«

Luise ist begeistert, Ida meint, sie wolle lieber bei ihrer Schwester bleiben. Aber schließlich lässt sie sich überreden. Ein Stündchen können sie ruhig wegbleiben, so lange wird sicher nichts Aufregendes passieren.

Frieda atmet auf, als die beiden sich endlich davonmachen. Inzwischen ist schon die nächste Kandidatin ins Vorsprechzimmer gerufen worden, dieses Mal ein molliges blondes Mädchen, das mit zwei Freundinnen zusammengestanden hat. Sie ist sehr blass im Gesicht, und während sie der dunkelhaarigen Frau folgt, schaut sie aus, als ginge es zum Galgenhügel.

Frieda ist nun zu nervös, um ruhig sitzen zu bleiben. Sie geht zu dem jungen Mann hinüber, der immer noch in sein Textbuch starrt und vor sich hinflüstert.

»Guude«, sagt sie freundlich. »Meinst du, dass es hilft, den Text so lange vor sich hinzusprechen?«

Er schaut mit leicht verdattertem Gesicht zu ihr hoch, da sie ihn jedoch unbefangen anlächelt, lächelt er zurück. »Keine Ahnung. Ich will einfach bloß sichergehen, dass ich keinen Hänger habe, weißt du?«

»Verstehe. Ich habe auch Angst, kurz vor dem dramatischen Ende meinen Text zu vergessen. Da ist so eine Stelle, da habe ich ein Loch im Hirn.«

»Was willst du denn vorsprechen?«

»Macbeth.«

»Ich habe Hamlet ausgesucht. *Sein oder Nichtsein* …«

»Kenne ich. Ein großartiger Monolog. Den würde ich auch gern sprechen, aber das geht leider nicht, weil ich ein Mädchen bin …«

Sie bringt ihn zum Lachen, und er taut auf. Er heißt Harry Baumann und kommt aus Sachsenhausen vom anderen Mainufer. Schauspieler wollte er schon immer werden, in der Schule haben sie oft Theaterstücke aufgeführt, da hat er jedes Mal die Hauptrolle gespielt. Dann gesteht er ihr, dass er ohne Wissen seiner Eltern hier ist. Der Vater hat eine Äppelwoikneipe, die soll er einmal übernehmen.

»Mir geht's genauso«, gibt Frieda zu. »Meine Mutter weiß auch nichts davon, dass ich mich hier bewerbe. Wir haben einen Laden in Dingelbach.«

»Wo?«

»Das ist ein Dorf. Richtung Oberursel.«

»Ach so. Tut mir leid, ich war in Geografie immer schwach. Sind das deine Freundinnen gewesen, mit denen du gekommen bist?«

Aha. Er hat nicht die ganze Zeit über in sein Textheft gestarrt, er hat sie beobachtet.

»Die Kleine ist meine Schwester und die große meine Kusine.«

»Ich drücke dir alle Daumen, dass es klappt, Frieda.«

»Das mache ich auch für dich, Harry.«

Sie nicken einander zu, und Frieda nimmt die Gelegenheit wahr, sich auf einen frei gewordenen Stuhl zu setzen. Jetzt sind nur noch dreizehn Leute vor ihr. Wie lange das dauert! Hoffentlich kriegen sie überhaupt noch den letzten Zug nach Dingelbach. Der fährt kurz vor acht Uhr an der Hauptwache ab.

Als nur noch acht Bewerber vor ihr sind, trudeln Luise und Ida wieder ein. Luise ist wütend, weil Ida sie zu einer Straßenbahnfahrt überredet hat. Sie sind bis zum Ostbahnhof gefahren und dann wieder zurück, das hat schrecklich lange gedauert, und Luise saß die ganze Zeit über wie auf glühenden Kohlen. Ida hingegen berichtet aufgeregt, dass sie den »Römer« gesehen hätten und die Pauluskirche. Und auch den Dom.

»Dauernd hat sie die Leute ausgefragt, was das für Häuser wären«, berichtet Luise. »Es war furchtbar peinlich.«

»Gleich bin ich dran«, sagt Frieda. »Seid mal still – ich muss mich konzentrieren.«

Harry ist der Vorletzte. Er kommt grinsend aus dem Vorsprechzimmer und hält ihr die Faust mit dem Daumen nach oben entgegen. Frieda freut sich für ihn, fragen kann sie aber nichts mehr, denn sie wird schon aufgerufen.

»Fräulein Haller? Bitte sehr.«

Das Vorsprechzimmer entpuppt sich als ein großer Raum mit einer richtigen Bühne. Sie muss drei Stufen hinaufsteigen, oben sitzen sechs Personen im Halbkreis, vier Männer und zwei Frauen. Sie haben Tische vor sich stehen, darauf liegen Papier und Stifte, weil sie sich wohl Notizen machen. Zwei der Männer reden miteinander und achten nicht auf sie, eine Frau hat einen Lippenstift und malt sich die Lippen nach, die anderen sitzen zurückgelehnt und wirken müde. Kein Wunder, sie haben den ganzen Tag Monologe gehört, das muss ziemlich anstrengend sein.

Die dunkelhaarige, schlanke Frau setzt sich zu den anderen Prüfern und winkt Frieda, näher zu kommen.

»Fräulein Haller aus … Dingelbach«, sagt sie und lächelt Frieda an. »Sie sind ganz am Schluss noch hineingeschlüpft, nicht wahr? Das war sicher nicht leicht, so lange warten zu müssen.«

»Schon«, gibt Frieda zu. »Aber das ist mir gleich. Die Hauptsache ist, dass ich vorsprechen darf.«

Die anderen Prüfer konzentrieren sich jetzt auf ihre Aufgabe. Man betrachtet sie, die Männer schmunzeln, die Frauen lächeln ein wenig mitleidig. Natürlich sehen sie auf den ersten Blick, dass sie vom Land kommt. Frieda ärgert sich. Denen zeige ich's, denkt sie.

Erst aber muss sie Fragen beantworten. Wie alt sie ist. Ob sie schon einmal Schauspielunterricht hatte. Warum sie Schauspielerin werden will.

»Weil ich dazu Talent habe«, sagt sie selbstbewusst. »Und weil ich für mein Leben gern Theater spiele.«

»Dann los«, sagt die dunkelhaarige Frau. »Was haben Sie sich denn ausgesucht?«

»Macbeth von Shakespeare.«

»Bitte sehr!«

Frieda tritt ein paar Schritte zurück. Die Prüfer, die hässliche Holzwand hinter ihnen, der graue Vorhang zu beiden Seiten – alles verschwindet vor ihren Augen. Sie ist in Schottland, im Schloss des Macbeth, in ihrem Herzen brennt der mörderische Ehrgeiz der wahnsinnigen Lady.

»Kommt, Geister, die ihr lauscht auf Mordgedanken …«

Sie legt richtig los. Steigert sich immer heftiger hinein. Lässt ihre Stimme tönen, hebt die Arme, beschwört alle Teufel und Dämonen. Die Hölle öffnet sich, der Dolch blinkt in der Mörderhand, der Irrsinn nimmt von ihr Besitz …

Plötzlich vernimmt sie Gelächter. Irritiert bricht sie ab, dreht sich zu den Prüfern herum und schaut sie empört an.

»Das … das ist nicht zum Lachen!«

Die Männer grinsen noch ein wenig, die Frauen schmunzeln. Nur die dunkelhaarige Frau ist ernst geblieben. Sie schaut Frieda nachdenklich an und wendet sich dann ihren Kollegen zu.

»Wunderbar, dieses jugendliche Temperament, nicht wahr?«

»Allerdings«, sagt einer der älteren Männer. »Aber das ist für dich die falsche Rolle, Mädchen. Die Lady wirst du später einmal spielen, wenn du über vierzig bist.«

Frieda ist noch zu entsetzt, um irgendetwas zu begreifen. Sie hat alles gegeben, alle Leidenschaft, alle Begeisterung, alle Kraft in diesen Monolog gelegt. Und da fangen die an zu lachen!

»Ich denke, wir sehen Sie in vierzehn Tagen wieder, Fräulein Haller«, sagt die dunkelhaarige Frau und schaut zu den anderen Prüfern hinüber. Die nicken ihr Einverständnis. Einige lächeln ihr zu.

»In … in vierzehn Tagen?«, stammelt Frieda. »Aber ich dachte …«

»Sie dachten, heute fällt die Entscheidung? Aber nein. Wir haben eine Vorauswahl getroffen, und Sie sind dabei. Die endgültige Aufnahme erfolgt erst nach einer weiteren Prüfung.«

»Ach so …«

Sie ist lieb, beinahe mütterlich, diese Prüferin, deren Namen Frieda gar nicht kennt. Jung ist sie nicht mehr, sie muss an die vierzig sein, vielleicht auch älter. Wie es scheint, hat sie hier viel zu sagen. Mehr als die Männer – das gefällt Frieda.

»Schauen Sie sich einmal Shakespeares *Sommernachtstraum* an, und studieren Sie den Puck. Damit stellen Sie sich in zwei Wochen wieder bei uns vor. Hier steht alles drauf, was Sie wissen müssen.«

Frieda bekommt einen Zettel, den sie achtlos zusammenfaltet, dann wünscht ihr die freundliche Frau: »Alles Gute. Wir freuen uns, Sie wiederzusehen!«

Draußen im Flur stürzen Luise und Ida auf sie zu. »Wie war's? Bist du aufgenommen?«

Frieda ist noch nicht ganz wieder auf der Erde. Sie zuckt mit den Schultern.

»In zwei Wochen soll ich wiederkommen.«

»Wieso das denn?«

»Noch eine Prüfung.«

»Ach herrje!«, stöhnt Ida. »Wieso können die dir nicht gleich sagen, was sie wollen?«

»Das war nur eine Vorauswahl, haben sie gesagt …«

Luise ist schrecklich nervös und drängt zum Aufbruch. Es ist schon spät, sie müssen unbedingt den letzten Zug erwischen, sonst ist alles aus.

»Wir kennen jetzt den Weg, das schaffen wir leicht«, behauptet Frieda. Sie zieht die Jacke im Gehen an, stülpt die Mütze über und läuft hinter Luise her, die schon zum Ausgang unterwegs ist. Draußen hat sich die Stadt verändert. Es ist dunkel geworden, aber überall sind Lichter, die Straßenlaternen brennen, die Geschäfte und Reklameschilder leuchten in bunten Farben. Die Stadt erscheint Frieda jetzt noch verlockender als am Tag, die vorübereilenden Menschen, die Automobile, die Geräusche, das diffuse Licht – alles das birgt Abenteuer und Geheimnisse, die sie nur allzu gern erforschen würde. Aber dazu ist keine Zeit. Luise eilt mit raschen Schritten voraus, Ida muss sie auf die Seite zerren, weil sich von hinten eine Straßenbahn nähert.

»Vom Dorf, wie?«, ruft ihnen der Schaffner ärgerlich von der Plattform der Straßenbahn zu.

Außer Atem und mit halb erfrorenen Nasen erreichen sie die Hauptwache; dort steht die Linie 24 mit der Aufschrift »Hohemark«.

Sie schaffen es gerade noch einzusteigen, der Schaffner steht schon draußen und gibt das Signal zur Abfahrt.

»Im letzten Moment«, sagt er grinsend zu ihnen und knipst ein zweites Loch in ihre Fahrkarten.

Völlig erschöpft sinken sie auf eine freie Bank und keuchen eine Weile vor sich hin.

»Wenn das bloß keinen Ärger gibt«, sagt Luise beklommen. »Ich habe daheim gesagt, dass wir spätestens um halb sechs zurückkommen.«

Jetzt ist es halb acht, und bis sie in Dingelbach ankommen, wird mehr als eine Stunde vergangen sein.

»Egal«, meint Ida unbekümmert. »Es war schließlich eine ganz wichtige Sache. Lebenswichtig sogar.«

Frieda grübelt schon verzweifelt darüber nach, wie sie in vierzehn Tagen wieder nach Frankfurt kommen soll. Dann fällt ihr der Zettel ein; sie sucht ihn überall. In den Jackentaschen ist er nicht, im Proviantbeutel auch nicht. Hat sie ihn verloren? Nein, er steckt in der Rocktasche. Was steht überhaupt drauf?

Wir bitten Sie, am 7. Februar um 15.30 Uhr auf der Probebühne im Schauspielhaus erneut vorzusprechen.

»Ich soll den Puck aus dem *Sommernachtstraum* studieren, hat sie gesagt. Das ist dieser Kobold, der immer alles durcheinanderbringt.«

Ida verzieht das Gesicht und rollt die Augen. »Was? Das ist doch stinkelangweilig! Die haben keinen Geschmack.«

Frieda ist auch nicht begeistert. Aber um auf die Schauspielschule gehen zu dürfen, ist sie zu allem bereit.

»Ist das nicht eine Rolle für einen Mann?«, überlegt Luise.

»Ein Kobold? Hm … weiß nicht. Das kann doch auch ein Mädchen sein«, findet Frieda.

»Dann ist es eine Hexe.«

»Nee, eine Koboldin!«, meint Ida und kichert.

»So was gibt's doch gar nicht«, sagt Luise kopfschüttelnd.

»Auf dem Theater gibt's nichts, was es nicht gibt«, behauptet Frieda.

Sie schweigen und schauen aus dem Zugfenster. Die letzten

Lichter der Stadt verschwinden, hie und da leuchtet noch ein Fenster oder eine Straßenlaterne. In der Bahn ist das Licht diffus und gelblich, es kommt von einer elektrischen Lampe, die oben an der Decke festgemacht ist. Bald sieht man im Fenster nur noch das eigene Spiegelbild, draußen ist es stockdunkel.

»Ich sterbe vor Hunger«, seufzt Luise. »Sind noch ein paar Trockenpflaumen übrig?«

»Du kannst mein angebissenes Brot haben«, meint Frieda großzügig.

»Nee, danke.«

Die Trockenpflaumen sind alle, Ida hat sich darüber hergemacht.

»Wir haben doch noch die Pralinen«, fällt Frieda ein. »Hol die mal raus, Ida.«

»Die können wir doch nicht einfach aufessen«, regt sich Luise auf. »Die waren für Lehrer Schmidt.«

»Ja, eben«, meint Ida grinsend. »Die müssen weg, sonst verraten sie uns.«

Sie reißen das Geschenkpapier ab und stopfen es in den Abfallbehälter, dann öffnen sie die Schachtel. Zwölf Pralinen sind darin – vier Stück pro Person. Sie kommen überein, dass sie die Schachtel herumreichen und jede sich mit geschlossenen Augen eine Praline nimmt. So lange, bis keine mehr da ist.

»Du schummelst, Ida!«

»Gar nicht wahr!«

»Du hast geblinzelt!«

»Mir ist was ins Auge geflogen.«

Jede isst die seltene Köstlichkeit auf ihre Weise. Luise kaut langsam, atmet tief und seufzt vor Wonne. Frieda lässt sich ebenfalls Zeit, sie genießt die Cremefüllung mit Erdbeergeschmack, den Eierlikör, das Marzipan. Ida stopft eine Praline nach der anderen in den Mund, kaut, schluckt, und weg ist sie.

»Kann man sich dran gewöhnen«, meint sie fröhlich.

Sie haben gerade noch Zeit, die Schachtel zusammenzufalten und ebenfalls im Abfallbehälter verschwinden zu lassen. Dann hält die Vorstadtbahn auch schon am Bahnhof Dingelbach.

Dort steht Herta, in Mutters Wolljacke gewickelt, die Mütze tief über die Ohren gezogen. Neben ihr wartet Georg Altmann, Luises Vater, mit einer Laterne in der Hand.

»Da sind sie!«, ruft Herta. »Na, ihr könnt was erleben! Onkel Schorsch wollte schon zur Polizei gehen!«

Kapitel 11

Marthe Haller schließt den Laden auf und schaut besorgt auf die Dorfstraße hinaus. Es hat in der Nacht getaut, überall sind Pfützen, auch vom Dach tropft es wieder einmal, weil die Regenrinne ausgerechnet über dem Ladeneingang ein Loch hat.

»Frieda!«, ruft sie über die Schulter. »Bring mal einen Putzlappen. Und stell einen Eimer mit Wasser bereit.«

»Mach ich!«, tönt es von hinten.

Bei diesem Wetter werden ihr die Kundinnen jede Menge Dreck in den Laden schleppen. Wenn das Pflaster der Dorfstraße doch endlich einmal in Ordnung gebracht würde, aber es ist voller Löcher und Buckel, und zwischen den Pflastersteinen quillt der lehmige Erdboden hervor.

»Gehst du jetzt in die Schule, oder willst du am Küchentisch einschlafen?«

Das ist Herta, die in der Küche mit Ida herumzetert. Es ist schon ein Kreuz mit ihren beiden jüngeren Töchtern. Die halbe Nacht über lesen sie heimlich in ihren Betten, und am Morgen sind sie todmüde. Marthe weiß nicht, wie das noch enden soll. Sie selbst hat nur zwei Bücher in ihrem Leben gelesen. Die *Deutschen Heldensagen* und *Grimms Märchen*. Die standen bei der Mutter in der Vitrine gleich neben einer goldverzierten Blumenvase und der Geburtstagstasse der Großmutter. Die Bibel und das Gesangbuch hatte die Mutter auf die andere Seite des Faches gestellt, weil es ihr nicht richtig erschien, die Heilige Schrift neben den Märchen und Sagen zu platzieren.

»Ich gehe, wenn ich so weit bin«, schimpft Ida im Hintergrund. »Ich brauch keine Aufpasserin!«

Frieda kommt mit Lappen und Eimer in den Laden, tunkt den Lappen ins Wasser, wringt ihn gründlich aus und breitet ihn sorgfältig vor der Ladentür auf dem Fußboden aus. Seitdem sie letzte Woche mit Luise und Ida in Frankfurt war, ist Frieda ungewöhnlich fleißig. Sie wischt den Ladentisch, staubt die Regale ab, räumt neue Waren ein und bedient die Kundschaft mit großer Herzlichkeit.

»In den trüben Wintermonaten kann man das gut gebrauchen«, hat die Anni Christ neulich gesagt. »Wenn das Friedchen im Laden ist, da geht so recht die Sonne auf.«

Auch die männliche Kundschaft scheint dieser Ansicht zu sein, zumindest gehen Pfeifentabak, Alaun und Kautabak hervorragend. Nur Herta zieht eine beleidigte Miene, was daran liegt, dass alle Kunden lieber von Frieda als von ihr bedient werden wollen. Ganz besonders nimmt sie der Schwester übel, dass der Killinger Hannes neulich wieder so ausgiebig mit Frieda geplaudert und gescherzt und noch dazu eine neue Pfeife und zwei Päckchen Tabak gekauft hat.

»Du kniest dich doch bloß so rein, weil du ein schlechtes Gewissen hast«, hat sie heute früh beim Frühstück zu Frieda gesagt. »Weil ihr euch letzte Woche so lange in Frankfurt herumgetrieben habt.«

»Das stimmt doch gar nicht«, hat Frieda geantwortet.

Aber sehr überzeugend hat es nicht geklungen, findet Marthe. Frieda ist im Grunde ein ehrliches Mädchen; wenn sie schwindelt, merkt Marthe es fast immer. Ganz im Gegensatz zu Ida, die das Blaue vom Himmel herunterredet, wobei man nie weiß, ob es erfunden oder wahr ist. Ganz sicher ist sich Marthe aber über eins: Mit dieser Fahrt nach Frankfurt stimmt etwas nicht. Schon der Anlass hat sie verwundert. Aber sie hat es erlaubt, weil sie zu dritt gefahren sind, und auch, weil sie es nett von den Mädchen fand, dass sie ihren alten Lehrer besuchen wollten. Nur dass die drei gar so spät nach Hause gekommen sind, das ist verdächtig. Wie ist es möglich, dass Lehrer Schmidt sie so lange bei sich behalten hat? Er weiß doch, dass sie noch eine lange Fahrt vor sich haben. Marthe vermutet, dass die drei nach dem Besuch noch auf eigene Faust durch Frankfurt gestromert sind, und das gefällt ihr gar nicht. Eine Großstadt birgt Gefahren für drei junge Mädchen, ganz besonders am Abend, wenn es dunkel ist.

Ihr Bruder Georg ist der gleichen Ansicht. Noch am Abend, als die drei Ausreißerinnen endlich am Bahnhof angekommen sind, hat er Marthe die Hölle heißgemacht. Es sei immer wieder Frieda, die seine brave Luise zu allerlei Blödsinn verführen würde. Von jetzt an bliebe Luise daheim, da gäbe es genug für sie zu tun. Und mit dem Theaterspielen sei auch endgültig Schluss. Außerdem hat er in seinem Zorn durchblicken lassen, dass seine Luise im heiratsfähigen Alter sei und er schon einige Kandidaten im Auge habe. Schließlich ist sie sein einziges Kind, und sie soll einmal einen Bauern heiraten, der seinen Hof übernehmen kann. Marthe war an diesem Abend nur froh, dass ihre Mädchen wohlbehalten wieder daheim gewesen sind. Daher hat sie wenig erwidert, und ihr Bruder ist zornig mit der heulenden Luise hinüber zum Altmann-Hof gegangen.

Herta hat in der Küche offensichtlich nicht viel ausrichten können; jetzt kommt sie in den Laden, mit einer frischen weißen Schürze angetan.

»Heiz mal den Ofen an, Frieda«, sagt sie. »Und dann kannst du im Lager Ordnung machen. Die Kisten mit Waschpulver und Seife müssen ausgeräumt und alles in die Regale gestellt werden.«

»Seit wann bestimmst du hier?«, wehrt sich Frieda ärgerlich.

»Ich sag nur, welche Arbeiten anstehen.«

Marthe weiß, dass sie rasch eingreifen muss, bevor sich der

Streit weiter steigert. Es ist ihr täglich Brot. Ihre drei Töchter sind so unterschiedlich, wie Mädchen nur sein können, Zank und Reibereien sind an der Tagesordnung, es ist keine leichte Aufgabe, jedem der Mädchen gerecht zu werden. Vor allem Herta hat es gegenüber den jüngeren Schwestern recht schwer, es fehlt ihr an Idas Gewitztheit und Friedas heiterem Gemüt. Daher bemüht sich Marthe häufig, ihre Älteste zu unterstützen.

»Herta hat recht, Frieda. Geh und bring unser Lager in Ordnung. Wenn du damit fertig bist, kannst du das Schaufenster wischen. Gerade ist der Dippel Alfred mit seinem Fuhrwerk vorbeigefahren, und schon ist die Scheibe wieder verspritzt.«

»Da kann ich ja den ganzen Tag lang wischen«, mault Frieda. »Bei diesem Dreckswetter wird die Scheibe schon vom Hingucken blind.«

»Hast du nicht gehört, was Mama gesagt hat?«, trumpft Herta auf und fängt an, den Ladentisch gründlich zu wischen.

Frieda rüttelt die Glut im Ofen, bläst hinein und legt Holz nach. Dann verschwindet sie gehorsam im Lager. Herta staubt die alte bronzefarbene Ladenkasse ab, und nun stapft auch Ida mit dem Schulranzen unter dem Arm widerwillig durch den Laden, um sich zur Dorfschule zu begeben. Gleich darauf bimmelt die Ladenglocke, und die ersten Kundinnen kommen herein. Frau Pfarrer Seybold erscheint im schwarzen Rock und dunkler Strickjacke, aus der ein weißer Kragen herausschaut. Bei ihr ist Lenchen Grossmann, die trägt die Dorftracht und hat dicke Wollstrümpfe an, die an den Waden gestopft sind. Marlis Alberti, die Frau des Dorfheilers, hat die gefütterte Jacke von ihrem Mann angezogen und ein weißes Kopftuch um das rote Kraushaar gebunden.

»Guude!«

»Guude Morsche!«

»Allweil g'sund un' munder?«

Alle treten sich brav die Füße an dem ausgebreiteten Putzlumpen ab, dann reiben sie sich die kalten Hände und freuen sich, dass der kleine Ofen schon kräftig angefeuert ist.

Man lässt der Frau Pfarrer den Vortritt, sie hat sich sowieso schon vor Herta aufgebaut und knallt ihre Einkaufstasche auf den Ladentisch. Marthe schweigt dazu, aber sie ärgert sich. Keine der Bäuerinnen käme auf die Idee, ihre Tasche einfach auf dem frisch gewischten Ladentisch abzustellen. Aber die Seyboldsche meint eben, sie sei etwas Besonderes, weil ihr Mann Pfarrer in Dingelbach ist.

»Ein Pfund Salz, aber net so klumpig wie das letzte Mal«, ordert sie.

Herta eilt gehorsam zur Waage, reißt eine Tüte von der grünen Schlange ab und füllt Salz aus dem Blechbehälter ein.

»Klumpig?«, fragt Marthe erstaunt. »Mein Salz ist net klumpig, Frau Pfarrer. Ist Ihre Tüte vielleicht feucht geworden?«

»Bei mir in der Küche net, Frau Haller. Dann brauch ich noch ein halbes Pfund Grieß und Backhefe …«

»Die krieg ich erst morgen wieder rein …«

Lenchen Grossmann und Marlis Alberti haben inzwischen ein Schwätzchen begonnen. Es geht um den Guckes Jörg, den Rabenwirt, der wieder mal davongelaufen ist. Gestern Nachmittag war er auf einmal weg, da ist die Karin durchs Dorf gelaufen und hat überall gefragt, ob jemand ihren Mann gesehen hat.

»Der Herbert hat ihn in den Wald hinauflaufen sehen«, erzählt Lenchen. »Ganz dösig hat er dreingeschaut, der arme Kerl.«

»Ach Gott! Das wird einmal ein schlimmes Ende nehmen«, prophezeit die Frau Pfarrer, während sie in die Salztüte schaut, ob Klümpchen darin sind.

Am späten Abend ist der Guckes Jörg dann wieder zu Frau und Kindern zurückgekehrt. Ganz nass und verfroren ist er gewesen, aber sonst war er wieder normal. Seitdem er im Krieg war, bekommt er immer wieder solche Anfälle, dass er im Wald herumlaufen muss, bis er wieder ruhig wird. Die Karin und die Kinder sind es inzwischen gewöhnt, aber Sorgen machen sie sich trotzdem. Es könnte ja sein, dass er irgendwann nicht mehr zurückkommt wie der Obermüller Josef, der sich vor Jahren hinten bei der Mühle an einem Eichenast aufgehängt hat.

Frau Pfarrer zahlt in Rentenmark, weil der Herr Pfarrer sein Gehalt in der neuen Währung überwiesen bekommt. Da muss Marthe erst rechnen, aber sie nimmt die Markstücke gern, da weiß man doch, was man hat.

Jetzt ist Lenchen an der Reihe, aber die ist gerade bei einem der spannendsten Dorfthemen angelangt, und Herta muss mit dem Bedienen warten.

»Ihre rechte Hand soll er sein. Der wichtigste Arbeiter in der Fabrik. Seit der Oskar Michalski da oben arbeitet, geht's mit Pilz & Küpper wieder bergauf, hat der Herbert gesagt …«

»Geschickt ist der immer schon gewesen«, wirft Marlis ein. »Auf dem Schützhof ist's damals auch besser gegangen, wie er der Helga unter die Arme gegriffen hat.«

Frau Pfarrer Seybold ist der Meinung, dem Oskar sei nicht zu trauen, das sei ein ganz großer Schlawiner.

»Damals ist er der Helga nachgestiegen, aber wie ihr Mann zurückgekommen ist, da hat er sich schnell aus dem Staub gemacht. Und jetzt versucht er sein Glück bei der Frau Küpper …«

»Ei freilich«, stimmt Lenchen Grossmann zu. »Das ist doch ein gefundenes Fressen für so einen. Die ist schon angejahrt und hat keinen Mann, dafür aber eine Fabrik.«

»Meinste, der hat was mit ihr?«, flüstert Marlis ungläubig.

»Ei, was dann sonst? Der wohnt doch im Gartenhaus, grad einmal drei Schritte von der Villa entfernt. Wenn sie da am Abend die Tür auflässt, da ist er in null Komma nix bei ihr drin.«

»Wer weiß, ob's stimmt«, meint Marlis kopfschüttelnd. »Ich hab immer geglaubt, dass der wegen der Helga zurückgekommen ist.«

»Der braucht die Helga net mehr«, sagt die Frau Pfarrer und nimmt endlich ihre Einkaufstasche vom Ladentisch. »Der hat was Besseres gefunden.«

»Tja, wer weiß?«, sagt Lenchen und wiegt den Kopf. »So eine Fabrik kann pleitegehen. Aber ein Hof, wie der Otto Schütz einen hat, der hat Bestand, den gibt's schon seit Hunderten von ...«

»Da kommt die Helga«, sagt Marlis und deutet mit dem Kopf zur Dorfstraße.

Gleich schweigen die Schwatzdrosseln, und Lenchen verlangt eine Schachtel Waschpulver und eine Dose Schmierseife von Herta. Marthe wendet sich Marlis Alberti zu, die eine Dose braune Schuhwichse und Haarnadeln braucht.

Helga tritt sich ausgiebig die Schuhe ab und grüßt freundlich in die Runde, dann stellt sie sich zu der Frau Pfarrer, die zwar ihren Einkauf schon erledigt hat, aber noch ein wenig im Laden bleiben möchte, um nur ja keine Neuigkeit zu verpassen.

»Ei, Helga, du schaust ja ganz müd und abgeschafft aus«, sagt sie und lächelt mitleidig.

»Ist's wahr?«, meint Helga beklommen. »Das ist sicher, weil ich die Nacht so oft rausmusste. Meiner Mutter geht's net gut, sie hat sich verkühlt und hustet recht schlimm. Da hab ich ihr Salbeitee mit einem Löffel Honig gebracht.«

»Ach ja, die Anni war schon immer schwach auf der Brust«, seufzt Frau Pfarrer. »Wenn bloß keine Lungenentzündung draus wird.«

»Drum hab ich ihr gesagt, sie soll im Bett bleiben und sich warm halten. Da wird's schon besser werden.«

Marlis Alberti fragt, ob sie ihren Rudolf mal rüberschicken soll. Der Dorfheiler Alberti weiß in vielen Fällen Rat, oft hat er geholfen, wenn der Arzt nicht weiterwusste. Die Albertis haben eine besondere Fähigkeit, die sich vom Vater auf den Sohn vererbt, auch der alte Willi Alberti hat gegen Krankheiten helfen können und mit einer Astgabel Wasseradern aufgespürt. Aber wenn es eine Krankheit ist, bei der man wirklich einen studierten Arzt braucht oder sogar in ein Krankenhaus muss, dann sagt das der Alberti seinen Dörflern schon. Er ist nicht eitel und kennt seine Grenzen.

»Das wär lieb von dir, Marlis«, freut sich Helga. »Ich wollt ja schon zu euch runterlaufen, da erspar ich mir jetzt den Weg.«

»Da will ich net hoffen, dass sich die Gertrud angesteckt hat«, bemerkt Marthe und nimmt eine Packung Haarnadeln für Marlis aus der Schublade. Der boshaften Gertrud hätte sie den Husten lieber gegönnt als der armen Anni.

»Die Gertrud ist gesund und munter«, verkündet Helga lächelnd. »Die ist stark, an die geht so schnell keine Erkältung hin.«

»Das kannst laut sagen«, meint Lenchen und ordert bei Herta ein Pfund Trockenerbsen. »An die Gertrud, da geht kein Deibel und keine Krankheit.«

Frieda platzt herein mit einer Schachtel voller Seifenstücke, die in die Ladenregale eingeordnet werden müssen. Sie lacht fröhlich und grüßt mit: »Guude allerseits. Was habt ihr bloß für ein Wetter mitgebracht!«

»Ei, das Dreckswetter, da könne mir nix dafür«, gibt Lenchen fröhlich zurück.

»Das glaub ich net«, scherzt Frieda und stellt die Schachtel auf dem Ladentisch ab. »Da hat doch eine von euch gestern den Teller net leer gegessen.«

Hertas Miene wird schon wieder grämlich – Marthe sinnt darauf, Frieda eine neue Aufgabe zu geben, damit sie noch ein Weilchen aus dem Laden fortbleibt. Aber Frieda ist jetzt so richtig in Fahrt. Sie nimmt ein Seifenstück aus der Schachtel und zeigt es herum. Eine neue Sorte, die nicht gerade billig ist. Weiß eingewickelt mit lilafarbenen Blüten darauf.

»Da, schaut euch das einmal an. Da ist Lilienmilch drin, die macht die Haut glatt und weich. Wenn du damit dein Gesicht wäschst, Lenchen, da kriegst du eine Haut wie ein Kinderpopo!«

»Hilft's auch gegen die Falten?«, will Lenchen wissen.

»Das auch. Aber da nimmst du besser die Niveacreme«, rät Frieda.

Frau Pfarrer wendet sich stirnrunzelnd ab. »Das Alter ist uns von Gott dem Herrn auferlegt. Wenn eine meint, jünger aussehen zu müssen, als sie ist, dann kann das nur einen sündigen Grund haben!«

»Wo soll denn da was Sündiges dran sein, wenn ich mir das Gesicht mit Seife wasch?«, fragt Marlis Alberti ärgerlich.

Sie kann die Frau Pfarrer nicht leiden. Schon weil die immer gegen ihren Ehemann, den Rudolf, wettert, der Wasseradern und Kraftorte auffinden kann. Heidnisch sei das, behauptet die Pfarrerin.

»Ich sag nix gegen die Reinlichkeit«, gibt die Seyboldsche angriffslustig zurück. »Nur gegen die Eitelkeit sag ich was, weil's eine schlimme Sünde ist. Grad so wie das Kartenspielen, das Tanzen und das Saufen.«

»Den Hochmut nicht zu vergessen«, ergänzt Frieda und nickt der Frau Pfarrer so ernsthaft zu, als wollte sie ihre Worte bestätigen. Aber Marthe und die anderen Frauen haben Frieda schon recht verstanden. Hochmütig ist sie, die Frau Pfarrer. Die zählt die Splitter in den Augen der anderen, aber den Balken vor dem eigenen Kopf, den sieht sie nicht.

»Alsdann«, sagt die Seyboldsche und lächelt milde in die Runde. »Da will ich mal los. Ach herrje – da raant's schon wieder!«

Draußen hat es tatsächlich wieder angefangen zu regnen, das ist übel, weil es Glatteis geben kann, wenn heute Nacht der Frost kommt. An der Ladentür trifft die Frau Pfarrer mit Lehrer Hohnermann zusammen, der in der Pause schnell hinübergelaufen ist.

»Guten Morgen«, sagt er, und sein Blick bleibt an Frieda hängen, die die Seifenstücke in die Fächer einsortiert. Marthe hält die Luft an. Es ist leicht zu erraten, dass der junge Lehrer Gefühle für das Mädchen hegt. Er ist keiner, der sich verstellen könnte. Was ja auch wieder sehr liebenswert an ihm ist. Aber natürlich wird im Dorf über ihn und Frieda geredet.

»Bitte entschuldigen Sie, ich will mich nicht vordrängeln«, sagt er und hustet. »Aber ich brauche rasch eine Tüte mit Halspastillen.«

»Ach herrje!«, ruft Frieda erschrocken. »Da hat es Sie ja übel erwischt. Wir haben Lakritzpastillen, Veilchenpastillen und welche mit Eukalyptus. Aber die schmecken eklig.«

»In der Not frisst der Teufel Fliegen«, sagt er und muss sich räuspern. »Da gib mir halt Lakritz und Eukalyptus. Bis heute Mittag muss die Stimme durchhalten.«

Herta holt demonstrativ die Blechdosen herbei und stellt sie vor Frieda auf den Ladentisch. Ihr Blick sagt: Was hast du hier zu suchen, ich bediene die Kundschaft! Frieda stört sich nicht daran, sie reißt zwei Tüten ab und zählt die Pastillen hinein. Währenddessen erhält Lehrer Hohnermann allerlei gute Ratschläge, was er gegen den Husten tun kann. Marlis rät ihm, Zwiebeln zu Sirup einzukochen und diesen dann löffelweise einzunehmen. Lenchen schwört auf einen Schmalzlappen, den muss er sich in der Nacht auf die Brust legen. Helga rät zu Salbeitee, sie erbietet sich, selbst gezogene getrocknete Blätter vorbeizubringen. Hohnermann kann sich vor lauter Husten kaum bedanken, er hält sich ein Sacktuch vor den Mund, weil er niemanden anstecken möchte.

»Allweil das Tauwetter«, seufzt Helga. »Da leben die Bazillen auf. Meine Mutter hat's auch erwischt, die hat die ganze Nacht …«

Da bleibt ihr das Wort im Halse stecken, weil jetzt wieder die Ladentür bimmelt und zwei neue Kunden eintreten. Es ist die

Carla, die Haushälterin von der Villa Küpper, und sie wird von Oskar Michalski begleitet.

»Guude alle miteinander!«, grüßt Carla.

»Guten Morgen allerseits«, sagt Oskar mit kräftiger, tiefer Stimme.

Man erwidert den Morgengruß. Helga dreht sich rasch zur Seite und betrachtet eingehend das Fass mit den eingelegten Gurken. Lenchen und Herta wechseln Blicke, Marlis lächelt freundlich, Frieda zählt eifrig Pastillen ab. Hohnermann nickt den Neuangekommenen höflich zu und sucht in der Jackentasche nach seinem Portemonnaie.

»Dreißig Pfennig«, sagt Frieda und legt die Tüten vor ihm auf den Ladentisch. »Und rasche Besserung, Herr Hohnermann.«

Marthe scheint, dass ihre Tochter den Lehrer ungewöhnlich besorgt anschaut, während er die Münzen auf den Tisch zählt.

»Bis nächste Woche ist's wieder gut«, sagt er zu Frieda.

Auch das kommt Marthe seltsam vor. Wieso gerade bis nächste Woche? Nun ja – momentan hört sie vielleicht die Flöhe husten. Hohnermann steckt die Tüten in die Jackentaschen, bedankt sich hastig und eilt davon. Drüben auf dem Pausenhof lärmen seine Schüler, die sind zwar meistens brav, aber man kann halt nie wissen.

Marlis und Lenchen besinnen sich auf ihren Einkauf. Lenchen lässt den Betrag aufschreiben, ihr Herbert hat den Frauen vom Dorfladen gestern einen geräucherten Schinken gebracht, davon kann sie ein Weilchen einkaufen. Marlis braucht noch drei eingelegte Gurken, die Marthe aus dem Topf in das mitgebrachte »Dibbsche« aus Steingut legt.

»Sind wir schon dran?«, fragt Carla und schaut Frieda an.

»Bitte schön, was kann ich für Sie tun?«, sagt Herta und schiebt sich eilfertig vor die Schwester. Frieda zuckt mit den Schultern und legt die Seifenstücke in die Regale. Marthe wendet sich

Helga zu, die ein Glas Honig und ein Tütchen Zimt haben will. Sie spricht sehr leise und schaut weder nach rechts noch nach links, während sie ihren Einkauf bestellt.

»Ich hab mir den Herrn Michalski mitgebracht«, tönt Carla durch den Laden und weist auf Oskar, der zwei Einkaufsnetze in der Hand hält. »Der muss mir tragen helfen. Die Frau Küpper gibt nämlich am Sonntag eine Einladung. Haben Sie auch Kerzen da? Die Frau Küpper kauft ja alles im Dorfladen ein, weil sie findet, dass das Geld in Dingelbach bleiben soll.«

Oskar Michalski steht schweigend dabei. Er scheint zu wissen, dass er das Objekt der allgemeinen Aufmerksamkeit ist, er schaut ernst vor sich hin, nur ab und zu gleitet sein Blick auf die vor ihm stehende Helga Schütz. Marthe hat in den zwanzig Jahren, die sie in diesem Laden steht, genügend Menschenkenntnis erworben, sie kann diese Blicke deuten, die aufflackern wie eine Flamme und sogleich wieder erlöschen. Das Gerede um sein angebliches Verhältnis mit Ilse Küpper ist purer Unsinn – er hat es auf die Helga abgesehen.

Lenchen packt ihre Einkäufe ein, Marlis bezahlt mit Inflationsgeld. Inzwischen ordert Carla Konservendosen mit Pfirsichen, Ananas und Champignons, die Herta erst aus dem Lager holen muss. Marthe bringt die Kerzen herbei, dann fordert Carla ihren Begleiter auf, eine Kiste guter Zigarren auszuwählen und dazu Pfeifentabak.

»Da verstehen Sie sich als Mannsbild besser drauf«, behauptet sie lächelnd. »Und dann brauch ich noch Pfefferkörner und zwei Gläser scharfen Mostrich …«

Marlis Alberti hat ihre Einkäufe in die Tasche gesteckt und öffnet die Ladentür.

»Da macht's mal gut!«

»Mach's besser, Marlis!«

Man sieht sie draußen über die Pfützen steigen, dann bleibt

sie beim Adam, dem Knecht vom Schützhof stehen, der eine Handkarre mit Holz zum Schulhaus hinüberzieht. Lenchen Grossmann plagt die Neugier, deshalb steht sie noch im Laden und betrachtet die Vitrine mit der Niveacreme und dem Parfüm. Helga hingegen zahlt eilig und will rasch hinausgehen, aber Oskar Michalski ist schneller, er hält ihr galant die Tür auf und schaut ihr lächelnd ins Gesicht.

»Auf Wiedersehen!«, sagt er und macht eine kleine Verbeugung.

Helga geht ohne ein Wort zu erwidern an ihm vorbei. Aber alle haben sehen können, dass sie rot bis zum Haaransatz hinauf geworden ist. Marthe versucht, die peinliche Situation zu überspielen, und fragt Carla, was sie noch für sie tun könne.

»Eine Flasche Petroleum, weil doch im Gartenhaus kein …«

Geschrei erhebt sich von der Dorfstraße her, man vernimmt dumpfes Poltern, als würde jemand auf eine hölzerne Wand schlagen. Die Ladenkunden laufen zur Tür, Frieda und Herta spähen durchs Schaufenster hinaus. Marthe verharrt hinter der Ladentheke.

»Das ist drüben beim Altmann Schorsch!«

»Der Hengst. Der Willibald«, ruft Lenchen Grossmann, die schon die Ladentür geöffnet hat. »Ich hab ja gleich gesagt, dass das ein Luder ist. Aber der Schorsch muss sich ja einen Hengst anschaffen!«

Jetzt läuft auch Marthe besorgt zur Tür. Ihr Bruder hat den jungen Hengst im Oktober auf dem Viehmarkt gekauft und zunächst auf die Weide gelassen. Aber der Willibald ist mehrmals über den Zaun gesprungen, weil er zu der Flora, einer Stute vom Schütz Otto, wollte, die das ganze Jahr über rosst. Da hat ihn der Schorsch in den Stall gestellt.

Oskar Michalski drängt sich an Lenchen vorbei und läuft auf die Dorfstraße hinaus. Man hört den Altmann Schorsch gotteslästerliche Flüche ausstoßen, dann schreit Carla hell auf.

»Da! Da kommt er. Wie der wilde Deibel!«

Der dunkelbraune Hengst trabt aufgeregt über die Dorfstraße. Er schnaubt, schüttelt zornig den Kopf und scheint recht gut zu wissen, wohin er will. Hinter ihm läuft der Altmann Georg und gestikuliert wild.

»Halt ihn fest, Adam!«, schreit er dem Knecht zu, der seine Karre mit Brennholz gerade in den Schulgarten hineinschiebt. Adam lässt die Karre fahren und will sich dem Hengst entgegenstellen, aber der Willibald tut einen Satz und prescht in Galoppsprüngen an ihm vorbei. Alles geht jetzt auf einmal furchtbar schnell. Marthe sieht, wie Oskar zu Helga Schütz eilt und sie beiseitezerrt, dann ist der Hengst schon am Laden vorbeigaloppiert und in den Schützhof hinein. Dort gackert das erschrockene Federvieh, die Kühe brüllen, die beiden Stuten wiehern aufgeregt. Man hört den Otto lauthals schimpfen, dann geht irgendetwas Hölzernes zu Bruch, wahrscheinlich der kleine Leiterwagen, der vor der Remise gestanden hat.

Von allen Seiten kommen neugierige Nachbarn aus den Höfen, man steht auf der Dorfstraße, deutet mit den Fingern, hebt entsetzt die Arme, einige gehen vorsichtig zum Schützhof hinüber.

Der Altmann Schorsch ist inzwischen vor dem Dorfladen angekommen; er kann nicht mehr weiter, steht vornübergebeugt und keucht. Marthe sieht entsetzt, dass er helles Blut spuckt.

»Onkel Schorsch! Was ist mit dir passiert?«, schreit Frieda.

Sie läuft hinaus, nimmt den Altmann Georg beim Arm, redet auf ihn ein. Marthe ahnt, dass der Hengst ihm bei seinem Ausbruch aus dem Stall einen Tritt verpasst hat, angstvoll geht sie die Stufen hinunter zu ihrem Bruder, wo inzwischen Lenchen Grossmann und Carla versuchen, Beistand zu leisten.

»Der Drecksdeibel! Das Luder!«, stöhnt Georg und hält sich den Bauch. »Den schenk ich weg. Zum Schinder kommt der.«

Vom Altmann-Hof kommt seine Frau, die Lina, in Hausschlappen und ohne Kopftuch, bei ihr ist Luise, die vor Angst am ganzen Körper zittert.

»Papa!«, schluchzt sie. »Papa, was ist mit dir?«

Schorsch kann nicht antworten, weil der Schmerz ihn zusammenkrümmt. Hinten im Schützhof ist Geschrei und Gepolter, man hört die tiefe Stimme von Oskar Michalski, das heisere Gebrüll des Schütz Otto, Gertruds Gezeter mischt sich dazwischen. Der Knecht Adam und zwei Nachbarn nähern sich dem Anwesen mit Vorsicht – ein Hengst, der eine rossige Stuten in der Nase hat, ist nicht so leicht zu bändigen. Eine aufgescheuchte Hühnerschar kommt ihnen aus dem Hoftor entgegen und verteilt sich auf die Dorfstraße.

Lina und Luise bemühen sich um den verletzten Georg, aber der will keine Fürsorge, er wehrt die Frauen ab und humpelt mühsam weiter zum Schützhof. Dort wiehern hell die beiden Stuten, zahlreiche Nachbarn haben sich vor dem Tor versammelt, einige wollen nur schauen, andere machen sich bereit, helfend einzugreifen.

»Ei willste wohl dableiben, Schorsch!«, schreit Lina und reißt ihren Mann am Ärmel. »Dass dir der Willibald auch noch gegen den Kopp tritt!«

»Mach dich fort!«, schimpft er und reißt sich los. »Das ist kein Weiberkram.«

Der Altmann Georg ist mindestens so stur wie sein Hengst – er will in den Schützhof laufen und sich vom Willibald zuschanden treten lassen. Frieda hat den Arm um die weinende Kusine gelegt, Marthe und Lenchen kümmern sich um Lina, die verzweifelt auf der Dorfstraße steht, weil sie das Unheil nicht abwenden kann. Aber da teilt sich vor dem Schützhof auf einmal die Menge der neugierigen Dörfler, und Oskar Michalski ist zu sehen. Er führt den Willibald am Halfter, auf der anderen Seite geht der Schmied Hannes Killinger und hält das aufgeregte Tier an einem

Seil, das sie ihm um den Hals geworfen haben. Willibald bewegt zornig den Kopf, bleibt immer wieder stehen und versucht, die lästigen Begleiter abzuschütteln, aber die springen leichtfüßig neben ihm her, warten, bis er wieder ruhig wird, dann führen sie ihn weiter.

»Wo wollt's denn hin mit dem Drecksgaul?«, ruft der Altmann Schorsch ihnen zu.

»Wenn's dir recht ist, Schorsch, dann stell ihn drunten auf meine Weide«, sagt der Schmied. »Da hat's einen Unterstand, und der Erwin und ich, wir haben ihn im Auge.«

»Macht mit dem, was ihr wollt!«, schimpft der Altmann Georg. »Der ist net recht im Kopp, der Gaul.«

»Das ist halt die Natur«, versetzt der Schmied mit breitem Grinsen. »Wenn's einen zu den Weibern hinzieht – den hält kein Strick und kein Seil. Des ist bei de Gäule so wie bei de Leut.«

Erleichterung macht sich breit, einige lachen über den Spruch vom Killinger Hannes, vor allem die Frauen haben ihren Spaß. Der Altmann Schorsch schaut seinem davontrabenden Hengst mit trübem Blick hinterher, dann besinnt er sich auf seinen schmerzenden Bauch und wendet sich stöhnend zum eigenen Hoftor. Luise und ihre Mutter laufen hinter ihm her, die Dörfler zerstreuen sich wieder, nur beim Schützhof ist noch lautes Tun, vor allem die Stimme von Gertrud tönt bis zum Dorfladen hin.

»Das Wägelchen zusammengetreten. Die Stalltür ist hin. Über die Flora ist er gekommen, der Saukerl, der wilde. Wenn die jetzt was aufgenommen hat, da soll der Schorsch nur schön zahlen …«

»Zahlen?«, hört man den Adam lachen. »Du hast doch das Deckgeld gespart, Bäuerin!«

Marthe und Frieda eilen frierend zurück in den Laden. Dort stehen mehrere Dorfbewohner, die sich über das aufregende Geschehen austauschen müssen. Herta bedient schon wieder – sie hat keinen Schritt hinunter auf die Dorfstraße getan, sondern alles von der Tür aus beobachtet.

»Grieß ist alle«, sagt sie zu Frieda. »Geh mal rüber ins Lager und hol den Sack. Kannst auch gleich drei Dosen Malzkaffee mitbringen.«

Kapitel 12

Helga steht am Küchentisch und schält Kartoffeln. Rasch und geschickt drehen ihre Finger die braunen Knollen, die Schale fällt in Ringeln auf das ausgebreitete Zeitungsblatt, sie schneidet die Kartoffeln in der Mitte durch, bevor sie sie in den Topf wirft.

Ihre Hände verrichten die Arbeit mechanisch, die Gedanken sind weit fort. Vom Stall her sind Hammerschläge zu hören – der Knecht Adam und ihr Mann reparieren die Schäden, die der Hengst in seinem wilden Drang angerichtet hat. Gertrud ist zum Dorfladen gelaufen, um eine Tüte Nägel zu kaufen.

Helga ist froh, ein Weilchen allein bleiben zu können. In ihrem Inneren tobt ein Sturm, den muss sie beschwichtigen und zur Ruhe bringen, damit niemand im Haus etwas davon bemerkt. Es ist nicht leicht, denn er war ihr so nahe wie lange nicht mehr. Er hat die Arme um sie gelegt und sie mit aller Kraft zur Seite gerissen, damit der wilde Hengst sie nicht umreißt. Es waren nur wenige Sekunden, sie hofft, dass es niemand bemerkt hat, weil ja alle auf das galoppierende Pferd geschaut haben. Aber sie selbst ist von dieser unerwarteten Berührung noch ganz durcheinander. Wenn sie daran denkt, zittert sie, und ihr Herz schlägt bis hinauf zum Hals.

Warum tut er so etwas? Warum lässt er sie nicht in Ruhe und Frieden leben? Ja, sie war unglücklich und verzweifelt, als sie gehört hat, er sei mit seinem Bündel über der Schulter davongegangen. Sie hat es so gewollt, es war richtig und anständig, aber ihr Herz hat sich ihrem Verstand boshaft widersetzt und ihr eine

Ohnmacht beschert. Die erste in ihrem Leben. Wahrscheinlich haben sie sich im Dorf die Mäuler zerrissen und alle möglichen Dinge über sie erzählt. Die Gertrud hat am Ende gemeint, das habe sie nur gemacht, um sich vor der Arbeit zu drücken.

»Denk bloß nicht, dass ich das net gemerkt hätt. Da muss eine schon schlauer sein wie du, dass ich ihr auf den Leim geh!«, hat sie gesagt.

Helga hat es dabei belassen. Soll Gertrud doch glauben, was sie will, wenn sie nur nicht den wahren Grund errät. Ihre Mutter, die Anni, hat sich zuerst große Sorgen gemacht, dass die Tochter vielleicht krank sei. Aber nach und nach ist sie darauf gekommen, dass es etwas mit dem Oskar Michalski zu tun haben könnte.

»Der ist auf und davon, Mutter«, hat sie gesagt, um die Anni zu beruhigen.

Die Mutter hat geseufzt und sie bekümmert angeschaut. »Im Laden haben sie erzählt, der hätte oben in der Fabrik Arbeit gefunden.«

Helga ist heftig erschrocken, als sie das gehört hat. Aber zugleich war sie auch froh und erleichtert. Er ist noch hier. Oben in der Fabrik. Nur ein paar Minuten vom Dorf entfernt. Nein, sie hat nicht das Recht, glücklich darüber zu sein. Und doch konnte sie in dieser Nacht kaum ein Auge schließen, weil sie immer an ihn denken muss.

Gesehen haben sie sich nur selten. Meist am Sonntag in der Kirche, da sitzt er in der letzten Bankreihe, und sie geht mit den Leuten vom Schützhof an ihm vorbei, weil der Schütz Otto und seine Familie vorn in der ersten Reihe ihre Plätze haben. Da hat Oskar ihr zugelächelt und den Kopf ein wenig zum Gruß gesenkt, und sie hat seinen Blick erwidert, dann aber rasch in die andere Richtung geschaut.

Es ist wie ein schwach glimmendes Feuer, das nur ein wenig wärmt, aber nicht auflodert und keinen Schaden anrichtet. Er ist in ihrer Nähe, sie kann an ihn denken, von ihm träumen, aber er fordert nichts von ihr und bedrängt sie nicht. Wenn die Schwiegermutter sie plagt oder der Otto hart zu ihr ist, dann kann sie es ertragen, weil sie weiß, dass da einer ist, der sie liebt und ihr gut ist.

Aber heute haben wenige Minuten genügt, um sie aus dieser schönen Traumwelt herauszuwerfen. Er ist ihr zu nahe gekommen, hat sie berührt, nicht sanft, sondern mit festen, harten Händen. Dann hat sie ihn auf dem Hof gesehen, wie er so entschieden und klug gehandelt hat. Er hat den Otto, der auf den tobenden Hengst hat losgehen wollen, gewaltsam zurückgehalten, hat ihn dadurch vor Schaden bewahrt und sich dabei von dem zornigen Mann Püffe und Schläge eingehandelt. Die Flora, das verrückte Weibsbild, war aus ihrer Box heraus und ist auf den Hof zum Hengst gelaufen, ein paar Mal sind die beiden umeinandergetänzelt, dann hat der Hengst getan, was seine Natur ihm halt eingibt. Als er fertig war, hat der Killinger Hannes ihm eine Schlinge um den Hals geworfen, und der Oskar hat ihm das Halfter angelegt, das war der rechte Moment, weil der Willibald ruhig geworden war. Der Knecht Adam hat die Stute eingefangen und wieder in den Stall gebracht, und Oskar hat den Hengst gemeinsam mit dem Killinger Hannes vom Hof geführt. Sie hat noch am Hofeingang bei den anderen gestanden und ist zurückgewichen, als er mit dem Hengst am Halfter an ihr vorübergegangen ist. Da hat er sie aber auch gar nicht beachtet, sondern nur Sorge gehabt, das unruhige Tier festzuhalten, damit es nicht noch einmal davonrennt. Sein Körper war angespannt, er hat vor Anstrengung geschwitzt, aber sein Gesicht war nicht zornig, weil er die Tiere gernhat und ihnen keine Schuld gibt. Genauso wie der Killinger Hannes, der auch ein Händchen für die Viecher hat.

Da hat sie gewünscht, Oskar sei wieder der Bauer auf dem Schützhof, wie es einmal für kurze Zeit gewesen ist. Ein schlimmer, ein sündiger Wunsch ist das gewesen, und sie hat sich geschämt, wie sie so etwas auch nur denken kann. Dass sich ihr Mann so dumm und ungeschickt angestellt hat, das kann sie ihm nicht vorwerfen. Es ist die leidige Kriegsverletzung, die daran schuld ist. Die Wunde im Arm ist zwar verheilt, aber seine Beweglichkeit ist eingeschränkt, und der Arm hat keine rechte Kraft mehr. Nur hätte er dem Oskar eigentlich für seine Hilfe danken müssen, aber stattdessen hat er getobt und nach ihm geschlagen, und als er vom Hof ging, hat er ihm einen Fluch hinterhergeschickt.

Jetzt ist die Gertrud vom Laden zurück, sie kann hören, wie sie im Stall über den Schaden jammert und erzählt, dass die Nägel dreißig Pfennige gekostet hätten. Helga schält die letzten Kartoffeln und legt Holz nach, um das Herdfeuer hochzubringen. Dann stellt sie den Topf auf den Herd und geht in die Speisekammer, um etwas vom eingelegten Kraut abzufüllen. Den Räucherschinken nimmt sie gleich mit; sie wird einige dicke Scheiben abschneiden, die auf das Kraut gelegt werden.

Heinz kommt aus der Schule, wirft den Ranzen in die Küche und läuft gleich wieder davon. Der Vater hat ihn im Hof abgefangen, er muss helfen, die Trümmer des zertrampelten Holzwagens einzusammeln und hinüber zum Hackklotz zu tragen, wo Adam später Brennholz daraus machen wird. Sie hört, wie Otto mit dem Kleinen hadert, ihm Schläge androht, und es tut ihr weh, weil sie nichts dagegen tun kann. Es ist der Krieg, der den Otto kaputt gemacht hat. Die Sache mit dem Hengst hat dem Otto wieder einmal vor Augen geführt, wie kraftlos und unbeweglich sein Körper durch die Verletzung geworden ist – nun lässt er seine Wut darüber an jedem aus, der ihm in die Quere kommt. So geht es, seitdem er aus der Gefangenschaft zurückgekommen ist, und so wird es weitergehen bis ans Ende ihrer Zeit.

Aus dem Topf am Herd steigt Dampf auf. Sie starrt in den

weißlichen Dunst und sieht auf einmal Gestalten darin. Eine Frau und ein Kind, die auf einem Pferd reiten, daneben geht ein Mann und führt das Tier am Halfter. Wohin? In den Nebel, der sie von allen Seiten umgibt.

Ich bin verrückt geworden, denkt sie und blinzelt. Da ist das Bild verschwunden, übrig ist nur der Dampf, der vom Kartoffeltopf aufsteigt, weil das Wasser darin zu heftig kocht.

Später, beim Mittagessen, wird am Tisch viel und aufgeregt geredet. Otto ist außer sich vor Zorn, er will den Altmann Schorsch beim Gericht anzeigen, damit er ihm den Schaden im Stall und auf dem Hof bezahlen muss.

»Meiner Stute hat er Gewalt angetan, der Drecksgaul …«

»Da hat die Flora aber nix dagegen gehabt«, versetzt Adam grinsend. »Ganz im Gegenteil. Gegen die Tür von ihrer Box hat sie gedrückt, dass sie aufgegangen ist …«

Jetzt kriegt der Adam sein Fett ab. Wie das denn geschehen konnte, dass die Stute die Boxentür aufgemacht hat?

»Alsfort die Schlamperei«, regt sich der Otto auf. »Den Riegel hat sie gesprengt, weil der net richtig fest gewesen ist. Warum hast du das net beizeiten gesehen, du blinder Aff?«

Adam redet sich damit heraus, dass es an Nägeln gefehlt hätte.

»An Blödheit und Faulheit hat's dir jedenfalls net gefehlt!«, knurrt Otto. »Sitzt hier an meinem Tisch und frisst sich voll, aber wenn's ans Arbeiten geht, da ist Hopfen und Malz an dir verloren, du Lapp!«

Adam schweigt zu dem ungerechten Vorwurf. Er weiß, dass er den Bauern nur noch mehr aufbringen wird, wenn er sich jetzt verteidigt.

Eine Weile essen sie schweigend weiter. Heinz schaut auf seinen Teller und bemüht sich, kein Geräusch zu machen, damit der Vater nicht auf ihn aufmerksam wird. Gertrud hat sich bisher schlau herausgehalten, weil sie ihren Sohn kennt und abwartet, bis sein Zorn sich abgekühlt hat. Jetzt hält sie den Moment für gekommen, sich einzumischen.

»Ein Prozess beim Gericht – der kostet nur Geld«, meint sie. »Ich werd dem Schorsch ordentlich die Meinung sagen, da wird der schon zahlen. Das Wägelchen war so gut wie neu, und die Boxentür hat auch Geld gekostet. Dazu alles andere, was zu Bruch gegangen ist …«

Sie zählt Eimer, Harken und Heugabeln auf, zwei Stalllaternen, ein Kummet, einen Sack Hafer, der Leiterwagen sei auch angeschlagen, da müssten neue Räder dran. Helga ist klar, dass nicht alle diese Gegenstände beschädigt wurden – Gertrud nutzt die Lage aus, um einen ordentlichen Batzen Geld an sich zu bringen.

Otto stimmt ihr zu und ergänzt, dass auch das Hoftor Scharten abbekommen hat, außerdem fehlen zwei Hühner, die irgendwo in der Nachbarschaft geblieben sind.

»Der soll den Beutel auftun, der Schorsch«, sagt Otto und spießt ein Stück Speck auf die Gabel. »Allweil hoch hinaus wollen. Ein Automobil! Ein Hengst! Was denn noch? Ein Schloss in Frankreich? Jetzt kommt der einmal runter von seinem hohen Ross!«

Helga tut der Schorsch ein wenig leid. Er ist nicht wie die anderen Bauern in Dingelbach, er hat Sinn für das Besondere, und er hat Mut, etwas Neues zu wagen.

»Gar so hart musst du net mit dem Schorsch sein, Otto«, meint sie. »Der hat einen Tritt vom Willibald abgekriegt, ich hab gesehen, wie er sich vor Schmerz gekrümmt hat.«

Da ist sie schon ins Fettnäpfchen getreten, nun hat sie Ottos Zorn neu angefacht.

»Willst den auch noch verteidigen?«, fährt er sie zornig an. »Das sieht dir ähnlich. Du bist doch auch so eine wie der. Würdest wohl gern mit dem Schorsch im Automobil durchs Dorf fahren, was? Schön herausgeputzt mit lackierten Fingernägeln und Lippenstift. Das würd dir gefallen. Und die eigenen Leut, die kümmern dich net mehr …«

Das ist nun völliger Blödsinn und nur dem kranken Hirn ihres Mannes entsprungen. Sie ist verletzt und wehrt sich.

»Wie kannst du so was sagen, Otto? Ich hab nur gemeint, dass es anständig und christlich wär, dem Schorsch ein wenig Zeit zu geben, bis es ihm besser geht. In ein paar Tagen könnt man in Ruhe …«

Otto schlägt mit der Faust auf den Tisch, dass die Teller hüpfen.

»Willst du mich lehren, was christlich ist? Grad du, der die Bauern auf der Dorfstraße nachschauen, weil du dir seidene Strümpf hast kaufen müssen?«

Das ist nun schon zwei Jahre her, dass sie diesen Fehler begangen hat, aber er hält es ihr immer noch vor. Und er ist noch lange nicht fertig.

»Dem Altmann Schorsch, dem hängt der Hochmut doch zu allen Knopflöchern heraus. Theater spielen muss die Luise. Wo hat man so was schon erlebt? Und woher kommt's? Von der Haller Frieda hat sie's sich abgeschaut, das ist eine ganz und gar verkommene Person, mit der verbiet ich euch den Umgang. Wie die mit den Augen nach den Männern schmeißt – das ist eine Sünd und eine Schand …«

Ein blechernes Klirren unterbricht seine Rede – Heinz ist die Gabel aus der Hand gerutscht und auf den Boden gefallen.

»Ja, kannst net aufpassen, Rotzbub?«

Heinz duckt sich auf seinem Stuhl zusammen, es hilft jedoch nichts, die Maulschelle sitzt. Und damit er es sich auch merkt, bekommt er noch eine von der anderen Seite.

Jetzt richtet sich Ottos Zorn auf die Gertrud, die rasch zugegriffen hat, um den Trinkbecher des Enkels festzuhalten, damit er bei der Strafaktion nicht vom Tisch fällt.

»Musst deine Finger überall drin haben?«, schreit er sie an. »Ich sag dir was: Zum Altmann Schorsch geh ich selber. Du bleibst da und kümmerst dich drum, dass die zwei Hinkel wieder beikommen. Hast mich verstanden?«

Jetzt wird es ernst, denn die Gertrud sieht ihre Autorität in Gefahr. So lässt sie nicht mit sich reden, schon gar nicht vor Schwiegertochter, Enkel und Knecht, die alle zuhören. Sie steht auf und nimmt den Kartoffeltopf vom Tisch, um ihn mit Schwung auf den Herd zu stellen.

»Dann geh halt du zum Schorsch«, sagt sie. »Das ist mir wurscht. Aber red anständig mit deiner Mutter! Sonst bist im Dorf bald unten durch, das sag ich dir.«

Die Warnung trifft. Das Amt des Bürgermeisters ist Otto wichtig, weil es ihn aufwertet. Nichts wäre schlimmer als boshaftes Geschwätz, das seinen guten Ruf in Gefahr bringen könnte. Es gibt so manchen im Ort, der nur darauf wartet, ihm eins auswischen zu können. Trotzdem ist er nicht bereit, vor Gertrud so schnell einzuknicken.

»Ich red, wie mir der Schnabel gewachsen ist«, beharrt er mürrisch. Zur Antwort reißt ihm Gertrud den leer gegessenen Teller weg und stellt ihn in den Spülstein. Die anderen stapeln ihre Teller ineinander – das Mittagessen ist beendet. Adam steigt in die Stallstiefel und geht schlurfend hinaus, Helga gießt heißes Wasser aus dem Kessel in die blecherne Spülschüssel, und Heinz will mit dem Schulranzen rasch in seine Kammer entwischen.

»Du bleibst hier!«, befiehlt der Vater. »Im Hof gibt's Arbeit für dich. Das Schreiben und Rechnen kann warten.«

Dann zieht er die Jacke über und setzt die Mütze auf, weil er hinüber zum Altmann Schorsch gehen will, um seine Forderungen zu stellen. Helga atmet auf, als er fort ist. Sie macht einen Teller für Anni zurecht, gießt Salbeitee in den Becher und geht damit hinauf. Die Mutter hat am Morgen endlich ein wenig schlafen können, doch jetzt hustet sie wieder, man hört es schon auf der Stiege. Wie es scheint, ist die Erkältung längst noch nicht abgeklungen.

Anni liegt blass und erschöpft in den Kissen. Sie sieht so erschreckend zerbrechlich aus, dass Helga Angst um sie bekommt.

»Hat's wieder Streit gegeben?«, fragt sie die Tochter.

Helga stellt den Teller auf dem Nachttisch ab und macht sich daran, das schwere alte Federbett aufzuschütteln. Die Federn sind wieder alle ans Fußende gerutscht, sodass oben nur der Stoff bleibt und die Mutter in der ungeheizten Kammer frieren muss.

»Ist schon vorbei«, sagt sie. »Magst etwas essen? Ich hab dir frischen Tee gebracht.«

»Dank dir schön, Helga. Es war wegen dem Hengst, net wahr? Ich hab's vom Fenster aus gesehen, wie er in den Hof geprescht ist.«

»Du sollst net aus dem Bett steigen, wenn du so hustest«, gibt Helga vorwurfsvoll zurück. »Schaust auch aus, als ob du Fieber hättest.«

Sie legt der Mutter die Hand auf die Stirn und fühlt die unnatürliche Hitze.

»Der Alberti Rudolf will kommen, ich hab's der Marlis vorhin im Laden gesagt. Jetzt iss erst einmal und trink deinen Tee.«

Sie gibt der Mutter eine Strickjacke, die muss sie anziehen, wenn sie sich im Bett aufsetzt. Dann hält sie den Teller vor sie hin, aber Anni hat nur wenig Appetit. Sie pickt sich das Kraut heraus, die Kartoffeln und den Schinken lässt sie liegen.

»Das war der Oskar vorhin auf dem Hof, net wahr?«, meint sie und lächelt. »Wie der noch bei uns war, da ist es anders zugegangen. Eine gute Zeit ist das gewesen …«

Helga tut, als hätte sie nichts gehört. Es muss am Fieber liegen, dass die Mutter solche Dinge ausspricht, die sie sonst niemals offen gesagt hätte. Weil sie die Tochter nicht in Versuchung bringen will.

»Trink deinen Tee und schlaf noch ein wenig, bis der Rudolf kommt«, rät sie ihr und reicht ihr den Becher. »Der gibt dir was gegen das Fieber, da geht's dir morgen gewiss besser.«

Anni trinkt brav ein paar Schlucke und meint, der Husten sei schon viel besser, die Brust täte auch nicht mehr weh. Dann legt sie sich wieder zurück, und Helga zieht das Federbett glatt.

»Ich schau bald wieder nach dir«, verspricht sie und geht mit dem halb geleerten Teller die Stiege hinunter.

In der Küche hat Gertrud das Geschirr gespült und die Reste des Mittagessens in die Speisekammer gestellt. Eine Winterfliege summt an der Fensterscheibe, der Garten schaut bei dem Tauwetter trostlos aus, weil kein Schnee die kahlen Beete verhüllt und die Sträucher wie dürre Gespinste aufragen. Gertrud ist schlecht gelaunt, der Streit mit ihrem Sohn liegt ihr noch im Magen. Sie wischt den Küchenboden und schimpft, weil Heinis Schulranzen unter dem Küchentisch liegen geblieben ist.

»Hast schön oben bei der Anni gesessen und dich ausgeruht, wie?«, fährt sie Helga an. »Derweil lässt du mich die Arbeit tun.«

Arbeit ist eine Tugend, Müßiggang ein Laster. Selbst wenn man sich ausruht, kann man eine Arbeit tun: Gemüse putzen, Wäsche bügeln oder Socken stricken. Einfach nur dasitzen und nichts tun – das wäre eine Schande für eine Dingelbacher Bäuerin.

»Gib mir den Schulranzen«, sagt Helga. »Der Heinz muss jetzt seine Schulaufgaben machen.«

»Der soll dem Adam auf dem Hof helfen!«

»Das tu ich«, erklärt Helga und steigt in die Stallstiefel.

Gertrud schaut ihr giftig dabei zu, hält sie aber nicht von ihrem Tun ab. Stattdessen denkt sie sich aus, wie sie die Schwiegertochter verletzen könnte. Schwer fällt es ihr nicht, sie hat da einen Pfeil im Köcher, den sie schon längst abschießen wollte.

»Hast auch schon von der Frau Küpper und dem Oskar gehört?«, fragt sie scheinheilig.

»Was meinst du damit?«

Gertrud zuckt mit den Schultern und bückt sich breit, um den Wischlappen in den Eimer zu tunken. »Es heißt, die hätten was miteinander. Weil der Oskar doch im Gartenhaus wohnt, gleich bei der Villa. Und weil sie so große Stücke auf ihn hält …«

Helga verspürt einen Stich, als hätte ihr jemand ein Messer in die Seite gestoßen. Die Frau Küpper und der Oskar. Das ist doch gar nicht möglich! Hat er ihr nicht gesagt, dass er sie immer noch liebt? Dass er ohne sie nicht leben will?

»Wer redet denn solch ein Zeug?«, will sie wissen.

»Es geht halt um im Dorf«, versetzt Gertrud mit unschuldiger Miene. »Da wird schon was dran sein, wenn alle darüber reden.«

»Ich hab nichts davon gehört«, gibt Helga zurück und zieht entschlossen den zweiten Stiefel an. »Und ich glaub's auch nicht.«

Gertrud stimmt ein höhnisches Kichern an, das Helga durch Mark und Bein geht. Sie läuft eilig in den Hof hinaus und findet Heini bei Adam im Pferdstall, wo sie den Hafer aus dem zusammengekehrten Unrat heraussieben.

»Geh jetzt hinein, Heini, und mach deine Schulaufgaben.«

»Wenn der Vater zurückkommt, krieg ich's wieder«, meint der Bub mit zweifelnder Miene.

»Nein«, sagt Adam. »Ich sag, du hättest mir fleißig geholfen, und wie alles fertig war, hätt ich dich ins Haus geschickt.«

Heini fügt sich nur widerwillig. Im Grunde würde er lieber bei Adam im Stall bleiben, als unten in der Küche bei Gertrud zu sitzen und langweilige Buchstaben zu schreiben. Aber oben in seiner Kammer gibt es weder Tisch noch Stuhl, und es ist so kalt, dass die Finger steif werden.

Es gibt nicht mehr viel zu tun für Helga, weil Adam die Boxentür längst notdürftig repariert hat und auch alle anderen Gegenstände, die herabgefallen sind, wieder an Ort und Stelle gehängt hat. Sie macht sich auf die Suche nach den fehlenden Hühnern, die wahrscheinlich in den Grossmannhof gelaufen sind und in Lenchens Garten herumpicken.

»Ich hätt sie dir ja gebracht, Helga«, sagt Lenchen mit schlechtem Gewissen. »Aber die zwei wollen sich net einfangen lassen und sind durch den Zaun hindurch und hinüber in die Bachwiese.«

»Ich erwisch sie schon«, meint Helga und geht durch das Gartentörchen zu dem Wiesenstreifen, der sich hinter den Gärten längs des Bachlaufs erstreckt. Die beiden Ausreißer sind an der Mauer vom alten Friedhof gleich neben dem Pfarrhaus, sie muss sich langsam bewegen, um sie nicht aufzuscheuchen, aber sie hat Haferkörner in der Jackentasche, damit wird sie sie anlocken. Wenn sie über Nacht hier draußen bleiben, wird sie der Fuchs holen.

Auf der Wiese liegt noch Schnee, der vom Tauwetter löchrig und durchsichtig geworden ist. Der Boden ist glitschig, nur die obere Schicht ist getaut, darunter ist die Erde gefroren. Nach ein paar Schritten bleibt sie stehen, weil ihr das hohe Gebäude der Villa Küpper jenseits des Bachlaufs in die Augen sticht.

Ich hab ihn fortgeschickt, denkt sie. Es ist sein gutes Recht, sich eine andere zu suchen. Aber muss er das gerade hier tun, in Dingelbach, wo ich sein neues Glück ständig vor Augen habe? Hat er nicht gesagt, er sei weit herumgekommen, bis an die Nordseeküste und weiter noch nach Osten? Warum hat er nicht dort eine andere gefunden? Wieso bandelt er ausgerechnet mit der Frau Küpper an, grad als wollte er mir damit wehtun?

Die Villa mit ihren Türmchen und Erkern verschwimmt vor dem grauen Winterhimmel. Tränen sind ihr in die Augen gestiegen. Vielleicht ist's ja bloß Gerede, denkt sie und wischt sich die Tränen ab. Wieso falle ich auf das Geschwätz von der Gertrud herein? Ich weiß doch, dass ihr jede Lüge recht ist, wenn sie mir nur eins auswischen kann. Aber der Stachel sitzt. Sie denkt an das

Gartenhaus, in dem sie vor Jahren miteinander so wundervolle Stunden erlebt haben. Dort wohnt er, das hat sich im Dorf herumgesprochen. Kommt die Ilse Küpper vielleicht in der Nacht zu ihm hinüber? Liegt sie dann in seinen Armen? Liebt er sie auf die gleiche Weise, wie er auch sie glücklich gemacht hat?

Soll er tun, was er will, denkt sie trotzig. Es geht mich nichts mehr an. Sie lockt die beiden braunen Hühner an, streut Körner aus, und tatsächlich laufen die Ausreißer auf sie zu, picken aufgeregt im nassen Gras, um sich ja kein Körnchen entgehen zu lassen. Sie packt die beiden mit sicherem Griff, zuerst das eine, dann das andere. Sie gackern und zappeln ein wenig, geben dann aber Ruhe und lassen sich bereitwillig zum Schützhof tragen. Die überraschend gewonnene Freiheit war den beiden doch unheimlich, sie sind wohl froh, wieder bei den anderen zu sein.

Otto ist inzwischen wieder zurück, er steht im Pferdestall, um sich die Flora anzuschauen. Als er Helga mit den beiden Hühnern sieht, nickt er ihr zufrieden zu. »Hast sie erwischt?«

»Zum alten Friedhof sind sie gelaufen.«

»Hätt noch gefehlt, dass sie im Kochtopf der Frau Pfarrer gelandet wären«, bemerkt er.

Seine Wut scheint verraucht. Als sie vorsichtig nachfragt, wie es beim Schorsch gegangen sei, winkt er ab. »Der hockt in der Küche und kriegt keine Luft net. Der Alberti Rudolf ist da gewesen und hat gesagt, er soll ins Krankenhaus, weil vielleicht innen im Bauch was kaputt ist. So geht's, wenn sich einer einen Hengst anschafft und ihn net regieren kann.«

Von einem Schadenersatz ist nicht mehr die Rede. Helga ist erleichtert, doch zugleich macht sie sich Gedanken um den Altmann Georg. Was wird aus seinem Hof, wenn er sich was Ernstliches zugezogen hat?

Am späten Nachmittag zieht der Frost wieder an, die Pfützen auf dem Hof überziehen sich mit einer Eisdecke, und später, als es schon dunkel ist, beginnt es zu schneien. Anni hustet sich die Seele aus dem Leib, auch der Salbeitee will nicht mehr helfen, und der Alberti Rudolf lässt auf sich warten.

»Am End hat die Marlis vergessen, es ihm auszurichten«, sorgt sich Helga. »Ich lauf rasch hinüber und frag ihn, ob er noch vorbeikommen kann.«

Gertrud schneidet schon das Brot zum Abendessen, auf dem Herd steht eine Pfanne, in der sie Spiegeleier braten will. »Das hat bis morgen Zeit«, behauptet sie. »Die Anni soll sich net so anstellen.«

Aber Helga hat schon die Jacke an und bindet sich ein warmes Tuch um den Kopf. »Ich bin gleich wieder da!«

Sie umgeht die gefrorenen Pfützen auf dem Hof und läuft die Dorfstraße entlang. Kleine, eisige Flöckchen wehen ihr ins Gesicht; im Lichtkegel der Straßenlaternen sieht man den Schnee wirbeln und tanzen. Am Dorfladen ist Marthe Haller gerade dabei, die Tür zu verschließen, zwei Bauern kommen aus der Untergasse und steigen die Treppe zum Gasthof hinauf, um einen Dämmerschoppen einzunehmen. Als Helga am Backhaus vorbeigeht, hält sie es nicht mehr aus, sie bleibt stehen und sieht zur Villa hinüber. Dort sind mehrere Fenster erleuchtet, Frau Küpper ist also daheim. Ist sie es wirklich? Unterhalb der Villa schimmert ein schwaches Lichtlein, kaum wahrnehmbar, aber dennoch stetig in der Finsternis. Dort steht das Gartenhaus.

Es ist nicht weit, denkt sie. Über die Brücke und den Feldweg hinauf. In ein paar Minuten bin ich dort.

Ein unsinniger, selbstzerstörerischer Drang hat sie gepackt. Sie will es sehen. Mit eigenen Augen muss sie sehen, wie er mit der anderen dort liegt. Sie hat kein Recht, eifersüchtig zu sein, aber sie kann sich dennoch nicht dagegen wehren. Nicht jetzt, wo sie bei finsterer Nacht im eisigen Schneegestöber dieses Lichtlein sieht, das ihr Gewissheit und Verzweiflung zugleich verspricht. Hastig wendet sie sich nach rechts, ihre Schritte dröhnen hohl auf der hölzernen Brücke, dann ist sie auf dem unbeleuchteten Feldweg und läuft am Rand, wo noch Schneereste liegen und man besseren Halt findet. Das kleine Licht wird mit jedem Schritt deutlicher, es schimmert gelblich und stammt ganz sicher von einer Petroleumlampe.

Außer Atem erreicht sie die Gabelung, wo es links zur Fabrik und rechts zur Villa hinaufgeht. Das Gartenhaus ist nur noch wenige Schritte entfernt, sie kann die beiden Fensterchen erkennen, die mit Gardinen verhängt sind.

Das ist neu, denkt sie. Das hatten wir früher nicht. Aber wenn er die Frau Küpper bei sich empfängt, braucht's halt ein wenig Luxus. Sie schämt sich für diesen Gedanken, weil er boshaft ist, aber die Eifersucht ist zu heftig, die Verzweiflung, ihn ganz und gar verloren zu haben, brennt in ihr wie eine Wunde. Sie wagt sich näher, die Füße ertasten den Weg, hier ist das Tor zum Park gewesen, noch ein paar Schritte, dann ist sie beim Gartenhaus.

Und wenn er sie sehen könnte? Das Licht an den Fenstern der Villa ist zwar schwach, aber es durchdringt die Dunkelheit bis hin zum Gartenhaus. Unschlüssig bleibt sie stehen und starrt auf die beiden Fensterchen. Die Gardinen sind aus feiner, heller Baumwolle, man kann Schatten dahinter erkennen. Die Silhouette eines Menschen, der an einem Tisch sitzt. Was tut er? Er schaut vor sich hin, bewegt sich nicht. Spricht er zu jemandem? Ist er allein oder gibt es irgendwo eine zweite Person? Wenn es so ist, dann sitzen sie wenigstens nicht beieinander. Liegen sich nicht in den Armen. Vielleicht ist er ja auch allein?

Plötzlich hebt er den Kopf. Sie erstarrt. Schaut er zum Fenster? Hat er sie gesehen? Panik ergreift sie, ihr Herz rast, sie dreht sich um und läuft den Weg hinunter, rennt über Stock und Stein, gleitet aus und fängt sich wieder, hastet weiter und ist schon fast bei der Brücke, als sie glaubt, seine Stimme zu hören.

»Helga? Helga!«

Sie muss sich am Brückengeländer festhalten, weil ihr der Atem wegbleibt. In ihren Ohren tobt der eigene, wild hämmernde Herzschlag. Nein, er hat sie sicher nicht gerufen. Das muss sie sich eingebildet haben. Sie kommt wieder zu Atem und geht weiter, ohne sich umzudrehen.

Am Albertihof sagt ihr die Marlis, dass der Rudolf schon zur Anni unterwegs ist. Es sei so spät geworden wegen dem Altmann Schorsch, und auf dem Rückweg habe der Lehrer Hohnermann ihn noch um ein Fiebermittel gebeten.

»Hast ja ganz nasse Schuh, Helga«, sagt die Marlis besorgt. »Da geh nur rasch heim, sonst holst du dir auch noch was.«

Kapitel 13

»Langsam! Eine nach der anderen. Keine Angst, der Zug wartet, bis wir alle eingestiegen sind. Gib mir mal deinen Brotbeutel, Gerda, dann kannst du dich besser festhalten …«

Frieda macht das großartig. Einige der Kleinen sind noch nie zuvor mit dem Zug gefahren und haben einen gewaltigen Respekt vor den eisernen Gitterstufen, die es zu erklimmen gilt. Hohnermann ist mit den Großen schon im Waggon und kümmert sich darum, dass sie sich anständig auf die Bänke setzen und die übrigen Passagiere nicht belästigen. Zum Glück gibt es genügend freie Plätze, keiner wird stehen müssen. Er selbst wird sich zu den Großen setzen, Frieda kümmert sich um die Kleinen.

Es ist der 7. Februar. Hohnermann hat in der vergangenen Woche überraschend einen Schulausflug nach Frankfurt für diesen Nachmittag angekündigt. Sie wollen den Römer besichtigen, die Paulskirche und natürlich das Geburtshaus des großen Dichters Johann Wolfgang von Goethe. Gleich nach dem Mittagessen haben sich alle, die mitfahren, auf dem Schulhof versammelt, um gemeinsam mit ihrem Lehrer zum Bahnhof zu gehen. Und weil es besser ist, bei einem Ausflug in die Stadt eine zweite erwachsene Aufsichtsperson dabeizuhaben, hat er Frieda gebeten, ihn und seine Schüler zu begleiten.

Im Zug wird noch einmal durchgezählt, es sind fünfzehn Schüler, fünf sind daheim geblieben. Ernst und Gustav sind schlimm erkältet, die beiden Döngeskinder, Kati und Klaus, dürfen nicht mit, weil sie kein vernünftiges Schuhwerk besitzen, und Heinz

Schütz wurde der Ausflug von seinem Vater verboten. Hohnermann ist auf den Schützhof gegangen, um ein gutes Wort für den Bub einzulegen, doch er konnte nichts ausrichten. Der Bub sei frech gewesen und habe die Woche über Stalldienst. Hohnermann musste sich anhören, dass kein Dingelbacher Bauer etwas über die Geschichte der Stadt Frankfurt oder gar über den Dichter Goethe zu wissen brauche, das sei nur etwas für die »spinnerten Stadtleute«, die vornehm täten und hochnäsig auf die Bauern herunterschauen würden.

»Aber zum Hamstern kommen sie alsfort in die Dörfer und tun recht jämmerlich, weil es in der Stadt weder Butter noch Speck noch Kartoffeln zu kaufen gibt.«

Die anderen Bauernfamilien sind gottlob weniger rückständig. Sechs Buben und neun Mädchen sitzen erwartungsvoll auf den Holzbänken im Waggon, schwatzen leise miteinander, und Frieda verhindert gerade noch, dass Willi schon sein Wurstbrot auspackt.

»Du hast doch gerade Mittag gegessen. Das hebst du dir für später auf!«

»Ich hab aber jetzt Hunger …«

»Einpacken und Schluss!«

Hohnermann schmunzelt. Frieda kommt erstaunlich gut mit den Kindern zurecht. Die Kleinen aus der ersten und zweiten Klasse hängen wie die Kletten an ihr und sind hellauf begeistert, dass die Frieda Haller auf dem Schulausflug dabei ist. Aber sie kann sich auch bei den älteren durchsetzen: Kaum blitzt sie den Übeltäter mit ihren schwarzen Augen an, geht ihm der Mut aus. Eigentlich ist sie die geborene Lehrerin, aber nach diesem Beruf steht ihr nicht der Sinn. Sie will nun mal Theater spielen.

Er hat ein ungutes Gefühl bei dieser Hilfsaktion, die er recht spontan und gegen alle vernünftigen Erwägungen zugesagt hat. Dazu kommt, dass er eigentlich krank ist. Noch gestern hat er Fieber gehabt, das war heute früh zwar besser, aber es kann sein, dass es am Nachmittag wieder steigt. Die leidige Erkältung, die im Dorf herumgeht, hat ihn in diesem Jahr böse erwischt.

Trotz allem bringt er es nicht fertig, Frieda seine Hilfe zu versagen. Letzte Woche hat sie nach Schulschluss vor seiner Haustür gestanden, ganz verfroren ist sie gewesen, weil er nach dem Unterricht noch mit Pfarrer Seybold wegen einer Orgelrenovierung gesprochen hat und sie solange auf ihn warten musste.

»Ach, Frieda«, hat er gerufen. »Wolltest du zu mir?«

»Ja, Herr Hohnermann. Ich muss Sie ganz dringend etwas fragen.«

Natürlich hat er gewusst, um was es ging. Aber er ist auch zornig auf sie gewesen, denn inzwischen ist ihm klar geworden, dass sie ihn angeschwindelt hat. Ihre Mutter hat keine Ahnung davon gehabt, dass sie letzte Woche zur Aufnahmeprüfung der Schauspielschule nach Frankfurt gefahren ist. Sonst hätte Frieda doch nicht das Märchen erfinden müssen, sie wolle gemeinsam mit Luise und ihrer Schwester den Lehrer Schmidt in Frankfurt besuchen. Ausgerechnet an dem Tag, an dem die Prüfung stattgefunden hat – nein, ihn kann sie nicht hinters Licht führen, er hat gleich erraten, was da gespielt wird. Es hat ihn tief enttäuscht, weil er ihr vertraut hat. Nun muss er sich Vorwürfe machen, dass er dieser heimlichen Aktion durch seine Hilfe Vorschub geleistet hat. Wenn das an den Tag kommt, können ihm sogar berufliche Nachteile daraus erwachsen, schlimmstenfalls eine Dienstaufsichtsbeschwerde beim Schulamt, vielleicht sogar eine Entlassung aus dem Dienst.

»Dann komm halt herein«, hat er gesagt und die Tür aufgeschlossen. »Ich denke, wir haben ein paar Takte miteinander zu reden.«

Ihr Augenaufschlag zeugt von schlechtem Gewissen, aber zugleich hat dieser Blick einen Zauber, dass er sich zusammennehmen muss. Wie schafft sie es nur, bekümmert und schelmisch zugleich zu schauen? So, als wüsste sie ganz genau, dass er ihr nicht lange böse sein kann. Aber dieses Mal, so hat er sich vorgenommen, wird er sich nicht von ihr erweichen lassen. Schon deshalb, weil sie sonst jeden Respekt vor ihm verliert.

Sie ist stumm die Treppe hinaufgegangen und hat gewartet, dass er ihr die Tür zu seinem Wohnzimmer öffnet. Dort hat er ihr einen Stuhl zurechtgestellt, weil er erst einmal den Ofen anfeuern musste, denn der Raum war den Vormittag über ausgekühlt. Aber sie hat sich nicht gesetzt, sondern sich geschäftig neben ihn gehockt und hat ihm die Holzscheite zugereicht.

»Ich hab schon gestern kommen wollen«, hat sie gesagt. »Aber die Mutter hat mich nicht gehen lassen, weil so viel im Laden zu tun war.«

Er hat geschwiegen und in der Glut herumgestochert, dann hat er die Scheite aus ihrer Hand genommen und in den Ofen gelegt. Für die Hilfe bedankt hat er sich nicht.

»Setz dich bitte.«

Sie hat das wollene Tuch von ihrem Haar gewickelt und brav auf dem Stuhl Platz genommen. Er hat es vermieden, ihr dabei zuzuschauen, ging zu seinem Schreibtisch und stützte sich mit beiden Armen darauf.

»Weiß deine Mutter inzwischen, warum du nach Frankfurt gefahren bist?«, hat er mit ernster Miene gefragt.

»Nein. Noch nicht …«

»Du hast sie also angelogen!«

»Es ging ja nicht anders.«

Zeigte sie Reue? Keineswegs. Sie schaute ihm gerade in die Augen. Bitte verstehen Sie das doch, sagte dieser Blick. Aber er war zu ärgerlich, um von diesem Flehen beeindruckt zu sein.

»Glaubst du, dass es richtig ist, den Weg zu deinem Wunschberuf gleich mit einer Lüge zu beginnen?«, fragte er streng.

»Was hätt ich denn tun sollen«, sagt sie leise. »Die Mutter hätte mir niemals erlaubt, zur Prüfung an der Schauspielschule zu fahren. Da musste ich mir einfach etwas ausdenken.«

»Und da hast du deine Schwester und die Kusine Luise gleich mit in deine Schwindelei hineingezogen!«

»Wir haben ja nicht damit gerechnet, dass es so lange dauern würde. Aber es waren über hundert Bewerber, und ich war die Letzte, die drangekommen ist.«

Nun hat ihn doch die Neugier gepackt, wie die Sache ausgegangen ist. Aber er hat sich beherrscht. Wenn ich jetzt frage, dachte er, lenke ich das Gespräch auf ein anderes Gleis. Erst einmal wollte er ihr ins Gewissen reden und das ausgiebig, das hat sie verdient.

»Das hat alles nichts damit zu tun, Frieda. Eine Lüge bleibt eine Lüge. Ich bin davon ausgegangen, dass deine Mutter Bescheid weiß, als ich dein Vorhaben unterstützt habe!«

Jetzt war sie ehrlich betroffen. Sie hat den Kopf gesenkt, und wenn er sich nicht irrt, standen ihr sogar Tränen in den Augen.

»Das … das tut mir ganz furchtbar leid«, hat sie bekümmert gesagt. »Dass ich meine Mutter beschwindelt habe, ist schlimm genug. Aber dass ich auch Sie hab anlügen müssen, das war richtig gemein von mir. Aber ich hab einfach keinen anderen Ausweg gesehen …«

»Wir hätten, zum Beispiel, gemeinsam mit deiner Mutter reden können …«

Er hat von ihrem Gesicht ablesen können, dass sie an die Wirkung solch einer Aussprache nicht glaubt. Tatsächlich sind beinahe alle Gespräche, die er in Dingelbach um seiner Schüler willen geführt hat, gescheitert.

»Es ist nun einmal so gegangen, Herr Hohnermann«, hat sie geseufzt. »Wenn Sie mir nun auf ewig bös sind, dann muss ich das halt ertragen.«

Was für eine Schauspielerin! Es klang zutiefst tragisch und

hätte in eine griechische Tragödie gepasst. Meint sie es ehrlich? Er ist sich nicht sicher, aber er hofft es. Sie hat ihn nicht gern angelogen, das sieht er ein. Aber sie hat es getan.

»Ewig böse werde ich dir deshalb nicht sein, Frieda«, hat er eingelenkt. »Aber ich wünsche mir, dass du in Zukunft offen zu mir bist. Kannst du mir das versprechen?«

»Ja, das verspreche ich hoch und heilig!«, hat sie ausgerufen.

Es klang aufrichtig, und er hat beschlossen, ihr zu glauben. Zumal er vermutete, dass sie gekommen war, um seine Hilfe zu erbitten. Hat sie sich in Frankfurt eine Enttäuschung eingehandelt? Ach, das täte ihm leid.

»Also gut«, hat er lächelnd gemeint. »Dann will ich noch einmal Nachsicht üben. Wie ist's denn ausgegangen mit der Prüfung?«

»Eigentlich recht gut«, hat sie zögernd erklärt. »Die Sache ist nur, dass es zwei Prüfungen gibt. Ich muss noch einmal hin.«

Ach so! Sie haben eine erste Auswahl getroffen, die endgültige Entscheidung steht aber noch offen. Er hat sie besorgt angeschaut. »Dann musst du deiner Mutter endlich die Wahrheit sagen, Frieda. Da führt kein Weg dran vorbei.«

Nun war sie völlig verzweifelt. Das ginge auf keinen Fall, weil die Mutter es verbieten würde. Schon weil sie sie belogen hat. Aber auch, weil sie nicht daran glaubt, dass Schauspielerin ein ernsthafter Beruf ist.

»Aber ich weiß, dass ich es schaffe. Diese nette Frau in der Schauspielschule hat gesagt, dass ich wiederkommen muss. ›Jugendliches Temperament‹, hätte ich, hat sie gesagt. Und den Puck aus dem *Sommernachtstraum* soll ich vorsprechen. Ich kann doch nicht jetzt alles aufs Spiel setzen, wo ich kurz davor bin, aufgenommen zu werden …«

Er hat versucht, sie zu unterbrechen. Wollte sie noch einmal daran erinnern, dass man nur mit der Wahrheit und nicht mit einer Lüge zum Ziel kommt, aber sie hat gar nicht zugehört.

»Ich setze mich einfach in den Zug und fahre nach Frankfurt«, hat sie verzweifelt gesagt. »Das Fahrgeld nehme ich aus der Ladenkasse, und der Mutter lege ich einen Zettel hin, dass ich zur Prüfung an der Schauspielschule fahre, soll sie dann machen, was sie will!«

»Das ist keine gute Lösung, Frieda!«, hat er streng widersprochen. »Wie soll die Angelegenheit dann weitergehen? Du musst deiner Mutter auf jeden Fall die Wahrheit sagen, denn ohne ihre Erlaubnis darfst du gar nicht auf diese Schule gehen. Vergiss nicht, dass du noch nicht volljährig bist und deine Mutter die Verantwortung für dich trägt.«

»Das weiß ich«, hat sie gesagt und eine Locke aus dem Gesicht gewischt, die aus dem Zopf herausgerutscht war. »Aber wenn ich eine bestandene Prüfung vorweisen kann, wird sie eher mit sich reden lassen.«

»Vielleicht!«

»Das ist meine einzige Chance!«, hat sie leidenschaftlich ausgerufen. »Wenn ich nicht auf die Schauspielschule darf, dann laufe ich davon. Dann ist mir alles ganz gleich. Ich halte es nicht länger aus in diesem trostlosen Kaff! Ich geh in die Stadt und suche mir eine Stellung …«

»Aber Frieda!«, rief er erschrocken. »Was redest du da für einen Unsinn! Davonlaufen ist doch keine Lösung …«

»Wenn mir doch alles verboten wird!« Jetzt hat sie geschluchzt. »Und niemand mir helfen will. Was soll ich denn da machen? Da kann ich doch nur davonlaufen …«

Er ist aufgesprungen und hat sie an den Schultern genommen. Hat in ihr verweintes, unglückliches Gesicht geschaut und hätte sie am liebsten in die Arme genommen. Doch stattdessen hat er sie geschüttelt.

»Versprich mir, dass du vernünftig bleiben wirst«, hat er gefordert. »Dann bin ich bereit, dir zu helfen.«

»Und wie?« Dieser hoffnungsvolle Blick!

Er hatte den Schulausflug nach Frankfurt eigentlich für das Frühjahr vorgesehen, wenn das Wetter besser ist. Aber es war durchaus möglich, ihn vorzuziehen.

»Aber nur unter der Bedingung, dass wir beide noch am gleichen Abend zu deiner Mutter gehen und Rechenschaft ablegen«, mahnte er sie. »Ganz egal, wie die Prüfung ausgegangen ist.«

Sie hat begeistert genickt, geschnieft und sich die Tränen abgewischt.

»Und wenn ich bestanden habe – helfen Sie mir dann, die Mutter zu überzeugen?«

Er musste schmunzeln. Kaum reicht er ihr den kleinen Finger, will sie schon die ganze Hand. »Das werde ich tun, Frieda. Ich verspreche es dir.«

Da ist sie aufgesprungen und ihm um den Hals gefallen. Schmiegte sich an ihn, unbefangen und unschuldig wie ein kleines Mädchen, nannte ihn ihren »einzigen Freund« und »guten Engel«, und bevor er sich von seiner Überraschung erholt hatte, war sie schon davongelaufen. Er stand noch an der gleichen Stelle und wusste nicht recht, wie ihm geschehen ist, da hörte er, wie sie die Treppe wieder hinaufgelaufen kam.

»Den *Sommernachtstraum*«, sagt sie aufgeregt an der Tür. »Darf ich den noch mal ausleihen? Ich muss doch den Puck lernen.«

»Ja, natürlich ... Warte, ich suche dir das Büchlein heraus ...«

Am Abend hat er in seinem Zimmer gesessen und mit sich gehadert. Warum hat er sich nur auf diese Geschichte eingelassen? Wäre es nicht besser gewesen, sie vor die Wahl zu stellen: Entweder gehst du jetzt zu deiner Mutter und sagst ihr die Wahrheit, oder ich tue es. Aber hätte er dann nicht das Vertrauen missbraucht, das sie ihm entgegengebracht hat? Ist es richtig, einen Menschen zur Wahrhaftigkeit zu zwingen? Mit einer Erpressung zu drohen? Nein, das ist nicht seine Art. Er kann es ihr nur raten, sie dazu auffordern, sie bitten. Und da sie seinem Rat auf keinen Fall folgen will, ist es besser, auf sie aufzupassen, bevor sie etwas Unbedachtes tut …

Nun ist also der entscheidende Tag gekommen, die Dingelbacher Schulkinder reisen der Stadt Frankfurt entgegen, und mitten unter ihnen sitzt Frieda, die in wenigen Stunden vor der Prüfungskommission der Schauspielschule erscheinen muss. Von Anspannung oder gar Lampenfieber ist ihr einstweilen nichts anzumerken, sie redet eifrig mit den Kleinen und kümmert sich um Ännchen, die behauptet, ihr sei übel geworden.

»Pass auf, ich erzähle dir jetzt eine Geschichte«, schwatzt sie und bringt die Kleine zum Lachen.

Er muss sich eingestehen, dass er selbst viel nervöser ist als Frieda.

Den »Puck«, diesen boshaften, schalkhaften Kobold, der seine Freude daran hat, Menschen und Geister in die Irre zu führen, hat sie ihm mehrfach vorgespielt. Eine Rolle, die ihr auf den Leib geschrieben ist. Aber wird es ihr gelingen, vor der Prüfungskommission genauso unbefangen ihren Monolog zu sprechen wie in seinem Wohnzimmer?

Zu seiner Erleichterung kommen sie ohne ernsthafte Zwischenfälle in Frankfurt an, und auch das Aussteigen an der belebten Hauptwache klappt vorzüglich. Dort stellen die Schüler sich auf, immer zwei nehmen einander an der Hand, er selbst geht voraus, Frieda macht mit Ännchen das Schlusslicht. So marschieren sie über die breite »Zeil« zum Liebfrauenberg und weiter an den eindrucksvollen alten Patrizierhäusern entlang zum Römerberg, dem historischen Zentrum der ehemals freien Reichsstadt Frankfurt. Hier will er seinen Schäflein von den Kaiserwahlen im Mittelalter erzählen, und er hofft, zu einer Führung in den Rathaussaal eingelassen zu werden, wo sie die Porträts der deutschen Kaiser an den Wänden bewundern können. Am Gerechtigkeitsbrunnen versammelt er seine Schar, um ihnen die Figur der Justitia zu erklären, die eine Waage in der einen und ein Schwert in der anderen Hand trägt. Die Schüler sind von all dem Neuen noch etwas überfordert, hören jedoch bereitwillig zu, besonders das Schwert erregt das Interesse der Buben. Nicht eingeplant hat er, dass einige der Schüler scharfe Augen haben und Details erkennen, die er lieber übergangen hätte.

»Die hat ja gar kein Hemd nicht an!«, hört er den dreizehnjährigen Rudi ausrufen.

Jetzt schauen alle auf die steinernen Brüste der Justitia, die sich unverhüllt vor aller Welt präsentieren. Die Kleinen gucken recht unbefangen, Marie und Annelie, die schon elf sind, werden rot und kichern verschämt.

»Doch hat sie ein Hemd an«, behauptet Ida. »Das ist ein ganz dünnes Hemd mit Blümchen darauf.«

»Ich seh nur zwei Blümchen. Auf jeder Seite eines. Da, wo die …«

»Wir gehen jetzt weiter zum Rathaus!«, unterbricht Lehrer Hohnermann hastig. »Dort könnt ihr die Kaiser mit Krone, Zepter und Reichsapfel sehen …«

»Dürfen wir da unsere Brote essen?«

»Nein, Willi. Wir machen gemeinsam Pause, wenn ich es sage.«

Sie stellen sich wieder auf und laufen in geschlossener Formation hinüber zum Römer. So manch amüsierter Blick folgt den Dorfkindern, die so brav hinter ihrem Lehrer hermarschieren, aber Hohnermann hält diese Methode für angebracht: So ist man sicher, keines der Kinder im Getümmel der großen Stadt zu verlieren. Vor dem Rathaus müssen sie warten, weil er zunächst erfragen muss, ob sie hineingehen dürfen. Als ihm die Besichtigung bewilligt wird, geht er zu seiner Schar zurück und verkündet, dass sie jetzt die Kaiser zu sehen bekommen und in dem großen Saal sehr leise sein müssen, nicht mit den Füßen scharren und nur ins Sacktuch schnäuzen. Dann nickt er Frieda zu, die die Augen fragend auf ihn gerichtet hat, und lächelt. Sie darf nun zum Schauspielhaus laufen, es ist kurz vor zwei Uhr, genügend Zeit, um pünktlich zu ihrem Vorsprechtermin zu kommen. Er sieht noch, wie Ida der Schwester die Faust mit dem Daumen nach oben vor die Nase hält, dann führt er seine Gruppe ins Rathaus hinein. Natürlich ist Ida in alles eingeweiht, sie ist die größte Bewunderin ihrer Schwester und hat ihr auch beim ersten Vorsprechen zur Seite gestanden. Außerdem ist es ein Ding der Unmöglichkeit, etwas vor Ida geheim zu halten.

»Wo ist denn Frieda?«, fragt Ännchen prompt nach, bevor sie den großen Saal betreten haben.

»Frieda muss etwas für mich besorgen«, erklärt er. »Sie wird bald wieder bei uns sein.«

»Aber sie muss mich an die Hand nehmen!«

»Das mache ich jetzt!«, erklärt Ida, die versprochen hat, sich während der Abwesenheit der Schwester um die Kleinen zu kümmern.

Ännchen ist von diesem Wechsel nicht begeistert; auch die anderen wundern sich. Bald jedoch zieht der hohe Rathaussaal mit den gewaltigen Kandelabern, die von der gewölbten Holzdecke herabhängen, und den überlebensgroßen Gemälden alle Aufmerksamkeit auf sich. Die Dorfkinder stehen überwältigt in diesem prächtigen Raum, der aus einem Märchenschloss zu stammen scheint, und außer einigen halblauten Ausrufen wie »Ohhh!« oder »Guck mal …« ist nur wenig von ihnen zu hören. Hohnermann gibt sich nun große Mühe, ihnen die Bedeutung dieses Gepränges zu erklären, schildert in verständlichen Worten, dass ein Kaiser von den Kurfürsten gewählt werden musste und wie solch eine Wahlzeremonie vonstattenging. Dann verweist er auf einige der dargestellten Herren und erklärt die Reichsinsignien, die einen Kaiser ausmachen. Schließlich nennt er drei Herrscher, die sie sich merken sollen: Karl den Großen, Otto den Ersten und Adolf von Nassau. Zu ihnen wird er später im Unterricht noch etwas erzählen.

Er erklärt so eindringlich, dass sich einige Touristen, die ebenfalls in den Kaisersaal eingelassen werden, danebenstellen und interessiert zuhören.

»Das ist eine geschlossene Führung«, sagt Ida laut. »Wenn Sie zuhören wollen, müssen Sie etwas bezahlen.«

Er gibt ihr einen Verweis und entschuldigt sich höflich, dann verlassen sie den Kaisersaal, und er erkundigt sich an der Pforte nach einer Toilette. Die Maßnahme war dringend nötig, einige der Kleinen haben schon im Kaisersaal leise gejammert, also geht Ida mit den Mädchen in das entsprechende Kabinett, während er die Buben begleitet. Danach läuft die Schülerschar erleichtert und fröhlich schwatzend zurück auf den Platz, und man marschiert in wohlgeordneten Zweierreihen in Richtung Kaiserdom. Unterwegs kommen sie an verlockenden Läden vorbei, die Waren anbieten, wie sie die Dingelbacher Kinder noch nie zu Gesicht bekommen haben. Doch es gibt auch Bettler und Kriegskrüppel zu sehen, die auf ihren Lumpen hocken und die Hände aufhalten. So etwas gibt es bei ihnen auf dem Dorf nicht, weil sich die Familien und die Dorfgemeinschaft um die Armen kümmern.

»Haben die denn keine Eltern mehr?«, fragt Marie mitleidig.

»Nein, Marie. Sie bekommen eine Unterstützung von der Stadt, aber das ist recht wenig, darum betteln sie.«

So werden seine Schüler nach der kaiserlichen Pracht nun auch mit der Armut in der Stadt konfrontiert. Er nimmt sich vor, morgen im Unterricht mit ihnen darüber zu reden. Wo viel Licht ist, da ist auch viel Schatten. Die große Stadt Frankfurt mit ihren eindrucksvollen Patrizierhäusern ist auch voller Arbeitsloser, Menschen, die ziellos durch die Straßen irren, an den Auslagen der Geschäfte stehen und nicht wissen, wie sie über die Runden kommen sollen.

Beim Kaiserdom finden sie eine windgeschützte Ecke mit einer Bank, und die Schüler dürfen nun endlich ihre mitgebrachten Brote essen. Die Sitzbank wird unter Idas Aufsicht abwechselnd benutzt, weil nur fünf Kinder darauf Platz finden. Leider entdecken zwei Schlauköpfe das »Wasserhäuschen« gleich um die Ecke, einen Kiosk, der Zeitungen, Getränke und Süßigkeiten anbietet, und diejenigen, die von den Eltern ein wenig Geld mitbekommen haben, stehen gleich davor, um die Barschaft in Limonade, Lutscher und Bonbons umzusetzen. Nur Pauline hat sich stattdessen zwei Postkarten gekauft; eine zeigt den Kaisersaal, die andere den großen Dom. Hohnermann freut sich und lobt die Kleine, die anderen werden angehalten, ihre Süßigkeiten mit den Kameraden zu teilen. Während die Schüler noch schmausen, schaut er auf seine Taschenuhr. Es ist halb drei. Jetzt steht sie vor den Prüfern. Er tut einen Seufzer und wünscht ihr alles erdenklich Gute, dann muss er eingreifen, weil Frieder die Postkarte mit dem Kaisersaal an sich genommen hat und sie Pauline nicht zurückgeben will.

Es ist kalt, daher dürfen sie nicht zu lange verweilen. Die Brotbeutel werden eingepackt, jetzt geht es im bewährten Gänsemarsch zurück zum Marktplatz und durch einige schmale Altstadtgässchen zum Großen Hirschgraben. Den Kindern tut die Bewegung gut, es wird ihnen warm dabei, und zu sehen gibt es auch einiges. So leben also die Leute in der Stadt, in solchen hohen, alten Häusern, die so eng beieinanderstehen, dass es in der Gasse ganz dämmrig ist.

»Die können den Nachbarn ja auf den Tisch gucken!«

»Da steht ›Citronengasse‹. Wachsen da Zitronen?«

»Herr Hohnermann, die Ida hat mir eine Kopfnuss gegeben.«

»Guck mal, da ist grad eine Ratte in den Keller gelaufen.«

»Da ist ein Laden, da gibt's Puppen und Spielsachen!«

Um halb vier beginnt die Führung im Goethehaus, sie sind eine Viertelstunde zu früh und müssen warten, aber Ida veranstaltet ein Hüpfspiel mit den Kleinen, und er stellt den Großen »Preisfragen«, bei denen sie kleine Radiergummis und einen Bleistift gewinnen können.

»Da komme Se mal bei mit Ihre Kinnerscher«, sagt der Angestellte im Goethehaus schließlich. Nun nehmen sie wieder brav Aufstellung, die Nasen werden rasch noch geputzt, dann erhalten sie von einer älteren Frau eine Reihe von Ermahnungen: Nichts anfassen. Nicht mit den Füßen scharren. Nicht schnell laufen und sich nicht hinsetzen. Leise wie die Mäuschen sein. Fragen stellen dürfen sie. Hohnermann kennt das Geburtshaus des Dichters von mehreren Besuchen und weiß, wie einschüchternd die Zimmerfluchten, die Gemälde und das Mobiliar auf seine Dorfkinder wirken werden, daher behält er sich vor, die Führung abzukürzen. Aber zum Glück hat die Führerin ein gutes Gespür für Kinder, sie erklärt anschaulich und freut sich sogar über die naiven Fragen.

»Und wo ist die Schlafkammer?«

»Warum haben die so viele Bücher?«

»Da geht's zum Kuhstall, ja?«

»Wann kommt die Frieda endlich wieder, Herr Hohnermann?«

Er zieht immer wieder die Taschenuhr heraus. Die Prüfung muss jetzt vorbei sein, dann ist sie hoffentlich auf dem Weg zum Goethehaus. Wo das ist, hat er ihr beschrieben. Nach der Führung wollen sie gemeinsam zur Hauptwache gehen, um mit der Vorstadtbahn zurück nach Dingelbach zu fahren. Er beruhigt sich damit, dass Frieda vermutlich vor dem Goethehaus wartet, weil sie kein Geld für den Eintritt hat. Aber als die Führung beendet ist und er sich herzlich bei der netten Dame bedankt hat, ist draußen im »Großen Hirschgraben« keine Spur von Frieda zu entdecken.

Es bleibt ihm nichts weiter übrig, als sich mit seinen Schutzbefohlenen auf den Weg zur Hauptwache zu machen. Der Zug fährt kurz vor fünf Uhr ab, sie dürfen ihn nicht verpassen. Die Kleinen sind jetzt müde und trotten schweigend vor sich hin, die Größeren fangen an, albern zu werden, auch auf Ida ist nicht immer Verlass, sie ist selbst von all dem Neuen viel zu abgelenkt und treibt Unsinn. Er muss das heulende Ännchen an die Hand nehmen, die sich fürchtet, weil es schon langsam dunkel wird, außerdem gilt es, darauf zu achten, dass keines seiner Schäflein unterwegs im Gewirr der großen Stadt verloren geht. Derweil macht er sich Sorgen um Frieda. Was ist geschehen? Hat sie sich einfach nur verlaufen? Wird sie wenigstens rechtzeitig an der Hauptwache sein? Oder ist sie durchgefallen und tut aus Verzweiflung etwas Unbedachtes? Der Fluss ist nicht weit entfernt, sie könnte sich von einer Brücke … Aber an so etwas darf er gar nicht denken.

An der Hauptwache steht die Linie 24 schon bereit, sie haben noch eine Viertelstunde bis zur Abfahrt und benutzen in aller Eile die öffentliche Toilette. Er wartet, bis die letzten fertig sind, und läuft mit den Nachzüglern durch den abendlichen Verkehr hinüber zum Zug, wo Ida schon am Fenster winkt. Die Waggons sind voll, viele Menschen, die in Frankfurt Arbeit gefunden haben, fahren jetzt nach Hause. Ida hat einige Sitzplätze ergattert, die Kleinen dürfen sich hinsetzen, die Großen müssen stehen. Auf seinen fragenden Blick hin hebt Ida die Schultern: Seine letzte Hoffnung sinkt in sich zusammen.

Tausend Sorgen und Ängste durchziehen sein Hirn, während der Vorstadtzug durch die Straßen der Stadt zuckelt. Wird sie den nächsten Zug nehmen? Aber hat sie überhaupt Geld für eine Fahrkarte? Was soll er ihrer Mutter sagen, wenn Frieda nicht mit ihnen zurückkommt? Was, wenn sie in Frankfurt irgendwo gestrandet ist? Wenn sie ihre Ankündigung davonzulaufen wahrmacht? Er fühlt sich elend, das Fieber ist zurückgekommen, sein Kopf schmerzt zum Zerspringen.

An der nächsten Haltestelle werden Plätze frei, nun können sich auch die anderen setzen, nur er selbst und Rudi bleiben stehen. Hilda und Gerda haben sich aneinandergelehnt und schlafen, Ida hat Ännchen auf den Schoß genommen, Karl mümmelt seinen letzten Bonbon, den er vorsichtshalber in der Hosentasche versteckt hat. Auch die erwachsenen Mitfahrer haben müde Gesichter, eine ältere Frau hat den Kopf ans Fenster gelehnt und schnarcht hörbar, zwei Männer trinken abwechselnd aus einer Bierflasche. Eine junge Frau liest trotz der schwachen Beleuchtung eifrig in einem Heftroman.

Noch drei Stationen, noch zwei, noch eine …

»Dingelbach! Obacht beim Aussteigen! Dingelbach!«

Ida steht schon an der Tür, er hilft den Kleinen, die vom Schlaf noch taumelig sind, passt auf, dass nichts im Zug vergessen wird, und sorgt dafür, dass sie heil und sicher auf den Bahnsteig herunterklettern. In diesem Augenblick gellt ihm ein heller Ruf in den Ohren: »Frieda! Du blöde Kuh! Wo bist du gewesen?«

Da steht sie zwischen den Kindern am Bahnsteig und muss sich gegen die zornige kleine Schwester wehren, die ihr am liebsten die Augen auskratzen will. Unendliche Erleichterung erfasst Hohnermann. Sie ist da! Er hat sich ganz umsonst die schlimmsten Sorgen gemacht.

»Ich hab vorn im ersten Waggon gesessen und dir zugewinkt«, ruft Frieda der Schwester aufgeregt zu. »Aber du hast nichts gesehen, du blindes Hinkel. Ihr sei alle wie die Verrückten in den Zug gestürzt, und dann ist er schon abgefahren …«

Er nickt ihr nur zu, dann gehen sie miteinander zum Dorf, und er begleitet die Kleinsten nach Hause. Ännchen muss er auf den letzten Metern sogar tragen, weil sie zu müde zum Laufen ist. Als alle Kinder wieder wohlbehalten bei ihren Familien sind, geht er mit gemischten Gefühlen und bedrücktem Gewissen zum Dorfladen.

Der Laden ist noch geöffnet, Herta bedient den Müller Alfred Dippel, der seinen Pfeifentabak einkauft, die Frau Pfarrer wartet neben ihm am Ladentisch. Sein freundlicher Abendgruß wird von Herta nur leise erwidert, ihr vorwurfsvoller Gesichtsausdruck beweist, dass Frieda ihr Versprechen wahrgemacht hat und die Zeichen im Hause Haller auf Sturm stehen.

»Meine Mutter ist hinten in der Küche«, sagt Herta kurz angebunden.

Die Frau Pfarrer bekommt Kulleraugen, als er jetzt um den Ladentisch herum zur Küchentür geht. Auch Alfred Dippel verfolgt ihn neugierig mit den Blicken. Er kümmert sich nicht darum, klopft höflich an und tritt ein.

Marthe Haller sitzt mit Ida am Küchentisch, Frieda steht beim Fenster und schaut ihm mit sichtbarer Erleichterung entgegen.

»So ist es gegangen, Mama«, sagt sie. »Der Herr Hohnermann kann es bestätigen.«

»Sie waren also der … Komplize meiner Tochter!«, sagt Marthe Haller. »Nun ja. Kommen Sie herein, und setzen Sie sich.«

»Ich muss Ihnen Abbitte leisten, Frau Haller«, beginnt er. »Es war unverantwortlich von mir, aber das Talent Ihrer Tochter …«

Er setzt sich langsam und umständlich und will seine Beweggründe erläutern, aber Frieda hält ihm mit triumphierender Miene ein Schriftstück vor Augen.

Sehr geehrte Frau Haller,
wir freuen uns, Ihnen mitteilen zu können, dass Ihre Tochter Frieda Haller am heutigen Tag, dem 7. Februar 1924, die Aufnahmeprüfung der Frankfurter Schauspielschule bestanden hat. Die umfassende Ausbildung unseres Instituts erstreckt sich auf zwei Jahre und ist für Frieda unter Umständen kostenfrei, da wir sie der Bethmann-Stiftung als Stipendiatin vorschlagen werden.

Um alles Weitere zu klären, bitten wir Sie, am 18. Februar gegen 11 Uhr im Schauspielhaus vorzusprechen.
Hochachtungsvoll
M. Einzig
Dozentin der Frankfurter Schule für darstellende Künste

»Es waren hundertsechzig Bewerber. Und sie haben nur sechs davon aufgenommen. Vier Männer und zwei Frauen!«, ruft Ida begeistert. »Jetzt ist es amtlich. Unsere Frieda ist eine ganz große und begabte Schauspielerin!«

»Und du bist jetzt einmal still, Ida!«, fährt Marthe Haller ihre Jüngste zornig an. Dann wendet sie sich Hohnermann zu, der das Papier noch in der Hand hält und es zum zweiten Mal liest. Aufgenommen. Und noch dazu Aussicht auf ein Stipendium. Wenn das keine gute Nachricht ist!

»Ich habe die ganze Zeit über geahnt, dass etwas Ähnliches im Gange ist«, sagt Marthe Haller zu ihm. »Aber dass Sie dahinterstecken, das überrascht mich doch sehr. Ich weiß nicht, was ich dazu sagen soll, Herr Hohnermann …«

»Er kann nichts dafür, Mama«, ruft Frieda dazwischen. »Ich bin schuld. Ich habe ihn angeschwindelt. Er hat ja geglaubt, dass ich dir alles gesagt hätte …«

Er ist gerührt von ihrem Versuch, ihn zu entlasten, wendet aber ein, dass sich die Sache anders verhält.

»Ich habe heute durchaus gewusst, worauf ich mich einlasse, Frau Haller. Aber dieser Erfolg gibt mir recht. Ihre Tochter besitzt eine große Begabung, die sie nicht vernachlässigen darf. Ein Licht, das sie nicht unter den Scheffel stellen sollte …«

Aber Marthe Haller schüttelt den Kopf und macht eine abwehrende Bewegung mit den Armen.

»Schluss jetzt. Ich will nichts mehr hören! Oh, ich wünschte, dass euer Vater noch bei uns wäre, dann müsste ich mich nicht ganz allein mit solchen Dingen herumschlagen! Schauspielerin! Und das heimlich hinter meinem Rücken. Nein, damit kann ich mich nicht anfreunden.«

Er begreift, dass Friedas Mutter in ihrer momentanen Aufregung keinen vernünftigen Argumenten zugänglich ist. Aber sein Gefühl sagt ihm, dass es eine, wenn auch kleine Chance für Frieda gibt. Er versucht es mit aller Vorsicht aufs Neue.

»Ich bitte Sie herzlich, Frau Haller, lassen Sie sich die Sache in Ruhe durch den Kopf gehen. Und bitte glauben Sie mir: Friedas Zukunft liegt auch mir sehr am Herzen.«

Er schiebt ihr das Schreiben der Schauspielschule über den Tisch und erhebt sich, um sich zu verabschieden. In der gut geheizten Küche ist ihm schwindelig geworden, und als er wieder draußen auf der Dorfstraße steht, erfasst ihn ein Schüttelfrost, der ihn vor Kälte zittern lässt. Er schlägt den Kragen seiner Jacke hoch und geht langsam hinüber zum Schulhaus. Ob seine Fürsprache glücklich war und Frieda helfen wird – er ist sich nicht sicher, fürchtet, versagt und sie enttäuscht zu haben. Auf jeden Fall muss er sich jetzt ins Bett legen und die Tropfen einnehmen, die ihm der Rudolf Alberti gegen das Fieber gegeben hat. Morgen früh warten seine Schüler auf ihn.

Kapitel 14

Ilse Küpper kann seit Wochen nicht mehr ruhig schlafen. Mehrmals in der Nacht wacht sie auf und liegt wach, dann kreisen die Sorgen in ihrem Kopf, sie grübelt, rechnet, denkt alles noch einmal von vorn durch und kommt doch zu keinem Ausweg. Sie muss es wagen, wenn sie jetzt nicht mutig investiert, hat sie den Zug verpasst, dann ist die Konkurrenz ihr vorausgeeilt, und sie hat das Nachsehen. Die neuen Produkte sind bei den Geschäften gut angekommen, es gibt viele Bestellungen, dazu ist auch das Geschäft mit den Schirmstöcken wieder aufgelebt, auch hier kommt die Produktion kaum noch hinterher. Sie muss Arbeiter einstellen, vor allem Frauen, die die einzelnen Arbeitsschritte zuverlässig und schnell erledigen. Dazu müssen leider mehrere Maschinen durch neuere Modelle ersetzt werden. Andere kann man noch reparieren, aber auch das kostet Geld. Gar nicht zu reden von den Materialien, die eingekauft werden müssen, denn das vorhandene Holz eignet sich zwar für Schirmstöcke, für die anderen Produkte jedoch braucht sie Hölzer, die leichter sind und sich besser bearbeiten lassen.

Geld muss in die Hand genommen werden. Aber wie soll sie es beschaffen? Die Bank, mit der sie bisher zusammengearbeitet hat, will ihr nun auf einmal keinen weiteren Kredit gewähren: Man traut einer Frau nicht zu, eine Fabrik gewinnbringend zu leiten, und scheint eher zu glauben, dass sie demnächst sowieso Konkurs anmelden wird. Sie hat verschiedene Banken in Frankfurt, Oberursel und Bad Homburg aufgesucht – ohne nennenswerten Erfolg. Nur eine Frankfurter Privatbank ist bereit, ihr einen Kredit zu gewähren, allerdings zu einem hohen Zinssatz, und sie wollen die Villa als Sicherheit. Die Konditionen gefallen ihr nicht, es würde aber sofort das nötige Geld fließen. Die Alternative wäre, die Villa zu verkaufen und den Erlös in die Fabrik zu investieren. Nur ist das Angebot an Immobilien im Augenblick sehr groß und die Preise im Keller, da viele Hausbesitzer ihr Anwesen aus Not verkaufen müssen. Auf der anderen Seite kann es sein, dass die Aufträge einbrechen, dann kommt sie finanziell ins Straucheln, kann nicht mehr zahlen, und schlimmstenfalls gehört die Villa irgendwann der Bank zu einem Spottpreis. Es ist eine jüdische Bank. »Blum & Hirschberg« nennt sie sich, und es gibt sie seit fast hundert Jahren. Aber Ilse hat noch die Stimme ihres Vaters im Ohr, der immer gesagt hat: »Einem Juden kannst du nicht trauen. Das sind windige Geschäftsleute, die hauen unsereinen immer übers Ohr.«

In den Nächten erscheint ihr die Lage aussichtslos. Die Angst, Villa und Fabrik zu verlieren, liegt wie ein schwarzer Schatten über ihr, sie liegt schweißgebadet in den Kissen und fragt sich, ob ihr Bruder Josef nicht doch recht gehabt hat. Im Januar hat sie ihn und seine Familie zu einer nachweihnachtlichen Feier in die Villa eingeladen. Es war als versöhnliche Geste gedacht, und sie hat sich große Mühe damit gegeben. Carla hat das Menü gekocht, das zu Lebzeiten der Eltern immer am Weihnachtstag auf den Tisch kam: Rinderbrühe mit Eierstich, Gänsebraten mit Rotkraut und Klößen und zum Abschluss »Götterspeise mit Schlagsahne«, die sie und Josef als Kinder besonders liebten. Die Speise besteht aus verschiedenen Obstsorten, die mit Gelatine zu einem Pudding eingedickt werden. Vor allem die Ananas gehörte traditionell immer dazu, und auch dieses Mal hat Carla sie der Götterspeise hinzugefügt.

»Da hast du dich ja ordentlich in Unkosten gestürzt«, hat ihr

Bruder zu der schön gedeckten Tafel gesagt. Und die Schwägerin hat neidvoll bemerkt, dass das Alltagsservice ja auch Meißner Porzellan sei.

»Wo standen denn die silbernen Leuchter?«, wollte sie wissen. »Die hab ich vorher gar nicht gesehen. Hast sie wohl versteckt, wie?«

Ilse hat mit Mühe ihre Gelassenheit bewahrt – schließlich sollte es ein Familienfest sein, und die Kinder waren dabei. »Die standen in der Vitrine, Irma. Allerdings waren sie lange nicht geputzt und ganz schwarz angelaufen.«

Ihr Bruder und seine Familie sind in einem nagelneuen Automobil der Marke Steiger vorgefahren, das angeblich für die Gastronomie unerlässlich sei, und während des Essens haben Josef und Irma ausschließlich über ihren Gasthof geredet. An Weihnachten habe man eine Reihe vornehmer Gäste bewirtet, die das Mobiliar und das kostbare Service sehr gelobt hätten. Leider hätten später drei silberne Kaffeelöffelchen gefehlt, was man den Angestellten zugerechnet hat. Die wurden einer strengen Durchsuchung unterzogen, es fand sich jedoch kein einziges Löffelchen bei ihnen, sie müssen den Diebstahl besonders schlau angefangen haben. Eine der beiden Serviererinnen hat daraufhin gekündigt – so eine Dreistigkeit.

»Dabei hab ich ihr nur vorn ins Korsett gegriffen und nicht etwa verlangt, dass sie es ausziehen muss. Freilich kann es sein, dass sie es hinten am Rücken versteckt hatte. Es gibt halt keinen Anstand mehr unter den Menschen. Stell dir nur vor, Ilse: Grad am heiligen Christfest wirst du von den eigenen Leuten bestohlen.«

»Könnte es nicht sein, dass sich die adeligen Herrschaften ein Andenken mitgenommen haben?«, hat Ilse eingeworfen.

»Was denkst du nur?«, hat sich Irma aufgeregt. »Die haben das doch nicht nötig.«

Die beiden älteren Kinder, der dreizehnjährige Erich und die zehnjährige Johanna, haben brav am Tisch gesessen und wohlerzogen mit Messer und Gabel gegessen. Nur die Kleine, die fünfjährige Lotte, hat das elterliche Gebot »Wenn Erwachsene reden, haben Kinder den Mund zu halten« noch nicht so recht verinnerlicht und unbefangen dazwischengeschwatzt. Erst als Irma aufgestanden ist, um ihr eine feste Ohrfeige zu geben, war sie ein Weilchen still, aber beim Nachtisch hat sie schon wieder gelacht und wissen wollen, warum es »Götterspeise« heißt. Und ob der liebe Gott auch Obst mit Schlagsahne isst.

Nach dem Essen hat Ilse die Geschenke für die Kinder ausgeteilt. Den beiden älteren hat sie Bücher gekauft, den *Tom Sawyer* für Johanna und *Die Schatzinsel* für Erich. Lottchen hat eine Puppe in ihrer Geschenkeschachtel gefunden und hell aufgejauchzt. Erich und Johanna haben sich artig mit Bückling und Knicks bei »Tante Ilse« bedankt, aber Lottchen ist auf sie zugelaufen und hat die Arme um sie geschlungen.

»Das ist das schönste Weihnachtsgeschenk, das ich je bekommen habe!«

Was für ein bezauberndes Kind! Natürlich war die Schwägerin nun beleidigt und hat gemeint, dass es unnötig gewesen sei, die Kinder so üppig zu beschenken, sie würden dadurch nur maßlos und aufsässig.

»Du scheinst ja viel Geld übrig zu haben?«, hat ihr Bruder spitz bemerkt, und dann hat er wissen wollen, wie es denn in der Fabrik so ginge.

»Es lässt sich recht gut an«, hat sie gemeint. »Wir haben neue Produkte entwickelt, und ich versuche gerade, bei verschiedenen Einkäufern dafür Werbung zu machen.«

Da hat er ihr vorgerechnet, was eine Umstellung auf andere Produkte kosten würde, hat von neuen Maschinen und Verkaufswegen gefaselt, vor sinnlosen Investitionen gewarnt und schließlich gemeint, sie solle auf jeden Fall lieber beim Althergebrachten bleiben. »Unser Vater hat mit den Schirmstöcken und Spazierstöcken gutes Geld gemacht, so eine bewährte Tradition wirft man nicht einfach um, Ilse.«

»Im Augenblick gehen leider wenig Bestellungen dafür bei uns ein.«

Da hat er mit den Schultern gezuckt, um anzudeuten, dass sie ja unbedingt die Fabrik hat haben wollen, obgleich er ihr abgeraten hat.

Dann hat er auf die Regierung und das Parlament geschimpft, die nur reden und sich herumstreiten würden, anstatt etwas gegen die Reparationszahlungen zu tun, die die deutsche Wirtschaft ruinierten. Aber das wären halt alles »Schlappschwänze«, da sei keiner, der den Siegermächten einmal zeigen würde, was eine Harke ist.

»Seitdem die Franzosen und die Belgier im vergangenen Jahr unser Ruhrgebiet besetzt haben, geht's mit uns immer weiter bergab. Hast du nicht gehört, dass die Motorenfabrik in Oberursel Kurzarbeit angesagt hat? Die Neuen Industriewerke haben elf Leute entlassen, es hat geheißen, dass sie Löhne und Gehälter nicht mehr aufbringen können. Und da glaubst du, mit neuen Produkten auf den Markt zu kommen? Wach auf, Ilse! Verkauf die Fabrik, solange du noch ein paar Rentenmark dafür bekommst. Und dann steigst du bei mir in die Gastronomie ein.«

Womit er wieder bei seiner Gastwirtschaft angekommen war, die jetzt sogar in ein exklusives Hotel mit Restaurant für den Adel und Geldadel umgebaut werden soll.

»Im Frühjahr, sobald der Frost vorbei ist, wird es losgehen …«

Woher er das Geld dazu hat, will er nicht sagen, er macht nur dunkle Andeutungen, dass es Investoren gäbe, die er mit ins Boot nehmen wolle. Ilse wird im Laufe des Abends klar, dass sie sich diesen Versöhnungsversuch hätte sparen können. Ihr Bruder rückt keinen Zentimeter von seiner vorgefassten Meinung ab, an so etwas wie Verständnis oder gar gegenseitige Unterstützung ist nicht zu denken. So ist sie nicht böse, als die Familie gegen neun Uhr aufbricht.

»Die Kinder müssen halt ins Bett, die schlafen ja schon ein …«

Das ist freilich ein Vorwand gewesen. Die beiden älteren haben fleißig in ihren Büchern gelesen und vor Begeisterung rote Wangen bekommen, während sich die Erwachsenen unterhalten haben. Die kleine Lotte ist mit ihrer Puppe bei Carla in der Küche gewesen, wo sie das Puppenkind mit Zwiebackbrei gefüttert und in einem Bettchen aus Küchenhandtüchern schlafen gelegt hat. Als Carla ihr den Mantel anziehen sollte, ist sie weggelaufen, und Ilse hat alle ihre Überredungskunst anwenden müssen, um der Kleinen die mütterlichen Ohrfeigen zu ersparen.

»Darf ich dich bald wieder besuchen, Tante Ilse?«

»Erst einmal wird deine Tante Ilse zu uns nach Bad Homburg kommen«, hat Josef erklärt.

»Au fein!«

Ilse hat auf der Treppe gestanden, als sie abgefahren sind, und ihnen nachgewinkt. Doch schon nach wenigen Sekunden hat die Dunkelheit das Auto verschluckt, und sie konnte nur noch die hellen Lichtkegel der Scheinwerfer sehen, die sich durch die Dingelbacher Dorfstraße bewegten und hinter dem Ort in Richtung Oberursel/Bad Homburg auf die Landstraße krochen.

Fröstelnd und mit traurigen Gedanken ist sie zurück ins Wohnzimmer gegangen, wo Carla die benutzten Gläser auf ein Tablett gestellt hat, um sie in die Küche zu tragen.

»Was für ein bezauberndes Mädel, die kleine Lotte«, hat Carla gesagt. »Man wundert sich, wie die zwei solch ein Kind zustande gebracht haben!«

Ilse hat sie nicht für diese despektierliche Äußerung getadelt, sondern nur versonnen gelächelt. Ach, wie gern hätte auch sie eine kleine Tochter. Aber das Leben hat es ihr versagt, Kinder zu bekommen. Die Fabrik ist ihr Kind, ihr großes Sorgenkind, für das sie lebt und kämpft.

Wegen der Maschinen hat sie sich mit ihren Arbeitern besprochen. Es ist nicht unbedingt nötig, fabrikneue Maschinen anzuschaffen, da momentan auch gebrauchte Gerätschaften günstig zu haben sind. Natürlich kommen sie aus Betrieben, die schon während der Inflation in Schwierigkeiten waren und durch die Umstellung auf die Rentenmark endgültig ruiniert wurden. Aber wenn sie die Maschinen nicht kauft, werden es andere Firmen tun – warum soll sie ein schlechtes Gewissen haben?

Vor allem Julius Offenbach, der gelernte Dreher, und der Schreiner Ignatz Krum haben ihre Ansichten kundgetan, aber auch Oskar Michalski hat sich eingemischt.

»Wenn möglich, sollten wir solche Angebote gründlich prüfen und uns die Maschinen anschauen«, hat er gemeint. »Damit Sie nicht für teures Geld irgendeinen Schrott kaufen.«

Darauf hat sie gehofft. Sie hat inzwischen den Telefonanschluss wieder einrichten lassen, weil es der beste und schnellste Weg ist, wichtige Dinge zu regeln. Die Zeiten ihres Vaters, der noch per Brief und Eilboten seine Geschäfte getätigt hat, sind endgültig vorbei. Sie wird telefonisch Termine verabreden und mit Begleitung anreisen, um die angebotenen Geräte in Augenschein zu nehmen. Um die notwendigen Reparaturen will sich Oskar Michalski kümmern.

»Ich versuch's, Frau Küpper. Einiges kriege ich sicher wieder hin – wo ich mit meinem Latein am Ende bin, da werden Sie halt einen Fachmann holen müssen.«

»Der Oskar, der macht das schon«, sagt Ignatz zuversichtlich. »Der hat ein Händchen für Maschinen. Der redet leise auf sie ein, schraubt daran herum, lächelt charmant – und schon machen sie, was er will.«

»Der weiß halt, wie man so ein widerspenstiges Weibsbild behandeln muss«, meint Karl Höhn grinsend.

»Macht ihr nur eure Witze über mich!«, versetzt Oskar mit verlegenem Lachen, weil Ilse Küpper dem Gespräch zuhört.

Er ist in letzter Zeit seltsam, der Oskar. Nach wie vor eifrig bei der Arbeit und ihre wichtigste Stütze, auch sind seine Ratschläge, die Fabrik betreffend, sehr hilfreich. Aber sonst kommt er ihr rastlos vor. In der Mittagspause geht er oft hinunter ins Dorf, um irgendetwas zu besorgen, mal will er zum Dorfheiler Alberti, dann bringt er dem Schmied Killinger Gerätschaften, die er instand setzen soll, dann wieder will er unbedingt Carla zum Dorfladen begleiten, um ihr die Einkäufe zu tragen. Was Carla nur allzu gern annimmt, weil sie Oskar in ihr Herz geschlossen hat. Ilse hat das Gespräch im Gartenhaus nicht vergessen, sie bleibt misstrauisch. Will er tatsächlich nur der »gute Engel« für Helga Schütz sein? Oder hat er ganz andere Pläne? Ach, sie würde den beiden ein gemeinsames Glück ja von Herzen gönnen, aber wie soll das gehen? Freiwillig wird der Bürgermeister Otto Schütz seine Frau nicht hergeben. Und gegen seinen Willen? Das kann nur in einer Katastrophe enden.

Mitte Februar, als sie schon eine recht passable elektrische Tischsäge erworben hat und in Verhandlungen mit der Bank »Blum & Hirschfeld« um einen Kredit getreten ist, erreicht sie ein Anruf ihres Bruders.

»Dass du wieder einen Telefonanschluss hast, ist wirklich praktisch«, sagt er. »Ich hoffe nur, du kannst die Gebühren zahlen, sonst hast du eins, zwei, drei den Gerichtsvollzieher am Hals.«

»Mach dir darum keine Sorgen, Josef …«

»Mache ich aber, Ilse. Schließlich bin ich dein Bruder und muss in geschäftlichen Dingen ein Auge auf dich haben …«

Sie ist schon kurz davor, den Hörer aufzulegen, da kommt er

mit seinem Anliegen heraus: »Magst du am Sonntag bei uns vorbeikommen? Zum Kaffeetrinken? Ich fahr dich mit dem Automobil dann wieder heim, weil wir am Abend Gäste bewirten.«

Eigentlich hat sie überhaupt keine Lust, weil sie weiß, dass er sie wieder überreden will, alles zu verkaufen und ihr Geld bei ihm zu investieren. Aber dann fällt ihr die kleine Lotte ein, die die Tante Ilse so gern wiedersehen will, und sie sagt zu.

Am Sonntag zieht sie sich hübsch an, redet sich ein, dass der Besuch ja kurz und daher erträglich sein wird, und setzt sich in den Zug nach Bad Homburg. Ungeachtet der Bemerkungen von Seiten der Schwägerin hat sie im Dorfladen kleine Geschenke für die Kinder besorgt und sich von Frieda beraten lassen: Knallfrösche für Erich, eine Haarspange für Johanna und ein Bilderbuch zum Ausmalen mit Buntstiften für Lotte.

Es ist ein milder Wintertag, auf den Wiesen und Äckern rund um Dingelbach liegt noch eine dünne Schneedecke. Die Fichten und Tannen sind dunkel, und der Bach fließt eilig durch die Wiesen, als ahne er schon den kommenden Frühling. Je weiter sie jedoch in den Taunus fährt, desto winterlicher wird die Umgebung. In den Wäldern ächzen die Bäume unter der Schneelast, und in den Ortschaften sind die Dächer weiß beschichtet. Am Bahnhof in Bad Homburg steht ihr Bruder im dicken Wintermantel mit einer Pelzmütze auf dem Kopf, die einmal ihrem Vater gehört hat.

»Da bist du ja!«, ruft er und umarmt sie. »Wie war die Zugfahrt? Hast du gefroren? Ja, kein Wunder bei diesen Schuhen. Wie gut, dass ich den Wagen dabeihab.«

Er hat Mühe, den Wagen zu starten, es gelingt erst beim dritten Versuch. Während der Fahrt weist er auf dieses oder jenes Restaurant, an dem sie vorbeikommen, und erklärt, warum es keine Konkurrenz für ihn sei.

»Wir sind halt exklusiv, weißt du? Nicht so mittendrin, sondern zurückgezogen, klein, aber fein. Natur, Kultur und eine gute Küche – das ist unser Markenzeichen …«

Das Gasthaus, vor dem sie nun halten, kennt sie recht gut, es hat sich ja auch kaum verändert, außer dass es einen hellen Anstrich und grüne Fensterläden erhalten hat. Die Nebengebäude bröckeln vor sich hin, Hof und Garten sind mildtätig mit Schnee bedeckt, den malerischen Park, der dort entstehen soll, muss man sich mit viel Fantasie zurechtdenken. Drinnen allerdings hat sich eine ganze Menge getan, und sie weiß nicht, ob sie froh oder betroffen sein soll, als sie die Möbel der Eltern in den beiden Gastzimmern aufgestellt sieht.

»Wir haben den ganzen alten Kram herausgeworfen«, sagt die Schwägerin Irma stolz. »Der war ja eh nichts mehr wert. Gelt, die Möbel machen sich recht gut hier? Ich mein, sie kommen hier viel mehr zur Geltung als in der Villa.«

Ilse ist anderer Ansicht. Die schönen Schränke und Vitrinen stehen aneinandergedrängt, in jedes Eckchen hat man ein Möbelstück hineingequetscht, um nur ja kein Stückchen Wand frei zu lassen. Dazu die schweren dunkelroten Gardinen, die Irma ebenfalls aus der Villa mitgenommen hat, die aber für die niedrigen Fenster des Gasthofs viel zu lang sind.

»Sehr hübsch«, sagt Ilse höflich. »Wo sind denn die Kinder? Ich hab ihnen eine Kleinigkeit mitgebracht.«

Erich und Johanna müssen in der Küche beim Gemüseputzen für die Abendgäste helfen, Lotte sitzt bei ihnen und spielt mit ihrer Puppe. Zu Ilses Enttäuschung ist das kleine Mädchen heute eher schüchtern, sie begrüßt die Tante mit einem Knicks, erst als die Geschenke ausgeteilt werden, taut sie auf.

»Ein Malbuch! Darf ich gleich die Bilder ausmalen, Mama?«

»Nein«, entscheidet Irma. »Jetzt trinken wir miteinander Kaffee.«

Der Tisch ist nicht etwa im Gastraum gedeckt, sondern in einem winzigen Nebenzimmer, das als Büro und Wohnzimmer für die Familie benutzt wird. Zwischen Aktenregalen und einem alten Geschirrschrank steht ein Tisch, den man zur Feier des Tages mit einer weißen Decke und zwei Kerzenleuchtern versehen hat. Sie benutzen das ausgemusterte Geschirr des Gastbetriebs, das gute Meißner Service aus der Villa ist für die illustren Gäste reserviert.

Dafür ist der Kaffee stark, und der Apfelkuchen schmeckt ausgezeichnet.

»Unsere Köchin ist auch eine hervorragende Bäckerin«, berichtet Irma. »So eine kann man mit der Lupe suchen. Aber freilich bekommt sie auch ein fürstliches Gehalt von uns.«

Während sie noch Kuchen essen und Josef die anstehenden Umbauarbeiten ausführlich beschreibt, dringt von nebenan schon das Geklapper von Tellern und Topfdeckeln herüber. Die letzten Vorbereitungen für das abendliche Menü sind im Gange. Josef macht eine energische Kopfbewegung in Richtung seiner beiden älteren Kinder.

»Da geht jetzt hinüber und helft der Frau Klinghammer. Die Gerti kommt heut später, weil sie eine Kindstaufe in der Familie haben.«

Erich und Johanna sind es gewohnt, im Familienbetrieb mitzuhelfen. Erich stopft noch hastig das letzte Stück Apfelkuchen in den Mund, dann laufen sie durch die Verbindungstür in die Küche. Irma stellt das benutzte Geschirr zusammen und schiebt die weiße Decke beiseite, weil Lottchen nun das neue Malbuch einweihen will.

»Das war wirklich schön, dass wir einmal so gemütlich beisammengesessen haben«, sagt Josef zu Ilse. »Magst du noch einen Schluck Kaffee? Ach – die Kanne ist ja schon leer. Tja, da will ich mal nach dem Wagen schauen. Es ist Schnee angesagt, da sollten wir nicht zu spät losfahren.«

Irma bietet ihr an, ein Stück Apfelkuchen mitzunehmen, damit sie daheim auch einmal etwas Leckeres zum Kaffee hat.

»Das ist sehr lieb von dir, Irma. Aber ich denke, ihr habt genügend Abnehmer für den Apfelku…«

Sie kann den Satz nicht zu Ende sprechen, weil aus der Küche ein kriegsähnliches Geknalle und Getöse dringt. Mehrere Schüsse folgend hintereinander, Geschirr zerschellt, eine Frau kreischt wie am Spieß. Zudem dringt jetzt ein brenzliger Geruch ins Zimmer, ein Gemisch aus Schießpulver und Schwefel.

»Um Gottes willen«, haucht Irma.

Sie eilt davon, Josef folgt ihr. Ilse bleibt mit schlechtem Gewissen bei Lottchen zurück, die sie mit großen, entsetzten Augen anschaut.

»Was ist denn da los, Tante Ilse?«

»Nichts Schlimmes, Lottchen. Ich glaube, dein Bruder hat einen der Knallfrösche gezündet. Da haben sich alle furchtbar erschrocken.«

Aber der helle Aufschrei und das laute Jammern in der Küche zeigen ihr an, dass die Geschichte nicht ganz so harmlos abgelaufen ist, wie sie gehofft hat. Als sie vorsichtig einen Blick durch die offen stehende Küchentür riskiert, sieht sie zu ihrem Schrecken eine Blutlache auf dem Boden.

»Bleib schön hier, Lotte. Ich schau mal kurz hinüber.«

Ein entsetzliches Bild bietet sich ihr. Die Köchin sitzt totenbleich auf einem Schemel, Irma bemüht sich mit einem weißen Küchentuch um sie, während Josef den völlig verdatterten Sohn rechts und links ohrfeigt.

»In die Hand hat sie sich geschnitten vor Schreck«, jammert Irma. »Ausgerechnet jetzt, da die Gäste bald kommen. Herrje – das hört net auf zu bluten. Ich glaub gar, zwei Finger sind ab …«

»Der hat die Knallfrösche ins Herdfeuer geworfen«, heult Johanna. »Ich hab noch gesagt, dass er es nicht tun soll …«

Von Solidarität unter den Geschwistern keine Spur. Früher hat sie ihren Bruder Josef immer vor den Eltern gedeckt, wenn er etwas angestellt hatte. Ilse nimmt ein Küchentuch und schlingt es der Köchin um den Oberarm.

»Gib mal den Kochlöffel, Johanna. Wir müssen ihr den Arm abbinden …«

Die Köchin ist wie betäubt und lässt alles mit sich geschehen. Sie hat sich mit dem scharfen Fleischmesser tief in die Handfläche geschnitten, die Adern sind verletzt, es will nicht aufhören zu bluten. Aber die Finger sind freilich noch dran.

»Du musst sie sofort ins Krankenhaus fahren, Josef«, sagt Ilse. »Ich setze mich dazu und kümmere mich um sie während der Fahrt.«

»Und wer soll das Menü zubereiten?«, regt sich Irma auf. »In drei Stunden kommen die Gäste …«

»Ihr werdet euch eben anders behelfen müssen.«

Josef sieht ein, dass seine Schwester recht hat. Man verbindet die verletzte Hand mit mehreren Küchentüchern und einem Stück Wachstuch, weil Josef um die Polster seines Wagens bangt. Dann müssen sie alles noch einmal abwickeln, da man der Köchin zuerst den Mantel überziehen muss.

»Das ist alles nur deine Schuld!«, zischt Irma wütend, als sie die Verletzte gemeinsam zur Haustür führen. »Wie kann man einem Halbwüchsigen Knallfrösche schenken? Den Schaden wirst du uns ersetzen! Sonst zeig ich dich bei der Polizei an …«

Josef beweist zum Glück mehr Selbstbeherrschung. Während der Fahrt zur Klinik redet er kein Wort und überlässt es Ilse, sich um die Köchin zu kümmern. Der armen Frau wird nun langsam bewusst, was mit ihr geschehen ist, und sie bricht in lautes Jammern aus.

»Zuschanden bin ich. Die Hand ist hin – wie soll ich je wieder ein Messer gebrauchen? Betteln kann ich gehen …«

»Aber nein. Der Arzt bringt alles wieder in Ordnung. In ein paar Wochen stehen Sie wieder in der Küche, so als wär nichts gewesen …«

Obgleich Ilse selbst nicht so recht an ihre Worte glaubt, bewirken sie doch, dass sich die Verletzte beruhigt und einigermaßen gefasst mit ihnen die Klinik betritt. Dort dauert es eine gute Weile, bis sich ein junger Arzt ihrer annimmt, und anschließend muss Josef verschiedene Formulare ausfüllen und unterschreiben. Die Patientin wird über Nacht in der Klinik bleiben, alles Weitere wird sich morgen klären.

»Knallfrösche!«, sagt Josef vorwurfsvoll, als sie wieder im Wagen sitzen. »Dein Geschenk wird uns teuer zu stehen kommen.«

»Ich stehe für alle Kosten ein, Josef.«

Er lacht spöttisch auf und startet den Wagen mit einem Ruck, sodass Ilse beinahe gegen das Armaturenbrett geschleudert wird.

Im Gasthof angekommen, erfahren sie, dass sich die Lage inzwischen zugespitzt hat. »Die Gerti kommt nicht«, stöhnt Irma. »Die Mutter war hier und hat gesagt, das Mädchen hätte etwas Falsches gegessen und liege im Bett.«

»Besoffen hat sie sich auf der Feier, das Mensch!«, regt sich Josef auf. »Jetzt stehen wir da!«

Irma hat Erich und Johanna ausgeschickt, um Ersatz für die Küchenhilfe und Servierkraft zu finden, aber ohne Erfolg. Ilse ahnt, dass Irma keinen guten Ruf als Arbeitgeberin genießt, da will niemand auf die Schnelle bei ihr einspringen.

»Wenn ich euch irgendwie helfen kann … Ich bin zu allem bereit«, erklärt sie. »Sag mir, was ich zu tun habe, Irma.«

»Du? Ach du gütiger Himmel. Du kannst doch einen Kochlöffel nicht von einer Fleischgabel unterscheiden!«

Irma will, dass Josef noch einmal versucht, eine erfahrene Hilfskraft zu rekrutieren, aber der lehnt ab. Er hat keine Lust, Klinken zu putzen, außerdem drängt die Zeit. Also werden sie zu dritt in der Küche wirken, um das Menü vorzubereiten, eine andere Möglichkeit gibt es nicht.

»Und wer soll servieren?«

Irma kann es nicht tun, weil sie in der Küche bleiben muss, Josef findet, dass es sich nicht gut macht, wenn der Chef persönlich den Kellner spielt. Normalerweise tritt er nach dem Hauptgericht diskret in den Gastraum, um sich bei den Gästen zu erkundigen, ob alles nach ihren Wünschen ist.

»Dann werde ich heute Abend die Servierkraft geben«, seufzt Ilse. »Habt ihr etwas Passendes zum Anziehen für mich?«

Sie wird mit einem dunklen Kleid von Irma ausgestattet, das sie mit Sicherheitsnadeln am Rücken enger steckt, dazu eine kleine weiße spitzenumrandete Schürze und das obligatorische Häubchen, das sie mit Haarklemmen befestigt.

»Steht dir ausgezeichnet«, bemerkt Josef, als sie sich in der Montur zeigt. »Wenn du's gut machst, stellen wir dich ein.«

»Denk gar nicht erst daran!«, gibt sie wütend zurück.

Die Gäste, die sich für den Abend angekündigt haben, sind nicht gerade zahlreich. Ein Herrenclub, der aus sechs Mitgliedern besteht, alles ältere Semester, die meisten mit Schnauzbart und goldener Taschenuhr. Ein zweiter Tisch ist für zwei ältere Damen und einen Herrn vorgesehen.

»Da musst du ganz besonders freundlich sein«, wispert Josef ihr in der Küche zu. »Das ist die Frau Goldstein mit ihrem Sohn. Die andere ist ihre Gesellschafterin, Frau von Otten. Schwerreich. Die Goldstein besitzt zwei Villen und mehrere Häuser in Bad Homburg. Früher hat sie nur den Sommer hier verbracht, jetzt wohnt sie dauerhaft in Bad Homburg. Der Sohn kommt zwei Mal im Jahr aus Frankfurt, um die Mutter zu besuchen …«

»Schon gut …«

Ilse hat nicht vor, den Gästen zu schmeicheln. Sie nimmt diese Aufgabe, die ihr so überraschend zugefallen ist, sehr ernst und erfüllt sie auf ihre Weise. Sie ist höflich und umsichtig, hat alles und jeden im Blick, sie merkt sich jede einzelne Bestellung und berät kompetent bei der Auswahl der passenden Getränke. Schließlich hat sie früher mit den Eltern zahlreiche Einladungen absolviert und in teuren Restaurants gespeist. Der liebenswürdige Charme einer Serviererin geht ihr jedoch völlig ab. Die leicht anzüglichen Scherze der älteren Herren erreichen nicht ihr Ziel, die neue Kellnerin bleibt ernst und konzentriert sich auf die Bestellungen. Die beiden älteren Damen verhalten sich distanziert, man beobachtet sie scharf, Frau von Goldstein benutzt dazu ein Lorgnon, das sie an einer Kette um den Hals hängen hat. Die wohlhabende Dame trägt das weiße Haar sorgfältig aufgesteckt, ihre Züge sind trotz ihres Alters schön und ebenmäßig. Die Kleidung ist eher schlicht, nur eine kleine Diamantbrosche und die Brillantringe an ihrer linken Hand zeigen an, dass sie keine arme Frau ist. Ihre Begleiterin ist auffälliger gekleidet, trägt ein fliederfarbenes Kleid und dazu einen Schleierhut mit einer violetten Feder. Der Herr scheint um die vierzig zu sein, hat dunkle Augen und ein kleines Bärtchen.

»Lauf nicht herum, als hättest du einen Stock im Rücken«, sagt Irma in der Küche, als Ilse das Horsd´œuvre holt. »Lächle sie an, zeig ihnen, dass sie willkommen sind. So gehört sich das für eine Serviererin.«

Ilse gibt keine Antwort und geht mit dem Tablett davon. Immer von links servieren. Keine Gespräche unterbrechen. Freundlich bleiben. Lächeln nur im Ausnahmefall. Schließlich ist sie kein Animiermädchen.

Bis zum Hauptgericht läuft alles perfekt. Danach sind die Herren aufgrund des Weingenusses recht angeregt, aber damit kommt sie zurecht. Am anderen Tisch ist es schwieriger. Frau Goldstein hat die Soße nicht gemundet, ihre Begleiterin beschwert sich über den zerkochten Rosenkohl.

»Sie haben völlig recht«, sagt Ilse ernsthaft. »Leider ist uns eine Arbeitskraft ausgefallen, daher bitte ich Sie, die kleinen Unzulänglichkeiten zu entschuldigen. Wir tun unser Bestes für Sie, gnädige Frau.«

Es klingt weder zerknirscht noch entschuldigend, auch beschönigt sie nichts, weil sie weiß, dass die Beschwerde ihre Berechtigung hat. In der Küche ringt Irma die Hände, Josef greift sich an den Kopf.

»Du hättest sagen müssen, dass der Rosenkohl länger gekocht wurde, damit er bekömmlicher ist …«

Aber Ilse ist schon wieder unterwegs, um den angeheiterten Herren neuen Wein zu bringen. Langsam tun ihr die Füße weh. Josef hat sich inzwischen im dunklen Anzug und Schlips zu Frau Goldstein begeben, um seinem tiefsten Bedauern Ausdruck zu verleihen. Ilse hört nur ein paar leise Worte, als sie mit dem Tablett in die Küche geht.

»… fühlen uns sehr wohl bei Ihnen … kompetent und ausgesprochen sympathisch … das findet man nur selten …«

Hat sie recht gehört? Hat Herr Goldstein die Worte »kompetent und ausgesprochen sympathisch« auf sie bezogen? In der Küche muss sie erst einmal das Tablett absetzen, dann kommt Josef zurück und klopft ihr auf die Schulter.

»Na also. Weiter so. Alles wie am Schnürchen. Irma – die Vanillecreme aus dem Eisfach. Und die Früchte. Die Käseplatte mache ich … drei Rosé und ein Wasser an Tisch zwei, Ilse.«

Er muss sich den Schweiß von der Stirn wischen, Erich und Johanna kommen mit dem Abwasch nicht nach, und jetzt werden die Platten für den Käse gebraucht, die zuvor für das Fleisch benutzt worden sind.

Das Herrensextett genießt den Abend auf seine Weise, es wird Sekt zum Dessert bestellt, zum Käse französischer Rotwein, danach verschiedene Schnäpse zur Verdauung. Die Stimmung ist ausgelassen, einer stimmt den Schlager »Ausgerechnet Bananen« an, und Ilse erlaubt sich, darauf hinzuweisen, dass sich andere Gäste durch lautes Singen gestört fühlen. Sie tut es in der gestrengen Art der Fabrikdirektorin, und die Herren fügen sich auf der Stelle.

»Die hat aber Haare auf den Zähnen …«, hört sie es hinter sich flüstern.

»Ein Mordsweib …«, sagt ein anderer anerkennend.

Frau Goldstein diskutiert kurz mit ihrem Sohn, der offensichtlich noch bleiben möchte, doch sie wünscht die Rechnung. Ilse hat alles notiert und addiert, das ist eine ihrer leichtesten Übungen, für Zahlen hat sie eine natürliche Begabung. Josef lässt sie gewähren, betont jedoch, dass er das Kassieren normalerweise nicht den Angestellten überlässt.

»Ich bin keine Angestellte.«

Frau Goldstein überfliegt die Rechnung mit Hilfe des Lorgnons, nickt zufrieden und gibt reichlich Trinkgeld. Ihr Sohn schiebt diskret einen Schein dazu. Er lächelt Ilse freundlich an und meint, er hätte den Abend sehr genossen und wäre gern noch ein wenig länger geblieben.

»Meine Mutter hatte einen anstrengenden Tag«, sagt er erklärend. »Aber wir haben beschlossen, recht bald wieder hier einzukehren, nicht wahr, Mama?«

»Gewiss, Richard.«

Ilse hat Scheu, das Trinkgeld anzunehmen, schließlich tut sie es aber doch, um nicht aus der Rolle zu fallen. Er ist ein sehr angenehmer Mensch, dieser Herr Goldstein, der mit Vornamen Richard heißt. Wie dumm, dass er sie für eine Serviererin halten muss.

»Es war auch für mich ein anregender Abend«, sagt sie und gibt sein Lächeln zurück. »Und ich danke Ihnen herzlich für Ihre Geduld.«

Er schaut verwundert, weil er auf eine solch ungewöhnliche Antwort von einer Servierkraft nicht gefasst ist. Seine Mutter muss wieder das Lorgnon gebrauchen, ihre Gesellschafterin ist damit beschäftigt, die Kopfbedeckung mit einer Hutnadel zu befestigen.

»Wir haben zu danken!«, sagt Richard Goldstein und steht auf, um seiner Mutter zu helfen, die sich ein wenig schwerfällig vom Stuhl erhebt.

Sein Lächeln verfolgt Ilse bis in den späten Abend hinein. Nachdem sich auch die munteren Herren verabschiedet und ihre Rechnungen beglichen haben, händigt sie das gesamte Geld der Schwägerin aus und darf helfen, die Küche wieder in Ordnung zu bringen. Die Nacht verbringt sie in einem ungeheizten Gästezimmer unter einem bleischweren Federbett. Doch sie ist viel zu erschöpft, um an diesen Unbequemlichkeiten Anstoß zu nehmen. Ihre Füße brennen, der Rücken schmerzt, auch die Arme tun von der ungewohnten Belastung weh.

Warum habe ich mich nur von Frieda Haller überreden lassen, diese Knallfrösche zu kaufen?, denkt sie noch verärgert. Dann schläft sie auch schon tief und fest.

Kapitel 15

Helga ist mit sich zu Rate gegangen. Nie, nie, niemals wieder will sie sich so lächerlich benehmen wie vor zwei Tagen, als sie wie eine Verrückte hinauf zum Gartenhaus gelaufen ist. Wie konnte sie nur! Um ein Haar hätte er sie erwischt, als sie dort im Dunkeln stand und in sein Fenster schaute. Nicht auszudenken, was er dann von ihr geglaubt hätte.

Wer bin ich denn, denkt sie. Ein dummes Frauenzimmer, das einem Mann wie eine läufige Hündin hinterherrennt? O nein! Ich bin Bäuerin auf dem größten Hof im Dorf, Ehefrau des Bürgermeisters und Mutter eines Sohnes. Das ist nicht wenig, und darauf kann ich stolz sein. Um nichts in der Welt werde ich all das für eine unselige Leidenschaft zu einem hergelaufenen Menschen aufs Spiel setzen. Nur gut, dass mich niemand vorgestern gesehen hat und daher kein Tratsch im Dorf daraus entstehen kann.

Von jetzt an wird sie mit geradem Rücken ihren Weg gehen und allen Anfechtungen trotzen. Sie hilft sich mit dem Zorn. Wie kommt er dazu, nach so vielen Jahren hier aufzutauchen und ihr Liebesgeständnisse zu machen? Wo er doch weiß, dass sie mit einem anderen verheiratet ist! Noch perfider ist es, sich hier niederzulassen und schamlos mit einer anderen anzubandeln. Wie kann ein Mann nur so boshaft und gewissenlos sein! Nein, er ist für sie gestorben. Mag er sie auch anlächeln und ihr im Dorfladen die Tür aufhalten, mag er auf ihrem Hof herumspringen, um einen wild gewordenen Hengst einzufangen: Sie wird sich von nun an nicht mehr aus der Ruhe bringen lassen und vor allen Dingen sich nichts vergeben. Sie nimmt sich vor, ihn mit kühler Freundlichkeit zu grüßen, falls sie ihm begegnen sollte, notfalls auch ein paar belanglose Worte über das Wetter zu wechseln. Sonst nichts. Das ist die beste Methode, um alle Gerüchte aus der Welt zu schaffen.

Es gelingt ihr besser, als sie befürchtet hat. Oskar erscheint in letzter Zeit recht häufig im Dorf, sie sieht ihn die Dorfstraße entlang zum Killinger Hannes laufen, sie begegnet ihm im Dorfladen, wo er der Carla Ritter die Einkäufe zur Villa hochtragen hilft, und auch sonntags in der Kirche kann sie eine Begegnung nicht vermeiden. Sie nickt ihm freundlich zu, wenn sie an Ottos Seite durch den Mittelgang der Kirche schreitet, und im Dorfladen hat sie sogar ein kurzes Gespräch über das Gedeihen der Küpper'schen Fabrik mit ihm geführt.

»Das freut mich aber, dass es bei euch wieder aufwärtsgeht. Wo sich die Frau Küpper doch so reingekniet hat …«

»Ja. Frau Küpper arbeitet mit großer Entschlossenheit für ihre Fabrik.«

»Das ist recht, wenn eine weiß, wofür sie arbeitet und wo sie hingehört … Da wünsch ich gutes Gelingen.«

»Herzlichen Dank, Frau Schütz!«

Tags drauf, als die Anni wieder bei ihnen unten in der Küche sitzt und für Heinz Kniestrümpfe aus Wolle strickt, kommt Otto von einem Gang über die Äcker zurück und setzt sich neben den Küchenherd. »Wenn's so bleibt und nicht mehr zu arg friert, kann's was werden mit der Wintergerste«, sagt er.

Dann beugt er sich vor und hustet.

»Hast dich verkühlt?«, fragt Gertrud besorgt.

»Hab einen rauen Hals«, krächzt er und reibt sich die Brust. »Da drinnen tut's weh, wenn ich huste.«

»Kein Wunder«, sagt Gertrud mit bösem Blick in Annis Richtung. »Angesteckt wirst dich haben. Weil die Anni schon wieder mit am Tisch sitzt, anstatt droben in ihrer Kammer zu bleiben!«

»So was kannst du überall kriegen«, mischt sich Helga ein. »Am Sonntag in der Kirche haben sie in allen Ecken gehustet. Und der Pfarrer Seybold hat sich während der Predigt drei Mal schnäuzen müssen.«

Es ist nicht zu leugnen, dass die Erkältungswelle noch kräftig im Dorf umgeht. Den alten Jonas Kaufhold haben sie sogar ins Krankenhaus bringen müssen, weil es ihm so schwer auf die Lunge geschlagen ist. Lehrer Hohnermann hat zwei Tage keinen Unterricht halten können, dafür ist Frieda Haller eingesprungen und hat den Schülern alles Mögliche über die Kaiserkrönungen in früheren Zeiten erzählt. Heinz ist ganz begeistert aus der Schule gekommen und hat bei Adam im Stall gesessen, um sich ein hölzernes Schwert zu schnitzen.

Otto hockt bis zum Abendessen auf der Ofenbank, er isst ein wenig Brot mit Räucherwurst und trinkt danach zwei Schnäpse, um den rauen Hals zu kurieren. Danach ist ihm heiß, Wangen und Stirn glühen, und er geht früh ins Bett.

Die Milch mit Honig, die Helga ihm bringen will, mag er nicht trinken. »Geh mir fort damit! Ich bin doch kein Säugling!«

Helga sitzt noch eine Weile mit Heini am Tisch, weil er einen Aufsatz schreiben muss und nicht weiß, wie er das anfangen soll. Gertrud schimpft auf die Schule, wo die Kinder heutzutage nur unnützes Zeug lernen. Rechnen, Schreiben und Bibelverse auswendig aufsagen – das hätte man früher in der Schule gelernt, und mehr hätte sie ihr Lebtag auch nicht gebraucht.

»Meine Mutter selig, die hat nicht einmal schreiben können«, berichtet sie. »Weil der Lehrer gesagt hat, dass die Mädchen das Schreiben nicht lernen sollten, sonst schrieben sie nur Liebesbriefe an ihre Schätze.«

Worauf Adam gemeint hat, dass er gern einmal einen solchen Brief bekommen hätte, nur leider habe sich kein Mädel gefunden, das ihm hätte schreiben wollen.

»So ein Brief bringt selten was Gutes!«, hat Gertrud gemeint. »Die Elli, was die Mutter von der Alberti Marlis war, die hat einmal einen Brief an ihren Liebhaber, den Metzger Erich, geschrieben. Aber wie ihr Ehemann den Brief in die Finger bekommen hat, da hat er sie windelweich gehauen. Und recht hat er gehabt, weil sie ihn zum Hahnrei gemacht hat, die Elli.«

Dabei schaut sie bedeutungsvoll zu Helga hinüber und nickt mehrfach.

»Erzähl doch solche Sachen net vor dem Buben«, schimpft Helga. »Komm, Heini, ich bring dich ins Bett.«

Schon auf der Treppe hören sie den Otto husten. O weh – das klingt nach einer handfesten Bronchitis. Eine Weile sitzt sie bei ihrem Buben am Bett und lässt sich von ihm erzählen, was er den Tag über erlebt hat.

»Hinten beim Killinger Hannes sind wir herumgelaufen, die Ida, der Willi und die Annelie. Erich und Karl sind auch dabei gewesen ...«

Wie es scheint, hat Ida Haller schon wieder irgendetwas ausgebrütet. Dieses Mal scheint es mit dem Hengst Willibald zu tun zu haben. Das gefällt Helga nicht.

»Der ist jetzt ganz zahm geworden, Mama. Der Killinger Hannes und der Michalski Oskar haben ihm sogar einen Sattel aufgelegt, und der Oskar hat sich darauf gesetzt ...«

Wider Willen erfährt sie nun, dass Oskar Michalski bei seinen Reitversuchen mehrfach Bekanntschaft mit dem harten Wiesenboden gemacht hat. Auch dem Killinger Hannes ist es nicht besser gegangen.

»Du wirst das bitte nicht versuchen, Heini!«, sagt sie energisch. »Versprich mir das.«

»Ja, Mama ...«

»Und jetzt schlaf schön.«

Sie streicht über das Federbett, um die Federn gleichmäßig zu verteilen, gibt dem Sohn noch einen Gutenachtkuss, dann schaltet sie das Deckenlicht aus und schließt die Kammertür.

Als sie ins Schlafzimmer kommt, sitzt Otto im Bett und stöhnt, als habe sein letztes Stündlein geschlagen. »Die Brust zerreißt es mir. Der Husten, der verfluchte. Und der Hals ist wund, wenn ich schlucke, ist es, als hätt ich ein Rasiermesser in der Kehle …«

Sein Gejammer erscheint ihr übertrieben. Freilich ist das Husten für ihn schmerzhaft, weil er so viele Narben an Brust und Oberkörper hat. Halsschmerzen hat die Anni auch gehabt, nur hat sie nicht so viel Wesens darum gemacht. Aber Männer sind halt empfindlicher.

»Ach, du Armer, da hat es dich ja übel erwischt«, sagt sie mitleidig. »Hast vielleicht auch Fieber? Zeig einmal deine Stirn. Ja, freilich – ich hol gleich einmal das Thermometer …«

Sie kocht ihm einen Tee, misst die Temperatur und legt ein feuchtes, kühlendes Tuch auf die Stirn. Er fügt sich brav ihren Anweisungen und sträubt sich nicht einmal, als sie ihm heiße Milch mit Honig löffelweise einflößt.

»Da bleibst du morgen einmal im Bett und kurierst dich aus …«

»Was denkst denn du? Der Pflug muss zum Killinger, damit er die Pflugschar richtet, im Waldstück hinter der Mühle muss Holz geschlagen werden …«

»Das hat Zeit, Otto. Erst einmal musst du gesund werden.«

Er lässt sich recht gern von ihr pflegen. Ganz still liegt er da und schließt die Augen, wenn sie ihm die kühlende Kompresse auf die Stirn legt. Auch das Fiebermessen lässt er ohne Murren über sich ergehen.

»Achtunddreißig acht …«, seufzt sie. »Das ist viel. Ich mach dir Wadenwickel, dann geht's Fieber herunter.«

Später kommt Rudolf Alberti, den die Gertrud herbeigeholt hat, und klopft ihm die Brust ab.

»Drei Tage, dann hast du's überstanden, Otto.«

»Was? So lang soll ich das aushalten …«

»Trink Tee, bleib daheim und lauf net im Kalten herum. Das hat der Lehrer Hohnermann getan, deshalb hat er einen Rückfall bekommen. Also sei klüger als er und bleib am warmen Ofen. Lass dich von der Helga verwöhnen, das ist die beste Medizin.«

»Ja, meine Helga, die sorgt für mich, da kann ich net klagen!«

»So muss das sein, Otto. Dann schlaf jetzt, ich schau morgen Abend noch einmal vorbei. Guude alle miteinander!«

Wie sanft er auf einmal ist, ihr Otto. Und so freundlich. Er dankt ihr für ihre Fürsorge, sagt: »Bitte bring mir doch …«, wenn er etwas benötigt, und brüllt nicht wie sonst »Schaff das herbei!«. Es ist beinahe so wie damals, vor dem Krieg, als er noch ein verliebter Ehemann gewesen ist und sie in Eintracht miteinander gelebt haben. In der Nacht wacht sie auf, wenn er hustet, dann schaltet sie die Nachttischlampe ein und schaut nach ihm. Der Tee tut seine Wirkung – er schwitzt heftig. Es ist wieder bitterkalt geworden, man hört das Holz am Dachstuhl knacken, und an den Fensterscheiben wachsen Eisblumen.

Gegen Morgen schläft Otto tief und fest. Helga steht leise auf, um Heinz für die Schule zu wecken, unten in der Küche hat Anni schon Malzkaffee gekocht und Milch heiß gemacht. Adam ist noch im Stall, Gertrud sitzt am Tisch und schaut Helga mit eifersüchtigen Augen entgegen.

»Wie geht's ihm?«

»Besser, glaub ich. Er schläft jetzt.«

Gertrud hat schon ein Frühstück für den kranken Sohn gerichtet und verkündet, sie müsse gleich nach ihm sehen.

»Essen muss er. Hast ihm einen Schmalzlappen auf die Brust gelegt? Nein? Wenn der Otto nicht seine Mutter hätt, da wär er übel dran.«

Während sich Anni und Helga um den morgenmüden Heinz

kümmern, eilt Gertrud mit Schmalzlappen, Malzkaffee und einem Teller voller belegter Brote hinauf zu ihrem Sohn Otto. Ein kurzer Wortwechsel ist zu vernehmen, dann stapft sie die Stiege wieder hinunter und tritt mit verdrießlicher Miene in die Küche.

»Du sollst hinaufkommen!«, sagt sie kurz angebunden zu Helga.

Otto hat die Fürsorge seiner Mutter unwirsch zurückgewiesen und nach seiner Ehefrau verlangt. Das ist ein harter Schlag für Gertrud, und Helga weiß, dass die Schwiegermutter nun ihren Zorn an Heinz und Anni auslassen wird. So ist sie, man muss es ertragen, weil man sie nicht ändern kann.

Ihr Ehemann sitzt im Bett und lächelt ihr freundlich entgegen.

»Da bist du ja!«, sagt er. »Da setz dich zu mir, Helga. Ich glaub fast, ich bin wieder gesund.«

Er wäscht sich und lässt sich von ihr abtrocknen. Sie streift ihm ein frisches Hemd über, gibt ihm einen warmen Pullover und rät ihm, den Vormittag über noch im Bett zu bleiben.

»Einen Schmalzlappen hat sie mir bringen wollen«, lacht er. »Den kann sie sich selber auf die Brust legen!«

»Sie hat es sicher gut gemeint, Otto.«

»Bin doch kein kleiner Bub mehr!«, knurrt er. »Komm, mein Schatz. Setz dich zur mir. Jetzt frühstücken wir im Bett wie die adeligen Herrschaften. Da stell den Teller hin. Das reicht für zwei.«

Was für eine Verwandlung! Er ist beinahe liebevoll, schiebt ihr die gewürfelte Räucherwurst zu, will, dass sie den Malzkaffee mit ihm aus dem Becher trinkt, und erzählt, dass er in der Nacht ganz schreckliche Träume gehabt hat.

»Das Fieber, weißt du. Da hab ich die Ratten gesehen. Die sind bei uns in den Schützengräben herumgelaufen. Da hast du aufpassen müssen, wenn du geschlafen hast, dass sie dich net annagen …«

Er hat nie vom Krieg in Frankreich erzählt, auch nicht, wenn sie gefragt hat. Dann hat er nur wütend geschaut und gemeint, darüber gäbe es nichts zu reden. Das sei vorbei. Aber jetzt begreift sie, dass es noch in ihm steckt und ihn von innen heraus vergiftet.

»Das war recht schlimm im Schützengraben, nicht wahr?«, sagt sie.

Aber er geht nicht darauf ein, gibt ihr den Becher und den geleerten Teller und verlangt, dass sie sich zu ihm legt.

»Warm soll ich's haben, hat der Alberti Rudolf gesagt«, meint er grinsend und umschlingt sie. »Dafür musst du sorgen, damit ich gesund werd, mein Schatz.«

Es ist ihr nicht recht, weil sie Angst hat, die Gertrud könne heraufkommen und an der Tür lauschen. Aber sie lässt es geschehen, weil er sich so verändert hat und sie ihn auf keinen Fall enttäuschen will. Es ist dieses Mal sogar schön, er fasst sie sanft an, ist zärtlich zu ihr und gibt sich Mühe wie zu Anfang ihrer Ehe. Nur kann sie nicht verhindern, dass immer wieder das Bild eines anderen in ihrem Kopf auftaucht und sich in die eheliche Liebe hineinmischt.

Das ist die Strafe, weil ich mit dem Gedanken gespielt hab, denkt sie beschämt, als sie wieder still beieinanderliegen und Otto schon leise zu schnarchen beginnt. Sie deckt ihn sorgfältig zu, dann zieht sie sich an, nimmt das Geschirr mit und geht hinunter.

»Hab's eine lange Besprechung gehabt, wie?«, fragt Gertrud boshaft. »So wird der Otto net gesund, wenn der seine Kräfte verschwendet.«

Weil der Adam am Tisch sitzt und den Morgenkaffee trinkt, sagt sie nichts weiter, aber der Adam hat schon verstanden und grinst in seinen Becher hinein.

»Bist neidisch, Gertrud?«, fragt er spöttisch.

»Mach dich fort, Schlechtschwätzer«, schimpft sie zornig. »Der

Saustall muss gemistet werden. Und dann bringst den Pflug zum Killinger Hannes. Am Hühnerhaus ist ein Brett locker, das musst du festmachen, sonst holt der Fuchs die Hinkel …«

Adam lässt sich nicht hetzen. Gemächlich trinkt er den Becher leer, langt noch einmal nach der Wurst und steht dann kauend auf.

»Du hast mir gar nichts zu sagen«, knurrt er. »Der Bauer ist der Herr auf dem Hof, von dem erhalt ich meine Anweisung!«

Er zwinkert Helga aufmunternd zu und steigt in die Stallstiefel. Gertrud folgt ihm mit den Augen, während er durch den Flur hinüber zur Tür zum Kuhstall läuft.

»Wenn der glaubt, er könnt ewig hier auf dem Hof bleiben, dann täuscht der sich«, sagt sie wütend. »Es gibt genügend junge Burschen, die sich die Finger danach lecken, Knecht auf dem Schützhof zu werden.«

Otto schläft bis Mittag, dann steht er auf und setzt sich zu ihnen an den Tisch, bleibt aber wortkarg und schaut mürrisch drein.

»Kein Salz in der Suppe«, knurrt er Gertrud an. »Schmeckt wie eingeschlafene Füß'!«

»Was bist denn so unfreundlich?«, fährt ihn Gertrud an.

Er macht eine verächtliche Handbewegung und muss husten.

»Was stehst du herum?«, fragt er Helga, die den Topf zurück auf den Herd gestellt hat. »Geh hinauf und bring die Schlafkammer in Ordnung. Die warmen Socken brauch ich. Will im Stall nach dem Rechten sehen.«

»Aber der Alberti Rudolf hat gesagt, du sollst net im Kalten herumlau…«

»Der hat mir gar nix zu sagen«, stellt er klar.

Den Nachmittag über läuft er auf dem Hof herum, staucht den Adam wegen allerlei Kleinigkeiten zusammen und repariert das Hühnerhaus mit laut dröhnenden Hammerschlägen. Am Abend sitzt er mit fieberrotem Kopf in der Küche und kann kaum den Löffel halten, so schwach ist er. Gemeinsam schaffen Gertrud und Helga ihn ins Bett, versorgen ihn mit Tee und machen lindernde Wadenwickel, um das Fieber zu senken. Auch den warmen Schmalzlappen gegen die Bronchitis lässt er sich nun widerstandslos auflegen.

»Das kommt alles nur von der Unzucht, die du hast treiben müssen«, schimpft Gertrud. »Hättest du auf deine Mutter gehört und nicht auf die Helga, die dir das eingegeben hat …«

»So lass ihn doch in Ruhe!«, wehrt Helga sie ab. »Siehst du nicht, wie schlecht es ihm geht?«

Dieses Mal ist Gertrud nicht bereit, sich aus der Schlafkammer weisen zu lassen. Sie bleibt bei Otto am Bett sitzen, gibt ihm Tee zu trinken, redet auf ihn ein, wechselt die Wadenwickel.

»Das wird schon wieder, Bub. Jetzt nehm ich die Sache einmal in die Hand …«

Gegen elf Uhr, als im Dorf schon alles still und dunkel ist, klagt Otto über Stiche in der Brust. Er ist kurzatmig, wirft sich stöhnend von einer Seite auf die andere, und als Helga das Fieber misst, ist das Thermometer auf über 40 Grad gestiegen.

»Ich hol den Alberti Rudolf«, sagt sie entschlossen und läuft hinunter, um die Jacke und festes Schuhwerk anzuziehen.

Gertrud widerspricht nicht, sie starrt auf das Fieberthermometer und ist blass geworden.

Helga greift eine Stalllaterne und geht durch die stille Dorfstraße. Die beißende Kälte bemerkt sie kaum; erst als sie im Albertihof steht, stellt sie fest, dass sie vergessen hat, ein Tuch um den Kopf zu binden. Der Hofhund kläfft sie zornig an, trotzdem muss sie mehrfach läuten, bis die Marlis ihr im Nachtgewand die Tür aufmacht.

»Der Otto …«, stammelt Helga. »Über vierzig Fieber. Kriegt kaum noch Luft. Stiche in der Brust …«

»Allweil in der Nacht werden die Leut krank«, nörgelt Marlis.

Dann wendet sie sich zur Stiege und ruft ihren Mann. Der hat sich schon angezogen und greift sein Köfferchen, in dem er verschiedene Mittel gegen die Krankheiten im Dorf aufbewahrt.

»Ist auf dem Hof herumgelaufen, wie?«, sagt er verdrossen zu Helga, während sie miteinander zum Schützhof gehen. »Hat geglaubt, er wär schon gesund, weil das Fieber am Morgen sinkt …«

Sie antwortet nicht. Er hat die Laterne genommen und geht so rasch, dass sie kaum hinterherkommt. Auf dem Schützhof hat der Adam das elektrische Hoflicht angeschaltet, er hält dem Alberti Rudolf die Tür auf, damit er nur rasch hinauf zu dem Kranken kommt.

»So schlimm steht's?«, fragt er Helga besorgt.

Sie nickt nur und läuft hinter dem Dorfheiler die Treppe hinauf. Noch im Flur hört sie schon die Gertrud schimpfen.

»In die Klinik nach Bad Homburg? Wie soll das gehen, mitten in der Nacht? Die Stuten scheuen, wenn's dunkel ist, die lassen sich net anspannen …«

Helga reißt die Kammertür auf. Otto liegt teilnahmslos in den Kissen und atmet schwer, der Alberti Rudolf hat noch die Jacke an, das Köfferchen steht unberührt neben dem Bett.

»Ich lauf zum Altmann Schorsch. Der soll ihn mit dem Automobil hinfahren«, ruft sie.

Sie wartet die Antwort nicht ab, sondern stürzt die Treppe hinunter und eilt am Dorfladen vorbei zum Altmannhof. Dort ist das Hoftor geschlossen, und sie muss mit den Fäusten daran bollern, weil es nur drinnen an der Haustür eine elektrische Klingel gibt. Hasso, der Hofhund, kläfft sich die Seele aus dem Leib, bis schließlich die Magd Grete stöhnend den Balken hebt und das Tor sich öffnet.

Nachbarschaftshilfe wird großgeschrieben in Dingelbach, auch in der Nacht ist man jederzeit bereit, einander zu helfen.

»Das Automobil kannst du gern haben, Helga«, sagt der Schorsch, der im Nachthemd mit der Schlafmütze auf dem Kopf die Stiege herabklettert. »Aber fahren kann ich net. Weil ich das Steuerrad net bewegen kann, wie's nötig ist. Der Willibald, der Drecksack, hat mir zwei Rippen gebrochen, das tut sauweh …«

Ratlos schaut Helga die Luise und die Lina an, die ebenfalls hinuntergekommen sind.

»Da musst du den Michalski Oskar fragen«, schlägt Lina vor.

»Den … Michalski Oskar?«, stammelt Helga entsetzt.

»Richtig, der Oskar kann das Automobil fahren«, ruft der Schorsch. »Der ist der Einzige im Dorf, der das kann.«

Hinauf zum Gartenhaus laufen? Das will sie auf keinen Fall. Aber die Zeit drängt. Der Altmannhof liegt auf halbem Weg zur Villa. Wenn sie jetzt zum Schützhof zurückgeht, um Gertrud oder Adam um diesen Dienst zu bitten, vergehen kostbare Minuten.

»Dann will ich halt mein Glück versuchen«, sagt sie, dreht sich um und hastet davon.

»Warte!«, ruft ihr Luise hinterher. »Nimm die Laterne mit. Sonst fällst du noch in den Bach im Stockdunkeln.«

Sie reißt ihr die Laterne aus der Hand, bedankt sich flüchtig und geht hastig davon, am Gasthof vorbei, wo alle Lichter gelöscht sind, die Kirchgasse hoch und über die vereiste Brücke hinauf zum Park der Villa. Ihr Atem fliegt, das Herz klopft zum Zerspringen. Was, wenn er dort gerade mit Ilse Küpper das Lager teilt? Wird er ihr überhaupt öffnen? Wird er ihr glauben, wenn sie ihre Bitte hervorbringt? Oder wird er am Ende denken, es sei eine Lüge und sie sei nur aus Eifersucht gekommen?

Die Fenster im Gartenhaus sind dunkel, auch in der Villa brennt kein Licht. Sie hält die Laterne höher, beleuchtet das Dach und den Schornstein. Es steigt kein Rauch auf – der Ofen brennt nicht.

Und wenn er in der Villa ist?, denkt sie. Sie können sich doch treffen, wo sie wollen. Oben bei ihr ist es gewiss bequemer als hier im Gartenhaus.

Trotzdem muss sie es versuchen. Entschlossen geht sie zur Tür und klopft an. Es bleibt alles still.

»Oskar? Oskar, bitte … mach auf!«, ruft sie laut.

Jetzt hört sie ein Knarren, als ob jemand aus dem Bett steigt. Dann wird ein Riegel zurückgeschoben, und die Tür bewegt sich.

»Helga?«, murmelt er schlaftrunken durch den Türspalt.

Sie ist so durcheinander, dass sie kaum noch weiß, was sie redet.

»Du musst das Automobil steuern, Oskar …«, stößt sie hervor. »Der Altmann Schorsch kann nicht fahren, weil der zwei Rippen gebrochen hat …«

Es muss in seinen Ohren sehr wirr klingen, aber er öffnet die Tür ganz. Da steht er vor ihr, unrasiert, in Hemd und langer Unterhose, blinzelt in das Licht der Laterne.

»Das Automobil fahren?«, fragt er verständnislos. »Wohin?«

»Nach Bad Homburg in die Klinik. Der Otto ist todkrank … Und du bist der Einzige, der das Automobil fahren kann, hat der Schorsch gesagt …«

Er starrt sie einen Moment lang an, wie sie so verfroren und vom Wind zerzaust vor seiner Tür steht. Dann dreht er sich wortlos um, nimmt die Jacke vom Haken und zieht die Schuhe an.

»Warte«, sagt er. »Ich bin gleich so weit.«

Er nimmt ihr die Laterne aus der Hand und geht voraus, dreht sich immer wieder um, ob sie auch nachkommt, bei der Brücke wartet er auf sie.

»Ich geh zum Altmannhof, hole das Automobil und komme zu euch«, sagt er.

»Und ich geh heim und sag Bescheid.«

Bis zum Altmannhof gehen sie miteinander, dort reicht er ihr die Laterne und geht zur Remise, wo der Schorsch schon dabei ist, Benzin aus einem Kanister in den Tank seines Automobils zu füllen.

Daheim haben sie den Otto angezogen und in das wärmende

Federbett gewickelt. Sie erkennt ihren Mann kaum wieder, so jämmerlich schaut er aus, das Gesicht grau und voller Bartstoppeln, die wollene Mütze bis zu den Augenbrauen heruntergezogen.

»Der Oskar fährt, weil der Schorsch noch net ans Steuer mag. Wegen der gebrochenen Rippen …«

»Der Oskar? Na, der ist der Rechte!«, meint Gertrud spöttisch.

Hie und da ist jetzt an den Fenstern der Bauernhäuser ein Licht aufgeflackert, die Hunde bellen unruhig, die Lene Grossmann steht beim Hoftor und will wissen, was geschehen ist. Aber da hört man schon den Motor des Automobils knattern, die Scheinwerfer gleiten quer über die Dorfstraße bis zum Kirchanger, als der Wagen aus dem Hoftor des Altmannhofs fährt, dann wenden sie sich dem Schützhof zu.

Oskar hält neben dem Brunnen, springt aus dem Wagen und hält die Tür auf, während Adam und Rudolf Alberti den Kranken auf dem Rücksitz platzieren. Gertrud lässt es sich nicht nehmen, bei ihrem Sohn zu sitzen, Helga muss vorn auf dem Beifahrersitz einsteigen.

»Lasst euch auf keinen Fall abweisen«, ruft der Rudolf Alberti gegen das laute Motorengeräusch an. »Es ist dringend. Eine schwere Lungenentzündung, sag ihnen das!«

Das Automobil rumpelt die Dorfstraße entlang bis zur Einmündung auf die Landstraße, aber auch dort gibt es Buckel und Senken, die den Insassen die Fahrt nicht angenehm gestalten.

»Kannst net schneller fahren?«, jammert die Gertrud hinten. »Der Otto schnauft ganz fürchterlich, ich glaub fast, er kriegt keine Luft mehr.«

»Die Straße ist vereist«, gibt Oskar zurück. »Ich fahre vorsichtig, damit wir nicht im Graben landen.«

Helga sitzt neben ihm mit einer Taschenlampe und dem Straßenatlas auf den Knien. Das Allgemeine Krankenhaus in Bad Homburg ist nicht schwer zu finden, es geht die Urseler Straße entlang, dann nach rechts, nicht weit vom Bad Homburger Schloss. Sie gibt ihm Anweisungen, wohin er fahren soll, er nickt und konzentriert sich auf Strecke und Wagen. Es ist wie damals, als sie miteinander die Landwirtschaft auf dem Schützhof bewältigt haben, da haben sie Hand in Hand gearbeitet, ohne viele Worte, er hat auf sie geschaut und sie auf ihn.

Wenn der Wagen auf der glatten Fahrbahn schlingert, krallt sie sich in den Sitz. Einmal, als er bremsen muss, streckt er den rechten Arm schützend vor sie, damit sie nicht gegen das Armaturenbrett geschleudert wird. Die Gertrud ist weniger gelassen, sie kreischt angstvoll bei jeder Unebenheit und jammert immer wieder, dass sie dem Herrgott auf Knien danken wird, wenn sie diese Fahrt überlebt.

»So gib doch Obacht! Da – jetzt hat's mich gegen das Autodach gehauen. Da hätt man ja auch drei wilde Säue anspannen können …«

Die Klinik ist zum Glück beleuchtet, ein eindrucksvoller, schöner Bau, der zu der vornehmen Gesellschaft passt, die in Bad Homburg verkehrt. Oskar hält direkt vor dem Haupteingang, Helga eilt zum Pförtner, um sie anzukündigen und auf die Dringlichkeit hinzuweisen. Es dauert ein wenig, dann erscheinen zwei Sanitäter mit einer Trage, und sie bringen den Kranken in die Notaufnahme.

»Was geschieht jetzt mit ihm?«, fragt Helga angstvoll den Pförtner.

Der ist die Ruhe selbst, legt ihnen ein Formular hin, das sie ausfüllen müssen, und versichert ihr, die Ärzte würden sich um ihren Mann kümmern.

»Name, Adresse, Konfession, Krankenversicherung, falls er eine hat, Alter, Vorerkrankungen … Nein, Sie können nicht hierbleiben, Frau Schütz. Fahren Sie wieder nach Hause, morgen ist von zwei bis vier Besuchszeit.«

»Aber was ist, wenn es ... wenn es ernst ist? Ich meine, sehr ernst ...«

»Der Herr Pfarrer Kunert von der Gedächtniskirche betreut unsere Kranken. Falls Sie einen Telefonanschluss haben, können wir Sie im Ernstfall auch anrufen ...«

»Wir haben keinen Anschluss ...«

»Doch!«, mischt sich Oskar ein. »In der Fabrik gibt es ein Telefon, ich gebe Ihnen die Nummer. Wenn Sie dort anrufen, leite ich es an Frau Schütz weiter ...«

Der Pförtner schreibt sich die Nummer der Fabrik auf, damit hält er seine Pflicht für erfüllt, sie dürfen wieder nach Hause fahren. Die Ärzte kümmern sich um den Kranken, sie können nichts tun und wären nur im Weg.

»Komm«, sagt Oskar sanft zu ihr. »Wenn der Schorsch nichts dagegen hat, fahre ich dich morgen wieder hierher.«

»Danke dir, Oskar. Aber ich kann auch die Bahn nehmen. Du hast schon genug für uns getan.«

»Ich tu's gern, Helga.«

Einen Moment lang schauen sie sich in die Augen. Nicht wie Verliebte, sondern einfach wie gute Freunde. Doch der Gedanke, dass Otto sterben könnte und sie dann frei wäre, steht unausgesprochen zwischen ihnen wie eine hässliche Barriere.

Helga wendet sich ab, um Gertrud mitzuteilen, dass sie nicht hierbleiben können, sondern zurück nach Dingelbach fahren müssen.

»Ich fahr net fort von hier«, erwidert Gertrud verstockt. »Schon gar net mit diesem Teufelszeug, dem Automobil. Ich bleib bei meinem Bub.«

Helga handelt sich böse Verwünschungen und Vorwürfe ein, als sie versucht, die Schwiegermutter zu überzeugen. Auch Oskar versucht es mit guten Worten, dann aber nimmt er die Widerstrebende einfach am Arm und führt sie entschlossen hinaus.

»Nie wieder steig ich in den Höllenkasten!«, kreischt sie, aber da sitzt sie schon drin, und Oskar klappt die Tür zu.

Auf der Rückfahrt wird nur wenig gesprochen. Helga starrt auf die von Eis glitzernde Landstraße, die im Lichtkegel der Scheinwerfer auf sie zuzueilen scheint, Oskar sitzt stumm am Steuer und ist in Gedanken versunken. Von Gertrud ist nichts mehr zu hören, im Rückspiegel kann Helga sehen, dass sie steif wie ein Stock in der Mitte der Rückbank sitzt und die Augen geschlossen hält.

In Dingelbach hat man sich wieder schlafen gelegt, nur im Küchenfenster des Schützhofs ist noch Licht – die Anni hat keine Ruhe gefunden.

Oskar lässt Helga am Brunnen aussteigen, zu zweit helfen sie Gertrud aus dem Wagen, die recht wackelig auf den Füßen steht und von Helga gestützt werden muss.

»Ich dank dir tausend Mal, Oskar«, sagt Helga zu ihm. »Sag dem Schorsch, dass ich morgen vorbeikomme und das Benzin zahle.«

»Ist recht«, erwidert er und schaut zu Boden. »Und alles Gute für euch. Vor allem für den Otto.«

Meint er es ernst? Er nickt ihr kurz zu und steigt wieder in den Wagen, lässt den Motor aufheulen und fährt weiter zum Altmannhof, um dort den Wagen abzugeben.

»Was stehst du und glotzt?«, beschwert sich Gertrud, die an ihrem Arm hängt. »Willst du mich erfrieren lassen? Ich will in mein Bett!«

Kapitel 16

Ida ist wütend. Was hat sie nicht alles für ihre Schwester Frieda getan! Drei Tage lang hat sie ihr heimlich etwas zu essen ins Schlafzimmer geschmuggelt, weil Frieda in den Hungerstreik getreten ist, um Mama dazu zu bringen, nach Frankfurt zu fahren. War es ihre Schuld, dass Herta ihnen schließlich draufgekommen ist und Mama alles verraten hat? Da war der Hungerstreik dann leider unglaubwürdig geworden, und Frieda hat aufgegeben. Seitdem hat sie eine Laune, die kaum zu beschreiben ist, bei jeder Kleinigkeit regt sie sich unsagbar auf. Wie zum Beispiel jetzt wegen der Rolle Goldpapier.

»Das kannst du nicht haben. Das brauch ich nächstes Jahr für das Krippenspiel!«

»Dann gibt die Mama dir halt neues Goldpapier.«

»Du weißt ganz genau, dass sie das nicht tut. Die Rolle Goldpapier bleibt in meinem Nachttisch. Wehe, du rührst sie an!«

»Geizige Ziege! Vergolde dir doch den Pisspott damit!«

»Halt den Mund und lass mich in Ruhe!«

Natürlich ist Frieda besonders unleidlich, weil Mama will, dass sie Lehrerin werden soll. Neulich hat die Frieda Lehrer Hohnermann in der Schule vertreten, und alle Kinder sind ganz begeistert von ihrem Unterricht gewesen. Alle außer Ida. Weil Ida die Mätzchen ihrer Schwester kennt und sie nicht dafür bewundert. Sie hat das schließlich jeden Tag.

»Lehrerin ist ein angesehener Beruf für eine junge Frau«, hat Mama heute beim Frühstück gesagt. »Da hast du eine schöne

Wohnung und dein Auskommen, du musst niemandem Danke schön sagen und wirst überall mit Respekt behandelt.«

»Das Fräulein Haller«, hat Ida gewitzelt. »Wenn du dann den Herrn Hohnermann heiratest, könnt ihr abwechselnd unterrichten. Dann hast du drei Tage in der Woche frei!«

Weder Frieda noch die Mutter fanden den Scherz gelungen, nur Herta hat höhnisch gelacht und gemeint: »Da hättest du einen feinen Ehemann, Frieda. Der geht dir ja jetzt schon am Schnürchen.«

Frieda hat den Kopf zurückgeworfen und Mama böse angeschaut. »Ich werde Schauspielerin«, hat sie gesagt. »Oder gar nichts.«

»Schlag dir das aus dem Kopf, Frieda«, hat Mama geantwortet.

Dann ist es still in der Küche geworden. Frieda hat verstockt vor sich hingeschaut, Mama hat ihren Morgenkaffee getrunken, und Herta ist schon einmal hinüber in den Laden gegangen, um die Tür aufzuschließen und den Putzlappen davorzulegen. Ida hat ihren Schulranzen genommen und ist hinüber ins Schulhaus gegangen. Lehrer Hohnermann ist inzwischen wieder gesund, aber er ist dünner geworden, und wenn alle Schüler beschäftigt sind, setzt er sich manchmal an seinen Tisch und schaut müde vor sich hin.

»Na, Ida?«, sagt er, als sie in der Pause auf dem Schulhof umhergehen. »Wie geht's daheim?«

Natürlich weiß sie, worauf er anspielt. Deshalb zuckt sie bekümmert mit den Schultern und meint: »Gut grad net …«

»Soll ich vorbeikommen und mit deiner Mutter reden?«, fragt er leise.

»Besser nicht. Die Mama will jetzt auf einmal, dass Frieda Lehrerin werden soll.«

Eigentlich müsste ihn das freuen, aber er seufzt. Dann muss er einen Streit zwischen dem Klaus und dem Karl schlichten, die sich wegen eines glitzernden Bachkiesels in die Wolle geraten sind. Ida verdreht die Augen. Dass sich die Buben auch so blöde anstellen! Hat sie nicht gesagt, dass sie die Edelsteine erst am Nachmittag mitbringen sollen?

Nach der Schule muss sie helfen, die neuen Waren auszupacken und die Regale im Laden aufzufüllen. Es ist eine langweilige Arbeit, nur Herta erledigt sie gern, und natürlich kommandiert sie Ida die ganze Zeit über herum.

»Nein, die Dosen mit Ananas kommen ins unterste Fach. Und drei Tüten Zwieback in den Laden. Pass auf, diese Schuhwichse ist für schwarze Schuhe und die andere für braune …«

Die interessanten Dinge ordnet Herta selber ein. Es gibt neue bunte Haarspangen, hübsche Schleifen und sogar Wundertüten, in denen fantastische Überraschungen für Kinder sind. Öffnen darf man sie nicht, weil es dann ja keine Überraschung mehr ist. Man muss eine Tüte kaufen und darf erst dann hineinschauen. Herta hat die Tüten vorsichtshalber gezählt und eine Strichliste angelegt, damit man weiß, wenn eine verkauft worden ist.

»Damit du gar nicht erst nicht in Versuchung kommst, Ida!«

Als ob sie neugierig auf diesen Kinderkram wäre! Als alle Kisten endlich ausgepackt und die Waren eingeräumt sind, läuft sie leise die Stiege hinauf und holt sich die Rolle Goldpapier aus Friedas Nachttisch. Sie soll sich nicht so haben, die Schwester, schließlich sind es noch zehn Monate bis zum nächsten Krippenspiel. Einen Apfel hat sie schon aus dem Keller stibitzt, wo die Winteräpfel sorgfältig aufgereiht in einer alten Margarinekiste liegen. Wenn sie die Lücke geschickt wieder zuschiebt, merkt Mama das nicht. Obst ist ja gesund.

Vorsichtshalber geht sie durch den Garten, damit Frieda, die im Laden bedienen muss, nicht das Goldpapier unter ihrer Jacke entdeckt. Sie muss über mehrere Zäune klettern, um hinter dem Gasthof »Zum Raben« auf die Untergasse zu gelangen, was mit dem Goldpapier nicht einfach ist, weil sie es auf keinen Fall zerknittern will. Vom »Raben« ist es nicht mehr weit bis zur Schmiede des Killinger Hannes, wo sie sich treffen wollen.

Sie ist fast die Letzte heute, nur Rudi Schmidtkunz und Klaus Dönges kommen noch später, sie mussten daheim beim Stallmisten helfen.

»Heute wählen wir einen Kaiser«, erklärt sie. »Aber zuerst machen wir die Reichsinsignien. Ich hab alles dabei.«

»Echtes Gold?«, will Willi wissen.

»So gut wie!«, sagt sie und zieht die Rolle Goldpapier unter der Jacke hervor.

»Das ist ja bloß Papier!«, lacht Rudi.

»Wirst schon sehen!«

Beim Killinger Hannes in der Schmiede ist es schön warm. Vorn werkelt der Hannes mit dem Erwin, seinem Lehrling, und hinten, wo er ein Lager mit lauter ausrangierten Gerätschaften hat, dürfen sie sich aufhalten. Der Killinger Hannes hat Spaß an Idas Einfällen, manchmal setzt er sich zu ihnen, lacht und gibt seine Meinung dazu, einmal hat er sogar mitgemacht. Da ist er zur Freude aller Dorfkinder in den Bach gestiegen und wollte sich in den Backtrog setzen, den sie zu einem Boot erklärt hatten. Aber da ist der Trog in den Bachboden eingesunken, weil der Hannes zu schwer war, und das Wasser ist oben hineingelaufen.

Ida verwandelt den schrumpeligen Winterapfel mit viel Geschick in einen Reichsapfel, dann vergoldet sie die Krone, die der Killinger Hannes ihr aus zwei alten Blechdosen zusammengelötet hat. Zum Schluss reicht das Goldpapier nicht mehr ganz, um das hölzerne Schwert zu veredeln, es muss sich mit einem goldenen Knauf begnügen.

»Und wer wird Kaiser?«, erkundigt sich Hans Koppel. »Doch nicht etwa du, Ida? Das geht nämlich nicht, weil du ein Mädchen bist.«

»Es gibt auch Kaiserinnen, du Dummkopf.«

Rudi und Hans stimmen höhnisches Gelächter an.

»Wo gibt's die?«

»In China«, erklärt Ida ungerührt. »Und in … in Russland.«

»Aber hier bei uns gibt's das net!«

Ida hält weitere Streitereien zu diesem Thema für unklug und beginnt, das Spiel zu organisieren. Zur Kaiserwahl braucht man Kurfürsten, weil die den Kaiser wählen.

»Jeder, der ein Schwert hat, darf ein Kurfürst sein. Die anderen sind Gefolge.«

Die Buben haben fleißig geschnitzt, auch Annelie kann ein hölzernes Schwert vorweisen, sie sind im Ganzen sieben Kurfürsten und eine Kurfürstin. Ida erklärt die schwertlosen Buben zu Edelknappen und die Mädchen zu Burgfräulein. Nun dürfen die Kurfürsten und die Fürstin ihr Gefolge wählen, es geht so aus, dass jeder mindestens einen Knappen oder ein Fräulein abbekommt. Ida stellt sich in Positur und kündigt die Zeremonie an.

»Aus eurer Mitte, edle Fürsten des Reiches, wollen wir nun den Kaiser wählen, der das Reich regieren und gemeinsam mit uns gegen die Feinde reiten wird.«

»Was denn für Feinde?«, will Annelie wissen.

»Hast net aufgepasst, wie der Hohnermann es erzählt hat?«, sagt Ida ärgerlich. »Die Hunnen sind vom Osten hergeritten und haben unser Land erobert. Wir alle müssen ihnen jedes Jahr viel Gold und Silber als Tribut geben.«

»Ich wär eigentlich lieber Hunne wie Kurfürst«, ruft Willi dazwischen. »Weil die mit Pfeil und Bogen schießen.«

»Ruhe!«, ruft Ida vernehmlich. »Wenn du willst, kannst du nachher Hunne sein, Willi. Aber denk dran, dass der Kaiser dann mit seinen Kurfürsten gegen die Hunnen kämpft.«

»Und wer ist jetzt der Kaiser?«, nörgelt Pauline.

»Den wählen wir doch grad!«, sagt Ida. »Ihr müsst einen von uns vorschlagen, der Kaiser werden will …«

»Ich will Kaiser werden!«, ruft Rudi.

»Ich auch!«, tönt es von mehreren Seiten.

Es sind alle sieben Kurfürsten bereit, Kaiser zu werden, auch Annelie ist nicht abgeneigt. Nun erklärt Ida das weitere Verfahren.

»Die Wahl geht so: Jeder schreibt den Namen von dem, den er zum Kaiser wählt, auf seinen Edelstein. Hast du die Bleistifte dabei, Hilda?«

Hilda hat drei Bleistifte mitgebracht, sie müssen abwechselnd schreiben. Die Bachkiesel werden danach in einen Eimer gelegt, und wer die meisten Stimmen hat, wird Kaiser.

»Der kriegt dann die Krone und den goldenen Apfel?«, will Hans Koppel wissen.

Ida nickt gönnerhaft.

»Erst wird ihm der Mantel um die Schultern gelegt. Dann bekommt er die Krone aufgesetzt, danach werden ihm Apfel und Reichsschwert übergeben.«

Für den Mantel hat Pauline ein Stück von einer alten Stoffgardine mitgebracht, die ist zwar schon ziemlich ausgeblichen, in ihren besten Zeiten war sie aber dunkelrot. »Von meiner Oma. Die darf nicht dreckig werden, weil ich sie wieder in die Truhe legen muss!«

»Dann müssen alle Kurfürsten und ihr Gefolge vor dem Kaiser niederknien und ihm huldigen«, fährt Ida fort.

»Was ist das, huldigen?«, erkundigt sich Karlchen misstrauisch.

»Huldigen heißt: Ihr müsst niederknien und ihm ewige Gefolgschaft und Treue im Kampf schwören!«

»Und dann ziehen wir gegen die Hunnen?«, will Rudi kampfesfreudig wissen.

»Ja. Und der Kaiser muss voranreiten.«

»Reiten? Wodrauf soll der denn reiten?«, fragt Klaus Dönges und lacht.

»Na – auf dem Willibald natürlich«, sagt Ida.

»Auf dem Willibald? Du spinnst wohl!«

Der Hengst steht nicht weit von ihnen auf der Koppel und rupft das kärgliche Gras, das der Frost übrig gelassen hat. Aber alle wissen, dass Willibald es nicht mag, wenn jemand versucht, ihm einen Sattel aufzulegen.

»Wer Kaiser werden will, muss auf dem Willibald in die Schlacht reiten«, sagt Ida mit einer Selbstverständlichkeit, als sei dies geschriebenes Gesetz. »Wenn einer davor Schiss hat – dann kann er eben nicht zum Kaiser gewählt werden.«

Betretenes Schweigen unter den Kandidaten. Annelie erklärt als Erste, dass sie dann lieber nicht Kaiserin werden will. Auch die anderen überdenken die Sache, schauen hinüber zu dem Hengst, und Ernst meint: »Der hat den Killinger Hannes abgeworfen, da hat der noch nicht richtig im Sattel gesessen. Und der Oskar ist vorn über den Pferdehals gerutscht. Pardauz, da hat er gelegen und sich den Kopf gerieben …«

Jetzt will auf einmal niemand mehr Kaiser sein. Ida ist zufrieden, ihr Plan ist aufgegangen.

»Wenn ihr alle zu feige seid – ich mach's!«, meint sie schulterzuckend.

»Und wenn du dir den Hals brichst?«, fragt Gerda ängstlich.

»Ich doch net!«, versichert Ida selbstbewusst.

Da es keinen Gegenkandidaten gibt, werden die »Edelsteine« im Eimer gesammelt und als »Kaiserlicher Schatz« mitgenommen. Ida hat bestimmt, dass die feierliche Zeremonie hinten auf der Pferdeweide im Unterstand stattfinden soll, also werden die Insignien und der Schatz vier Kurfürsten anvertraut, die sie sicher zum Ort der Krönung transportieren müssen.

Der Killinger Hannes hat während seiner Schmiedearbeit immer wieder grinsend zu den Kindern hinübergeschaut, jetzt will er wissen, was sie drüben beim Unterstand vorhaben.

»Eine Kaiserkrönung«, sagt Ida. »Dürfen wir dem Willibald ein wenig Hafer geben?«

»Meinetwegen. Aber nur zwei Handvoll, dass er net fett wird, der Teufelsbraten.«

Verfressen ist er schon, der Willibald. Und auch sonst recht handzahm. Er lässt sich auch vorspannen, bloß nicht regieren. Und reiten lässt er sich schon gar nicht.

Ida geht mit ihrer Gefolgschaft hinüber zur Wiese. Dort locken sie den Willibald an, und Annelie gibt ihm ein paar Körnchen Hafer.

Eigentlich hat die Zeremonie, die Ida jetzt mit viel Aufwand organisiert, ihren Reiz für die älteren Buben verloren, weil keiner von ihnen Kaiser sein darf. Trotzdem machen sie mit – sie wollen schließlich sehen, wie Ida auf den Willibald steigt.

Die Krönung verläuft ganz nach Idas Wünschen, nur das Niederknien bringt Schwierigkeiten, weil der Boden aufgeweicht ist und die Hosen und Strümpfe dreckig werden. Aber da hilft nichts – es muss anständig gehuldigt werden, sonst gilt es nicht. Dann schreitet die gekrönte Kaiserin mit Mantel und Schwert zur Koppel. Klaus darf den Reichsapfel tragen, Annelie das Säckchen mit dem Hafer. Der Willibald hat gleich gemerkt, dass es wieder etwas Leckeres gibt, er kommt angelaufen und reckt den Hals.

»Gib ihm immer nur wenig«, weist Ida Annelie an. »Ich steig auf den Zaun und von da auf seinen Rücken. Halt mal das Schwert, Rudi. Das gibst du mir, wenn ich oben sitz.«

Es dauert ein wenig, bis Annelie den Hengst in die richtige Position gelockt hat. Ida steigt auf den Zaun, und der glatte Pferderücken kommt ihr nun doch recht hoch vor. Außerdem ist noch mindestens ein halber Meter zwischen Willibald und dem Zaun.

»Nun mach schon«, drängelt Annelie. »Ich hab gleich nichts mehr.«

»Er muss näher rankommen.«

Willibald ist ein Unruhegeist, sogar beim Fressen tänzelt er hin und her. Aber Ida darf sich nicht blamieren, also nutzt sie den Moment, in dem der Hengst dichter zum Zaun steht, und rutscht auf seinen Rücken. Es ist eine ziemlich wackelige Angelegenheit, sie muss in seine Mähne fassen, um nicht gleich auf der anderen Seite wieder herabzufallen. Willibald schüttelt zornig den Hals und tut einen Hüpfer, aber Ida hält sich fest und bleibt oben. Nur der Mantel fällt dabei von ihren Schultern und landet auf der matschigen Wiese.

»Jetzt gib mir das Schwert, Rudi!«, ruft sie.

Aber das ist nicht so einfach, weil der Hengst nun kreuz und quer über die Koppel läuft und den Kopf hoch und nieder reißt, um die ungewohnte Last loszuwerden. Ida sitzt auf seinem Rücken und geht mit den Bewegungen mit, drückt ihre langen, dünnen Beine an den Pferdebauch und betet innerlich, dass er nicht zu galoppieren und zu springen anfängt. Dann wäre alles aus.

Drüben in der Schmiedewerkstatt stehen der Hannes und der Erwin mit offenen Mündern und beobachten den sattellosen Ritt.

»Bleib fort, sonst erschrickt er«, ruft der Hannes dem Rudi zu, der jetzt mit dem Schwert auf die Koppel gehen will. »Gib mal den Hafer, Erwin. Pass aufs Feuer auf …«

Idas kaiserlicher Ritt endet abrupt, als Willibald den Hafer wittert, den der Killinger Hannes in der ausgestreckten hohlen Hand hat. Der Hengst macht eine rasche Kehrtwendung, auf die Ida nicht vorbereitet ist, und sie rutscht seitlich von seinem Rücken auf den Wiesenboden. Es tut einen ordentlichen Schlag, aber die Wiese ist zum Glück nicht mehr gefroren, außer ein paar schmerzhaften Prellungen ist nichts passiert. Nur Rock und Jacke sehen schlimm aus, auch hat sie während ihres Rittes die

Krone verloren. Alle sind jetzt auf die Koppel gelaufen und stehen um sie herum.

»Wenn jetzt die Hunnen gekommen wären, die hätten was zu lachen gehabt«, sagt Hans Koppel spöttisch.

»Halt den Mund!«, weist ihn Marie zurecht. »Hast du dir auch nichts gebrochen, Ida?«

»Geht schon«, sagt Ida und humpelt ein paar Schritte. Gerda hat die Krone aufgehoben und bringt sie ihr.

»Die kommt zu den Edelsteinen und dem Reichsapfel in die Schatzkiste«, sagt Ida.

Aber es fehlt ihr der rechte Schwung, das Spiel hat seine Faszination eingebüßt. Die Reichsinsignien werden wieder zu Blech, Holz und Schrumpfäpfelchen, auch die Bachkiesel sind keine Edelsteine mehr. Pauline jammert, weil die Gardine ganz nass und dreckig geworden ist.

»Ich muss nach Hause«, verkündet Heinz. »Die Mama kommt gleich von Bad Homburg zurück. Die macht sich Sorgen, wenn ich net da bin.«

»Wie geht's denn deinem Papa?«, fragt Annelie.

»Ganz gut, glaub ich …«

Die Gruppe löst sich auf. Die älteren Buben laufen zum Bach, um zu schauen, ob es schon Krebse gibt, die Kleinen gehen heim, nur Marie und Annelie helfen Ida, die entzauberten Krönungsinsignien in den Eimer zu legen. An der Schmiede erwartet sie der Killinger Hannes, breitbeinig steht er da in der ledernen Schürze und hat die Arme in die Hüften gestemmt.

»Hab's mir doch gedacht, dass du wieder was ausgebrütet hast«, sagt er zu Ida. »Na? Alle Knochen heil? Tut's weh? Morgen ist die Stelle schön dunkelblau.«

Er spricht aus Erfahrung, denkt Ida. Aber sie ist zu geknickt, um etwas zu erwidern.

»Immerhin«, meint er dann und grinst breit. »Hast deine Sache gar net schlecht gemacht. Jetzt wissen wir, dass der sich schon reiten lässt, der Willibald. Bloß mag er keinen Sattel auf dem Rücken haben …«

Ida hat keinen Sinn für solche Erkenntnisse. Sie muss jetzt schauen, dass sie ungesehen ins Haus kommt, damit sie heimlich Rock und Jacke auswaschen kann. Außerdem wird Frieda schon bemerkt haben, dass das Goldpapier weg ist, da erwartet sie eine schwesterliche Auseinandersetzung. Am Backhaus verabschiedet sie sich von ihren Begleitern und steigt über den Zaun. Eine mühsame Angelegenheit, weil ihr das linke Bein und die Schulter wehtun. Drei Zäune muss sie bis zum Haller'schen Garten überwinden, dann schleicht sie zur Küchentür, und wie das Unglück es will, steht ausgerechnet Herta in der Küche.

»Wie siehst du denn aus?«, schreit sie. »Was hast du mit der Jacke gemacht? Zieh die sofort aus – die starrt ja vor Dreck!«

»Bin hingefallen … Aua! Zerr net so, das tut weh!«

Herta reißt ihr die Jacke vom Leib, dann jammert sie über den nassen Rock und die schmutzigen Strümpfe.

»Was hast du nur wieder angestellt? Warte, bis die Mama das sieht. Wie riechst du überhaupt? Bist du in den Pferdemist gefallen?«

Ida gibt keine Antwort. Wenn sich Herta so aufregt, nimmt sie jedes Widerwort zum Anlass für weitere Vorhaltungen. Sie zieht die nassen Schuhe aus und will gerade auf Strümpfen hinauf in die Schlafkammer entwischen, da hört sie, wie die Mutter nach ihr ruft.

Herta hat also schon gepetzt, die blöde Kuh.

»Ja, Mama?«

»Komm einmal her, Ida.«

Die Stimme kommt aus dem Laden. Wenn die Mutter sie dorthin zitiert, dann sind wohl gerade keine Kunden da. Sonst wird das mütterliche Strafgericht unter Ausschluss der Öffentlichkeit in der Küche abgehalten.

»Ich komm schon, Mama …«

Zu ihrer Überraschung sind doch Kunden im Laden. Die Frau Pfarrer steht beim Gurkenfass, neben ihr wartet Karin Guckes, und Lore Dippel, die Frau vom Müller Dippel, ist auch da. Vorn am Ladentisch steht eine unbekannte ältere Frau, ganz in Schwarz gekleidet mit einem Schleier am Hut. Eine Städtische, wie man auf den ersten Blick erkennen kann.

Die Mutter hat rote Flecken auf den Wangen und einen unsteten Blick. »Das ist meine Tochter Ida!«, sagt sie zu der schwarzgekleideten Frau.

Die starrt Ida an, als sei sie ein Pferd, das sie auf dem Markt kaufen will.

»Du bist also Ida«, sagt sie streng. »Wie alt bist du?«

Ida wird es unheimlich. Was will diese Frau von ihr? Sie grübelt in ihrem Gedächtnis, ob es mit irgendeinem ihrer Streiche zu tun haben könnte, aber ihr fällt nichts ein.

»Dreizehn …«

»Erst dreizehn … erstaunlich«, sagt die Frau. »Ich bin deine Großmutter.«

Ida braucht ein paar Sekunden, um diesen Satz zu begreifen. Ihre Großmutter. Hier in Dingelbach. Ist das ein Traum? Verschwindet die Frau mit dem schwarzen Schleierhut, wenn sie sich jetzt in den Arm kneift?

»Frau Haller sagt, sie hätte einen Brief von dir erhalten, Ida«, hört sie Mamas Stimme. »Ist das wahr?«

Jetzt kommt Ida blitzschnell wieder zu sich. Der Brief, den sie gleich nach Friedas Prüfung an die Oma geschrieben hat – er ist angekommen. Und nun ist die Oma hier. Was für ein grandioser Erfolg!

»Ja, Mama. Ich habe einen Brief nach Frankfurt geschickt. Weil Frieda doch jemanden in Frankfurt braucht, wenn sie dort auf die Schauspielschule geht.«

O weh, nun hat sie Dinge verraten, die die Mutter sorgfältig vor dem Dorfklatsch verheimlicht hat. Die Frau Pfarrer bekommt den Mund nicht mehr zu, so aufregend ist diese Neuigkeit, auch die Karin Guckes und die Lore Dippel spitzen die Ohren. Die Frieda soll also auf eine Schauspielschule in Frankfurt gehen. Na, wenn das nur nicht böse endet!

»Darf ich Sie zu uns hereinbitten?«, sagt Marthe Haller förmlich. »Wir müssen solche Dinge ja nicht im Laden besprechen, Frau Haller.«

»Der Ansicht bin ich auch.«

Komisch, denkt Ida. Warum sagt Mama denn »Sie« und »Frau Haller«? Das ist doch unsere Großmutter.

Herta bedauert nun wohl zum ersten Mal, dass sie für den Laden verantwortlich ist, denn sie muss weiter bedienen, während Ida mit der Mutter und der überraschend erschienenen Großmutter hinüber in die Küche geht.

»Bitte, nehmen Sie Platz.«

Marthe Haller stellt der Großmutter einen Küchenstuhl zurecht und setzt sich an den Tisch. Ida setzt sich eilig neben die Mutter, weil ihr einfällt, dass ihr nasser Rock und die schmutzigen Strümpfe keinen guten Eindruck hinterlassen würden.

»Empfangen Sie Ihre Besucher immer in der Küche?«, will die Großmutter wissen und mustert abfällig den alten Herd und den Küchenschrank, auf dem allerlei Zeug ungeordnet herumsteht.

»Wir haben leider keine Wohnstube, weil wir das Haus zu einem Ladengeschäft umgebaut haben.«

Die Mutter ist höflich, aber nicht freundlich, sie scheint über diesen Besuch längst nicht so begeistert zu sein, wie Ida es ist.

»Verstehe …«, äußert die Großmutter und lässt sich auf dem Küchenstuhl nieder. »Und wo ist nun Ihre Tochter Frieda?«

»Frieda ist momentan nicht im Haus.«

»Das ist schade, ich hätte sie gern kennengelernt.«

Die Stimmung in der Küche ist frostig. Die Großmutter scheint keine besonders liebenswürdige Person zu sein, sie hat etwas Herrisches an sich, das auch Ida nicht gefällt. Aber immerhin ist sie nach Dingelbach gekommen – das ist doch ein gutes Zeichen.

»Meine Tochter Frieda bereitet sich darauf vor, das Lehrerinnenseminar in Oberursel zu besuchen«, erklärt die Mutter abweisend. »Falls Ida Ihnen irgendwelche anderen Dinge geschrieben hat – es geschah nicht mit meinem Wissen, und ich halte auch nichts davon.«

Die Großmutter zieht erstaunt die Augenbrauen in die Höhe. Ida schaut genau hin und stellt fest, dass die gar nicht echt, sondern aufgemalt sind. Sie schminkt sich, die Großmutter. Dabei ist sie nicht mehr jung. Jetzt knipst sie ihre Handtasche auf und nimmt den Brief heraus. Ida ist richtig stolz. Ihr Brief ist nicht nur angekommen, die Oma trägt ihn in ihrer ledernen Handtasche herum.

»Das finde ich bedauerlich«, sagt sie und legt Idas Brief auf den Tisch. »Ist es wahr, dass Ihre Tochter Frieda die Aufnahmeprüfung der Frankfurter Schauspielschule bestanden hat?«

Ida muss einen zornigen Blick ihrer Mutter hinnehmen.

»Darf ich den Brief einmal sehen?«, fragt Mama die Großmutter.

»Bitte sehr!«

Mama faltet das Blatt auseinander, dann steht sie auf, um die Deckenlampe anzuschalten. Ida schaut vorsichtig zu ihrer Großmutter hinüber und stellt fest, dass sie von ihr mit einem wohlwollenden Lächeln betrachtet wird. »Du hast rotes Haar wie meine Schwester selig, Kind«, sagt sie zu Ida. »Ist Frieda auch rothaarig?«

»Frieda hat schwarze Haare und braune Augen.«

»Ach!«

»Sie ist sehr hübsch. Und sie ist unheimlich begabt. Sie will unbedingt Schauspielerin werden.«

»Es ist schön, dass du dich so für deine Schwester einsetzt. Mögt ihr beide euch gut leiden?«

»Meistens …«

Eins ist sicher: Die Großmutter mag ihre Enkelinnen, aber sie kann Mama nicht ausstehen. Was ganz offenbar auf Gegenseitigkeit beruht.

Jetzt hat die Mutter den Brief zu Ende gelesen und wirft ihn auf den Tisch.

»Du schreibst also heimlich Briefe, Ida! Ohne mein Wissen«, sagt sie wütend zu Ida. Dann wendet sie sich zur Großmutter.

»Es tut mir leid, dass Sie von meiner Tochter belästigt wurden. Dieser Brief entspringt ihrer Fantasie und den Wunschträumen meiner Tochter Frieda. Ich selbst habe andere Pläne mit meinen Töchtern.«

Die Großmutter ist aber nicht willens, sich so abfertigen zu lassen. Sie scheint eine kluge Frau zu sein, denn sie lässt sich von Mamas entschiedenen Worten nicht beeindrucken.

»Ist die bestandene Aufnahmeprüfung auch ein Produkt kindlicher Fantasie?«, erkundigt sie sich.

Nun ist Mama in Verlegenheit. Man sieht ihr an, wie ärgerlich sie ist, weil sie die Sache genauer erklären muss.

»Frieda hat diese Prüfung ohne mein Wissen abgelegt. Ich werde allerdings auf keinen Fall erlauben, dass sie die Schule besucht.«

»Da begehen Sie einen Fehler, Frau Haller«, sagt die Großmutter. »Die Frankfurter Schauspielschule ist ein angesehenes Institut, das nur besonders begabte Schüler aufnimmt. Ich selbst bin eine große Theaternärrin, einige der Ausbilder sind mir persönlich bekannt. Wie Sie vielleicht wissen, ist das Künstlerische in meiner Familie durchaus verbreitet. Meine Schwester, die leider nicht mehr am Leben ist, war Solistin der Meininger Oper, und ich selbst habe eine Ausbildung zur Pianistin absolviert.«

Ida hat von solch kunstbegabten Vorfahren noch nie etwas gehört. Aber die Mutter scheint es gewusst zu haben, weil sie jetzt so verbiestert dreinschaut.

»Sie werden verstehen, dass ich selbst über die Zukunft meiner Töchter entscheide, Frau Haller. Der Beruf einer Schauspielerin kommt für mich nicht in Betracht!«

Das klingt energisch und endgültig. Die Großmutter steht vom Küchenstuhl auf, aber sie geht nicht hinaus, sondern bleibt aufrecht vor Marthe Haller stehen. Sehr groß ist sie nicht, aber trotzdem eindrucksvoll, wenn sie so auf Mama herabblickt.

»Ich rate Ihnen, die Sache noch einmal in Ruhe zu überdenken, Frau Haller. Ich bin bereit, alle Kosten für die Ausbildung Ihrer Tochter zu übernehmen. Mein Haus in Frankfurt ist geräumig, sie kann bei mir wohnen und essen; Theaterbesuche, Konzerte und andere kulturelle Förderung sind mit inbegriffen. Und natürlich werde ich ein waches Auge auf meine Enkelin haben, das versteht sich von selbst.«

Mama ist verblüfft und kann erst einmal nichts antworten. Als sie die Sprache wiederfindet, ist sie jedoch keineswegs dankbar, wie Ida gehofft hat, sondern wütend.

»Was erlauben Sie sich?«, fährt sie die Großmutter an und steht nun ebenfalls auf. »Damals, als ich und Bruno geheiratet haben, da haben Sie erklärt, dass Sie nichts von uns wissen wollen. Jahrelang haben Sie uns mit Verachtung gestraft, keinen Brief beantwortet, auch die Geburt Ihrer Enkelinnen hat Sie gleichgültig gelassen. Und jetzt, wo Bruno nicht mehr am Leben ist, kommen Sie daher und wollen mir Vorschriften machen? Mein Kind nach Frankfurt holen? Sie zu einer Schauspielerin ausbilden lassen und mir entfremden?«

Nun ist die Großmutter doch beeindruckt, denn solch einen

Ausbruch hat sie nicht erwartet. Marthe Hallers Stimme ist überlaut, bei dem letzten Satz zittert sie, sie fürchten, sie würde gleich in Tränen ausbrechen. Die Großmutter tritt zwei Schritte zurück und meint: »Ich mache Ihnen einen Vorschlag, Frau Haller. Weiter nichts. Deshalb brauchen Sie sich nicht so aufzuregen.«

»Hier in meinem Haus rege ich mich auf, wann immer ich es will«, gibt die Mutter zurück. »Behalten Sie Ihre Vorschläge für sich – ich brauche sie nicht!«

»Dann hoffe ich, dass Ihre Tochter Ihnen nicht dereinst schwere Vorwürfe machen wird«, erklärt die Großmutter.

Bevor sie geht, nickt sie Ida zu. »Sag deiner Schwester einen Gruß von mir. Und meine Gratulation zur bestandenen Prüfung.«

Ida nickt begeistert. Sagen kann sie nichts, weil die Mutter in diesem Moment aufgeregt ruft: »Verlassen Sie mein Haus! Ich will Sie hier nie wieder sehen!«

»Sehr gern!«, sagt die Großmutter und öffnet die Tür, die zum Laden führt.

Dort stehen Kundinnen und Neugierige dicht gedrängt. Herta läuft wie ein Wiesel hin und her, um zu bedienen, sie ist blass und verhuscht, man sieht ihr an, dass ihr das alles ganz furchtbar peinlich ist. Als jetzt die Großmutter an der Tür erscheint, wenden sich ihr alle Blicke zu, und Herta rutscht vor Schreck eine Packung Waschpulver aus den Händen.

»Lassen Sie sich nicht stören«, sagt die Großmutter freundlich und geht um den Ladentisch herum zum Ausgang. Draußen ist es schon dämmrig geworden, aber Ida kann durch die Ladenscheibe deutlich das Automobil sehen, das vor dem Laden steht. Es ist schwarz und hat ein weißes Verdeck, die Gummireifen sind auch weiß. Mehrere Männer und auch Buben stehen bewundernd um den Wagen herum. Ida erkennt Rudi Schmidtkunz und Hans Koppel, auch der Rabenwirt Jörg Guckes ist da und unterhält sich mit Onkel Schorsch.

Alle treten ehrfürchtig zurück und schauen zu, wie die Großmutter in das Automobil steigt und den Motor startet. Die Scheinwerfer gehen an, die Fahrerin gibt Gas, dann drehen die Räder durch, weil die Dorfstraße voller Kuhmist ist, den der Heini Schmidtkunz wieder mal schlampig gefahren hat.

»Anschieben!«, ruft Onkel Schorsch.

Rudi, Hans und der Rabenwirt packen zu, das Automobil setzt sich in Bewegung, und die Fahrerin winkt ihren Helfern dankbar zu. Dann tuckert sie die Dorfstraße entlang und biegt auf die Landstraße ein. Und dann ist sie weg.

»Ich hab gar net gewusst, dass du so eine vornehme Verwandtschaft hast, Herta«, sagt Lenchen Grossmann.

»So eine städtische«, meint Karin Guckes. »Die trägt die Nase wohl recht hoch.«

Herta bückt sich, um die Packung Waschpulver aufzuheben, und würde sich gern unter den Ladentisch verkriechen, so schämt sie sich vor den Kundinnen. Natürlich hat man im Laden gut hören können, wie in der Küche der Hallers gestritten wurde.

Kapitel 17

Ilse Küpper sitzt zu nachtschlafender Zeit im Büro der Fabrik und sucht die Papiere zusammen, die sie der Bank für die Bewilligung des Kredits vorlegen muss. Die Bilanzen der beiden letzten Jahre, der augenblickliche Stand, die Aufträge, die Produktionskapazität, die Anzahl der Arbeiter … Sie ärgert sich, weil sich die Bank »Blum & Hirschberg« nun doch recht pingelig zeigt. Was stellen sie sich so an? Sie haben die Villa als Sicherheit! Wenn sie nicht zahlen kann, werden sie sich in den Besitz des Gebäudes setzen, das wird ihnen leichtfallen, da der Verkehrswert momentan nicht hoch ist. Die Bank hat einen langen Atem, sie können warten, bis die Preise wieder steigen, dann werden sie mit dem schönen alten Bau ein gutes Geschäft machen.

Sie klappt zwei Aktenordner zu und stellt sie zurück ins Regal, drei andere liegen auf ihrem Schreibtisch, die muss sie noch durchforsten. Was für eine lästige Arbeit! Im Büro des Vaters in der Villa hat sie schon die notariell beglaubigte Übereignung von Fabrik und Villa an Ilse Küpper zurechtgelegt, die Eintragung ins Grundbuch wollen sie auch sehen. Was noch? Die Rechnung über die neu angeschaffte elektrische Drehbank?

Mitten in der Sucherei klingelt das Telefon. Sie nimmt hastig ab, weil Oskar ihr gesagt hat, es könne ein Anruf aus dem Allgemeinen Krankenhaus in Bad Homburg kommen. In diesem Fall bitte er sie, ihn sofort zu informieren, wenn nötig auch mitten in der Nacht. Sie schaut kurz auf die Uhr: Es ist schon elf.

»Pilz und Küpper, Ilse Küpper am Apparat, guten Abend …«

»Was treibst du denn um diese Zeit noch in der Fabrik?«, vernimmt sie die vorwurfsvolle Stimme ihres Bruders.

Sie ist erleichtert und ärgerlich zugleich. Kein Anruf aus der Klinik, nur ihr Bruder in seiner üblichen herablassenden Art.

»Ich arbeite, Josef. Was sollte ich sonst hier tun?«

»Addierst wohl die Verluste, wie?«

»Nein, ich errechne den Gewinn.«

Er lacht so laut, dass die den Hörer ein Stück vom Ohr weghalten muss, damit ihr Trommelfell nicht beschädigt wird.

»Da musst du freilich recht lange und gründlich rechnen, wird aber nicht viel dabei herauskommen. Hör mal zu, Ilse. Ich wollte dir einen Vorschlag machen.«

Sie verdreht die Augen und versucht, das Gespräch auf ein anderes Thema umzuleiten. »Wie geht's eurer Köchin? Heilt die Hand gut?«

»Die Frau Klinkhammer? Die ist schon wieder in der Küche. Macht alles mit links, weil die rechte Hand bandagiert ist. Aber die Irma hilft ihr, da geht's schon …«

»Und Gerti ist auch wieder wohlauf?«

»Schon lange«, sagt er genervt. »Pass auf, Ilse: Die Irma und ich, wir haben uns gedacht, dass du vielleicht am Wochenende bei uns servieren könntest.«

Sie glaubt, nicht recht gehört zu haben. »Ich? Servieren?«

»Genau!«, klingt es fröhlich aus dem Hörer. »Wir haben doch gesehen, welche Freude du bei der Arbeit gehabt hast. Und zufrieden waren wir auch, die Abrechnung hat gestimmt. Nur ein wenig mehr lächeln könntest du beim Servieren, aber das kommt schon, wenn du es öfter machst …«

Was für eine unglaubliche Frechheit! Glaubt er wirklich, sie würde sich als kostenlose Arbeitskraft in seinem »exklusiven« Gasthof zur Verfügung stellen? Am Wochenende, wenn vermutlich jede Menge Gäste zu bedienen sind?

»Danke«, sagt sie kühl. »Ich habe kein Interesse.«

»Jetzt zier dich doch net so, Ilse«, redet er ihr zu. »Die Frau Goldstein und ihr Sohn waren recht begeistert von dir. Und die Herren vom Automobilclub haben auch nach dir gefragt. Am Samstagabend hast du doch weiter nichts zu tun, da sitzt du ganz allein in der Villa und bläst Trübsal. Da setzt du dich in den Zug, und ich hol dich mit dem Automobil ab. Und ein schönes Zimmer bekommst du auch für die Nacht …«

Ein schönes Zimmer? Mit Schaudern erinnert sie sich an die eiskalte Rumpelkammer, in der sie beim letzten Mal übernachtet hat. Am Morgen darauf kam sie sich wie gerädert vor.

»Und wenn du mir ein Zimmer im Fürstenhof reservieren würdest: Nein, Josef. Ich habe weder Zeit noch Lust, für dich die Kellnerin zu spielen.«

»Zeig doch einmal Familiensinn! Die Lotte hat auch nach dir gefragt.«

Unglaublich. Jetzt will er seine kleine Tochter als Lockmittel einsetzen. Ilse hat genug von diesem Gespräch, sie hat heute Abend noch andere Dinge zu erledigen.

»Hast du meine Antwort nicht gehört, Josef? Ich wiederhole sie gern für dich, sie heißt: Nein! Schlicht und einfach: Nein!«

Sie vernimmt ein ärgerliches Schnauben. »Dann glaub nicht, dass ich dir helfe, wenn du die Fabrik unseres Vaters in den Konkurs treibst. Das sieht doch ein Blinder, dass das Werk am Ende ist. Wie ich dich kenne, wirst du auch noch die schöne Villa in die Konkursmasse werfen, und dann ist das Erbe unserer Eltern endgültig den Bach runter. Nur gut, dass ich den Gasthof gerettet hab, sonst wär der auch noch deinem Größenwahn zum Opfer gefallen!«

»War das alles, was du mir erzählen wolltest?«, fragt sie mit mühsam zurückgehaltenem Zorn. »Dann würde ich das Gespräch jetzt gern beenden, ich habe noch zu tun.«

»Bitte!«, knurrt er. »Racker dich doch ab für nichts und wieder nichts. Viel Vergnügen dabei!«

»Gute Nacht«, sagt sie.

Aber da hat er schon eingehängt. Einen Moment lang sitzt sie still, die Hand noch auf dem Hörer, den sie auf die Gabel gelegt hat. So ganz unrecht hat ihr Bruder nicht. Wenn sie diesen Kredit aufnimmt und die Aufträge brechen ein, die Produktion läuft nicht oder sie bekommt nicht die nötigen Materialien – dann kann es durchaus sein, dass sie beides verspielt hat: die Fabrik und auch die Villa. Einige namhafte Unternehmen haben in den vergangenen Wochen Kurzarbeit und sogar Konkurs angemeldet. Warum sollte es gerade mit ihrer Fabrik in dieser schwierigen Lage aufwärtsgehen?

Ich habe keine Wahl, denkt sie. Wenn ich die Hände in den Schoß lege, steuern wir erst recht auf einen Konkurs zu.

Sie wendet sich wieder dem Aktenordner mit den aktuellen Rechnungen zu, da vernimmt sie ein Klopfen am Fenster. Ein wenig verunsichert steht sie auf, um nachzuschauen, wer sie zu dieser späten Stunde stört. Vorsichtshalber hat sie sich im Büro eingeschlossen, schließlich ist sie ganz allein, und man kann nicht wissen, wer sich in der Gegend herumtreibt.

Vor dem Fenster steht Oskar Michalski, das Haar vom Wind zerzaust, das Gesicht unnatürlich gerötet.

»Entschuldigen Sie, Frau Küpper. Ich hab gemeint, das Telefon hätte geklingelt, und da wollt ich fragen, ob es vielleicht ein Anruf aus Bad Homburg war.«

Er kann das Telefon unmöglich vom Gartenhaus her gehört haben. Vermutlich läuft er schon eine Weile um die Fabrik herum, weil er keine Ruhe findet. Natürlich ist ihr klar, was ihn umtreibt.

»Der Anruf kam allerdings aus Bad Homburg«, erklärt sie. »Aber nicht aus der Klinik. Mein Bruder hat mich angerufen.«

»Ach so«, sagt er bedrückt. »Dann entschuldigen Sie bitte …«

»Keine Ursache. Legen Sie sich ruhig zu Bett – falls die Klinik anruft, wecke ich Sie.«

Er nickt und klappt den Kragen der Jacke hoch. Ist er betrunken? Der Wind weht eine leichte Alkoholfahne ins Fenster hinein.

»Sie sind ja noch immer bei der Arbeit, Frau Küpper«, sagt er und lächelt unsicher.

»Leider. Und Sie unternehmen in später Nacht noch Spaziergänge, Herr Michalski.«

Er zieht die Schultern hoch und steckt die Hände in die Jackentaschen. »Ich kann nicht schlafen«, gesteht er. »Da lauf ich halt ein wenig herum, dass ich vielleicht müde werde.«

Sie hat das Gefühl, dass er jemanden zum Reden braucht. Die Geschichte mit Otto Schütz scheint ihm sehr nahe gegangen zu sein, seitdem ist er auch in der Fabrik unkonzentriert und arbeitet nur mit halbem Einsatz.

»Dann leisten Sie mir ein wenig beim Aktensuchen Gesellschaft, das wird Ihren Schlaf sicher befördern«, meint sie lächelnd. »Warten Sie, ich mache Ihnen auf.«

Das Büro hat einen eigenen Eingang zum Hof, sie schließt auf und lässt ihn eintreten. Jetzt riecht sie es deutlich: Er hat getrunken. Nun – solange er sich in seiner Freizeit betrinkt, geht es sie nichts an.

»Ich wollt Sie aber nicht stören …«

»Sie stören nicht. Ich bin ganz froh, ein wenig Gesellschaft zu haben.«

Es ist warm im Büro, weil sie den Ofen angeheizt hat. Er streicht verlegen das Haar glatt und setzt sich auf den Stuhl, den sie ihm neben dem Ofen hinstellt.

»Ich muss leider allerlei Dokumente zusammensuchen«, erklärt sie. »Morgen fahre ich nach Frankfurt wegen des Kredits.«

Er ist im Bilde, schaut über den Schreibtisch, wo geöffnete

Ordner und ein Stapel Papiere liegen, die sie herausgenommen hat.

»Dann wird's jetzt Ernst, wie?«, fragt er und reibt die kalten Hände.

»Allerdings.«

»Wird schon gut gehen«, meint er. »Wir sind alle auf Ihrer Seite, Frau Küpper.«

Sie blättert in einer Akte und überlegt, wie sie ihn zum Reden bringt. Aber da fängt er schon von selbst an.

»Sie denken sicher, ich warte ungeduldig drauf, dass der Otto Schütz stirbt, wie?«, sagt er leise.

Er schaut sie herausfordernd mit zusammengekniffenen Augen an.

»Dann wäre Ihr Problem gelöst, nicht wahr?«

Er schüttelt den Kopf und seufzt tief. »Vielleicht. Vielleicht aber auch nicht. Ich weiß es nicht. Ich mag niemandem den Tod wünschen, auch nicht dem Otto Schütz. So einer bin ich nicht. Vor allem der Helga will ich solch einen Kummer nicht wünschen. Und dem kleinen Buben erst recht nicht ...«

»Verstehe«, sagt sie leise. »Sie haben den Otto Schütz in der Nacht sogar in die Klinik gefahren. Das hat mir die Carla erzählt.«

»Ja«, sagt er eifrig. »Und ich bin froh, dass ich es für die Helga tun konnte.«

Carla hat ihr auch berichtet, dass es dem Bürgermeister inzwischen wieder besser geht. Seine Frau ist täglich zur Besuchszeit nach Bad Homburg gefahren, meist hat die Schwiegermutter sie begleitet. Es heißt, in der kommenden Woche könne der Patient entlassen werden.

»Sie haben dem Otto Schütz wahrscheinlich das Leben gerettet, Herr Michalski.«

Er schweigt und starrt düster vor sich hin. Es ist unbestritten,

Otto Schütz hätte nicht überlebt, wenn er nicht rechtzeitig in die Klinik gebracht worden wäre. Carla hat erzählt, im Dorf sei man des Lobes voll für den Herrn Michalski, der das Automobil bei später Nacht und auf vereister Strecke so sicher nach Bad Homburg gefahren hat. Ilse kennt das Automobil sehr gut, es hat einmal ihrem Bruder gehört, und sie selbst hat es auch gefahren.

»Ich hab getan, was getan werden musste«, sagt Oskar. »Es war anständig und richtig. Ich kann mir nichts vorwerfen … Und doch …«

Er stockt und reibt sich mit den Händen über das Gesicht.

»Und doch?«

»Und doch ist da immer noch diese hässliche kleine Hoffnung«, sagt er beklommen. »Der Gedanke: Wenn sie jetzt anrufen, dass er überraschend gestorben ist. Dass die Helga über Nacht zur Witwe geworden wär. Ich kann nicht mehr schlafen, schleiche in der Nacht um die Villa, ob vielleicht das Telefon läutet. Oder ich stehe vor Ihrem Bürofenster und warte. Wie ich vorhin das Läuten gehört hab, dachte ich, mir bleibt das Herz stehen. Halten Sie mich für einen Schuft, weil ich da ganz tief drinnen doch darauf hoffe, dass der Platz neben der Helga für mich frei werden könnt?«

»Nein, Herr Michalski«, sagt sie ganz ernst. »Ich denke, in Ihrer Lage ist es vollkommen normal, ein wenig auf das Schicksal zu hoffen. Aber das Schicksal ist wetterwendisch und treibt gern sein Spiel mit uns.«

Er nickt und scheint ein wenig erleichtert. Es hat ihm wohl gutgetan, diese Dinge aussprechen zu können. »Das Schicksal und die Liebe«, meint er und schaut sie lächelnd an.

»Und das Glück«, fügt sie hinzu.

»Glück«, murmelt er düster. »Das ist wie ein helles Licht, dem man ein Leben lang hinterherläuft und es niemals erreicht.«

»Ach was«, widerspricht sie. »Irgendwann hält man das Glück

in den Händen, da bin ich ganz sicher. Wäre es nicht so, dann säßen wir alle im Dunklen.«

Er lacht traurig, schlägt den Kragen wieder hoch und steht auf. »Ich danke Ihnen, Frau Küpper. Hat mir gutgetan, ein paar Dinge loszuwerden, die in meinem Kopf durcheinandergehen. Ich denk mal, dass ich jetzt schlafen kann. Und Sie sollten sich auch hinlegen, es geht auf Mitternacht.«

»Da haben Sie recht«, seufzt sie und steht auf. »Den Rest erledige ich morgen früh.«

Sie gehen gemeinsam aus dem Büro, sie schließt ab, und er begleitet sie über den Hof bis vor den Eingang der Villa.

»Gute Nacht, Frau Küpper.«

»Gute Nacht, Herr Michalski. Schlafen Sie gut!«

»Das wünsche ich Ihnen auch!«

Es ist still und einsam in der großen Villa. Oben in der ehemaligen Wohnung des Bruders hat inzwischen Carla ein Zimmer bezogen, um diese Zeit schläft sie den Schlaf der Gerechten. Ilse schaltet das Licht im Wohnzimmer ein und schaut kurz über den großen Raum, dann geht sie ins Bad und macht sich für die Nacht fertig. Wie viel Leben war doch früher in diesem Haus, als noch die Eltern hier wohnten und auch später, als Josef mit seiner Familie im ersten Stock eingezogen war. Manchmal glaubt sie, dass die Wände von all den Stimmen und Geräuschen widerhallen, dass sie Zeugnis geben von den großen Einladungen, die hier stattgefunden haben, von der energischen Stimme ihres Vaters, vom Lachen und Treiben der Kinder.

Im Grunde ist es Unsinn, dass ich hier ganz allein mit Carla wohne, denkt sie, als sie schon im Bett liegt. Zumindest das obere Geschoss könnte ich vermieten. Aber dann müsste man dort eine Küche einbauen, und außerdem ist es fraglich, ob man eine Familie findet, die zu mir und der Villa passt. Auf der anderen Seite hätte ich dann eine kleine Einnahme …

Sie hat nur zwei oder drei Stunden geschlafen, als am Morgen der Wecker klingelt. Sie frühstückt gemeinsam mit Carla im Wohnzimmer, das hat sie endlich durchgesetzt, weil es ihr albern erscheint, allein an dem großen Tisch die Mahlzeit einzunehmen, während Carla in der Küche isst. So haben sie Gelegenheit, allerlei Dinge miteinander zu besprechen, und Ilse erfährt die Neuigkeiten aus dem Dorf, die Carla beim Einkaufen aufschnappt. Heute hat sie einen besonderen Auftrag für sie.

»Frag doch bitte Frau Haller, ob sie diesen Zettel für mich aushängen möchte.«

Sie legt Carla ein mit Schreibmaschine geschriebenes Blatt vor, das diese mit gerunzelter Stirn entziffert.

Arbeiterinnen gesucht

Die Firma Pilz & Küpper stellt mehrere Frauen für leichte Arbeiten bei angemessener Bezahlung ein. Bedingungen sind geschickte Hände, gute Augen und die Bereitschaft zu fleißiger, geregelter Arbeit.

Bewerbungen ab Montag, 18. Februar, im Büro der Fabrik

»Da wird's wohl einen heftigen Andrang geben«, meint Carla. »Ich geh gleich nachher hinunter.«

Bevor sich Ilse auf den Weg nach Frankfurt macht, schaut sie in der Fabrik nach dem Rechten und trifft ein paar Anordnungen. Es kann eine Holzlieferung eintreffen, die soll Julius Offenbach in Empfang nehmen und die Papiere unterschreiben. Die Rechnung ins Büro auf den Schreibtisch. Die Schirmstöcke für die Firma Schmitt & Kochendörfer können verpackt und zur Bahn gebracht werden. Die Toilettentischchen müssen ein drittes Mal lackiert werden, so gefallen sie ihr nicht.

»Machen Sie sich keine Gedanken, Frau Küpper«, sagt Oskar Michalski. »Hier läuft alles wie am Schnürchen.«

»Da kann ich ja gehen«, scherzt sie.

»Aber wiederkommen, Frau Direktor!«, rufen sie ihr nach.

Sie überlegt, ob sie den Pelz anziehen soll, schließlich ist es kalt, und es könnte schneien. Aber sie entscheidet sich für ein warmes Wollkostüm und einen Tuchmantel. Sie will nicht protzig daherkommen wie eine Direktorengattin, die das Aushängeschild ihres Ehemannes ist. Sie ist Fabrikantin, eine selbstständige, arbeitende Frau, sie trägt schlichte, praktische Kleidung und einen Aktenkoffer.

Oben am Bahnhof stellt sie fest, dass der Pelzmantel die bessere Wahl gewesen wäre, denn der eisige Wind dringt durch den Mantelstoff, und sie friert. Zum Glück ist die Vorstadtbahn pünktlich, sie steigt in der zweiten Klasse ein, den Aufschlag für die erste Klasse spart sie sich. Der Zug ist um diese Zeit nur schwach besetzt, sie findet ein leeres Abteil und setzt sich, immer noch fröstelnd, ans Fenster. Der kalte Wind und die Anspannung haben ihr Kopfschmerzen beschert, jetzt wäre ein Kopfschmerzpulver gut, aber sie hat nichts dabei.

Wie ärgerlich, denkt sie. Ich muss auf jeden Fall konzentriert sein, wenn ich mit diesen Bankmenschen verhandele. Es ist eine jüdische Bank – da heißt es aufpassen und auch das Kleingedruckte gründlich lesen.

Den Rest der Fahrt über starrt sie aus dem Fenster auf die winterkahle Landschaft, die wenig dazu angetan ist, ihre Stimmung zu heben. Alles erscheint ihr hässlich und verkommen, die Äcker sind fleckig, die Wiesen, auf denen die braunen Kühe eng beieinanderstehen, wirken matt, die Häuser und Straßen der Ortschaften sind schmutzig, Risse tun sich auf, Putz bröckelt ab.

An der Hauptwache sucht sie als Erstes eine Apotheke auf, kauft ein Kopfschmerzpulver und bittet um ein Glas Wasser, damit sie es gleich einnehmen kann.

»Es kann bis zu einer halben Stunde dauern, bis es wirkt«, erklärt der junge Apotheker.

Sie bedankt sich und eilt weiter, um nicht zu spät zu kommen. Die Privatbank »Blum & Hirschberg« hat ihren Sitz am Rossmarkt in der Junghofstraße, einer Gegend, in der zahlreiche größere und kleinere Geldinstitute angesiedelt sind. Sie kennt sich mittlerweile aus, da sie die Banken beinahe alle abgeklappert hat, um einen Kredit für ihre Fabrik zu bekommen. »Blum & Hirschberg« ist eine der kleineren Banken, das eindrucksvolle Gebäude mit klassizistischem Vorbau könnte einmal die Stadtvilla einer wohlhabenden Familie gewesen sei, bevor sich die Bank dort eingerichtet hat.

Sie kennt die Halle mit der gewölbten Stuckdecke und den Halbsäulen an den Wänden, zwischen denen man mehrere Bankschalter eingerichtet hat. Eine moderne Sitzgruppe steht in der Mitte, mehrere Gefäße mit exotischen Pflanzen und zwei wertvolle chinesische Vasen auf Marmorpodesten verbreiten eine Atmosphäre von Wohlstand und einem Hauch Luxus. Ilse ist nicht beeindruckt, sie hat größere Banken und schönere Hallen gesehen, »Blum & Hirschberg« rangieren eher am unteren Ende der Skala. Sie geht zu einem Angestellten und erklärt, dass sie um elf Uhr einen Termin mit Herrn Blum habe.

»Frau Küpper? Einen Moment bitte. Herr Blum erwartet Sie.«

Das Büro, in das sie nun geführt wird, ist recht klein und mit dunklen, geschnitzten Möbeln ausgestattet. Herr Blum ist um die sechzig, eine stattliche Erscheinung, das Haar schon ein wenig schütter, aber sorgfältig dunkelbraun gefärbt, sie kann ihn sich gut im Frack bei einer Operngala vorstellen. Hier im Büro trägt er einen braun karierten Anzug nach dem neuesten Schnitt, und das Lächeln, mit dem er sie begrüßt, wirkt herzlich. Nun ja – er will ja auch eine Menge Geld an ihr verdienen.

»Liebe Frau Küpper … ich freue mich, dass wir miteinander ins Geschäft kommen. Sie werden sehen, dass unsere Bank Ihnen bei allen Unternehmungen hilfreich zur Seite stehen wird.«

»Darauf vertraue ich, Herr Blum. Lassen Sie uns zunächst die kleinen Formalitäten erledigen. Ich habe die Papiere mitgebracht, die Sie einsehen wollten.«

»Ausgezeichnet!«

Er nimmt sich Zeit, schaut die Dokumente mit sachkundigem Blick durch und macht sich Notizen. Ilse sitzt währenddessen wie auf heißen Kohlen und denkt daran, dass ihr Vater sich vermutlich im Grabe umdrehen würde, wenn er wüsste, dass seine Tochter bei »Blum & Hirschberg« einen Kredit aufnimmt. Wenn nur diese dummen Kopfschmerzen endlich aufhören wollten! Ist die halbe Stunde immer noch nicht um?

»Nun«, äußert Herr Blum schließlich und legt das letzte Dokument nachlässig auf den Stapel. »Ich denke, unserem Geschäft steht nichts im Wege. Wie Sie wissen, ist die wirtschaftliche Lage momentan leider auch für uns nicht einfach …«

Jetzt lamentiert er über die schwierige Situation der Banken, die Hilflosigkeit der Regierung angesichts der hohen Reparationszahlungen, die die deutsche Wirtschaft am Boden halten, und dass ein Kredit für die Bank mit einem erheblichen Risiko verbunden sei. Daraus erkläre sich leider der hohe Zinssatz und die Notwendigkeit, die Villa als Sicherheit einzusetzen.

Ilse lässt ihn reden. Die Konditionen sind ihr bekannt, und sie ist bereit, sie anzunehmen. Aber sie legt Wert darauf, dass das Geld sofort in vollem Umfang ausgezahlt wird und dass die monatlichen Beträge über die Laufzeit hinweg gestaffelt werden, damit sie im ersten Jahr etwas mehr Spielraum hat. Was ihr gewährt wird.

Schließlich sitzt sie und liest den mehrere Seiten umfassenden Vertrag ebenso gründlich durch, wie Blum es mit ihren Dokumenten getan hat. Er ist keineswegs ärgerlich darüber, sondern bestellt »Kaffee für Frau Küpper« bei seiner Sekretärin und lässt sie mit dem Vertrag eine Weile allein. Der Kaffee ist ausgezeichnet und bewirkt, was das Kopfschmerzpulver bisher nicht zustande gebracht hat – ihr Kopf wird frei. Als sie nach eingehender Lektüre keine Klippen und Fallstricke in den Vertragsbedingungen erkennen kann, setzt sie ihre Unterschrift darunter. Sie tut es mit dem Füllfederhalter ihres Vaters, den sie extra für diesen Zweck gereinigt und wieder in Gang gebracht hat. Danach trinkt sie den Rest Kaffee aus und lehnt sich im Stuhl zurück. Die Anspannung fällt von ihr ab. Es ist vollbracht, nun gibt es kein Zurück mehr. Sie muss und will vorwärtsgehen.

Herr Blum zeigt sich erfreut, zeichnet gegen und schüttelt ihr die Hand, wie es beim Abschluss eines Geschäfts üblich ist.

»Innerhalb von drei Tagen liegt das Geld auf Ihrem Konto, gnädige Frau«, verspricht er.

Was er danach über das mutige Unternehmertum, die Notwendigkeit von Innovationen und den sich abzeichnenden Aufschwung schwatzt, hört sie mit freundlichem Lächeln an. Es gefällt ihr, dass er sie wie einen ganz normalen Geschäftspartner behandelt und keinen Anstoß daran nimmt, dass sie eine Frau ist. Nach einer Weile nimmt sie ihren Aktenkoffer und verabschiedet sich. Dieses Mal zeigt sich Herr Blum galant; er entlässt sie mit Verbeugung und Handkuss.

»Es war mir ein Vergnügen, gnädige Frau!«

»Das ist gegenseitig, Herr Blum.«

Die Mittagspause ist längst vorüber, als sie durch die Halle zum Ausgang geht. Sie fühlt sich leicht und beschwingt und denkt amüsiert, dass sie nun reich ist und sich im teuersten Modegeschäft Frankfurts einkleiden könnte. Wenn sie das wollte … Natürlich will sie es nicht, aber allein der Gedanke, dass sie das Geld dazu hätte, ist ausgesprochen angenehm.

»Verzeihung, gnädige Frau«, sagt jemand zu ihr. »Kennen wir uns nicht?«

Sie ist schon an der Drehtür, aber die männliche Stimme

kommt ihr bekannt vor, und sie wendet sich um. Neben der modernen Sitzgruppe steht Herr Goldstein, der Sohn der wohlhabenden Dame, die sie neulich im Gasthaus ihres Bruders bedient hat. Ach herrje – was für ein peinliches Zusammentreffen. Nun geht er auch noch mit einem geradezu strahlenden Lächeln auf sie zu.

»Herr Goldstein«, meint sie zögernd. »Was für eine Überraschung …«

Wieder stellt sie fest, dass seine dunklen Augen eine gewisse Wirkung auf sie ausüben. Er hat nichts von einem selbstbewussten Verführer, er schaut eher ernst und ein wenig verträumt. Aber ihrer Erfahrung nach hat das nichts zu sagen. Männer haben sie bisher immer enttäuscht.

»Ich hoffe, es ist Ihnen nicht unangenehm, dass ich Sie so einfach anspreche«, sagt er. »Aber ich habe oft an Sie denken müssen, weil Sie mir an diesem Abend in Bad Homburg etwas … rätselhaft erschienen sind.«

Jetzt muss sie lachen, und er freut sich, dass sie die Sache heiter sieht.

»Dann will ich das Rätsel lösen«, meint sie. »Ich war an diesem Abend zu Besuch bei meinem Bruder, dem Besitzer des Gasthauses. Mein Unglück war, dass ich seinem Sohn eine Packung Knallfrösche geschenkt habe …«

»Knallfrösche? Die Dinger, die man anzündet und die dann losknattern?«, erkundigt er sich stirnrunzelnd.

»Ganz richtig …«

Sie erzählt nun die traurige Geschichte, die der Köchin eine schlimme Verletzung eingetragen hat, und dass sie sich aus Schuldbewusstsein verpflichtet fühlte, die Bedienung zu ersetzen.

Er findet das Ganze ausgesprochen lustig, auch wenn er die arme Köchin bedauert.

»Dass Sie keine Kellnerin sind, haben wir natürlich gleich bemerkt«, erzählt er. »Meine Mutter hatte die Vermutung, Sie könnten eine verarmte Adelige sein, die auf diese Weise ihren Lebensunterhalt verdienen muss.«

Er hat eine nette Art zu lachen, so unbefangen und herzlich.

»Nun – so ganz falsch ist das nicht«, meint sie schmunzelnd. »Ich bin durchaus darauf angewiesen, für meinen Lebensunterhalt und für den meiner Angestellten zu sorgen.«

»Wie darf ich das verstehen?«, fragt er erstaunt.

»Ich besitze eine Fabrik, die Schirmstöcke und andere Produkte aus Holz herstellt.«

Er starrt sie verblüfft an, dann scheint er etwas zu begreifen, was naheliegend war, ihm aber jetzt erst bewusst wird.

»Frau Küpper? Ja, natürlich! Die Fabrik in Dingelbach, nicht wahr?«

»Ganz recht«, sagt sie und ist etwas irritiert. »Darf ich fragen, woher ...«

»Verzeihung. Ich bin Mitarbeiter dieser Bank, daher ist mir Ihr Fall bekannt. Ich bin sehr beeindruckt, Frau Küpper. Eine Frau, die solch ein Unternehmen mutig durch die Krise führen will, so etwas findet man nicht oft.«

»Vielen Dank ...«, meint sie zurückhaltend. »Ich bin es meinem Vater schuldig, der die Fabrik im vergangenen Jahrhundert gegründet hat. Leider muss ich mich jetzt verabschieden, mein Zug geht in zwanzig Minuten ...« Sie lächelt, wünscht ihm einen angenehmen Tag und steuert auf die Drehtür zu.

»Einen Augenblick noch«, ruft er und eilt ihr nach. »Ich ... Ich fände es schade, wenn unsere Bekanntschaft so abrupt enden sollte. Wäre es sehr dreist, wenn ich mich zu einem kurzen Besuch mit einer Werksbesichtigung ankündigte? Ich habe in den kommenden Tagen einige Dinge mit meiner Mutter zu besprechen und könnte die Gelegenheit zu einem Abstecher nach Dingelbach nutzen ...«

Was für ein plötzliches Ansinnen? Warum will er sie besuchen? Ilse verbirgt ihr Misstrauen und gibt sich erfreut.

»Aber keineswegs, Herr Goldstein, ich finde das absolut nicht dreist. Nur bitte ich Sie, sich zuvor telefonisch anzukündigen. Meine Nummer ist der Bank bekannt.«

»Herzlichen Dank, Frau Küpper. Und bis bald. Es hat mich wirklich sehr gefreut!«

Sie nimmt den Blick seiner dunklen Augen mit nach draußen und braucht ein Weilchen, um sich von dieser Gefühlsduselei zu befreien. Was wird er wollen?, denkt sie. Er ist Mitarbeiter der Bank. Vermutlich will er die Fabrik kontrollieren und sich die Villa genau anschauen. Es könnte ja sein, dass es Bauschäden gibt, die ich der Bank verheimlicht habe.

Kapitel 18

Gleich nachdem Frieda von ihrem Besuch bei Luise zurückgekommen ist, hat sie in ihren Nachttisch geschaut. Und richtig: Das Goldpapier ist verschwunden. Das ist der Tropfen, der den Krug zum Überlaufen bringt. Wutentbrannt läuft sie hinunter in die Küche, wo Ida stillvergnügt am Tisch sitzt und ihre Hausaufgaben macht.

»Ich hatte es dir streng verboten!«, keift sie die kleine Schwester an.

Ida hebt den Kopf und schaut ganz verwirrt.

»Ach, das dumme Goldpapier«, sagt sie nachlässig. »Du ahnst ja nicht, was inzwischen hier …«

Aber da hat sie schon eine Backpfeife von der erbosten Schwester kassiert und fängt an zu heulen.

»Du blöde Zicke!«, schluchzt sie. »Dann sag ich es dir eben nicht!«

Frieda kennt die Ablenkungsmanöver, die sich ihre kleine Schwester ausdenkt, wenn sie etwas ausgefressen hat. Darauf fällt sie nicht herein. Schon gar nicht jetzt, da sie jeden Tag heulen könnte vor Verzweiflung.

»Spar dir deine Märchen«, faucht sie. »Schaff das Goldpapier wieder herbei, du gemeine Diebin! Sonst rede ich nie wieder ein Wort mit dir!«

Mama kommt mit hochroten Wangen aus dem Laden. »Was ist denn hier los? Drüben ist Kundschaft … Frieda, ich habe nachher mit dir zu reden.«

Schon wieder, denkt Frieda. Das kann sie sich sparen. Ich gehe nicht auf dieses blöde Lehrerinneninstitut, und wenn sie sich auf den Kopf stellt.

»Ich muss gleich rüber in den ›Raben‹«, sagt sie. »Der Guckes Jörg hat gefragt, ob ich heute beim Kellnern helfe. Weil der Männergesangsverein ›Frohsinn‹ sein Gründungstreffen feiert.«

Die Mutter runzelt die Stirn und scheint ausnahmsweise nicht erfreut, dass Frieda Geld verdient. Ida trompetet in ihr Taschentuch und macht sich mit trotziger Miene wieder an den Aufsatz, den sie für morgen schreiben soll. Frieda ist froh, dass sie hier wegkommt, sie läuft nach oben und zieht den dunklen Rock und die weiße Bluse an, darüber die Jacke. Die schwarzen Schuhe trägt sie in der Hand, damit sie auf dem Weg zum »Raben« nicht dreckig werden. Als sie durch den Laden auf die Dorfstraße hinausgeht, starrt Herta sie an, als sei sie eine auf ewig verlorene Seele. Was hat die denn jetzt schon wieder?

Frieda ist den Tränen nahe. Die Mutter! Die Schwestern! Dieses ganze elende Dingelbach. Wie sie das alles hasst! Nun hat sie die Prüfung bestanden, hat bewiesen, dass sie Talent hat, und trotzdem war alles umsonst. Ohne Erlaubnis der Mutter kann sie nicht auf die Schauspielschule gehen. Erst wenn sie einundzwanzig Jahre alt ist, darf sie selbst über ihr Schicksal entscheiden, dann ist sie volljährig. In vier Jahren! Es ist zum Auswachsen! Vier ewig lange verlorene Jahre in Dingelbach!

»Eines Tages wirst du mir dankbar sein«, hat die Mutter gesagt. »Dass ich dich vor Schande und Elend bewahrt hab.«

Im »Raben« haben sich an die vierzig Sänger im großen Saal versammelt; den hat der Guckes Jörg noch vor dem Krieg an die Gastwirtschaft angebaut, damit man dort Hochzeiten, Kindtaufen und andere Ereignisse feiern kann. Es gibt eine richtige kleine Bühne, auf der Frieda schon mehrfach Theateraufführungen organisiert hat. Jetzt stehen dort die Herren vom Männergesangsverein in schwarzen Anzügen und tragen klanggewaltig ihre schmalzigen Lieder vor. Frieda kommen sie lächerlich vor. Wie sie mit stolzgeschwellter Brust die Stufen hinaufsteigen, die Herren Sänger, als ginge es darum, einen enormen Kraftakt zu bewältigen. Dabei müssen sie bloß singen. Die Tenöre auf der rechten Seite sind fast alle klein und dick, sie recken den Hals bei den hohen Tönen und wackeln mit den Köpfen. Die Bässe sind große, lange Kerle, sie drücken das Kinn herunter und brummen in ihre Bärte hinein. Der Dirigent ist ein Bauer aus Steinbach, ein magerer Mensch mit dicken Lippen und hervorquellenden blauen Augen, der wild mit den Armen herumwedelt und den Mund spitzt, wenn sie leise singen sollen. Hinten am Klavier sitzt Lehrer Hohnermann und haut verzweifelt in die Tasten. Frieda weiß, wie sehr er leidet, weil das Klavier vom »Raben« ein alter Schrottkasten ist, der sich nicht mehr reparieren lässt. Hohnermann hat versucht, es zu stimmen, aber die Töne rutschen immer wieder herunter. Den Herren vom Gesangsverein ist es egal, sie singen so laut, dass man das Klavier sowieso kaum hören kann.

Nach dem Singen sind sie durstig, da kann das Bier nicht schnell genug auf den Tischen sein. Dazu bestellen sie Schlachtwürste mit Kartoffeln und Sauerkraut, es gibt Blut- und Leberwürste zur Auswahl, die wärmt die Karin in der Küche im großen Kessel auf. Heute sind außer Frieda noch die Erna, die älteste Tochter vom Jörg, und die Guckes Irene, eine Verwandte aus Steinbach, beim Kellnern mit dabei, zu dritt rennen sie sich die Hacken ab und schleppen die schwer beladenen Teller zu den Tischen. Die leeren Bierkrüge müssen die dreizehnjährige Marie Guckes und der neunjährige Ernst in der Küche spülen, der Jörg steht an der Theke und zapft das frische Bier. Frieda ist trotz allem froh, dass die anstrengende Arbeit sie von den trüben Gedanken ablenkt. Sie bemüht sich, ein fröhliches Gesicht zu machen und auf die Scherze der Gäste schlagfertig zu antworten. Was sich erfahrungsgemäß am Ende des Abends in klingender Münze auszahlt – Frieda ist immer diejenige, die das meiste Trinkgeld kassiert. Sogar Lehrer Hohnermann zeigt sich großzügig. Er muss sein Bier eigentlich nicht zahlen, weil er ja Klavier gespielt hat, aber er legt die zwanzig Pfennig trotzdem auf den Tisch und meint zu ihr: »Dann ist's halt für die nette Bedienung.«

Er bleibt nicht lange sitzen, sondern verabschiedet sich, gleich nachdem alle Lieder gesungen sind, weil er morgen im Gottesdienst einspringen muss. Onkel Schorsch ist auch da, obgleich er gar kein Mitglied ist; er sitzt mit einem Bauern aus Kettenbach zusammen, der seinen Sohn mitgebracht hat. Das ist ein großer, dicker Bursche, nicht schön, aber recht gutmütig, wie es scheint. Frieda ahnt Übles, die Luise hat ihr heute Nachmittag ihr Leid geklagt, weil die Eltern von nichts anderem als von einem Schwiegersohn reden, der den Hof einmal übernehmen soll.

Es geht auf zwei Uhr in der Nacht, als endlich alle Gäste gegangen, die Einnahmen gezählt, die Abrechnungen geprüft, das Geschirr gespült und die Tische saubergewischt sind. Frieda geht mit beinahe sieben Mark an Trinkgeldern und bleischweren Füßen nach Hause. Dort steigt sie leise die Treppe hinauf, zieht sich aus und fällt erschöpft in ihr Bett.

Der nächste Tag ist ein Sonntag, da können sie länger schlafen, weil der Laden geschlossen ist. Aber Herta steht trotzdem früh auf, sie muss ja das Frühstück für alle richten und noch allerlei Dinge tun, die sie für unbedingt nötig hält und die sonst niemand erledigt. Frieda liegt noch im Tiefschlaf, als sich Idas Stimme in ihre Träume mischt.

»Jetzt wach doch endlich auf! Unsere Oma ist gestern hier gewesen. Sie will die Schauspielschule bezahlen, und wohnen darfst du auch bei ihr. Frieda? Hast du gehört? Unsere Oma war hier …«

»Halt die Sabbel, Ida«, grunzt Frieda. »Ich will schlafen …«

Sie möchte so gern wieder in das sanfte, angenehme Reich der Träume versinken, aber jetzt rüttelt die kleine Schwester sie fest am Arm.

»Mama wird es dir gleich erzählen«, sagt sie. »Aber ich will, dass du es schon vorher weißt.«

Frieda wird wütend. Das hat sich Ida doch nur ausgedacht, weil sie noch wegen des Goldpapiers ein schlechtes Gewissen hat.

»Kannst du mal aufhören, mir solchen Quatsch zu erzählen?«, sagt sie und wehrt sich mit einer Hand gegen Idas Griff. »Hau ab, ich bin müde!«

Ida stöhnt abgrundtief und lässt sich mit einem Plumps auf Friedas Bett fallen. »Das ist kein Quatsch«, sagt sie. »Mit einem Automobil ist sie da gewesen. Hat dir Onkel Schorsch gestern Abend nichts erzählt? Der hat es gesehen.«

Langsam kommt Frieda zu sich. Nein, Onkel Schorsch hat nichts von einem Automobil und einer Oma gesagt, er hat überhaupt nicht mit ihr gesprochen, weil er mit anderen Dingen beschäftigt gewesen ist. Allerdings fällt ihr jetzt ein, dass die Karin Guckes so merkwürdige Fragen gestellt hat, als sie spät in der Nacht die Abrechnungen geprüft hat. Wer denn die vornehme Verwandtschaft sei, die aus Frankfurt gekommen ist. Frieda war da so müde, dass sie nicht recht hingehört hat.

Jetzt dämmert ihr langsam, dass Ida möglicherweise die Wahrheit sagt, und sie setzt sich im Bett auf.

»Unsere Oma? Aus Frankfurt? Die soll hier in Dingelbach gewesen sein?«, fragt sie ungläubig.

»Guten Morgen«, sagt Ida und grinst herablassend. »Jetzt ist der Groschen bei dir wohl gefallen, wie?«

Frieda streicht sich das aufgelöste Haar aus dem Gesicht; sie hat den Zopf gestern so fest aufgesteckt, dass ihr die Kopfhaut wehgetan hat, darum hat sie die Haarnadeln vor dem Schlafengehen einfach herausgezogen. Prüfend blinzelt sie die Schwester an.

»Was hast du gesagt? Sie will die Schauspielschule bezahlen? Wieso weiß sie überhaupt davon?«

»Weil ich ihr einen Brief geschrieben hab, deshalb!«

»Du?«

»Ja, ich«, sagt Ida mit Stolz. »Sie will alles bezahlen, weil sie gern ins Theater geht, und sie kennt sogar die Lehrer in der Schauspielschule ...«

Hellwach ist Frieda jetzt. Das alles hört sich zwar unglaubwürdig an, aber hat Mama nicht gestern gesagt, sie müsse mit ihr reden? Könnte es am Ende sein, dass doch etwas Wahres an der Sache dran ist? Auf jeden Fall steigt sie aus dem Bett und putzt sich schon einmal die Zähne.

»Mama will es aber nicht erlauben«, sagt Ida. »Sie kann die Oma nicht ausstehen und will nicht, dass du bei ihr wohnst. Das wird sie dir gleich unten in der Küche erzählen.«

Hertas schwere Schritte sind auf der Treppe zu vernehmen, gleich darauf kommt sie ins Schlafzimmer, eine Kanne mit warmem Wasser in der Hand.

»Macht euch für die Kirche fertig«, sagt sie und stellt die Kanne auf den Waschtisch. »Ida, du ziehst das blaue Kleid an. Zeig mal her, ob Flecken drin sind ... und die Wollstrümpfe. Ich nehme deine Schuhe mit runter, die müssen noch mal geputzt werden ... Frieda, die Mama will mit dir reden.«

Herta zieht Idas Nachttopf unter dem Bett hervor und geht damit die Treppe hinunter.

»Siehste!«, sagt Ida vorwurfsvoll.

Frieda gibt keine Antwort. Sie wäscht sich in Windeseile, zieht das Sonntagskleid und warme Strümpfe an, weil die Kirche fußkalt ist. Dann kämpft sie mit ihren Locken, die sich nicht durchkämmen und zu einem ordentlichen Zopf flechten lassen wollen. Abschneiden müsste man die Haare. Ein Bubikopf, wie die Frau Küpper das Haar trägt, wäre schick. Und praktisch dazu.

Bevor Frieda aus der Schlafkammer geht, fasst Ida die Schwester am Arm. »Auch wenn du manchmal ein Scheusal bist, Friedchen«, sagt sie leise. »Ich helfe dir auf jeden Fall. Damit du das weißt, ja?«

Frieda legt den Arm um die kleine Schwester und drückt sie gerührt an sich. »Weiß ich doch, Idchen. Es ist nur alles so schwer ...«

»Das wird schon ...«

Unten in der Küche sitzt die Mutter fertig für den Kirchgang angezogen am Tisch. Herta steht am Herd, wo sie die Brotscheiben röstet. Es riecht nach Gerstenkaffee und verbranntem Brot.

»Setzt euch«, sagt Marthe zu den beiden Mädchen. »Ich nehme an, dass Ida dir schon allerlei Unsinn erzählt hat, Frieda. Deshalb möchte ich dir jetzt klar und deutlich sagen, wie ich diese Sache sehe ...«

Jetzt bekommt Frieda zu hören, dass die Großmutter Haller aus Frankfurt eine böse Frau ist, die ihrem Sohn nie verziehen hat, dass er die Marthe Altmann aus dem Dorf geheiratet hat.

»Verachtet hat sie uns. Weil die Leute vom Land in ihren Augen nichts wert sind. Euer Vater hat sich immer wieder bemüht, sie zu versöhnen, aber sie ist kalt und hart geblieben. Nicht einmal als er in den Krieg musste, hat sie ein gutes Wort für ihn gehabt ...«

Deshalb ist die Mutter unter keinen Umständen bereit, das Angebot der Großmutter anzunehmen. Das hat Frieda einzusehen.

»Aber ... wenn es ihr doch leidtut«, wendet Frieda unglücklich ein.

»Der tut gar nichts leid«, mischt sich Herta ein, die ganz auf der Seite der Mutter steht. »Wenn du gesehen hättest, wie hochnäsig sie aufgetreten ist. Mit einem Gesicht, als wäre sie die Großfürstin von Kack und wir ihre Untergebenen ...«

»Gar nicht wahr«, ruft Ida. »Zu mir ist sie sehr nett gewesen, die Oma. Gar nicht hochnäsig.«

»Du hältst dich da raus!«, faucht Herta die kleine Schwester an. »Dir haben wir das alles zu verdanken, du kleine Kröte. Alle Kundinnen im Laden haben gehört, wie unmöglich sich diese Frau aufgeführt hat. Ich bin vor Scham fast im Boden versunken!«

»Das war bloß Mama, die hat so laut gebrüllt, dass man es bis zum Kirchenanger hat hören können«, versetzt Ida unverdrossen.

»Schluss jetzt!«, ruft Marthe. »Ich habe gesagt, was zu sagen war. Die Angelegenheit ist damit erledigt. Esst jetzt euer Frühstück, gleich läutet es zum Kirchgang.«

In der Kirche muss Herta ihre Schwester mehrfach in die Seite stoßen, weil Frieda vergisst, die Lieder im Gesangbuch aufzuschlagen, und auch in der Liturgie nicht mitsingt. Einmal rutscht ihr das Gesangbuch aus den Händen, da verdreht Herta entsetzt die Augen und hebt es ihr auf.

»So nimm dich doch einmal zusammen!«, flüstert sie ihr zu.

Frieda reagiert nicht. In ihrem Kopf ist ein fürchterliches Durcheinander, sie würde am liebsten schreien, aber das geht nicht, weil man sich in der Kirche anständig benehmen muss. Da hat sich jemand gefunden, der die Schauspielschule bezahlen will, sie hätte einen Ort in Frankfurt, wo sie wohnen kann, und noch dazu scheint die Großmutter ein theaterbegeisterter Mensch zu sein. Sie ist extra nach Dingelbach gekommen, weil sie ihr helfen will. Weil sie an das Talent ihrer Enkelin glaubt und sich für sie einsetzen möchte. Und jetzt will Mama ihr das alles kaputt machen. Warum? Aus gekränkter Eitelkeit. Weil die Großmutter sie nicht anerkannt hat. Na und? Was geht sie das an? Schließlich will nicht Mama, sondern sie, Frieda, Schauspielerin werden.

»Mach nicht so ein Gesicht«, zischt ihr die Mutter zu. »Die Gertrud Schütz hat sich schon zu uns umgedreht.«

»Die kann mich mal …«, flüstert Frieda zurück.

In der Predigt spricht Pfarrer Seybold über den verlorenen Sohn, der sich in der Welt herumgetrieben hat und abgerissen und mit leeren Händen heimkehrt. Aber der Vater nimmt ihn trotzdem liebevoll wieder auf. Dann leitet er über auf das verlorene Schaf, das der Hirte unter Einsatz seines Lebens sucht und zur Herde zurückführt. Das verstehen die Dingelbacher Bauern besser, einige von ihnen haben Schafe, und es ist klar, dass ein verirrtes Schaf gesucht und gefunden werden muss. Kostet ja alles Geld.

Schade, dass es kein Gleichnis über verlorene Großmütter gibt, die man liebevoll wieder in die Familie aufnehmen soll, denkt Frieda. Dann versinkt sie in hilflose Verzweiflung. Ohne die Erlaubnis der Mutter kann sie nicht auf die Schule, das weiß sie inzwischen. Die Großmutter hat nichts zu bestimmen; wenn Mama das großherzige Angebot ablehnt, ist alles verloren. Was kann sie tun? Noch einmal streiken, dieses Mal aber richtig? Aber leider drängt die Zeit, wenn die Mutter nicht spätestens übermorgen zu dem Gespräch nach Frankfurt fährt, ist die Chance vertan und sie geben den Platz in der Schule einer anderen Bewerberin. Nein, es bleibt nur noch eine Möglichkeit, die hat sie sich bis zuletzt aufgespart, weil es eine böse Sache ist und die Mutter sie dafür hassen wird. Aber nun ist schon alles egal.

Nach dem Gottesdienst laufen die meisten Dingelbacher eilig aus der Kirche; nur wenige bleiben sitzen, um das schöne Orgelnachspiel von Lehrer Hohnermann anzuhören. Die Frauen stehen noch ein wenig beisammen, dann gehen sie mit den kleinen Kindern heim, um das Sonntagsessen vorzubereiten, die Männer begeben sich hinüber in den »Raben«, wo sie einen Frühschoppen einnehmen, und die jungen Leute versammeln sich beim Kirchanger. Natürlich ist Ida mittendrin, von ihren Anhängern umgeben, aber auch andere junge Leute finden sich ein, um unbewacht von Eltern und Familien ein wenig miteinander zu schwatzen.

Frieda hat heute dafür wenig Sinn, sie winkt der Kusine Luise und einigen Freundinnen kurz zu und geht mit Herta und der Mutter hinüber zum Laden.

»Nur Kummer und Sorgen hat man«, sagt die Mutter, während sie den Laden aufschließt. »Hast du gehört, Frieda, wie es den Kindern geht, wenn sie gegen den Willen der Eltern von zu Hause fortlaufen und sich in der Welt herumtreiben? Ins Elend geraten sie, so steht es in der Bibel.«

Unglaublich! Die Mutter dreht sich die biblischen Gleichnisse einfach so, wie sie es braucht. Keine Rede von Vergebung und Versöhnung mit der verlorenen Großmutter.

Frieda lässt sich auf kein Gespräch ein, sie weiß, dass sich die Mutter nicht so leicht umstimmen lässt. Nur als Herta ihr vorhält, sie habe sich in der Kirche schlecht aufgeführt und sogar das Gesangbuch mutwillig auf den Boden geworfen, schwillt ihr doch der Kamm.

»Kümmere dich um deinen eigenen Mist!«, fährt sie die Schwester an.

»Es fällt auf uns alle zurück, wenn ihr beide euch nicht benehmen könnt«, sagt Herta. »Der Killinger Hannes hat ganz auffällig zu uns hinübergeschaut. Es war furchtbar peinlich.«

»Deinetwegen hat er jedenfalls nicht zu uns geschaut«, gibt Frieda boshaft zurück und bringt Herta damit zum Schluchzen.

»Ich will am heiligen Sonntag keinen Streit!«, schimpft die Mutter. »Frieda, geh hinüber zum Kirchanger und hol Ida zum Essen.«

Beim Kirchanger steht Luise und will wissen, ob Frieda am Nachmittag vorbeikommt.

»Der Papa will mich mit dem Kappus Dieter aus Kesselbach verheiraten«, flüstert sie. »Du musst mir helfen, Frieda!«

»Ich komme nachher rüber.«

Ida trennt sich nur schwer von ihren Anhängern, mit denen sie wieder einmal viel zu bereden hat. In der Küche hat Herta inzwischen den Tisch gedeckt und das Mittagessen aufgetragen. Kartoffeln von gestern, dazu aufgewärmtes Kraut und Rippchen. Frieda setzt sich stumm auf ihren Platz und versucht, etwas herunterzubringen, aber das schlechte Gewissen schlägt ihr auf den Appetit, sodass ihr schon nach dem zweiten Bissen schlecht wird. Zum Glück bemerkt es niemand, denn die Mutter hat inzwischen von Idas Ritt auf dem Hengst Willibald erfahren und ist darüber entsetzt. Bei der Gelegenheit begreift Frieda auch, wozu ihre Schwester unbedingt das Goldpapier gebraucht hat. Wäre sie selbst nicht so unglücklich, dann hätte sie über diesen verrückten Einfall lachen müssen.

»Eine Kaiserkrönung?«, ruft die Mutter aus und greift sich an den Kopf. »Ja, bist du denn ganz und gar von Gott verlassen? Ich darf gar nicht daran denken, was alles hätte passieren können. Dass der Killinger Hannes euch erlaubt hat, auf die Weide zu gehen! Dem werde ich was erzählen!«

So schlau Ida auch sonst ist, sie verteidigt sich ausgesprochen ungeschickt, und die Angelegenheit endet damit, dass sie drei Wochen Ausgangsverbot erhält.

»Allweil der Lehrer Hohnermann!«, schimpft Herta. »Der bringt den Kindern nur unsinniges Zeug bei. Kaiserkrönung – wer hat denn so was schon gehört! Wo wir schon jahrelang keinen Kaiser mehr haben.«

»Doch«, widerspricht Ida naseweis. »Unser Kaiser Wilhelm ist in Holland.«

»Abgesetzt ist der!«

»Leider«, sagt die Mutter mit einem Seufzer. »Wenn wir unseren guten Kaiser Wilhelm noch hätten, da würd es uns besser ergehen.«

Die meisten Leute im Dorf sind dieser Ansicht. Mit der Republik kann sich keiner so recht anfreunden, da blickt man nicht durch, weil die Regierungen ja ständig wechseln und im Reichstag nur gestritten wird. Schließlich wird auf einem Bauernhof auch nicht viel herumgeredet, da bestimmt der Bauer, was zu tun ist, und alle haben zu gehorchen. Nur so kommt man mit der Arbeit voran.

Das Mittagessen endet im Unfrieden. Ida ist wütend über die Strafe, Herta hat sich Friedas Bemerkung zu Herzen genommen und ist beleidigt, Frieda sitzt auf heißen Kohlen, weil sie hinüber zum Altmannhof will. Leider muss sie zunächst gemeinsam mit Ida das Geschirr abwaschen und die Küche aufräumen, damit sich Herta am Sonntag auch einmal ausruhen kann. Dabei legt die gar keinen Wert darauf und sitzt schon wieder am Nähkasten, um Idas Socken zu stopfen.

»Ich geh dann mal zu Luise hinüber«, sagt Frieda schließlich mit harmloser Miene. »Sie hat eine Stickarbeit angefangen und will mir zeigen, wie es geht.«

Die Mutter runzelt zwar misstrauisch die Stirn, da ihr Friedas Interesse an Handarbeiten seltsam vorkommt, aber sie ist erschöpft und muss ein Kopfwehpulver einnehmen, weil sie so viele Sorgen mit ihren Töchtern hat.

»Dann geh halt. Aber komm net zu spät heim …«

Frieda macht sich entschlossen auf den Weg. Es ist der letzte Hoffnungsstrohhalm, nach dem sie nun greift, und sie setzt viel dabei aufs Spiel. Was sie vorhat, wird ihr die Mutter nicht verzeihen. Aber schließlich ist sie selber daran schuld mit ihrem Starrsinn.

Wie sie schon vermutet hat, findet sie Onkel Georg in der Remise, wo er an seinem Automobil herumwienert. Er hat sich in Oberursel in einem Geschäft eine Paste besorgt, die die Chromteile blitzblank macht und sie noch dazu vor Rost und Dreck schützt.

»Ei Guude«, sagt er, als sie sich neben ihn stellt. »Ich weiß schon, warum du zu mir kommst, Frieda. Aber ich sag's dir gleich: der Kappus Dieter ist ein anständiger Kerl und würde recht gut hierherpassen. Und die Luise soll sich net so anstellen, ich will sie ja net zwingen …«

»Ich komm net wegen der Luise, Onkel Schorsch. Ich wollt dich um einen Gefallen bitten.«

Jetzt hört er auf zu putzen und schaut sie neugierig an. »Ach so …«, sagt er und drückt etwas von der weißen Paste auf den Lappen. »Geht's etwa wieder um die Schauspielschule? Da kann ich deine Mutter wirklich net versteh'n. Aber die Lina hat gesagt, ich soll mich da besser net einmischen …«

»Es ist inzwischen etwas passiert, Onkel Schorsch. Unsere Großmutter war hier …«

Jetzt macht er große Augen. Sicher hat er das Automobil und auch die städtisch gekleidete Frau gesehen, er hat ja sogar geholfen, den Wagen anzuschieben. Und dass es Streit gegeben hat, das hat er auch mitbekommen. Aber den Grund dafür hat er bisher nicht gekannt.

Frieda geht jetzt aufs Ganze. »Verstehst du, Onkel Schorsch? Das ist ein großartiges Angebot, und die Mama hat es abgewiesen. Aber eigentlich ist es doch so, dass du auch ein Wörtchen dabei mitzureden hast, nicht wahr?«

»Allerdings habe ich das!«

Die Sache ist tückisch. Bruno Haller ist nicht aus dem Krieg zurückgekehrt, es gibt keine Todesnachricht, er gilt als vermisst. Von Gesetz wegen ist Onkel Schorsch der Vormund der drei Töchter seiner Schwester. Aber Marthe Haller hat ihm gleich erklärt, dass sie als selbstständige Geschäftsfrau durchaus in der Lage ist, ihre Töchter zu ernähren und über deren Zukunft zu entscheiden. Onkel Schorsch hat die Angelegenheit nicht weiter verfolgt, weil die Lina, seine Frau, ihm abgeraten hat. Warum einen Streit in der Familie schüren und sich möglicherweise noch Unkosten einhandeln? Nun aber geht es um Friedas Zukunft, und sie weiß, dass der Onkel über den Beruf der Schauspielerin anders denkt als ihre Mutter. Und eigentlich, wenn es nach dem Gesetz geht, hat nicht die Mutter, sondern Onkel Schorsch zu entscheiden.

»Du meinst, ich sollte mit der Herta reden?«

»Du bist doch ein fortschrittlicher Mann, Onkel Schorsch«, sagt sie mit bittendem Augenaufschlag. »Und außerdem mein Vormund, oder nicht?«

»Na ja!«, meint er und fängt wieder an, den Scheinwerfer zu putzen. »Heut Abend schau ich mal bei euch vorbei.«

»Ich dank dir tausend Mal!«

Im Haus hat Luise schon sehnsüchtig auf sie gewartet und jammert gleich, dass der Kappus Dieter ein Tollpatsch sei. Sie hätte ihn im Oktober auf der Kirchweih in Steinbach gesehen, da habe er getanzt wie ein besoffener Ochs. Der würde ihr auf keinen Fall gefallen, und abstehende Ohren hätte er auch.

Frieda findet solch ein Theater lächerlich. Was regt Luise sich so auf? Erstens wird sie nicht zu einer Heirat gezwungen, und zweitens ist der Kappus Dieter kein übler Kerl. Als sie dann mit ihren Sorgen herausrückt, ist Luise schwer beeindruckt.

»Das gibt eine Katastrophe«, stöhnt sie. »Die werden sich bis aufs Blut zerstreiten, mein Papa und deine Mama. Wenn der Papa nur etwas von ›Vormund‹ sagt, da kriegt deine Mama doch schon einen hysterischen Anfall …«

Diese Sorge quält Frieda auch. Gleich wie es ausgeht – die Mutter wird ihr auf ewig böse sein.

Sie geht frühzeitig heim und hilft Herta im Laden Waren auffüllen, anschließend muss alles saubergewischt und der Fußboden geputzt werden. Die Mutter hat sich hingelegt, sie fühlt sich nicht wohl, hat sie gesagt.

»Alles nur eure Schuld«, lästert Herta. »Die Mutter und ich – wir rackern uns ab, und ihr zwei macht uns nur Kummer.«

Warte bis heute Abend, denkt Frieda beklommen. Dann geht's erst richtig los.

Onkel Schorsch kommt gleich, nachdem sie zu Abend gegessen haben, und meint ganz harmlos, er sei auf dem Weg zum »Raben« für ein Bier und wolle nur mal rasch bei ihnen vorbeischauen. Aber dann werden die drei Töchter aus der Küche geschickt, weil sich Onkel Schorsch und die Mutter allein unterhalten wollen.

Zu dritt sitzen sie oben im kalten Schlafzimmer, Herta hat ihr Strickzeug mitgenommen und klappert mit den Nadeln, Ida hat sich ins Bett verkrochen und liest. Frieda hockt vornübergebeugt auf ihrem Bettrand, die Hände ins Haar gekrallt, und starrt vor sich hin. Wenn unten eine Stimme laut wird, hebt sie den Kopf und versucht, die Worte zu verstehen. Meist ist es Onkel Schorsch, dann aber auch die Mutter.

»... der hätte dir ganz was anderes gesagt ... du hast ja keine Ahnung, Schorsch ... die pure Dummheit ist das ... in Sünde und Elend wird sie geraten ... mach die Augen auf, Marthe ... Wenn du mir so kommst, Schorsch ...«

O Gott, o Gott, denkt Frieda. Was hab ich angerichtet! Wenn die Mutter sich nun so aufregt, dass sie krank wird? Dann muss ich mir ewig Vorwürfe machen. Ist es das wert gewesen? Hätte ich nicht besser die vier Jahre abgewartet?

Eine kleine Ewigkeit sitzt sie wie auf der Folterbank, schwankt zwischen Hoffnung und Verzweiflung und wünscht, sie hätte diesen Schritt nicht getan. Dann werden die Stimmen unten ruhiger, man hört, wie die Küchentür geöffnet wird und Onkel Schorsch durch den Laden hinaus auf die Dorfstraße geht.

»Alsdann, Marthe ...«, sagt er zum Abschied.

»Sauf net so viel!«, gibt sie zurück.

Das klingt recht versöhnlich. Aber wie und mit welchem Ergebnis ist diese Versöhnung zustande gekommen?

»Frieda! Komm herunter!«, ruft die Mutter streng.

Herta hält mit Stricken inne und wickelt die Wolle auf das Knäuel. Ida bewegt sich um keinen Zentimeter, sie ist ganz in ihr Buch versunken. Frieda steigt mit zitternden Knien die Treppe hinab.

In der Küche schaut Marthe Haller ihrer Tochter Frieda mit hartem Blick entgegen. »Übermorgen fahren der Schorsch und ich nach Frankfurt«, verkündet sie. »Wir schauen uns die Leut von der Schauspielschule mal an.«

Mehr sagt sie nicht; kein Wort über die Großmutter, auch kein Vorwurf, dass Frieda solch schwere Geschütze aufgefahren hat. Aber ihr Schweigen spricht Bände.

»Danke, Mama …«

»Geh jetzt schlafen!«

Kapitel 19

Gegen den Rat der Ärzte ist der Otto Schütz mit der Bahn heim nach Dingelbach gefahren. Vorher hat er zornig auf den Altmann Schorsch geschimpft, diesen Lapp, der ein Automobil hat, es aber nicht fahren mag, weil ihm die Brust ein bisschen wehtut. Vom Oskar Michalski wollte er sich unter keinen Umständen nach Dingelbach chauffieren lassen. Also haben Helga und Gertrud ihm seine wärmsten Hosen, Strickjacke, Mütze und Mantel in die Klinik gebracht, dann sind sie mit ihm zum Bahnhof in Bad Homburg gelaufen und in den Zug gestiegen. Er ist noch recht blass gewesen, und es war gut, dass die Helga an die Hosenträger gedacht hat, weil ihm die Beinkleider sonst heruntergerutscht wären. Während der Fahrt hat er kein Wort geredet und nur aus dem Fenster geschaut, aber als sie ausgestiegen sind und die Gertrud ihm hat helfen wollen, hat er sie böse angefahren.

»Mach dich fort! Bin kein Invalide net!«

Den Weg zum Schützhof hinunter ist er stracks marschiert, hat alle Dingelbacher gegrüßt, denen sie auf der Dorfstraße begegnet sind, und erzählt, dass so eine kleine Lungenentzündung ihm nichts anhaben könnte, weil er eine starke Natur sei. Aber als sie über den Hof zum Haus gegangen sind, hat er sich am Türpfosten festhalten müssen und gekeucht. Trotzdem hat er sich nicht im Wohnzimmer aufs Sofa legen mögen, das die Gertrud neben den Ofen gerückt hat.

»Da kannst dich selber hinlegen«, hat er gemurrt und ist hinauf in die kalte Schlafkammer gestiegen. Dann hat er bestimmt, dass die Helga ein zweites Federbett und ein anständiges Mittagessen hinaufbringen soll.

Er hat nur das Fleisch gegessen, die Kartoffeln und das Kraut hat er liegen lassen. Dann ist er unter den beiden Federbetten eingeschlafen, und Helga hat sich Sorgen gemacht, weil er gar so dünn und bleich in den Kissen gelegen hat. Sie hat ein paar Mal nach ihm geschaut, aber er hat fest geschlafen und kräftig geschnarcht, das hat sie beruhigt.

Mittags ist der Heini aus der Schule gekommen und hat gefragt, ob der Vater wieder daheim sei.

»Oben in der Schlafkammer ist er«, hat die Gertrud gesagt. »Jetzt ist's vorbei mit den Extratouren. Der Vater wird schon drauf schauen, dass du deine Arbeit auf dem Hof tust!«

Heini hat nichts geantwortet, aber Helga hat ihm angesehen, dass er nicht froh über die Heimkehr des Vaters ist. Der Adam hat den Bub oft gehen lassen und die Stallarbeit allein verrichtet, weil er meint, ein Bub müsse auch einmal mit den anderen Dorfkindern herumlaufen dürfen.

Am Abend ist die Gertrud mit einer Kanne heißem Tee und einer halben Räucherwurst zu Otto hinauf. Sie ist zornig gewesen, weil er sie so unfreundlich behandelt hat, und auch dieses Mal hat er sie aus der Schlafkammer schicken wollen. Aber Gertrud ist nicht gegangen, sondern oben bei ihm geblieben, und sie haben eine Weile miteinander gesprochen.

»Ich weiß, was sie ihm jetzt erzählt«, hat Anni zu Helga gesagt. »Sie wird dich wegen dem Oskar anschwärzen.«

Helga hat erst darüber gelacht, aber wie sie dann nachgedacht hat, wurde ihr klar, dass die Mutter recht hat. Gertrud hat schon die ganze Zeit über Bemerkungen gemacht, dass der Oskar nur gefahren sei, weil er der Helga einen Gefallen hat tun wollen.

»Eine Schande, dass du deinen Ehemann von deinem Liebhaber ins Krankenhaus fahren lässt!«, hat sie gesagt.

Aber im Dorf hat sie überall erzählt, sie seien dem Oskar auf ewig dankbar, weil er dem Otto das Leben gerettet hat. Nur die Autofahrt, das sei eine wahre Höllenreise gewesen.

»Eine falsche Schlange ist sie«, meint Anni leise. »Sie hält es nicht aus, wenn sie ihren Sohn nicht regieren kann.«

Tatsächlich kommt die Gertrud bald mit hochzufriedener Miene in die Küche und ist ganz ungewöhnlich freundlich beim Abendessen. Dem Adam fällt das gleich auf, weil er die Gertrud kennt, und er meint: »Hast Kreide gefressen, Bäuerin? Du bist ja heut sanft wie ein Lämmlein.«

»Halt du dein Maul!«, sagt Gertrud.

Als Helga nach dem Essen hinaufgeht, um ihrem Ehemann eine kleine Abendmahlzeit zu bringen, sitzt er im Bett und mustert sie mit misstrauischen Augen.

»Ist das wahr, was mir die Gertrud erzählt hat?«, fragt er. »Dass du vorn im Auto beim Michalski Oskar gesessen hast, und er hat seine Hand auf dein Knie gelegt?«

»Das ist net wahr, Otto!«, ruft sie zornig. »Wie kann die Gertrud so was behaupten!«

Sie stellt ihm den Teller hin, aber er achtet nicht darauf. »Aber vorn neben ihm hast du gesessen, wie?«, forscht er weiter.

»Das schon«, gibt sie zu. »Weil ich die Landkarte hatte und ihm den Weg weisen musste.«

»Und warum hast du net hinten bei mir gesessen? Hast deinen kranken Mann im Stich gelassen, weil du neben dem Oskar hast sitzen wollen …«

So also hat die Gertrud die Sache gedreht. Nun sitzt der Stachel im Fleisch, und es wird schwer werden, ihn wieder herauszuziehen.

»Hinten ist nur Platz für zwei Leut, Otto. Und die Gertrud hat unbedingt neben dir sitzen wollen.«

Er schweigt ein Weilchen, während sie sein Kopfkissen aufschüttelt und die Federbetten zurechtklopft.

»Der Oskar, der tut dir schon lange schön, wie?«, sagt er dann. »Da ist doch was mit euch beiden gewesen. Damals, wie ich net hier war.«

»Den Hof hat er gerettet«, gibt sie zurück. »Weil wir drei Frauen die Arbeit net geschafft hätten.«

»Und warum ist er dann davongerannt, kaum dass ich wieder daheim war?«

»Weil er gesehen hat, dass er nicht mehr gebraucht wird. Darum.«

»Hätte ihn schon brauchen können«, knurrt Otto. »Aber der hat's so eilig gehabt fortzukommen, dass er kaum ade gesagt hat. Und jetzt ist er auf einmal wieder da. Warum?«

Helga fühlt sich ertappt, aber sie findet einen Weg, um sich zu verteidigen. Eine falsche Fährte zu legen.

»Das weiß ich nicht, Otto. Und es ist mir auch gleich, weil mich der Oskar Michalski nicht interessiert. Aber es heißt ja, die Ilse Küpper hält große Stücke auf ihn.«

Er hebt den Kopf und schaut sie durchdringend an. »Die Frau Küpper?«, fragt er ungläubig.

»Freilich. Im Dorf wird überall davon geredet. Er wohnt ja sogar droben im Gartenhaus. Gleich bei der Villa.«

Otto versinkt in Nachdenken und scheint fürs Erste beruhigt. Nach einer Weile nimmt er den Teller und isst, dann steht er auf und geht hinunter; er ist jetzt wach, weil er den Nachmittag über geschlafen hat. Unten in der Küche verlangt er den Birnenschnaps und lässt sich drei Mal von der Gertrud eingießen. Dann will er seinen Sohn sehen, aber Heini liegt schon im Bett und schläft. Schließlich nimmt er die Laterne und macht die Runde durch die Ställe. Man hört ihn mit dem Adam herumzanken, weil er zu viel Heu verfüttert und den Schweinen alle kleinen Kartoffeln aus dem Keller gegeben hat.

»Geht alles drunter und drüber, wenn der Bauer net daheim

ist!«, schimpft er. »Verschwenden tun sie mein Hab und Gut, dass wir noch am Bettelstab enden!«

Das ist weit übertrieben. Helga weiß, dass ihr Ehemann mehrere Bankkonten hat, die bei der Umrechnung in die Rentenmark zwar etwas dahingeschmolzen sind, aber es ist immer noch genug. Dazu besitzt er mehr Land als alle anderen Bauern in Dingelbach – aber er ist geizig, und seine Tiere sind mager, weil er so wenig wie möglich verfüttert und Dickwurz, Kartoffeln und Heu lieber verkauft.

Er trinkt noch mehrere Schnäpse und geht dann hinauf, um sich schlafen zu legen. Dort fällt er wie ein Stein aufs Lager, und Helga hat alle Mühe, ihm die Schuhe und die Hose auszuziehen. Sie deckt ihn sorgfältig zu und ist recht froh darüber, dass er gleich einschläft und nicht etwa Anstalten macht, seine ehelichen Rechte einzufordern.

Stundenlang liegt sie wach, atmet seinen Alkoholdunst ein und fragt sich, warum das Schicksal es ihr so schwer gemacht hat. Im Grunde hat ihr Otto doch ein weiches Herz, es ist nur die Schwiegermutter, die Gift verstreut und ihr das Leben vergällt. Sie tröstet sich damit, dass sie nicht die Einzige ist, der es so geht. Die Lore Dippel ist seinerzeit sogar aus Verzweiflung davongelaufen. Drei Tage war sie fort, dann ist sie zu ihrem Ehemann und den Schwiegereltern zurückgekehrt, und das fanden alle Leute in Dingelbach richtig. Was auch immer eine Ehe mit sich bringt – Gutes oder Schlimmes –, die Eheleute müssen zusammenhalten und es gemeinsam tragen. Die Dönges Ursula ist oft von ihrem Ehemann geprügelt worden, das wusste jeder im Dorf, und mehr als einmal ist ein Nachbar dazwischengegangen. Aber eine Ehe ist vor Gott geschlossen und das für ein ganzes Leben. Und der liebe Gott hat der Ursula schließlich auch geholfen, denn Albert Dönges ist aus dem Krieg nicht heimgekommen. Eine Scheidung hat es in Dingelbach noch nie gegeben. So was tun die Leute in der Stadt, wo es keinen Anstand und kein Christentum mehr gibt. Nicht in Dingelbach, wo Gottes Gebote noch geachtet werden.

Am nächsten Tag in der Früh, kaum dass das Vieh versorgt ist, kommt der Grossmann Herbert auf den Schützhof. Der Nachbar geht gebeugt, das weiße Haar lugt unter der Kappe hervor, aber seine Augen sind hell und wach. »Schön, dass du wieder gesund bist, Otto«, sagt er. »Wir haben uns schon Sorgen gemacht, Lenchen und ich.«

»Mich haut so schnell nichts um, Herbert« meint Otto. »Da setz dich zu mir. Wie steht's denn bei euch? Habt ihr noch Heu? Ich könnt euch was verkaufen, weil wir ja die Wiesen vom Kummer Joachim dazubekommen haben.«

Der Joachim Kummer hat Schulden gehabt, und die Bank hat den Hof versteigern lassen. Jetzt muss er sich in Steinbach als Knecht verdingen, und seine Frau kellnert in einem Gasthof. Der Kummerhof gehört dem Otto Schütz.

»Heu brauch ich net«, sagt Herbert. »Aber fragen wollt ich dich was, Otto. Weil du immer ein guter Nachbar gewesen bist. Und weil ich dich schon als kleinen Bub gekannt hab.«

Otto hebt den Kopf und schaut in die Runde. »Geht einmal raus, ihr Weibsleut«, befiehlt er. »Das ist eine Sach unter Männern.«

Helga ist betroffen und fragt sich, welche Geheimnisse da besprochen werden sollen, aber weil sie sowieso einkaufen will, nimmt sie die Tasche und das Portemonnaie und geht in den Flur, wo sie den Mantel überzieht. Anni steigt hinauf in ihre Kammer, aber Gertrud setzt sich auf die unteren Treppenstufen, weil sie hören will, was da in der Küche beredet wird.

Das sieht ihr ähnlich, denkt Helga. Aber die heimliche Lauscherin zu spielen, dazu bin ich mir zu schade.

Im Dorfladen ist heute viel los; die Altmann Lina und die Guckes Karin unterhalten sich, während Herta die Frau Pfarrer bedient und Frieda für den Killinger Hannes eine Flasche Speiseöl abfüllt. Zwischendrin kommen immer wieder junge Mädchen in den Laden, die den Aushang an der Tür gelesen haben und fragen, wie viel Lohn in der Fabrik gezahlt würde, ob man sich schon mit dreizehn Jahren bewerben könne und was für eine Art Arbeit man da tun müsse. Aber Herta und Frieda zucken nur mit den Schultern, weil sie es auch nicht wissen, und raten den Mädchen, hinauf zur Fabrik zu gehen.

»Ihr zwei seid ja heut allein im Laden«, meint die Guckes Karin, die Salz und Gewürze kauft, weil sie morgen schlachten wollen. »Ist die Mutter am Ende krank geworden?«

»Die Mutter ist heute früh nach Frankfurt gefahren«, gibt Herta grämlich zurück. »Sie hat dort etwas zu erledigen.«

Frieda sagt nichts dazu, aber Helga hat schon gemerkt, dass sie fürchterlich fahrig ist, weil ihr das Öl in der Flasche überläuft.

»Ja, freilich«, meldet sich Lina Altmann zu Wort. »Der Schorsch und die Marthe Haller, die sind nach Frankfurt. Mein Schorsch hat gemeint, bei so einer wichtigen Entscheidung will er seiner Schwester zur Seite stehen.«

Alle wissen inzwischen, um was für eine Entscheidung es geht. Die Schauspielschule.

Die Frau Pfarrer macht ein spitzes Gesicht und bemerkt: »Da steht zu hoffen, dass der Altmann Georg diesen Unsinn unterbindet. Ein anständiges Mädchen wird keine Schauspielerin.«

Aber da dreht sich der Hannes Killinger nach der Seyboldschen um und blitzt sie zornig mit seinen schwarzen Augen an. »Ich sag Ihnen was, Frau Pfarrer«, meint er in seinem dröhnenden Bass. »In jedem Beruf gibt's anständige und unanständige Leut. Die Frieda ist ein anständiges Mädchen, und das bleibt sie auch. Und eine Pfarrfrau kann eine unanständige Person sein, so wie die Pfarrfrau von Heftrich, die sie als Hexe verbrannt haben.«

Der Hannes Killinger hat vor niemandem Respekt, auch nicht

vor der Seyboldschen, deshalb sagt er solche Sachen. Er nickt Frieda zu, legt das Geld für die Flasche Öl auf den Ladentisch und geht hinaus. Frieda schaut ihm lächelnd nach, während Herta wütend auf die große Ladenkasse einhämmert, die wieder einmal klemmt.

Zuerst ist es ein Weilchen still im Laden, auch der Frau Pfarrer sind die Worte weggeblieben. Man kann ihr deutlich ansehen, dass sie gern etwas erwidert hätte, was nicht mit der christlichen Nächstenliebe vereinbar ist, zu der sie verpflichtet ist. Dann aber meint sie mit einem Seufzer: »Eines Tages wird unser Herr Jesus Christus auch dieses abtrünnige Schaf in seine Herde zurückführen.«

»Das ist ein Schafsbock«, sagt Karin Guckes und lacht. »Der macht nur Unruhe in der himmlischen Herde.«

Da haben sie alle außer der Seyboldschen herzlich lachen müssen, und die Frieda hat gefragt, ob die Frau Pfarrer auch ein Fläschchen Öl benötige, weil sie doch grad beim Abfüllen ist. Aber die Frau Pfarrer braucht kein Öl, sie schickt Herta nach Nähgarn und Korsetthaken.

Nun will die Lina Altmann wissen, wie es dem Otto geht, und Helga berichtet, dass er schon wieder auf dem Hof herumliefe und gewiss bald wieder ganz gesund sei.

Die Guckes Karin steht schon am Ladentisch und kauft Hefte und eine neue Schiefertafel für den Gustav, der seine gestern zerdeppert hat. Aber während Frieda die Hefte abzählt, dreht sich die Karin herum und flüstert Helga zu: »Habt ihr's gestern auch gesehen?«

»Was meinst du?«

Karin macht ein bedeutungsvolles Gesicht, aber sie wartet, bis die Frau Pfarrer aus dem Laden gegangen ist, bevor sie weiterredet.

»Mit dem Zug ist er gekommen. Ist vom Bahnhof runtergelaufen mit seiner Aktentasche in der Hand. Nee – so einen Beruf, den wollt ich net machen, und wenn ich Millionen verdienen würd!«

»Gar nichts hab ich gesehen«, erwidert Helga verständnislos. »Wovon redest du überhaupt?«

»Ei, der Gerichtsvollzieher«, flüstert die Karin. »Der war gestern früh beim Grossmann Herbert und hat da seine Kuckucks geklebt.«

»Net möglich!«, sagt die Lina und hält sich die Hand vor den Mund. »Der Grossmann Herbert, der ist doch kein Verschwender.«

»Gewiss net«, meint die Karin. »Aber den Heubinder hat er gekauft und die Lokomobile, die die Dreschmaschine antreibt.«

Die Lokomobile ist eine fahrbare Dampfmaschine, mit der man alle möglichen Geräte antreiben kann. Es gibt zwar elektrischen Strom in Dingelbach, aber der taugt nicht für eine Dreschmaschine. Also hat Herbert Christmann eine Lokomobile angeschafft, die er bereitwillig ausleiht, wenn ein anderer Bauer im Ort sie benötigt.

»Das Lenchen hat geweint, wie der auf dem Hof herumgelaufen ist. Ins Wasser wollt sie gehen.«, berichtet Karin. »Die Alberti Marlis hat's mir erzählt, und die hat's gesehen, weil sie grad vorbeigegangen ist …«

»So eine himmelschreiende Ungerechtigkeit!«, ruft Frieda, die feine Ohren hat und alles mithören konnte. »Ausgerechnet das Lenchen Grossmann, die immer so lieb und hilfsbereit ist!«

Das wird von allen Frauen im Laden bestätigt, sogar Herta meint, das Lenchen sei immer da, wenn jemand in Not ist.

»Wenn der Gerichtskerl seinen Drecksvogel auf die Lokomobile und den Heubinder gebabbt hat«, meint Lina Altmann. »Dann weiß ich net, wie der Herbert im kommenden Jahr die Ernte einbringen will.«

»Ei freilich«, seufzt die Guckes Karin. »Und dann geht's bergab mit dem Hof. Dazu die Schulden, die er gemacht hat, um die Maschinen zu kaufen.«

»Die beiden sind ja auch nicht mehr die Jüngsten«, äußert Herta schulterzuckend und bückt sich über den Sack mit den Trockenerbsen, um für Lina ein Pfund abzuwiegen.

Helga ist sehr betroffen. Nun kann sie sich auch denken, was der Herbert mit dem Otto besprechen will. Ganz sicher hofft er, dass der reiche Schützbauer ihm Geld leiht, damit er seinen Hof retten kann. Der Grossmannhof ist seit Generationen in Familienhand, momentan führen ihn der Herbert und das Lenchen, aber sie hoffen, dass der älteste Sohn, der Fritz, ihn bald übernehmen wird. Weil der Fritz in der Stadt nicht glücklich ist und dort auch keine Arbeit mehr findet.

»Da ist das letzte Wort noch nicht gesprochen«, meint sie.

Mehr will sie nicht sagen, aber sie hofft, dass ihr Ehemann dem Nachbarn aus der Not helfen wird. Gewiss wird er das Geld um Zinsen verleihen, aber die Hauptsache ist, dass der Herbert und das Lenchen nicht vom Hof müssen. Sie lässt sich von Frieda Salz und Grieß abwiegen, kauft zwei Schulhefte mit Rechenkaros für Heinz und eine Packung Waschmittel. Inzwischen sind weitere Dingelbacher Bäuerinnen in den Laden gekommen; Helga grüßt freundlich und erklärt, schnell heim zu müssen, weil sie einen Topf auf dem Herd habe.

Herbert Grossmann ist schon fort, als sie heimkommt. Otto ist im Stall und sucht die Sau aus, die geschlachtet werden soll, Anni siebt die Milch für die Molkerei, und Gertrud schneidet Zwiebeln für den Rotkohl. Zwei dicke Winterfliegen summen am Küchenfenster, weil sie hinaus in die Sonne fliegen wollen.

»Der Gerichtsvollzieher ist auf dem Christmannhof gewesen«, sagt Helga. »Stell dir vor, das Lenchen ist so unglücklich, dass sie ins Wasser gehen will.«

Gertrud schält die nächste Zwiebel, die braune Schale sammelt sie für die Schweine.

»Da brauchst nichts drauf geben«, meint sie unbeeindruckt. »Das sagt die bloß so.«

»Sie wär die Erste nicht, die sich was antut, weil sie den Hof verlieren …«

»Lang wär's sowieso net mehr gegangen mit dem Grossmannhof«, meint Gertrud und schneidet die Zwiebel mit dem Küchenmesser in zwei Teile. »Die beiden sind zu alt und können die Arbeit nicht mehr schaffen. Da nutzen auch keine teuren Maschinen.«

Helga schweigt betroffen. Das hört sich nicht so an, als hätte Otto den beiden geholfen. Die Gertrud muss es wissen, weil sie an der Tür gelauscht hat. Aber Helga will jetzt Klarheit und geht hinaus auf den Hof, um mit ihrem Mann zu reden.

Otto ist im Pferdestall, wo die beiden Stuten stehen. Er schaut nach der Loni, die rechts vorn ein geschwollenes Knie hat, und flucht, weil der Alberti Rudolf gesagt hat, das sei eine Sache für den Tierarzt in Steinbach.

»Allweil die Unkosten mit den Viechern!«, knurrt er. »Das lass ich mir vom Altmann Schorsch bezahlen. Der Willibald, der verrückte Hengst, hat die Stuten bedrängt, und da hat die Loni einen Fehltritt getan.«

»Ich wollt dich was fragen, Otto!«

»Was ist denn?«, will er mürrisch wissen, während er das Pferdeknie mit einer Salbe einreibt.

»Hast du dem Herbert Geld geliehen, damit er seinen Hof retten kann?«

Er hält verblüfft mit seiner Beschäftigung inne und starrt sie an, als sei seine Frau soeben vom Mond gefallen.

»Bin ich verrückt?«

Er hat den Herbert also abgewiesen. Wie ist das möglich? Er hat das Geld, er könnte doch einmal Gutes damit tun.

»Aber … Dann wird er seinen Hof verlieren, Otto!«, ruft sie aus. »Wenn sie ihm die Maschinen nehmen, kann er keine Ernte einfahren. Dann ist es aus mit dem Christmannhof.«

Otto schraubt seelenruhig die Salbentube zu und steckt sie in die Jackentasche.

»Das verstehst du net, Helga. Wenn ich ihm Geld leihe, zieht sich die Sach nur hin, und am Ende muss er doch aufgeben.«

»Das muss er nicht, weil sein Sohn aus Frankfurt kommen will. Der hat eine junge Frau und zwei Kinder.«

Das scheint Otto zu wissen, denn er nickt.

»Desderwegen ist's besser, wenn der Hof jetzt unter den Hammer kommt«, meint er grinsend. »Die Wiesen grenzen an unser Land, und der Hof liegt gleich gegenüber. Das passt.«

Fassungslos steht Helga an der Pferdebox und will ihren Ohren nicht trauen. Ihr Mann hat dem Nachbarn kein Geld geliehen, weil er dessen Hof günstig ersteigern will. Nein, dieses Mal hat die Gertrud ihre Hände nicht im Spiel gehabt. Das war eine »Sach unter Männern«.

»Wie kannst du das dem Herbert und dem Lenchen antun?«, ruft sie entsetzt. »Das sind liebe Menschen und außerdem Nachbarn. Da hilft man einander doch!«

Otto klatscht der Stute auf das Hinterquartier und geht aus der Box. »Wenn's um Geld geht«, sagt er mit harter Stimme. »Da hat die gute Nachbarschaft ein Ende. Was regst du dich auf? Soll vielleicht ein Ortsfremder den Christmannhof ersteigern?«

Helga ist außer sich vor Empörung und stellt sich ihm in den Weg. »Das ist nicht christlich gehandelt«, sagt sie mit Abscheu in der Stimme. »Wie ist das möglich, dass du am Sonntag in der Kirche sitzt und am Montag deinen Nächsten ins Elend führst?«

Sie sieht, wie jetzt der Zorn in ihrem Ehemann hochsteigt, aber es ist ihr gleich. Was wahr ist, muss auch wahr bleiben.

»Halt du dein Maul!«, fährt er sie an. »Mit der Kirch bin ich im Reinen, denn die Bibel sagt, dass einer sein Licht net unter den Scheffel stellen darf. Für wen tu ich's denn? Für den Heinz, damit er einmal einen großen Hof erben kann.«

»Ein solches Erbe bringt keinen Segen!«, schreit sie ihm entgegen. »Unrecht Gut gedeihet nicht!«

Da packt er sie fest an der Schulter, dass es wehtut. »Hüte dich!«, sagt er drohend. »Wenn du im Dorf solche Sachen herumtratschst, dann kenn ich mich net mehr. Dann lass ich dich fühlen, wer der Herr auf dem Schützhof ist.«

Er stößt sie von sich, dass sie gegen die Boxentür prallt und die Stute erschrocken den Kopf hochwirft. Mit schweren Schritten geht er aus dem Stall und schimpft auf dem Hof mit Adam, der die Bütte noch nicht aufgestellt hat, in der die Sau morgen gebrüht werden muss.

»Eins nach dem anderen«, wehrt sich Adam. »Ich hab nur zwei Hände.«

Helga lehnt an der Boxenwand und hält sich die schmerzende Schulter. In ihrem Kopf herrscht dumpfes Entsetzen. Die Drohung war ernst gemeint, da hat sie keinen Zweifel.

Was ist das für ein Christentum?, fragt sie sich. Der Mann darf seine Ehefrau schlagen und den Nachbarn betrügen – das ist erlaubt. Aber eine Scheidung soll eine Sünde sein.

Sie läuft an den streitenden Männern vorbei ins Haus und findet die Anni im Keller, wo sie Tücher für das Fleisch auslegt, das einen Tag liegen und ausbluten muss.

»Was würdest du sagen, wenn ich mich vom Otto scheiden ließe?«, fragt sie ihre Mutter.

Anni hebt nicht einmal den Kopf, sie scheint diese Frage erwartet zu haben. »Dann denk zuerst dran, dass wir als Armenhäusler vom Hof gehen müssen. Und dass wir den Heini nie wiedersehen.«

So ist das weltliche Gesetz, das den Männern alle Rechte gibt und die Frauen in die Abhängigkeit zwingt. Die Anni weiß das, weil es ihr der Alberti Rudolf erklärt hat.

Kapitel 20

Mit dem Oskar Michalski stimmt etwas nicht. Ilse Küpper macht sich Sorgen um ihn, nicht nur, weil sie vielleicht den besten Mann in der Fabrik verlieren könnte, sondern auch, weil sie ihn mag. Natürlich weiß sie, was an ihm nagt. Aber was er ihr damals erzählt hat, dass er nur in der Nähe von Helga Schütz bleiben wollte, um über ihr Glück zu wachen, das scheint ihm jetzt nicht mehr genug zu sein. Nun – sie hat es ihm sowieso nicht recht glauben können.

Bei der Arbeit ist er übereifrig, am Morgen der Erste, der kommt, und am Abend der Letzte, der die Fabrik verlässt. Er gönnt sich kaum eine Mittagspause, und oft bleibt er länger, um irgendeine Arbeit fertigzustellen. Aber er ist mager und blass geworden, und wenn er sich unbeobachtet fühlt, schleicht sich ein tiefer Kummer in sein Gesicht.

»Sie arbeiten zu viel, Herr Michalski!«, hat sie zu ihm gesagt.

Da hat er gelacht und gefragt, ob das ein Kündigungsgrund sei.

»Ich könnte mich ja darüber freuen, dass Sie so fleißig sind«, hat sie gemeint. »Aber ich habe das Gefühl, dass es nicht gut für Ihre Gesundheit ist.«

»Mir geht's ausgezeichnet!«, hat er behauptet.

Mehrmals sind sie gemeinsam losgefahren, um Maschinen anzuschauen, die zum Verkauf standen. Da hat er sehr genau hingeschaut und oft gesagt: »Die nicht, Frau Küpper. Die taugt nichts.«

Sie hat auf seinen Rat gehört, weil sie sorgfältig mit dem geliehenen Geld umgehen muss, und am Ende haben sie drei Maschinen gekauft. Eine Schleifmaschine, eine moderne Drehbank und eine elektrische Säge für feine Arbeiten. Oskar hat die schweren Geräte gemeinsam mit den anderen Arbeitern vom Wagen gehoben, dann haben sie sie aufgestellt, und Oskar hat sie zum Laufen gebracht. Seitdem tun die Neuanschaffungen ohne Mucken ihren Dienst, nur die Arbeiter haben eine Weile gebraucht, bis sie damit umgehen konnten. Julius Offenbach und Ignatz Krum hatten es schnell heraus, nur Karl Höhn hat erklärt, er sei zu alt, um sich mit so einem modernen Ding herumzuschlagen, er bleibe lieber bei seinen Schnitzereien. Den Willi Bommel lassen sie lieber nicht an die Maschinen heran, der ist so dabbisch, dass er sich verletzen könnte. Aber auch für ihn gibt es neue Aufgaben, denen er sich mit großer Begeisterung widmet.

Ilse Küpper hat drei Arbeiterinnen eingestellt, junge Mädchen aus der Umgebung, die sich bei der Prüfung als geschickt und nicht dumm erwiesen haben. Die älteste heißt Elke Kaltenbach, sie ist vierundzwanzig und hat vorher in einer Wäscherei in Oberursel gearbeitet. Die beiden anderen, Erna Koch und Gerda Höhler, stammen aus Steinbach, beide sind achtzehn Jahre alt und dicke Freundinnen. Alle sind unverheiratet und verstehen sich gut miteinander, sitzen in der Mittagspause zusammen und teilen belegte Brote, Dörrzwetschgen und Winteräpfel unter sich auf. Ihre Arbeit ist nicht schwer, wenn auch ziemlich eintönig. Elke klebt die ausgesägten Teile der Kästchen zusammen, Gerda schraubt den Deckel daran, und Erna gibt dem Holz einen ersten Anstrich. Auch das passende Holz hat Ilse inzwischen bekommen; es sind große Platten, und sie hat genau ausgerechnet, wie man sie zersägen muss, damit möglichst wenig Ausschuss übrig bleibt. Willi Bommel muss nun die halb fertigen Teile mit seinem Rollwägelchen von einer Arbeiterin zur anderen fahren, und er ist so eifrig bei der Sache wie nie zuvor. Was daran liegt, dass die beiden jüngeren Mädchen, die Erna und die Gerda, sehr hübsch sind und er sich gern ein wenig länger als nötig bei ihnen aufhält.

Ilse Küpper ist fürs Erste zufrieden. Weiterhin gehen Bestellungen ein, inzwischen schickt sie ihre Produkte nach Mainz, Bad Homburg, Darmstadt und sogar nach Wiesbaden, wo sie in den eleganten Geschäften auf der Wilhelmstraße verkauft werden. Freilich ist auch die Produktion teurer geworden, es wird viel Strom verbraucht, das Holz ist nicht billig, und sie muss drei zusätzliche Arbeiterinnen entlohnen. Dennoch bleibt ihr unter dem Strich ein ansehnlicher Gewinn. Sie selbst ist vor allem im Büro tätig, bearbeitet die Post, verfasst Angebote, schreibt Rechnungen und führt die Bücher. Oft droht ihr die Arbeit über den Kopf zu wachsen, und sie überlegt, eine Schreibkraft einzustellen, die sich an ihrer statt mit der schwergängigen Schreibmaschine, der »Optima«, herumschlagen soll. Aber da ist sie vorsichtig, eine Angestellte muss bezahlt werden und sollte erst dann eingestellt werden, wenn es gar nicht mehr anders geht.

Heute findet sie in der Post einen Brief, der an sie persönlich gerichtet ist. Sie schaut auf den Absender und liest.

Richard Goldstein
Kettenhofweg 27
Frankfurt am Main

Beunruhigt öffnet sie den Umschlag mit dem Brieföffner. Herr Goldstein ist Mitarbeiter der Bank »Blum & Hirschberg«, will er vielleicht seine Absicht wahr machen und die Villa in Augenschein nehmen? Sozusagen prophylaktisch, falls sie den Kredit nicht zurückzahlen kann? Aber der Brief enthält nur eine Einladung zu einer Vernissage im Frankfurter Städelmuseum, die von »Blum & Hirschberg« offenbar finanziell unterstützt wird. Sie haben sich nicht lumpen lassen, die Karte ist aus teurem weißem

Karton mit eingestanztem Wappen, und die Schrift ist goldfarben gedruckt. Auf der Rückseite befinden sich einige Zeilen, mit Tinte geschrieben, die an sie persönlich gerichtet sind.

Sehr verehrte gnädige Frau,
unser überraschendes Zusammentreffen in der Bank ist mir noch in schönster Erinnerung. Ich erlaube mir, Ihnen eine private Einladung zu der Vernissage eines jungen, hochbegabten Künstlers zu senden, in der Hoffnung, Ihnen damit einen angenehmen Sonntagvormittag zu bescheren.
Im Anschluss würde ich mir die Freiheit nehmen, Sie zu einem Mittagessen in ein Frankfurter Restaurant einzuladen.
Mit den besten Grüßen verbleibe ich Ihr
Richard Goldstein

Sie dreht die Karte hin und her und verspürt dabei gelindes Herzklopfen. Er lädt sie zu einer Ausstellung ein und will anschließend mit ihr in einem Restaurant essen gehen. Im ersten Moment fühlt sie sich geschmeichelt – so etwas ist ihr in ihrem Leben nur zwei Mal passiert. Allerdings steckte beide Male kein persönliches Interesse oder gar eine Verliebtheit dahinter. Die Herren hatten geschäftliche Pläne, die sie auf diesem Weg an ihren Vater herantragen wollten.

Sofort überkommt sie wieder das altgewohnte Misstrauen. Was will er damit erreichen?, fragt sie sich. Es wäre doch interessant, das herauszufinden. Sie überlegt kurz – die Ausstellung wird am übernächsten Sonntag um elf Uhr vormittags eröffnet. Sie hätte am Morgen genügend Zeit, mit der Bahn hinüberzufahren und sich die Bilder des hochbegabten Künstlers anzusehen. Mehr jedoch – und es fällt ihr schwer, das vor sich selbst zuzugeben –, mehr jedoch verlockt es sie, in die schönen dunklen Augen von Richard Goldstein zu schauen und sich mit ihm zu unterhalten.

Nein, denkt sie. Das werde ich nicht tun. Er ist ein gut aussehender und äußerst charmanter Mann und ganz sicher auch ein guter Geschäftsmann. Schließlich ist er ein Jude. Ich werde ihm ganz sicher nicht hinterherlaufen, um von ihm zu irgendeinem Geschäft gedrängt zu werden, das für mich nur schlecht ausgehen kann.

Mit einer raschen Bewegung zerreißt sie die Einladung und wirft sie in den Papierkorb.

Während es mit ihrer Fabrik aufwärtsgeht, kommen aus dem Dorf schlechte Nachrichten. Schon wieder steht ein Hof kurz vor der Versteigerung, es ist der vierte, der verloren geht, weil sein Besitzer die Schulden nicht abtragen kann. Es sind immer die kleinen Höfe, die es trifft. Die Inflation hat sie von ihren Bankschulden befreit, da sind sie übermütig geworden, haben neue Schulden gemacht in der Hoffnung, dass auch die mit der Geldentwertung dahinschmelzen würden. Aber dann kam die Rentenmark und damit eine stabile Währung, somit blieben Schulden eben Schulden. Das hat vielen den Hals gebrochen. Sie ärgert sich, weil sie die Leute im Dorf mag und sich fragt, ob nicht in ein paar Jahren der gesamte Grund und Boden in den Händen weniger reicher Bauern konzentriert sein wird. Damit würde das Dorfleben, das jetzt noch so bunt und vielfältig ist, zu einem tristen Ende kommen.

Sie überlegt, was sie tun könnte. Große Summen aus dem Firmenvermögen kann sie auf keinen Fall abzweigen. Auf der anderen Seite gehen diese kleinen Höfe bei einer Versteigerung meist weit unter Wert weg. Sie nimmt sich vor, das Anzeigenblatt in der kommenden Zeit gründlich durchzulesen. Und falls der Grossmannhof tatsächlich öffentlich versteigert werden sollte, wird sie hingehen, vielleicht auch mitbieten.

In der kommenden Woche stellt sich heraus, dass sie an dem betreffenden Sonntag sowieso keine Zeit für eine Vernissage in Frankfurt gehabt hätte, denn Bruder Josef und Schwägerin Irma sagen sich für einen Besuch an. Dieses Mal kommen sie bescheiden mit der Bahn angereist, das Automobil hat einen Motorschaden und ist in der Werkstatt. Ilse ist nicht begeistert, Bruder und Schwägerin zum Mittagessen bei sich zu haben, aber seit dem letzten Telefonat, das schon eine ganze Weile her ist, hat es keinen Kontakt mehr gegeben, und sie möchte die Verbindung zu ihren Verwandten nicht einschlafen lassen. So bewirtet sie die beiden nach ihrer Ankunft mit einem Aperitif und führt sie in der Fabrik herum, während Carla den Tisch für das Mittagessen deckt.

»Du hast ja neue Maschinen angeschafft!«, sagt Josef, als sie in der Werkshalle stehen. »Hätten die alten es nicht noch getan?«

»Nein«, entgegnet sie. »Erstens waren sie überaltert, und zweitens stellen wir inzwischen eine Reihe neuer Produkte her, für die die alten Maschinen ungeeignet sind.«

Die Kästchen streift er nur mit einem abschätzigen Blick, auch die hübschen Schminktische finden nicht seine Billigung. »Wer braucht denn so was?«

Nur die Etageren gefallen ihm, und Irma erklärt, davon könnten sie drei oder vier für das »Restaurant« gebrauchen. Natürlich kann Ilse dafür keine Bezahlung erwarten, schließlich sind sie Geschwister, da hilft man sich gegenseitig. Ilse gibt sich zurückhaltend. Die Waren, die hier stehen, sind alle bestellt und müssen ausgeliefert werden.

»Ja, komm!«, meint Josef und grinst. »Da kannst du doch ein paar abzweigen, oder?«

»Ich habe nicht vor, meine Kunden zu verärgern!«

Zum Mittagessen serviert Carla Rindsbrühe, danach Rouladen mit Rotkohl und Kartoffeln, zum Nachtisch gibt es Milchreis mit eingemachten Sauerkirschen. Carla hat sich wieder selbst übertroffen, sogar Josef muss zugeben, dass es vorzüglich mundet. Nur Irma bemerkt, dass dies natürlich deutsche Hausmannskost sei, die sie ihren illustren Gästen in Bad Homburg nicht vorsetzen können. Höchstens den Sommerausflüglern, die sie mit einem Schild an der Straße anlocken wollen.

Restaurant und Hotel »Zum König«.
Naturnah gelegen. Erlesene Küche. Zimmer mit fließend Wasser. Parkgelände mit Spielmöglichkeiten für Kinder.

»Das wird bunt ausgemalt, und ich lass eine elektrische Lampe anbringen, damit es auch in der Nacht zu lesen ist«, erklärt Josef.

Momentan ist das Gasthaus und künftige Restaurant leider geschlossen, die Renovierungsarbeiten sind im Gange, außerdem wird ein größerer Saal für Hochzeiten oder auch Tanzveranstaltungen angebaut.

»Nicht so eine trübe Halle, wie sie drunten der Rabenwirt hat«, meint Josef stolz. »Das wird prächtig! Mit Stuck an der Decke und Samtvorhängen an den Fenstern. Alles in Rosa und Gold, die Irma hat es ausgesucht.«

Bei dieser Gelegenheit erkundigt sich Irma nach zwei silbernen Kaffeelöffeln und einer Kuchengabel, die im Besteckkasten, den sie seinerzeit mitgenommen hat, nicht vorhanden sind.

»Vielleicht schaust du einmal herum, Ilse. Wenn du sie findest, bring sie doch bitte bei deinem nächsten Besuch mit.«

Ilse verspricht, Carla darauf anzusetzen. Inzwischen hofft sie, dass dieser lästige Besuch recht bald wieder nach Bad Homburg aufbrechen wird. Aber nun kommt Josef auf den Kredit zu sprechen, den sie ausgerechnet bei einer jüdischen Bank hat aufnehmen müssen.

»Da wirst du dich an den Zinsen dumm und dämlich zahlen. Wie viel wollen sie? Zwanzig Prozent, wie?«

Die Zinsen, die sie zahlen muss, sind niedriger, aber sie hat keine Lust, sich von Josef in die Karten schauen zu lassen.

»Wer zahlt eigentlich die Renovierungen und die Umbauten im Gasthof?«, erkundigt sie sich im Gegenzug.

Josef hält sich bedeckt. Er habe gute Verbindungen und sei günstig an Geld gekommen, außerdem fassten sie natürlich alle mit an, um die Kosten niedrig zu halten. Der Erich und die Johanna hätten beim Ausräumen der Möbel geholfen, das Geschirr in Zeitungspapier verpackt und in die Nebengebäude getragen.

»Ja«, seufzt Irma. »Es ist viel Mühe, Kinder großzuziehen, aber irgendwann lohnt es sich, wenn man einen Familienbetrieb aufbaut.«

Ilse tun die beiden älteren Kinder ihres Bruders leid. Sie müssen täglich in der Küche stehen, Gemüse schneiden, Kartoffeln schälen und am Abend beim Abwasch helfen. Sie selbst und ihr Bruder hatten eine schönere Kindheit, sie wurden zwar früh mit dem Geschehen in der Fabrik vertraut gemacht, aber der Vater hat sie erst dort beschäftigt, als sie achtzehn Jahre alt waren. In der Verwaltung, wohlgemerkt, nicht in der Produktion.

»Kinder müssen doch auch einmal spielen dürfen«, meint sie stirnrunzelnd.

Aber damit kommt sie bei Bruder und Schwägerin ganz schlecht an.

»Die zwei machen es gern, und außerdem lernen sie dabei gleich, wie man ein Restaurant und Hotel führt«, behauptet Josef.

Ilse bezweifelt, dass Erich und Johanna mit freudigem Eifer in der Nacht Berge von Geschirr abwaschen. Doch das Argument, das Irma nun ins Feld führt, ist leider nicht vom Tisch zu wischen.

»Du kannst da nicht mitreden. Du hast ja keine Kinder!«

Am Nachmittag gibt es Kaffee und Schmandkuchen, damit hält Ilse ihre Pflicht als Gastgeberin für erfüllt. Sie macht Bruder und Schwägerin deutlich, dass es kein gemeinsames Abendbrot geben wird.

»Ich habe mir gedacht, dass ihr nicht zu spät heimfahren wollt, damit ihr nicht in die Dunkelheit geratet.«

Es ist inzwischen Anfang März, und die Sonne geht erst gegen halb sieben unter, aber die beiden verstehen den Wink, und Irma erklärt, sie müssten sich ja auch um die Kinder kümmern.

»Wenn dir die Fabrik über den Kopf wächst, dann kannst du uns ja besuchen«, sagt Josef zum Abschied. »Da kannst du gleich schauen, wie es mit den Bauarbeiten vorangeht. Wenn's nicht mehr friert, können wir demnächst die Fundamente für den Saal und die anderen Gebäude ausschachten.«

»Wenn es bei mir passt, komme ich gern vorbei«, meint Ilse freundlich.

Natürlich wird sie nicht nach Bad Homburg fahren. Sie hat Besseres zu tun, als Josefs hochfliegenden Plänen zu lauschen und in ausgeschachtete Gruben zu schauen. In der Fabrik geht die Arbeit gut voran, sie hat sich entschlossen, ihren Arbeitern täglich Malzkaffee und Backwerk zur Mittagspause zu spendieren, was die gute Stimmung in der Halle weiter hebt.

»Jetzt brechen sonnige Zeiten an«, meint Julius Offenbach. »Da fühlt man sich ja wie im Schlaraffenland, Frau Direktor!«

Davon sind sie leider noch weit entfernt, denn sie hat die Löhne nur unwesentlich erhöht. Wenn es weiterhin gut läuft, will sie den Arbeitern ein Mittagessen anbieten, irgendeinen Eintopf, den Carla ohne allzu großen Aufwand kochen kann. Dafür müssten sie allerdings einen kleinen Obolus zahlen.

Mitte der Woche erhält sie einen Telefonanruf. Sie greift rasch zum Hörer, da sie auf Bestellungen wartet, denn sie hat mehrere Zeitungsanzeigen geschaltet.

»Pilz und Küpper, Ilse Küpper am Apparat. Was kann ich für Sie tun?«

»Seien Sie herzlich gegrüßt, Frau Küpper!«, kommt es aus dem Hörer. »Ich freue mich, Ihre Stimme zu hören.«

»Wie bitte?«

»Oh, Verzeihung, ich vergaß, meinen Namen zu nennen. Richard Goldstein aus Frankfurt. Vielleicht erinnern Sie sich an mich? Wir trafen uns vor einigen Wochen in der Halle von Blum und Hirschberg.«

Das Telefon gibt seine Stimme gepresst und fremd wieder, sie hat sie tatsächlich nicht erkannt. Umso verlegener ist sie nun.

»Herr Goldstein! Nein, Sie müssen sich nicht entschuldigen, ich bin ein wenig zerstreut, weil ich auf verschiedene Anrufe warte.«

»O weh«, meint er. »Ich möchte Sie auf keinen Fall bei Ihrer Arbeit stören. Kann ich Sie zu einer anderen Zeit anrufen? Ich plane nämlich einen Anschlag.«

Ihr Herz klopft unruhig. Sie sieht ihn vor sich, sein Lächeln, die braunen Augen, seine ungezwungene Art.

»Einen Anschlag? Wollen Sie das Reichstagsgebäude in Berlin in die Luft sprengen?«

Sie hört ihn lachen und freut sich, dass ihr Scherz ihm gefällt. Es ist angenehm, mit ihm zu plaudern, weil sie den gleichen Sinn für Humor haben.

»Viel schlimmer, gnädige Frau. Ich werde kommenden Sonntag meine Mutter in Bad Homburg besuchen und würde – wenn es Ihnen recht wäre – kurz bei Ihnen in Dingelbach vorbeischauen.«

Schon ist sie wieder auf dem Boden der Tatsachen angekommen. Der Kontrollbesuch steht also an. Deshalb ist er so herzlich. Wie kommt sie nur auf die Idee, es könnte andere Gründe für seinen Anruf geben?

»Das können Sie gern tun«, sagt sie gedehnt. Dann fügt sie rasch hinzu: »Was für eine gute Idee!« Schließlich will sie ihn nicht verärgern.

»Also, ausgemacht«, meint er freundlich. »Ich werde gegen zehn Uhr bei Ihnen eintreffen und dann nach Bad Homburg weiterfahren. Meine Mutter erwartet mich zum Mittagessen.«

»Dann also bis Sonntag, Herr Goldstein. Ich freue mich sehr.«

»Die Freude ist ganz meinerseits, Frau Küpper!«

Sie legt auf und macht eine Notiz in ihren Kalender. Sonntag, den 9. März, 10 Uhr, Richard Goldstein.

Während der Woche zieht dieser Eintrag ihren Blick wie magisch an, und sie verspürt jedes Mal eine Unruhe, eine Mischung aus Freude, Enttäuschung und Ärger. Benimm dich nicht wie ein Schulmädchen, sagt sie zu sich selbst. Du hast genügend Erfahrungen mit den Männern, du wirst nicht auf ihn hereinfallen, selbst wenn er charmant ist und schöne braune Augen hat.

Trotzdem steht sie am Sonntag in aller Frühe vor ihrem Kleiderschrank und überlegt, in welchem ihrer Kostüme sie am vorteilhaftesten aussieht. Das blaue? Zu dunkel. Das graue? Zu trist. Vielleicht das braun-grün karierte? Dazu die grüne Bluse, aber die wirft immer solch ein ungünstiges Licht auf ihren Teint, sodass sie ausschaut wie eine Schwindsüchtige. Schließlich entscheidet sie sich doch für das blaue Kostüm mit weißer Bluse und passenden Schuhen. Kritisch besieht sie sich damit im Spiegel. Der Sitz der Kleidung ist perfekt, dafür ist ihr Bubikopf zu lang, weil sie keine Zeit hatte, zum Frisör zu gehen, und ihr Teint ist blass wie üblich. Zudem sind ihre Züge wenig lieblich, die Nase zu lang, das Kinn kantig, und um die Augen sind erste feine Fältchen entstanden. Nun ja – eine Schönheit ist sie nie gewesen, und jetzt, da sie vierzig ist, wird sich daran auch nichts mehr ändern. Im Gegenteil.

Bringen wir's hinter uns, denkt sie.

Er lässt sie warten. Erst um zwanzig nach zehn fährt ein Wagen zur Villa hinauf, man hört schon am Motor, dass es ein schweres Gefährt ist. Zu ihrer Verblüffung sitzt nicht Richard Goldstein am Steuer, sondern ein Chauffeur; er selbst hat es sich auf dem Rücksitz bequem gemacht. Ein einfacher Bankangestellter ist er nicht, er hat Geld und gönnt sich einen gewissen Luxus. Sie strafft sich, streicht das Haar zurück und wartet, dass Carla dem Besucher die Tür öffnet.

»Guten Morgen! Was für ein wunderschönes Haus. Ich bin rundweg begeistert!«

»Guten Morgen, Herr Goldstein. Ja, die Villa ist ein Schmuckstück. Früher hatten wir einen Park, aber inzwischen wurde er leider zu einem Acker umgewandelt …«

»Das ist zwar schade, aber man kann es ja jederzeit rückgängig machen …«

»Gewiss, Herr Goldstein. Bitte hier entlang, die Treppe hinauf. Frau Küpper erwartet Sie im Wohnzimmer …«

Ilse hörte an Carlas Stimme, dass der charmante Gast bereits ihr Herz gewonnen hat. Nun – sie selbst ist nicht so leicht zu beeindrucken. Was auch immer er vorhat – sie wird ihm die Stirn bieten.

Er kommt recht bescheiden daher, verbeugt sich schon an der Wohnzimmertür und entschuldigt sich für die Verspätung: Es sei unterwegs ein Reifen geplatzt, sie mussten den Reservereifen montieren.

Der Schnitt seines Anzugs entspricht der neuesten Mode, auch hat er sich das Bärtchen gestutzt, was ihm gut steht. Sein Lächeln hat etwas, das Menschen bezaubern kann. Obgleich sie sich gewappnet hat, kann sie sich dieser Wirkung nicht entziehen.

»Nun, dann bin ich froh, dass nichts Ernsteres passiert ist«, meint sie und reicht ihm die Hand. »Ihr Chauffeur muss übrigens nicht im Wagen sitzen bleiben, er kann gern ins Haus kommen. Carla wird sich um ihn kümmern.«

»Herzlichen Dank, das wird ihm gefallen«, meint er heiter.

Carla erhält den Auftrag, den Chauffeur in der Küche zu versorgen, während Ilse ihren Gast einlädt, auf einem Sessel Platz zu nehmen und eine Tasse Kaffee zu trinken.

Jetzt wird er mir vorhalten, dass ich nicht zu dieser dummen Ausstellung gegangen bin, denkt sie. Aber Richard Goldstein erwähnt die Ausstellung und seine Einladung mit keinem Wort. Stattdessen lobt er eines der Gemälde, das ihr Vater vor Jahren ersteigert hat, weil Mama fand, dass neben dem Schrank ein leerer Fleck an der Wand sei.

»Ein ganz hervorragender Maler«, sagt er. »Ihr Vater war vermutlich ein Kenner.«

»Keineswegs. Er hat das Bild ersteigert, weil es farblich zu unserer Einrichtung passt und zudem günstig zu haben war. Die schönen Künste spielten in meiner Familie leider nie eine Rolle. Meinen Eltern ging es vor allem um die Fabrik.«

»Nun«, meint er und lächelt sie an. »Es ist nie zu spät, die Tür zum Schönen und Wunderbaren zu öffnen. Wer dazu bereit ist, dem erschließt sich eine neue Welt.«

»Mag sein«, versetzt sie zurückhaltend. »Leider fehlt mir momentan die Zeit für längere Ausflüge in die Welt der schönen Künste. Möchten Sie die Villa erkunden? Ich führe Sie gern herum …«

»Wenn es Ihnen nichts ausmacht. Ich bin übrigens der Ansicht, dass Sie Ihren Herrn Vater unterschätzen. Auf jeden Fall hat er für dieses Haus einen ganz hervorragenden Architekten beschäftigt.«

»Das freut mich zu hören. Darf ich Sie in den Nebenraum bitten? Hier war früher das Speisezimmer, die Möbel sind in den Besitz meines Bruders übergegangen.«

Sie zeigt ihm das Büro und den kleinen Salon, den sich ihre Mutter seinerzeit hat einrichten lassen und der ihr heute als Aktenablage dient. Das Schlafzimmer lässt sie aus, dafür darf er das Badezimmer bewundern.

»Solchen Luxus findet man selten in einer Villa, die noch im neunzehnten Jahrhundert erbaut wurde«, bemerkt er.

»Mein Vater legte großen Wert auf Hygiene, das WC hat er extra aus den USA kommen lassen.«

Im zweiten Stock bewundert er den schönen Ausblick auf den Taunus und lobt das helle, geräumige Wohnzimmer mit dem Fenstererker. Ansonsten ist außer dem Kamin aus hellem Marmor nicht viel zu sehen, weil Josef alle Möbel und die Teppiche mitgenommen hat.

»Möchten Sie auch das Dachgeschoss besichtigen?«, fragt sie. »Dort befinden sich mehrere Kammern für die Angestellten und ein Raum, in dem Wäsche getrocknet wird.«

»Herzlichen Dank«, sagt er ablehnend. »Ich denke, ich habe einen recht genauen Eindruck von dieser Villa gewonnen. Es ist ein Haus, in dem man sich wohlfühlen kann, nicht wahr?«

»Das stimmt«, gibt sie lächelnd zurück. »Mein Bruder und ich, wir sind hier aufgewachsen. Damals gab es noch den Park, in dem wir gern herumgelaufen sind. Wir hatten ein Kindermädchen und machten uns den Spaß, unversehens zwischen den Bäumen und Büschen zu verschwinden, sodass sie uns suchen musste ...«

Er lacht und erzählt, dass er mit zwei Schwestern aufgewachsen ist und ebenfalls von einem Kindermädchen betreut wurde. »Sie war sehr lieb und mütterlich«, sagt er und schaut nachdenklich aus dem Fenster. »Wir haben alle drei sehr geweint, als sie das Haus verließ und dafür eine Erzieherin eingestellt wurde.«

Sie gehen wieder hinunter, und Ilse bietet noch einmal Kaffee an. Es ist schon nach elf Uhr, eine Führung durch die Fabrikhalle, die er vermutlich auch sehen will, wird aus Zeitgründen auf höchstens eine Viertelstunde begrenzt sein. Umso besser.

Aber Richard Goldstein lässt sich im Sessel nieder, trinkt den Kaffee in kleinen Schlucken und beginnt erstaunlicherweise allerlei Dinge über sich selbst zu erzählen.

»Zuerst einmal möchte ich Sie über meine Identität aufklären«, sagt er, und in seinem Lächeln ist ein wenig Schuldbewusstsein. »Ich bin tatsächlich Mitarbeiter der Bank Blum und Hirschberg, zugleich aber auch Mitbesitzer. Meine Mutter ist eine geborene Hirschberg, die Schwester des Jacob Hirschberg, und sie hat mir ihre Anteile vor einiger Zeit überschrieben.«

Ilse hat etwas in dieser Art geahnt, allein am Verhalten der Angestellten hat man es ablesen können. Er ist ein Bankier und denkt an Geldgeschäfte. Darum ist er hier. Doch als er nun weiterspricht, ist sie wider Willen beeindruckt, und es regt sich Sympathie. Er hat Kunst studiert, wollte Maler werden und ist nach Italien gereist, um die Werke der großen Meister zu sehen.

»Da wurde ich bescheiden, weil ich den gewaltigen Abstand zu meinem eigenen Können begriff«, erzählt er. »Also fügte ich mich dem Wunsch meiner Mutter und trat in die Bank ein. Dann kam der Weltkrieg, und ich wurde gleich zu Anfang eingezogen …«

Er ist als einfacher Soldat in Frankreich und Russland gewesen, wurde zwei Mal verwundet und ist mit viel Glück dem Soldatentod entkommen. Bei seiner Rückkehr im Jahr 1918 war er noch von den Kriegserlebnissen gezeichnet und wusste nicht, was er anfangen sollte. Seine Mutter und sein Onkel drängten ihn schließlich, sich wieder in der Bank zu betätigen.

»Man sagt mir nach, dass ich einen ausgezeichneten Geschäftssinn und einen Instinkt für den Aktienmarkt hätte«, meint er schmunzelnd. »Wobei mich leider weder das eine noch das andere wirklich interessiert.«

»Und die Malerei? Warum haben Sie damit aufgehört? Nur weil Michelangelo und Raffael große Meister gewesen sind, deren Kunst nie wieder erreicht wurde? Kommt es nicht darauf an, seinen eigenen Stil zu finden?«

Es liegt Wärme in seinem Blick, als er sie anschaut, dann macht er eine resignierte Handbewegung.

»Ich fürchte, dass mir dazu die Fähigkeit abgeht. Das Feuer, das in einem wahren Künstler brennen muss, ist in meinem Fall nur ein schwaches Flämmchen. Die Liebe zur Kunst ist mir allerdings geblieben; ich fördere junge Talente, die ich für vielversprechend halte.«

Er hat einen Spendenfonds gegründet, aus dem Konzerte, Ausstellungen und auch Bühnenaufführungen mitfinanziert werden, und dafür verschiedene sehr wohlhabende Spender aufgetan. Natürlich hat er Beziehungen – die Familie ist seit Generationen in Frankfurt ansässig.

»Das ist eine sehr schöne und wichtige Aufgabe«, meint sie. »So haben Sie Geldgeschäfte und Kunstsinn miteinander vereint.«

»In der Tat«, gibt er zu. »Aber ich habe Sie schon viel zu lange aufgehalten, gnädige Frau. Erlauben Sie, dass ich mich nun verabschiede.«

»Natürlich«, sagt sie hastig. »Sie dürfen Ihre Frau Mutter nicht warten lassen.«

»Das auch.«

Er will ihre Fabrikhalle gar nicht sehen. Sie ist ein wenig enttäuscht, weil sie auf die neuen Maschinen und die Produkte sehr stolz ist. Aber wie es scheint, ist er nur an der Villa interessiert. Vermutlich hat er schon ihren Wert taxiert und wird in der Bank darüber eine Notiz hinterlassen.

Er verabschiedet sich mit herzlichem Dank und reicht ihr die Hand. »Es war sehr beeindruckend, dieses Haus und seine Besitzerin näher kennenzulernen,« sagt er. »Ich hoffe aufrichtig, dass wir uns bald wiedersehen. Vielleicht zu einem Konzert? Lieben Sie Musik?«

»Ich bin keine Kennerin, aber ich mag Klavierkonzerte. Meine Mutter spielte Klavier und wünschte, dass auch ich es lerne. Aber leider fehlte mir der Ehrgeiz, ich hatte keine Lust zu üben, und so hat sie es irgendwann aufgegeben.«

»Dann haben wir vielleicht eine Tür gefunden, die es sich lohnt zu öffnen«, meint er erfreut. »Wenn Sie erlauben, werde ich Ihnen hin und wieder Einladungen zu Konzerten schicken. Ein kleiner Haken ist allerdings dabei: Ich erwarte, dass Sie anschließend mit mir in einem Restaurant speisen.«

Er bringt es fertig, sie in Verlegenheit zu bringen. Sie spürt, dass sie unter dem Blick seiner schönen braunen Augen errötet wie ein kleines Mädchen.

»Ich werde darüber nachdenken, Herr Goldstein …«

»Sie würden mir eine große Freude machen, Frau Küpper!«

Sie begleitet ihn zur Haustür und schaut zu, wie der Chauffeur ihm die Wagentür aufhält. Bevor der Wagen startet, beugt er sich herunter und winkt ihr durch das Fenster zu, dann quält sich das Automobil den aufgeweichten Weg entlang zur Dingelbacher Dorfstraße.

Den Rest des Sonntags verbringt sie mit Grübeln. Was um alles in der Welt hat er hier gewollt? Die Villa anschauen? Aber deshalb muss er ihr doch nicht seine Lebensgeschichte erzählen …

Kapitel 21

Lehrer Hohnermann hat schlecht schlafen können in der Nacht. Beim ersten Hahnenschrei ist er aus dem Bett, hat sich gewaschen und angekleidet und ist hinunter in die Küche gegangen, um sich einen Malzkaffee zu kochen.

Es ist dumm, sich aufzuregen, denkt er, während er den Herd anfeuert und dann den Wasserkessel daraufstellt. Was kann schon passieren? Ich tue meine Arbeit, so gut ich kann, das wird auch der Herr Schulrat einsehen.

Trotzdem hat ihm das Schreiben der Schulbehörde, in dem der Besuch von Schulrat Dr. Hermes angekündigt wird, erhebliches Herzklopfen verursacht. Er hat nur eine Notausbildung zum Lehrer gemacht, keine sechsjährige Ausbildung an einem Lehrerseminar oder gar ein Hochschulstudium, wie es inzwischen eingeführt worden ist. Nach dem Ende des Weltkriegs, der großen Menschenschlächterei, waren viele Lehrerstellen nicht mehr besetzt, da hat man sich diese Lösung einfallen lassen, um dem Mangel so schnell wie möglich abzuhelfen. Das weiß der Herr Schulrat natürlich, weil sie in Frankfurt am Schulamt eine Akte über den Dorfschullehrer Johannes Hohnermann führen.

Hohnermann gibt Kaffeepulver in die Kanne und gießt heißes Wasser darauf; er findet noch einen Kanten Brot von gestern und schneidet ihn in kleine Stücke, um das Brot in den Malzkaffee zu tunken. Es ist noch viel zu früh, um hinüber ins Schulhaus zu gehen, draußen hebt sich gerade schüchtern die erste Morgendämmerung. Er hat die Kinder natürlich auf diesen Besuch vorbereitet und sie gebeten, an diesem Tag anständig gekleidet und gekämmt in der Schule zu erscheinen. Ärgerlich ist, dass man ihm keine Zeit genannt hat, wann der Herr Schulrat in Dingelbach eintreffen wird. So werden die Kinder unkonzentriert sein und immer wieder fragen, wann der Schulrat endlich kommt. Sie sind ja lieb, seine Schüler, und wollen Ehre für ihren Lehrer einlegen.

»Das ist keine große Sache«, hat er ihnen erklärt. »Der Herr Schulrat hört ein bisschen zu, und vielleicht stellt er euch auch Fragen. Da antwortet ihr ganz unbefangen, so wie ihr es bei mir auch tut.«

»Was fragt er denn?«, wollte Pauline wissen.

»Er wird fragen, wie du heißt und in welchem Schuljahr du bist. Vielleicht will er auch schauen, wie gut du schreiben kannst, oder er stellt dir eine Rechenaufgabe.«

»Eine schwierige?«, hat Karlchen besorgt gefragt, der es mit dem Rechnen nicht so hat.

»Das glaube ich nicht.«

Glauben heißt nicht wissen. Die Kinder haben schnell herausgehabt, dass er Respekt vor diesem Besuch hat, und natürlich sind sie nun ebenfalls aufgeregt. Gestern hat Ida ihm in der Pause verkündet: »Machen Sie sich keine Sorgen wegen dem Schulrat, Herr Lehrer. Wir machen das schon.«

Da ist er ganz gerührt gewesen und hat ihr gesagt, dass er daran nie einen Zweifel gehabt hat. Dann hat er mit den Kindern noch die Begrüßung eingeübt. Sie müssen beim Eintritt des hohen Gastes von den Bänken aufstehen und im Chor rufen: »Guten Morgen, Herr Schulrat!«

Setzen dürfen sie sich erst, wenn es der Schulrat sagt. Und natürlich soll nicht geschwatzt werden. Die Tornister müssen ordentlich unter dem Pult verstaut sein, die Riemen dürfen nicht herunterhängen, und wer seinen Bleistift spitzen muss, darf die Kringel nicht auf den Boden werfen. Wer unbedingt austreten muss, darf es sagen, ansonsten sollen sie sich bemühen durchzuhalten. Vielleicht hat er es übertrieben, denn die Kinder haben betretene Gesichter gemacht, und Marie hat geflüstert: »Der ist streng, der Herr Schulrat, nicht wahr?«

»Überhaupt nicht, Marie«, hat er geantwortet. »Aber wir wollen uns ja von unserer besten Seite zeigen.«

Nun sitzt er also in aller Herrgottsfrühe in seiner Küche, kaut eingetunktes Brot und ärgert sich, dass er so aufgeregt ist. Es liegt daran, dass es der erste Besuch eines Schulrats ist, der ihm zuteilwird. Auch kennt er den Schulrat nicht und weiß nicht recht, worauf der Vorgesetzte Wert legt und was er bemängeln wird.

Er hat sich gerade eine zweite Tasse Kaffee eingegossen, da läutet es zu seinem Schrecken unten an der Haustür. Schon so früh!, denkt er. Nun gut, dann haben wir es gleich hinter uns.

Aber unten steht Frieda Haller mit kälteroten Wangen und tritt ungeduldig von einem Fuß auf den anderen.

»Guude, Herr Hohnermann«, sagt sie. »Darf ich einen Moment hereinkommen? Ich muss Ihnen unbedingt etwas erzählen.«

Er ist über die Ablenkung nicht böse und bittet sie hinauf in sein Wohnzimmer. Sie rennt so schnell hinauf, dass er kaum nachkommt, und schaltet das elektrische Deckenlicht in eigener Machtvollkommenheit ein. Da steht sie nun vor dem Bücherregal, strahlt ihn glückselig an und breitet emphatisch die Arme aus.

»Sie sind der Erste, dem ich es erzähle«, ruft sie. »Stellen Sie sich vor: Ich darf auf die Schauspielschule gehen!«

»Ach«, sagt er und lächelt sie an. »Das freut mich aber!«

Er ist tatsächlich froh, dass sie ihren ersehnten Beruf erlernen darf. Auf der anderen Seite hat er Sorge, weil sie in der großen Stadt Frankfurt allerlei Verführungen und Gefahren ausgesetzt sein wird. Aber davon sagt er jetzt nichts, er bittet sie, sich hinzusetzen und zu berichten, wie es gegangen ist. Geduldig hört er zu, nickt zu ihren aufgeregten Schilderungen und schaut zwischendrin verstohlen auf seine Armbanduhr. Da hat er den Georg Altmann doch unterschätzt, der ist aufgeschlossener und mutiger, als er bisher geglaubt hat. Er ist gemeinsam mit seiner Schwester Marthe nach Frankfurt gefahren, und dort haben die beiden ein längeres Gespräch mit dem Leiter der Schauspielschule geführt. Worüber genau sie geredet haben, weiß Frieda nicht.

»Die Mutter hat gar nichts gesagt, wie sie am späten Nachmittag wieder heimgekommen ist«, erzählt Frieda. »Aber Onkel Schorsch hat mir die Hände auf die Schultern gelegt und gemeint, dass sich nun erweisen wird, ob ich wirklich für diesen Beruf geeignet bin.«

Marthe Haller und ihr Bruder haben einen Ausbildungsvertrag unterschrieben. Er gilt zunächst für ein halbes Jahr, danach gibt es eine weitere Prüfung, weil man die Entwicklung des Schülers beobachtet und ihm frühzeitig von diesem Beruf abrät, falls er keine Fortschritte macht.

»Das hat die Mutter wohl beruhigt«, meint Frieda, und sie macht ein trotziges Gesicht. »Sie hofft bestimmt, dass ich nach einem halben Jahr rausgeschmissen werde. Aber da irrt sie sich. Weil ich weiß, dass ich es schaffe.«

Das Zerwürfnis zwischen Frieda und ihrer Mutter stimmt Hohnermann bedenklich. Frieda hat den gleichen harten Willen wie Marthe Haller, nun sind die beiden aufeinandergestoßen, Frieda hat sich gegen die Mutter durchgesetzt, und es bleibt zu hoffen, dass es bald zu einer Versöhnung kommt. Bisher schaut es nicht gut dafür aus, denn während Frieda weiterspricht, kann er den Zorn auf die Mutter deutlich heraushören.

»Bei der Oma darf ich nicht wohnen. Das hat meine Mutter streng verboten. Und die Ausbildung soll die Oma auch nicht bezahlen.«

Marthe Haller hat sich nur einverstanden erklärt, wenn die

Tochter daheim wohnt und zum Unterricht mit der Bahn nach Frankfurt fährt. Am Abend soll Frieda zu Hause sein, das war ihre Bedingung.

Er hat seine Zweifel, ob das auf die Dauer möglich sein wird, denn er vermutet, dass die Schauspielschüler angehalten werden, das Theater zu besuchen. Auf jeden Fall bedeutet es für Frieda eine zusätzliche Belastung, und ihre Mutter wird die Fahrtkosten zahlen müssen.

»Und was ist mit dem Stipendium, das sie dir versprochen haben?«, erkundigt er sich.

Sie zuckt mit den Schultern. »Onkel Schorsch hat gesagt, dass sie sich darum bemühen. Aber sicher ist es noch nicht.«

»Dann muss deine Mutter also die Schule bezahlen?«

»Sie will es ja nicht anders«, ruft Frieda aus. »Und ich weiß auch, warum. Weil sie mir ein schlechtes Gewissen machen will, darum.«

»Aber Frieda …«, meint er erschrocken. »Du darfst nicht schlecht von deiner Mutter denken. Was sie tut, das tut sie nur aus Sorge um dich.«

Frieda zieht einen Flunsch, was sehr niedlich bei ihr aussieht, weil sie volle, rosige Lippen hat. Es ist überhaupt schön, ihre lebhafte Mimik zu beobachten. Er ist ein wenig traurig, denn er wird sie in Zukunft wohl kaum noch zu Gesicht bekommen. Mit den überraschenden Besuchen und den vertrauten Gesprächen wird es wohl vorbei sein.

»Die Oma hätte alles bezahlt«, sagt sie zornig. »Und auch Onkel Schorsch hat angeboten, der Mutter etwas dazuzugeben. Aber sie hat es nicht angenommen. Sie will selbst für alles aufkommen, weil es gegen ihre Ehre ist, wenn sie Geld geschenkt bekommt.«

Er schweigt dazu, aber es hört sich fast so an, als hätte Frieda richtig vermutet. Er hat keine Ahnung, wie viel der Dorfladen monatlich abwirft, aber die Schule kostet, dazu werden Anschaffungen nötig sein, und auch die Bahnfahrt muss bezahlt werden. Das ist gewiss nicht wenig, Marthe Haller wird sich einschränken müssen.

»Ich hör schon jetzt, wie die Herta jammert, dass sie sich keine anständigen Schuhe kaufen kann, weil alles Geld für mich ausgegeben wird«, sagt Frieda grimmig. »Aber egal. Das Wichtigste ist, dass ich auf die Schauspielschule gehen darf.«

Man hat Marthe Haller verschiedene Unterlagen mitgegeben, die sie der Tochter heute früh wortlos auf den Küchentisch gelegt hat. Eine Liste mit den Namen der Lehrer und den Fächern, die sie unterrichten. Dann ein Blatt, auf dem etwas über den Beruf des Schauspielers steht, das hat Frieda noch nicht durchgelesen. Dafür zeigt sie ihm stolz einen Stundenplan. Sie hat täglich von zehn Uhr am Morgen bis um vier Uhr nachmittags Unterricht.

»Was ich da alles für Fächer habe«, schwärmt sie. »Schauen Sie mal: Sprechtechnik, Tanz und Bewegung, Fechten, Stimmbildung, Rezitation, Ensemblespiel und Theatergeschichte. Das ist wie im Himmel. Da muss ich nicht mehr im Laden stehen und Essiggurken abzählen – ich darf die ganze Woche das Theaterspielen erlernen!«

Er nickt lächelnd, weil sie so euphorisch ist. Hoffentlich wird sie keine Enttäuschung erfahren, das täte ihm sehr leid. Dann fällt ihm ein, dass Frieda nun auch im Dorfladen fehlen wird, was die Mutter ihr sicher vorhalten wird, denn sie und Herta müssen nun allein die Kunden bedienen. Ach herrje – sie wird es nicht leicht haben.

»Und wann geht es los?«, will er wissen.

»Am siebzehnten März muss ich um zehn Uhr im Schauspielhaus sein.«

»Nun – da drücke ich dir die Daumen, Frieda«, sagt er und fügt hinzu: »Wenn du eine Frage hast oder einen Rat brauchst, kannst du immer gern zu mir kommen.«

»Das mache ich auf jeden Fall«, ruft sie und springt vom Stuhl. »Ich muss jetzt rüber in den Laden. Und alles Gute für Sie! Die Ida hat gesagt, heute käme so ein hässlicher Buckelgnom, der Schulrat heißen würde und vor dem Sie große Angst hätten.«

»So ein Unsinn!«, lacht er. »Aber ich muss in der Tat hinüber, um den Ofen anzuheizen und noch einige Dinge vorzubereiten.«

Sie gehen miteinander die Treppe hinunter und verabschieden sich an der Haustür. Er schaut ihr einen Moment nach, wie sie mit offener Jacke davonläuft, der Rock flattert im Morgenwind. Wie beweglich sie ist! Wie viel Begeisterung und Lebensmut sie ausstrahlt! Sie folgt ihrem Stern. Und was tut er? Auch er hatte einmal ein großes Ziel, aber er hat resigniert, hat aufgegeben und ist stattdessen ein Dorfschullehrer geworden. Das ist eine wichtige Aufgabe, und er verrichtet sie gern. Nur manchmal gibt es Augenblicke – so wie jetzt –, wo er denkt, dass sein Leben ganz anders hätte verlaufen können, wenn der Krieg nicht gewesen wäre.

Im Schulzimmer macht er sich am Ofen zu schaffen, kehrt danach sorgfältig den Kohlenstaub auf dem Boden zusammen und rückt den Stuhl zurecht, den sie für den Schulrat hingestellt haben. Ausgekehrt haben sie gestern nach dem Unterricht, die Fenster sind jedoch ungeputzt, daran hat er nicht gedacht. Da wird die Morgensonne wohl die Kratzer und Schlieren an dem alten Glas sichtbar machen. Dicht sind die Fenster auch nicht – auf den Fensterbänken liegen Polster, damit es nicht so arg zieht.

Es geht auf acht Uhr zu – und kein Schulrat in Sicht. Dafür kommen seine Schüler vollzählig und wie verabredet anständig gekleidet und gekämmt ins Schulhaus. Nur die beiden Döngeskinder, die Kati und der Klaus, haben Holzschuhe an den Füßen, weil die Mutter kein Geld für andere Schuhe hat. Und Thildes linker Zopf ist aufgegangen, aber Annelie hilft ihr, das Haar wieder schön zu flechten.

»Ist der Herr Schulrat schon da?«, fragt Willi beklommen.

»Nein, Willi«, meint der Lehrer schmunzelnd. »Oder siehst du ihn irgendwo?«

»Er könnt sich ja hinter dem Ofen versteckt haben …«

Er beginnt mit dem Unterricht, kümmert sich zunächst um die Kleinen, gibt den anderen Aufgaben, die sie währenddessen beschäftigen, Schönschreiben für die mittleren Jahrgänge, die Älteren erhalten Rechenaufgaben. Ida darf einen Aufsatz zum Thema »Der Frühling im Dorf« schreiben, weil sie erfahrungsgemäß nur wenige Minuten braucht, um selbst komplizierte Rechenaufgaben zu lösen.

Die Zeit vergeht. Die Märzensonne scheint in die Fenster, im Ofen muss Kohle nachgelegt werden, die Kleinen üben eifrig die neuen Buchstaben, er hat den mittleren Jahrgängen ein Diktat gegeben, die älteren lernen, wie eine Dampfmaschine funktioniert. Ida weiß es schon, sie hilft ihm, es den begriffsstutzigen Buben zu erklären, und schlägt vor, eine Dampfmaschine im Schulhof zu bauen.

Dann ist Pause, und er muss die Kinder ermahnen, sich auf dem Schulhof in Acht zu nehmen und keinesfalls in die schlammigen Pfützen zu springen, die sich auf dem Pflaster gebildet haben, weil der Bach über die Ufer getreten ist.

»Wann kommt der denn?«, wird er ungeduldig gefragt.

»Der kommt vielleicht gar net«, überlegt Karl. »Der hat das nur so gesagt.«

Hohnermann gibt sich große Mühe, die Kinder zu beruhigen. Der Herr Schulrat hat gewiss mehrere Schulen zu besuchen und ist vielleicht unterwegs aufgehalten worden. Er scheucht die Kinder vom Gartenzaun weg, wo sie dicht gedrängt stehen, um auf die Dorfstraße zu schauen. Zurück im Schulzimmer müssen erst einmal die Hände gewaschen werden, weil das Holz vom Gartenzaun viele grün bemooste Stellen hat.

Und dann ist der Schulrat endlich da. Sie hören den Motor des

Automobils schon, bevor der dunkle, kastenförmige Wagen am Schulhaus vorbeifährt und im Hof stehen bleibt.

»Sitzen bleiben!«, ordnet der Dorfschullehrer an, da einige schon zum Fenster rennen wollen. »Ida führt die Aufsicht. Ich geh hinaus, um den Schulrat zu begrüßen.«

An der Tür vernimmt er noch Idas energischen Ruf: »Setz dich auf deinen Bobbes, Klaus. Sonst kriegste von mir eine gescheuert!«

Schulrat Dr. Hermes ist ein mittelgroßer, stämmiger Mensch, das Gesicht glatt und bartlos, er trägt einen dunklen Mantel, Stiefel und einen steifen Hut.

»Herr Hohnermann?«, sagt er und steigt mit raschem Schritt die Stufen hinauf. »Wir kennen uns noch nicht, oder?«

Er starrt sekundenlang in Hohnermanns zerschnittenes Gesicht, dann reicht er ihm zur Begrüßung die Hand. Sein Handschlag ist fest, er hat die Neigung, seinem Gegenüber die Hand zu zerquetschen. Hohnermann hält dagegen, auch er hat kräftige Finger, nicht umsonst hat er jahrelang Klavier und Orgel geübt.

»Dann wollen wir mal!«

»Bitte schön. Wir haben Ihnen einen Stuhl zurechtgestellt ...«

Bei ihrem Eintreten ins Schulzimmer stehen alle Kinder brav auf und brüllen wie verabredet: »Guten Morgen, Herr Schulrat!«

Es klappt recht gut, nur Erich fällt dabei der Ranzen aus dem Pult, und Karlchen verspricht sich im Übereifer und sagt »Schulschrat«. Dann zieht er unter Idas vernichtendem Blick den Kopf ein.

Herr Dr. Hermes hat zum Glück nichts gehört, er antwortet zackig: »Guten Morgen. Setzen.«

Anschließend gibt er Lehrer Hohnermann seinen Mantel und seinen Hut und meint: »Machen Sie nur weiter, ich höre ein wenig zu.«

Auf den bereitgestellten Stuhl setzt er sich nicht, stattdessen schreitet er durch den Mittelgang und schaut den Kindern über die Schultern. Hohnermann fühlt sich befangen, doch er gibt sich einen Ruck und kontrolliert die Buchstaben, die die Kleinen auf ihre Schiefertafel haben schreiben müssen. Die mittleren Klassen müssen ein Frühlingsgedicht lernen, den älteren hat er eine Karte von Deutschland hingelegt, die sie abzeichnen sollen. Er lässt die Kleinen Worte finden, die mit dem Buchstaben »P« beginnen, und sie legen sich ordentlich ins Zeug.

»Pause … Pappel … Pissblümchen …«

»Du meinst sicher den Löwenzahn, nicht wahr, Hilda?«

»Da sagt mein Papa immer Pissblümchen dafür!«

Jetzt greift der Herr Schulrat ein und erklärt, dass dies ein böses Wort sei, das man nicht benutzen darf. Hilda schaut ihren Lehrer mit großen, erstaunten Augen an, aber nun hat der Schulrat den Unterricht an sich gerissen, und Lehrer Hohnermann muss schweigen. Zunächst stellt Dr. Hermes ein paar Rechenaufgaben, die machen den Kindern keine Schwierigkeiten. Dann will er wissen, ob sie einen großen deutschen Staatsmann nennen können.

Schweigen in der Runde. Das Wort »Staatsmann« haben sie noch nicht gehört. Pauline nimmt einen Anlauf:

»Der Kaiser Otto, der hat die Ungarn besiegt.«

Herr Dr. Hermes blickt sie irritiert an, dann wendet er den fragenden Blick zu Lehrer Hohnermann.

»Wir waren in Frankfurt im Römer«, sagt Hohnermann erklärend.

»Schön, schön«, meint der Schulrat. »Deutsche Geschichte in bildhafter Darstellung. Recht gut. Aber ich will auf einen anderen Staatsmann hinaus, der auch Otto heißt und der das Deutsche Reich zusammengeschmiedet hat. Nun?«

Hohnermann ist klar, auf welchen Staatsmann Dr. Hermes anspielt, aber er hat die neuere deutsche Geschichte vernachlässigt, weil sie auf den Weltkrieg hingesteuert hat, der ihn aus der Bahn geworfen hat. Dabei haben die Kaiser im Mittelalter ebenfalls Kriege geführt, und das nicht zu knapp.

»Weiß keiner von euch, wen ich meine?«, ruft der Schulrat vorwurfsvoll.

»Den alten Bismarck«, kommt es von Ida aus der letzten Bank.

Ein Stirnrunzeln wegen der despektierlichen Formulierung wird ihr zuteil. »Richtig! Aufstehen. Wie heißt du?«

Ida erhebt sich ohne Eile. »Ida Haller.«

»Er heißt Reichskanzler Otto von Bismarck. Merke dir das, Ida. Was weißt du über ihn?«

Ida leert den Schatz ihres angelesenen Wissens aus. »Der hat den König von Preußen zum deutschen Kaiser gekrönt. Weil die Preußen gerade die Franzosen besiegt hatten, da war die Lage günstig, und Otto von Bismarck hat mit allen Königen und Fürsten verhandelt und das Deutsche Reich zusammengebracht. Bloß die Österreicher, die wollten nicht mitmachen, aber da hat der Bismarck schließlich gesagt, dass es auch ohne sie gehen muss …«

»Schön, schön«, meint der Schulrat und nickt Hohnermann anerkennend zu. »Und wie hieß nun der deutsche Kaiser, der im besiegten Versailles ausgerufen wurde?«

Jetzt traut sich auch Annelie, eine Antwort zu geben; sie hebt den Finger. »Wilhelm hat der Kaiser geheißen.«

»Wilhelm der Erste. Sehr schön«, lobt der Schulrat. »Und wer war sein Nachfolger? Du dahinten mit dem blauen Hemd?«

»Der hieß … Wilhelm«, sagt Hans Koppel.

»Falsch!«

Der Nachfolger stellt sich als Kaiser Friedrich Wilhelm I. heraus. Der Nächste heißt dann aber doch Wilhelm II., den kennen sie alle, weil die Eltern manchmal von der »Kaiserzeit« vor dem Krieg erzählen und weil der Dippel Alfred immer sagt: »Unter unserm guten Kaiser Wilhelm hätt's das net gegeben.«

Nun denkt Lehrer Hohnermann, dass der Herr Schulrat seine Fragen vielleicht in eine andere Richtung lenkt. Zum Beispiel auf die Botanik oder die Geografie, da hat er seinen Schülern eine Menge mitgegeben. Aber Herr Dr. Hermes hat sich am Thema »Deutschland« festgebissen und erklärt nun, dass sie alle, jeder an seinem Ort, arbeiten müssen, damit »unser deutsches Land« wieder den Platz in der Welt bekommt, der ihm seit jeher zusteht. Dabei redet er sich richtig in Rage, und seine Spucke fliegt bis zur ersten Bank.

»Deutschland liegt am Boden, durch Verräterhand gefällt. Aber ihr, die junge Generation, ihr seid aufgerufen, die Fesseln, die uns die Feinde angelegt haben, abzuwerfen und die Schmach zu rächen!«

Hohnermann begreift, dass der Schulrat der Ansicht der obersten Heeresleitung anhängt, die erklärt hat, dass das Deutsche Kaiserreich den Weltkrieg nur verloren hat, weil die Sozialdemokraten und andere ihnen den Rückhalt der Bevölkerung entzogen haben. Wäre das nicht geschehen, hätten die deutschen Soldaten den Sieg davongetragen. Hohnermann weiß aus eigenem Kriegserleben, dass das eine Lüge ist, und er ist entsetzt. Der hochverehrte Herr Schulrat erzählt seinen Kindern solche Lügen. Und ihm selbst sind die Hände gebunden, er kann nur schweigen und es geschehen lassen.

»Eines nicht so fernen Tages werdet ihr Buben aufstehen und eure Pflicht dem deutschen Vaterland gegenüber freudig erfüllen. Bis dahin aber sollt ihr fleißig lernen und die Arbeit auf dem Acker tun, wie es auch eure Väter gehalten haben. Der deutsche Boden ist heilig, denn er ernährt uns alle. Darum könnt ihr stolz darauf sein, diesen Boden zu bearbeiten, das Korn zu säen und zu ernten, die Heu einzubringen und das Vieh zu versorgen …«

Er hält inne, weil Gustav das Käsebrot aus dem Ranzen gefallen ist, das er in der Pause vor lauter Aufregung nicht gegessen hat.

Erschrocken bückt sich der Bub, um es aufzuheben, aber wie er sich wieder aufrichtet, knallt er mit dem Hinterkopf gegen den Pultdeckel. Der klappt hoch, und die Schiefertafel, die darauf liegt, rutscht dem Herrn Schulrat vor die Füße. Es gibt einen ordentlichen Schlag, weil der Rahmen zerbirst und die Tafel zerbricht. Kladderadatsch! Der Herr Schulrat macht einen erschrockenen Hüpfer, der gar nicht zu seinem pathetischen Vortrag passen will.

»Kannst du nicht aufpassen?«, fährt er Gustav an.

Der hält sich heulend den Hinterkopf, und die Anna, die neben ihm sitzt, fängt vor Schreck gleich auch an zu weinen. Lehrer Hohnermann muss etwas tun, um die Lage zu retten. Laut ruft er: »Wir singen jetzt ein schönes Lied für den Herrn Schulrat. Aufstehen und durchatmen. Wir singen: ›Mein schönste Zier …‹«

Er gibt den Anfangston und singt kräftig mit, die Kinder kennen das Lied, er hat es mit ihnen einstudiert und darauf geachtet, dass sie die richtigen Töne treffen, denn es ist nicht ganz einfach zu singen.

»… auf Erden du, Herr Jesu Christ. Dich will ich lassen walten …«

Sie machen ihre Sache sehr gut, singen frisch und lebhaft, es schallt durch das Schulzimmer hinaus auf den Hof und über den Kirchanger, und die Frühlingssonne, die durch die Fenster blitzt, tut ein Übriges. Der Herr Schulrat muss sich drei Strophen anhören; bei der dritten geht er zum Wandhaken, setzt den Hut auf und zieht den Mantel an.

»Schön, schön«, meint er mit leicht säuerlicher Miene. »Recht munter und kräftig gesungen. Sie haben eine musikalische Vorbildung, Herr Hohnermann?«

»Ich habe einmal Musik studiert …«

»Lassen Sie die Kinder auch mal was Völkisches singen. Nicht nur Kirchenlieder.«

»Natürlich. Wir singen auch Volkslieder …«

Doch Dr. Hermes hört gar nicht mehr hin, sondern macht zu den Schülern gewendet eine auffordernde Handbewegung, die jedoch keiner versteht, weil Lehrer Hohnermann sie nicht verwendet.

»Aufstehen, ihr Deppen!«, kommt es von Ida.

Hastig fahren alle aus den Pulten, drei Bleistifte rollen auf den Boden, aber das ist jetzt schon gleich. Der wichtige Herr Schulrat verabschiedet sich kurz und bündig.

»Auf Wiedersehen. Und seid brav und fleißig. Für unser deutsches Land!«

»Auf Wiedersehen, Herr Schulrat!«, dröhnt es im Chor.

Lehrer Hohnermann begleitet den wichtigen Mann zu seinem Automobil. Dort bekommt er zu hören, dass er die Kinder straffer anfassen müsse. Wieso er keinen Rohrstock auf dem Pult bereithalte.

»Auch das nationale Bewusstsein lässt zu wünschen übrig. Lassen Sie die Kinder Turnübungen machen. Marschieren. Dabei können sie auch singen … Alsdann …«

Den Händedruck spart er sich dieses Mal, er steigt in den Wagen und lässt den Motor an. Nach zwei Fehlzündungen tut die Maschine ihre Pflicht, der Herr Schulrat wendet den Wagen haarscharf am Zaun des Schulgartens vorbei und fährt auf die Dorfstraße. Als sich Lehrer Hohnermann umdreht, sieht er, dass alle seine Schüler an den Fenstern stehen, um den Abgang des Herrn Schulrats mitanzusehen.

»Den haben wir rausgesungen!«, sagt Ida triumphierend, als Hohnermann ins Schulzimmer tritt. »Noch eine Strophe, und es hätte ihn umgehauen.«

»Sei nicht so respektlos, Ida«, tadelt er sie sanft.

Die Stimmung im Klassenraum ist nun gelöst, alle sind erleichtert, dass es vorbei ist, es wird fröhlich geschwatzt, und es dauert ein Weilchen, bis alle wieder auf ihren Plätzen sitzen.

»Ihr habt eure Sache sehr gut gemacht!«, lobt Hohnermann die Kinder. »Zur Belohnung gibt es heute ausnahmsweise keine Schularbeiten.«

Begeisterung bricht aus, einige wollen zum Bach und schauen, ob es schon Kaulquappen gibt; Ida behauptet, gestern zwei Krebse gefangen zu haben. Er sammelt die Diktathefte der mittleren Klassen ein und lässt seine Schäflein noch ein Lied singen, bevor er sie eine Viertelstunde früher als gewöhnlich heimschickt. Weil jetzt sowieso nicht mehr viel mit ihnen anzufangen ist.

Er hofft, dass die Reden des Schulrats mehr oder weniger unverstanden an den Ohren seiner Schüler vorbeigezogen sind. Das ist bei den meisten wohl auch der Fall gewesen, allerdings gibt es eine, die genau zugehört hat.

»Von was für einer Verräterhand hat der denn geredet?«, fragt Ida ihn, als er das Schulzimmer hinter ihnen abschließt.

»Komm heut Nachmittag bei mir vorbei, Ida. Dann erkläre ich es dir.«

Sie zieht die Stirn kraus und wägt ab, ob es sich lohnt. Weil sie mit den anderen zum Bach will.

»Haben Sie neue Bücher?«

»Leider nein. Vielleicht in der nächsten Woche.«

»Dann komme ich nächste Woche …«

Er ist nicht böse über die Absage. Es fällt ihm schwer, über den Krieg zu sprechen, weil in ihm dann die Erinnerungen aufsteigen und er in der Nacht nicht mehr schlafen kann. Aber es muss gesagt werden, es ist wichtig. Gerade Ida gegenüber darf er nicht schweigen, weil sie ein so ungewöhnlich kluges Mädchen ist.

Kapitel 22

Am Morgen redet die Mutter immer noch kein Wort mit Frieda. Schweigend sitzt sie mit ihnen am Küchentisch, schneidet das Butterbrot in kleine Stückchen, bevor sie es isst, und starrt vor sich hin. Das Geld für die Fahrkarte liegt abgezählt vor Friedas Teller. Herta gießt Kaffee ein und macht zwei Brote für Frieda zurecht. Mit Butter spart sie, und die Blutwurst, die Frieda nicht mag, legt sie in dünnen Scheibchen darauf. Dann steckt sie die Brote in eine Ladentüte und schiebt sie Frieda hin.

»Da!«

»Danke!«

Mehr wird nicht gesagt, die Mutter und Herta gehen hinüber in den Laden, und Frieda ist mit Ida in der Küche allein.

»Ich hol dir schnell was aus dem Keller«, sagt Ida.

»Ach, lass doch …«

Aber Ida ist schon auf der Kellertreppe und bringt ihr zwei Äpfel und eine schrumpelige Winterbirne. So ist sie, ihre kleine Schwester. Was sie haben will, das nimmt sie sich.

»Sonst bist du bis heut Abend ja verhungert!«

Frieda sind solche Lappalien wie Essen und Trinken momentan vollkommen gleichgültig. Heute ist der erste Tag in der Schauspielschule, und sie ist schrecklich aufgeregt. Gestern war sie auf dem Altmannhof bei Kusine Luise und hat lange mit ihr über den Dieter Kappus geredet, der – so meint Luise jetzt vorsichtig – »eigentlich gar nicht so übel« ist. Er war neulich bei ihnen zu Besuch und hat ihnen sein nagelneues Automobil vorgeführt.

»Wenn er so im Wagen sitzt, macht er schon eine gute Figur«, findet Luise.

Frieda hat die Gelegenheit benutzt, sich ein Kleid und ein Paar Seidenstrümpfe von Luise auszuleihen. Damit sie an ihrem ersten Tag in der Schauspielschule nicht wie ein Landei ausschaut. Die alte Jacke wird sie leider anziehen müssen, eine andere besitzt sie nicht. Und die geschnürten Halbschuhe wirken mit den feinen Seidenstrümpfen noch klobiger, als sie sowieso schon sind.

Ida umarmt die Schwester, bevor sie zur Schule muss, und drückt sie, so fest sie kann. »Ich bin so stolz auf dich, Friedchen«, sagt sie. »Du musst mir heut Abend alles ganz genau erzählen, ja?«

»Natürlich …«

»Und nimm das mit. Für alle Fälle.«

Sie steckt ihr einen Zettel zu, dann reißt sie sich los, greift den Schulranzen und rennt davon. Es ist schon fünf nach acht.

Gegen halb neun macht sich Frieda auf den Weg zum Bahnhof. Im Laden sind mehrere Kundinnen, auch Frau Pfarrer Seybold ist anwesend, und alle schauen Frieda nach, als sie hinaus auf die Dorfstraße geht.

»Da nimmt das Unheil seinen Lauf!«, hört sie die Frau Pfarrer sagen.

Draußen fegt ein frühlingshafter Wind durch das Dorf, die Dächer glänzen vor Nässe, und überall stehen Pfützen, weil es in der Nacht geregnet hat. Als der Dippel Alfred mit dem Pferdefuhrwerk an ihr vorbeifährt, drückt sie sich an den Gartenzaun, damit er Luises Kleid nicht bespritzt. Der Himmel hängt regenschwer – ach herrje, sie hat keinen Schirm mitgenommen.

Während sie am Bahnsteig steht und auf den Zug wartet, überkommt sie Traurigkeit. Die Mutter ist nach wie vor zornig auf sie, sie sagt es nicht, aber man merkt es überdeutlich an ihrem Verhalten. Sie redet nur das Nötigste mit Frieda, ihr Ton ist hart, meist schaut sie der Tochter nicht ins Gesicht. Es tut Frieda weh, aber sie weiß nicht, was sie dagegen tun könnte. Sich entschuldigen würde nicht ausreichen, das weiß sie. Die Mutter wäre erst dann zur Versöhnung bereit, wenn sie auf die Schauspielschule verzichten würde. Aber das kann sie nicht, das will sie nicht.

Kurz bevor der Zug hält, kommt noch jemand zum Bahnsteig gelaufen. Es ist die Frau Küpper von der Fabrik, sie ist ganz außer Atem, weil sie zu spät losgegangen ist, aber trotzdem nimmt sie sich die Zeit, Frieda einen schönen guten Morgen zu wünschen.

»Na, auch allein nach Frankfurt unterwegs, Fräulein Haller?«

Es gefällt Frieda, dass sie gesiezt und mit »Fräulein Haller« angesprochen wird. Sonst sagen alle immer nur »Frieda« zu ihr oder auch »die Frieda vom Dorfladen«.

»Ja. Ich habe heute den ersten Tag in der Schauspielschule!«

Frau Küpper lächelt sie an. »Ich habe davon gehört, dass Sie auf die Schauspielschule gehen werden«, meint sie. »Das finde ich ganz großartig. Ich wünsche Ihnen viel Erfolg!«

»Ganz herzlichen Dank, Frau Küpper.«

Dann steigen sie ein und trennen sich; Frau Küpper fährt in der zweiten Klasse, Frieda in der dritten. Nachdenklich sitzt sie auf der Holzbank und überlegt, dass es immerhin doch ein paar Leute in Dingelbach gibt, die ihre Entscheidung unterstützen. Vor allem Ida, dann Lehrer Hohnermann, Onkel Schorsch, Luise und nun auch Frau Küpper. Das freut sie ganz besonders.

Schön ist sie nicht gerade, die Frau Küpper. Aber sie strahlt etwas aus, was die Menschen zu ihr hinzieht. Außerdem ist sie eine mutige Person und kann die Dinge anpacken. Wie es scheint, hat sie die Fabrik wieder hochgebracht und sogar drei neue Arbeiterinnen eingestellt. Alle Achtung! Und wie gut sie immer angezogen ist! Der hellgraue Wollmantel hat einen eleganten, modernen Schnitt, und die Spangenschuhe sind schmal, liegen eng am Fuß an und haben kleine Knöpfe. Sie trägt einen Hut mit einer Feder, der bestimmt sehr teuer gewesen ist; auch die lederne Aktentasche hat viel Geld gekostet. Frieda stellt sich vor, wie Frau Küppers Kleiderschrank ausgestattet ist, da hängen wohl lauter teure, moderne Kostüme, Blusen und Mäntel in allen Farben, dazu die passenden Hüte und Schuhe, sie braucht nur auszuwählen und hineinzugreifen. Das ist schon etwas anderes als die hässliche braune Jacke, die Frieda viel zu groß ist und an ihr hängt wie ein alter Kartoffelsack. Frieda seufzt. An neue Kleider oder gar Schuhe darf sie in der nächsten Zeit gar nicht denken, dafür ist kein Geld da.

In Frankfurt angekommen, hat sie alle Sorgen vergessen. Die brodelnde Unruhe der großen Stadt nimmt sie ganz und gar gefangen. Die vielen Menschen, die sich durch die Straßen bewegen, der Lärm der Automobile, Straßenbahnen, Pferdefuhrwerke und dazu der verlockende Duft eines Marktstands, an dem frische Brezeln verkauft werden – alles vermischt sich zu einer berauschenden Sinfonie der Sinne. Auf dem Weg zum Schauspielhaus beobachtet sie die Menschen, die an ihr vorüberhasten. Wie unterschiedlich sie sind! Da sind junge Damen in hübschen, modischen Mänteln mit frechen Hüten, die oft zu mehreren die Straße entlanggehen und laut miteinander reden und lachen. Die Brezelverkäuferin aber ist eine verhutzelte alte Frau im langen schwarzen Rock und mit einem dunklen Schultertuch. Die könnte genauso gut in Dingelbach stehen, da würde sich keiner nach ihr umdrehen. Bei den Männern ist es ähnlich, es gibt solche mit teuren Stoffmänteln und steifen Hüten, die haben sorgfältig gepflegte Schnurrbärte und Lackschuhe. Aber überall auf dem Rossmarkt stehen auch Männer in abgerissener Kleidung, die die Zeitung lesen, weil sie Arbeit suchen. Und immer wieder hockt in einem Hauseingang ein Bettler, ein Kriegskrüppel, der keine Beine oder nur noch einen Arm hat.

Im Schauspielhaus muss sie sich durchfragen, um den Raum zu finden, in dem die Schüler heute begrüßt und eingeführt werden.

»Ach, du bist eine von den Neuen«, sagt ein schlaksiger junger Mensch, den sie auf einem Flur trifft. Er grinst sie an, schaut abschätzend an ihr herunter und meint dann: »Herzlich willkommen. Ich bin Jonny. Auch Schauspielschüler, aber zwei Klassen über dir. Bin kurz vor der Abschlussprüfung. Und wie heißt du?«

»Frieda Haller. Schön, dich zu treffen Jonny. Weißt du, wo ich hinmuss? Das ist hier ein richtiger Irrgarten …«

»Da drüben die Tür. Den Dialekt musst du dir aber schnell abgewöhnen, Mädchen …«

Dialekt, denkt sie erschrocken. Sie hat sich bemüht, richtiges Hochdeutsch zu sprechen und nicht den Dingelbacher Dorfdialekt. Aber wie es scheint, hört man ihr trotzdem an, dass sie vom Dorf kommt. Wie ärgerlich!

Hinter der Tür öffnet sich ein rechteckiger Raum, der auf den ersten Blick viel größer erscheint, als er tatsächlich ist. Das liegt an der verspiegelten Wand, vor der eine lange Stange angebracht ist.

»Nur herein, Fräulein Haller«, ruft man ihr entgegen. »Sie sind die Letzte, jetzt sind wir vollzählig.«

Ein paar Stühle sind aufgestellt, darauf sitzen mehrere Personen. Sie erkennt die nette dunkelhaarige Frau, die bei ihrer Prüfung dabei gewesen ist und ihr Mut gemacht hat. Die heißt Mathilde Einzig, das stand auf dem Schreiben. Neben ihr sitzt ein Herr in mittleren Jahren, der seine Brille herunterschiebt, um sie genau zu mustern, auf der anderen Seite eine schmale, kleine Frau mit ältlichem Gesicht und straff zurückgebundenem Haar. Außerdem fünf junge Leute, das sind wohl ihre Mitschüler. Begeistert stellt sie fest, dass Harry dabei ist. Er winkt ihr zu und deutet auf den Stuhl neben sich.

»Hallo, Frieda! Wie schön, dass es bei dir auch geklappt hat!«

»Harry!«, ruft sie. »Ich hab's ja gewusst!«

Sie setzt sich, stellt den Beutel auf den Boden, dann steht sie hastig noch einmal auf, um die Jacke auszuziehen, knüllt das hässliche Teil zusammen und stopft es unter den Stuhl.

»Können wir nun anfangen?«, fragt der Herr mit der Brille, der sie bei ihren Vorbereitungen beobachtet hat.

»Meinetwegen gern!«, versetzt sie fröhlich.

Er durchbohrt sie mit Blicken, aber er scheint nicht böse, sondern eher amüsiert zu sein. Dann steht er auf und stellt sich als Richard Weichert vor, Lehrer der Schauspielschule und zugleich der Oberspielleiter der Frankfurter Bühnen. Er gratuliert den sechs Kandidaten, weil sie sich gegen zahlreiche Mitbewerber durch ihr gelungenes Auftreten und ihr Talent durchgesetzt haben. Das sei eine große Auszeichnung, bedeute aber auch eine Verpflichtung, denn die Schule habe ihnen großes Vertrauen entgegengebracht, das sie nun durch Eifer und Einsatz rechtfertigen müssten. Mathilde Einzig redet eine Weile über das neue Theater, wo man nicht mehr pathetisch Texte deklamiere, sondern ganz natürlich sprechen und spielen müsse. Die dünne Frau mit dem nach hinten gebundenen Haar ist Leopoldine Müller, sie unterrichtet Tanz und Bewegung. Sie sagt nur wenige Sätze und erklärt, dass der Körper ein wichtiges Ausdrucksmittel des Bühnenschauspielers sei, das die gleiche Bedeutung wie Mimik und Stimme besitze. Andere Lehrer sind heute nicht abkömmlich, sie werden sie im Laufe der Ausbildung kennenlernen.

»Und wann geht's los?«, will Frieda vorwitzig wissen.

»Du kannst es wohl nicht erwarten, wie?«, lacht Frau Einzig. »Heute erhaltet ihr von uns eine Einführung und allgemeine Informationen. Morgen beginnt der eigentliche Unterricht.«

»Morgen erst?«

Die Enttäuschung ist ihr anzuhören. Auch die anderen Schüler finden es schade, dass sie bis morgen warten müssen. Dafür erfahren sie nun, dass nicht alle Fächer hier im Schauspielhaus unterrichtet werden – Stimmbildung und Körperbildung finden zum

Teil auch im Hoch'schen Konservatorium in der Eschersheimer Landstraße statt. Sie müssen es in ihren Stundenplan eintragen und gelegentlich mit der Straßenbahn hin und her fahren.

»Die Schauspielschule besteht seit fünf Jahren«, erklärt Herr Weichert. »Eine Einrichtung, die schon etliche hervorragende Künstler hervorgebracht hat. Darauf sind wir sehr stolz.«

Dann empfiehlt er ihnen den Besuch der Aufführungen im Schauspielhaus, vornehmlich jener, die er inszeniert hat, und kündigt an, dass sie schon Ende des Jahres, wenn die Theatersaison wieder beginnt, als Statisten oder auch in kleinen Nebenrollen eingesetzt werden. Da sei wichtig, um ihnen erste Bühnenerfahrung zu vermitteln. »Theaterluft schnuppern. Das kann auch einmal in einem Ballett oder in einer Oper sein, sicher aber im Weihnachtsmärchen, da brauchen wir euch als Engelein.«

Er grinst verschmitzt bei dieser Ankündigung, und Frieda denkt, dass das Frankfurter Theater sich da gar nicht viel vom Dingelbacher Krippenspiel unterscheidet. Da brauchen sie auch jede Menge Engel an Weihnachten. Wie sie der Mutter allerdings erklären soll, dass sie abends im Frankfurter Theater als Engel auftreten muss, das weiß sie noch nicht.

Nun müssen sie den Raum frei machen, weil Frau Krug jetzt die Schüler der beiden Jahrgänge über ihnen in »Bewegungstanz« unterrichtet.

»Dürfen wir zuschauen?«, fragt Frieda.

Fünf Minuten werden ihnen zugestanden, der Raum ist klein, und es sind zehn Schüler, die den Platz für die Übungen benötigen.

Die Aspiranten warten schon vor der Tür, es sind fünf junge Frauen und fünf Männer. Sie schauen sich die Neuen grinsend an, wünschen ihnen Glück und machen sich für den Unterricht bereit. Jonny ist auch dabei, er gönnt Frieda einen herablassenden Blick und wirft seinen Mantel in eine Ecke.

»Wem gehört dieser Sack da unter dem Stuhl?«, ruft ein Mädchen.

»Mir!«, schreit Frieda erschrocken. »Hab ich vergessen.«

Sie klaubt ihre Jacke unter dem Stuhl hervor, entschuldigt sich und geht damit zu den anderen Anfängern, die sich schüchtern neben der Tür an die Wand drücken.

»Du bist die Frieda, nicht wahr?«, flüstert ihre Mitschülerin ihr zu. »Ich bin Annemarie.«

Sie lächeln einander an, und Frieda weiß sofort, dass sie Annemarie mag. Sie hat blondes, kurzes Haar, graue Augen und ist ein wenig mollig.

»Ich glaub, ich hab dich schon gesehen«, meint Frieda. »Bei der ersten Prüfung.«

»Da hab ich dich auch gesehen. Du bist mit zwei anderen Mädchen da gewesen, stimmt's?«

»Stimmt. Meine Kusine und meine kleine Schwester. Was hast du vorgesprochen?«

»Das Gretchen aus dem *Faust*. Und du?«

»Erst die Lady Macbeth. Und beim zweiten Mal den Puck aus dem *Sommernachtstraum*.«

»Bitte Ruhe!«, unterbricht sie die energische Stimme der Tanzlehrerin. »Wir stellen uns auf. Den Körper lockern. Die Glieder ausschütteln …«

Frieda bemerkt erst jetzt, dass die Schauspielschüler in kurzen Höschen und Hemdchen angetreten sind. Alle – nicht nur die Männer, auch die Frauen – zeigen sehr viel Haut. Du liebe Güte, wenn das ihre Mutter sehen würde, dann würde ihr vermutlich schwarz vor Augen. Die pure Sünde, so vor den Männern herumzulaufen! Mit nackten Oberschenkeln und ohne Ärmel. Auch Frieda wird etwas mulmig bei diesem Anblick. Woher soll sie diese Montur nehmen? Die Mutter wird sie ihr ganz sicher nicht kaufen. Schon gar nicht die weichen Turnschlappen, die einige von ihnen tragen. Allerdings kann man wohl auch barfuß tanzen, das ist ein kleiner Trost.

Nach Tanz schaut es aber eigentlich nicht aus, was sie zu sehen bekommt. Eher nach Freiübungen, wie sie sie manchmal in der Schule gemacht haben. Allerdings weniger zackig, sondern weicher, eleganter. Sie schauen dabei auch nicht so verkniffen drein wie die Schüler in Dingelbach, wenn sie auf dem Schulhof Kniebeugen und Hüftbiegen machen müssen.

Nach den ersten Aufwärmübungen werden die Zuschauer von der Leiterin verabschiedet und dürfen das Schauspielhaus für heute verlassen. Schwatzend und aufgeregt von den ersten Eindrücken laufen sie durch die Flure, stoßen mit Theaterleuten zusammen, die dort geschäftig unterwegs sind. Vor allem die Tänzerinnen erkennt man sofort, weil sie alle klein, zart und sehr hübsch sind.

»Die Ballettratten«, scherzt einer. Er hat rotes Haar und schaut ein wenig schräg aus, findet Frieda.

Draußen stehen sie beieinander, und Frieda erfährt die Namen ihrer Mitschüler. Der Rothaarige ist Erwin Kreuzer aus Mainz. Dann gibt es einen, der ist größer als sie alle, sehr knochig, und er redet langsam. Das ist Rudolf Stimpel, er kommt aus Frankfurt. Der Vierte heißt Kurt Bacholski, schaut aus wie ein kräftiger Bauer und hat eine tiefe Stimme. Neben Harry gefällt er Frieda am besten.

Harry schlägt vor, hinüber ins Café Bauer zu gehen, um ein wenig zusammenzusitzen. Alle sind einverstanden, nur Frieda nicht. Einen Kaffee oder gar ein Stück Kuchen im Café Bauer kann sie nicht bezahlen, sonst reicht das Geld nicht mehr für die Rückfahrt nach Dingelbach. Aber das sagt sie nicht, weil die Mitschüler nicht wissen sollen, dass sie kein Geld hat.

»Liebend gern – aber ich habe leider noch eine Verabredung«, schwindelt sie. »Ich muss mich beeilen, damit ich nicht zu spät komme.«

Sie begreift sofort, dass ihr das keiner glaubt. Weil sie ja alle davon ausgegangen sind, heute schon bis vier Uhr Unterricht zu haben, wie kann sie da um halb zwölf verabredet sein?

»Komm schon«, meint Harry. »Ich lade dich ein. Wir müssen doch unser Wiedersehen feiern, Frieda!«

Sie verflucht die elende Geldknappheit, die sie bei jeder Gelegenheit zu spüren bekommt. Wie gern würde sie mitgehen, schon weil Harry so lieb bittet und sie dabei auf eine besondere Weise anschaut. Aber ihren Kaffee bezahlen soll er nicht, dazu ist sie zu stolz.

»Ein anderes Mal«, gibt sie zurück und zieht die hässliche Jacke über, die sie bis jetzt unter dem Arm getragen hat. »Bis morgen dann! Um zehn im Schauspielhaus. Rezitation und Sprechtechnik. Da bin ich gespannt!«

Sie winkt mit gespielter Fröhlichkeit in die Runde und läuft davon. Nach einer Weile dreht sie sich um und schaut zurück – die anderen stehen nicht mehr vor dem Schauspielhaus, sie sind also ins Café gegangen. Das fängt ja gut an, denkt sie. Vielleicht kann ich mithalten, wenn ich öfter im »Raben« kellnere? Aber das Geld wird sie der Mutter geben müssen, weil die ja die Schauspielschule bezahlt. Und wenn sie einen kleinen Teil davon für sich behält? Dann wird Herta jammern, dass sie tagaus, tagein arbeitet und niemals auch nur einen Pfennig für sich selbst verwendet, sondern alles nur für den Laden tut. Auf der anderen Seite: Was kümmert sie Hertas Gejammer? Die nörgelt doch sowieso bei jeder Gelegenheit an ihr herum.

Am Rossmarkt angekommen, bleibt sie vor einer Bäckerei stehen und tut so, als würde sie die Backwaren im Schaufenster betrachten. In Wirklichkeit überlegt sie, was sie nun anfangen soll. Nach Hause fahren? Dann muss sie den Rest des Nachmittags im Laden bedienen. Dazu hat sie eigentlich keine Lust. Sie könnte sich Frankfurt anschauen, aber vor allem hat sie Hunger bekommen. Sie setzt sich auf eine Bank und zieht die mitgebrachten Brote aus dem Beutel. Da ist ja auch der Zettel, den Ida ihr zugesteckt hat, den hat sie ganz vergessen. Was steht denn drauf?

Else Haller, Frankfurt am Main, Bockenheimer Landstraße 96

Die Adresse der Großmutter! Was hat sich Ida dabei gedacht? Soll sie vielleicht hingehen und sich vorstellen? Guten Tag, ich bin Ihre Enkelin Frieda. Die Tochter von Marthe Haller, die Sie neulich in Dingelbach aus dem Haus geschmissen hat.

Die Mutter würde ihr niemals verzeihen, wenn sie hinter ihrem Rücken die Großmutter besuchen würde. Sie steckt den Zettel wieder in den Beutel und packt das Wurstbrot aus. Hungrig kaut sie Dingelbacher Blutwurst, denkt, dass Herta ruhig etwas Senf hätte darüberschmieren können, und steckt das zusammengeknüllte Papier wieder in den Beutel. Dabei kommt ihr wieder Idas Zettel in die Finger, und sie fragt sich, ob sie nicht wenigstens einmal an dem Haus ihrer Großmutter vorbeigehen sollte. Weil sie ja noch Zeit hat. Und weil es vielleicht interessant wäre zu wissen, wie und wo die Großmutter in Frankfurt wohnt. Nur so. Weil sie doch eine nahe Verwandte ist.

Sie spart sich das zweite Brot für später auf und schaut sich um, wen sie nach der Bockenheimer Landstraße fragen könnte. Einen der Männer, die dort vor einem Gebäude stehen und Zeitungsannoncen studieren? Oder die dicke Frau mit den beiden Kindern, die gerade aus der Bäckerei kommt? Aber die sieht nicht sehr freundlich aus, gerade haut sie dem Buben eine herunter. Frieda entschließt sich, die Brezelfrau zu fragen, die macht ein freundliches Gesicht, und außerdem zieht der Brezelduft sie wie magisch an.

»Entschuldigen Sie, ich suche die Bockenheimer Landstraße …«

Die Brezelfrau scheint sie schon ein Weilchen beobachtet zu haben, denn sie verzieht das Gesicht zu einem Lächeln. O weh – vorn fehlen ihr zwei Zähne. Gerade so wie bei der Anni Christ, die hat auch schon viele Zähne verloren.

»Du kommst vom Dorf, wie?«, fragt sie Frieda.

»Ja. Aus Dingelbach …«

»Hör mal zu, Kleine. Wenn du dich hier in der Stadt so ganz allein auf eine Bank setzt, kann es passieren, dass du angemacht wirst. Verstehst du?«

»Angemacht?«

»Von irgendeinem Kerl, der nichts Gutes im Sinn hat. Ich sag's dir nur, damit du's weißt. So! Und zur Bockenheimer, da gehst du hinüber zum Theaterplatz. Von da aus geht's links in die Bockenheimer rein.«

»Vielen Dank!«

Da hat sie ihre erste Großstadtlektion weg. Nicht allein auf einer Bank sitzen. So was!

Auf dem Theaterplatz kommt sie an einem Schuhgeschäft vorbei und bleibt wie angewurzelt stehen. Da sind sie, diese wunderschönen, leichten, eleganten Spangenschuhe. Es gibt sie in »Brokat«, da kosten sie fünf Mark neunzig. Dann in Lack – auch sehr schick. Die kosten eine Mark mehr. Aber am schönsten sind die »feinfarbigen« in Rosé, Beige und Mauve. Wobei sie das Wort »Mauve« nicht kennt, aber die Farbe hat etwas von einer reifen Pflaume. Sieben Mark neunzig! Neulich hat sie fast zehn Mark Trinkgeld im »Raben« ergattert, davon hätte sie sich die Schuhe kaufen können. Aber sie hat Ida zwei Mark geschenkt und fünf Mark der Mutter gegeben. Den Rest hat sie für Haarspangen, Schreibhefte und Schokolade ausgegeben. Im Laden zum Einkaufspreis. Weg war das Geld.

Die Bockenheimer Landstraße ist sehr breit, in der Mitte stehen Bäume, die jetzt leider immer noch kahl sind. Eine Gruppe

Kinder läuft dort herum, kleine und ältere, sie haben Peitschen und Kreisel, um die sie sich lärmend streiten. Rechts und links stehen hohe, eindrucksvolle Gebäude, die Hausnummer 96 muss weiter oben sein, hier ist erst Nummer 21. Mehrere Automobile kommen ihr entgegen, darin sitzen Herrschaften in Pelzmänteln mit ernsten Gesichtern. Unter einem Baum hockt ein Bettler und hält ihr eine Blechdose entgegen – aber sie hat nichts, was sie hineintun könnte, und geht mit einem entschuldigenden Lächeln an ihm vorbei. Nun breiten sich immer mehr Gärten aus, von hohen eisernen Zäunen bewehrt. Auf diesen Grundstücken stehen schöne Villen, ganz aus Stein erbaut, nicht in Fachwerk wie die Villa Küpper. Sie sehen aus wie kleine Schlösser, denkt Frieda. So herrschaftlich und kompakt, ganz weiß angestrichen und mit hohen Glasfenstern. Ob hier lauter Prinzen und Fürsten wohnen?

Die Hausnummer 96 ist auf einem kleinen Schild am Tor eines Grundstücks angebracht. Scheu bleibt Frieda vor dem Anwesen stehen. Hier also wohnt ihre Großmutter, in diesem großen Haus mit dem halbrunden Säulenvorbau, der von steinernen Blütenmotiven geschmückt ist. Efeu wächst auf der rechten Seite bis hinauf zum Dach; der eiserne Zaun, der den Garten umgibt, wird von steinernen Pfosten gehalten, auf denen weiße Gefäße stehen, die ebenfalls aus Stein gehauen sind.

Eine breite Einfahrt führt in den Garten und am Haus vorbei, vermutlich ist der Eingang auf der Rückseite. Hier tuckert die Großmutter wohl immer mit ihrem Automobil herein und stellt es hinter dem Haus irgendwo ab. Frieda verharrt unentschlossen am Zaun und versinkt in Grübeleien. In diesem Garten, der eher wie ein Park ausschaut, ist wohl ihr Papa als kleiner Bub herumgelaufen. Er hat nie davon erzählt. Die Großmutter wollte bestimmt, dass er eine reiche Dame aus Frankfurt heiratet, aber er hat sich in Mama verliebt und ist nach Dingelbach gezogen. Kennengelernt haben sie sich auf einem Fest in Bad Homburg, das ist das Einzige, was Frieda darüber weiß. Da hat die Mutter im Saal geholfen, die Gäste zu bedienen. Ob sie jemals diese herrschaftliche Villa gesehen hat? Ob Papa seine junge Verlobte hier seiner Mutter vorgestellt hat? Nichts ist den Töchtern darüber berichtet worden.

Die Sonne kommt aus den Wolken hervor und lässt die Fensterscheiben im oberen Stockwerk der Villa aufblitzen. Frieda spürt die Versuchung. Wenn sie schon einmal hier ist, wäre es doch dumm, nicht wenigstens »Guten Tag« zu sagen. Das braucht die Mutter ja nicht zu erfahren. Immerhin ist das hier ihre Großmutter, und ihr Papa, der nicht mehr bei ihnen ist, hätte sich vielleicht darüber gefreut.

Das gusseiserne, verschnörkelte Tor besitzt zwei Flügel, einer davon lässt sich aufschieben. Sie geht hindurch, zieht den Torflügel ordentlich wieder hinter sich zu und läuft den Weg entlang zum hinteren Teil des Gebäudes. Hier gibt es ein Gartenhaus und eine Remise – da drin steht bestimmt das Automobil. Das Haus hat drei Eingänge, einen großen in der Mitte und zwei kleine rechts und links davon. Frieda entschließt sich für den schönen Eingang in der Mitte; dort wird die breite, weiß lackierte Eingangstür von einem Vordach überwölbt, außerdem befindet sich rechts eine elektrische Klingel.

Ein Hausmädchen in schwarzem Kleid und weißer Spitzenschürze öffnet die Tür. Sie ist etwas älter als Frieda und schaut den Gast mit abweisender Miene an.

»Sie wünschen?«

»Guten Tag. Ich bin Frieda Haller aus Dingelbach …«

Das Hausmädchen runzelt die Stirn.

»Ich verstehe nicht. Haben Sie sich bei Frau Haller angekündigt?«

»Nein. Ich komme nur zufällig vorbei und wollte ihr kurz einen guten Tag wünschen …«

Das Hausmädchen blickt jetzt ausgesprochen misstrauisch und schiebt die Tür weiter zu.

»Die gnädige Frau hat momentan Gäste. Vielleicht kommen Sie ein anderes Mal. Wie war der Name?«

»Frieda Haller. Ich bin ihre Enkelin.«

Der fröhlich-selbstbewusste Ton der fremden Besucherin verwirrt das Hausmädchen. Sie weiß nicht recht, was sie tun soll.

»Enkelin? Sie sind …«

»Frau Haller ist meine Großmutter!«, sagt Frieda, die sich über das begriffsstutzige Mädchen ärgert. Was ist denn daran so schwer zu verstehen?

»Kommen Sie bitte herein. Einen Augenblick, ich frage Frau Haller, ob sie kurz Zeit für Sie hat …«

Sie führt sie durch einen kleinen Eingangsraum in eine Halle hinein; die ist sehr hell, weil sie auf den halbrunden Vorbau hinausgeht, der hohe Glasfenster hat. Rechts führt eine Treppe in das obere Geschoss. Das ist keine schmale Holzstiege wie in den Bauernhäusern, diese Stufen sind aus Stein, breit und flach, sodass man ganz bequem hinauflaufen kann. Das Hausmädchen lässt sie in der Halle stehen und eilt nach oben, dabei schwingt sie den Rock hin und her und fasst sich an das Haar, wo ein kleines Spitzenhäubchen befestigt ist.

Spielt da jemand Klavier? Es klingt hübsch, die Töne perlen wie glitzernde Wassertropfen. Ganz anders als im »Raben«, da gibt es auch ein Klavier, aber das klingt blechern, und wenn ein Bierkrug darauf steht, scheppert es. Der Klang wird jetzt lauter, sie kann mehrere Stimmen vernehmen – wahrscheinlich hat das Mädchen oben eine Tür geöffnet.

»Frieda Haller?«, fragt eine Frauenstimme. »Aus Dingelbach?«

»Sie behauptet, Ihre Enkelin zu sein, gnädige Frau …«

»Wo ist sie?«

»Sie wartet unten in der Halle, gnädige Frau.«

Die Klavierklänge sind jetzt nur noch gedämpft zu hören, dafür wird eine Frau oben auf der Treppe sichtbar. Sie ist ganz in Schwarz gekleidet und hat das weiße Haar aufgesteckt. An der Brust glitzert etwas – eine Brosche mit einem Funkelstein, bestimmt ein Diamant. Sie geht die Treppe rasch und mit sicheren Schritten hinunter und bleibt auf der untersten Stufe stehen. Eindringlich mustert sie die Besucherin, schaut an ihr herunter und dann wieder hoch. Beklommen stellt Frieda fest, dass die Großmutter wenig begeistert über diesen überraschenden Besuch ist, denn auf ihrem Gesicht malt sich Unwillen.

»Du bist Frieda?«, fragt sie und senkt die Augenbrauen.

Frieda ist entschlossen, sich nicht einschüchtern zu lassen. »Ja, ich bin Frieda Haller. Guten Tag. Ich hatte heute meinen ersten Tag in der Schauspielschule, und weil ich noch Zeit übrig habe, dachte ich, ich könnte einmal vorbeischauen …«

»Weiß deine Mutter davon?«, fragt Frau Haller streng.

»Nein …«

Einen Moment lang bleibt es still. Frieda überlegt, ob die Großmutter Schwiegertochter und Enkelinnen endgültig abgeschrieben hat. Die Großmutter starrt die Enkelin nachdenklich an und schüttelt dann den Kopf.

»Eine Schande, das Mädchen so herumlaufen zu lassen«, sagt sie mehr zu sich selbst als an Frieda gewandt. Dann fragt sie: »Hast du nichts anderes anzuziehen, Frieda?«

Jetzt fühlt sich Frieda endgültig als hässliches Entlein und Landpomeranze. Wie gut, dass sie kein Vieh daheim haben, sonst würde sie auch noch nach Stall riechen.

»Wir müssen sparen«, erklärt sie zögernd. »Die Schauspielschule kostet viel Geld. Aber das macht nichts. Wenn ich erst an einem Theater engagiert bin, dann verdiene ich Geld und kann mir schöne Sachen kaufen. Bis dahin muss es eben so gehen. Außerdem kommt es nicht auf die Kleider an, sondern auf das Talent.«

Die Großmutter hört sich diesen Vortrag schweigend an; einmal glaubt Frieda, ein kleines Lächeln auf ihrem Gesicht zu sehen. Aber vielleicht hat sie sich auch getäuscht, und es war nur ein ärgerliches Zucken.

»Hör zu, Frieda«, sagt die alte Frau und geht ein paar Schritte auf sie zu. »Ich habe heute Gäste. Komm nächste Woche am Mittwoch gegen zwei Uhr zu mir, ich möchte mich gern mit dir unterhalten.«

»Am Mittwoch um zwei habe ich Sprechtechnik bei Herrn Engels«, wendet Frieda ein.

»Bei Alexander Engels?«

Aha, sie kennt ihre Lehrer. Vermutlich, weil sie so oft im Theater ist.

»Ja, er heißt Alexander mit Vornamen, glaub ich. Könnte ich vielleicht um neun Uhr kommen? Dann fahre ich einfach einen Zug früher …«

Die Großmutter runzelt die Stirn. Ist ihr das zu früh? Stehen die Leute in der Stadt alle so spät auf? Um neun Uhr ist in Dingelbach der Morgen vorbei, weil um fünf das Vieh gefüttert und gemolken wird.

»Um neun schon? Na, meinetwegen. Aber pünktlich, das bitte ich mir aus.«

»Pünktlich wie die Uhr!«, ruft Frieda fröhlich, und nun sprudelt es aus ihr heraus: »Am Mittwoch um neun bin ich hier. Ich freue mich sehr. Und nichts für ungut, dass ich Sie überfallen habe. Ich war doch damals nicht zu Hause, als Sie in Dingelbach waren. Und ich wollte Sie unbedingt kennenlernen. Weil Ida mir erzählt hat, dass unsere Großmutter eine sehr nette und freundliche Frau ist …«

Jetzt lächelt sie, Frieda sieht es ganz deutlich. Ein etwas mühsames, aber doch herzliches Lächeln. Die Großmutter scheint eine ernste Person zu sein, die das Lächeln nicht gewohnt ist.

»Bis Mittwoch, Frieda. Ich freue mich auch.«

Auf dem Weg zum Bahnhof plagt Frieda das schlechte Gewissen. Jetzt hat sie die Mutter doch hintergangen. Wenn sie es erfährt, wird sie vermutlich das Schulgeld nicht mehr bezahlen, und dann ist guter Rat teuer. Heute Abend, wenn Herta noch nicht im Bett ist, wird sie alles mit Ida bereden. Die wird ganz sicher begeistert sein, dass sie die Oma besucht hat …

Kapitel 23

Ein ketzerischer Gedanke hat sich in Helgas Kopf festgesetzt. Ein ferner Lichtstrahl, diffus, schwankend, aber dennoch verführerisch. Eine Hoffnung, dem Elend zu entkommen, und zugleich die Furcht vor einem neuen, tiefen Schmerz, der alles zunichtemachen wird. Selbst wenn sie den Mut aufbrächte, sich von Otto scheiden zu lassen – wobei sie keine Ahnung hat, wie man so etwas überhaupt anstellt –, so wird sie doch ihren Sohn für immer verlieren. Ihr Heinz müsste auf dem Schützhof zurückbleiben, ohne seine geliebte Mama, ohne die Oma Anni, ganz und gar dem cholerischen Vater und der boshaften Großmutter Gertrud ausgeliefert.

Das kann sie nicht zulassen. Lieber leidet sie selbst Höllenqualen, als dass sie ihr Kind diesem Elend aussetzt. Was soll's, denkt sie. Mein Leben ist gelebt, ich habe den falschen Mann geheiratet, das war mein Unglück, das ich nun tragen muss. Aber der Heini, der ist noch ein Kind, der soll einmal ein anständiger und ehrlicher Mensch werden, und darum muss ich bei ihm bleiben. Solange mir der Herrgott das Leben gibt.

Mit ihrer Mutter Anni hat sie nicht mehr über dieses Thema geredet. Sie kann überhaupt mit niemandem darüber sprechen, sie hat keine Freundin, der sie solch unerhörte Gedanken anvertrauen könnte. Eine Weile hat sie überlegt, ob sie den alten Pfarrer Seybold um Rat bitten soll. Aber sie hat den Gedanken verworfen. Welchen Vorwand sie auch erfinden würde, um mit dem Pfarrer unter vier Augen zu reden – die Leute im Dorf würden darüber schwatzen. Und weil sie alle Augen im Kopf haben, würden sie gleich vermuten, dass etwas mit ihrer Ehe nicht stimmt.

Dass daran etwas Wahres ist, kann ein jeder im Dorf bemerken. Es liegt daran, dass der Otto keinen Hehl aus seiner unsinnigen Eifersucht macht und sie schon mehrfach auf dem Hof grob angeschrien hat. Auch die Gertrud redet in harschem Ton mit ihr, sie hat sich bei Otto wieder eingeschmeichelt, liest ihm jeden Wunsch von den Augen ab und sitzt am Abend bei ihm in der Wohnstube, um mit »ihrem Bub« von alten, schönen Zeiten zu schwatzen. Helgas Mutter Anni darf sich kaum noch in der Küche zeigen, weil sie stets die Erste ist, die den Ärger des Hofherrn auf sich zieht. Nur der Heini erlebt bessere Zeiten, zu ihm ist der Vater ungewöhnlich mild, und die Gertrud überschlägt sich fast, um dem Bub »etwas Gutes zu tun«. Sie trägt ihm Äpfel und Dörrobst hinterher, strickt ihm Socken und hat ihm gestern sogar eine »Wundertüte« aus dem Dorfladen mitgebracht. Darin sind bunte Liebesperlen gewesen und ein Figürchen aus Plastik, das einen Indianer mit Federschmuck darstellt. Heinz lässt sich die Wohltaten zwar gefallen, er ist aber scheu und traut der Sache nicht. Wenn Otto mit ihm redet, senkt er den Kopf und starrt mit schmal zugekniffenen Augen vor sich hin.

Freilich ist nicht zu leugnen, dass auch sie selbst ihr Scherflein zur Zerrüttung ihrer Ehe beiträgt. Sie tut es nicht aus Fleiß, weil sie ihren Ehemann gegen sich aufbringen will, es geschieht, weil sie sich nicht anders zu helfen weiß.

»Schon wieder?«

»Alle vier Wochen, das weißt du doch …«

»Erzähl mir nichts. Vorletzte Woche hast du auch gesagt, du hättest deine Tage. Das lügst du mir vor! Weil du an den anderen denkst, deshalb! Würdest wohl lieber mit dem Oskar im Bett liegen, wie?«

»Das ist Unsinn, Otto. Warum sagst du immer solche Sachen?«

»Weil's wahr ist!«

»Das bildest du dir nur ein.«

Sie ist keine gute Schauspielerin, er hat längst gemerkt, dass er ihr zuwider ist. Wenn er sie anfasst, muss sie sich überwinden, nicht davonzulaufen, seine begehrlichen Blicke lassen sie erschauern. Die Eifersucht, die die Gertrud ihm eingepflanzt hat, bringt ihn dazu, häufiger als sonst auf seine ehelichen Rechte zu pochen. So als müsste er ihr täglich aufs Neue beweisen, dass sie ihm gehört und dass er sie nehmen kann, wann immer es ihm beliebt.

Ausreden wie Kopfschmerzen oder Müdigkeit lässt er nicht gelten. Da wird er zornig, bewirft sie mit hässlichen Schimpfworten und tut trotzdem, was er will. Sie wehrt sich nicht, lässt es geschehen, aber er kann spüren, dass sie keine Freude dabei hat, sondern gleichgültig bleibt und froh ist, wenn er fertig ist. Nicht immer gelingt es ihm, wie er es sich wünscht, dann ist er doppelt wütend und gibt ihr die Schuld, dass er nicht »seinen Mann stehen kann«.

»Hexenwerk ist das«, hat er neulich gesagt. »Netze tun sie knüpfen, die Hexen. Wirst schon wissen, wie das geht, du falsches Weibsbild.«

Manchmal denkt Helga, dass er nicht mehr weiß, was er redet. Wer glaubt denn an solch verrücktes Zeug? Hexen gibt es doch gar nicht. Aber wie einmal bei der Stallarbeit die Rede darauf gekommen ist, hat ihr der Adam erzählt, dass es in Dingelbach früher schon eine Hexe gegeben hätte. Das sei die Alma Dippel gewesen, die Mutter vom Dippel Alfred, dem Müller. Und auch bei dem Müller selbst sei Vorsicht geboten, weil die Hexen ihr Handwerk oft an ihre Kinder vererben.

»Du glaubst doch net etwa an so was, Adam?«, hat sie verblüfft gefragt.

Der Adam hat gegrinst und weitergeredet. »Das weiß doch ein jeder, Bäuerin. Die Hexen, die machen das Ungeziefer und die

Würm. Und auch die Mäus und Salamander sind ihr Werk. Wenn's eine mächtige Hexe ist, dann kann sie sogar Wind und Hagel hervorbringen …«

»Was erzählst du mir da für Märchen!«

Da hat er gelacht und gemeint, das sei halt ein alter Volksglaube, der triebe manchmal noch sein Unwesen im Dorf. »So ganz heimlich, Bäuerin. Weil's der Pfarrer nicht hören darf, sonst wird er zornig und schimpft über den heidnischen Aberglauben.«

Nach der Sache mit den Netzen, die die Hexen angeblich knüpfen, hat sie ihn lieber nicht gefragt. Aber ganz sicher war es die Gertrud, die dem Otto solche Sachen eingeflüstert hat. Der ist jedes Mittel recht, um die Schwiegertochter anzuschwärzen.

Helga weiß nicht, was werden soll. Innerlich entfernt sie sich immer mehr von ihrem Mann, zieht sich in sich selbst zurück und weiß bald nicht mehr, woher sie die Kraft nehmen soll, das Joch zu ertragen, das das Schicksal ihr auferlegt hat. Bleiben und ausharren, damit der Heinz nicht die geliebte Mama verliert. Aber tut sie dem Buben eigentlich einen Gefallen, wenn sie vor seinen Augen dahinsiecht, weil der Kummer an Körper und Seele nagt?

Sie findet keinen Ausweg, niemand kann ihr raten, keiner kann ihr helfen. Sie ist allein mit ihrer Not wie ein gefangener Hase im Käfig, der pausenlos im Kreis rennt und keinen Ausgang findet. So schleppt sie sich von einem Tag zum anderen und liegt in den Nächten wach, weil es in ihr wühlt und sie nicht schlafen lässt.

Es geht auf den Frühling zu, die Sonne steht höher, auf den Äckern hat der tauende Schnee Pfützen hinterlassen, auch steigt der Bach immer wieder über die Ufer und überschwemmt die Wiesen. Die Dingelbacher Bauern besehen ihre Äcker und entscheiden, dass es Zeit zum Pflügen, Eggen und Säen ist. Der Killinger Hannes und sein Lehrling Erwin haben alle Hände voll zu tun, weil der eine oder andere Bauer im Herbst versäumt hat, den Pflug und die Egge instand setzen zu lassen. Für Helga bedeutet der Wiederbeginn der Landarbeit eine kleine Erleichterung, denn da ist der Otto den Tag über auf dem Acker. Oft ist auch die Gertrud bei ihm, und sie selbst kann mit der Anni im Haus bleiben. Dann kümmern sie sich um das Vieh, trinken in der Küche zusammen den Morgenkaffee, und Helga nimmt die Einkaufstasche, um hinüber zum Dorfladen zu gehen.

Sie geht gern in den Laden, weil es eine der wenigen Möglichkeiten für sie ist, unter Menschen zu kommen und ein paar Neuigkeiten aus dem Dorf zu erfahren. Aber auch, weil dort ab und zu die Carla Ritter einkauft und der Oskar Michalski sie begleitet, um die Einkäufe zu tragen. Nein, sie kann ihm keine Hoffnungen machen, vielleicht braucht sie das auch nicht, weil er sie längst abgeschrieben hat. Aber es tut ihr wohl zu wissen, dass er da ist. Dass sie ihm einen Morgengruß entbieten kann und einen freundlichen Gegengruß erhält. Dass er sie mit seinen dunklen Augen nachdenklich anschaut und fragt, wie es ihr geht. Und auch das heiße Erschrecken, das sie durchfährt, wenn sie ihn im Laden erblickt, erscheint ihr wie ein Licht, das in dunklen Tagen für sie leuchtet.

Im Dorfladen geht es seit einiger Zeit stiller zu, weil die Frieda, die immer so fröhlich die Kunden bedient hat, nun in Frankfurt auf die Schauspielschule geht. Herta ist mit der Mutter allein und läuft mit entsagungsvoller Miene herum. Und Marthe Haller, die sonst immer liebenswürdig zu jedermann ist, wird merklich kühler, wenn jemand nach der Frieda fragt.

»Das ist nur vorläufig und wird bald ein Ende haben!«, sagt sie unwirsch. »Da wird sie froh sein, dass sie wieder in Dingelbach ist.«

Weil niemand Marthes Zorn auf sich laden will, wird inzwischen nicht mehr nach Frieda gefragt. Manchmal hilft die kleine Schwester Ida ein wenig im Laden mit, aber das tut sie unwillig, und wenn sie für ein Kind Bonbons abzählen soll, steckt sie meist zu viele in die Tüte.

»Hast du in der Schule nicht zählen gelernt?«, schimpft dann Herta erbost.

»Die kann man nicht zählen, die kleben alle zusammen«, wehrt sich Ida und grinst.

Heute ist die Stimmung im Dorfladen eher beklommen, denn es wird mal wieder über den Grossmannhof geredet. Das Lenchen ist schon seit Tagen nicht mehr gesehen worden, auch der Herbert hat das letzte Pferd, das ihm geblieben ist, nicht mehr zum Acker geführt und vor den Pflug gespannt.

»Nächsten Dienstag«, sagt Lina Altmann. »Der Schorsch hat's im Anzeigenblatt gelesen. Dienstag um elf Uhr am Morgen.«

»Eine Schande!«, meint Marlis Alberti. »Schon der vierte Hof in Dingelbach. Was sind das für Zeiten? Das hat's doch früher beim Kaiser net gegeben, dass sie den Leuten den Hof unterm Hintern weg versteigern!«

»Wenn's nur kein Auswärtiger kauft!«, seufzt die Herta. »Da weiß man ja net, wer da so daherkommt …«

»Warum tut unser Bürgermeister nichts?«, regt sich Marlis auf und schaut Helga vorwurfsvoll an. »Der Otto redet doch sonst so gern davon, was er alles für das Dorf tut. Warum kann er nicht verhindern, dass sie den beiden alten Leuten den Hof fortnehmen?«

Die Frage bringt Helga in Schwierigkeiten. Im Grunde gibt sie der Marlis recht, und es ist ja sogar noch schlimmer, als alle ahnen, denn der Otto wartet nur darauf, den Grossmannhof selbst günstig zu ersteigern. Aber das wird sie nicht erzählen, sie ist seine Ehefrau und muss nach außen hin zu ihm stehen.

»Was kann er schon tun, Marlis?«, meint sie bekümmert. »Die Bank ist schuld, die dem Grossmann Herbert zuerst das Geld gegeben hat und ihm jetzt den Hof nimmt.«

»Eine jüdische Bank ist es«, sagt die Frau Pfarrer. »Immer sind es die Juden, die uns das Unglück bringen. So wie sie einst unseren Herrn Jesus Christus ans Kreuz geschlagen haben …«

»Das ist keine jüdische Bank«, unterbricht die Marlis. »Das ist die Frankfurter Sparkasse, die den Hof versteigern lässt!«

»Bank oder Sparkasse«, meint die Frau Pfarrer mit überlegenem Lächeln. »Juden sind das allemal.«

Das Gespräch ist so eifrig, dass Marthe Haller und Herta unbeschäftigt am Ladentisch stehen, weil weder die Marlis noch die Frau Pfarrer ihnen einen Auftrag geben.

»Gestern war ich mit dem Rudolf drüben beim Herbert«, erzählt Marlis. »Was für ein Elend, die beiden so hoffnungslos zu sehen. Wir haben ihnen gesagt, dass sie bei uns wohnen und bleiben dürfen. Aber sie haben nur den Kopf geschüttelt …«

»Der Schorsch ist auch drüben gewesen«, meldet die Lina Altmann. »Er hat ihnen gesagt, dass sie zu uns auf den Hof kommen sollen, wenn die Versteigerung ist. Weil ihnen das gewiss schwer sein würde, dabei zuzuschauen.«

»Was werden die machen, wenn der Hof verkauft ist«, überlegt Marthe beklommen. »Ob der Sohn in Frankfurt sich um sie kümmern wird?«

»Der hat doch selber nichts!«, versetzt Marlis.

»Am Sonntag wird der Herr Pfarrer die beiden in die Fürbitten einschließen«, vermeldet die Frau Pfarrer. »Der Herr wird sie in ihrer Not nicht allein lassen.«

Darauf sagt niemand im Laden ein Wort. Die Dingelbacher sind fromm, gehen am Sonntag in die Kirche, und der Herr Pfarrer ist eine Respektsperson für alle im Dorf. Aber dass der Herrgott den Grossmannhof vor der Versteigerung bewahren wird, das mag keiner glauben. Sonst hätte er doch auch nicht zugelassen, dass die drei anderen Höfe verkauft werden mussten.

»Was darf ich Ihnen noch bringen?«, fragt schließlich Marthe Haller die Frau Pfarrer. »Wir haben frischen Bohnenkaffee hereinbekommen. Ein Viertelpfündchen, gemahlen?«

Aber die Seyboldsche lehnt ab, ihr Mann hat's am Herzen, da

soll er lieber Malzkaffee trinken. Sie will noch eine Schachtel Reißzwecken und eine Packung »Blauband«-Margarine. Dann zahlt sie, und Helga ist an der Reihe.

»Zehn weiße Hemdknöpfe und eine Rolle Nähgarn.«

Marthe zieht eilfertig die Schubladen aus dem Regal und stellt sie vor Helga hin. In der einen sind die Knöpfe, immer zehn Stück auf einer Pappe aufgenäht, in der anderen Schublade ist weißes und schwarzes Nähgarn in verschiedenen Stärken.

»Musst dem Otto die Knöpf am Hemd ersetzen?«, fragt die Lina Altmann. »Ja freilich, der hat wieder ordentlich zugelegt, seit er aus der Klinik heimgekommen ist.«

Tatsächlich gibt sich die Gertrud daheim alle Mühe, ihren Sohn fett zu füttern. Täglich gibt's Fleisch auf den Tisch, und Kuchen bäckt sie zwei Mal die Woche.

»Ja, gottlob«, schwindelt Helga. »Er hat sich gut erholt.«

»Freilich«, meint die Marlis und grinst. »Der Killinger Hannes hat's auch gemeint.«

Mehr sagt sie nicht, aber jeder im Dorf hat mitbekommen, dass der Schütz Otto mit dem Schmied zusammengerappelt ist. Weil der Otto seinen Pflug als Erster gerichtet haben wollte und der Killinger Hannes, der sich nicht gern Vorschriften machen lässt, ihm gesagt hat, dass es bei ihm immer der Reihe nach geht.

Helga ordert noch ein Glas Senf und eine Flasche Essig, dann bezahlt sie und packt ihren Einkauf in die Tasche. Eigentlich müsste sie sich jetzt auf den Heimweg machen, aber sie bleibt vor der Vitrine mit den Pralinen stehen und tut so, als überlege sie, ob sie vielleicht eine Tafel Schokolade kauft. Es ist angenehm hier im Dorfladen, wo die Frauen miteinander schwatzen und sie nicht Angst haben muss, dass die Gertrud über sie herfällt oder der Otto vom Acker heimkommt und seine schlechte Laune an ihr auslässt. Aber der eigentliche Grund für ihr Zögern ist die Hoffnung, dass vielleicht doch noch die Carla von der Villa Küpper zum Einkaufen kommt und Oskar Michalski sie begleitet. Leider scheint sie heute kein Glück zu haben, denn es tritt nur die Lore Dippel, die Frau des Müllers, in den Laden, und nach ihr kommt die Karin Guckes vom Rabenwirt.

»Habt's schon gehört?«, erzählt die Karin brühwarm. »Die Frau Küpper von der Villa hat einen Liebhaber.«

Also doch, denkt Helga erschrocken. Es geschieht mir ja nur recht. Feige bin ich gewesen. Komm mit mir, hat er gesagt. Aber ich hab ihn fortgeschickt. Plötzlich erfasst sie ein unsagbarer Schmerz, so als hätte sie eine letzte, glückhafte Hoffnung für immer verloren.

»Woher willst du das denn wissen?«, fragt Lina neugierig.

»Weil die Erna und der Ernst sie schon zwei Mal am Sonntag am Bahnhof gesehen haben. Da ist sie nach Frankfurt gefahren. Einen schicken Hut hat sie aufgehabt, hat die Erna gesagt.«

Die Nachricht macht wenig Eindruck. Marthe Haller meint, dass man der Frau Küpper doch nicht gleich einen Liebhaber andichten könne, nur weil sie am Sonntag nach Frankfurt fährt.

»Aber einen Besucher hat sie gehabt«, vermeldet die Karin beharrlich. »Da hat ein Automobil vor der Villa gestanden. Ein ganz teures. Und ein Chauffeur hat dringesessen.«

»Und woher weißt du das schon wieder, Karin?«, erkundigt sich Marlis.

Die Karin Guckes zuckt mit den Schultern und meint, es würde halt viel geschwatzt am Abend, wenn die Männer noch auf ein Bier in den Raben einkehren. Wenn's da um ein Automobil ginge, da wären sie alle eifrig dabei.

»Wenn da ein Chauffeur dringesessen hat«, überlegt Herta. »Dann ist das wohl ein adeliger Herr gewesen.«

»Oder ein Schieber, der vom Elend der Leut reich geworden ist«, versetzt die Marlis. »Davon soll's in Frankfurt ja jede Menge geben.«

Dann ist sie still, weil Marthe Haller den Mund schmal kneift und so verbissen vor sich hinschaut. Ach ja – die Frieda, die fährt jetzt ja jeden Tag nach Frankfurt hinein. Wenn das Mädchen da nur net in schlechte Gesellschaft gerät. Sie wär die Erste nicht, die mit einem Kind im Bauch zurück ins Dorf geschickt wird.

Helga spürt, wie sich die Schreckensstarre löst; sie kann wieder frei atmen und fragt sich, wie es möglich war, dass ein einziger Satz, eine dumme Verleumdung, ihr so die Luft hat abdrücken können. Es ist ein anderer. Ein reicher Mensch aus der Stadt. Nicht der Oskar.

»Alsdann«, sagt sie in die Runde. »Ich muss dann heim, die Sau will ferkeln, da muss man dabeibleiben, dass sie net wieder eines der Ferkel erdrückt.«

Auf dem Hof findet sie Anni allein in der Küche, Gertrud ist drüben im Saustall, um zu schauen, ob es schon so weit ist.

»Du sollst dem Otto und dem Adam das Mittagsbrot auf den Schoppenacker bringen«, vermeldet Anni. »Die Gertrud will lieber im Stall bleiben, bis die Ferkel da sind.«

»Ist recht«, gibt Helga zurück und packt die Einkaufstasche aus. Senf und Essig stellt sie in die Speisekammer, die Knöpfe und das Garn räumt sie in den Nähkasten ein. Sie hat nichts gegen einen Gang über die Felder, das ist besser, als daheim zu sitzen und das Gezeter der Schwiegermutter zu ertragen. Und bis der Heinz aus der Schule kommt, ist sie längst wieder zurück. Sie nimmt einen Topf und füllt hinein, was auf dem Herd vorbereitet ist: Kartoffeln, Wirsing und Wellfleisch. Um den Topf wickelt sie zwei Küchentücher, damit das Essen warm bleibt, und legt ein Messer und zwei Löffel dazu – die Männer werden aus einem Topf essen. Dann füllt sie zwei Steinkrüge mit Milchkaffee, bindet sie zu und stellt alles in einen Korb. Der Schoppenacker ist oben beim neuen Friedhof, da muss sie durch die Mühlgasse und beim Alfred Dippel über den Bach, der hat dort einen breiten

Holzsteg über das Wasser gelegt, damit die Dörfler mit ihren Fuhrwerken zur Mühle gelangen können. Helga legt sich ein warmes Tuch um die Schultern, greift den Korb und macht sich auf den Weg.

So richtig kalt ist es jetzt nicht mehr, in den Wiesen sprießt schon das frische Gras, und die Laubbäume oben am Waldrand haben sich braun und rötlich gefärbt, weil ihre Blattknospen so dick angeschwollen sind, dass sie bald aufplatzen werden. Der Frühling ist noch nicht eingezogen, aber er schickt seine Vorboten aus, so wie ein großer König ja auch seine Herolde vor sich hersendet. Helga schreitet kräftig aus, der frische Wind, der durch das Tal weht, tut ihr wohl. Wie gern würde sie das dumme Kopftuch abnehmen und das Haar lösen, damit es im Wind flattern kann. Aber man kann sie vom Dorf aus sehen, deshalb lässt sie es sein.

Die Frau Küpper hat es gut, denkt sie. Sie ist alleinstehend und reich, sie kann tun und lassen, was sie will, und niemand hat ihr etwas zu sagen. Wenn sie sich einen Liebhaber hält, dann ist das ihre Sache und geht keinen etwas an. Sie kann sich auch kleiden, wie es ihr gefällt, und sich das Haar kurz schneiden lassen. Sie selbst hingegen muss die unpraktische Dorftracht tragen, weil es die Schwiegermutter so will, und das schöne, lockige Haar muss sie fest flechten, am Hinterkopf aufstecken und zusätzlich noch ein Kopftuch umbinden. Früher, als der Otto noch freundlich zu ihr gewesen ist, hat ihr das nicht viel ausgemacht, aber jetzt hat sie oft das Gefühl, eine alberne Verkleidung zu tragen, die nicht zu ihr passt und nicht für sie gemacht ist.

Der Otto und der Adam sind schweißgebadet, auch die Stuten schwitzen von der schweren Arbeit. Der Boden hier oben ist lehmig, und es liegen immer wieder Steine dazwischen, die den Pflugscharen nicht guttun. Sie haben den Acker erst zur Hälfte gepflügt und werden wohl bis zum Abend zu tun haben, weil der

Lehm immer wieder an den Pflugscharen festklebt und sie ihn ablösen müssen. Morgen wird der Mist ausgefahren, da wird sie auf dem Hof mithelfen müssen, den feuchten Schweinemist auf den Wagen zu gabeln. Sie wartet, bis der Pflug an der Kehre ist, und ruft hinüber, ob sie jetzt Mittagsrast halten wollen, aber der Otto schüttelt nur unwirsch den Kopf.

»Stell's dahin, Bäuerin«, sagt Adam und deutet auf den Ackerrand. »Und dank schön fürs Bringen.«

Dann wenden sie die Pferde und ziehen die nächsten Furchen über den Acker. Es ist eine harte, mühselige Arbeit, die seit Generationen auf diese Weise verrichtet wird, von solch neumodischen Erfindungen wie einem Dampfpflug will hier niemand etwas wissen. Dazu sind die Äcker zu klein und zu zerstreut, weil es bei Heiraten und Erbteilungen oft durcheinandergegangen ist. Helga stellt den Korb am Rain ab und schaut den Männern eine Weile zu, wie sie sich mit dem zweischarigen Pflug abplagen, dann zieht sie das Tuch enger um den Oberkörper und überlegt, ob sie den Rückweg wieder an der Mühle vorbei nimmt oder einen Umweg zur Brücke am anderen Ende des Dorfes gehen soll. Dazu muss sie am neuen Friedhof vorbeilaufen und dann zwischen Wiesen und Äckern hindurch bis zur Villa Küpper. Sie wird sich die Schuhe ruinieren, weil der feuchte Lehm am Ackerrain an den Sohlen klebt, aber von dort oben hat man einen schönen Blick über das Dorf, und außerdem könnte sie dann gleich am Schulhaus vorbeigehen und mit dem Heinz zusammen zum Hof zurückkehren. Ja, das ist eine gute Idee, der kleine Spaziergang wird ihr guttun.

Den neuen Friedhof haben die Dingelbacher noch vor dem Weltkrieg angelegt, weil der alte Friedhof an der Kirche zu klein geworden war. Da haben drei Bauern ein Stück Land dafür hergegeben, und die Mauer haben sie alle gemeinsam aus Feldsteinen errichtet. Das Land ist hier oben sowieso nicht viel wert, weil es schwer zu beackern und wenig fruchtbar ist, aber trotzdem haben die drei Bauern – der Grossmann Herbert, der Schmidtkunz Julius und der Dönges Albert – dafür einen Ehrenplatz für ihr Familiengrab erhalten. Den hat der Dönges Albert dann gar nicht mehr gebraucht, weil er in Frankreich sein Leben gelassen hat und niemand weiß, wo er begraben liegt. Helga bleibt neben der Mauer stehen und schaut auf die Gräber, die von den Dingelbacher Frauen bald mit Blumen bepflanzt werden. Es sind noch nicht viele, die hier ihre letzte Ruhe gefunden haben, aber alle sind mit einem Marmorstein versehen, weil die Dingelbacher sich im Tod nicht lumpen lassen. Lieber verschuldet sich ein Bauer, als dass er das elterliche Grab ungeschmückt lässt. Gleich am Eingang steht ein rötlicher Stein, da ist oben in goldenen Lettern der Name Norbert Schütz und die Jahreszahlen 1887–1915 eingemeißelt. Das war der jüngere Bruder vom Otto. Weiter unten stehen noch andere Namen, das sind auch Männer aus Dingelbach, die im Weltkrieg gefallen sind. Aber weil der Otto den Stein gestiftet hat, wollte er, dass der Name seines Bruders in großen Lettern oben stehen muss.

Sie hebt den Kopf und schaut zur Villa Küpper hinüber, die jetzt von der schrägen Vorfrühlingssonne angestrahlt wird. Nein, gar so prächtig wie einst ist das Gebäude nicht mehr. Die Fachwerkbalken müssten einen neuen Anstrich bekommen, und an einigen Stellen ist sogar der Putz abgefallen. Dennoch ist es ein eindrucksvolles Haus, ein herrschaftliches Anwesen, nicht zu vergleichen mit den krummen und verwinkelten Häuslein im Dorf. Sie geht ein paar Schritte, bückt sich, um zu schauen, ob schon Brennnesseln am Ackerrand sprießen, und muss dann die Augen vor der Sonne beschatten, um zu erkennen, wer da auf dem Häusleracker am Pflügen ist. Der Acker gehört der Dönges Ursula, aber der Pflug und der dunkle Wallach sind dem Alberti Rudolf. Der geht auch langsam in seinen schweren Stiefeln hinter dem Pflug her, weil er der Ursula, die ohne Mann mit zwei Kindern dasteht, bei der Landwirtschaft hilft. Helga winkt ihm zu; er kann nicht zurückwinken, weil er die Hände nicht vom Pflug nehmen kann, doch er nickt freundlich.

Sie ist jetzt schon am Bahnhof vorbei und an der Brücke am Kirchanger, sie könnte hier hinunter ins Dorf gehen, aber sie beschließt, die letzte Brücke zu nehmen, dort, wo der Weg hinauf zur Villa und zur Fabrik führt. Ein Pferdefuhrwerk biegt gerade vom Fabrikgelände auf den Weg ein. Sie bleibt stehen, und ein heller Schrecken durchfährt sie. Auf dem Wagen sitzt Oskar Michalski und hält die Zügel in den Händen.

Er muss sie schon vor einer Weile gesehen haben, denn er bringt die beiden Rösser zum Stehen und fragt: »Ich fahr Waren nach Bad Homburg. Magst du bis zum Dorf aufsitzen?«

Das ist eine ziemlich alberne Frage, weil es bis zum Dorf nur noch wenige Schritte sind. Aber Helga nickt, und so streckt er ihr die Hand entgegen, um ihr hinaufzuhelfen. Nun müsste er eigentlich die Pferde antreiben, aber er sitzt unbeweglich neben ihr und schaut sie an.

»Wie geht's dir, Helga?«

Sie weiß nicht, was sie antworten soll. Hier, ganz allein und ohne Zeugen, könnte sie ihm die Wahrheit gestehen, aber sie fürchtet, er könnte sich falsche Hoffnungen machen. Und überhaupt ist sie keine, die einem Mann etwas vorjammert.

»Du brauchst nichts zu sagen«, meint er nach einer kleinen Weile. »Ich seh's dir an.«

Wie sie jetzt scheu den Blick zu ihm hebt, begegnet sie seinen dunklen Augen. Da sind Wärme und Zuversicht. Da sind Liebe und die Hoffnung auf ein anderes, ein besseres Leben. Und doch …

»Wie lange wirst du es noch aushalten, Helga?«, fragt er leise. »Kein Mensch kann das auf die Dauer ertragen. Ich hab Angst um dich.«

Er will ihre Hand fassen, aber sie weicht erschrocken zurück. Wenn er sie berührt, wird sie ihm nicht widerstehen können, dann liegt sie in seinen Armen und weiß nicht mehr, was sie tut. Ahnt er das? Vielleicht deshalb, weil es ihm genauso mit ihr geht?

»Nein!«, sagt er. »Du musst keine Sorge haben, dass ich dich anfasse. Das werde ich erst dann tun, wenn du dich entschieden hast.«

»Es gibt nichts zu entscheiden!«, stößt sie hervor. »Ich kann mein Kind nicht bei ihm lassen.«

»Wir finden eine Lösung, Helga«, murmelt er. »Aber ich kann nichts dazu tun. Ich kann nur bleiben und warten. Es ist an dir zu handeln.«

Sie schweigt. Es tut wohl, seine Stimme zu hören, seine ruhige, zuversichtliche Nähe zu spüren. Er ist da, er wartet. Worauf?

»Ich liebe dich«, sagt er kaum hörbar.

Da überkommt es sie, ihr Herz läuft über, der Verstand setzt aus. »Ich liebe dich auch, Oskar«, wispert sie und starrt dabei auf den Pferderücken vor ihr, weil sie es nicht wagt, ihn dabei anzusehen.

»Dann ist doch alles gut!«, hört sie ihn flüstern.

Für einen Moment spürt sie seine Hand, die sich auf ihre legt, dann reißt sie sich los, gleitet vom Wagen herunter und läuft über die Brücke ins Dorf. Ihr Puls fliegt, das Herz rast. Wie ein gewaltiges Feuer leuchtet und brennt eine ebenso unsinnige wie glückselige Hoffnung in ihr. Ist nicht die Liebe die stärkste Kraft in dieser Welt? Kann sie nicht alles Unheil wenden?

Kapitel 24

Nun hat sie es doch getan: Ilse ist einer der Einladungen gefolgt und zu einer Vernissage nach Frankfurt gefahren. Sie hat es ganz spontan entschieden, vielleicht, weil das Wetter sich immer frühlingshafter zeigt, die Felder sich wieder begrünen und die Bauern auf ihren Äckern mit dem Pflügen begonnen haben. Die Winterstarre, die sich über die Landschaft gelegt hatte, das matte graue Licht, der tief hängende Himmel und das Gefühl der Einsamkeit – all das löst sich jetzt in sanfte Farben und Bewegung auf.

Die Vernissage findet in der Halle der Bank statt, und es ist ihr zu Anfang etwas peinlich, weil nur wenige Personen anwesend sind. Aber Richard Goldstein begrüßt sie mit großer Herzlichkeit und macht sie mit den übrigen Gästen bekannt, wobei er sie als »eine liebe Bekannte und Kunstfreundin« vorstellt. Man ist freundlich und unverbindlich, plaudert über Belanglosigkeiten, und Ilse hat alle Mühe, ihre Wissenslücken von allem, was die schönen Künste betrifft, zu verbergen.

»Momentan habe ich nur wenig Zeit, Ausstellungen zu besuchen. Ich leite unser Familienunternehmen in der Nachfolge meines Vaters – eine Aufgabe, die mich sehr beansprucht.«

Sie kennt die neugierigen Blicke und kann sich vorstellen, was man über sie denkt. Es sind Bankiers und Geschäftsleute anwesend, auch ein Vertreter der Stadt Frankfurt und ansonsten ein paar Kunstfreunde, die alle recht gut situiert erscheinen. Sie hat Menschen dieser Art auf den vielen Gesellschaften, die sie mit ihren Eltern besuchen musste, kennen und einschätzen gelernt, sie lässt sich nichts vormachen. Wohl fühlt sie sich nicht hier. Wäre da nicht Richard Goldstein, der sich stetig um sie bemüht, ihr ein Glas Sekt bringt, sie mit Häppchen versorgt und ihr lächelnd Bemerkungen zuflüstert – sie wäre gern wieder zurück in den Taunus gefahren.

Die wenigen Bilder, die ausgestellt sind, gefallen ihr überhaupt nicht. Es sollen Porträts sein, aber die Malerin hat die Figuren und Gesichter in groben Flächen dargestellt. Alle schauen muffig und vorwurfsvoll drein, es scheinen einfache Menschen vom Land zu sein, die keine Lust hatten, der Malerin für ein Porträt zu sitzen. Nur die Farben sind recht hübsch, die hätten ihrer Mutter gefallen, weil sie zu den Vorhängen im Salon gepasst hätten.

Die Künstlerin ist anwesend, eine schüchterne junge Frau in schlecht sitzender Kleidung und mit verstrubbeltem Haar. Auch sie scheint sich in dieser illustren Gesellschaft nicht wohlzufühlen, denn sie steht schweigend in einer Ecke und knabbert an einem Scheibchen Pumpernickel, das mit Räucherlachs belegt ist. Nur eine weißhaarige Dame geht auf sie zu und spricht eine Weile freundlich mit ihr, es ist die gleiche, die wenig später eine Rede über die ausgestellten Bilder hält, wobei sie Stil und Ausdruck der Darstellungen sehr lobt und bedauert, dass nur ein kleiner Teil der Werke in der Halle der Bank Platz gefunden hat.

»Frau Haller ist eines der eifrigsten Mitglieder meiner Stiftung«, flüstert Richard Goldstein Ilse zu. »Sie fördert mit Begeisterung junge Talente. Tragischerweise hat sie ihren einzigen Sohn im Weltkrieg verloren.«

»Das tut mir sehr leid«, murmelt Ilse. »Wie schön, dass sie sich trotz dieses Kummers einer solchen Aufgabe widmet.«

Die Rede wird freundlich aufgenommen, man applaudiert, und die Herrschaften stehen noch ein wenig beieinander, um sich über allerlei Dinge auszutauschen, die nicht unbedingt mit den ausgestellten Bildern zu tun haben. Richard Goldstein hat Ilses Desinteresse längst bemerkt; er schlägt vor, die Vernissage nun zu verlassen, da er »in der Hoffnung, Sie hier zu sehen«, einen Tisch im Restaurant Carlton reserviert hat. Sie lässt es sich gefallen. Warum soll sie nicht mit ihm essen gehen, schließlich hat sie in den letzten Monaten hart gearbeitet, da darf sie sich ein kleines Vergnügen gönnen. Und außerdem ist sie neugierig auf ihn und will herausfinden, warum er ihr diese Avancen macht.

Das Restaurant ist exklusiv, mit wallenden Samtportieren, griechisch-römischen Skulpturen und Grünpflanzen in Kübeln ausgestattet, und die Speisekarte weist Leckerbissen aus aller Herren Länder auf. Es ist recht gut besucht – während viele Menschen ohne Arbeit sind und kaum das Nötigste zum Leben haben, sitzen hier die Wohlhabenden und schlemmen russischen Kaviar und französische Austern. Der Tisch, den Goldstein hat reservieren lassen, steht ein wenig abseits in einer Nische, sodass man ungestört miteinander plaudern kann.

»Gefällt es Ihnen hier?«, fragt er, als sie einander gegenüber Platz genommen haben.

»Ich gehe selten aus«, bekennt sie ehrlich. »Und, na ja, im Prinzip liebe ich es eher einfach und ländlich.«

Er kommt nicht dazu, eine Antwort zu geben, denn nun eilt ein Kellner im dunklen Frack auf sie zu, um nach ihren Wünschen zu fragen. Wie es scheint, ist Richard Goldstein hier kein Unbekannter, da er mit Namen angeredet wird. Die Speisekarte, die der Kellner präsentiert, überfliegt er nur kurz, dann will er wissen, was man ihm empfehlen kann, lässt sich einige Speisen nennen, fragt seine Begleiterin, was sie wählen möchte, und bestellt anschließend die passenden Weine. Ganz der Weltmann, denkt Ilse. Warum er wohl nicht verheiratet ist? Er sieht doch fabelhaft aus und ist ungewöhnlich charmant.

Oberflächlich kommt er jedenfalls nicht daher, die Gespräche, die sie nun miteinander führen, machen ihr Freude, weil er sich wieder als ein nachdenklicher und offener Mensch zeigt. Sie reden zunächst über die junge Künstlerin, die er für sehr talentiert hält und auf deren weitere Entwicklung er gespannt ist.

»Sie ist wie die meisten Künstler recht ungeschickt, wenn es darum geht, ihre Bilder zu verkaufen. Da sehe ich mich als Vermittler, der ihr die Möglichkeit gibt, von ihrer Arbeit zu leben …«

Natürlich, er ist Geschäftsmann, denkt sie. Und die Bilder einer begabten Künstlerin können sich später als gute Investition erweisen. Und doch tut er es auch aus Begeisterung für die Malerei, das will ich ihm nicht absprechen.

Danach springen sie von einem Thema zum anderen, reden über ihre Fabrik und die Villa, die Frankfurter Kunst- und Vergnügungsszene, über die neue Leidenschaft für »Timbuktu«-Veranstaltungen, wo sich Kunst, Theater, Geld und Halbwelt miteinander treffen und über deren Sinn man geteilter Ansicht sein kann. Schließlich – da sind sie schon beim Dessert – erzählt er, dass es seiner Mutter leider nicht gut gehe und er daher öfter als bisher nach Bad Homburg fahren müsse.

»Woran leidet sie?«, erkundigt sich Ilse. »Sie schien mir sehr rüstig, als ich ihr im Gasthof meines Bruders begegnet bin.«

Sie wechseln einen heiteren Blick, da sie bei dieser ersten Begegnung eine recht ungewöhnliche Rolle gespielt hat. Dann wird er wieder ernst und berichtet, dass seine Mutter seit einigen Wochen starke Schmerzen im Rücken verspüre und die Ärzte die Ursache bisher nicht finden konnten.

»In Dingelbach gibt es einen Dorfheiler«, meint sie lächelnd. »Rudolf Alberti heißt er. Wie man hört, hat er mit seinen Mitteln schon ganz erstaunliche Ergebnisse erzielt. Zum Glück kennt er seine Grenzen und schickt die Patienten zum Mediziner, wenn es nötig ist.«

Er findet das erstaunlich, ist aber davon überzeugt, dass es Heilmethoden gibt, die den studierten Ärzten verschlossen sind.

»Ein ganz erstaunliches Dorf, dieses Dingelbach«, meint er. »Diesen Heiler würde ich gern kennenlernen.«

»Nun – Sie sind herzlich eingeladen«, versetzt sie. »Außerdem wollte ich Ihnen eine ›Werkführung‹ durch meine Fabrik angedeihen lassen. Wie Sie wissen, bin ich recht stolz auf meine Arbeit.«

Er freut sich sichtlich und behauptet, dass sie dazu guten Grund habe. »Dann spreche ich jetzt die ernsthafte Warnung aus, dass ich Ihrer freundlichen Einladung schon in den kommenden Tagen folgen werde …«

»Wenn Sie sich vorher telefonisch ankündigen, kann ich sogar einen deftigen ländlichen Imbiss richten lassen«, gibt sie heiter zurück.

Der Wein hat sie beflügelt, sie hat fast alle Vorbehalte vergessen und in der Unterhaltung mehr von sich offenbart, als sie eigentlich vorhatte. Warum soll er sie nicht besuchen? Es ist angenehm, mit ihm zu sprechen, sie fühlt sich frei in seiner Nähe, weil sie mit ihren Ansichten nicht hinter dem Berg halten muss. Ganz im Gegenteil, gerade wenn sie verschiedene Meinungen vertreten, sind die Gespräche interessant und gewinnen an Tiefe.

»Darf ich Ihnen nachschenken? Wir könnten noch eine Käseplatte zum Abschluss bestellen …«

Sie lehnt dankend ab. Das mehrgängige Menü war schon fast zu viel, dazu die verschiedenen Weine und das Dessert mit einem Fruchtlikör.

»Ich muss noch aufrecht in den Zug steigen können«, lacht sie.

»Um Himmels willen«, meint er. »Ich lasse meinen Wagen holen und fahre Sie nach Dingelbach.«

»Wenn Sie sich unbedingt die Mühe machen wollen, dann dürfen Sie mich zur Hauptwache fahren«, gibt sie scherzhaft zurück.

Schließlich ordert er eine Miettaxe, die er selbstverständlich im Voraus bezahlt.

»Ich melde mich, liebe Frau Küpper!«, ruft er, als sie einsteigt. Dann steht er in Mantel und Hut vor dem Restaurant und schaut der davonfahrenden Taxe nach.

Was für ein wundervoller, liebenswürdiger Mensch, denkt sie, während sie durch die Stadt gefahren wird. Und was für ein Glück, dass ich ihn kennenlernen durfte. Doch später im Zug, als die Wirkung des Weins nachlässt, kehrt die Skepsis zurück. Natürlich ist er ungewöhnlich charmant und spendabel. Aber sicher nicht ohne Grund. Er ist schließlich Geschäftsmann. Ein jüdischer Geschäftsmann noch dazu.

Richard Goldstein ruft schon am folgenden Tag an, um seinen Besuch anzukündigen. Ilse ist überrascht, auch ist es ein Werktag, und sie hat viel in der Fabrik zu tun. Dennoch sagt sie sofort zu, denn sie freut sich, ihn wiederzusehen.

»Ich werde gegen zehn Uhr bei Ihnen sein«, kündigt er an. »Bitte keine Umstände, das ländlich-deftige Büfett verschieben wir lieber auf ein anderes Mal.«

Das ist ihr ganz recht, da Carla wochentags eine Eintopfmahlzeit für die Belegschaft kocht und damit den Vormittag über beschäftigt ist.

»Ganz wie Sie wünschen. Bis morgen.«

Er ist überpünktlich. Schon um Viertel vor zehn, während sie die Verpackung der kleinen Toilettentischchen überwacht, die auf keinen Fall beim Versand beschädigt werden dürfen, sieht sie seinen Wagen zur Villa hinauffahren. Er steigt nicht aus, sondern wartet noch eine Weile im Wagen und unterhält sich mit seinem Chauffeur. Natürlich – es ist unhöflich, vor der ausgemachten Zeit an der Tür zu läuten.

Sie übergibt ihre Aufgabe an Julius Offenbach, er soll Willi Bommel beim Verpacken auf die Finger schauen, weil der gute Richard gern fünfe gerade sein lässt. Dann geht sie hinüber zu dem Wagen und klopft an die Scheibe.

»Sie dürfen aussteigen, Herr Goldstein«, meint sie lachend. »Die Gastgeberin steht für Sie bereit.«

Sie begrüßen einander mit einem Händedruck, und er entschuldigt sich für das allzu frühe Erscheinen.

»Ich bin heute etwas durcheinander«, gesteht er. »Meine Mutter rief gestern Abend an. Ihr Arzt hat sie in eine Klinik eingewiesen.«

»Ich verstehe«, sagt sie mitfühlend. »Sie machen sich gewiss Sorgen, nicht wahr?«

»So ist es«, gesteht er. »Meine Mutter hasst Krankenhäuser; wenn sie sich bereit erklärt hat, in eine Klinik zu gehen, muss sich ihr Zustand sehr verschlechtert haben.«

»Kommen Sie erst einmal herein.«

Sie führt ihn ins Haus, wo es nach Erbseneintopf riecht, den Carla auf dem Ofen hat, und erklärt ihm, dass diese ländliche Mahlzeit keineswegs seinetwegen, sondern für ihre Arbeiter zubereitet wird.

Er lächelt, aber sie merkt, dass er angespannt und unglücklich ist. Im Wohnzimmer hat Carla Kaffee bereitgestellt, sie lassen sich auf der Sitzgruppe nieder, und Ilse erkundigt sich nach dem Krankheitsverlauf. Seine Mutter war immer kränklich, berichtet er, sie besucht seit Jahren verschiedene Ärzte aus allerlei Gründen, die ihm bisher nie wirklich gravierend erschienen.

»Aber dieses Mal muss es etwas Ernstes sein«, meint er besorgt. »Ihre Stimme am Telefon erschien mir verändert.«

»Sie hängen sehr an Ihrer Mutter, nicht wahr?«

Er nickt, ist dankbar für ihre mitfühlende Frage und erzählt von seiner Kindheit, die vor allem von der Mutter bestimmt und gelenkt wurde, von ihrem Verständnis für seine künstlerische Neigung, von ihrer energischen und zugleich einfühlsamen Art, ihm auf seinem Lebensweg zur Seite zu stehen. Sie hört geduldig zu, schenkt ihm eine zweite Tasse Kaffee ein, gibt Zucker hinein, da sie weiß, dass er den Kaffee schwarz mit Zucker nimmt. Auf einmal ist sie die Führende und Starke, sie lenkt das Gespräch durch vorsichtige Fragen, zeigt Mitgefühl und macht schließlich Versuche, ihn zu beruhigen.

»Vermutlich hat Ihre Frau Mutter ständig Schmerzen«, meint sie. »Das ist auf die Dauer zermürbend und nimmt einem Menschen die Lebensfreude. Es ist aber doch möglich, dass die Ärzte die Ursache finden und ihr helfen können …«

»Das hoffe ich auch …«

Sie lächelt ihn ermutigend an. »Ich darf mir natürlich kein Urteil erlauben, da ich Ihre Frau Mutter zu wenig kenne. Aber wenn es meine Mutter wäre, dann würde ich meine Sorgen für mich behalten, und versuchen, ihr Mut und Zuversicht zu geben.«

»Das ist gewiss ein guter Rat«, meint er. »Ich hoffe nur, dass es mir gelingt. Ich will ihr keinesfalls das Herz schwer machen, wenn ich an ihrem Bett sitze.«

»Ich glaube, dass sie sich sehr freuen wird, Sie zu sehen«, meint sie mit Überzeugung. »Allein das ist schon sehr wichtig.«

Er bedankt sich und spricht sein Bedauern aus, dass er heute in Eile ist und schon aufbrechen muss.

»Ich wünschte, wir hätten uns unter angenehmeren Umständen wiedergesehen, gnädige Frau«, sagt er beim Abschied.

Dieses Mal hält er ihre Hand eine Weile fest, ja, es scheint ihm sogar schwerzufallen, sie loszulassen.

»Kommen Sie vorbei, wann immer Sie wollen«, meint sie. »Und erzählen Sie mir, wie es Ihrer Mutter geht. Kopf hoch. Ich glaube, Ihre Frau Mutter ist eine starke Person, die sich nicht so leicht unterkriegen lässt!«

»Ich danke Ihnen. Das Gespräch hat mir gutgetan.«

Sie begleitet ihn zur Tür, ruft Carla herbei, die den Chauffeur in ihre Obhut genommen hatte, und wartet, bis der Wagen startet, um dann wieder hinüber in die Fabrik zu gehen.

Schau an, überlegt sie. Ein Muttersöhnchen. Vielleicht ist das der Grund dafür, dass er noch nicht verheiratet ist. Vermutlich hat keine seiner Auserwählten Gnade vor den Augen der starken Frau Mama gefunden. Sie empfindet so etwas wie Zärtlichkeit für ihn, bei all seiner Weltgewandtheit scheint er doch empfindsam und schutzbedürftig zu sein. Dann bemerkt sie, dass ein Automobil in die Auffahrt zur Villa eingebogen ist. Die beiden Wagen fahren langsam aneinander vorbei, Goldsteins Automobil steuert hinunter in Richtung Dorfstraße, das andere fährt hinauf zur Villa.

Ach herrje, denkt sie. Das ist Josef. Was will der denn hier mitten in der Woche?

Ihr Bruder tritt hart auf die Bremse und würgt dabei den Motor ab. Ein wenig umständlich steigt er aus dem Wagen, winkt ihr kurz zu und schaut dann dem davonfahrenden Automobil nach.

»Das war doch der … der Herr Goldstein, oder nicht?«, fragt er erstaunt anstatt eines Grußes.

»Richtig, das ist Richard Goldstein. Möchtest du hineinkommen? Dann geh ruhig schon vor – ich will hinüber in die Fabrik, um ein paar Dinge zu regeln.«

»Lass dir nur Zeit …«

Als sie zurückkommt, findet sie Josef auf dem Wohnzimmersofa mit einem Teller Eintopf auf dem Schoß.

»Pass bitte auf, dass du keine Flecken in die Polster machst!«, sagt sie ärgerlich, weil er sich genauso gut an den Esstisch hätte setzen können.

Er kaut genüsslich und kratzt die Reste vom Teller. »Wieso besucht dich der?«, will er misstrauisch wissen.

»Von wem sprichst du?«

»Na, von dem Goldstein. Du hast doch nicht etwa Geld bei dem geliehen?«

Auf Umwegen hat sie das tatsächlich getan, denn Richard

Goldsteins Mutter hält Anteile an der Bank. Aber das wird sie Josef nicht auf die Nase binden.

»Wir haben uns bei einer Ausstellung in Frankfurt zufällig wiedergesehen.«

»Soso«, meint er ungläubig und stellt den geleerten Teller auf den Rauchtisch. »Seit wann gehst du denn auf Ausstellungen?«

Die Frage ist nicht unberechtigt, sie hat allerdings keine Lust, ihm den Sachverhalt zu erklären.

»Ich arbeite hart die Woche über, Josef. Warum soll ich mir am Wochenende nicht ein kleines Vergnügen gönnen?«

»Dazu brauchst du nicht nach Frankfurt zu irgendwelchen Ausstellungen zu fahren. Da kannst du zu uns nach Bad Homburg kommen. Der Speiseraum im Restaurant wird neu geweißt, es muss geräumt und verpackt werden. Die Arbeit wächst uns über den Kopf!«

»Ich sprach von Vergnügen und nicht von anstrengender Arbeit. Die habe ich hier in der Fabrik zur Genüge.«

Er wedelt mit den Händen in der Luft herum und regt sich auf, dass sie so wenig Familiensinn habe und ihn in der Not im Stich ließe.

»Wir sind ein Familienbetrieb, da muss ein jeder mit anpacken. Der Erich und die Johanna sind täglich dabei, grad, dass sie noch ihre Schularbeiten machen können. Und die Irma hat schon Schwielen an den Händen vom vielen Möbelschieben und Einpacken …«

Ilse kann sich gerade noch die Bemerkung verkneifen, dass die Schwägerin nicht so viel einpacken und wegräumen müsste, wenn sie sich nicht so gierig am Inventar der Villa bedient hätte. Sie bekommt nun zu hören, dass das Silberputzen nach der Renovierung Tage und Nächte in Anspruch nehmen wird.

»Was ist mit den Angestellten? Die Gerti, kann die nicht mithelfen?«

»Die Gerti?«, regt er sich auf. »Die hustet uns was. Die arbeitet jetzt im ›Kaiserbräu‹ und zeigt mir die kalte Schulter, wenn ich ihr auf der Straße begegne. Ein undankbares Mensch ist die. Dumm und dämlich hat sie sich bei mir verdient …«

Dann fragt er, ob sie ihm nicht wenigstens die Carla schicken könnte. Weil die ja sowieso bei ihr angestellt ist und er sie da nicht noch extra bezahlen muss.

»Du kannst sie ja fragen«, meint Ilse spöttisch.

Die Carla Ritter kennt ihren geizigen Bruder zur Genüge, die wird ihn kalt abblitzen lassen.

»Dann würd ich gern ein paar Sachen vorläufig bei dir unterstellen«, redet er weiter. »Damit nichts drankommt, wenn die Bauarbeiter herumwühlen. Du hast doch Platz genug.«

Na, prächtig. Erst schleppt er Möbel und Inventar davon, und dann will er die Sachen bei ihr unterstellen. Ist sie ein Warenlager?

»Stell sie im Keller ab«, gesteht sie ihm zu. »Allerdings ist es da im Frühling immer feucht, das weißt du ja.«

Das weiß er zur Genüge, schließlich ist er in diesem Haus aufgewachsen und hat lange hier gewohnt. Er zieht das Gesicht schief und will wissen, weshalb er die Sachen nicht oben in der leeren Wohnung abstellen kann.

»Wollt ihr die schweren Möbel die Treppe hinauftragen? Ich kann dir keine Helfer zur Verfügung stellen, meine Arbeiter haben zu tun.«

»Zu tun«, knurrt er. »Mach mir doch nicht vor, dass du Aufträge hättest. Den Bach runter geht's mit der Fabrik. Verkauf die Villa dem Goldstein. Der hat Knete genug, die Mutter hängt mit irgendeiner Frankfurter Bank zusammen, und er hat da auch seine Finger drin. Da kannst du einen hübschen Preis heraushandeln und das Geld bei mir investieren.«

Sie stöhnt, weil er diesen Vorschlag nicht zum ersten Mal

macht und sie es langsam leid ist, immer wieder das Gleiche zu hören.

»Ich habe nicht die Absicht, die Villa zu veräußern. Schon gar nicht an Richard Goldstein, der momentan ganz andere Sorgen hat. Seine Mutter ist erkrankt.«

Das hört Josef mit Bedauern. »Was? Krank? Na, hoffentlich stirbt sie nicht. Das wär recht schade, solch einen guten Gast zu verlieren.«

Er hat ein Gemüt wie ein Rossschlächter, ihr Bruder. Und wie um diesen Eindruck zu bestätigen, redet er jetzt davon, dass Richard Goldstein vermutlich der einzige Erbe seiner Frau Mama sei und nach ihrem Tod mehrere Häuser in Bad Homburg und vermutlich auch einen Anteil an einer Frankfurter Bank besitzen würde.

»Da kann er sich die Hände reiben«, meint er neidisch. »Arbeiten muss der sein ganzes Leben lang nicht mehr. Die wissen gar nicht, was richtige Arbeit ist, diese Leute. Da, schau dir meine Finger an: lauter Blasen und Schwielen vom Schuttschaufeln. Unsereiner verdient sein Geld noch auf ehrliche Weise!«

Er hat tatsächlich ein paar raue Stellen an den Fingern, aber von Blasen und Schwielen ist er noch weit entfernt. Ilse vermutet, dass er lieber andere die Schaufel führen lässt und stattdessen herumläuft und den Ton angibt. Immerhin scheinen die Dinge drüben in Bad Homburg ziemlich im Argen zu liegen. Auch die Küche ist nicht benutzbar, weil sie »komplett neu und modern« eingerichtet wird. Vor allem die beiden älteren Kinder tun ihr leid. Wenn sie vor lauter Arbeit kaum noch dazu kommen, ihre Hausaufgaben zu machen, dann werden sie in der Schule gewiss auch müde sein. Bald ist Ostern, da gibt es Zeugnisse, und dann wird sich zeigen, ob die Eltern die beiden nicht überfordert haben. Sie bietet dem Bruder an, täglich ein Mittagessen für fünf Personen hinüberbringen zu lassen – Carla kocht sowieso für die

Arbeiter, da kann sie auch ein paar Portionen mehr zubereiten. Aber er lehnt ab.

»Das brauchst du nicht. Wir haben einen Gaskocher, das muss auch einmal gehen. Nur hat die Irma halt viel zu tun, und die Johanna hat das Kochen noch nicht so heraus.«

Wenn die zehnjährige Johanna nach der Schule für die Familie und vielleicht auch für die Bauarbeiter kochen muss, ist es kein Wunder, wenn sie kaum Zeit für die Schularbeiten hat. Ilse bekommt ein schlechtes Gewissen. Soll sie nicht doch einmal nach Bad Homburg fahren und mithelfen? Dann könnten die beiden Kinder sich ein wenig ausruhen. Aber wie sie den Bruder und die Schwägerin kennt, lassen die ihre Kinder trotzdem arbeiten. Außerdem fehlt ihr wirklich die Zeit.

Josef lässt sich gern eine zweite Portion Eintopf auf den Teller geben, trinkt zwei Tassen Kaffee und ist dann endlich bereit heimzufahren.

»Dann schick ich nächste Woche eine Fuhre mit Kisten«, kündigt er an. »Und sei freundlich zu dem Goldstein. Vergrätz ihn bloß nicht, der ist ein guter Gast.«

»Vielen Dank. Ich werde es beherzigen.«

Richard Goldstein meldet sich eine ganze Woche lang nicht, sodass sie sich Sorgen um ihn macht. In der Fabrik findet sie allerdings genügend Ablenkung, denn es gibt Ärger. Zwei Toilettentischlein sind trotz sorgfältiger Verpackung beschädigt beim Käufer angekommen, sie muss sie zurücknehmen. Dazu scheitern zwei gute Aufträge, die aus Frankreich gekommen sind, an den hohen Zöllen und Transportkosten. Sie muss einsehen, dass sie nicht zu hoch hinauf denken darf; schon der Transport nach Berlin schlägt heftig zu Buche. Zu allem Überfluss ist einer ihrer Kunden zahlungsunfähig, und es besteht die Gefahr, dass er nicht der einzige ist. Noch immer ist das Ruhrgebiet von den

Franzosen besetzt, was sich auf die Wirtschaft in ganz Deutschland auswirkt. Und auch die Reparationen an die Siegermächte verhindern, dass sich das Land erholt. Pleiten, Konkurse, Entlassungen und Kurzarbeit sind an der Tagesordnung. War sie zu optimistisch, als sie geglaubt hat, dass der Aufschwung, den die Fabrik genommen hat, auch in Zukunft anhalten wird? Die Bankschulden werden ihr bleiben, zumindest in dieser Hinsicht ist Beständigkeit gesichert.

Richard Goldstein ruft sie am Sonntag an, als sie schon darüber nachdenkt, zu Josef nach Bad Homburg zu fahren. Seine Stimme klingt dieses Mal angeregt, fast übermütig.

»Verzeihen Sie mir, wenn ich Ihre sonntägliche Ruhe störe, liebe Frau Küpper. Ich trage seit einigen Tagen eine Idee mit mir herum, die ich Ihnen gern unterbreiten möchte.«

»Nur zu. Wie geht es Ihrer Frau Mutter? Ich hoffe, besser.«

»Sie wurde operiert. Ob es eine wirkliche Besserung herbeiführt, ist noch nicht sicher. Sie erholt sich nur langsam, scheint aber zum Glück sehr zuversichtlich zu sein.«

»Das hört sich doch gut an. Dann mal heraus mit Ihrer Idee. Darf ich mit einem baldigen Besuch rechnen?«

Sie hört ihn leise lachen. Wie es scheint, hat er die trübe Stimmung überwunden, da es für die Frau Mama wieder aufwärtsgeht. Das freut sie.

»Wenn ich Ihnen nicht zur Last falle, dann würde ich gern in den kommenden Tagen vorbeischauen. Vorher möchte ich Ihnen allerdings meine Idee unterbreiten. Es ist – wie gesagt – nur ein plötzlicher Einfall, der mir da gekommen ist, und wenn Sie der Ansicht sind, dass es unsinnig ist, vergessen wir es schnell.«

»Wollen Sie mich auf die Folter spannen? Heraus damit!«

Er räuspert sich. Wie es scheint, hält er dieses Ansinnen für gewagt. Sie spürt, dass sie aufgeregt ist. Die Hand, mit der sie den Hörer hält, wird feucht. Was mag er sich ausgedacht haben?

»Ich werde in der kommenden Zeit sehr häufig bei meiner Mutter sein«, beginnt er vorsichtig. »Da dachte ich, es wäre vieles einfacher, wenn ich in der Nähe von Bad Homburg ein Quartier beziehen könnte. Kurzum: Ich wollte Sie fragen, ob Sie mir eventuell einige Räume im zweiten Stock Ihrer Villa vermieten würden.«

Sie ist verblüfft und weiß nicht, was sie dazu sagen soll. Er will hier in der Villa wohnen? Sie muss die unvernünftige Stimme in ihrem Inneren unterdrücken, die ihr sagen will, dass er dies vorschlägt, weil er ihr nahe sein möchte. Eine andere Stimme, die der klugen und ernüchternden Lebenserfahrung, mahnt sie hingegen zur Vorsicht.

»Das … das ist wirklich eine sehr … ausgefallene Idee«, bringt sie schließlich hervor. »Aber – warum nicht? Die Räume sind ungenutzt. Allerdings gibt es kaum Mobiliar, und es müssten ein paar Reparaturarbeiten durchgeführt werden …«

»Das sollte Ihre Sorge nicht sein, Frau Küpper«, versichert er eifrig. »Ich bitte Sie herzlich, darüber nachzudenken. Eine Absage würde ich selbstverständlich akzeptieren, das sollte unsere Freundschaft nicht belasten. Auch würde ich nur hin und wieder dort übernachten und Ihnen keinesfalls in irgendeiner Weise zur Last fallen …«

»Einverstanden. Ich denke darüber nach. Wann darf ich mit Ihrem Besuch rechnen?«

»Übermorgen? Oder ist das zu früh?«

Schon wieder mitten in der Woche! Josef hat nicht ganz unrecht, diese Bankleute scheinen den lieben langen Tag zur freien Verfügung zu haben.

»Gern. Zur Mittagszeit? Es gibt Eintopf nach Art des Hauses.«

»Ganz wunderbar. Ich liebe die ländliche Küche!«

»Wirsing mit Kartoffeln und Schinkenspeck!«

»Ich werde es überleben!«

»Dann bis übermorgen!«

Als sie den Hörer auflegt, überlässt sie sich einen Moment lang der schönen Illusion und lächelt vor sich hin. Du liebe Güte! Josef wird ihr den Kopf abreißen, wenn er erfährt, dass sie seine ehemalige Wohnung an Richard Goldstein vermietet hat.

Kapitel 25

Im Dorfladen ist der Sonntag nicht zum Ausruhen da. Nach dem Kirchgang gibt es ein rasches Mittagessen, danach muss im Laden geputzt werden. Frieda darf das Schaufenster und die beiden kleinen Fensterchen an der Ladentür mit heißem Wasser und dem Fensterleder bearbeiten, Herta und Ida wischen den Staub aus den Regalen, danach muss der Fußboden gründlich gewischt und der Ladentisch eingewachst werden.

»Im Lager stehen drei Kisten, die könnt ihr zwei auspacken und einräumen«, bestimmt Herta. »Immer erst mal in den Ladenregalen nachschauen, was fehlt, bevor ihr die Sachen im Lager abstellt. Verstanden?«

»Jawohl, Frau Feldmarschall!«, gibt Ida mürrisch zurück. »Befehlen Sie auch, den Pferdestall zu misten und die Latrinen zu putzen?«

»Das könnt ihr gern haben!«, faucht Herta. »Spiel dich bloß net so auf, Ida. Gestern war der Schmidtkunz Heinrich im Laden und hat sich beschwert, dass du seinem Rudi eine Backpfeife gegeben hättest!«

»Na und? Die hat er verdient!«

Frieda beteiligt sich nicht an dem Protest, sie verrichtet alle Arbeiten, die Herta ihr aufhalst, schweigend und ohne Widerspruch. Sie ist beinahe froh, sich an den notwendigen Verrichtungen beteiligen zu dürfen, denn die Mutter ist nach wie vor wortkarg und vermeidet jedes unnötige Gespräch. Aufträge wie dieser werden ihr von Herta vermittelt, das Fahrtgeld nach Frankfurt lag am

Anfang der Woche abgezählt vor ihrem Frühstücksteller. Einmal hat sie es gewagt, sich ein Paar Baumwollstrümpfe aus dem Laden zu nehmen, da hat Herta gleich gefragt, ob sie die auch bezahlen wolle.

»Die brauche ich«, hat sie geantwortet. »Soll ich vielleicht ohne Strümpfe gehen?«

»Du hast noch genug Strümpfe im Schrank. Aber die feine Dame will wohl net mit gestopften Strümpfen zu Schauspielschule gehen, wie?«

Der stetige Zorn der Mutter hat Herta Aufwind gegeben. Nun kann sie ihrem Neid auf die jüngeren Schwestern die Zügel schießen lassen, und sie tut es täglich mit wachsender Freude. An Ida gleiten Hertas Bosheiten ab wie Wassertropfen an einer Kerze, aber Frieda nimmt es sich zu Herzen. Sie leidet unendlich an der harten Haltung der Mutter und fühlt sich wie eine Ausgestoßene.

Ida ist die Einzige in der Familie, die sie versteht und zu ihr hält. In dem kleinen, muffigen Lagerraum stehen sie beieinander und räumen Schachteln mit Malzkaffee, Waschpulver und Margarine aus den Kartons. Ida weiß inzwischen, dass ihre Schwester die Großmutter besucht hat, und sie ist darüber ganz aus dem Häuschen.

»Das hast du gut gemacht, Friedchen. Wann gehst du zu ihr?«

»Morgen um neun. Aber mulmig ist mir schon dabei. Wenn's nur die Mama nicht erfährt.«

Ida macht sich da weniger Sorgen. Sie zuckt mit den Schultern und meint: »Und wenn schon. Sie ist selber schuld, dass wir heimlich zur Oma gehen müssen.«

Frieda stellt drei Packungen Seife ins Lagerregal, der Rest muss drüben im Laden eingeräumt werden. »Ein bisschen kann ich sie ja verstehen«, meint sie seufzend. »Das war nicht anständig von der Großmutter, wie sie die Mama behandelt hat. Wie kann ein

Mensch nur so unversöhnlich sein? Papa hat die Mama doch geliebt.«

Ida muss niesen, weil eine Packung Waschpulver nicht ganz dicht ist und das Zeug ihr in die Nase gestiegen ist.

»Ich glaub, dass die Oma es inzwischen schwer bereut«, behauptet sie. »Stell dir doch mal vor: Sie hat Papa all die Jahre über nicht besuchen wollen. Und jetzt ist er tot, und sie wird ihn nie wiedersehen. Das ist doch ganz schrecklich, oder?«

Ja, das muss Frieda zugeben. Die Großmutter hat sich mit ihrem Starrsinn viel Kummer eingehandelt. »Vielleicht will sie das an ihren Enkeltöchtern ja wiedergutmachen?«, überlegt sie.

»Genau«, sagt Ida und hebt eine Palette mit zehn Senfgläsern ins Regal. »Und das müssen wir nutzen.«

Eine Weile arbeiten sie schweigend vor sich hin. Frieda findet, dass es sich Ida zu leicht macht. Natürlich wäre es schön, wenn sie ganz unbefangen ihre Großmutter besuchen könnte und die Ausbildung bezahlt bekäme. Aber das geht eben nicht, sie ist schon jetzt das schwarze Schaf der Familie. Würde die Mutter von dem Besuch morgen erfahren, dann wäre es endgültig aus.

»Ich versteh das nicht«, bricht es schließlich aus ihr heraus. »Warum hab ich es so schwer? Die anderen Schauspielschüler bekommen die Ausbildung von den Eltern bezahlt, die sind stolz auf ihre Kinder, weil sie die Aufnahme in die Schule geschafft haben. Die kaufen ihren Kindern anständige Sachen zum Anziehen und gute Schuhe, die geben ihnen sogar Geld, um einen Kaffee zu trinken und ein Stück Kuchen zu essen. Nur ich laufe herum wie eine Vogelscheuche und habe keinen Pfennig in der Tasche …«

Jetzt muss sie sich umdrehen, damit ihre Tränen nicht auf die Margarineschachteln tropfen. Ida lässt die Senfgläser stehen und legt die Arme tröstend um die schluchzende Schwester.

»Das ist alles nur, weil wir Dingelbacher sind«, sagt sie und streichelt Friedas Haar. »Weil wir in diesem rückständigen Dorf wohnen, deshalb haben wir es so schwer.«

»Unser Papa war aber kein Dingelbacher«, stößt Frieda hervor. »Wenn der noch bei uns wäre, dann wäre alles anders …«

»Aber die Mama ist eine Dingelbacherin«, seufzt Ida. »Und das nicht zu knapp.«

»Dieses verdammte, elende Drecksnest!«, schimpft Frieda schluchzend. »Ich wünschte wirklich, wir wären in Frankfurt auf die Welt gekommen.«

Ida ist anderer Meinung. »Ich find's trotzdem schön in Dingelbach. Weil du hier alle Leute kennst. Und in den Wiesen herumlaufen, am Bach Schiffchen bauen, Pferde reiten und Obst klauen, das kannst du in Frankfurt bestimmt nicht. Da stehen überall hohe Häuser, und die Straßen sind gepflastert.«

Frieda wischt die Tränen mit dem Ärmel weg und überlegt. »Meinetwegen. Wenn man klein ist, ist es ganz nett in Dingelbach. Aber wenn man älter wird und etwas lernen will, dann ist es die Hölle!«

»Ach was«, sagt Ida und macht eine verächtliche Handbewegung. »Ich will nach der Dorfschule aufs Lyzeum nach Frankfurt gehen. Und das tu ich auch – ganz gleich, was die Mama dazu sagt.«

Frieda schiebt das Waschpulver ins Regal und dreht sich dann verblüfft um. Das ist echt Ida. *Ich will auf das Lyzeum gehen*, sagt sie. Als ob das so einfach wäre.

»Auf was für ein Lyzeum?«

»Auf die Schillerschule, da können Mädchen nämlich ein Abitur machen. Weiß ich vom Hohnermann, der hat sich erkundigt.«

Lehrer Hohnermann, der unermüdliche Freund und Helfer, der ihnen bei allen Fragen der Weiterbildung zur Seite steht. Ostern wird Ida die Dorfschule verlassen. Ganz sicher mit einem glänzenden Zeugnis. Aber reicht das aus, um an einem Lyzeum angenommen zu werden?

»Die machen eine Aufnahmeprüfung, hat er gesagt. Da will er mir helfen, weil ich viele Sachen in der Dorfschule nicht habe lernen können …«

So wie Frieda ihre Schwester einschätzt, wird sie diese Prüfung mit Bravour bestehen. Aber was dann? Die Schule kostet sicher Geld und die Fahrt mit dem Zug auch. Das kann die Mutter auf keinen Fall auch noch aufbringen.

»Vielleicht hilft dir ja Onkel Schorsch«, meint sie unsicher zu Ida.

Aber die schüttelt den Kopf.

»Bestimmt net. Seit der Sache mit der Schauspielschule redet die Mama kein Wort mehr mit ihm.«

Frieda überlegt einen Moment, dann hat sie begriffen, worauf Ida hinauswill. »Soll ich der Oma morgen davon erzählen?«

Ida grinst sie verschwörerisch an. »Das wär net schlecht«, strahlt sie.

»Na schön«, seufzt Frieda. »Werfen wir die Angel aus.«

Am Mittwoch geht sie über eine Stunde früher aus dem Haus. Die Mutter sieht es, aber sie stellt keine Fragen. Nur Herta bemerkt süffisant: »Kannst wohl gar net früh genug zu deinen Schauspielern davonrennen, wie?«

Es ist voll in der Bahn um diese Zeit, weil viele Pendler nach Frankfurt unterwegs sind. Frieda muss stehen, und sie hört ihren Magen knurren, weil sie vor lauter Aufregung kaum etwas hat essen können. Am Nachmittag haben sie Sport in der Turnhalle der Victoriaschule, da braucht sie einen Turnanzug und Turnschuhe, aber die Mutter wird ihr kein Geld dafür geben. Sie muss sich etwas einfallen lassen, vielleicht bittet sie Luise, ihr aus einem alten Rock etwas zu nähen? Aber Luise ist momentan beleidigt, weil Frieda so wenig Zeit für sie hat.

An der Hauptwache herrscht wieder ein fürchterliches Getümmel, sie läuft zwischen hupenden Automobilen und klingelnden Straßenbahnen hindurch und wird beinahe von einem Radfahrer angefahren. »Kannst net uffpasse, dumm Orschel?«, brüllt er sie an.

Freundlich sind sie Leute nicht in der Großstadt, stellt sie fest. Jeder rennt seinen eigenen Anliegen hinterher und kümmert sich nicht um andere Menschen. Auf dem Land ist das ganz anders. Aber dafür kann man hier auch tun und lassen, was man will, ohne dass es gleich im ganzen Dorf durchgehechelt wird.

Sie ist so schnell gegangen, dass sie ganz außer Atem ist, als sie vor der Villa in der Bockenheimer Landstraße steht. Wie viel Uhr mag es sein? Ist sie zu früh oder zu spät? Sie besitzt keine Armbanduhr und kann die Zeit nur schätzen. Also atmet sie noch einmal tief durch und geht die Auffahrt entlang zur Haustür.

»Das Fräulein Frieda!«, sagt das Hausmädchen und lächelt überfreundlich. »Kommen Sie herein, die gnädige Frau erwartet Sie. Geben Sie mir bitte Ihre Jacke. Hier hinauf, bitte schön. Ich geh rasch vor und melde Sie an …«

Was für eine falsche Ziege, denkt Frieda. Das letzte Mal hat sie mich beinahe rausgeschmissen, und jetzt ist sie auf einmal katzenfreundlich.

»Ihre Enkelin ist da, gnädige Frau«, flötet das Mädchen in den Salon hinein.

»Herein mit ihr! Frischen Kaffee! Und wo ist die Orangenmarmelade?«

Die Stimme der Großmutter ist ungehalten, das Hausmädchen zieht den Kopf ein. »Das tut mir furchtbar leid, gnädige Frau. Die Köchin hat sie nicht aufs Tablett gestellt …«

»Dann bringen Sie sie jetzt.«

Ach herrje, denkt Frieda. Sie hat schlechte Laune, das fängt ja gut an. Doch als sie in den Salon tritt, empfängt die Großmutter sie mit einem herzlichen Lächeln. Die alte Dame geht auf sie zu und reicht ihr die Hand. Eine kühle, glatte Hand, an der mehrere goldene Ringe stecken.

»Da bist du ja. Und sogar pünktlich. Setz dich hin, Kind. Ich habe ein Frühstück für dich richten lassen. Schließlich hast du den ganzen Tag ein straffes Programm zu absolvieren …«

Frieda ist wie geblendet. So also sieht es bei reichen Leuten aus. Solche schönen Möbel aus rötlich poliertem Holz haben sie, solche üppigen Brokatvorhänge an den Fenstern und solche weichen, gemusterten Teppiche. Da steht auch ein schwarzer Flügel im Fenstererker, darüber liegt eine gestickte Decke, und eine Vase mit Blumen ist darauf dekoriert.

»Nun zier dich nicht«, befiehlt die Großmutter in heiterem Ton. »Ich weiß doch, dass Mädchen in deinem Alter immer hungrig sind.«

Hungrig ist Frieda allerdings, und die Köstlichkeiten, die auf einem silberfarbenen Tablett vor ihr stehen, sind mehr als verlockend. Rührei mit Schinken gibt es daheim niemals zum Frühstück. Dazu gebackene Weißbrotscheiben, Butter, gebratene kleine Würstchen, Käse mit einer Schimmelkruste, den sie noch nie zuvor gesehen hat, und drei Sorten Marmelade. Und einen ganzen Korb frischer Brötchen. Sie nimmt sich eines und schneidet es mit dem Messer auf. Ein silbernes Messer mit einem Monogramm darauf. Du liebe Güte, wenn Ida hier wäre, die würde Augen machen!

»Nun, wie gefällt es dir auf der Schauspielschule?«, will die Großmutter wissen.

»Bis jetzt sehr gut!«

Frieda streicht Butter auf das Brötchen und nimmt drei von den Würstchen. Das Hausmädchen kommt mit der Orangenmarmelade und einer Kanne duftendem Bohnenkaffee. Sie gießt ihr ein und sagt: »Bitte sehr, gnädiges Fräulein.«

Noch nie in ihrem Leben ist sie mit »gnädiges Fräulein« angeredet worden. Fast kommt sie sich wie eine Hochstaplerin vor.

»Dann erzähl einmal!«, fordert die Großmutter.

Frieda lässt sich nicht lange bitten. Am schönsten ist das Ensemblespiel, da haben sie schon zwei Szenen aus dem *Sommernachtstraum* geprobt.

»Der Herr Weichert hat mich sehr gelobt, an der Annemarie und am Erwin hat er herumgemäkelt. Aber nicht böse, er hat ihnen nur gezeigt, wie er es haben will. Ja, und das Zweitschönste ist Sprechtechnik bei Herrn Engels. Da müssen wir am Boden liegen und haben einen Stapel Bücher auf der Brust. Wenn wir atmen, dürfen sich die Bücher nicht bewegen, weil ein Schauspieler die Bauchatmung lernen muss. Aber dann dürfen wir im Chor sprechen, und das ist grandios …«

»Was sprecht ihr denn da?«, will die Großmutter wissen.

Frieda muss erst einmal kauen und schlucken. Dann legt sie mir voller Stimme los:

Die Sonne tönt nach alter Weise
In Brudersphären Wettgesang
Und ihre vorgeschrieb'ne Reise
Vollendet sie mit Donnergang …

Die Großmutter ist begeistert – natürlich kennt sie diese Verse aus dem Prolog im Himmel in Goethes *Faust.*

»Die sind so großartig, diese Worte«, ruft Frieda aus. »Wenn ich mit der Bahn heimfahre, dann tönen sie noch in meinem Kopf, und dann bin ich ganz glücklich darüber …«

Natürlich kommt es im Unterricht vor allem darauf an, deutlich zu sprechen, die Stimme muss tragen, und der Chor soll »homogen« klingen. Keiner darf herauszuhören sein, keiner soll »hinterherkleckern«. Und nuscheln darf sowieso keiner, das ist ganz schlimm, da wird der Herr Engels ärgerlich.

»Und wir müssen richtig turnen«, berichtet sie weiter. »In einer

Turnhalle sind wir, und ich habe sogar am Rhönrad gehangen. Dazu braucht man Mut, weil man sich mit dem großen Rad auf den Kopf stellt und durch die Halle rollt …«

»Schön, schön«, meint die Großmutter. »Wie es scheint, lässt es sich gut an. Das freut mich. Ich habe inzwischen einige Gespräche geführt, und ich denke, dass ich dich ein wenig unterstützen kann. Leider will deine Mutter ja nichts von mir wissen …«

Frieda legt beklommen das angebissene Brötchen auf den Teller.

»Ja«, sagt sie leise. »Das ist sehr schade. Wenn unser Papa noch bei uns wäre, dann würde sie vielleicht anders denken.«

Die Großmutter schweigt dazu, und Frieda begreift, dass Idas Vermutung richtig war. Sie ist sehr unglücklich und bereut es, so unversöhnlich gewesen zu sein. Aber reden mag sie nicht darüber, vielleicht tut es ihr zu weh.

»Nun«, sagt die Großmutter nach einer kleinen Weile. »Deine Mutter muss drei Töchter allein durchbringen, das ist gewiss nicht leicht. Vielleicht war ich etwas vorschnell mit meinem Besuch – ich hätte diplomatischer vorgehen müssen. Aber nun ist es geschehen, und ich will schauen, was ich für dich tun kann, ohne deine Mutter zu verletzen.«

Frieda nickt beflissen. Das klingt sehr vernünftig. Die Großmutter ist eine kluge Frau, es war doch eine gute Idee, sie zu besuchen.

»Ich soll auch schöne Grüße von meiner Schwester Ida ausrichten«, sagt sie eifrig.

»Ida? Die kleine Rothaarige, die mir den Brief geschrieben hat? Ein nettes Mädel. Sag ihr herzliche Grüße zurück.«

Frieda trinkt einen Schluck Kaffee und räuspert sich.

»Ida kommt Ostern aus der Schule. Sie möchte dann auf die Schillerschule in Frankfurt gehen, weil sie das Abitur machen will.«

Die Großmutter runzelt die Stirn. »Sie hat die Dorfschule besucht, wie? Da wird's schwer werden, auf einem Lyzeum angenommen zu werden.«

»Ida schafft das. Sie ist immer die Beste in der Schule. Und sie hat alle Bücher gelesen, die Lehrer Hohnermann in seiner Bibliothek stehen hat.«

Die Großmutter erfährt, dass der Lehrer Hohnermann in Dingelbach lernwillige Kinder fördert, wo immer er kann. Auch Frieda hat er geholfen, sonst hätte sie die Prüfung für die Schauspielschule gar nicht erst machen können.

»Die Orgel spielt er auch ganz wunderbar. Er hat einmal Musiker werden wollen, aber im Krieg ist sein Gesicht schlimm zerschnitten worden …«

»Armer Kerl …«

Die Großmutter schaut auf eine goldfarbene Reiterstatue, die auf einer Kommode steht. Erst bei genauerem Hinsehen bemerkt Frieda, dass sich im Sockel der Statue eine Uhr befindet. O weh – es ist schon nach halb zehn! Sie hat nur noch eine knappe Viertelstunde.

»Dingelbach scheint ein recht interessantes Dorf zu sein«, sagt die Großmutter. »Gibt es dort nicht auch eine Fabrik?«

»Ja, Pilz und Küpper. Die machen Schirmstöcke und andere Sachen aus Holz. Jetzt gehört sie der Frau Küpper ganz allein.«

»Frau Küpper … soso …«

»Kennen Sie die vielleicht? Das ist eine ganz mutige Frau. Und freundlich ist sie auch. Ihre Haushälterin kauft immer bei uns im Laden ein.«

»Ich glaube, sie neulich gesehen zu haben«, meint die Großmutter in vagem Tonfall. Dann geht sie zu einem anderen Thema über: »Hast du kein anderes Kleid? Und was ist mit deinen Schuhen, da löst sich ja schon die Sohle!«

Frieda zuckt hilflos mit den Schultern. Nein, das sind schon ihre besten Sachen. Kleider und Schuhe sind teuer, vor allem auf dem Land.

»Ich sehe schon«, sagt die Großmutter ärgerlich. »Wir müssen uns etwas für dich einfallen lassen. Vor allem sollst du wissen: Wann immer du hierher zu mir kommst, steht dir die Tür offen. Auch wenn ich nicht zu Hause sein sollte – die Angestellten sind angewiesen, sich um dich zu kümmern. Das ist das eine. Das andere betrifft das Finanzielle. Da schauen wir einmal, was ich für dich in die Wege leiten kann. Und jetzt gehst du los, damit du nicht zu spät kommst.«

Frieda trinkt rasch den Kaffee aus und springt vom Sessel. Auch die Großmutter ist aufgestanden, um ihr zum Abschied die Hand zu reichen, aber Frieda kann nicht anders: Sie fällt der alten Dame impulsiv um den Hals.

»Ich bin so froh, dass ich eine Großmutter habe«, sagt sie. »Das ist etwas ganz Wunderbares. Das Wunderbarste auf der ganzen Welt!«

Die alte Frau ist überrascht von dieser plötzlichen Liebesbezeugung, sie lässt sie sich aber gefallen und hält gerührt Friedas Hand fest.

»Ein Wildfang bist du. Genau wie meine Schwester selig. Da geh jetzt, damit du dir keinen Tadel einhandelst. Und komm nächsten Mittwoch wieder. Dann reden wir weiter.«

»Ja, ich komme ganz furchtbar gern. Ich muss Ihnen noch so viel erzählen. Und … und vielen Dank für alles. Ich weiß gar net, was ich noch sagen soll …«

»Es ist ja gut, Mädchen … Du liebe Güte, du bist eine, die einer alten Frau ans Herz wachsen kann …«

Als Frieda unten die Jacke anzieht und aus der Tür will, läuft ihr das Hausmädchen mit einem Paket hinterher. »Das soll ich Ihnen geben, gnädiges Fräulein. Für die Mittagspause. Und viele Grüße von der Gnädigen …«

In dem Paket sind belegte Brötchen und ein weißer Briefumschlag mit der Aufschrift: Für alle Fälle. Darin sind fünf Mark. Ein Vermögen! Das muss sie vor der Mutter verstecken. Aber jetzt kann sie sich vielleicht ein Paar Turnschuhe kaufen.

Zum rhythmischen Tanz bei Leopoldine Müller kommt sie fünf Minuten zu spät, das bringt ihr einen vorwurfsvollen Blick der Lehrerin ein. Sie zieht Schuhe und Strümpfe aus, das Kleid lässt sie an, weil sie keine kurzen Hosen besitzt, und in Unterwäsche geht es auch nicht. Aber die Tanzübungen machen ihr großen Spaß, sie bewegt sich gern und hat wenig Mühe, den Körper in alle Richtungen zu biegen. Die Männer hingegen stellen sich recht ungeschickt an, weil sie zu steif sind und das Tanzen überhaupt etwas lächerlich finden. Nur der schmale, sommersprossige Erwin Kreuzer bewegt sich geschmeidig, er hat einmal Ballettunterricht gehabt.

»Wo hast du denn die Tanzhose gekauft?«, will sie nach dem Unterricht von Annemarie wissen.

Die lacht und wickelt das Band ab, das sie um das Haar gebunden hat, damit es beim Tanzen nicht so stört. Sie trägt einen Bubikopf wie die meisten Mädchen auf der Schauspielschule.

»Die hab ich nicht gekauft, die hat mir meine Mama genäht. Sie kann das, weil sie Schneiderin ist. Soll sie dir auch eine nähen? Dann musst du den Stoff mitbringen und uns besuchen, damit sie Maß nehmen kann.«

»Das würde ich gern tun«, meint Frieda, und sie überlegt schon, woher sie den Stoff nehmen soll. »Aber wann? Wir haben ja den ganzen Tag über Unterricht.«

»Dann schläfst du mal eine Nacht bei uns. Das tun meine anderen Freundinnen auch.«

»Wenn das deiner Mama recht ist …«

»Bestimmt. Und lustig wird es werden. Frag mal daheim, ob du darfst, ja?«

Da braucht sie gar nicht zu fragen, die Mutter wird es nicht erlauben. Am Abend hat sie zu Hause zu sein. Das war die Bedingung, dass sie überhaupt auf die Schule gehen darf. Was für ein Elend!

Das Ensemblespiel unterrichtet heute Frau Sagan, die ist sehr energisch und viel strenger mit ihnen als der Herr Weichert. Annemarie bekommt zu hören, dass sie zu befangen sei und sich öffnen müsse. Der große, langsame Rudolf Stimpel ist ihr Liebling, sie arbeitet lange mit ihm für eine Szene aus *Minna von Barnhelm*, die anderen sitzen dabei und hören zu. Schließlich darf Frieda die Szene mit ihm spielen, aber zu ihrem Spiel sagt die Lehrerin nichts.

»Die mag lieber Männer«, meint Annemarie verärgert. »Beim Weichert ist es viel schöner.«

Leider ist der Oberspielleiter Richard Weichert häufig verhindert, er hat viele andere Verpflichtungen. Nicht nur am Theater, wie Harry zu berichten weiß.

»Der macht auch bei den großen Veranstaltungen mit«, erzählt er. »Bei den Timbuktu-Bällen ist er verkleidet aufgetreten und hat mit anderen Schauspielern Theater gespielt.«

»Timbuktu? Das ist doch eine Stadt irgendwo in Afrika, oder?«, erkundigt sich Frieda.

Sie wird von den Frankfurter Mitschülern ordentlich ausgelacht. Harry erbarmt sich ihrer Unwissenheit und erklärt: »So heißen hier die wüsten Maskenbälle, wo die Reichen und Schönen sich verkleiden und verrückte Sachen machen. Da gibt's wunderschöne Dekorationen, dass du denkst, du bist im Urwald oder im Harem des Maharadschas. Und es wird getrunken und getanzt bis zum frühen Morgen.«

»Ach so. Bist du schon einmal dort gewesen, Harry?«

»Nee. Wir haben doch die Kneipe, da haben wir selber genug zu tun. Kannst mich mal besuchen, Frieda. Komm doch mal am Sonntag, dann zeig ich dir Sachsenhausen und die Frau Rauscher in der Klappergass.«

»Wer ist das denn? Eine Tante von dir?«

Er grinst geheimnisvoll und meint nur, man müsse sich vor dieser Person in Acht nehmen. Weil sie die Leute nassspritzt.

»Das klingt verrückt. Bei Gelegenheit komme ich gern!«

Das ist schon die zweite Einladung, die sie nicht annehmen kann. Aber sie mag nicht erzählen, dass ihre Mutter es ihr verbietet. Weil es ihr vor den anderen peinlich ist, dass sie so eine strenge Mutter hat, die ihr überhaupt nichts erlaubt.

Nach der Mittagspause haben sie Rollenstudium bei Frau Einzig. Sie lernen, die Figur, die sie verkörpern, zu begreifen, die Gründe für ihre Handlungsweise zu erkennen und sich in sie hineinzuversetzen. Warum sagt sie das? Was steckt dahinter? Was fühlt sie in diesem Moment? Nur wenn man von einer Rolle ganz und gar durchdrungen ist, sich mit der Figur eins fühlt, kann man sie wirklich verkörpern.

Am Schluss empfiehlt Frau Einzig ihren Schülern, sich das Theaterstück *Der Schinderhannes* von Zuckmayer anzuschauen, das vor der Sommerpause noch zwei Mal aufgeführt werden wird. Die Schauspielschüler erhalten dafür Freikarten. Harry blinzelt Frieda gleich zu und meint: »Da gehen wir miteinander, Frieda. Ich hab's auch noch nicht gesehen. Steht für Donnerstag auf dem Spielplan.«

Das nächste Problem. Für heute reicht es Frieda, sie ist so deprimiert, dass sie ihm gar keine Antwort gibt. Wie soll sie Schauspielerin werden, wenn sie am Abend nicht ins Theater gehen darf? Es hilft nichts, sie muss mit der Mutter reden. Auch auf die Gefahr hin, dass ihr dann die Schule ganz und gar verboten wird.

Nach dem Unterricht ruft Frau Einzig Frieda zu sich. »Ich hab eine gute Nachricht für dich, Mädchen«, sagt sie und lächelt geheimnisvoll.

Jetzt kommt wieder so etwas, wo ich nicht hindarf, denkt Frieda. Vielleicht soll ich schon als Statistin in der Oper einspringen? Was sag ich ihr nur? Am Ende werfen die mich noch von der Schule, wenn ich jetzt Nein sage.

Aber Frau Einzig hat ihr etwas ganz anderes anzukündigen. Sie wühlt in ihrer großen Handtasche herum und zieht einen Brief heraus. »Hier, das ist ein Schreiben an deine Mutter. Du erhältst ein Stipendium aus dem Künsterfonds einer Bank. Sie bezahlen dein Studium, die Fahrtkosten, und zusätzlich bekommst du ein kleines Taschengeld. Na? Ist das etwa keine gute Nachricht?«

Frieda ist so überwältigt, dass sie erst einmal stumm bleibt. Ist das wirklich wahr? Ein Stipendium? Die Mutter muss nichts mehr bezahlen, sie bekommt sogar noch Geld obendrauf!

»Das ist … das ist wirklich eine gute Nachricht«, stottert sie. »Sie glauben gar nicht, wie froh ich darüber bin.«

»Das weiß ich, Frieda«, sagt Frau Einzig. »Auch wir freuen uns darüber. Ich glaube, du hast die Chance verdient!«

Kapitel 26

Gegen elf, als die Gertrud den Rotkohl mit Zwiebeln anbrät, kommt das Lenchen Grossmann auf den Schützhof gelaufen. Ein wenig torkelig ist sie, setzt sich in der Küche auf einen Stuhl und fragt, ob die Helga net rasch zum Alberti Rudolf laufen könnte.

»Ja, was ist denn? Bist krank, Lenchen?«, will die Gertrud wissen, und die Anni stellt der Nachbarin auf alle Fälle einen Becher Malzkaffee vor die Nase. Das ist so üblich unter Nachbarn, da gibt's keine verschlossenen Türen, man geht in die Küche zum Reden und wird bewirtet.

»Ich net«, sagt Lenchen. »Aber der Herbert. Der liegt da und will sich net berappeln.«

»Ach Gott«, meint Helga erschrocken, weil sie ja weiß, dass morgen der Grossmannhof versteigert wird. »Trink deinen Kaffee, Lenchen. Ich geh gleich los.«

Sie nimmt das Tuch vom Haken und will es umlegen, da redet Lenchen weiter: »Der war net im Bett, wie ich aufgewacht bin. Da hab ich ihn gesucht. Auf dem Abort ist er net gewesen, im Stall net, und in der Scheune hab ich ihn auch net gefunden. Da hab ich plötzlich denken müssen, dass er vielleicht auf den Dachboden gestiegen sein könnt …«

Sie redet in solch einem merkwürdigen Tonfall, ganz abgehackt und mit hoher Stimme. Ganz fremd klingt es, und Helga durchfährt es plötzlich eiskalt.

»Auf den Dachboden?«

Lenchen nimmt den Becher und will trinken, aber ihre Hände zittern so, dass sie das Gefäß niedersetzen muss.

»Freilich, auf den Dachboden. Da bin ich rauf und hab ihn gleich hängen sehen …«

Der Gertrud fällt der Topfdeckel aus der Hand, es scheppert heftig, als er auf die Herdplatte prallt und von dort auf den Fußboden rutscht. Anni starrt die Nachbarin mit weit aufgerissenen Augen an und muss sich niedersetzen. Helga steht wie vom Schlag getroffen da. O Gott! Lass es nicht wahr sein.

»Da bin ich zurück in die Küche und hab ein scharfes Messer aus der Tischlade genommen«, redet Lenchen weiter und schaut Gertrud dabei hilfesuchend ins Gesicht. »Auf die alte Futtertruhe droben bin ich gestiegen, aber es ist nicht leicht gewesen, das Seil durchzuschneiden. Weil's so straff gewesen ist …«

Helga muss sich gegen die Tür lehnen, das Entsetzen ist ihr in die Beine gefahren. Der Herbert. Nichts hat er gesagt. Ganz still ist er die letzten Tage gewesen. Hat sich nicht beklagt und nicht gejammert. Und dann geht er auf den Dachboden und macht ein Ende. Lässt das Lenchen allein.

Wie betäubt hört sie Lenchen weiterreden. Wie er dann hinuntergefallen ist, hat sie sich neben ihn gesetzt, weil sie geglaubt hat, dass er von dem Sturz betäubt ist. Eine ganze Weile hat sie dort gesessen, ihm die Wangen getätschelt, ihn geschüttelt, seinen Namen gerufen. »Aber weil er sich gar net hat regen wollen, hab ich gedacht, der Alberti Rudolf müsst doch einmal nach ihm sehen …«

Sie traut sich den Weg nicht zu, weil sie meint, »zu wackelig« zu sein. Helga reißt sich zusammen und legt das Tuch um. Der Alberti Rudolf wird wissen, was zu tun ist.

Das ist Ottos Schuld, denkt sie, während sie über die Dorfstraße zum anderen Ende des Ortes läuft. Er hätte es verhindern können, wenn er dem Herbert das Geld gegeben hätte. Diese

Sünde muss er auf sein Gewissen nehmen. Und ich hab es zugelassen. Hab noch nach außen hin zu ihm gehalten. Ich bin auch mit in der Pflicht.

Rudolf Alberti ist auf dem Acker am Pflügen, aber die Marlis steht in der Küche, und wie sie die schlimme Nachricht hört, lässt sie alles liegen und läuft davon, um ihren Mann zu holen. »Bleib da, Helga«, ruft sie noch. »Dass das Essen net anbrennt. Ich bin gleich wieder da.«

Helga stellt sich an den Herd und rührt den Eintopf um, es kommt ihr unwirklich vor, so als hätte sie das alles geträumt. Nur der Zorn auf ihren Mann wächst in ihrem Inneren. Er hat den Herbert auf dem Gewissen. Mit seiner Habsucht und seinem Geiz hat er ein Menschenleben zerstört. Was ist nur aus dem Mann geworden, den sie geheiratet hat? Kann der Krieg einen Menschen so sehr verändern? Oder war der Otto schon immer ein schlechter Mensch?

Rudolf Alberti kommt in Ackerstiefeln und dreckiger Hose in die Küche, er fasst Helga bei den Schultern und will wissen, wann es passiert ist.

»In der Nacht wohl. Das Lenchen hat gesagt, er sei am Morgen net mehr neben ihr im Bett gelegen …«

»Ich kann's nicht glauben«, stöhnt er. »Warum haben wir nicht besser auf ihn aufgepasst? Gestern noch hab ich zur Marlis gesagt, dass mir der Herbert seltsam vorkommt …«

Er steigt aus den Stiefeln und läuft nach oben, um sein Köfferchen zu holen. Nicht für den Herbert, dem ist ganz sicher nicht mehr zu helfen. Aber das Lenchen wird etwas zur Beruhigung brauchen.

»Nimm den Topf vom Herd, Helga«, sagt er. »Die Marlis ist noch drüben beim Killinger Hannes, dass er sich um meinen Wallach kümmert. Ich hab ihn bei dem Pflug auf dem Acker gelassen.«

Sie laufen hinüber zum Grossmannhof. Beim Dorfladen steht die Frau Pfarrer mit zwei Bäuerinnen, sie schauen den beiden erstaunt nach, weil sie so eilig und ohne Gruß vorübergehen.

»Kennst die Leut net mehr, Schützin?«, ruft die Frau Pfarrer ihnen nach.

»Da muss was geschehen sein, Frau Pfarrer«, sagt eine der Frauen. »Wenn der Alberti Rudolf so durchs Dorf rennt, dann liegt was im Argen.«

Mehr hören sie nicht. Vor dem Grossmannhof steht die Gertrud mit versteinertem Gesicht. Wie es scheint, ist sie schon bei den Nachbarn auf den Dachboden gestiegen.

»Der liegt droben, mausetot«, sagt sie. »Ich hab nachgeschaut, dem ist net mehr zu helfen. Der Herrgott sei seiner armen Seele gnädig.«

Rudolf Alberti geht an ihr vorbei ins Haus und sagt nur: »Kümmert euch ums Lenchen!«

Helga kehrt mit der Schwiegermutter auf den Schützhof zurück. Dort sitzt Lenchen in der Küche bei der Anni und redet in einem fort. Sie erzählt immer wieder, wie sie gestern noch für den Herbert gekocht hat, wie er dann eine Weile mit ihr in der Küche gesessen und von früher geredet hat. Wie sie dann miteinander zu Bett gegangen sind und sich beim Einschlafen an den Händen gehalten haben, so wie sie es seit über vierzig Jahren immer getan haben.

»Und wie ich heut früh aufgewacht bin, da hab ich schon ein komisches Gefühl gehabt. Da ist mir auf einmal ganz kalt gewesen, und wie ich hinüberschau, da ist der Herbert net mehr da …«

Sie können nichts weiter tun, als sie reden lassen. Anni hat ihr eine Scheibe Brot mit Butter zurechtgemacht und in kleine Stückchen geschnitten, aber Lenchen mag nichts essen. Nur den warmen Malzkaffee trinkt sie in kleinen Schlückchen.

»Hast den Alberti Rudolf geholt, Helga?«, fragt sie zwischendrin, als sei sie aus einer Betäubung erwacht.

»Er ist drüben«, sagt Helga tonlos, und sie fürchtet schon, dass Lenchen nun hinüberlaufen will. Aber die bleibt in der Küche sitzen und redet weiter.

Sie weiß, dass er tot ist, denkt Helga bekümmert. Aber sie will es nicht wahrhaben. Vielleicht kann sie es auch nicht. Weil es so unfassbar ist. So redet sie immer weiter, als könnte sie die schreckliche Wahrheit damit von sich abhalten.

Nach einer Weile kommen der Adam und der Otto mit schweren Schritten in den Hof, und Gertrud läuft zu den beiden Männern hinaus. Helga sieht die drei im Hof stehen, der Otto ist blass, die Gertrud redet und macht aufgeregte Gesten. Dem Adam laufen die Tränen die Wangen hinunter.

»Ich hab's geahnt«, hört sie ihn schluchzen. »Gestern, da ist der Herbert über seinen Acker gelaufen und hat eine Handvoll Erde genommen. Die hat er anschaut und wieder weggeworfen. Auf dem Hof hab ich ihn gesehen, wie er überall herumgestiegen ist, den Braunen hat er gestreichelt und in der Remise seine nutzlosen Maschinen angestarrt …«

Der hat Abschied genommen, denkt Helga bekümmert. Der hat genau gewusst, was er tun will. Und keiner hat es gemerkt. Was sind wir für Nachbarn!

»Eine verdammte Sünd ist das!«, hört sie ihren Mann schimpfen. »Das macht ein anständiger Christenmensch doch net!«

»Wenn einer ganz und gar verzweifelt ist, dann tut er das halt«, sagt der Adam und wischt sich das Gesicht mit dem Ärmel.

»Eine christliche Beerdigung kriegt der net«, lässt sich Gertrud vernehmen. »Die Selbstmörder, die kommen in die Hölle.«

»Da kannst ihn dann wiedertreffen, Bäuerin«, sagt der Adam zornig. »Weil dein Schandmaul dem Teufel grad recht ist.«

»Wie redest du denn mit mir?«, keift Gertrud. »Mach nur

so weiter, dann bist die längste Zeit Knecht auf dem Hof gewesen!«

Aber Adam macht nur eine abfällige Handbewegung und geht zum Brunnen hinüber, wo noch das Gespann steht, mit dem sie vom Acker gekommen sind. Während er die Stuten ausspannt und in den Stall führt, schaut er immer wieder hinüber zum Grossmannhof.

Die Schulglocke läutet. Gleich darauf füllt sich die Dorfstraße mit einer Horde fröhlicher Kinder, die mit ihren Ranzen auf dem Rücken nach Hause laufen. Helga geht auf den Hof, um Heinz abzufangen und ihm vorsichtig zu erklären, warum das Lenchen bei ihnen in der Küche sitzt und nicht aufhören kann zu reden. Sie muss dem Buben die Wahrheit sagen, das bleibt ihr nicht erspart, weil es bald sowieso im ganzen Dorf herumgehen wird.

»Mama, der Adam weint«, sagt Heinz und schaut sie ganz verwirrt an.

»Ja, Heini. Du musst jetzt tapfer sein. Der Grossmann Herbert ist heut Nacht gestorben.«

Die gemilderte Darstellung des Geschehens beeindruckt Heinz nicht übermäßig. Er macht zwar ein trauriges Gesicht, weil er den Herbert gern gemocht hat, aber dann sagt er: »Vielleicht ist's gut so, Mama. Weil morgen doch sein Hof versteigert wird. Das hätt ihm bestimmt furchtbar wehgetan.«

»Ja, Heini. Komm jetzt ins Haus. Das Lenchen sitzt bei uns in der Küche, die ist noch ganz aufgeregt, verstehst du?«

»Das versteh ich, Mama. Dann isst sie bei uns Mittag, net wahr?«

»Ja. Geh, bring deinen Ranzen nach oben und wasch dir die Händ, dann kannst in die Küche kommen.«

Kaum ist Heinz im Haus verschwunden, da kommt der Alberti Rudolf im Eilschritt auf den Schützhof gelaufen.

»Gut, dass du da bist, Bürgermeister«, sagt er zum Otto. »Ich war oben bei der Fabrik zum Telefonieren. Nachher kommt ein Arzt aus Steinbach, der muss den Totenschein ausstellen. Aber wir dürfen da oben, wo er liegt, nichts berühren, weil die Kriminalpolizei den Fall untersuchen muss …«

»Die Kriminalen?«, meint Otto erschrocken. »Ja, was wollen denn die dabei? Glauben die vielleicht, einer von uns hätt den Herbert aufgeknüpft? Oder das Lenchen gar?«

Rudolf Alberti beruhigt ihn. »Das ist nur eine Formsache, Otto. Das müssen die immer tun, wenn einer auf solch eine Weise zu Tode gekommen ist. Ich schick euch gleich die Marlis, die will noch die Altmann Lina holen und die Schmidtkunz Hedi. Damit das Lenchen net allein ist, wenn's wieder zurück auf den Hof geht …«

»Das kannst gern machen, Rudolf«, knurrt Otto. »Aber dass du uns die Kriminalen auf den Hals gehetzt hast, das vergess ich dir nicht! Hier in Dingelbach gibt's nur anständige Leut und keine Mörder net!«

»Die hab ich net herbeigeholt, Otto«, regt sich Rudolf Alberti auf. »Die kommen ganz von selber, weil der Arzt einen Selbstmord melden muss. Das solltest du eigentlich wissen, wenn du Bürgermeister von Dingelbach sein willst!«

Damit dreht er sich ärgerlich um und geht davon. Otto steht und stiert ihm nach, er hat die Verachtung des Dorfheilers gespürt, der ihm ohnehin ein Dorn im Auge ist. Rudolf Alberti wird von den Dingelbachern respektiert und geschätzt, ohne dass er viel Aufhebens darum macht. Würde er sich zur Wahl stellen, dann wäre er allen als Bürgermeister willkommen. Aber er legt keinen Wert auf diesen Posten und überlässt ihn dem Schütz Otto.

Beim Mittagessen herrscht eine beklemmende Stimmung in der Küche. Lenchen ist jetzt verstummt, sitzt zusammengefallen am Tisch und pickt ab und zu ein Stückchen Kartoffel von ihrem

Teller. Anni legt immer wieder den Arm um sie, redet ihr zu, doch ein wenig Fleisch zu essen, weil sie ihre Kraft noch brauchen wird. Heinz stopft das Essen wortlos in sich hinein und schaut immer wieder beklommen zum Lenchen hin. Auch Adam schweigt sich aus, es reden nur Gertrud und Otto.

»Wär gut, wenn's einmal regnen wollt, das könnt die Saat gebrauchen …«

»Habt ihr den Kronacker gleich mitgedüngt?«

»Die Loni, die Stute, hat ein Hufeisen verloren, die muss zum Killinger Hannes. Allweil mitten in der Arbeit passieren solche Sachen …«

Helga schwillt der Bissen im Mund, aber auch sie weiß nicht, was man reden sollte. Als sich die Gertrud gerade über den Killinger Hannes aufregt, der fürs Beschlagen so viel Geld haben will, sagt Lenchen auf einmal ganz leise: »Der Herbert ist tot, net wahr?«

Sie schaut Helga dabei fragend an, und die nickt beklommen.

»Ja, Lenchen. Der Rudolf hat ihm net mehr helfen können.«

Jetzt sind alle am Tisch still, auch der Gertrud fällt nichts mehr ein.

»Dann will ich jetzt rübergehen … Ich kann den Herbert doch net ganz allein da liegen lassen …«

Lenchen legt die Gabel hin und muss sich beim Aufstehen auf den Tisch stützen. Adam springt auf und greift ihr unter die Arme, Anni holt ihr Tuch und legt es Lenchen um die Schultern.

»Mach langsam, dass du net fällst«, mahnt Adam. »Ich geh mit dir, Lenchen. Gib Obacht an der Tür, da ist eine Stufe …«

Auch Anni lässt das Essen stehen und begleitet die Nachbarin zu ihrem Hof hinüber. Da stehen schon die Marlis, die Lina und die Hedi am Brunnen beieinander, auch die Dönges Ursula ist dabei, und vom Dorfladen her kommt die Frau Pfarrer gelaufen. Die

Nachricht hat sich in Windeseile im Dorf herumgesprochen, und die Frauen haben alles stehen und liegen lassen, weil sie wissen, dass das Lenchen Hilfe braucht.

»Brauchst net auch noch hinrennen«, sagt Gertrud zu Helga, die an der Tür steht und zum Brunnen hinüberschaut. »Ist schon das halbe Dorf auf dem Grossmannhof versammelt.«

Damit geht sie an Helga vorbei und schließt die Haustür mit einem festen Ruck. In der Küche hockt Otto immer noch vor seinem Teller. Heini ist aufgestanden, er will hinaufgehen, weil er nicht gern mit dem Vater allein ist. Als jetzt Helga und Gertrud zurückkehren, steht er unentschlossen an der Tür, dann setzt er sich wieder hin.

»Jetzt müssen sie auf den Arzt warten«, sagt Gertrud und stöhnt.

»Nicht nur das«, knurrt Otto und spießt ein Fleischstück auf die Gabel. »Wenn der da gewesen ist, muss er es melden. Dann kommen die Kriminalen, um zu schauen, ob nicht einer nachgeholfen hat.«

Gertrud starrt ihn wortlos an. Dann zieht sie die Augenbrauen hoch und meint: »Vielleicht nehmen's den Herbert ja mit, wenn sie ihn untersuchen müssen?«

»Meinst du, dass die das machen?«, fragt Otto.

»Möglich wär's doch.«

Otto schnaubt und kaut das Fleisch. Spült es mit einem Schluck Apfelmost hinunter. »Dann wär's gut, wenn sie noch heut kämen. Morgen ist's zu spät.«

Helga begreift jetzt langsam. Sie sorgen sich, dass die Versteigerung abgesagt werden müsste. Weil man einen Hof schlecht versteigern kann, wenn dort ein Toter aufgebahrt liegt. Im Dorf ist es Sitte, dass der Verstorbene bis zur Beerdigung im Haus bleibt, dann tragen die Männer den Sarg hinüber zur Kirche, wobei fast alle Dorfbewohner mitgehen.

»Sonst könnt man den Herbert ja auch in der Kirche aufbahren«, überlegt Otto.

»Einen Selbstmörder?«, lacht Gertrud. »Ganz bestimmt net, Otto. Wenn die Kriminalen den Herbert net abholen, bleibt der im Haus. Da kannst Gift drauf nehmen.«

Otto wirft zornig die Gabel auf den Tisch. »Dass der das gemacht hat, der Depp!«, schimpft er. »Mir zum Fleiß hat der das getan. Grad um mir eins auszuwischen …«

Helga hält es nicht mehr aus. Der Herbert ist tot, hat sich auf seinem Dachboden erhängt, weil er ganz und gar verzweifelt war. Und Otto denkt einzig und allein an den Hof, den er sich erschleichen will.

»Das hätt net sein müssen«, sagt sie und hebt zornig den Kopf. »Dein Werk ist das, Otto! Der Herbert könnt noch am Leben sein, wenn du ihm das Geld geliehen hättest …«

Gertrud reißt die Augen auf und will etwas entgegnen, aber Otto lässt sie nicht zu Wort kommen. Mit beiden Fäusten haut er auf den Tisch, dass Teller und Topf emporspringen.

»Was sagst du da? Bist du net recht im Kopf, Weib?«

Doch Helga ist wie im Rausch. Zorn, Abscheu, Verachtung – alles, was sich in ihr angesammelt und so lange gegärt hat – es bricht sich jetzt Bahn und strömt aus ihr hinaus.

»Die Wahrheit sag ich!«, ruft sie aus. »Mit deiner Geldgier und Großmannssucht hast du den Herbert auf dem Gewissen. Und anstatt deine Schuld zu bereuen, regst du dich noch auf, dass du dir den Hof morgen nicht schnappen kannst. Eine Schande ist das! Wenn es einen gerechten Gott im Himmel gibt, dann wird er dich eines Tages dafür zur Rechenschaft ziehen, dann wirst du …«

Da ist er schon aufgesprungen und hat sie an den Haaren gepackt. Den aufgesteckten Zopf hat er fest in seiner Faust und schüttelt sie. Sie schreit grell auf und versucht sich zu wehren, da schlägt er ihren Kopf gegen die Tischplatte. Ein Teller zerspringt dicht vor ihren Augen, dann spürt sie ein gewaltiges Dröhnen, und es wird für einen Moment dunkel um sie.

»Geh weg! Lass die Mama! Tu ihr net weh!«

Durch einen roten Blutschleier sieht sie, wie Otto in der Küche hin und her taumelt, sie hört ihn fluchen. Heinz hat sich auf den Vater gestürzt, er hängt an ihm, festgekrallt, schreit wie am Spieß und tritt mit den Füßen. Otto versucht, den Buben von sich wegzudrücken, aber der hält fest, außer sich vor Wut, spuckt den Vater an und versucht ihn zu beißen. Da packt Otto den Buben am Genick und schleudert ihn von sich, dass er gegen den Herd prallt und am Boden liegen bleibt.

»Gegen den Vater willst du die Hand heben, du Drecksack?«

Er reißt Heinz vom Küchenboden hoch, schüttelt ihn wie einen Hasen und prügelt auf ihn ein.

»So lass doch den Buben, Otto«, hört Helga die Gertrud kreischen. »Bringst ihn ja um. Der blutet ja schon …«

»Halt dein Maul!«, brüllt Otto mit einer Stimme, die wie ein stechender Schmerz durch Helgas Kopf fährt.

»Machst dich ja unglücklich, Otto«, ruft Gertrud und stellt sich vor den reglos am Boden zusammengesackten Buben. Gleich darauf stürzt sie rücklings auf die Herdplatte, weil Otto ihr einen Stoß vor die Brust versetzt hat. Helga hört es zischen, Gertrud kreischt auf, der Wassertopf fällt scheppernd auf den Boden.

Dann sieht Helga ihren Mann langsam auf sich zukommen. Ist das noch Otto? Dieser Mensch mit den irrsinnigen Augen im bleich verzerrten Gesicht, der jetzt die Faust hebt und sie auf ihrer Schulter niedergehen lässt?

»Dein Liebhaber hat dir das eingegeben, wie? Mit dem du dich oben bei der Fabrik herumtreibst, du Hure. Da! Das ist für dich! Und das! Und das noch …«

Er schlägt wieder zu, trifft den Kopf, die Schultern, den Rücken, die Arme – er reißt sie hoch und prügelt weiter. Sie ist wehrlos, ihr Körper gehorcht ihr nicht mehr, der Kopf ist dumpf, die Glieder wie mit flüssigem Blei gefüllt. Sie spürt die Schläge nicht und wünscht sich nur, dass er endlich aufhört, damit sie sich verkriechen kann. In die Dunkelheit, wo sie Ruhe hat, wo sie versinken kann und niemand sie findet.

Eine Tür schlägt zu, sie vernimmt es nur undeutlich durch das Pfeifen und Dröhnen in ihrem Kopf. Sie sinkt vornüber auf die Scherben, die auf dem Tisch liegen, wartet auf neue Schläge, merkt erst nach einer Weile, dass es aufgehört hat. Mühsam hebt sie den Kopf, wischt das Blut weg, das von der Stirn herabläuft, und versucht, das schwankende Bild vor sich zu deuten. Die Gertrud. Sie steht beim Herd und schmiert sich den verbrannten Arm mit Butter ein.

»Mama?«, wispert es neben ihr. »Mama? Hörst du mich?«

Heinz steht bei ihr, totenbleich, rote Streifen ziehen sich über sein Gesicht. Sie hebt die Hand und berührt sein Haar, streicht über seine Wange.

»Es ist gut, Heinz. Es geht mir gut …«

Er weint nicht, starrt nur mit großen, starren Augen auf sie, und sein Mund zittert. Dann muss er sich schnell hinknien, weil er sich übergeben muss.

»Das wär net nötig gewesen, wenn du dein Maul gehalten hättest«, sagt Gertrud. »Hast ihn in Rage gebracht, dass er net mehr gewusst hat, was er tut. Davongelaufen ist er – wenn er sich nur nichts antut, der Otto …«

Helga versucht, vom Küchenstuhl aufzustehen. Es geht, ihr Körper ist taub, es fühlt sich schwer und hart an, aber die Beine gehorchen. Sie nimmt ein Küchentuch und wischt Heinz vorsichtig den Mund ab, dann fasst sie ihren Buben bei der Hand.

»Komm …«

»Wo willst denn hin?«, ruft Gertrud ihr nach. »Bleib da. Braucht net jeder im Dorf zu sehen, was der Otto in seinem Zorn angerichtet hat …«

Doch Helga hört nicht auf das Geschrei und zieht Heinz mit sich fort. Aus dem Haus, über den Hof bis zum Brunnen. Da steht ein fremdes Automobil, der Arzt aus Steinbach ist gekommen, im Grossmannhof sind mehrere Leute und reden aufgeregt miteinander. Sie geht hinter dem Brunnen vorbei, damit sie nicht gesehen werden. Sie weiß nicht, wohin, sie weiß nur, dass sie fortwill, um nie mehr zurückzukehren.

Beim Dorfladen müssen sie stehen bleiben, weil Heinz wieder spucken muss. Der Laden ist leer, weil die Dörfler alle beim Grossmannhof stehen und über den toten Herbert reden. Marthe Haller kommt aus dem Laden, sie hat Helga und Heinz durch das Schaufenster gesehen.

»Was ist denn mit euch geschehen?«, fragt sie und läuft die Stufen hinunter. »Wie schaust du denn aus, Helga!«

Helga kann nicht antworten, weil ihr auf einmal übel wird. Aber Heinz sagt vernehmbar: »Der Papa hat uns geprügelt. Ganz schlimm. Er hat gar net damit aufhören wollen.«

Marthe Haller ist eine Frau der Tat. Sie nimmt Helga am Arm und führt sie sacht die Ladentreppe hinauf. »Bleibt hier, ihr zwei«, sagt sie energisch. »Wo wollt ihr denn hinlaufen in diesem Zustand? Setzt euch in der Küche nieder, ich schick die Ida gleich hinüber zum Grossmannhof. Dass der Arzt aus Steinbach herkommt und nach euch schaut.«

Kapitel 27

Frieda sitzt oben im Schlafzimmer und studiert die Rolle der Franziska aus *Minna von Barnhelm*. Es fällt ihr nicht leicht, sich den Text zu merken, immer wieder bleibt sie stecken, muss nachschauen, wie es weitergeht. Es liegt daran, dass sie unglücklich ist, sie fühlt sich schuldig und weiß gleichzeitig, dass sie auf irgendeine Weise doch im Recht ist. Die Mutter hat den Brief, in dem ihr das Stipendium angekündigt wird, schweigend gelesen, kein Wort hat sie dazu gesagt und auch nicht gezeigt, ob sie sich darüber freut. Frieda hat sogar den Verdacht, dass die Mutter zornig ist, weil sie der Tochter nun nicht mehr die teure Ausbildung vorwerfen kann.

Wie soll ich das aushalten, wenn sie mich für immer hasst, denkt Frieda unglücklich. Warum habe ich eine solche Mutter? Kalt und rechthaberisch ist sie. Rückständig wie alle Frauen hier im Dorf. Alles muss nach ihrem Willen gehen. Aber ich bin doch ihr Kind! Liebt sie mich denn gar nicht mehr?

»Ida!«, schallt es von unten.

Ida hat wie immer auf ihrem Bett gelegen und in einem Buch geschmökert. Sie hebt den Kopf und stöhnt ärgerlich. »Was ist?«, schreit sie.

»Komm sofort herunter, du musst zum Grossmannhof laufen, den Doktor holen!«

Das klingt merkwürdig. Sie haben heute Nachmittag erfahren, dass der Herbert tot ist. Einige Leute im Laden haben erzählt, er hätte sich umgebracht, da waren sie sehr erschrocken und haben gleich gedacht, dass es mit der Versteigerung morgen zusammenhängt. Nun ist dort also ein Arzt gekommen. Aber wieso soll Ida den zu ihnen holen?

Ida klappt das Buch zu, steckt es unter ihr Kopfkissen und läuft die Treppe hinunter. Frieda folgt ihr zögernd. Unten in der Küche sitzt die Helga Schütz auf einem Stuhl und hält sich die Hände vor das Gesicht. Der Heinz ist auch da, er kniet am Boden und spuckt in eine Schüssel, die Herta ihm hingestellt hat.

»Heini!«, sagt Ida entsetzt und kniet sich neben ihn. »Was hast du gemacht? Bist du vom Baum gefallen? Mensch, du blutest ja …«

»Mach, dass du fortkommst, Ida!«, befiehlt die Mutter. »Schnell, hol den Doktor her, bevor er wieder wegfährt!«

Ida springt auf und läuft davon, sie hat begriffen, dass es wichtig ist. Die Ladenglocke bimmelt heftig, als sie die Tür aufreißt und hinter sich zuschlägt.

»Der Otto«, stößt Helga hervor. »Wir dürfen net hierbleiben. Wenn der herauskriegt, wo ich bin, schlägt der euch den Laden zusammen …«

Als sie jetzt die Hände herunternimmt, erschrickt Frieda fürchterlich. Das Haar hängt ihr in Strähnen herab, aber man sieht deutlich, dass sie lauter Schnitte im Gesicht hat. Stirn und Nase sind dick geschwollen.

»Mach dir keine Gedanken, Helga«, sagt die Mutter ruhig. »Der kommt hier net herein. Frieda, geh und schließ ab und häng das Schild raus. Bleib an der Tür stehen – wenn die Ida mit dem Doktor kommt, schließt du ihnen auf.«

Frieda geht mit weichen Knien hinüber in den Laden. Es ist später Nachmittag, draußen hat es angefangen zu regnen. Auf dem Kirchanger stehen Leute und reden, Onkel Schorsch ist dabei, auch der Müller Dippel, jetzt kommt noch der Killinger Hannes gelaufen. Otto Schütz sieht sie nicht, aber wenn Helga solche

Angst vor ihrem Mann hat, dann kann er nicht weit sein. Hastig steckt Frieda den Schlüssel ins Schloss und dreht ihn herum. Dann hängt sie das Schild mit der Aufschrift »Geschlossen« an die Tür und starrt durch das Schaufenster hinaus auf die Dorfstraße, ob Ida schon mit dem Doktor zurückkommt. Doch einstweilen erscheint dort nur Pfarrer Seybold mit Lehrer Hohnermann, der einen Regenschirm aufgespannt hat, aber selber ganz nass wird, weil er den Schirm über den Pfarrer hält.

»Hol die wollene Decke von oben, Herta«, hört sie die Mutter in der Küche befehlen. »Und ein Laken. Wir legen meinen Mantel drunter. Hier, beim Ofen …«

Wie ruhig und gefasst die Mutter redet! Frieda ist der Schrecken so in die Glieder gefahren, dass sie ganz zittrig ist. Was ist mit den beiden passiert? Kann es sein, dass der Otto Schütz Frau und Kind so zugerichtet hat? Frieda weiß, dass der Bürgermeister leicht zornig wird, dann ist er unbeherrscht, und es ist schon geschehen, dass er zugeschlagen hat. Aber das war unter Männern, meist drunten im Wirtshaus, wenn sie zu viel getrunken hatten.

Plötzlich sieht sie eine Frau die Dorfstraße entlang zum Laden laufen. Sie hat das Schultertuch wegen des Regens über den Kopf gelegt und geht so rasch, dass der Rock flattert. Die Gertrud! Was mag die hier wollen?

Gertrud steigt die Stufen zum Laden hinauf und will die Tür aufklinken, aber die ist verschlossen. Ärgerlich rüttelt sie daran und schlägt mit der Faust gegen das Holz.

»Aufmachen! Marthe, mach mir auf!«

Frieda weicht erschrocken zurück und weiß nicht, was sie tun soll, aber da kommt schon die Mutter in den Laden. Sie schließt die Tür auf und stellt sich vor den Eingang.

»Lass mich hinein!«, fordert Gertrud und will Marthe Haller beiseiteschieben. Aber Friedas Mutter steht wie angewachsen im Ladeneingang und weicht keinen Zentimeter zur Seite.

»Wir haben geschlossen, Gertrud.«

»Zur Helga will ich.«

»Was willst du von der Helga?«

Gertrud macht einen wütenden Versuch, an Marthe vorbei in den Laden einzudringen, aber Marthe hält sie fest. Impulsiv springt Frieda der Mutter zur Seite und packt Gertrud am linken Arm. Die schreit laut auf und muss sich gegen die Tür lehnen, weil ihr vor Schmerz die Luft knapp wird. Erschrocken lässt Frieda sie los, das hat sie nicht gewollt.

»Heimkommen soll sie!«, keucht Gertrud und hält sich den schmerzenden Arm. »Deine Ida schreit überall herum, die Helga und der Heinz seien ganz zerschunden und brauchten einen Arzt. Das ist doch nur dummes Geschwätz, die Helga hat höchstens ein paar blaue Flecken.«

»Die Helga und der Heinz bleiben hier, bis der Doktor kommt«, erwidert Marthe seelenruhig.

Gertrud hat begriffen, dass sie in Marthe Haller eine harte Gegnerin hat, sie steht gegen den Türrahmen gelehnt und atmet schwer. Jetzt kommt auch Herta in den Laden, um nachzusehen, was da los ist. Aber sie bleibt vorsichtshalber hinter der Ladentheke stehen, weil sie vor Gertrud einen Heidenrespekt hat. Die versucht jetzt auf andere Weise, zum Ziel zu gelangen.

»Ich komm ja im Guten, Marthe«, sagt sie beschwichtigend. »Es hat halt einen kleinen Streit gegeben, da ist dem Otto die Hand ausgerutscht. Sie ist selber schuld gewesen, die Helga, weil sie ihn bis aufs Blut gereizt hat …«

»Geh heim, Gertrud«, sagt Marthe Haller unbeeindruckt. »Die Helga wird schon wissen, was sie tut.«

»Dann sag dem Heinz, dass er mit mir kommen muss …«

»Der Heinz spuckt sich die Seele aus dem Leib. Der braucht einen Arzt.«

»Das hast du net zu bestimmen, Marthe« keift Gertrud zornig

und macht einen neuen Versuch, in den Laden einzudringen. »Der Heinz ist mein Enkel, und ich …«

Da ertönt eine helle Stimme hinter ihr. »Mach Platz, Gertrud«, sagt Ida energisch. »Der Doktor will durch.«

Der Arzt ist ein junger Mann mit Brille und blondem Bärtchen, er schüttelt den nassen Hut aus, bevor er in den Laden eintritt, und entschuldigt sich höflich bei Gertrud, die mit starrem Blick zur Seite gewichen ist.

»Das ist ja schrecklich!«, sagt er zu Friedas Mutter, die ihm zum Gruß die Hand reicht. »Von dieser Seite kenne ich das beschauliche Dingelbach gar nicht. Erst der arme Herr Grossmann und nun auch noch ein Unfall … Entschuldigen Sie, mein Mantel ist nass und tropft. Es regnet …«

Frieda wartet, bis Ida und der Arzt eingetreten sind, dann schlägt sie Gertrud blitzschnell die Tür vor der Nase zu und dreht den Schlüssel herum.

»Was will die denn hier?«, erkundigt sich Ida, die mit tropfnassem Haar und durchweichtem Kleid zurückgekommen ist.

»Die Helga und den Heini heimholen.«

»Da kann sie stehen, bis sie schwarz wird!«

Idas Blick ist hart wie der der Mutter. Sie schaut hinüber zur Küchentür, die sich jetzt hinter Marthe Haller und dem Doktor geschlossen hat. Herta steht noch immer unbeweglich wie eine Statue hinter dem Ladentisch.

»Das hat der Otto getan, stimmt's?«, erkundigt sich Ida.

»Wer sonst?«

»Den tät ich in den Weiher schmeißen und so lange tunken, bis er keine Luft mehr kriegt«, sagt Ida. »Der Heini hat eine dicke Beule am Kopf.«

Die Gertrud verharrt noch ein Weilchen an der Tür, aber weil sich jetzt Zuschauer eingefunden haben, besinnt sie sich und geht davon. Am Dorfanger steht der Pfarrer mit Lehrer Hohnermann und Onkel Schorsch, offenbar gibt es aufgeregte Diskussionen. Es hat sich schon herumgesprochen, denkt Frieda beklommen. Ida hat verkündet, dass die Helga Schütz und der Heini »ganz zerschlagen« seien, und nun ist der Doktor in den Dorfladen hinein. Da wollen sie alle mitbekommen, was los ist.

Kinder laufen herum, die älteren halten die kleinen Geschwister an der Hand, alle schauen hinüber zum Dorfladen, zeigen mit den Fingern, rufen sich etwas zu. Lehrer Hohnermann holt einige seiner Schüler zu sich; wie es scheint, versucht er, ihnen erklären, dass sie nach Hause gehen sollen. Der Killinger Hannes steht beim Müller Dippel, der Hannes hat die Arme in die Hüften gestemmt, als wollte er sich auf jemanden stürzen. Müller Dippel schiebt die Mütze ins Gesicht und klappt den Kragen seiner Jacke hoch, weil ihm der Regen ins Genick läuft.

»Der weiß, wovon die Rede ist«, sagt Ida, die neben Frieda getreten ist und durch die Ladenscheibe hinausschaut. »Der hat früher auch immer seine Frau geprügelt.«

»Woher weißt du das?«

»Der Hans Koppel hat's mir erzählt. Und der Schmidtkunz Rudi weiß es auch, weil die Lore Dippel seine Tante ist.«

Ein leiser Schmerzenslaut dringt aus der Küche. Frieda wird ganz mulmig. Wahrscheinlich schaut sich der Doktor Helgas Wunden an und tut ihr dabei weh. Von Heini vernimmt man keinen Ton.

»Frieda!«, hört sie die Mutter rufen. »Lauf zu Onkel Schorsch. Er soll die Helga und den Heinz ins Krankenhaus fahren.«

»Dann ist es richtig schlimm«, flüstert Ida beklommen. »Wenn der Heini bloß net stirbt …«

Frieda schließt die Ladentür auf und ist froh, dass die Gertrud nicht mehr davorsteht. Sie eilt über die Dorfstraße zum Anger, dort redet Onkel Schorsch noch mit dem Pfarrer und hört die Bitte seiner Schwester Marthe nicht allzu gern.

»Ins Krankenhaus?«, sagt er. »Bei dem Dreckswetter? Grad hab ich den Wagen poliert. Das verdank ich dem Otto, dem Saukopp. Aber ein Unglück kommt selten allein. Erst der arme Herbert, und dann noch die Helga mit dem Heini ...«

»Habt ihr den Otto gesehen?«, erkundigt sich Frieda besorgt.

»Sie suchen ihn«, sagt Lehrer Hohnermann. »Sag deiner Mutter, dass sie vorsichtig sein soll, Frieda. Herr Schütz scheint momentan nicht recht zu wissen, was er tut.«

»Wir schließen den Laden ab«, sagt Frieda beklommen.

»Ich bleibe hier und passe auf«, meint er. »Falls ich ihn sehe, komme ich zu euch.«

»Danke, das ist nett!«

Sie will eilig zurücklaufen, weil sie schon ganz nass vom Regen ist, da kommt auf einmal der Guckes Jörg aus dem Gasthof und geht mit raschen Schritten zum Anger.

»Der Schütz Otto sitzt im ›Raben‹«, verkündet er. »Säuft ein Bier nach dem anderen am hellen Nachmittag. Ganz komisch ist der, stiert mit blutunterlaufenen Augen vor sich hin. Dem muss der Tod vom Herbert nah gegangen sein ...«

»Der hat Frau und Kind fast totgeprügelt«, ruft der Schmied aufgeregt und will hinüber zum »Raben«. »Aufs Maul hau ich dem, dem Dreckwatz!«

Der Guckes Jörg, der keine Prügelei in seinem Gasthaus mag, packt ihn am Arm und will ihn zurückhalten. Aber der Hannes ist keiner, den man so einfach aufhalten könnte, er reißt sich los und bleibt erst stehen, als der alte Pfarrer ihm den Weg versperrt.

»Das lässt du bleiben, Hannes!«, sagt Pfarrer Seybold energisch. »Heut ist schon genug Schlimmes geschehen. Eine Schlägerei braucht's jetzt net mehr!«

Lehrer Hohnermann springt dem Pfarrer zur Seite und mahnt zur Bedachtsamkeit. Auch die anderen sind der Meinung, dass man den Otto zwar im Auge behalten muss, aber anlegen sollte sich keiner mit ihm.

»Lass den nur saufen, Jörg, da kann er Dampf ablassen«, meint der Müller. »Die wird's schon verdient haben, die Helga. Aber den Bub hätt er net so heftig prügeln müssen.«

Der Killinger Hannes will jetzt dem Dippel Müller ans Leder, aber weil Onkel Schorsch mit dem Automobil am Anger vorbeirattert und vor dem Dorfladen anhält, schauen alle hinüber, neugierig, was geschehen wird.

Was für ein Glück, dass Onkel Schorsch wieder fahren kann, fällt Frieda plötzlich ein. Sonst hätten wir den Oskar holen müssen, und wenn der gesehen hätte, was mit der Helga und dem Heinz passiert ist – na Mahlzeit!

Drüben öffnet sich die Ladentür, und der junge Arzt aus Steinbach ist zu sehen, der den Heinz auf den Armen ins Auto trägt. Onkel Schorsch hält die Wagentür auf, dann geht er zum Laden, um Friedas Mutter zu helfen, die Helga Schütz am Arm die Stufen hinabführt. Der Müller Dippel wendet sich ab und flucht leise vor sich hin. Der Herr Pfarrer flüstert mit Lehrer Hohnermann, der Killinger Hannes schüttelt zornig den Kopf und ballt die Fäuste. Jetzt sieht Frieda auch, dass sich drüben beim Pfarrgarten mehrere Frauen versammelt haben, die das Geschehen in stummem Entsetzen beobachten. Diesen Tag wird man in Dingelbach so schnell nicht vergessen.

Frieda wartet, bis das Automobil losfährt, dann geht sie hinüber zum Laden. Die Tür ist jetzt offen, drinnen steht immer noch Herta, die durchs Schaufenster nach draußen geschaut hat und noch ganz blass von dem Schrecken ist.

»Der Otto ist im ›Raben‹ und säuft sich einen Rausch an«, vermeldet sie. »Aber ich schließe trotzdem besser ab.«

Herta nickt, auf ihrer Stirn stehen Schweißtröpfchen. »Zieh die Schuh aus«, sagt sie zu Frieda. »Du machst ja alles nass!«

Es klingt nicht so schroff wie sonst, eher zittrig, und Frieda spart sich die Antwort. Der Regen hat sie von Kopf bis Fuß durchweicht, sie läuft hoch ins Schlafzimmer und muss sich komplett neu anziehen. Nach einer Weile kommt Ida mit ihrem Federbett herein, das sie für Heini hinunter in die Küche getragen hatte.

»Was hat der Doktor gesagt?«, will Frieda wissen.

»Eine Gehirnerschütterung, hat er gesagt. Es könnt aber auch ein Schädelbruch sein, weil er so viel speien muss.«

Ida wirft die Schlafdecke auf ihr Bett und hockt sich neben Frieda, die auf der Bettkante sitzt und sich die Strümpfe anzieht.

»Der Helga hat er die Schulter ausgekugelt«, berichtet Ida sachverständig. »Eine Gehirnerschütterung hat sie auch, aber die Schnitte im Gesicht kommen von dem Teller. Der hat auf dem Küchentisch gestanden, wie er ihr den Kopf draufgeknallt hat.«

»Hör auf«, bittet Frieda erschüttert. »Ich will das gar nicht so genau wissen. Warum macht einer so was?«

Ida zuckt die Schultern. »Männer dürfen das«, sagt sie altklug. »Die dürfen das Gesinde prügeln und auch ihre Ehefrau. Die Kinder sowieso. Steht im Gesetzbuch.«

»In was für einem Gesetzbuch denn? In der Bibel?«

»Nein. Lehrer Hohnermann hat ein Buch, das heißt *Die Verfassung des Deutschen Reichs*.«

»Und das hast du gelesen?«, fragt Frieda ungläubig.

»Nur mal reingeschaut …«, gibt Ida zu. »Weil ich wissen wollte, wie das mit dem Vormund ist. Eine Frau darf nämlich auch ihre Kinder nicht allein erziehen …«

»Aber Frau und Kind so prügeln, dass sie ins Krankenhaus müssen, das darf kein Mann!«, regt sich Frieda auf.

»Nein!«, sagt Ida. »Das darf keiner. Aber sie tun's eben doch.«

Frieda versinkt in Schweigen. Wie schrecklich das ist! Ob es so was in der Großstadt auch gibt oder nur hier in Dingelbach, wo die

Leute noch leben wie vor hundert Jahren? Vielleicht ist es überhaupt besser, niemals zu heiraten? Auf jeden Fall keinen Bauern.

»Weißt du, was Mama gesagt hat?«, unterbricht Ida ihre Gedanken.

»Was denn?«

»Sie hat gesagt, dass die Helga und der Heinz bei uns bleiben können, wenn sie aus dem Krankenhaus kommen.«

»Bei uns?«, staunt Frieda. »Aber … was machen wir, wenn der Otto uns die Tür einschlägt?«

»Die Mama meint, dass er das nicht wagt. Weil immer Leute im Laden sind.«

»Und am Abend? In der Nacht?«

»Da wird die Tür abgeschlossen.«

Frieda ist verblüfft. Das ist kaum zu fassen. Die Mutter, die immer so sehr auf das Gedeihen des Ladens bedacht ist, die die Töchter wegen des kleinsten Vergehens bestraft und sich aus allen Dorfgeschichten klug heraushält, um dem Laden nicht zu schaden. Sie will die Helga und den Heinz aufnehmen. Auf die Gefahr hin, dass der wütende Ehemann und Vater mit der Axt kommt und die Ladentür zertrümmert.

»Frieda! Ida!«, tönt es von unten.

Beide Mädchen fahren erschrocken hoch und laufen die Treppe hinunter. In der Küche steht noch die Waschschüssel, das Wasser darin ist rosa gefärbt, der Lappen auch. Herta ist totenbleich und hält sich ein Küchentuch an die Stirn. Die Mutter ist auf dem Sprung, weil der Laden voller Frauen ist, und gibt eilige Anweisungen.

»Ida – du schaust nach der Herta und räumst die Küche auf. Herta ist auf einmal übel geworden. Frieda, du kommst mit mir in den Laden. Aber es wird nicht geschwätzt. Lass die anderen reden und halt den Mund. Hast du mich verstanden?«

»Ja, Mama …«

Eigentlich ist es schon kurz vor Ladenschluss, aber die Frauen drängen sich vor dem Dorfladen, deshalb schließt die Mutter auf und lässt die Kundinnen herein. Nur wenige kaufen etwas ein, die meisten wollen von Marthe Haller wissen, wie es um den Bub und die Helga steht, was der Doktor aus Steinbach gesagt hat und ob die beiden arg schlimm verprügelt worden sind. Marthe Haller hält sich bedeckt, sie behauptet nur, es hätte nicht gut ausgesehen, aber bei der Untersuchung sei sie nicht dabei gewesen.

»Gleich ins Krankenhaus! Da muss es arg sein«, mutmaßt Lina Altmann. »Mein Schorsch ist wie ein Besessener in die Remise gelaufen und hat das Automobil angelassen.«

»Wenn sie nur net sterben müssen«, meint die Grete, die Magd vom Altmannhof. »Im Krankenhaus sterben die Leut immer.«

»Du narrisch Steck«, ruft Marlis Alberti. »Da machen sie die Leut wieder gesund! Der Schütz Otto ist auch geheilt heimgekommen.«

»Den hätten's ruhig dabehalten können!«, sagt die Lore Dippel.

Frieda wird zum Glück von neugierigen Fragen verschont; sie wiegt ein Kilo Trockenerbsen für Lina ab und tippt den Betrag in die Ladenkasse ein. Hinten in der Küche werden Schüsseln gespült und der Tisch abgewischt. Frieda weiß, warum der Herta schlecht geworden ist: Ihre Schwester kann kein Blut sehen. Ihr wird sogar übel, wenn sich eine von ihnen in den Finger geschnitten hat.

Die Ladenglocke bimmelt, weil Lore Dippel heimgeht. Dafür ist die Frau Pfarrer die Stufen hinaufgestiegen.

»Der Herr hat uns gestraft«, sagt sie und faltet den Regenschirm zusammen. »Und das gleich zwei Mal an einem Tag. Wir sind allesamt Sünder und dem Willen des Herrn unterworfen …«

»Das kann man wohl sagen«, meint die Lina Altmann. »Aber was die arme Helga und der Bub verbrochen haben sollen, das weiß ich net …«

»Gottes Mühlen mahlen langsam, mahlen aber trefflich klein«, zitiert die Seyboldsche. »Ich hätt gern ein Kilo feines Mehl zum Backen, Frieda.«

»Ist recht, Frau Pfarrer ...«

Die hat noch gefehlt mit ihren frommen Sprüchen, denkt Frieda, während sie das Mehl abwiegt. Wenn sie jetzt gleich von der Helga und dem Oskar anfängt, schmeiße ich ihr die Mehltüte vor die Füße, dass sie aufplatzt und alles weiß wird. Aber stattdessen erzählt die Seyboldsche, dass der Herr Pfarrer zur Gertrud gegangen ist, um ihr Trost zuzusprechen.

»Weil sie sich doch solche Sorgen um den Otto macht und nicht weiß, wo er abgeblieben ist.«

»Der hockt drüben beim Guckes Jörg und säuft«, sagt Marlis Alberti kühl. »Mein Rudolf ist auch drüben und noch andere. Der Killinger Hannes ist dabei, ich glaub sogar, der Lehrer Hohnermann hat sich dazugesetzt.«

»Gottlob, da ist der Otto ja in sicherer Obhut«, freut sich die Frau Pfarrer. »Es ist ein Segen, dass es hier in Dingelbach noch eine gute Nachbarschaft gibt und man sich um seine Nächsten kümmert.«

»Die werden den Otto gewiss heimbringen«, meint auch die Lina Altmann und verzieht den Mund ein wenig, als wollte sie lachen. »Vor allem der Killinger Hannes mit seinen Schmiedefäusten – auf den ist Verlass.«

Frau Pfarrer nickt dazu und zieht die Geldbörse, um das Mehl zu bezahlen. »Ich hab's eilig«, sagt sie und steckt das Mehl in die Einkaufstasche. »Der Herr Pfarrer schreibt schon an der Sonntagspredigt, und ich will backen.«

Auch die Marlis Alberti will nach Hause, Lina Altmann schickt erst einmal die Grete hinüber und sagt, sie käme gleich nach.

»Hat die Helga gesagt, wo sie mit dem Buben hinwill?«, fragt sie dann leise über den Ladentisch hinweg. »Etwa zum Oskar Michalski hinauf?«

»Nein«, sagt Marthe Haller. »Ich hab ihr gesagt, dass sie vorerst bei uns bleiben soll.«

Lina starrt sie erschrocken an. »Bist narrisch geworden, Marthe? Der Otto haut dir den Laden zusammen.«

»Das wagt der nicht, Lina!«

»Dein Wort in Gottes Ohr, Marthe!«, sagt Lina.

Als auch sie gegangen ist, kann Marthe endlich abschließen. Es ist schon nach neun Uhr, die Dorfstraße liegt im Dunkeln, aber man hört immer noch den Regen gegen die Ladenscheibe prasseln. Die Mutter hat die Ladenkasse geöffnet, um die Tageseinnahmen zu zählen und in das Kassenbuch einzutragen. Frieda wischt den Ladentisch ab und ordnet die Schachteln im Regal, dann holt sie einen Eimer Wasser und putzt den Fußboden. Mehr ist nicht zu tun, sie könnte jetzt eigentlich hinauf in ihre Schlafkammer gehen, aber sie bleibt an der Küchentür stehen und schaut der Mutter zu. Marthe beachtet die Tochter nicht, sie hat nur Augen für die Münzen und Scheine, die sie mit großer Aufmerksamkeit zählt. Ein Teil der Tageseinnahmen kommt wieder in die Ladenkasse zurück als Wechselgeld, der Rest wird noch einmal durchgezählt und dann in einer Kassette verstaut. Marthe arbeitet ruhig und konzentriert, streicht nur manchmal eine Strähne hinters Ohr, die sich aus dem straff zurückgebundenen Haar gelöst hat.

Frieda kann den Blick nicht von ihr wenden. Auf einmal erscheint ihr die Mutter in einem ganz anderen Licht. Wie großartig von ihr, der Helga und dem Buben einen Unterschlupf zu bieten. Keine andere Frau im Dorf hätte das gewagt, und dabei haben fast alle einen Mann auf dem Hof, der sie schützen könnte. Nein, die Mutter ist nicht rückständig, sie stellt sich mutig gegen die Dorfregeln, die besagen, dass ein Ehemann Frau und Kind schlagen darf. Sie hält zur Helga und hilft ihr und dem Heinz in der Not. Ach, wenn sie der Mutter nur sagen könnte, dass sie voller Bewunderung für sie ist. Aber sie wagt es nicht. Zwischen ihr und der Mutter steht das Schweigen. Ein hässliches Schweigen voller Zorn und Verachtung, das Frieda wie ein Stein auf der Seele liegt.

»Was stehst du hier noch herum?«, fragt Marthe plötzlich. »Geh hinüber in die Küche und hilf Ida, das Abendessen vorzubereiten.«

Der harsche Ton tut Frieda unendlich weh. Und auf einmal bricht der ganze Kummer aus ihr heraus.

»Mama«, sagt sie leise. »Hast du mich denn gar nicht mehr lieb?«

Die Mutter schaut auf. Streng, aber nicht böse. Eher ein wenig irritiert. »Warum fragst du das?«

»Weil ich es nicht aushalten kann, wenn du so zornig auf mich bist«, platzt Frieda heraus. »Wenn du nicht mit mir redest und so tust, als wäre ich gar nicht da. Ich bin doch dein Kind, und ich liebe dich ganz schrecklich, weil du meine Mama bist .... Und gerade jetzt, wo du so mutig bist und ich dich so bewundere, da kann ich es nicht ertragen, dass du mich wie eine Verbrecherin behandelst ...«

Sie kann nicht weitersprechen, weil das Schluchzen ihr die Kehle zuschnürt. Dabei wollte sie noch so viel sagen, so vieles loswerden, was sie quält, aber es geht nicht. Sie kann nur dastehen und hilflos weinen wie ein kleines Kind.

Die Mutter ist überrascht von diesem Ausbruch, aber dann lässt sie die Kasse stehen und legt die Arme um Frieda.

»Du bist und bleibst mein Kind«, sagt sie und streicht ihr über das Haar. »Auch wenn du dich gegen mich stellst und mir Kummer bereitest, Frieda. Nun komm schon, hör auf zu weinen. Du hast mir sehr wehgetan, und ich habe dir gezeigt, dass ich das nicht mit mir machen lasse.«

»Es ... es tut mir ... so ... furchtbar leid ...«

Frieda schmiegt sich an die Mutter, sie schluchzt noch immer. Es ist noch nicht alles. Sie hat die streichelnde Hand nicht verdient. Aber heute will sie reinen Tisch machen, will ehrlich sein, auch auf die Gefahr hin, dass sie die gerade erlangte Vergebung wieder aufs Spiel setzt.

»Ich war bei der Großmutter«, sagt sie und schnieft. »Das hab ich dir nicht sagen können, Mama. Ich wollte einfach nur wissen, wo sie wohnt, und da bin ich …«

Marthe hat sie losgelassen und ist einen Schritt zurückgetreten. Schweigend hört sie Friedas Geständnis an. In ihren Augen flackert es bedrohlich, doch als Frieda zum Ende gekommen ist, hat sie sich wieder in der Gewalt.

»Schön, dass du es endlich sagst«, meint sie. »Ich hab's mir schon gedacht, dass du bei ihr gewesen bist. Du musst nicht glauben, dass deine Mutter so leicht zu betrügen ist.«

»Sie ist doch unsere Großmutter …«, fleht Frieda.

»Das weiß ich wohl«, sagt die Mutter mit harter Stimme. »Aber ich mag nichts mit ihr zu tun haben. Merk dir das, Frieda!«

»Ja, Mutter …«

Marthe Haller wendet sich ab und öffnet die Küchentür. Dort ist Herta schon wieder dabei, den Tisch zu decken, Ida wischt noch den Boden auf.

»Lasst uns endlich zu Abend essen«, sagt die Mutter. »Es war ein langer Tag. Aber am Ende ist doch etwas Gutes herausgekommen.«

Sie gibt Frieda einen leichten Klaps auf den Rücken, als sie an ihr vorbei in die Küche geht. Frieda kennt diese Geste, die schon immer bedeutet hat, dass eine Sache vorbei und vergeben ist. Während sie gemeinsam mit Herta den Tisch deckt, überlegt sie, ob die Mutter wirklich alles gewusst hat oder ob sie das nur so gesagt hat. Ach, es ist gleich. Die Last ist ihr von der Seele genommen. Was nun werden wird, ist nicht ganz klar. Was hat die

Mutter damit gemeint, als sie sagte, *sie* wolle nichts mit der Großmutter zu tun haben? Meint sie damit, dass Frieda ihre Oma ruhig besuchen darf, wenn nur Marthe davon nicht betroffen ist? Ist das so zu verstehen? Eine Erlaubnis durch die Hintertür?

»Die Helga wird sowieso net zu uns kommen«, meint Herta beim Abendessen. »Die macht sich doch mit dem Buben hinauf zum Oskar. Das ist so sicher wie das Amen in der Kirche.«

»Das muss sie selber wissen«, sagt die Mutter. »Aber klug wär's nicht von ihr.«

Mehr sagt sie nicht dazu. Aber Frieda weiß, was sie meint.

Kapitel 28

Eigentlich wollte Ilse hinunter ins Dorf, um bei der Versteigerung des Grossmannhofs anwesend zu sein. Viel Geld hat sie nicht übrig, aber sie hatte die verrückte Idee, den Hof zu kaufen, falls der Preis – wie nicht selten in solchen Fällen – sehr niedrig sein sollte. Dann hätte sie den beiden alten Leuten angeboten, den Hof weiterhin zu führen, solange es geht, und später vielleicht irgendetwas daraus gemacht. Ein Lager. Eine Werkstatt. Vielleicht auch ein Geschäft?

Aber ausgerechnet heute muss die elektrische Drehbank streiken. Doppelt ärgerlich, weil sie einen Auftrag für fünfzig Etageren haben und die Produktion nun stockt. Alles geht drunter und drüber, der elektrische Strom ist ausgeschaltet, weil Oskar und Julius Offenbach die Maschine auseinanderschrauben, die drei Mädchen haben nichts zu tun und müssen anderweitig beschäftigt werden, Ignatz Krum flucht, weil sein Arbeitstisch mit Maschinenteilen und Schrauben bedeckt ist, und Willi Bommel steht überall im Weg herum.

Ach ja – und dann hat Richard Goldstein angerufen und seinen Besuch um die Mittagszeit angekündigt. Angeblich freut er sich sehr auf die »ländliche Mahlzeit«, die sie ihm so appetitanregend beschrieben habe. Nun ja, bis Mittag wird die verflixte Maschine ja wohl wieder ihren Dienst tun.

Doch als sie gegen zehn eine Frühstückspause einlegen, will die Maschine immer noch nicht laufen. Irgendein Teil ist zerbrochen, Oskar sucht im Werkzeuglager nach einem passenden Ersatz, die anderen sitzen herum, essen die mitgebrachten Brote, und zu allem Überfluss regnet es schon wieder Bindfäden. Auf dem Hof haben sich große Pfützen gebildet, um die man herumgehen muss, wenn man keine nassen Füße bekommen will, und natürlich tropft es im Holzlager durch das marode Dach. Ilse ärgert sich, weil sie ihrem Bruder schon vor Jahren gesagt hat, dass das Lager ein neues Dach braucht, aber Josef war der Ansicht, man könne in diesen schwierigen Zeiten nicht investieren, daher wurde das Dach nur notdürftig geflickt. Was sich jetzt unangenehm bemerkbar macht.

Immerhin kommt Oskar mit der guten Nachricht aus dem Werkzeuglager, er habe vielleicht das richtige Teil gefunden. »Wenn's passt, können wir in einer guten Stunde wieder produzieren«, verspricht er und macht sich ohne ein Vesperbrot gleich an die Arbeit.

Ein Hoffnungsschimmer. Sie beruhigt den aufgebrachten Ignatz Krum, beschäftigt die Arbeiterinnen mit Schleif- und Lackierarbeiten und schickt Willi Bommel hinüber in die Villa. Carla hat angekündigt, im Dorfladen einkaufen zu wollen, da muss heute der Willi tragen helfen, denn Oskar ist nicht abkömmlich.

Während Oskar und Julius den nächsten Versuch unternehmen, die widerspenstige Drehbank zum Laufen zu bringen, sitzt Ilse nervös in ihrem Büro und schreibt Rechnungen. Der Postbote ist auch noch nicht da gewesen, am Ende ist er im Morast stecken geblieben. Ob der teure Wagen von Richard Goldstein diesem Wetter gewachsen ist? Auf der Landstraße mag es ja gehen, aber die Dingelbacher Dorfstraße ist unter diesen Umständen eine harte Prüfung für ein Automobil. Ach, es wäre schade, wenn er nicht kommen könnte. Sie hat inzwischen über seinen überraschenden Vorschlag, die Wohnung im ersten Stock zu mieten, nachgedacht und ist zu dem Schluss gekommen, dass sie sich auf dieses Abenteuer einlassen will. Was kann schon passieren? Im schlimmsten Fall zieht er nach wenigen Tagen wieder aus, weil die Wohnung ihm nicht den gewohnten Komfort bietet. Dann war es eben nur eine verrückte Idee. Es könnte aber auch sein, dass sich dieses nahe Zusammenwohnen für beide Teile angenehm gestaltet. Hat er nicht das gute Licht oben im Salon gelobt? Vielleicht will er wieder anfangen zu malen? Dann würde sie ihn natürlich ermutigen und unterstützen, allein schon aus Respekt vor einer Kunst, die ihr verschlossen ist und die sie deshalb bei anderen Menschen umso mehr bewundert. Aber auch, weil sich bei dieser Gelegenheit sicher anregende Gespräche entwickeln werden …

Wenn dieser lästige Regen doch nur aufhören würde! Vorgestern hat sie Carla nach oben geschickt, um die Fenster im Salon zu putzen, aber das hätte sie sich sparen können. Auf den Äckern ringsum ist kein einziger Bauer am Pflügen, es ist einfach zu nass. Dafür sprießt drüben im ehemaligen Park der Villa munter das Gras, der zum Acker umgepflügte Rasen will wieder durchbrechen, sie muss unbedingt einen der Dingelbacher Bauern dazu bringen, ihre Äcker für die Aussaat vorzubereiten. Dieses Jahr will sie es mit Weizen versuchen, dazu Kartoffeln, gelbe Rüben und Wirsing. Die Küchenkräuter wachsen in einem kleinen Bauerngärtchen, das Carla eigenhändig betreut. Im vergangenen Jahr hat sie sogar die sieben Kräuter für die berühmte Frankfurter »Grien Soß« geerntet und eine ausgesprochen leckere Soße zustande gebracht.

Gerade hat Ilse den Bogen mit zwei Durchschlägen für die nächste Rechnung in die Schreibmaschine eingespannt, da sieht sie Carla und Willi Bommel vom Einkauf zurückkehren. Es ist ein interessanter Anblick. Carla schreitet in Gummistiefeln und langem Regenmantel voran, Willi Bommel trottet in einigem Abstand hinterher und keucht unter dem prall gefüllten Rucksack auf seinem Rücken. In der linken Hand trägt er zusätzlich eine

Einkaufstasche, mit der anderen Hand hält er den aufgespannten Regenschirm, an dem der Wind unbarmherzig zerrt. Ab und zu dreht sich Carla zu ihm herum und feuert ihn an, schneller zu gehen, dann hebt Willi den Kopf und schaut sie vorwurfsvoll an, ohne sein Tempo im Geringsten zu beschleunigen. Jetzt haben sie die Weggabelung erreicht und nehmen den Fußweg zur Villa hinauf, da plötzlich strafft sich der gute Willi Bommel und schreitet kräftig aus. Das tut er, weil er weiß, dass die Arbeiterinnen ihn vom Fenster der Fabrik aus sehen können.

Ilse schreibt die Rechnung und legt den Durchschlag in die Ablage, dann begibt sie sich in die Fabrikhalle, um zu sehen, wie weit die Reparaturarbeiten gediehen sind.

»Es macht sich …«, sagt Oskar mit gepresster Stimme, weil er gerade eine ungünstig platzierte Schraube festdreht.

Ilse seufzt und schaut auf die Uhr. Höchste Zeit, sich ein wenig zurechtzumachen, das Haar zu kämmen, etwas Nettes anzuziehen. Es ist zwar mitten in der Woche, aber sie muss Richard Goldstein ja nicht in dieser zerknitterten Bluse und mit Arbeitsschuhen an den Füßen empfangen. Auf dem Hof kommt ihr Willi Bommel entgegen, der von seiner Last befreit eilig zur Fabrik läuft und ihr erstaunlich freundlich zunickt. »Auftrag ausgeführt, Frau Direktor!«, ruft er ihr zu und legt die Hand an die Mütze.

Seine gute Laune hat er sich wenigstens bewahrt, denkt sie amüsiert. Im Eingang der Villa faltet sie den Schirm zusammen und will ihn in den Ständer stellen, da öffnet sich hinter ihr die Küchentür.

»Nein so was, Frau Küpper«, sagt Carla. »Stellen Sie sich vor: Die haben die Versteigerung absagen müssen.«

Ilse freut sich über diese Nachricht, weil sie nun vielleicht doch noch eine Chance bekommt, ihr Vorhaben in die Tat umzusetzen. Doch als Carla ihr den Grund für die Verschiebung nennt, ist sie zutiefst erschrocken. Herbert Grossmann hat seinem Leben durch eigene Hand ein Ende gesetzt.

»Mein Gott – wie furchtbar! Und nun ist die arme alte Frau ganz allein auf dem Hof?«

»Es heißt, der Sohn will kommen. Weil ja auch bald die Beerdigung sein wird. Im Laden haben sie gesagt, dass der Herbert Grossmann wohl nicht in die Kirche zur Totenfeier getragen wird, sondern in aller Stille draußen auf dem neuen Friedhof bestattet werden soll. Bei der Mauer. Was sagen Sie dazu, Frau Küpper? Wo bleibt da das Christentum und die Nächstenliebe? Erst hetzen sie den armen Menschen in den Tod, und dann verscharren sie ihn in einer dunklen Ecke. Pfui Deibel!«

Ilse ist ganz ihrer Meinung. Sie ist gläubige Christin und besucht am Sonntag so oft wie möglich den Gottesdienst in der Dorfkirche. Aber Kirche ist Menschenwerk, da geschehen oft Dinge, die mit der christlichen Botschaft, wie sie Jesus Christus gepredigt hat, nicht viel zu tun haben.

»Ich werde auf jeden Fall zu der Beerdigung gehen«, entscheidet sie. »Das kann mir keiner verbieten. Auch nicht der Herr Pfarrer.«

»Da gehen wir miteinander«, sagt Carla mit Entschiedenheit. »Und ich denk mir, dass wir net die Einzigen sein werden …«

Ilse ist für einen Moment abgelenkt, weil sie meint, den Motor eines Automobils zu hören. Ach herrje! Kommt er etwa jetzt schon? Sie will sich doch noch umkleiden und zurechtmachen!

»Ich hab's eilig, Carla. Lassen Sie uns später darüber reden …«, sagt sie und will die Treppe hinauflaufen.

»Warten Sie, Frau Küpper«, ruft Carla ihr nach. »Es gibt noch eine böse Neuigkeit. Denken Sie nur: Der Schütz Otto hat Frau und Kind so geprügelt, dass sie ins Krankenhaus gebracht werden mussten! Wenn das bloß net der Oskar …«

Ilse bleibt mitten auf der Treppe stehen. Da ist sie, die Katastrophe, die sie befürchtet hat. Der Schütz Otto ist ein unbeherrschter Mensch, das weiß jeder. Und der Oskar …

»Um Gottes willen!«, entfährt es ihr. »Das gibt ein Unglück, wenn er es erfährt!«

»Einstweilen ahnt er ja noch nichts«, will Carla sie beruhigen. Aber Ilse weiß es besser. Natürlich! Deshalb ist Willi Bommel mit solch fröhlicher Miene zurück in die Fabrik gelaufen. Weil er bei den Arbeiterinnen mit seinen aufregenden Neuigkeiten Eindruck machen kann. Und was er dort brühwarm erzählt, hört auch Oskar mit. Ilse stürzt an der verdatterten Carla vorbei, läuft aus der Haustür und prallt gegen ein Automobil, das dort vorgefahren ist. Sie muss sich mit den Händen auf dem Kotflügel abstützen, um nicht zu fallen, aber sie kann Oskar Michalski drüben auf der Zufahrt vom Fabrikgelände sehen. Er geht mit hastigen Schritten hinunter ins Dorf.

Julius Offenbach und der alte Karl Höhn stehen oben auf dem Fabrikhof und rufen ihm etwas nach, vermutlich wollen sie ihn von seinem Vorhaben abhalten. Aber Oskar kümmert sich nicht darum.

Sie hat keine Chance, ihn einzuholen. Aber es gibt eine andere Möglichkeit, ein Unglück zu verhindern. Sie reißt die Wagentür auf und ruft aufgeregt:

»Fahren Sie mich hinunter ins Dorf. Rasch! Es geht um Leben und Tod!«

Ohne zu fragen, setzt sie sich neben den konsternierten Richard Goldstein auf die Rückbank.

»Bitte was? Ich verstehe nicht, Frau Küpper«, stammelt er.

Ihr ist jetzt alles gleich. Soll er von ihr halten, was er will, sie muss Oskar von einer unsinnigen Tat bewahren, nur das ist wichtig. Flehend sieht sie Richard Goldstein an. »Bitte! Ins Dorf! Ich erkläre es Ihnen später!«

»Fahren Sie, Clemenz«, sagt er und wendet sich Ilse zu, die sich an die Rückenlehne des Beifahrersitzes klammert, um besser nach vorn sehen zu können.

»Was in aller Welt ist denn geschehen?«, will er von ihr wissen.

Doch sie hört gar nicht zu. Oskar Michalski ist vom Weg abgebogen, er will quer über die Wiese zur Brücke bei der Kirche laufen, um die Strecke abzukürzen. Dorthin kann der Wagen ihm nicht folgen, sie müssen schneller sein, um ihn abzufangen.

»Geben Sie Vollgas!«, kommandiert sie den Chauffeur. »Hier über die Brücke und oben links in die Dorfstraße. Vorsicht, hier ist es eng, fahren Sie nicht gegen das Backhaus. Sehr gut! Sie sind ein großartiger Fahrer. Achtung, da gehen zwei Mädchen …«

Das Automobil erwischt die enge Kurve am Backes, das Wasser spritzt hoch auf, weil dort eine Pfütze steht. Die Magd Grete vom Altmannhof, die gerade am Backes hantiert, wird von oben bis unten vollgespritzt. Die beiden jungen Mädchen springen geistesgegenwärtig beiseite. Sonst ist niemand auf der Dorfstraße unterwegs, dem schlechten Wetter sei Dank.

»Weiter! Weiter!«, befiehlt Ilse dem Chauffeur, dem die wilde Fahrt ganz offensichtlich Vergnügen macht, denn er legt sich heftig ins Zeug. »Da vorn ist der Brunnen. Da müssen wir hin.«

Sie rumpeln am Kirchanger vorbei, vor dem Dorfladen kommt der Wagen ins Rutschen, weil ein Bauer einen Teil seines Kuhmists verloren hat, den er zum Düngen auf die Äcker gefahren hat. Jetzt kann Ilse den Oskar sehen, der gerade beim Anger um die Ecke biegt. Sie müssen schneller fahren, er darf auf keinen Fall vor ihnen beim Schützhof ankommen.

»Links um den Brunnen herum!«, ruft Ilse dem Fahrer zu. »Vor dem Tor des Bauernhofs anhalten. So dicht wie möglich, dass keiner hinein oder hinaus kann!«

»Na, Sie haben Nerven!«, meint der Chauffeur Clemenz und drosselt das Tempo, um die steile Linkskurve zu meistern, ohne den steinernen Brunnenrand zu streifen. Ilse erscheint das Manöver unendlich langwierig und vorsichtig, sie sitzt wie auf heißen Kohlen, weil hinter ihnen schon Oskar Michalski aufgetaucht ist. Kaum hat der Chauffeur den Wagen angehalten, da springt sie auch schon heraus und fasst Oskar am Arm.

»Lassen Sie den Unfug, und steigen Sie sofort ein!«, befiehlt sie.

Aber Oskar schüttelt sie mit einer hefigen Bewegung ab, er ist völlig außer sich und versucht, am Automobil vorbei in den Hof zu gelangen.

»Komm heraus, du jämmerlicher Feigling!«, brüllt er in den Schützhof hinein. »Frau und Kind prügeln, das ist keine Heldentat. Stell dich wie ein Mann!«

Ilse gibt nicht auf. Als Oskar jetzt über den Kühler des Autos hinwegsteigen will, hält sie ihn hinten an der Jacke fest.

»So hören Sie doch, Oskar!«, schreit sie. »Sie helfen der Helga nicht, wenn Sie sich mit dem Schütz Otto prügeln. Sie handeln sich nur eine Anzeige ein …«

Drüben auf dem Schützhof ist Bewegung entstanden. Adam kommt in Stallstiefeln aus dem Saustall, drüben im Haus streckt Gertrud den Kopf zum Fenster hinaus.

»Mach dich fort, du Saukerl, du hergelaufener!«, kreischt sie zu Oskar hinüber.

Jetzt wird es ernst, denn Otto Schütz persönlich tritt aus der Remise. Ilse kann erkennen, dass er nicht im besten Zustand ist, er ist bleich und hat dunkle Ringe unter den Augen. Aber gerade deshalb sieht es geradezu unheimlich aus, wie er jetzt zum Oskar hinüberstiert.

»Da komm nur her!«, ruft er. »Dir Hurenbock wollt ich schon längst das Maul polieren!«

»Das werden wir ja sehen!«, brüllt Oskar in heller Wut und schlüpft aus der Jacke. Durch den plötzlichen Ruck fällt Ilse hintenüber und landet unsanft auf dem Pflaster der Dorfstraße, aber sie rafft sich wieder auf und packt Oskar am Fuß. Hilfe bekommt sie von Lenchen Grossmann, die mit der Anni vom Grossmannhof gegenüber herbeigelaufen ist. Drüben versucht der Knecht Adam, seinen Bauern zurückzuhalten, aber der Schütz Otto stößt den Knecht beiseite und nähert sich dem Automobil, das seinen Hofeingang versperrt. Dort wehrt sich Oskar zornig gegen die drei Frauen, die ihn festhalten.

»Lassen Sie mich los, Frau Küpper!«

»Ich denke nicht daran!«

»Das ist meine Sache und geht Sie nichts an!«

»Sie setzen sich ins Unrecht, Oskar. Das macht alles noch schlimmer!«

Ein dumpfer Schlag ist zu hören, das Automobil erzittert. Otto Schütz versucht, das Hindernis vor seinem Hoftor durch kräftige Tritte zu beseitigen.

»Jetzt langt's!«, hört Ilse den Chauffeur wütend rufen. »Hören Sie sofort auf, gegen das Automobil von Herrn Goldstein zu treten!«

»Der hat hier vor meinem Hoftor nichts zu suchen!«, brüllt Otto Schütz. »Den hau ich in Klump, wenn er net wegfährt!«

»Das lassen Sie schön bleiben!«

Der Chauffeur ist kein Feigling. Ilse hört noch, wie Richard Goldstein ihn zurückruft, aber Clemenz steigt aus und baut sich in voller Größe vor dem wild um sich tretenden Bauern auf. Jetzt erst fällt Ilse auf, dass er unter seiner Chauffeurmontur einen kräftigen Oberkörper verbirgt.

»Noch einen Tritt und du landest im Traumland, Freundchen!«

»Was willst du von mir, du Stadtfrack?«, sagt Otto und lacht höhnisch. »Dich puste ich doch mit einem Schnaufer um!«

Er holt zum nächsten Tritt aus, aber da landet unversehens ein gut gezielter Schwinger unter seinem Kinn, und er fällt schwer hintenüber.

»Vergreifen Sie sich net an einem Kriegsversehrten!«, schreit

Gertrud, die in Hausschlappen herbeigelaufen ist. »Hilfe! Polizei! Sie haben den Bürgermeister auf seinem eigenen Hof totgeschlagen!«

Inzwischen sind trotz des Regens mehrere Dorfbewohner herbeigelaufen. Man steht um den Brunnen und das Automobil herum, der Guckes Jörg vom »Raben« will von Ilse wissen, was geschehen ist, auch der Georg Altmann kommt herbei und packt den Oskar vorsorglich am Arm.

»Die Helga!«, schreit Oskar verzweifelt und versucht, am Automobil vorbei auf den Schützhof zu gelangen. »Ich hol sie da raus. Und den Buben auch ...«

»Bleib da!«, sagt der Altmann Schorsch. »Die sind net auf dem Hof. Die sind im Krankenhaus. Hab sie selber hingefahren.«

»Im Krankenhaus?«, stöhnt Oskar in hellem Entsetzen und muss sich gegen den hölzernen Torpfosten lehnen.

Ilse sieht jetzt den Moment gekommen, die Sache wieder in die Hand zu nehmen.

Sie öffnet die Beifahrertür und zerrt Oskar zum Wagen hinüber. Der Altmann Schorsch hat ihre Absicht erraten und hilft kräftig mit. »Steig ein, Michalski! Hier gibt es nichts für dich zu tun!«, schreit er dem Oskar ins Ohr und schlägt die Beifahrertür zu, als er drinnen sitzt.

»Was stehen Sie da herum, Clemenz?«, kommandiert Ilse. »Abfahrt!«

Der Chauffeur hat sicherheitshalber nachgeschaut, wie sein Gegner den Schlag verkraftet hat, jetzt postiert er sich wieder hinter das Steuerrad und lässt den Motor an. Ilse nimmt neben Richard Goldstein auf dem Rücksitz Platz. Der Wagen startet, rollt langsam um den Brunnen herum, dann muss er kurz anhalten, weil Anni Christ im Weg steht. Weiter geht es links die Dorfstraße entlang, die sich nun immer mehr belebt. Die Leute kommen aus den Höfen, schauen aus den Fenstern und blicken dem teuren Automobil nach, das mit eingedelltem Kotflügel beim Backes nach rechts abbiegt und zur Fabrik hochfährt.

Ilse sitzt in steifer Haltung auf dem Rücksitz, sie atmet schwer, ist noch aufgewühlt von dem Geschehen, doch zugleich wird ihr klar, dass Richard Goldstein ihr diese übereilte Aktion niemals verzeihen wird. Sie hat ihn nicht nur in eine unmögliche Situation gebracht, sie ist auch dafür verantwortlich, dass sein Wagen beschädigt wurde, und zu allem Überfluss sitzt sie mit dem nassen, schmutzigen Rock auf den teuren Lederpolstern.

»Es … Es tut mir unendlich leid«, sagt sie zu ihm. »Ich habe im Affekt gehandelt, weil ich fürchtete, es könnte ein Unglück geschehen.«

Er schweigt und sieht sie nicht an. Jetzt erst wird ihr bewusst, dass er die ganze Zeit über kein Wort gesprochen hat. Er ist auch nicht ausgestiegen, sondern im Wagen sitzen geblieben. Ganz sicher hat er beobachtet, wie sie versucht hat, Oskar Michalski zurückzuhalten und dabei rücklings in den Matsch gefallen ist. Was für eine unwürdige Situation! Wie lächerlich muss es ausgesehen haben, als sie wie ein Käfer auf dem Rücken lag, vermutlich ist auch der Rock dabei hochgerutscht, und man hat die Strumpfhalter sehen können. Sie schweigt beklommen. Auch Oskar Michalski brütet vor sich hin und findet keine Worte, um seine übereilte Handlungsweise zu entschuldigen. Nur der Chauffeur Clemenz bemerkt mit Genugtuung: »Ich hab früher mal geboxt. War sogar mal Landesmeister. Ist schon ein paar Jahre her, aber so was verlernt man nicht …«

Niemand reagiert auf diese Bemerkung. Der Wagen hält vor der Villa, und da Oskar die Tür öffnet, steigt auch Ilse eilig aus.

»Versprechen Sie mir um Himmels willen, von jetzt ab vernünftig zu sein«, bittet sie ihn. »Solche Verrücktheiten führen doch zu nichts.«

Er nickt. Wischt sich mit dem Handrücken über das Gesicht,

und sie sieht, dass er weint. Betroffen legt sie ihm die Hände auf die Schultern.

»Es wird sich alles klären, Oskar. Aber wichtig ist, dass Sie Ihren Verstand benutzen und klug handeln. Ich glaube, dass die Helga …«

»Es ist meine Schuld«, stößt er hervor. »Ich hab dagesessen und gewartet. Hab ihr gesagt, dass sie es entscheiden muss. Nichts hab ich getan, um ihr beizustehen. Und jetzt hat er sie beinahe erschlagen. Sie und den Buben. Nie werde ich mir das verzeihen …«

Ilse schüttelt zornig den Kopf. Das fehlte noch, dass er sich für den Schuldigen hält. Dabei liegt die Schuld eindeutig bei einem anderen. »Was hätten Sie denn tun sollen?«, fragt sie. »Mit der Helga und dem Buben davonlaufen? Wohin denn? Wissen Sie nicht, dass ein Ehemann das Recht hat, seine Frau von der Polizei zurückholen zu lassen?«

Er macht eine verzweifelte Kopfbewegung. »Ich muss zu ihr. Sagen Sie mir, in welchem Krankenhaus sie liegt.«

»Das weiß ich nicht, da müsste ich die Carla hinunterschicken, die findet es heraus. Aber Sie sollten in jedem Fall vorher anrufen, ob sie den Besuch auch möchte.«

»Glauben Sie etwa, dass sie mich nicht sehen will?«, fragt er beklommen.

»Vielleicht irre ich mich«, meint sie zögernd. »Aber es könnte sein, dass sie zunächst einmal einfach nur in Ruhe gelassen werden will …«

»Mein Gott!«, murmelt er.

Der Regen hat wieder eingesetzt, er peitscht Oskar ins Gesicht. Ilse spürt die Nässe im Rücken, aber Bluse und Rock sind sowieso durchweicht, es kümmert sie nicht mehr.

»Gehen Sie ins Gartenhaus, und ruhen Sie sich aus«, rät sie Oskar. »Ich schicke Carla ins Dorf. Sie können das Telefon in der Fabrik jederzeit benutzen.«

Er lächelt sie traurig an und reicht ihr die Hand. »Ich danke Ihnen, Frau Küpper. Sie sind mein guter Engel. Ohne Sie hätt ich wohl eine Dummheit begangen.«

»Die Hauptsache ist, dass Sie jetzt vernünftig sind, Oskar.«

»Ich versuch's.«

Er nimmt nicht den Weg zum Gartenhaus, sondern geht hinüber in die Fabrik. Vermutlich hilft es ihm, wenn er arbeitet und mit den Kollegen zusammen ist.

Ilse ist erleichtert. Wie es scheint, hat er sich gefangen, er ist ja im Grunde ein kluger Mensch, der nicht zu Gewalttaten neigt. Aber die Liebe ist eine Sache, die auch den Klügsten mitunter zum Dummkopf werden lässt.

»Frau Küpper …«, vernimmt sie die Stimme des Chauffeurs.

Sie dreht sich erschrocken um. Richard Goldstein ist ausgestiegen, er steht neben seinem Wagen und betrachtet gemeinsam mit seinem Chauffeur die Schäden an Kühlerhaube und Kotflügel. Der Chauffeur Clemenz redet ununterbrochen, beklopft dabei die Blechteile, wackelt am Scheinwerfer, der ebenfalls schräg steht, und erklärt, welche Reparaturen auf jeden Fall anfallen werden. Richard Goldstein hört ihm schweigend zu, scheint dabei jedoch abwesend, als hätte er noch nicht recht begriffen, was geschehen ist.

Er steht unter Schock, denkt Ilse. Ich habe ihn regelrecht überfallen, seinen Wagen beschlagnahmt, seinen Chauffeur herumkommandiert und uns alle in eine unmögliche Situation gebracht.

»Das Ganze ist mir furchtbar unangenehm«, sagt sie und weiß zugleich, dass diese Worte hilflos und unangemessen klingen. »Ich … komme natürlich für den Schaden auf«, fügt sie hinzu.

Richard Goldstein schaut sie irritiert an, dann senkt er wieder den Blick auf die Kühlerhaube. Es ist keine Frage, dass sie die Reparatur bezahlen muss, aber so, wie er sich verhält, wird er vielleicht weitere Ansprüche stellen. Nötigung? Versuchter Diebstahl? Schmerzensgeld für den Schrecken, den er ausgestanden hat?

»Das war ja vielleicht ein Wutnickel«, meint der Chauffeur grinsend. »Da, schauen Sie nur – die Gummireifen hat er auch erwischt. Der hätt noch den ganzen Wagen zertrümmert, wenn ich nicht eingegriffen hätt!«

»Ganz so fest hätten Sie nicht zuschlagen müssen, Clemenz«, sagt Richard Goldstein leise und schüttelt den Kopf.

»Doch, das musste schon sein, Herr Goldstein«, verteidigt sich der Chauffeur. »Ganz oder gar nicht. Da gibt's keine halben Sachen. Es hätt ja auch sein können, dass er die Tür aufreißt und sich auf Sie stürzt. Da hab ich lieber gleich richtig zugeschlagen.«

»Vielen Dank!«, antwortet Goldstein mit leiser Ironie. »Ich denke, dass meine Person nicht in Gefahr gewesen ist.«

Er schaut dabei mit einem seltsam verzerrten Gesichtsausdruck zu Ilse hinüber, die sich jetzt genötigt fühlt, wenigstens eine kurze Erklärung abzugeben.

»Otto Schütz hat gestern Frau und Kind krankenhausreif geschlagen«, sagt sie. »Herr Michalski ist ein … Bekannter der Ehefrau und hat sich darüber heftig aufgeregt.«

Der Chauffeur macht eine Handbewegung zur Fabrik hin, wo Oskar verschwunden ist. »Der hat Kratzer in die Politur gemacht, das können Sie ihm von mir ausrichten, Frau Küpper. Die Rechnung kommt postwendend, nicht wahr, Herr Goldstein?«

Richard Goldstein gibt ihm keine Antwort, er wendet sich ab und macht Anstalten, wieder in den Wagen zu steigen.

»Bitte, möchten Sie nicht ins Haus kommen, Herr Goldstein«, sagt Ilse unglücklich. »Wir hatten doch ein Mittagessen vereinbart, und Sie wollten sich die Wohnung anschauen.«

»Ein anderes Mal, gnädige Frau«, sagt er. »Ich möchte Sie heute nicht weiter belästigen. Sie müssen sich umkleiden, sonst erkälten Sie sich …«

Tatsächlich hat sie die Arme um den Oberkörper gelegt, weil sie in den nassen Sachen friert.

»Aber das ist rasch erledigt und wird uns nicht aufhalten …«

»Ich rufe bei Gelegenheit an …«

Damit verschwindet er in seinem Automobil und klappt die Wagentür zu. Der Chauffeur macht eine liebenswürdige Verbeugung in Ilses Richtung, dann ist auch er eingestiegen. Der Motor stottert zwei Mal, dann springt er an, das Automobil wendet und bewegt sich in Richtung Dingelbach davon.

Im Badezimmer stellt Ilse fest, dass ihr Haar wie ein Wischmopp vom Kopf absteht. Bluse und Rock sind nicht nur nass, sondern auch gelblich braun von der Dingelbacher Lehmerde, die Strümpfe haben ebenfalls braune Sprenkel. Sie ist einer Vogelscheuche nicht unähnlich.

Das ist's dann wohl gewesen mit Richard Goldstein, denkt sie deprimiert. Den sehe ich nie wieder.

Kapitel 29

Lehrer Hohnermann weiß, dass er an diesem Morgen nicht wie gewohnt unterrichten kann. Er ist aufgewühlt von dem Geschehen des gestrigen Tages, fühlt sich hin- und hergerissen zwischen Zorn, Verzweiflung und Mitleid und hat die Nacht über kaum schlafen können. Bis zum späten Abend hat er bei den Männern im »Raben« gesessen und sich das besoffene Geschwätz vom Otto Schütz angehört, weil er Sorge gehabt hat, der aufgebrachte Ehemann könnte zum Dorfladen laufen und dort Unheil anrichten. Aber Otto Schütz ist kaum mehr wütend, sondern vielmehr weinerlich gewesen.

»Ich bin am End, mich freut das Leben net mehr«, hat er ein ums andere Mal gejammert. »Mein eigen Fleisch und Blut hat mich angefallen. Wie der wilde Watz hat er mir das Gesicht zerkratzt, da schaut's euch an, wie der Bub mich zugerichtet hat!«

Tatsächlich hat er ein paar Kratzer an den Wangen und über den Augen, die er den anderen mitleidheischend vorführt. Wie viele Krüge Bier er schon getrunken hat, war auf dem Bierdeckel zu sehen, Hohnermann hat sieben gezählt, es wurden aber im Laufe des Abends noch sehr viel mehr. Schließlich hat Otto Schütz am Tisch gesessen und wie ein Schlosshund geheult.

»Die Helga, die will mich net mehr … Die denkt nur noch an den anderen, das falsche Mensch. Da racker ich mich ab wie ein Gaul, um es ihr schön zu machen, den Besitz zu mehren, dass sie sich was leisten kann, und was macht sie, das verdorbene Aas? Hinter dem anderen ist sie her. Trifft ihn heimlich und hurt herum …«

Die Männer haben sich bemüht, ihn zu beschwichtigen. Da sei doch nichts bewiesen, die Helga sei keine, die solche Sachen machen würde. Und die Buben, die schlügen immer mal über die Stränge, da könne jeder ein Lied davon singen, der Söhne großgezogen hat. Aber da konnten sie reden, bis ihnen die Münder in Fransen hingen – der Otto Schütz hat gar nicht zugehört und immer weitergejammert, dass alle sich gegen ihn gestellt hätten und er ein unglücklicher Mensch sei. Schließlich hat der Guckes Jörg noch zwei Runden Selbstgebrannten ausgegeben, damit die Gäste endlich heimgehen, aber da hat der Otto Schütz dann speien müssen, und weil er danach nicht mehr gehen konnte, haben der Georg Altmann und der Heini Schmidtkunz ihn zwischen sich genommen und heimgetragen. Hohnermann hat den Abend über kaum etwas gesagt, er war angewidert von diesem Menschen, der Frau und Kind halb totgeschlagen hat und sich anschließend selbst als armes Opfer aufspielt. Daheim im Bett hat er versucht, ein gutes Buch zu lesen, um wieder ins Gleichgewicht zu kommen, doch es hat nichts geholfen. Erst gegen Morgen hat er endlich einschlafen können, und wenn er nicht einen guten Wecker hätte, wäre er an diesem Morgen vermutlich nicht rechtzeitig in der Schule gewesen.

Auch die Kinder sind anders als sonst, deutlich spürt er die Unruhe unter seinen Schülern, und er beschließt, mit ihnen über die Ereignisse zu sprechen, die das stille Dörfchen erschüttert haben.

»Ihr wisst alle, was mit dem Herbert Grossman geschehen ist«, beginnt er.

»Der hat sich uffgehange«, plärrt Karlchen dazwischen.

»Er hat in großer Verzweiflung seinem Leben selbst ein Ende gesetzt«, fährt Lehrer Hohnermann fort und wirft Karlchen einen strafenden Blick zu. »Das ist etwas Schlimmes. Und wisst ihr auch, warum?«

Mehrere Antworten werden gegeben. Hohnermann ist klar, dass er hier die Ansichten der Eltern und weniger die seiner Schüler zu hören bekommt.

»Das darf man nicht. Weil es eine Sünde ist!«

»Mein Papa hat gesagt, wenn sie seinen Hof versteigern würden, tät er sich auch aufhängen!«

»Das ist furchtbar traurig, weil das Lenchen jetzt ganz allein ist.«

»Der war doch sowieso schon alt und hätt's net mehr lang gemacht.«

Ida überrascht ihn mit einer tiefgründigen und menschlichen Äußerung. »Der Grossmann Herbert war immer lieb und freundlich, der hat jedem geholfen, wie er nur konnte. Aber als er selber nicht mehr weitergewusst hat, da hat ihm keiner von uns geholfen. Da haben wir ihn alle in der Scheiße sitzen lassen!«

Hohnermann ist so beeindruckt, dass er nicht einmal den bösen Ausdruck anmahnt.

»Da hast du etwas sehr Wichtiges gesagt, Ida«, lobt er sie. »Wir alle sollten uns mehr umeinander kümmern und aufeinander schauen. Eine solche schreckliche Tat kann verhindert werden, wenn ein Mensch Hilfe angeboten bekommt.«

»Wie sollt man dem denn helfen, wo der so viele Schulden hat«, fragt Rudi Schmidtkunz. »Da müsst einer ja ein Millionär sein.«

»Der hat ja gar net gesagt, dass er sich aufhängen will«, findet Pauline. »Der hat das ganz heimlich gemacht, damit es keiner merkt.«

Hohnermann erklärt, dass Hilfe nicht nur materiell, sondern auch durch Anteilnahme und Gespräche getätigt werden kann. Wer seinen Kummer aussprechen kann, dem wird es danach leichter, neuen Mut zu fassen. Aber diese Erklärungen sind nur einigen wenigen seiner Schüler verständlich, das Interesse an

Herbert Grossmann lässt nach, vor allem, weil Hans Koppel und Ida oben in der letzten Bankreihe schon wieder am Streiten sind.

»Klar darf er sie prügeln«, sagt Hans. »Die ist ja seine Frau.«

»Und wenn sie zurückschlägt?«

»Das darf die net.«

»Warum darf sie das net?«

»Die Frau darf doch den Mann net schlagen!«

»Wo steht das geschrieben?«

»Ist doch gleich. Der Mann ist auf jeden Fall stärker!«

»Aber die Frau ist schlauer!«

Hohnermann gebietet Ruhe. Wer etwas zu sagen hat, soll es vor allen anderen tun und nicht mit dem Sitznachbarn schwatzen. Das Thema »Prügel« ist ein heißes Eisen, das er nur ungern anfasst, aber nun muss es auf den Tisch. Er selbst hat den Rohrstock längst in die Ecke gestellt und benutzt ihn nur in seltenen Fällen, wobei er auch dann niemals fest zuschlägt. Bei seinen Schülern ist er bisher gut damit gefahren, aber von den Eltern hat er häufig zu hören bekommen, dass das kein richtiger Unterricht sein könne, wo nicht geprügelt würde. Sie sind alle als Buben und Mädchen daheim und in der Schule durchgebläut worden, das gehört dazu, niemand hat sich je darüber beschwert. Im Gegenteil. Manchmal brüsten sich die Bauern im »Raben« sogar damit, wie sie damals eine »ordentliche Tracht« bekommen haben. Und nicht selten fügt einer dazu: »Recht hat er gehabt, der Lehrer. Ich hat's verdient!«

»Niemand darf einen anderen Menschen grundlos schlagen«, verkündet Hohnermann seinen Schülern. »Strafe muss sein, wenn jemand unrecht getan hat. Aber sie muss gerecht sein und nicht unmäßig.«

Das ist der Punkt, an dem sich alle einig sind. Prügel haben sie alle schon von ihren Eltern bezogen, aber nie hat einer von ihnen danach ins Krankenhaus gemusst.

»Der Heini ist beinahe gestorben, hat die Ida gesagt!«, meint Pauline.

»Wenn der tot gewesen wär, hätt's dem Schütz Otto schon leidgetan«, vermutet Erich.

»Ich bin froh, wenn der Heini wieder bei uns ist«, seufzt Tilde. »Er fehlt mir so!«

Lehrer Hohnermann greift den Ausspruch auf und kündigt an, dass sie dem Heini nun einen Gruß ins Krankenhaus schreiben werden. Er teilt Zettel aus, damit jeder etwas darauf schreiben oder malen kann. Bei den Kleinen, die bisher nur auf der Schiefertafel geschrieben haben, muss er helfen, die anderen sitzen brav auf ihren Plätzen und kauen am Bleistift.

»Schreibt deutlich, Kinder, damit er es lesen kann. Schönschrift muss es nicht sein, der Inhalt ist wichtig. Er soll sich über euren Brief freuen, damit er schnell gesund wird.«

Sie geben sich redlich Mühe und bringen auch alle etwas zustande. Als er die Blätter einsammelt, ist er sehr zufrieden. Nun endlich kann der Unterricht seinen normalen Verlauf nehmen. Als er die Ergüsse seiner Schüler später durchschaut, muss er allerdings den Kopf schütteln. Jede Menge Rechtschreibfehler – nun, das war vorauszusehen. Immerhin haben vor allem die Mädchen sehr hübsche Dinge geschrieben und Blümchen dazu gemalt.

»Ich hab dich ganz schreklich libb. Viele Grüse und Küsse von Tilde«

»Ich vergebb dir, das du misch alsfort so feste am Zopp gezubbelt hast. Deine Anna«

»Wannste widerkimmst, kriegste von mir en Ludscher. Deine Marie«

Die Jungen haben sich weniger Mühe gegeben.

»Bei uns dahaam gibt's heut Dibbehaas zu Middag. Dein Schulkamarat Frieder.«

»Unser Anna hat sechs Wutze geferkelt. Dies wünscht dir dein Freund Klaus.«

Der Gipfel ist wieder einmal Karlchen. »Es raant hier schon drei Dag … Sei froh, das de net dabist bei dem Sauwedder. Dein Karl«

Er steckt trotzdem alle Zettel in einen Umschlag, fügt seine Genesungswünsche hinzu und geht hinüber zum Georg Altmann, um nach der Adresse des Krankenhauses zu fragen.

»Da haben Sie heut Vormittag was verpasst, Herr Hohnermann«, sagt die Lina Altmann. »Der Michalski Oskar ist da gewesen und wollt den Schütz Otto verprügeln. Aber die Frau Küpper hat's verhindert. Mit einem Automobil ist sie gekommen und hat den Oskar mitgenommen …«

Sie bemüht sich, die Geschichte so eindrucksvoll wie möglich zu erzählen. Nein, dabei gewesen ist sie nicht. Aber die Anni Christ, die jetzt drüben bei Lenchen Grossmann wohnt, die hätt mitgeholfen, und im Dorfladen sei lange darüber geredet worden.

»Das hat doch ein jeder gewusst, dass die Helga was mit dem Michalski Oskar hat …«

»Und der Herr Schütz? Haben Sie gehört, wie es ihm geht?«, fragt er besorgt, weil er immer noch um die Frauen vom Dorfladen fürchtet.

»Der Otto?«, lacht die Lina Altmann. »Der liegt daheim im Bett und lässt sich von der Gertrud pflegen. Grad hat sie Penatencreme und ein Fläschchen Jodtinktur im Laden gekauft.«

Er bedankt sich für die Adresse und geht in den Dorfladen, wo man auch Briefmarken erwerben kann. Frieda ist nicht da, natürlich nicht, sie ist in der Schauspielschule. Er wird von Herta bedient, die die Marken von dem Bogen abreißt und vor ihn hinlegt.

»Danke schön, Herta. Haben Sie den gestrigen Tag gut überstanden?«, erkundigt er sich.

Sie zuckt nur mit den Schultern. »Es muss halt weitergehen …«

»Ja, gewiss. Einen schönen Tag noch!«

»Guude!«

Er hätte sich gern nach Frieda erkundigt, aber das wagt er nicht. Er weiß, wie schnell einem Junggesellen hier im Dorf etwas angedichtet wird. Es wäre sehr peinlich, wenn Frieda solche Gerüchte zu Ohren kämen. Aber er vermisst sie. Seitdem sie die Schauspielschule besucht, ist sie nicht mehr bei ihm gewesen. Einmal hat sie Ida zu ihm geschickt, um die Reclam-Ausgabe von Lessings *Minna von Barnhelm* auszuleihen. Wiedergebracht hat sie das Heftchen bisher nicht – vermutlich braucht sie es noch.

Am Freitag um zwei Uhr ist die Beerdigung von Herbert Grossmann. Hohnermann kennt die Gepflogenheiten im Dorf, da geht man in das Trauerhaus, um von dem Toten Abschied zu nehmen, dann wird der Sarg geschlossen und zur Kirche getragen, wo die Trauerfeier stattfindet. Wie es heute gehandhabt wird, weiß er nicht. Der Herr Pfarrer hat ihm zumindest mitgeteilt, dass es keine Trauerfeier in der Kirche geben wird.

Auf dem Grossmannhof sind fast nur Frauen anzutreffen, lediglich der Rudolf Alberti ist da und spricht mit dem Fritz Grossmann, das ist der Sohn, der zur Beerdigung des Vaters aus Frankfurt gekommen ist. Er schaut dem Vater recht ähnlich im Gesicht, aber er trägt städtische Kleidung und scheint sich auf dem elterlichen Hof eher unwohl zu fühlen. Hohnermann reicht ihm die Hand, stellt sich als »der neue Dorfschullehrer« vor und kondoliert ihm zum Tod des Vaters. Fritz Grossmann bedankt sich und starrt erschrocken in das zerschnittene Gesicht seines Gegenübers.

»Ja, der Krieg …«, sagt er. »Mir haben sie sechs Granatsplitter aus dem Bein rausoperiert.«

Den Toten haben sie in der Wohnstube aufgebahrt, er liegt in einem einfachen Holzsarg, den der Schreiner in Steinbach in aller Eile zusammengenagelt hat. Sein Gesicht ist gelblich und wie aus Wachs, aber die Züge sind nicht verzerrt, sondern ruhig. Hohnermann hat viele Tote im Krieg gesehen, ihm scheint, dass dieser seinen Frieden mit sich und dem Schicksal gemacht hat.

Gegen drei kommt der Hannes Killinger, um den Sarg zu schließen; man kann seine Hammerschläge weithin hören. Lenchen Grossmann weint herzzerreißend, weil der Herbert jetzt aus dem Haus getragen wird, Anni Christ nimmt sie in den Arm, auch Karin Guckes und Marlis Alberti bemühen sich um sie. Von Gertrud Schütz ist nichts zu sehen, dabei liegt der Schützhof gleich gegenüber. Aber es heißt ja, dass Otto Schütz krank sei.

»Alsdann«, sagt Hannes Killinger und schaut sich auffordernd um.

Sechs Männer werden gebraucht, um den Sarg auf ihren Schultern zu tragen, doch sie sind nur zu viert. Allerdings ist der Killinger Hannes so gebaut, dass er den Sarg leicht allein zum Friedhof tragen könnte. Die Tragebretter liegen schon unter dem Sarg bereit, Rudolf Alberti und Fritz Grossmann fassen vorn an, Hannes Killinger und Lehrer Hohnermann greifen das hintere Brett. Das mittlere bleibt auf dem Boden liegen, als sie den Sarg nun anheben und sich damit langsam durch den Flur nach draußen begeben. Es ruckelt ein wenig, weil sie nicht alle im gleichen Schritt sind, und sie müssen aufpassen, dass ihnen der Sarg nicht hinabrutscht. Dann jedoch fassen sie Tritt und gehen über den Hof auf die Dorfstraße. Die ist voller Menschen: Männer, Frauen und Kinder stehen am Straßenrand und schauen zu, viele schließen sich an, folgen dem Sarg, wie es Sitte im Dorf ist. Sie gehen am Pfarrhaus vorbei, lassen die Kirche links liegen und betreten die Brücke, die über den frühlingshaft angeschwollenen Bach führt. Die Sonne scheint vom wolkenlosen Himmel, der Bach gluckert, in den Wiesen leuchten die ersten gelben Löwenzahnflecken. Nun geht es auf dem Wiesenpfad, der am Bachlauf entlangführt, und da springt plötzlich der Georg Altmann herzu und will mithelfen, den Sarg zu tragen.

»Da klemm dich halt drunter, Schorsch«, meint der Hannes Killinger brummig. »Wärst du gleich da gewesen, hätten wir's leichter haben können.«

Der Altmann Georg ist nicht der Einzige, der mittun will. Heini Schmidtkunz läuft herbei und findet noch einen Platz, dann will auch der Adam vom Schützhof dabei sein, und der Jörg Guckes vom »Raben« fragt Hohnermann, ob er ihn ablösen soll.

»Wenn es Ihnen ein Anliegen ist – gern!«

Als Hohnermann sich jetzt umwendet, traut er seinen Augen kaum. Der Wiesenweg hinter ihnen ist voller schwarzgekleideter Menschen, sie gehen zu zweit oder zu dritt hintereinander, und die Menschenschlange zieht sich bis hinunter zur Brücke. Er spürt eine tiefe Rührung und Freude: Sie sind alle gekommen, um dem Herbert Grossmann das Geleit zu geben. Er ist einer von ihnen, und sie lassen ihn auf seinem letzten Weg nicht allein.

Zum neuen Friedhof geht es nun hügelan, da müssen die Großen hinten anpacken und Obacht geben, dass ihnen die Last nicht davonrutscht, aber weil es inzwischen mehr als zehn sind, die den Sarg tragen, gelangen sie sicher zum Friedhofseingang. Dort ist die Grube schon ausgehoben, aber sie befindet sich nicht an der Mauer, sondern in der Mitte des Friedhofs, nicht weit vom Grab des Wilhelm Schmidtkunz, der vorletztes Jahr an seinem Lungenleiden gestorben ist.

»Bei der Mauer war's zu steinig«, erklärt der Müller Alfred Dippel, der die Grube gemeinsam mit dem Heini Schmidtkunz und dem Erwin, dem Gesellen vom Killinger Hannes, geschaufelt hat. Niemand glaubt es ihm so recht, aber es erhebt sich kein Widerspruch.

Sie stellen den Sarg über die Grube, wo er von den Tragebrettern gehalten wird. Langsam füllt sich der Friedhof mit den Trauergästen, auch die älteren Kinder sind dabei, nur die Kleinen haben sie mit den Alten und Fußkranken daheim gelassen. Unaufgefordert machen alle für Lenchen Grossmann Platz, damit sie zum Grab gehen kann, wo schon ihr Sohn mit gefalteten Händen steht.

Was geschieht jetzt, überlegt Hohnermann nervös. In aller Stille, hat es geheißen. Aber wie soll das gehen, wo hier das ganze Dorf versammelt ist und wartet? Ob der Rudolf Alberti vielleicht ein paar Worte sagen wird? Der Bürgermeister ist ja nicht anwesend.

Da geht ein Raunen durch die Versammlung, eine Gasse öffnet sich, und Pfarrer Seybold schreitet im Talar mit Beffchen zum Grab des Herbert Grossmann. Der Frühlingswind bauscht den Talar und bläst dem Pfarrer die Enden des weißen Beffchens ins Gesicht, aber dennoch schaut es sehr würdevoll aus, wie er nun zwischen seinen Pfarrkindern hindurchgeht.

Es ist mucksmäuschenstill auf dem Friedhof, als der alte Pfarrer sich anschickt zu sprechen. Nur die Vögel zwitschern, und eine vorwitzige Hummel summt über die Trauergemeinde hinweg.

»Unser Herr Jesus Christus ist in die Welt gekommen, um unsere Schuld zu sühnen und uns von der Hölle zu erlösen«, sagt Pfarrer Seybold mit lauter Stimme. »Er starb auch für dich, Herbert Grossmann. Darum mögest du in Frieden ruhen. Amen.«

Es ist wohl die kürzeste Grabrede, die der Pfarrer je gehalten hat, aber nie war die Zustimmung größer. Der Sarg wird an Seilen herabgelassen, man tritt nacheinander herbei, um eine Handvoll Erde oder einen frisch gepflückten Strauß Löwenzahn hinabzuwerfen, dann bewegt sich die Trauergemeinde gemächlich wieder zum Dorf hinunter, wo die Beerdigung nach alter Sitte im »Raben« bei Kaffee und Hefekuchen beschlossen wird. Lehrer Hohnermann setzt sich kurz dazu, um niemanden zu beleidigen. Aber bald geht er wieder, er ist nicht gern unter so vielen Menschen und sehnt sich nach seinem stillen Arbeitszimmer, wo seine Bücher und die unnützen, aber tröstlichen Träumereien ihn erwarten. Er ist versöhnlich gestimmt, ach, die Dingelbacher sind doch im Grunde ihrer Herzen brave Leute. Es mag hie und da etwas Schlimmes geschehen, da kommen die dunklen Seiten des Menschengeschlechts an den Tag, die er so erschreckend im Krieg hat erfahren müssen. Aber Zorn und Gewalt, Verschlagenheit und Betrug haben nicht das letzte Wort, es gibt auch Liebe und Verbundenheit unter den Menschen, und das wiegt vieles auf.

Wie zur Bestätigung dieser schönen Erkenntnis findet sich am Samstagabend, als er gerade über den Osterzeugnissen sitzt, die Frieda Haller zu einem Besuch bei ihm ein. Fast hätte er sie nicht erkannt, als er hinunter zur Tür geht, um den späten Gast einzulassen, denn Frieda trägt einen städtisch geschnittenen dunkelroten Mantel, den er noch nie an ihr gesehen hat.

»Guude«, sagt sie und lacht ihn aus, weil er sie so verwundert anstarrt. »Darf ich für fünf Minuten hereinkommen? Ich muss Ihnen so viel erzählen, ich weiß gar net, wo ich anfangen soll …«

»Aber sehr gern«, stottert er. »Ich freu mich, dass du wieder einmal vorbeischaust … Oder sollte ich jetzt lieber ›Sie‹ sagen?«

»Bloß nicht!«, ruft sie empört. »Da würde ich mir ja ganz fremd vorkommen. Nein, sagen Sie bitte wie immer Du und Frieda zu mir.«

Als sie vor ihm die Treppe hinaufläuft, kann er sehen, dass sie auch neue Schuhe trägt. Sie sind rot und zierlich, schmiegen sich an ihre kleinen Füße wie dafür gemacht. Spangenschuhe mit ledernen Knöpfchen, wie sie jetzt in Mode sind.

Ein Schmetterling, der seine bunten Flügel entfaltet, denkt er mit leiser Wehmut. Um hinauszuflattern in den Sonnenschein, in den blauen Äther, in die lockende Welt. Wenn sie sich nur nicht die Flügel verbrennt.

Er hätte ihr gern etwas angeboten, doch er hat nichts Passendes im Haus, nur einen Rest Apfelmost, der schon zu gären angefangen hat und den er niemandem mehr vorsetzen kann. Aber er kommt gar nicht zu Wort, denn sie zieht sich unaufgefordert einen Stuhl herbei, stellt ihn vor den Schreibtisch und fängt an zu erzählen.

»Was sagen Sie zu meinem neuen Mantel? Schick, net wahr? Den hat mir die Großmutter gekauft, weil sie es nicht leiden mag, dass ich so schlecht angezogen herumlaufe. Die Schuhe auch.«

Sie hebt die Füße an und wendet sie hin und her, damit er ihre neuen Schuhe bewundern kann.

»Sehr hübsch ... Aber was hat deine Mutter dazu gesagt?«

Sie gesteht ihm, dass sie die neuen Sachen im Dorf eigentlich nicht anziehen darf, sie hat es nur jetzt schnell getan, weil sie es ihm zeigen wollte. »Die sind nur für Frankfurt. Ein Kleid will mir die Großmutter auch kaufen. Und seidene Strümpfe und ...«

Sie hält inne und errötet, vermutlich kauft die Großmutter ihr auch Wäsche, über die ein Mädchen aber nicht mit einem Mann sprechen sollte.

»Mit der Mama hab ich mich Gott sei Dank versöhnt«, wechselt sie rasch das Thema. »Sie hat mir erlaubt, die Großmutter zu besuchen, und sie darf mir auch ab und zu Kleider kaufen. Aber daheim in Dingelbach soll ich nicht von ihr sprechen und die Sachen auch nicht anziehen.«

Es scheint eine schwierige Gratwanderung zu sein, auf der sie ständig in der Gefahr ist, wieder den mütterlichen Zorn zu erregen. Aber immerhin – Marthe Haller hat ihre starre Haltung aufgegeben. Hatte sie am Ende doch Angst, die Tochter zu verlieren?

»Über Nacht darf ich nicht bei der Großmutter bleiben«, berichtet Frieda weiter. »Das ist schon hart, weil wir ja doch die Aufführungen im Schauspielhaus ansehen sollen, und wenn das Stück aus ist, fährt kein Zug mehr nach Dingelbach ...«

Im September, wenn das Theater wieder spielt, werden die Schüler bei einigen Aufführungen mitwirken. Natürlich nur als

Statisten. Damit sie schon einmal Bühnenluft schnuppern und die richtigen Schauspieler bei ihrer Arbeit erleben.

»Vielleicht kann ich dann bei der Annemarie schlafen«, mutmaßt sie und legt den Kopf schräg. »Das hat die Mama nämlich erlaubt. Der Harry hat's mir auch angeboten, aber der wohnt in Sachsenhausen, und die Eltern haben eine Äppelwoi-Wirtschaft. Das geht auf keinen Fall, hat die Mama gesagt. Weil da in der Nacht die Betrunkenen herumfallen und ich in schlechte Gesellschaft kommen könnt …«

Hohnermann erfährt nun, dass es einen jungen Mann namens Harry Baumann gibt, der ihr liebster Mitschüler sei und mit dem sie schon zwei Mal im Café Bauer gesessen hat. Sie schwärmt von seinem Talent, macht sich aber gleich darauf über ihn lustig, weil er immer den Text verdreht. Hohnermann verspürt ein Unbehagen, das er wegschieben möchte, was jedoch nicht gelingen will. Natürlich ist nichts Ernstes zwischen den beiden. Aber dieser Harry scheint ihr zu gefallen. Nein, verliebt ist sie nicht, das spürt er. Aber es ist ein Anfang. Eines Tages wird einer kommen, an den sie ihr Herz verliert. Ein Schauspieler, ein Regisseur, ein Opernsänger – wer auch immer. Nur ein anständiger Mensch sollte es sein. Und noch nicht so bald …

»Ach, wo ich grad hier bin: Könnten Sie mir *Leonce und Lena* von Büchner ausleihen? Und von Grillparzer *Weh dem, der lügt*. Haben Sie das da? Das wär großartig, dann müsst ich es net kaufen.«

Den Büchner besitzt er nicht, den Grillparzer hat er zwar da, aber nicht als Reclam-Heft, sondern nur in der Gesamtausgabe.

»Das geht auch«, meint sie erfreut und nimmt den Band entgegen. »Ich bring's bei Gelegenheit zurück.«

»Lass dir nur Zeit, es ist nicht eilig. Wenn du wieder etwas brauchst, schau nur herein.«

Sie ist schon aufgestanden, lächelt ihn spitzbübisch an und

nimmt ein fertig geschriebenes Zeugnisblatt von seinem Schreibtisch. Es ist Idas Zeugnis.

»Lauter Einsen. Das hab ich mir schon gedacht. Glauben Sie, dass sie die Aufnahmeprüfung schafft?«

»Ich zweifle nicht daran«, sagt er. »Die Frage ist nur, ob deine Mutter es erlauben wird. Ich will in den kommenden Tagen mit ihr sprechen.«

Ida ist eine ungewöhnliche Begabung, sie ist den anderen in jedem Fach um Meilen voraus. Eigentlich kann er ihre Leistungen gar nicht bewerten, weil sie nicht vergleichbar sind. Aber ob Marthe Haller gleich zwei Töchter nach Frankfurt zur Schule schicken will, ist fraglich. Nicht nur aus finanziellen Gründen. Auch weil sie im Dorf dafür angefeindet werden wird. Kein Bauer schickt den Sohn auf ein Gymnasium, das tut nur der Pfarrer oder der Lehrer. Und die Mädchen brauchen sowieso nichts zu lernen, weil sie heiraten. Wer von dieser Dorftradition abweicht, gerät schnell in eine Außenseiterposition, und das kann sich gerade Marthe Haller mit ihrem Dorfladen am wenigsten leisten.

»Wenn die Ida das will, dann macht die das auch«, behauptet Frieda lachend. »Da wünsch ich noch einen schönen Abend. Und danke für das Buch ...«

Wie immer begleitet er sie die Treppe hinunter zur Haustür; dort gibt sie ihm artig die Hand und läuft davon. Ihr Mantel leuchtet wie ein hüpfender roter Fleck und verschwindet in der Dunkelheit des Kirchangers. Nun wird sie aufpassen müssen, dass die Mutter sie nicht erwischt, weil sie den Mantel im Dorf ja nicht tragen darf.

Kapitel 30

Helga hat sich zeitlebens vor dem Krankenhaus gefürchtet. Und nun würde sie am liebsten hierbleiben und nie mehr fortgehen. An diesem sicheren Ort verweilen, wo man freundlich zu ihr ist, wo sie in einem weiß bezogenen Bett liegen darf, das Essen gebracht bekommt und niemand eine Entscheidung von ihr verlangt.

Am ersten Tag hat sie schlimme Kopfschmerzen gehabt. Schultern, Nacken und Arme sind blau und tun bei jeder Bewegung weh. Die Schnitte im Gesicht hat der Arzt mit ein paar Stichen genäht, es spannt ein wenig, und die Wundränder sind geschwollen. Sie ist froh, dass sie keinen Spiegel hat, weil sie sich nicht ansehen mag.

»Das Lachen sparen Sie sich besser für später auf, Frau Schütz«, hat der junge Arzt gesagt, der die Wunden behandelt hat. »Weil sonst die Nähte reißen können.«

Zum Lachen ist ihr ohnehin nicht zumute. Sie sehnt sich nach Ruhe, das Gerede der Leidensgenossinnen in dem großen Krankensaal stört sie. Am liebsten möchte sie nur schlafen, wegdämmern, in ein Zwischenreich gleiten, wo sie niemand sieht, niemand anredet und wo die Gedankengespenster ausgesperrt sind.

Doch die lassen sich nicht so einfach vertreiben. In der ersten Nacht hat sie immer wieder ihren Mann vor sich gesehen, wie er mit wutverzerrtem Gesicht auf sie zugeht, wie er die Faust hebt, wie der Teller dicht vor ihren Augen in Stücke springt. Es fängt immer wieder von vorn an und geht bis zu dem Moment, wo ihr schwarz vor Augen wird, um dann neu zu beginnen. Dazwischen sieht sie Heinz, der sich an den Vater klammert wie ein kleines, wütendes Tier, sie hört ihn schreien, sieht, wie sein Körper gegen den Ofen prallt, der Kopf gegen den Knauf der Backofentür schlägt. Noch am Morgen verfolgen sie die schrecklichen Szenen, erst am späten Vormittag taucht sie langsam wieder aus den wilden Fantasien auf, der Kopf schmerzt weniger, weil man ihr ein Mittel gegeben hat, nur Schultern und Arme fühlen sich an wie aus Blei.

»Bleiben Sie liegen, Sie haben eine Gehirnerschütterung, Bewegung tut Ihrem Kopf nicht gut!«, sagt die Schwester, als sie aufstehen will.

»Mein Sohn, der Heinz … Er wurde mit mir eingeliefert. Wissen Sie, wie es ihm geht?«

»Heinz Schütz? Ich werde mich erkundigen.«

Die Krankenschwester ist um die vierzig, kräftig um die Hüften, das Gesicht rund und gutmütig. Sie kommt nur am Vormittag, am Nachmittag kümmert sich eine magere blonde Schwester um sie, ein junges Ding mit altem Gesicht, die ernst und gewissenhaft ihre Arbeit tut.

»Ihr Sohn liegt in der Männerabteilung, Frau Schütz. Es geht ihm besser, Sie müssen sich keine Sorgen machen.«

»Ich möchte gern zu ihm, bitte.«

»Morgen. Heute noch nicht. Da hat ein Herr Michalski angerufen, der möchte Sie besuchen.«

Sie erschrickt. So sehr sie sich über den Anruf freut – sie will nicht, dass er sie in diesem Zustand sieht. Sie will ihn jetzt überhaupt nicht bei sich haben, nichts erklären müssen, nicht sein Mitleid ertragen, keine Entscheidungen fällen. Nur Heinz ist wichtig, dass er wieder gesund wird, dass nichts zurückbleibt von der Kopfverletzung. Was aus ihr selbst wird, darüber mag sie nicht nachdenken. Nur eines weiß sie – sie geht nicht zurück. Doch wenn sie versucht, ein Stück weiter zu denken, dann bauen sich unüberwindlich hohe Klippen vor ihr auf, und sie will sich verkriechen und nichts mehr wissen. Nicht denken, nicht grübeln – sonst werden die Kopfschmerzen unerträglich, sie braucht einen Ort zwischen den Welten, zwischen den Stunden, einen Platz, wo die Zeit stillsteht, wo sie unbehelligt liegen und vor sich hinträumen kann.

Am Nachmittag kommt ihre Mutter Anni ins Krankenhaus, um sie zu besuchen. Sie sitzt bei ihr am Bett und seufzt, fragt, wie es ihr geht, ob sie arge Schmerzen hat, und bringt ihr eine Tasche mit frischer Wäsche und ein paar Sachen zum Anziehen. Erzählen tut sie nicht viel, nur dass sich der Otto wieder gefangen habe und es friedlich auf dem Hof zugehe. Sie selbst ist zu Lenchen Grossmann hinübergezogen, damit das Lenchen nicht so allein ist. Nein, der Hof ist nicht versteigert worden, Lenchens Sohn, der Fritz, ist gekommen, sie wollen gemeinsam versuchen, die Versteigerung zu verhindern. Helga spürt, dass die Mutter ihr nicht die Wahrheit sagt, sie will sie schonen und verschweigt ihr Dinge, die sie aufregen könnten. Sie fragt auch nicht nach, mag nichts wissen und nichts hören. Die Anni bleibt nicht lange und verspricht, bald wiederzukommen, sie will noch zum Heinz, um zu schauen, wie es ihm geht.

»Ruh dich aus, Helga«, sagt sie und streicht ihr zart über den Kopf. »Wenn du wieder gesund bist, dann schauen wir, wie es mit uns weitergeht.«

Am zweiten Tag darf sie zu ihrem Sohn. Eine junge Schwester begleitet sie, sie ist lieb und fürsorglich, nimmt sie bei der Treppe am Arm, mahnt sie, langsam zu gehen. Helga schämt sich vor den anderen Patienten, die hier in Morgenmänteln umhergehen und ihr verquollenes Gesicht anstarren. Sie wissen alle, was mit ihr geschehen ist, die Patienten, die Ärzte, auch die Schwestern. Sie selbst hat zwar auf die Fragen der Ärzte geschwiegen, aber der

Altmann Georg, der sie und den Heinz hergefahren hat, wird den Mund aufgetan haben.

Heini liegt in einem Krankensaal mit mehr als zwanzig Betten, neben ihm sitzen zwei alte Männer auf ihren Lagern und unterhalten sich, das Bett eines anderen Patienten hat man mit einem Wandschirm zugestellt. Heinis Kopf ist mit einer weißen Binde umwickelt, nur oben schauen ein paar blonde Haarbüschel heraus. Er liegt ganz still und lächelt sie an, als sie sich über ihn beugt.

»Es geht mir gut, Mama«, sagt er leise.

»Ist dir noch schlecht? Hast du Kopfschmerzen?«

»Nur ein bisschen … Du schaust ja furchtbar aus, Mama.«

»Das geht wieder weg, Heini. Es tut kaum noch weh. Die Hauptsache ist, dass du bald wieder gesund bist.«

Er schließt einen Moment die Augen. Sein Kindergesicht erscheint ihr schrecklich blass und klein mit den weißen Binden über der Stirn.

»Wenn ich groß bin, schlag ich ihn dafür tot!«, sagt er und schaut sie aus schmal zusammengekniffenen Augen an.

»So etwas darfst du nicht sagen, Heini!«

»Ich sag's aber. Und ich tu's auch.«

Sie versucht es ihm auszureden. Der Vater hat ihn nicht mit Absicht gegen den Ofen gestoßen, es war ein Unfall, das muss er verstehen. Aber Heini schweigt vor sich hin, und sie fürchtet, dass ihre Worte an ihm vorbeigehen.

»Ich komm morgen wieder«, verspricht sie.

Nun ist es vorbei mit der Ruhe und dem Stillstand der Gedanken. Wie ein Schwarm Ackerkrähen fallen die Sorgen über sie her, als sie wieder in ihrem Krankenhausbett liegt. Wie kann sie verhindern, dass sich der Hass in ihrem Kind festfrisst? Wie verhüten, dass irgendwann ein furchtbares Unglück geschieht? Sie muss morgen mit ihm reden, ihm erklären, dass Hass nur neuen Hass erzeugt, dass Zorn und Vergeltung niemals zu einem Ende gelangen, es sei denn, man hat die Kraft, Nein zu sagen. Er ist ja noch ein Kind, aber er ist klug, und vielleicht wird er es verstehen.

Inzwischen ist eine neue Patientin in das Bett neben ihr gebracht worden, eine Bäuerin, die beim Melken von der Kuh getreten wurde und dabei zwei Rippen und den Arm gebrochen hat. Die Frau redet unaufhörlich, erzählt, wie es zugegangen ist, dass die Liesl sonst immer ein braves Vieh sei und sie sich das gar net erklären könnte und dass ganz sicher der Knecht die Schuld habe, weil er mit der Mistgabel hantiert und die Kuh erschreckt hätte. Helga hat Mühe, den eigenen Gedanken zu folgen, und sie ist froh, als die Frau am Abend einschläft und Ruhe im Krankensaal einkehrt.

In der Nacht liegt sie wach und lauscht auf die Schnarchtöne der Mitpatientinnen, die von einzelnen Hustenanfällen unterbrochen werden. Im Saal ist es dunkel, aber neben der Tür befindet sich ein Glasfenster, durch das das schwache Flurlicht hereinscheint. Manchmal huscht die Nachtschwester dort vorbei, einmal sieht sie einen Arzt, meist tut sich jedoch nichts. Sie versucht sich vorzustellen, wie sie mit ihrem Sohn und der Mutter in die Fremde geht, eine Stellung annimmt, eine Wohnung findet. Sie wird die Woche über arbeiten, und Anni wird sich um Heini kümmern, am Abend sitzen sie beieinander in der Küche, Heini erzählt von der Schule, von seinen Freunden, die Anni hat etwas Gutes gekocht, sie sind eine glückliche kleine Familie und brauchen niemanden. Manchmal taucht Oskar Michalskis Gesicht vor ihr auf, sein fragender, bittender Blick, sein Lächeln, die Hoffnung in seinen Augen. Dann spürt sie die Sehnsucht, die sie zu ihm hinzieht, aber sie ist schuldbeladen, sie hat kein Recht auf diese Liebe, sie hat ihren Ehemann betrogen, und nun hat sie dafür büßen müssen. Die Ehe ist heilig, und der Himmel ist gerecht.

Aber zurück geht sie nicht. Kein irdisches und kein himmlisches Gesetz kann sie dazu zwingen. Was auch immer mit ihr geschehen mag, lieber will sie sterben, als in dieses Haus zurückkehren. Und da steht sie wieder vor den Felswänden, die steil und unüberwindlich vor ihr aufragen. Es gibt keinen Weg. Es geht nicht weiter. Nicht zurück, aber auch nicht vorwärts. Es bleibt nur dieses Krankenzimmer, in dem sie geborgen ist, wo niemand ihr etwas Böses tut, wo sie verweilen kann. Aber wie lange noch?

Am folgenden Morgen geht sie gleich nach dem Frühstück hinunter in die Männerabteilung, um Heini zu besuchen. Doch sein Bett ist leer. Die Krankenschwester ist unfreundlich, fragt, was sie hier zu suchen habe.

»Ich wollte meinen Sohn besuchen. Heinz Schütz, er liegt mit einer Gehirnerschütterung hier …«

»Heinz Schütz ist heute früh von seinem Vater abgeholt worden. Gehen Sie jetzt hinauf, Sie können hier unten nicht so einfach herumlaufen.«

»Aber … Er ist doch noch krank. Er muss liegen …«

Die Krankenschwester zuckt mit den Schultern, sie weiß ganz sicher mehr, aber sie will es nicht sagen. Wie betäubt steigt Helga die Treppe hinauf. Wieso hat sie geglaubt, in diesem Zwischenreich des Krankenhauses vor dem Zugriff ihres Mannes sicher zu sein? Er hat den Jungen einfach mitgenommen, ohne Rücksicht darauf, dass er noch krank ist und Pflege braucht. Das kann er tun, weil er der Vater ist, er hat das Recht dazu, niemand kann es ihm verbieten.

Oben angekommen, will sie sich in ihr Bett legen, ihr Kopf schmerzt wieder, Arme und Nacken sind wie taub, sie fühlt sich krank und hilflos. Heini ist wieder auf dem Schützhof bei seinem Vater und der Gertrud. Sie wird ihn niemals wiedersehen, wenn sie nicht bereit ist, reumütig zu ihrem Mann zurückzukehren.

Aber das kann sie nicht. Selbst jetzt nicht. Nichts auf der Welt, nicht einmal ihr Kind kann sie dazu bringen, diesen Ort noch einmal zu betreten.

»Frau Schütz?«, sagt die blonde Krankenschwester. »Sie dürfen sich ankleiden und Ihre Sachen zusammenpacken. Sie werden heute entlassen.«

»Aber …«

»Der Oberarzt, Dr. Kaulbach, kommt gleich zur Visite, er wird es Ihnen erklären.«

Die Sache ist einfach. Ihr Mann hat verfügt, dass sie entlassen wird, er ist nicht bereit, die Kosten weiter zu tragen. Der Oberarzt hat sich darüber geärgert, das sieht man ihm an, aber gegen die Entscheidung des Ehemannes und Vaters ist er machtlos.

»Ihr Ehemann hat uns versichert, dass Sie und der Sohn zu Hause gepflegt werden und sich noch ein paar Tage erholen können. Falls es zu Komplikationen kommen sollte, will er sich an den Hausarzt wenden.«

Einen Hausarzt haben sie gar nicht, bisher hat bei allen Krankheitsfällen die Hausapotheke und notfalls der Rudolf Alberti geholfen. Damals, als sie den Heinz geboren hat, ist die Hebamme aus dem Nachbardorf gekommen.

»Vielen Dank«, sagt sie und hört sich an, dass sie sich so oft wie möglich hinlegen soll und mit der Arbeit langsam tun muss.

»Ich wünsche Ihnen alles Gute, Frau Schütz«, sagt der Oberarzt und reicht ihr die Hand. Dann wendet er sich der nächsten Patientin zu.

Die Krankenschwester lässt ihr kaum Zeit, ihre Tasche zu packen, sie fährt einen Handwagen hinein, auf dem Stapel frischer Bettwäsche liegen, und macht sich daran, die frei gewordenen Betten abzuziehen. Das Mittagessen, das auf dem Flur herangefahren wird, ist nicht mehr für sie bestimmt, nicht einmal den Tee auf ihrem Nachttisch darf sie austrinken, die Tasse wird fortgeräumt, der Nachttisch saubergewischt.

Sie geht die Treppen hinunter in die Eingangshalle, an die sie sich kaum erinnern kann, weil sie sie nur flüchtig wahrgenommen hat, als sie eingeliefert wurde. Es ist ein kahler rechteckiger Raum mit dunklen Wandvertäfelungen, in die Schaukästen eingelassen sind. Stühle stehen an den Seiten, dort sitzt eine ältere Frau, die eine Tasche neben sich stehen hat und auf irgendetwas wartet. Am Ausgang gibt es eine Flügeltür mit Glaseinsätzen, daneben ist die Pförtnerloge. Der Pförtner fragt nach ihrem Namen, trägt etwas in eine Liste ein – dann ist sie entlassen.

Draußen empfängt sie Sonnenschein, vor der Klinik gibt es eine Anlage mit Wiesen und Büschen, an denen hellgrüne Blättchen sprießen. Tulpen und Osterglocken blühen auf den Beeten, weiß gestrichene Bänke locken zum Verweilen. Auf dem kiesbestreuten Weg schiebt eine Krankenschwester einen Rollstuhl, darin sitzt ein alter Mann, der bis an die Nasenspitze mit einer grauen Wolldecke zugedeckt ist.

Sie bleibt stehen und weiß nicht, was sie tun soll. Sie hat ihre Zuflucht verloren, jetzt ist sie den Unbilden der Welt ausgeliefert und muss handeln. Aber wie? Wohin soll sie gehen? Zunächst einmal zur Straße hinüber, schließlich kann sie nicht vor dem Krankenhaus stehen bleiben. Sie bewegt sich langsam, Schritt für Schritt, die Tasche, in der ihre gebrauchten Kleider sind, zieht schwer an ihrem Arm, der Nacken schmerzt, wenn sie den Kopf bewegt, das Gehen mit dieser Last ist eine Qual. Aber in der Tasche ist alles, was sie besitzt, auch eine Börse mit drei Markstücken, die die Anni ihr »für alle Fälle« mitgebracht hat.

Die Straße ist belebt, Fuhrwerke und Automobile fahren an ihr vorüber, eine Gruppe fröhlicher Schulkinder kommt ihr entgegen, die Ranzen hüpfen auf ihren Rücken, wenn sie laufen, und ihr Geschrei ist weithin zu hören. Drüben auf der anderen Straßenseite bleibt ein älterer Herr stehen und ruft den Kindern etwas zu, droht mit dem Finger, da senken sie die Köpfe und sind brav. Nach einer Weile lassen die Schmerzen nach, Helga nimmt die Tasche in die andere Hand und schaut sich um, besieht die Häuser, die hier von Gärten umgeben und von hohen Zäunen geschützt sind. In solch einem Haus ist sie vor Jahren einmal Hausmädchen gewesen, da war sie noch sehr jung, und es war keine gute Erfahrung. Aber sie hat Arbeit und Brot gehabt, eine kleine Kammer für sich allein und einmal im Monat einen Tag frei. Ob sie allerdings mit über dreißig noch eine Stellung bekommen würde, ist fraglich. Auf keinen Fall jetzt, mit dem geschwollenen Gesicht und den kaputten Armen. Und auch später nicht. Sie kann keine Stellung annehmen, weil sie keinen Arbeitsvertrag unterschreiben darf. Das müsste ihr Ehemann für sie tun, so ist es gesetzlich geregelt, eine Ehefrau ist nicht vertragsmündig. Der Weg ist verschlossen, allein in der Fremde kann sie nur verhungern, eine Arbeit kann sie nicht annehmen. Was dann?

Zwischen den Villen findet sich hie und da ein Geschäft: eine Bäckerei, ein Schuster, ein Kolonialwarenladen. Helga bleibt stehen, weil sie hungrig ist, und überlegt, dass sie vielleicht eine Packung Zwieback kaufen sollte, der ist nahrhaft und hält länger als Brot, das trocken werden kann. Sie wird sich mit dem Zwieback irgendwo an den Straßenrand setzen und nachdenken, es muss eine Lösung geben, sie muss nur ihre Gedanken ordnen, das Knäuel entwirren, einen Pfad über die steilen Felswände suchen, um auf die andere Seite zu gelangen.

Der Laden ist nur wenig größer als der Dingelbacher Dorfladen, aber es werden andere Waren angeboten, Dosen mit fremdartiger Aufschrift, Schokolade und Pralinen in Stapeln, es gibt auch Käse aus Frankreich, den die Verkäuferin mit einem Messer schneidet, abwiegt und in Pergamentpapier einpackt. Mehrere Kundinnen warten im Laden und unterhalten sich, fast alle Hausangestellte der umliegenden Villen. Sie tragen schön geschnittene, dunkle Mäntel und Hüte, die Schuhe an ihren Füßen sind zierlich. Diese Frauen haben nie auf einem Acker gestanden und ganz sicher niemals einen Schweinestall gemistet. Helga in ihrer Dorftracht wird von ihnen stirnrunzelnd betrachtet, eine Frau rückt beiseite, als sie eintritt, vielleicht hält sie die Schwellungen im Gesicht der fremden Bäuerin für ansteckend.

Sie zieht sich in eine Ecke zurück, um bescheiden zu warten, bis sie an der Reihe ist. Da geht plötzlich hinten im Laden eine Tür auf, und ein schlanker Herr mit dunklem, glänzendem Haar und einem Schnurrbart tritt heraus und wendet sich gleich noch einmal zurück, um einer kräftig gebauten, älteren Frau die Hand zu reichen.

»Da wünsche ich gutes Gedeihen und schöne Tage bis zum nächsten Mal, liebe Frau Schultheiß. Ich schaue Ende August wieder bei Ihnen herein, und wenn es zwischendrin Bestellungen geben sollte – Sie haben meine Telefonnummer …«

Helga kennt den Mann. Es ist der Sirius Engelke, ein Handelsvertreter, der auch immer in den Dorfladen kommt, um dort seine Kurzwaren zu verkaufen. Oft hat sie über seine geschniegelte Aufmachung und sein übertriebenes Gehabe lächeln müssen, aber er ist dennoch sehr beliebt im Dorfladen, weil er jede Frau, auch die älteren Bäuerinnen, mit großer Höflichkeit behandelt.

Er geht mit seinen Koffern zwischen den Kundinnen hindurch, nickt hier, lächelt dort, sagt: »Habe die Ehre … Entschuldigen Sie, gnädige Frau …« Dann sieht er Helga und stutzt.

»Das ist doch … du liebe Zeit, jetzt hätt ich Sie fast nicht erkannt, gnädige Frau.«

Er ist irritiert, weil sie so fremd ausschaut mit dem verschwollenen Gesicht, aber er verbeugt sich höflich und stellt die Koffer ab, um ihr die Hand zu reichen. Im Dorfladen hat er sie immer besonders aufwendig begrüßt, vielleicht, weil sie hübsch ist und ihm gefallen hat. Zumindest war sie damals hübsch …

»Da sind Sie nach Bad Homburg gefahren, um sich ein wenig umzuschauen«, schwatzt er und drückt ihr die Hand. »Das ist recht, gnädige Frau. Es gibt viel hier zu sehen … Das Schloss und der wunderschöne Kurpark …«

»Ja, gewiss …«

»Da wünsche ich Ihnen noch viel Freude!«

»Vielen Dank, Herr Engelke.«

Er wendet sich zum Ladenausgang, dann bleibt er stehen, als sei ihm etwas eingefallen, und er dreht sich zu ihr um. Er schaut sie unsicher an, vermutlich ist ihm klar geworden, dass da etwas nicht mit rechten Dingen zugeht.

»Kann ich Sie … vielleicht mitnehmen?«, fragt er zögernd. »Ich bin auf dem Weg nach Dingelbach, zu Frau Haller. Ich meine nur … Falls es Ihnen angenehm wäre …«

Da ist sie, die Entscheidung. Innerhalb weniger Sekunden muss sie sie fällen, sie tut es intuitiv, ohne nachzudenken, einfach aus einem Gefühl heraus. Sie kann nicht davonlaufen. Es gibt keinen anderen Weg aus dem Elend, als mitten hindurchzugehen.

»Das wäre sehr liebenswürdig, Herr Engelke …«

»Aber das ist mir doch ein Vergnügen, gnädige Frau!«

Sein Wagen mit dem Pferdchen davor steht am Straßenrand, das Pferd hat er an einem Laternenpfahl angebunden, es wäre aber auch ohne diese Befestigung keinen Schritt von der Stelle gewichen. Auf dem Wagen stehen seine Koffer, dahinter Kisten und Kasten voller Waren, die er mit Lederriemen festgezurrt und mit Planen abgedeckt hat. Dort ist kein Platz für einen Mitfahrer, Helga muss zu ihm auf den Kutschbock steigen.

»Geben Sie mir die Tasche, die stellen wir zwischen meine Waren. Darf ich Ihnen behilflich sein?«

Sie verbeißt sich den Schmerz, gibt ihm die Hand und klettert hinauf. Der Kutschbock ist gepolstert und hat sogar eine Rückenlehne, dennoch wird ihr schwindelig, als sie sich dort oben zurechtsetzt. Was tut sie da gerade? Sie begibt sich in die Höhle des Löwen. Ist das nicht Irrsinn?

Das Pferdchen zuckelt los. Das Kopfsteinpflaster der Ausfallstraße erweist sich als höllisch, es rüttelt Wagen und Passagiere kräftig durch, ihr Kopf schmerzt, es summt ihr in den Ohren. Später auf der Landstraße ruckelt es zwar auch, weil das Pflaster immer wieder Löcher und Abbrüche aufweist, aber dort gibt es eine Fahrrinne, die das Schlimmste verhindert. Helga muss ständig gegen die aufsteigende Übelkeit ankämpfen, zugleich aber gebietet die Höflichkeit, Herrn Engelkes Anekdötchen anzuhören und an der richtigen Stelle zu lächeln. Lachen darf sie ja nicht, aber sie hat auch wenig Lust dazu. Zum Glück begreift Herr Engelke schnell, dass seine Mitfahrerin keine rechte Freude an seinen Geschichten hat, und da er neugierig ist, verlegt er sich auf vorsichtige Fragen.

»Haben Sie einen Unfall gehabt, gnädige Frau?«

»Ja, ich bin in der Küche gestürzt. Es hat Scherben gegeben.«

»Ach, wie unglücklich …«

»Ja, ein Unglück kommt selten allein.«

»Genauso ist es. Letztes Jahr um diese Zeit erwischt mich doch ein Hexenschuss. Und stellen Sie sich vor, gerade da erhalte ich eine Lieferung seidener Strumpfbänder in zarten Frühlingsfarben, die umgehend zu den Läden gebracht werden müssen. Saisonware – Sie verstehen …«

Trotz allem erleichtert sie sein Geschwätz ein wenig. Er klagt über seinen anstrengenden Alltag, dass er ständig unterwegs sein müsse und keine Zeit habe, eine Familie zu gründen, was ihm jetzt, da er in einem gewissen Alter sei, doch sehr abginge. Aber wie soll ein Mann einer Ehefrau gerecht werden, wenn er drei bis vier Nächte in der Woche im Hotel verbringen muss?

»Wenn es die richtige Frau ist, dann wird es schon gehen«, meint sie.

»Ja, das ist es. Aber die richtige zu finden, daran scheitere ich immer wieder …«

»Dann müssen Sie einmal zugreifen, Herr Engelke«, rät sie ihm.

»Meinen Sie wirklich?«, fragt er zweifelnd. »Aber was ist, wenn sie mich nicht haben will?«

»Das kann ich mir nicht vorstellen.«

Er seufzt und versinkt in nachdenkliches Schweigen. Helga hat heute nicht das rechte Mitgefühl für die Sorgen des Handelsvertreters, im Gegenteil, sie findet, dass er ein glücklicher Mensch ist. Er kann frei und ungebunden herumfahren, sieht viele unterschiedliche Menschen und verkauft ihnen hübsche Dinge. Sie würde viel darum geben, wenn sie die Möglichkeit hätte, auf diese Weise ihren Lebensunterhalt zu verdienen. Aber sie ist eine verheiratete Frau, für sie gibt es keine Freiheit, sie ist eine Gefangene im Kerker der Ehegesetze.

Es ist kurz nach Mittag, als sie das Dorf vor sich sehen. Sanft liegt es in ein flaches Tal eingebettet, von blühenden Wiesen und Äckern umgeben, auf denen schon hie und da ein lindgrüner Flaum zu sehen ist. Braune Kühe stehen auf den Weiden, Pferde sammeln sich am Bach, um zu saufen, ein paar Kälber sind dabei, drüben beim Dippel Alfred tummeln sich Schafe und Ziegen auf einer Koppel, auch dort hat es Nachwuchs gegeben. Der Frühling ist mit Macht eingekehrt, das junge Leben drängt allerorten hervor, hat über Tod und Vergänglichkeit gesiegt, in wenigen Tagen wird das Osterfest gefeiert.

Sirius Engelke hat keine Mühe, das Pferdchen von der Landstraße zum Dorf hinunter zu lenken; es kennt den Weg und geht ihn auch ohne seine Hilfe. Sie fahren die Dorfstraße entlang, vorbei an den Höfen, wo man ihnen neugierig hinterherschaut. Am Brunnen beim Schützhof hält er an, und sie steigt ab, lässt sich ihren Koffer geben und bedankt sich fürs Mitnehmen. Dann schnalzt er dem Pferd und zuckelt weiter zum Dorfladen, während sie sich anschickt, den schwersten Gang ihres Lebens zu tun.

Sie lässt die Tasche beim Brunnen stehen und geht in den Hof hinein. Niemand ist bei den Ställen, aber der Wagen steht zum Anspannen bereit, gefüllte Säcke liegen darauf, sie wollen Kartoffeln setzen. Als sie zur Haustür kommt, sieht sie das verblüffte Gesicht der Schwiegermutter am Küchenfenster – sie sitzen beim Mittagessen.

In der Küche sind sie zu dritt: der Adam, die Gertrud und der Otto. Heinz ist nicht dabei, darüber ist sie erleichtert. Gewiss liegt er oben in seinem Bett.

»Da bist du also!«, sagt Otto mit Befriedigung. »Kommst grad recht zum Kartoffelsetzen!«

»Da hock dich hin und iss die Suppe«, meint Gertrud und stellt einen Teller auf den Tisch. »Hast dich lange genug ausruhen können für unser Geld.«

Helga ist so ruhig, dass sie über sich selbst staunen muss. Sie lächelt ein wenig, als sie nun leise, aber deutlich verkündet: »Ich bin nur gekommen, um euch zu sagen, dass ich die Scheidung einreichen werde. Und nun geh ich. Für immer.«

Damit dreht sie sich um und verlässt das Haus. Geht um den Wagen herum, der fürs Kartoffelsetzen gerichtet steht, und hat schon das Hoftor erreicht, als sie den wütenden Schrei ihres Mannes vernimmt.

»Was bild'st du dir denn ein? Du narrisches Mensch, du verkommenes! Dir zeig ich gleich, wo du hingehörst …«

Da erfasst sie Panik, und sie fängt an zu laufen, hastet am Brunnen vorbei, glaubt schon, er habe sie eingeholt und hielte sie am Rock fest. Leute kommen ihr entgegen, Schulkinder, Nachbarn, sie hört hinter sich zorniges Geschrei, dann fasst sie jemand am Arm, und sie schreit auf vor Schmerz.

»Komm herein, Helga«, sagt Marthe Haller. »Schnell. Es muss ja kein Auflauf deshalb entstehen.«

»Aber … Ich kann doch nicht …«

»Ich hab's dir doch angeboten, hast du das vergessen?«, fragt Marthe und schiebt sie die Stufen hinauf.

»Du hättest mir angeboten …?«

»Natürlich. Du kannst bei uns bleiben, Helga. Ich hab schon meine Schlafkammer für dich frei gemacht.«

Helga kann sich an nichts erinnern. Das Entsetzen und die Schmerzen an jenem Tag haben alles andere zugedeckt, sie hat Marthes Angebot gar nicht wahrgenommen.

»Ich kann nicht hierbleiben, Marthe«, stöhnt sie. »Ich hab ihm gesagt, dass ich die Scheidung will.«

»Und grad deswegen bleibst du jetzt hier!«

Kapitel 31

Ilse fühlt sich in vergangene Zeiten zurückversetzt. All diese verletzenden Zurückweisungen, die sie glaubte, als Erfahrung abgehakt zu haben – sie sind wieder aufgetaucht und schmerzen wie eh und je. Du lieber Himmel, sie ist vierzig und kein bisschen klüger oder gar gelassener geworden.

Dieses Mal jedoch ist es doppelt bitter, denn sie hat es sich selbst zuzuschreiben. Vielleicht hat sie tatsächlich zu Anfang auf ihn Eindruck gemacht? Das wäre immerhin möglich, zumindest hat sie es sich eingebildet. Die Fabrikbesitzerin, die kühle, energische Geschäftsfrau, die Eignerin einer Villa im Vortaunus mit Blick auf den Feldberg. Aber dann hat sie all dieses Kapital auf einen Schlag verspielt. Wie kopflos hat sie gehandelt! Wie ungemein lächerlich hat sie sich gemacht, als sie im Übereifer handgreiflich wurde und in den Dreck der Dorfstraße gefallen ist. Gar nicht zu reden von dem Schaden, der an seinem Wagen entstanden ist.

Dazu ist Carla im Dorf das Gerücht zu Ohren gekommen, dass Otto Schütz den Besitzer des Automobils, das seinen Hofeingang blockiert hat, bei der Polizei angezeigt hat. Gertrud Schütz, seine Mutter, habe sich das Kennzeichen aufgeschrieben. Was Carla für glaubhaft hält, denn der Schütz Gertrud sei alles zuzutrauen.

Das ganze Fiasko hat Ilse im Grunde ihrer übertriebenen Fürsorge für ihren Arbeiter Oskar Michalski zu verdanken. Wieso musste sie ihm eigentlich hinterherlaufen? Schließlich ist er ein erwachsener Mann und kann selbst für sich einstehen. Es liegt daran, dass sie eine fatale Leidenschaft hat, für alles und jeden in ihrer Fabrik die Verantwortung zu übernehmen, sich einzumischen und zu glauben, sie wüsste es besser. Das hat sie nun davon.

Oskar Michalski hat sich zwar bedankt, aber anstatt wieder fleißig seiner Arbeit nachzugehen, wie sie gehofft hat, sitzt er zerstreut herum, produziert Ausschuss und wirkt überhaupt so, als sei er mit den Gedanken ganz woanders. Sie ärgert sich darüber und behandelt ihn kühl, redet kaum mit ihm und lässt nur hie und da eine Bemerkung fallen, ob er müde sei oder schlecht geschlafen habe.

Worauf er jedes Mal zusammenfährt und sich hastig wieder an die Arbeit begibt.

Carla, ihre treue Haushaltshilfe, ist natürlich ganz auf der Seite des armen Michalski. Sie verwöhnt ihn mit Leckerbissen, spendet ihm tröstliche Worte und macht ihrer Dienstherrin Vorwürfe.

»Ja, sehen Sie denn nicht, dass der arme Kerl völlig verzweifelt ist? Drei Mal ist er schon nach Bad Homburg zu der Klinik gefahren, aber weil seine Helga ihn ja nicht sehen will, hat er draußen vor dem Gebäude auf einer Bank gehockt und immer nur die Fenster angestarrt.«

Das ist Ilse neu, er muss nach Arbeitsschluss und am Sonntag gefahren sein, gefehlt hat er jedenfalls nicht in der Fabrik.

»Woher weißt du das?«

»Weil er mir sein Herz ausgeschüttet hat, der unglückliche Mensch.«

Ilse schnaubt verärgert. Doch am Abend, als sie wieder allein in der Villa neben dem Telefon sitzt, das nicht läuten will, geht sie in sich. Natürlich – die Geschichte mit Helga Schütz ist nicht zu Ende, die fängt gerade erst an, da muss sie schauen, dass Oskar nicht auf die Idee verfällt, mit der Frau davonzulaufen, wenn sie aus der Klinik kommt. Sie gönnt ihm ja seine Helga, die offensichtlich seine große Liebe ist. Aber Helga ist verheiratet, sie hat ein Kind und eine alte Mutter – dazu einen Ehemann, der nicht bereit ist, sie herzugeben. Da heißt es, bedächtig vorzugehen, notfalls einen Rechtsanwalt einzuschalten und alle Schritte gründlich zu überdenken. Da könnte sie ihm vielleicht einen guten Rechtsberater … Herrje – sie ist schon wieder dabei, sich in anderer Leute Probleme einzumischen!

Immerhin stellt sie jetzt fest, dass sich nicht nur Carla, sondern auch seine Kollegen rührend um ihn kümmern. Sogar Willi Bommel, der sonst nicht gerade hell im Kopf ist, hat gemerkt, wie schlecht es Oskar geht, und er fordert ihn nicht mehr rüde auf, die Füße hochzunehmen, wenn er die Späne zusammenkehrt. Auch die jungen Frauen überbieten sich in Rücksichtnahme und Freundlichkeit. Ilse hat schon böse Blicke geerntet, wenn sie tadelnde Worte an Oskar richtet.

Dann ist er auf einmal fort. Gleich nach der Mittagspause ist er hinunter ins Dorf gelaufen und bis zum Nachmittag nicht in die Fabrik zurückgekommen.

»Weiß jemand, wo Herr Michalski geblieben ist?«

Verlegene Blicke von der Belegschaft. Keiner will so recht mit der Sprache heraus, doch schließlich ist es der alte Karl Höhn, der ihr die Augen öffnet.

»Der ist runter zum Dorfladen. Weil da die Frau Schütz ist.«

»Ach du liebe Zeit!«

Helga Schütz wurde offensichtlich aus der Klinik entlassen und ist nach Dingelbach zurückgekehrt. Dass sie keine Lust hat, sich wieder ihrem gewalttätigen Ehemann auszuliefern, kann Ilse gut verstehen. Sie ist also im Dorfladen, und natürlich wird Oskar nichts Eiligeres zu tun haben, als seine Helga hinauf in sein Gartenhaus zu bringen. Schöne Bescherung. Dann hat Ilse in wenigen Tagen entweder den wütenden Ehemann oder die Polizei auf dem Hals. Ein Ehemann hat das Recht, seine Frau durch die Polizei nach Hause bringen zu lassen.

Es hilft nichts, sie wird sich einmischen müssen. Zumal sie diesen Otto Schütz mehr als widerlich findet und sich wundert, wie es seine Frau so lange mit ihm ausgehalten hat. Aber es wird Ärger geben, der sich leider auch auf die Fabrik auswirken wird. Ein Polizeieinsatz auf ihrem Grund und Boden wäre unangenehm. Noch schlimmer wäre es, wenn Otto Schütz versuchen würde, seine Frau persönlich zurückzuholen, denn dann hätte er es nicht nur mit Oskar, sondern mit der halben Belegschaft der Fabrik zu tun, und die Folgen wären nicht abzusehen. Sie schickt Carla hinunter ins Dorf, um die Lage zu peilen, und setzt sich ins Büro, damit sie die Wartezeit wenigstens sinnvoll ausfüllt und die Bilanz des vergangenen halben Jahres angeht.

Natürlich stört sie ausgerechnet jetzt das Telefon, diese lästige Erfindung, die ihr in letzter Zeit bei jedem Klingeln einen unnützen kleinen Hoffnungsstoß versetzt.

Doch auch dieses Mal ist nicht Richard Goldstein am anderen Ende der Leitung.

»Guude, Schwesterlein! Wie geht's denn so? Man hört ja nichts.«

Josef flötet ungewöhnlich sanft. Ganz klar, er will etwas von ihr. Ilse wappnet sich, sie ist heute noch weniger als sonst in der Stimmung, irgendwelche Zugeständnisse zu machen.

»Das Lottchen fragt immer nach der Tante Ilse, das Kind ist ganz verrückt nach dir und will dich besuchen. Und die Irma hat neulich auch gesagt, sie macht sich schon Sorgen um dich, weil du gar net anrufst und auch net zu Besuch kommst …«

»Ich habe eine Fabrik zu leiten, Josef.«

»Ach ja, die Fabrik … Läuft's gut? Stell dir vor, die Irma hat neulich beim Juwelier Maxeiner in der Louisenstraße eines deiner Kästchen im Schaufenster gesehen …«

»Ja, wir liefern auch nach Bad Homburg. Die Kästchen gehen sehr gut.«

»Wie schön, wie schön …«, sagt er und räuspert sich.

Es klingt immer noch von oben herab, aber nicht sehr überzeugend. Sie schaut zum Fenster hinaus, ob Carla oder Oskar auf der Zufahrt zu sehen sind, und ist entschlossen, den Bruder abzuwimmeln. Sie hat heute Wichtigeres zu tun, als sich sein Geschwätz anzuhören.

»Entschuldige, ich bin etwas unter Druck und warte auf ein wichtiges Telefonat«, schwindelt sie. »Ich rufe heute Abend zurück.«

Aber Josef lässt nicht locker. »Weißt du, Ilse«, fährt er fort. »Die Sach ist folgende: Der Bau, der schreitet gut voran, die Mauern stehen, nur das Dach fehlt, aber das ist eine Kleinigkeit. In ein paar Wochen können wir das Restaurant eröffnen, im Mai, hab ich gedacht, wenn die Ausflügler kommen und das Wetter beständig ist …«

Warum schwatzt er ihr die Ohren voll? Sie sitzt wie auf heißen Kohlen und hofft, dass sich wenigstens Carla gleich unten an der Zufahrt zeigen wird.

»Leider gibt's grad jetzt ein kleines Problem mit dem Geld, weißt du?«, sagt er in harmlosem Ton. »Die Bank, die spurt net so, wie sie soll, da müsst man ein wenig nachhelfen, damit sie sich ruhig verhalten …«

Oha, denkt sie, und in ihrem Kopf schrillen alle Alarmglocken. Jetzt wird es offenbar, was ich die ganze Zeit über befürchtet habe. Er hat sich übernommen, kann die monatlichen Raten nicht zahlen, weil er keine Einnahmen hat. Das hätte er sich eigentlich denken können, mein schlauer Bruder.

»Da hab ich gedacht, du könntest uns ein wenig unter die Arme greifen. Schau, du wolltest die Villa ja sowieso verkaufen …«

»Was?«

»Das hast du doch immer gesagt …«

»Dass ich die Villa verkaufen wollte? Ja, träumst du, Josef? Davon war nie die Rede!«

»Erzähl mir doch keine Geschichten. Außerdem gehört die Villa sowieso zur Hälfte mir, die ist unser gemeinsames Erbe, das haben unsere Eltern so gewollt …«

»Wir haben einen Vertrag!«

»Darauf pfeif ich! Den werde ich anfechten, weil er sittenwidrig ist!«, schimpft er los. »Die Villa gehört zur Hälfte mir, ich verlange, dass du mich auszahlst oder verkaufst und mir meinen Anteil gibst! Fünfzigtausend Mark brauch ich sofort!«

Jetzt reißt ihr endgültig der Geduldsfaden. Zumal Carlas Silhouette unten am Weg auftaucht und sie sehr aufgeregt zu sein scheint, wie sie so mit eiligen Schritten zur Villa hinaufsteigt. Oskar ist nicht bei ihr, Helga auch nicht. Ein schlechtes Zeichen.

»Von mir bekommst du keinen Pfennig!«, sagt sie kurz angebunden in den Hörer und legt auf.

Nervös läuft sie hinaus, um Carla abzufangen, bevor sie vielleicht noch ins Büro kommt. Es ist besser, wenn die Arbeiter vorerst nichts von den neuesten Entwicklungen erfahren, sonst stockt wieder die Produktion, und sie sind sowieso schon im Rückstand.

»Na, das ist vielleicht eine Geschichte …«, fängt Carla schon auf dem Hof ganz aufgeregt an.

»Gehen wir hinüber!«

Im Wohnzimmer der Villa hört sie sich Carlas Bericht an und kommt aus dem Staunen nicht mehr heraus. Helga Schütz ist bei den Dorfladenfrauen, und wie es scheint, hat sie die Absicht, dort eine Weile zu bleiben.

»Wie soll das denn gehen? Was machen die, wenn der Ehemann kommt und sie mitnehmen will?«

Carla berichtet ausführlich. Sie hat vorgehabt, in den Laden zu gehen, Salz und Pfeffer zu kaufen, damit sie einen Anlass hat, und die Herta dabei geschickt auszuhorchen. Aber wie sie auf der Dorfstraße ist, sieht sie schon von Weiten, dass vor dem Laden mehrere Bäuerinnen und auch zwei Männer stehen, die ganz aufgeregt miteinander reden. Da hat sie sich dazugestellt und mitgehört.

»Seit gestern ist die Helga oben im Haus, aber es darf keiner zu ihr, die Herta und die Marthe verteidigen sie wie zwei Furien. Auch den Oskar haben sie wieder weggeschickt, der ist unverrichteter Dinge davongegangen, wohin, das weiß keiner.«

»Und der Otto Schütz?«

»Der hat sich bisher nicht blicken lassen. Aber die Bäuerinnen sind alle der Meinung, dass die Helga zu ihrem Mann zurückgehen muss. Weil die Ehe heilig ist und eine Frau zu Mann und Kind gehört, in guten wie in schlechten Zeiten.«

Ilse kennt die verbohrten Ansichten der Dörfler, die sich seit Hunderten von Jahren nicht verändert haben. Eine Trennung oder gar Scheidung ist in der dörflichen Tradition nicht vorgesehen, da kann einer Frau und Kind prügeln, Haus und Hof versaufen oder nebenrausgehen – die Ehe wird aufrechterhalten. Dennoch findet sie es traurig, dass gerade die Frauen, die meistens die Leidtragenden sind, auf die Einhaltung der Ehe pochen und sich gegen Helga Schütz stellen.

»Der Georg Altmann war auch dabei, aber der hat nur wenig geredet«, berichtet Carla. »Ganz beklommen hat er dreingeschaut, weil die Frauen ihm alle gesagt haben, er müsste ein Machtwort sprechen, damit seine Schwester die Helga zu ihrem Mann zurückschickt. Aber der Killinger Hannes, der hat laut geschimpft, dass es eine Sauerei sei und dass der Otto die Helga gar nicht verdient habe.«

Es scheint ja einiges los zu sein in dem sonst so stillen Dörfchen Dingelbach. Carla sorgt sich ganz schrecklich um Oskar Michalski und fürchtet, er könnte sich vielleicht etwas antun.

»Ach was!«, meint Ilse. »Der läuft jetzt wahrscheinlich durch Wald und Wiesen, um sich zu beruhigen; spätestens am Abend ist er wieder hier.«

»Ihr Gottvertrauen möchte ich haben, Frau Küpper!«

»Wenn ich das nicht hätte, wäre ich nicht Direktorin der Fabrik Pilz und Küpper.«

Carla erklärt, sie müsse oben in der Wohnung Fenster putzen, und geht mit Eimer und Lappen hinauf. Natürlich tut sie das, weil man von dort die Umgebung überblicken kann, und sie hofft, Oskar Michalski irgendwo in den Wiesen zu entdecken. Ilse lässt sie gewähren und begibt sich wieder in die Fabrik, erklärt den Arbeitern, dass Oskar heute Nachmittag frei habe, und macht sich wieder an ihre Bilanz. Zahlen sind ihre Leidenschaft, sie kann sich stundenlang in Aufstellungen und Übersichten vertiefen, und außerdem ist es eine gute Ablenkung von den anstehenden Problemen.

Bis zum Abend tut sich nichts, Oskar scheint immer noch nicht zurück zu sein, und nun beginnt auch sie sich langsam Gedanken zu machen. Die Arbeiter gehen nach Hause, sie prüft nach, ob alle Maschinen ordnungsgemäß ausgeschaltet sind, freut sich, dass morgen mehrere Bestellungen verpackt und versendet werden können, dann nimmt sie sich ihre Bilanz mit hinüber in die Villa, um dort weiterzuarbeiten. Auf dem Hof schaut sie noch einmal hinüber zum Gartenhaus – nein, es brennt kein Licht.

Natürlich ist Oskar das Thema beim gemeinsamen Abendbrot mit Carla. Sie bekommt zu hören, dass der arme Oskar sich entweder in den See gestürzt hat oder gemeinsam mit seiner Helga auf und davon ist. Zwischendrin erwähnt Carla, dass das Telefon zweimal geläutet habe, sie sei jedoch nicht drangegangen, weil sie ja oben die Fenster geputzt hätte.

»Wann war das?«

»Vor zwei Stunden … vielleicht auch später …«

Vermutlich ist es Josef gewesen, der ihr weitere wilde Drohungen entgegenschleudern wollte. Wie es scheint, steht ihrem Bruder das Wasser bis zum Hals – eigentlich müsste sie sich um ihn kümmern, immerhin ist er ihr einziger Verwandter, auch tun ihr die Kinder leid. Sie seufzt. Vielleicht kann sie ein vernünftiges Gespräch mit ihm führen, wenn er sich wieder beruhigt hat. Dann müsste er ihr allerdings seine finanzielle Lage offenlegen, was er ganz sicher nicht gern tun wird. Aber nur so kann sie abschätzen, wie sie ihm helfen kann. Notfalls ist sie bereit, ihm eine kleine Summe zu leihen – oder besser gesagt zu schenken –, damit er aus dem gröbsten Schlamassel herauskommt. Aber nur dann, wenn es Sinn macht und das Geld nicht in einem Fass ohne Boden nutzlos verschwindet. Sie hat eigentlich vorgehabt, endlich das Dach des Lagers erneuern zu lassen – aber Familie geht vor, dann wird es halt noch ein Weilchen länger durchregnen, sie sind ja daran gewöhnt.

»Drüben im Gartenhaus ist immer noch alles dunkel«, stöhnt Carla. »Ich rechne mit dem Schlimmsten. Ach Gott, der arme Oskar. So ein lieber Kerl. Alsfort die Weibergeschichten!«

Ilse lässt sich überreden, ein paar Runden »Mau-Mau« mit ihr zu spielen, weil Carla »auf gar keinen Fall schlafen kann«. Vorher stöpselt sie das Telefon aus – sie braucht jetzt weder Josefs Wuttiraden noch den winzigen, blödsinnigen Hoffnungsstich, den jedes Telefonläuten in ihr auslöst. Ihre Nerven schleifen auch so schon am Boden.

Kurz vor zehn Uhr, als Carla bereits ausgiebig gähnt, klingelt es an der Haustür. Die Karten fliegen durchs Zimmer, Carla stürzt hinunter, um die Tür zu öffnen.

»Herr Michalski!«, hört Ilse ihre Haushälterin inbrünstig ausrufen. »Gott sei Dank! Wir haben uns schreckliche Sorgen um Sie gemacht!«

Was er zur Antwort murmelt, kann sie nicht verstehen, aber er steigt die Treppe hinauf und klopft an die Wohnzimmertür.

»Kommen Sie herein, Oskar!«

Er schaut gar nicht mal so verzweifelt aus, wie sie befürchtet hat, nur hohläugig ist er, vermutlich hat er in der letzten Zeit kaum geschlafen.

»Ich wollte mich bei Ihnen entschuldigen, Frau Küpper …«

»Geschenkt. Setzen Sie sich da auf den Sessel, ich hab mit Ihnen zu reden.«

Sie wirkt wieder ziemlich bärbeißig, so ist sie nun einmal; dass sie auch eine sensible Seite hat, braucht niemand zu wissen. Er gehorcht brav, setzt sich aber nur auf die Kante des Sessels, weil er fürchtet, den schönen Brokatstoff zu beschmutzen. Seine Kleider sind tatsächlich in keinem sauberen Zustand, sie hat richtig vermutet, er ist stundenlang in Wald und Wiesen herumgeirrt.

»Ich werde die fünf Stunden von heute Nachmittag nacharbeiten …«, sagt er. Aber das interessiert sie nicht.

»Ich habe erfahren, dass Helga Schütz derzeit drunten im Dorfladen wohnt«, sagt sie. »Und jetzt wüsste ich gern, was Sie vorhaben.«

Er lässt den Kopf hängen und fährt sich mit beiden Händen durch das dunkle Haar. »Wenn ich das nur selber wüsste, Frau Küpper …«

Er war natürlich unten im Dorfladen, wollte mit seiner Helga sprechen, sie sehen, ihr sagen, dass er sie liebt, dass er zu ihr hält und zu allem bereit ist.

»Sie hat mir ausrichten lassen, dass sie vorerst niemanden sehen mag und erst einmal zu sich kommen muss. Das hab ich einsehen müssen, auch wenn's mir schwerfällt …«

Sie will sich scheiden lassen. Das weiß er nicht von Helga, sondern von Ida. Er war die ganze Zeit über beim Hannes Killinger, weil er weiß, dass sich dort die Ida mit ihren Freunden oft herumtreibt. Sie kümmern sich um den Willibald, den Hengst, locken ihn mit Futter und wollen ihn gefügig machen.

»Der Killinger Hannes ist einer, der denkt anders als die Leute im Dorf«, berichtet er. »Das weiß ich schon lange, weil ich auch früher öfter bei ihm gewesen bin. Ein Polterer ist er, ein grober Klotz mit seinen Schmiedefäusten. Aber das Herz hat er auf dem rechten Fleck.«

»Soso …«

Mit dem Schmied hat Ilse nur ein paar Mal beruflich zu tun gehabt. Er hat einige Reparaturen für sie ausgeführt, das war in Ordnung, aber seine Preise fand sie recht unverschämt. Nun ja …

»Er hat gemeint, man muss auf die Helga aufpassen. Weil es ja sein könnte, dass ihr Mann sie mit Gewalt heimholen will. Er selbst geht immer mal wieder zum Dorfladen, um nachzuschauen, ob dort alles in Ordnung ist …«

Das kann der Schmied Killinger tun, weil er sich die Arbeit selber einteilen kann und einen Gesellen hat, dem er das Schmiedefeuer anvertrauen kann. Oskar aber muss in ihrer Fabrik arbeiten – wie soll das gehen, wenn er alle Stunde hinunter ins Dorf läuft, um nach seiner Helga zu sehen? Nun – wenigstens scheint die Gefahr, dass er seine Liebste mit hinauf ins Gartenhaus nimmt, vorerst gebannt.

»Das Schlimmste ist, dass ich sie nicht sehen darf und nicht mit ihr sprechen kann«, stöhnt Oskar. »Dabei gibt es so viel, was ich ihr sagen muss. Ich könnte rein verrückt werden – da ist sie nun oben in einer Kammer über dem Dorfladen, ich bräuchte nur die Stiege hinaufzugehen und wäre bei ihr. Aber sie will es nicht. Und gegen ihren Willen mag ich es nicht tun …«

»Das wäre auch nicht klug, Oskar«, meint sie tadelnd. »Soll das ganze Dorf mitbekommen, dass sie von Ihnen besucht wird? Sie wissen doch ganz genau, welche Gerüchte über Sie und Helga Schütz im Umlauf sind!«

»Aber … wenn sie sich wirklich scheiden lässt … dann muss ich doch wissen, ob sie zu mir kommt. Oder ob sie vielleicht gar nichts mehr von mir wissen will.«

»Schreiben Sie ihr!«

Er schaut sie an, wie vom Mond gefallen. Einen Brief schreiben – an so etwas hat er bisher nicht gedacht. Er ist ein Praktikus, findet sich in alles hinein und versteht komplizierte Maschinen, ohne je eine Anleitung gelesen zu haben. Das Lesen und das Schreiben jedoch ist nicht seine Sache.

»Aber … es könnte sein, dass ich eine Menge Fehler mache, und dann wird sie mich auslachen … oder enttäuscht von mir sein«, wendet er verzagt ein.

Ilse findet diese Sorge unbegründet. Erstens ist Helga Schütz vermutlich auch nicht ganz sattelfest, was die deutsche Rechtschreibung betrifft, und zweitens kommt es bei solchen Briefen auf ganz andere Dinge an.

»Schreiben Sie einfach, was Ihnen durch den Kopf geht«, rät sie. »Wenn sie Sie liebt, dann wird sie es verstehen. Und auch antworten.«

Wie sein Brief zu Helga gelangen soll, ist kein großes Problem. Ida kriegt das schon hin. Das Mädchen ist klug, sie wird es so machen, dass niemand etwas davon erfährt.

»Papier und Schreibzeug kann ich Ihnen geben«, erbietet Ilse sich und steht auf, um ihren Schreibblock und einen Bleistift aus der Schublade zu nehmen. Sie legt ihm auch einen Radiergummi dazu, für alle Fälle. Er nimmt ihre Gaben zögernd entgegen, bedankt sich und erklärt, er wolle es versuchen, es sei eine wunderbare Idee, auf die er selbst gar nicht gekommen wäre. Damit geht er hinüber ins Gartenhaus, und sie kann sehen, wie dort das Fenster hell wird. Vermutlich sitzt er jetzt vor dem leeren Blatt, nagt am Bleistift und grübelt, denkt sie amüsiert. Aber er wird das schon hinbekommen, schließlich geht es um seine große Liebe.

Carla ist inzwischen schlafen gegangen, auch sie selbst ist jetzt müde und hat wenig Lust, sich wieder an ihre Bilanz zu machen. Trotzdem kann sie schlecht einschlafen, die Sache mit Helga Schütz und den Frauen im Dorfladen geht ihr im Kopf herum.

Wie mutig sich diese Marthe Haller auf einmal erweist! Bisher hat sie in ihr eher die glatte, stets freundliche Geschäftsfrau gesehen, die Kriegerwitwe, die ihre drei Töchter mit dem kleinen Dorfladen durchbringt, fleißig, berechnend und etwas borniert. Jetzt auf einmal sieht sie Marthe Haller in anderem Licht. Was sie da veranstaltet, kann ihr eine Menge Ärger einbringen und dem Laden Schaden zufügen. Aber das scheint ihr egal zu sein.

Man soll eben nie einen Menschen nach dem äußeren Schein beurteilen, denkt sie. Im Guten wie im Schlechten. Da erweist sich eine einfache Ladenbesitzerin als Heldin, und ein Mann, der sich als charmant, gebildet und sympathisch darstellt, ist in Wirklichkeit ein jämmerlicher Feigling. Sie widersteht der Versuchung, das Telefon wieder einzustöpseln. Er ruft sowieso nicht an. Es ist vorbei, das muss sie endlich einmal einsehen.

Am folgenden Morgen ist Oskar als Erster in der Fabrik und legt sich wieder mächtig ins Zeug. Carla begibt sich hinunter ins Dorf, um die neuesten Nachrichten zu erfahren. Bei ihrer Rückkehr schaut sie kurz in die Fabrik und redet drei Takte mit Oskar. Aha – sie haben wohl ein Abkommen – Carla als Spionin. Vorerst scheint alles ruhig zu sein, denn Oskar arbeitet fleißig und engagiert. Es werden bestellte Waren für die Bahn fertig gemacht, die Mädchen bauen wieder Kästchen zusammen, jeder ist auf seinem Posten, und Willi Bommel fegt die Späne zusammen. Ilse ist fürs Erste erleichtert und breitet wieder die Unterlagen für die Bilanz im Büro aus. Das Telefon schweigt höflich und schont ihre Nerven. Das Schlimmste, was ihr jetzt passieren kann, ist, dass ihr Bruder Josef anreist und ihr eine Szene macht.

Gegen zehn stapft der Briefträger über den Hof und drückt ihr einen Stapel Post in die Hand, den sie schnell durchblättert, um nachzuschauen, ob etwas Dringendes dabei ist.

Da trifft sie der Stich mitten ins Herz. Ein Umschlag mit handgeschriebener Adresse, sie kennt die Schrift, sinkt auf ihren

Bürostuhl und starrt auf den Papierkorb. Nicht aufmachen. Wegwerfen. Verbrennen. Es kommt nichts Gutes dabei heraus.

Dann schämt sie sich für diesen Gedanken. Nein, sie wird sich diesem Schreiben stellen, es gründlich lesen und jedes Wort auf sich wirken lassen. Seine laue Entschuldigung für das lange Schweigen. Die Ankündigung, dass er die Wohnung – unter irgendeinem fadenscheinigen Vorwand – doch nicht mieten will. Freundlich-unverbindlicher Gruß. Fertig. Aus. Ende.

Sie benutzt den Brieföffner, um den Umschlag aufzuschneiden, und zieht ein Schreiben heraus. Büttenpapier mit eingestanztem Wappen. Was sonst? Vornehm geht die Welt zugrunde. Auch Hoffnungen kann man aufwendig begraben.

Sehr verehrte, gnädige Frau,
ich schreibe Ihnen diese Zeilen, da ich Sie gestern telefonisch nicht erreichen konnte. Um Ihnen mein ausgedehntes und unverzeihliches Schweigen zu erklären, muss ich ein wenig ausholen.
Nach dem Vorfall in der vergangenen Woche habe ich einige Zeit gebraucht, um mit mir selbst ins Reine zu kommen. Wie alle Männer bin ich eitel, sehe mich gern erfolgreich, bewundert, geliebt und war in dem Glauben, einen günstigen Eindruck auf Sie gemacht zu haben.
Dieses Ereignis hat mir brutal vor Augen geführt, dass ich ein hilfloser, geradezu feiger Mensch bin, der in einem Augenblick, in dem Mut und Entschlossenheit vonnöten gewesen wären, gründlich versagt hat. Ich habe mich in meinem Wagen verkrochen, anstatt Ihnen zur Seite zu stehen, ich habe bewundernd und erschrocken zugesehen, wie Sie sich für einen Bekannten einsetzten und dabei nicht einmal vor einer körperlichen Auseinandersetzung zurückschreckten.
Mir ist bewusst, dass ich Sie durch mein Verhalten irritiert und

vermutlich auch enttäuscht habe. Dennoch muss ich dazu stehen: Ich bin kein Held, nur ein ganz gewöhnlicher Mensch mit seinen Unzulänglichkeiten und Mängeln.
Ich mache Ihnen dieses Geständnis, weil mir sehr viel an Ihnen und unserer Freundschaft liegt und weil ich mich trotz allem der Hoffnung hingebe, Sie könnten für meine Fehler ein gewisses Verständnis aufbringen.
Falls dem so sein sollte, bitte ich Sie, mir eine Nachricht zukommen zu lassen, es wäre mir sehr wichtig.
Und wenn ich ganz und gar unbescheiden sein darf, wage ich, Ihnen mitzuteilen, dass ich – falls Sie nicht inzwischen anderweitig verfügt haben – an der Wohnung in Ihrer schönen Villa nach wie vor interessiert bin.
Mit vorzüglicher Hochachtung
Ihr ergebener
Richard Goldstein

Kapitel 32

Da gibt es einige Dinge, die Ida überhaupt nicht passen. Richtig wütend ist sie. Auf ihre Mutter. Auf Frieda. Auf die Helga Schütz, die sich einfach bei ihnen einquartiert hat und Mamas Kammer beschlagnahmt. Mama schläft jetzt bei Herta und Frieda oben in der Kammer und Ida in der Küche auf der Ofenbank. Die ist viel zu kurz, sie muss die Knie anwinkeln und sich wie eine Katze zusammenkauern, aber das ist ihr egal. Um nichts in der Welt hätte sie Herta oder Frieda diesen Küchenplatz zugestanden, weil sie hier unten wenigstens ihre Ruhe hat.

Alles ist aus den Fugen, und um ihre Belange kümmert sich kein Mensch. Vor ein paar Tagen ist Lehrer Hohnermann bei der Mutter gewesen und hat ihr erklärt, dass Ida gute Chancen hätte, auf der Schillerschule in Frankfurt Abitur zu machen. Er hat ein Formular mitgebracht, das die Mutter unterschreiben und wegschicken müsste, um Ida zur Prüfung anzumelden. Aber natürlich hat Mama das Blatt nicht unterschrieben, sondern herumliegen lassen.

»Wir müssen darüber reden, Ida«, hat sie gesagt.

Dann ist die Geschichte mit der Helga passiert, und Mama hat sich um die Anmeldung überhaupt nicht mehr gekümmert. Dabei ist die Zeit ohnehin knapp; wenn das Blatt jetzt nicht weggeschickt wird, kann sie nicht zur Prüfung fahren. Also hat sich Ida das Formular genommen und Mamas Unterschrift daruntergesetzt. Dann hat sie eine Briefmarke und einen Umschlag aus dem Laden stibitzt, die Adresse der Schule in Schönschrift draufgeschrieben und es in den Postkasten auf dem Kirchanger geworfen. Not kennt kein Gebot. Wenn Mama keine Zeit für sie hat, muss sie eben selber schauen, dass sie zurechtkommt.

Frieda, na, die ist fein heraus. Sie hat sich mit Mama versöhnt, ist ihr heulend um den Hals gefallen, und jetzt darf sie sogar die Großmutter besuchen und sich von ihr Kleider und Schuhe kaufen lassen. Das ist ja alles ganz nett, Ida gönnt es ihrer Schwester, aber natürlich hat sie Ida bei dieser Versöhnung in die Pfanne gehauen.

»Du hast ihr verraten, dass ich dir die ganze Zeit über geholfen hab!«

»Hab ich nicht!«

»Hast du doch! Geht ja gar nicht anders, wenn du ihr alles erzählt hast. Jetzt bist du die liebe Tochter und ich bin die böse. Vielen Dank, Schwester. Das war das letzte Mal, das ich dir geholfen hab.«

»Das ist doch alles Quatsch, was du da redest«, hat Frieda geschimpft. »Ich hab mich bei Mama für dich eingesetzt, hab ihr gesagt, dass du auf die Schillerschule gehen willst und dass du das Zeug hast, eine Ärztin oder eine Rechtsanwältin zu werden …«

»Ach ja? Und was hat Mama dazu gesagt?«

»Nichts …«, gesteht Frieda kleinlaut.

»Großartige Hilfe!«

»Aber die Oma hat gemeint, dass du jederzeit zu ihr kommen kannst …«

»Das weiß ich auch so.«

Gestern hat Frieda sogar in Frankfurt übernachtet, angeblich bei einer Mitschülerin, die Annemarie Stumpf heißt. Aber Ida glaubt ihr das nicht, viel wahrscheinlicher ist, dass Frieda eine Aufführung im Schauspielhaus angeschaut und dann bei der Großmutter geschlafen hat. Ida ist neidisch auf die Schwester, die auf einmal solche Freiheiten genießt, während sie selbst nichts als

Schwierigkeiten hat. Nächste Woche ist Ostern, am Montag gab es Zeugnisse, aber sie muss diesen Freitag schon nach Frankfurt zur Aufnahmeprüfung fahren. Das Geld für die Fahrkarte will Frieda ihr geben, die bekommt immer mal etwas von der Großmutter zugesteckt. Wenn Ida Glück hat, merkt die Mutter gar nicht, dass sie nach Frankfurt gefahren ist, weil sie sich ja vom Morgen bis zum Abend nur noch um die Helga Schütz kümmert. Höchstens, dass Herta es herausfindet und der Mutter verrät. Aber Herta ist momentan ziemlich durcheinander, läuft herum wie Falschgeld und stöhnt, dass das alles »böse enden wird«.

Ansonsten ist im Laden die Hölle los, seitdem die Helga bei ihnen ist. Nicht dass die Frauen mehr als sonst kaufen würden, aber sie stehen ständig im Laden herum, schauen in alle Ecken, als ob sich die Helga hinter dem Gurkenfass oder unter dem Ladentisch versteckt hätte, und reden dummes Zeug daher. Dass eine Ehefrau zu Mann und Kind gehöre. Dass es in einer Ehe nun einmal gute und schlechte Zeiten gäbe. Die Frau Pfarrer hat erzählt, ihr Mann habe den Otto Schütz aufgesucht und der Otto habe aufrichtige Reue gezeigt. Nun sei es an der Helga, ihm zu vergeben und zu ihm zurückzukehren. Und alle Frauen haben dazu eifrig genickt.

Die Frau Pfarrer ist eine falsche Schlange, Ida kann sie nicht ausstehen. Hat sie doch der Mutter neulich erzählt, es sei fraglich, ob Ida im Mai konfirmiert werden könne, da sie schon sechs Mal im Konfirmandenunterricht gefehlt habe. Vor allen Leuten im Laden hat sie das gesagt, und die Frauen haben bedenkliche Gesichter gemacht. Herta hat sich so für ihre kleine Schwester geschämt, dass sie ganz rot geworden ist. Aber da hat die Mutter zum Glück zu ihr gehalten und entgegnet, ihre Tochter sei krank gewesen, dafür könne sie schließlich nichts.

Natürlich war sie nicht krank, sie hat den langweiligen Konfirmandenunterricht geschwänzt, weil sie die Kirchenlieder sowieso auswendig kann und die Bibeltexte auch. Außerdem hat sie die Bibel von vorn bis hinten durchgelesen, da kann der Pfarrer ihr nichts vormachen. Das Neue Testament ist eher langweilig, weil die gleiche Geschichte vier Mal erzählt wird. Die anderen Sachen, vor allem die Offenbarung des Johannes, sind besser. Aber kein Vergleich zu den Geschichten im Alten Testament, da ist richtig was los, Mord und Totschlag, Betrug, Hinterlist und heiße Liebe – da braucht der Pfarrer ihr nicht mit der heiligen Ehe und christlicher Vergebung zu kommen. Sie weiß Bescheid. Konfirmiert will sie trotzdem werden, weil das eine schöne Feier ist und weil es da vielleicht Geschenke gibt. Außerdem ist man nach der Konfirmation so gut wie erwachsen.

Oben in Mamas Kammer geht es zu wie im Taubenschlag. Die Anni hockt fast den ganzen Tag über bei ihrer Tochter und jammert ihr etwas vor. In der Mittagspause geht Herta zur Helga hinauf und bringt ihr etwas zu essen, und nach Ladenschluss sitzt die Mutter droben, und sie unterhalten sich. Am ersten Abend ist Onkel Schorsch gekommen, aber bald wieder gegangen, dann hat der Pfarrer sie besucht, später ist der Alberti Rudolf aufgekreuzt. Herta ist schrecklich beleidigt, weil sie nicht hineingehen und zuhören darf. Frieda stört sich nicht daran, sie lernt ihre Rollentexte und ist froh, wenn sie ihre Ruhe hat.

»Was gibt's da so viel zu schwatzen?«, regt sich Herta auf. »Sie soll sich davonmachen und zu ihrem Mann zurückgehen. Hier bringt sie nur alles durcheinander.«

Ida weiß, was da geredet wird, weil sie an der Tür gelauscht hat. Der Herr Pfarrer hat Helga natürlich ermahnt, zu ihrem Ehemann zurückzukehren, das war nicht anders zu erwarten. Sie hat ihm aber gesagt, dass sie das unter keinen Umständen tun wird, was Ida ausgesprochen mutig findet. Onkel Schorsch hat gemeint, so könne das nicht gehen, er wolle keinen Ärger mit dem Otto Schütz bekommen. Die Helga solle entweder zu ihrem Mann gehen oder irgendwo anders hin, sie könne auf keinen Fall bei seiner Schwester bleiben.

Aber da ist die Mama ihm beinahe ins Gesicht gesprungen. »Du hast mir gar nichts zu sagen!«, hat sie ihn angefaucht. »Dies ist mein Haus und nicht deines. Und ich beherberge hier, wen ich will!«

»Dann musst du auch die Folgen tragen!«, hat Onkel Schorsch geantwortet. Gleich darauf ist er gegangen, und Mama hat die Helga beruhigen müssen, die gemeint hat, sie wolle lieber nach Frankfurt gehen und sich eine Stellung suchen, weil sie Marthe Haller kein Unglück ins Haus tragen will.

»Hier bleibst du!«, hat die Mutter gesagt. »Und wenn ich das sag, dann mein ich das auch so!«

Der Alberti Rudolf ist aus einem ganz anderen Grund gekommen. Er will der Helga bei der Scheidung helfen, die muss man beim Gericht einreichen und dazu ein Formular ausfüllen. Aber das ist schwierig, weil sie dazu die Heiratsurkunde braucht, und die hat der Otto. Schließlich hat der Alberti Rudolf gesagt, dass man besser einen Rechtsanwalt beauftragen soll, der die Dokumente herbeischaffen kann. Aber da ist halt fraglich, wer ihn bezahlen soll. Die Helga hat ja kein Geld.

»Gibt es denn nicht einen Verwandten oder Bekannten«, hat der Alberti Rudolf vorsichtig gefragt. »Könnte der nicht vielleicht helfen?«

Natürlich hat er den Oskar Michalski gemeint. Aber das will die Helga nicht, sie will es allein durchstehen. Ganz schön blöd, hat Ida gedacht. So kommt sie jedenfalls nicht zurecht.

Einmal hat Herta sie an der Tür erwischt und sich darüber aufgeregt, dass sie lauscht, aber Ida hat sich nichts draus gemacht, weil sie weiß, dass Herta nur in den Flur gekommen ist, um selber das Ohr an die Tür zu legen. Sie hat weder Herta noch Frieda etwas von dem erzählt, was sie gehört hat. Nur dem Oskar.

Der war schon am folgenden Tag unten beim Killinger Hannes, hat in der Schmiede geholfen und dem Willibald sanft die Nüstern gestreichelt. Aber der Willibald ist jetzt im Frühling noch wilder als sonst, er hat sich nur kurz streicheln lassen, dann hat er die Mähne geschüttelt und ist über die Weide galoppiert.

»Der riecht die Stuten«, hat Ida fachkundig erklärt.

Oskar hat sich gefreut, dass sie gekommen ist, und wie sie es sich schon gedacht hat, wollte er wissen, wie es der Helga geht.

»Gut«, hat Ida gemeint.

Dass die Helga einen Schnitt über der Stirn und eine dick geschwollene Nase hat, brauchte er ja nicht zu wissen. Aber sie hat vom Pfarrer erzählt und dass die Helga auf keinen Fall zurückgehen will, sondern die Scheidung einreichen wird.

»Bloß kostet der Rechtsanwalt Geld. Und das hat sie nicht.«

Oskar hat ganz bekümmert den Kopf geschüttelt und sie gebeten, der Helga Grüße auszurichten. »Kannst du ihr auch sagen, dass ich ihr das Geld geben will?«

»Das kann ich schon tun. Aber sie will's nicht haben.«

»Hat sie das gesagt?«

»Ja.«

»Und warum nicht?«, hat er bang gefragt.

»Weil sie allein fertig werden will. Darum.«

Da hat er recht verzweifelt dreingeschaut und ist über die Wiesen hinauf in den Wald gelaufen. Das war Ida ganz recht, weil der Koppel Hans und der Schmidtkunz Rudi zur Pferdeweide gekommen sind und sie gefragt haben, wann sie denn in die Frankfurter Schule gehen würde, um das Abitur zu machen. Ganz hämisch haben sie das gefragt, weil sie nicht daran glauben, dass sie es schafft.

»Nach den Osterferien«, hat sie behauptet.

»Das glaubst du doch wohl selber net!«

»Wirst schon sehen!«

»Was willst denn du mit einem Abitur? Du bist doch bloß ein Mädchen!«, hat der Schmidtkunz Rudi gemeint.

Ausgerechnet der Rudi, der drei Vierer im Zeugnis stehen hat und sogar in Religion nur eine schwache Drei bekommen hat, will ihr so was erzählen. Da kommt er bei Ida schlecht an.

»Beim Abitur kommt's erst mal drauf an, dass du was im Kopf hast. Wer wie du eine hohle Birne hat, den nehmen sie gar net erst!«

Da ist der Rudi wütend geworden und hat ihr einen Stoß gegeben, dass sie mit dem Rücken gegen den Pfosten von der Pferdekoppel geprallt ist. Aber sie hat sich das nicht bieten lassen und ist auf ihn los, hat ihn ins Knie getreten, dass er aufgeschrien hat. Weil der Koppel Hans nun aber dem Rudi hat helfen wollen, ist sie rasch auf die Weide zum Willibald geschlüpft. Da ist sie sicher gewesen, denn die beiden Buben haben Angst vor dem Willibald.

»Komm doch, komm doch«, hat sie die beiden gelockt. »Der Willibald freut sich, der macht Pferdeäppel aus euch!«

Da hat der Rudi kräftig ausgespuckt, und sie sind davongegangen. Seitdem weiß Ida, dass sie mit den Dingelbacher Buben nichts mehr zu tun haben will. Die haben nur Stroh im Kopf und glauben, sie wären was Besonderes, weil sie einen Zipfel am Bauch haben.

Am nächsten Tag kommt der Oskar schon um die Mittagszeit zur Pferdeweide, und er gibt ihr einen zusammengefalteten Brief.

»Ich hab schon heut früh auf dich gewartet«, sagt er. »Aber da bist du net da gewesen. Ich muss gleich wieder hinauf in die Fabrik ...«

Den Brief soll sie der Helga geben. Aber so, dass es keiner merkt.

»Das mach ich schon«, sagt sie großspurig und steckt den zusammengefalteten Brief in ihre Jackentasche.

Am Nachmittag hat sie sich damit ins Schlafzimmer gesetzt

und hat ihn gelesen. War ja kein Umschlag drum, und zugeklebt war auch nichts. Und überhaupt will sie wissen, was sie da überbringt – hinterher bekommt die Mutter Ärger, und sie ist schuld, weil sie heimliche Briefe austrägt. Aber es war nur die Rede davon, dass er die Helga ganz schrecklich liebt und ohne sie nicht leben will, dass sie ihm ein Zeichen geben soll, ob sie ihn noch will, und dass er sie auf Händen tragen wird, wenn sie erst seine Frau ist. Ida hat sich gewundert, dass der Oskar, der sonst ein recht vernünftiger Mensch ist, solch wirres Zeug zu Papier bringt. Aber die Liebe macht wohl blind und blöde, das sieht man auch am Willibald, der über die Weide galoppiert und wie ein Besessener wiehert.

Am Donnerstagvormittag, als Ida sich in die Schlafkammer zurückgezogen hat, um die Bücher, die Lehrer Hohnermann ihr gegeben hat, noch einmal anzuschauen, hört sie auf einmal die Stimme vom Schütz Otto.

Jetzt ist's passiert, denkt sie. Der ist gekommen, um die Helga zu holen. Sie wirft die Bücher beiseite und läuft die Treppe hinunter in den Laden. Da steht tatsächlich der Otto vor dem Ladentisch und ist ganz rot im Gesicht. Die Mutter steht auf der anderen Seite vom Ladentisch; Herta hat sich zur Küchentür geflüchtet.

»Gib den Weg frei, Marthe!«, sagt Otto drohend. »Ich will zu meiner Frau!«

Hinten bei der Eingangstür drücken sich die Marlis Alberti und die Lore Dippel aneinander und schauen mit starren Augen auf das Geschehen. Draußen vor dem Laden stehen auch Leute, die kann Ida nicht so genau erkennen, weil der Otto ihr im Blickfeld steht.

»Die Helga will dich nicht sehen, Otto«, sagt die Mutter. »Geh wieder heim, hier richtest du nichts aus.«

Aber damit ist der Schütz Otto nicht einverstanden, das darf er auch nicht, weil er sich vor dem ganzen Dorf lächerlich macht, wenn er vor Marthe Haller den Schwanz einzieht. Er geht um den Ladentisch herum und will in die Küche, weil man von dort aus hinauf in die Kammern geht. Aber da stellt sich die Mutter neben Herta an die Küchentür, und er müsste zuerst die beiden Frauen zur Seite schieben. Wie er aber den Arm ausstreckt, da schreit die Mutter mit schriller Stimme: »Wenn du mich anfasst, zeig ich dich an! Die Polizei hol ich. Wegen Hausfriedensbruch bring ich dich vor Gericht …«

Der Otto lacht sie aus und packt sie trotzdem an der Schulter.

»Die Polizei? Die sind auf meiner Seite. Weil ich der Ehemann bin und das Recht hab, meine Frau heimzuholen!«

Jetzt wird gerangelt. Die Mutter steht an der Küchentür wie eine Eins und lässt sich nicht wegschieben. Auch Herta bleibt auf ihrem Posten, das verwundert Ida am meisten. Da will sie nicht zurückstehen, schließlich gehört sie auch zur Familie. Wie der Otto jetzt energischer wird und Kraft anwendet, kommt Ida von hinten und tritt ihm in die Kniekehlen.

»Lass meine Mama los, du Watz! Du Schlechtschwätzer!«

Sie hat gut getroffen, der Otto knickt mit dem rechten Bein ein und dreht sich wie ein angestochener Stier zu ihr um.

»Dir geb ich gleich was, du Dreckskröte!«, schreit er und grapscht nach ihr.

»Wenn du dich an meinem Kind vergreifst, kratz ich dir die Augen aus!«, faucht die Mutter und packt Otto an der Jacke.

Ida ist geschickt zurückgesprungen, aber leider ist da der Ladentisch im Weg, und sie muss rasch hinaufsteigen, damit Otto sie nicht erwischt. Zwei Bonbongläser fallen herunter, eine Packung Grieß und ein Pfund Salz rutschen hinterher. Sie hört, wie die Marlis laut »Hilfe!« ruft, dann geht auf einmal die Küchentür auf, und die Helga steht da.

»Ich bin hier, Otto!«, sagt Helga. »Du kannst mich zwingen,

mit dir zu kommen. Aber ich werde nicht bleiben. Bei der ersten Gelegenheit geh ich wieder fort!«

Der Otto freut sich, dass er sein Ziel erreicht hat. Er grinst zufrieden und fasst die Helga bei der Hand. Die Mutter will sich dazwischenwerfen, sie ist stur und mag nicht nachgeben, aber die Helga schüttelt den Kopf. »Lass gut sein, Marthe. Ich werd schon allein fertig.«

Es kommt, wie es kommen muss. Der Otto, der Mistkerl, zerrt seine Frau um den Ladentisch herum zur Tür, und sie folgt ihm, ohne sich zu wehren. Ida hockt auf dem Ladentisch und würde dem Otto gern die dicken Gewichte von der Waage an den Kopf werfen, aber sie ist nicht sicher, dass sie nicht vielleicht die Helga trifft, deshalb lässt sie es bleiben. Da klingelt auf einmal die Ladenglocke, die Tür geht auf, und der Killinger Hannes steht auf der Schwelle. Breit ist er und hat eine weite Jacke über der ledernen Schmiedeschürze, sodass er noch breiter ausschaut.

»Ich hätt da was mit dir zu bereden, Otto«, sagt er ganz ruhig mit seiner tiefen Stimme.

Alle sind auf einmal still, der Otto bleibt stehen, aber er hält die Helga fest an der Hand.

»Ich hab jetzt keine Zeit, Hannes!«

Aber der Killinger Hannes verharrt auf der Schwelle und stemmt die Arme in die Seiten.

»Es ist mir eilig, Otto«, meint er gelassen. »Sonst kommt's Schmiedefeuer zum Erliegen.«

Natürlich hat der Otto begriffen, dass ihm da einer im Weg steht, und er weiß auch, dass der Killinger Hannes ihn mit einem Schlag umhauen könnte. Schon weil er selber seit dem Krieg nicht mehr so kräftig ist wie zuvor.

»Misch dich net in Sachen, die dich nichts angehen, Hannes!«, droht er. »Sonst muss ich dich beim Gericht anzeigen.«

Dafür hat der Killinger Hannes nur ein schwaches Grinsen. »Ist eine Sach unter Männern«, meint er. »Da lass einmal die Helga gehen, die muss das net mithören.«

»Ich warn dich, Hannes«, schimpft der Schütz Otto. »Geh beiseite, oder ich …«

Aber da hat sich die Helga mit einer raschen Bewegung losgerissen und ist hinter den Ladentisch gelaufen. Gleich ist die Mutter da und stellt sich vor sie. Ida springt vom Ladentisch, um der Mutter zu helfen, und auch Herta ist zur Stelle. Der Otto stiert verblüfft zur Helga hinüber und dann wieder zum Killinger Hannes, der jetzt langsam in den Laden hineingeht.

»So schnell kann's gehen, Otto«, meint er. »Und jetzt kommst mit mir hinaus, dass wir miteinander reden!«

Das will der Otto aber auf keinen Fall. Er fängt an zu fluchen, nennt den Hannes einen Drecksack, einen hergelaufenen Sibbesortelumpen und schwört, dass er das teuer bezahlen wird. »Mit dir hab ich gar nix zu schwätzen«, schimpft er und weicht ein Stück zurück. »Mit der da hab ich zu schwätzen.«

Er starrt zu den Ladenfrauen hinüber und meint natürlich die Helga, die hinter ihnen steht. Ganz dunkelrot ist sein Gesicht jetzt, die Augen quellen hervor, und die Lippen sind bläulich. Man kann richtig Angst vor ihm bekommen.

»Die Scheidung, die kannst du haben, du Sauhure«, schreit er. »Aber net so, wie du dir das denkst. *Ich* lass mich scheiden. Aus dem Haus werf ich dich, du verkommenes Mensch, du. Ins Armenhaus kannst gehen, ohne Schuh und in Lumpen, weil alles mir gehört. Alles! Und der Heinz, der bleibt bei mir. Den siehst du im Leben net wieder, weil der Bub so eine Mutter wie dich net verdient hat!«

»Bist fertig mit deiner Rede?«, fragt der Killinger Hannes, als Otto zwischendrin Luft holen muss.

»Und du, sieh dich vor!«, sagt Otto und spuckt vor ihm aus.

»Um Haus und Hof bring ich dich, das schwör ich dir. Betteln kannst geh'n, wenn ich mit dir fertig bin!«

Er torkelt. Wie er jetzt zur Tür will, macht ihm der Killinger Hannes freiwillig Platz und lässt ihn nach draußen gehen. Da steht das halbe Dorf versammelt, weil es sich in Windeseile herumgesprochen hat, dass der Schütz Otto seine Frau heimholen will. Nun muss er ohne die Helga die Stufen hinunter auf die Dorfstraße steigen und Spießrutenlaufen bis zu seinem Hof. Die Leute machen ihm Platz, empörte und belustigte Blicke folgen ihm, einige Frauen halten sich die Hand vor den Mund und wollen nicht glauben, was sie da gesehen haben, andere schütteln entrüstet den Kopf und flüstern miteinander. Die Männer schauen düster drein und sagen nichts, der Müller Dippel blickt feindselig zum Killinger Hannes, der jetzt am Ladeneingang zu sehen ist und ein zufriedenes Gesicht macht. Aber das ist nichts Neues, der Dippel Alfred hat den Schmied noch nie leiden können.

Die Lore Dippel bleibt noch im Laden, weil sie sich nicht hinaustraut, dafür kommt jetzt Onkel Schorsch herein und fängt an zu schimpfen.

»Jetzt haben wir den Schlamassel«, fährt er die Mutter an. »Weil du net auf mich hast hören wollen …«

Dann ist er auf einmal still, weil die Helga am Boden sitzt und sich stöhnend den Arm hält.

»Das kommt davon«, schimpft er und ist ganz betroffen. »Das wär alles net nötig gewesen …«

»Den Arm hat sie sich wieder ausgekugelt, wie sie sich losgerissen hat«, unterbricht die Mutter ihn. »Die Marlis ist schon draußen, dass sie den Rudolf holt.«

Rudolf Alberti ist zum Glück nicht weit, er steht mit dem Pfarrer und Lehrer Hohnermann beim Zaun vom Pfarrgarten, und wie seine Frau ihm zuruft, dass er gebraucht wird, läuft er eilig herbei. Ida geht mit in die Küche, wo sich die Helga auf den

Küchentisch legen und den Arm von sich abspreizen soll. Herta muss sich gegen den Küchenschrank lehnen, weil ihr schlecht wird, als der Rudolf jetzt an dem ausgekugelten Arm zieht, damit er wieder an die richtige Stelle rutscht. Die arme Helga ist kreidebleich dabei und beißt die Zähne zusammen, dass es knirscht – es muss scheußlich wehtun. Aber wie der Arm dann wieder drin ist, setzt sie sich mühsam auf und lächelt ein bisschen.

»Er hat gesagt, er will sich scheiden lassen«, flüstert sie. »Wenn's nur wahr wär!«

»Dem bleibt gar nichts anderes übrig«, meint die Mutter zu ihr. »Weil er sich sonst vor dem ganzen Dorf blamiert.«

Den Rest des Tages bleibt die Helga droben in der Kammer, der Alberti Rudolf hat ihren Arm mit Tüchern festgebunden, damit sie nicht aus Versehen eine dumme Bewegung macht und ihn sich wieder auskugelt. Im Laden gibt's nicht viel zu tun, die Leute sind wieder an die Arbeit gegangen. Ein paar Frauen stehen noch beim Kirchanger und erzählen denjenigen, die das große Ereignis verpasst haben, wie der Otto Schütz seine Frau hat heimholen wollen und es nicht zustande gebracht hat. Auch Frieda, die gegen Abend mit dem Zug kommt, will von Ida genau wissen, wie sich alles zugetragen hat.

»So ein Pech«, seufzt sie. »Da passiert endlich einmal etwas in diesem Kaff, und da bin ich net da!«

Ida fasst sich kurz, sie muss noch für morgen lernen. Die Lage ist günstig, denn die Mutter sitzt mit dem Alberti Rudolf und Onkel Schorsch oben in der Kammer bei der Helga, um zu bereden, was sie nun tun können. Also schleppt Ida ihre Bücher hinunter in die Küche und verbringt die halbe Nacht beim trüben Schein der Lampe lesend auf der Küchenbank. Danach schläft sie tief und fest wie ein Murmeltier, wacht aber am Morgen schon beim ersten Hahnenschrei auf. Sie hat noch Zeit, der Zug fährt erst um halb sieben, aber sie muss die Bücher verstecken und hinauf in die Schlafkammer schleichen, um sich frische Unterwäsche und Socken zu holen. Auf der Treppe hört sie Herta schnarchen und denkt sich, dass es leicht sein wird, weil alle drei noch fest schlafen. Dann entdeckt sie ein Bündel vor der Schlafkammer und freut sich – Frieda hat ihr ein paar Sachen zusammengesucht, auch die guten Schuhe dazugestellt und einen Zettel hineingelegt.

Ich denk an dich, Ida! Du schaffst es!

In den Zettel hat sie das Fahrgeld eingewickelt. Ida nimmt alles mit hinunter, wäscht sich in der Küche und zieht sich an. Dann holt sie Speck und Brot aus der Speisekammer, packt alles in einen Beutel und schleicht durch den Garten aus dem Haus. Bloß nicht zu lange in der Küche bleiben, sonst kommt Herta herunter, die immer die Erste sein muss, und stellt dumme Fragen. Sie geht an der Kirche vorbei und setzt sich auf die Bank unter der Linde, um erst mal zu frühstücken, dann läuft sie über die Brücke und durch die Wiesen hoch zum Bahnhof.

Der Zug ist mächtig voll, aber sie ergattert einen Sitzplatz, weil sie schneller ist als ein dürrer Angestellter mit einer Ledermappe unter dem Arm.

»Kinder müssen aufstehen, wenn ein Erwachsener kommt!«, schimpft er und beschwert sich beim Schaffner.

»Ich fahre zum Arzt, weil ich eine kranke Lunge habe«, sagt sie und schaut erbärmlich drein. Dazu hustet sie zwei Mal. Da lässt der Schaffner sie sitzen, aber die Frau neben ihr rückt von ihr weg und meint, sie solle sich ein Taschentuch vorhalten, wenn sie husten muss.

Bis Frankfurt versucht sie noch ein wenig zu schlafen, aber es geht nicht, weil sie zu aufgeregt ist. An der Hauptwache steigt sie aus und läuft durch den morgendlichen Stadtverkehr hinunter zum Schauspielhaus. Den Weg kennt sie, Frieda hat ihr alles genau erklärt. Sie muss über die Brücke auf die andere Seite vom

Main bis zum Schweizer Platz. Da geht's rechts in die Morgensternstraße hinein, in der die Schillerschule ist. Ganz leicht zu finden.

Aber auf dem Schweizer Platz gibt es kein Straßenschild, auf dem »Morgensternstraße« steht. Schüler, die dorthin laufen, sieht sie auch nicht – kein Wunder, es sind ja Osterferien. Also geht sie erst mal in die Irre, muss wieder zurück und fängt an zu schwitzen, weil sie jetzt wahrscheinlich zu spät kommt. Wen kann sie fragen? Den Radfahrer, der mit einem Korb voller Brötchen an ihr vorbeifährt? Der hat keine Zeit. Die beiden Herren mit Mantel und steifem Hut, die sich angeregt unterhalten? Die sind bestimmt unfreundlich. Schließlich fragt sie eine junge Frau, die mit einem Einkaufskorb unterwegs ist.

»Die Schillerschule? Du liebe Zeit, da biste hier ganz danebbe. Da gehste jetzt rübber und die Gass hoch und dann nach links …«

Ida bedankt sich und rennt los. Diesmal stimmt die Richtung. Da, das muss die Schule sein. Allerdings schaut dieses Gebäude eher aus wie eine Festung, so abweisend und grau. Riesengroß kommt es ihr vor, beinahe so klobig wie das Schauspielhaus. Aber neben dem gewölbten Eingangstor steht auf einer Messingplatte: *Schillerschule*.

Die Eingangshalle ist so hoch wie die Dingelbacher Kirche, nur größer und hässlicher. Ein älterer Mann mit grauem Arbeitskittel und X-Beinen kommt aus einer Seitentür und fragt, wohin sie will.

»Da biste spät dran, Mädsche!«, sagt er und weist ihr den Weg.

Durch einen langen Flur, die letzte Tür auf der linken Seite. Ihre Schritte hallen laut von den Wänden zurück, als liefe hier ein ganzes Regiment Soldaten. Das soll eine Schule sein? Wo ist das Klassenzimmer? Und der Pausenhof? Hier sind nur Wände und schmale Fenster, durch die man Straßen und Häuser sehen kann. Nirgendwo ein Baum oder eine Wiese.

Auf der Tür steht »Aula«. Ein Wort, das sie noch nie gehört hat. Drinnen empfängt sie ein großer Saal, der von vielen hohen Fenstern beleuchtet wird, an einem Ende gibt es eine Bühne mit einem Podium. Ein Theater? Nein – unten stehen Tische und Bänke. An jeder Bank sitzt ein Mädchen und schreibt, Ida zählt rasch durch, es sind fünfundzwanzig. Eine ältere Frau in weißer Bluse und dunklem Rock geht zwischen den Tischen umher und passt auf, dass keine schummelt. Sie blickt Ida stirnrunzelnd an, als sie hereinkommt.

»Wer bist du denn?«, flüstert sie, weil sie die schreibenden Mädchen nicht stören will. »Bist du angemeldet?«

»Ich hab mich verlaufen«, sagt Ida. »Ich bin Ida Haller aus Dingelbach.«

Die Frau schaut sie von oben bis unten an, dann nickt sie und lächelt freundlich. »Ach ja, das Mädchen aus Dingelbach. Dann setz dich mal hier an den Tisch. Hast du einen Bleistift? Nein? Dann bekommst du einen von mir.«

Aha, das ist eine Lehrerin. Sie trägt eine Brille und hat das Haar fest nach hinten gesteckt. Aber sie ist freundlich zu Ida, bringt ihr einen Stapel Blätter und legt ihr die Aufgaben vor.

»Du hast noch ein paar Minuten Zeit, die Fragen zu beantworten, Ida. Wenn du es nicht schaffst, darfst du zehn Minuten nacharbeiten. Gleich gibt es ein Diktat, das musst du mitschreiben. Dann stelle ich Rechenaufgaben …«

»Danke schön …«

Auf dem Blatt stehen sechs Fragen. Sie sind leicht zu beantworten, es geht um Geografie, Botanik und Geschichte. Ida schreibt die Antworten hin und ist noch vor den anderen fertig. Das Diktat ist schon schwieriger, weil darin knifflige Wörter vorkommen, aber das hat Lehrer Hohnermann mit ihr geübt, und sie hat sich alles gemerkt. Die Rechenaufgaben sind pipileicht, geradezu ein Witz, die hätte sie im Schlaf lösen können.

Das war schon alles. Ida ist verblüfft, sie dachte, die schwierigen Teile der Prüfung kommen erst. Nun weiß sie gar nicht, warum sie sich die halbe Nacht um die Ohren geschlagen hat.

Hoffentlich lernt man wenigstens später im Unterricht was Anständiges, denkt sie. Sonst gefällt mir diese Schule gar nicht. Später, als sie heimgehen dürfen, schaut sie sich die Mitschülerinnen an. Lauter Stadtziegen, fein angezogen und hochnäsig. Sie schwatzen miteinander, jammern, wie schwer die Prüfung war, und Ida erntet abschätzige Blicke für ihren blauen Wollrock und die gestrickten Socken. Zwei Mädchen drehen sich kichernd weg und flüstern sich etwas zu. Sie versteht das Wort »Dorftrampel«.

Na, es wird sich ja erweisen, wer hier etwas im Kopf hat, denkt sie ärgerlich. Schön anziehen kann sich jede, wenn sie reiche Eltern hat. Denen wird sie es zeigen.

Eigentlich könnte sie jetzt noch die Großmutter besuchen, aber sie verschiebt es auf später. Vorerst hat sie genug von Frankfurt. Sie sehnt sich nach den grünenden Wiesen und Äckern, nach dem plätschernden Bachlauf, nach dem Hengst Willibald und überhaupt nach Dingelbach. Die Stadt ist hässlich.

Kapitel 33

»Wir sind doch net katholisch, Helga! Bei denen ist die Ehe ein Sakrament und die Scheidung eine Sünde. Bei uns Evangelischen aber nicht.«

Es ist schon erstaunlich, was die Marthe ihr so alles erzählt. Helga ist verwirrt. Ja, sie will die Scheidung. Aber sie sieht sich als eine Sünderin, eine Verlorene, die niemals wieder Gnade vor Gottes Augen finden kann. Das ist der Preis, den sie für ihre Freiheit zahlen muss.

»Ich hab's vor dem Altar gelobt ...«

»Da hast du noch geglaubt, dass der Otto ein anständiger Mensch wär. Aber das war ein Irrtum. Und deshalb gilt das net.«

So ganz mag sie der Marthe nicht glauben. Schon weil Pfarrer Seybold ganz anderer Meinung ist und sie beschworen hat, zu ihrem Ehemann zurückzukehren. Trotzdem ist es schön, mit Marthe Haller über diese Dinge zu reden. Wie mutig sie denkt! Geradezu ketzerische Ansichten hat sie. Dabei kommt Marthe doch aus Dingelbach, aus einer Bauernfamilie, während sie selbst in der Stadt groß geworden ist.

»Der Bruno, der hat mir die Augen geöffnet«, sagt Marthe. »Wie wir zwei in Dingelbach geheiratet haben, da hat das ganze Dorf kopfgestanden. Weil der Bruno einer aus der Stadt war und auch noch ein ›Studierter‹. Was hab ich da net alles zu hören bekommen.«

Damals lebte Helga noch nicht in Dingelbach, aber sie erinnert sich, dass die die Gertrud hie und da ein böses Wort über den

»Hergelaufenen« hat fallen lassen. Eingekauft haben sie trotzdem im Dorfladen. Schon, weil's praktisch war und man nicht nach Steinbach oder gar nach Oberursel hat fahren müssen, wenn man bloß ein paar Knöpf und eine Rolle Nähgarn gebraucht hat.

»Da hab ich die Leut im Dorf auf einmal mit anderen Augen gesehen«, sagt Marthe. »Weil der Bruno ein braver, anständiger Mensch gewesen ist und ich net hab verstehen können, warum sie ihn mir net gönnen wollen.«

Marthe hat das Glück gehabt, einen guten und liebevollen Ehemann zu finden! Ihre schönste Zeit sei das gewesen, erzählt sie. Goldene Jahre, die in ihrer Erinnerung bleiben, auch wenn sie vorbei sind und nicht wiederkehren.

Der Bruno ist nicht aus dem Krieg zurückgekommen, denkt Helga. Aber der Otto ist heimgekehrt. Warum ist Gott so ungerecht? Wenn schon einer von beiden sterben musste, warum ausgerechnet der arme Bruno?

Helga ist gläubig, sie schämt sich für diesen sündigen Gedanken. Gott hat Marthe den Liebsten genommen, aber er hat ihr dafür drei wunderbare Töchter geschenkt. Und Marthe hat er die Kraft gegeben, ihre Mädchen ganz allein großzuziehen. So ist der göttliche Ratschluss zwar hart, aber doch letztlich weise und gut gewesen.

Und was hat Gott der Herr mit ihr vor? Wird es auch für sie irgendwann wieder ein Leben geben, mit dem sie zufrieden sein kann? Vielleicht – aber der Weg dorthin ist voller Steine und Klippen. Gott hat auch ihr einen Mann geschickt, der lieb und anständig ist – aber das war nicht ihr Ehemann, und das kurze Glück, das sie mit Oskar erlebt hat, war gegen die göttliche Ordnung. Und auch die Scheidung ist eine Sünde, da kann die Marthe reden, wie sie will – daher wird Gott der Herr sie nun strafen. Sie wird mit ihrer alten Mutter mittellos auf der Straße stehen und darf ihr Kind niemals wiedersehen.

»Da ist das letzte Wort noch net gesprochen«, sagt Marthe energisch. »Glaub mir, es gibt immer einen Weg.«

Helga ist gerührt. Dass ausgerechnet die Marthe vom Dorfladen ihr so mutig beisteht, hätte sie nicht geglaubt. Marthe Haller ist ihr immer als eine ernste und harte Frau erschienen, die vor allem darauf schaut, dass sie mit ihrem Dorfladen über die Runden kommt. Wenn Helga es sich recht überlegt, dann wird die Marthe im Dorf zwar von allen respektiert – aber eine Freundin hat sie nicht. Auch sie selbst hat die Dorfladenfrau nie als eine Freundin gesehen.

»Warum tust du das, Marthe? Ich hab ein schlechtes Gewissen, dass ich dich in eine solche Bedrängnis bringe!«

»Brauchst net zu haben, Helga. Ich will's so, und so geschieht's!«

Es hat eine Weile gedauert, bis Marthe mit der Sprache herausgerückt ist. Da war Helga schon ein paar Tage bei ihr, und sie sind sich in ihren abendlichen Gesprächen nahgekommen.

»Das ist gleich nach unserer Hochzeit gewesen, Helga. Da hat der Bruno gemeint, es wär gut, wenn er am Abend in den ›Raben‹ geht, damit die Dingelbacher nicht glauben, er hielte sich für was Besseres. Ich hab noch gesagt: ›Tu's net!‹ Aber er ist gegangen.«

Marthe macht eine Pause und starrt vor sich hin. Wie viel Hass in ihrem Gesicht ist! Helga begreift auf einmal, dass es da etwas gibt, was die Marthe nicht vergessen und vergeben kann. Oder will.

»Betrunken haben sie ihn gemacht, dass er kaum noch stehen hat können«, stößt Marthe in verhaltenem Zorn hervor. »Dein Otto, der war der Anführer, der hat sich einen Spaß draus gemacht, den Bruno vor allen lächerlich zu machen. Durchs Dorf haben sie ihn getrieben in der Nacht, auf ihn eingeschlagen, dass er immer wieder zusammengebrochen ist. Er hat keine Bauernfäuste gehabt, mein Bruno. Er war zart und konnt sich nicht wehren. Der Otto hat ihn am Schluss in den Dorfbrunnen gesteckt und getunkt, und da haben sich alle, die dabei waren, halb totgelacht. Das wär die Dingelbacher Dorftaufe, hat der Otto gesagt.«

Helga schaudert es. Nein, der Otto ist nie ein anständiger Mensch gewesen, auch nicht damals, als sie geheiratet haben. Das hat sie sich nur eingebildet. Verblendet war sie.

Marthe weiß noch genau, wer damals dabei gewesen ist, alle Namen hat sie im Kopf behalten und wird sie auch nicht vergessen. Einige sind später im Krieg gestorben, aber der Dippel Alfred nicht. Und auch der Vater vom Heini Schmidtkunz nicht.

»Der Schorsch, mein Bruder, hat mir geholfen, den Bruno aus dem Brunnen zu ziehen. Fast wäre er dort ertrunken, weil er kein Bewusstsein mehr gehabt hat. Drei Tag hat er mit hohem Fieber im Bett gelegen, dass ich schon geglaubt hab, er stirbt mir …«

Der Schorsch Altmann ist auch dabei gewesen. Er hätte es verhindern wollen, hat er seiner Schwester gesagt. Aber der Otto hat ihn nicht gelassen. Er war stark wie ein Stier damals vor dem Krieg, der Otto.

»Wie auch immer«, sagt Marthe und schaut Helga mit hartem Blick an. »Ich hab's dem Otto nicht vergessen, was er meinem Bruno angetan hat. Und darum steh ich dir bei, Helga.«

Sehr froh ist Helga nicht über diese Begründung. Hilft Marthe ihr wirklich nur, weil sie den Otto so sehr hasst? Aber warum dann die langen Gespräche am Abend, in denen Helga so viel über Marthe erfahren hat wie kaum jemand im Dorf? Von ihrer ersten Zeit mit dem Bruno in Dingelbach. Von der hochnäsigen Großmutter, die nichts von ihr wissen wollte. Sie hat ihr sogar ein Bündel Feldpostbriefe gezeigt, die der Bruno ihr geschrieben hat – der letzte ist aus Frankreich gekommen am 28. Juli 1916. Kann es sein, dass Marthe froh ist, sich einmal öffnen zu können? Wem kann sie die alten Geschichten erzählen, wenn sie keine Freundin im Dorf hat? Ihren Töchtern nicht, die will sie damit nicht belasten. Die schlimme Sache mit dem Dorfbrunnen hat sie ihnen verschwiegen. Wie so vieles andere.

Und dann ist das passiert, was sie alle befürchtet haben – Otto ist in den Laden gekommen, um sie zurück auf den Schützhof zu holen. Helga hat sich vorgenommen, den Ladenfrauen keinen Ärger zu machen, sie wollte freiwillig mitgehen, aber nur, um bei der nächsten Gelegenheit wieder davonzulaufen. Auch wenn er sie einsperrt und wieder prügelt – sie bleibt nicht bei ihm. Aber es ist ganz anders gekommen, und das verdankt sie nicht nur der Marthe Haller, sondern auch dem Killinger Hannes. Der ist immer ein eigenwilliger, besonderer Mensch gewesen, und sie hat den Verdacht, dass er kein guter Christ ist, weil er am Sonntag nur selten in die Kirche geht. Aber an diesem Tag hat der liebe Gott ihn zu seinem Werkzeug gemacht, um sie vor ihrem Ehemann zu beschützen. Ist das ein Zeichen gewesen, dass es für sie tatsächlich einen Weg zu einem guten Ende gibt? Marthe Haller ist jedenfalls dieser Ansicht.

»Wenn der Otto so blöd ist, selber die Scheidung einzureichen, dann muss er halt auch das Gericht und einen Anwalt zahlen«, meint sie erfreut. »Geld hat er ja.«

Aber wird er das auch tun, oder war es nur eine leere Drohung? Zumindest die Reden der Gertrud weisen darauf hin, dass Otto Schütz es mit seiner Scheidungsabsicht ernst meint. Gertrud kommt jetzt täglich in den Dorfladen und ist drauf aus, das geknickte Ansehen ihres Sohnes zu stärken.

»Die Helga hat doch sowieso nichts getaugt«, sagt sie zur Guckes Karin. »Auf einem Bauernhof, da brauchst eine Frau vom Land und keine Städterin, die im Kuhstall die Nas hochzieht. Das hab ich meinem Otto gleich gesagt, aber er hat net hören wollen. Gott sei Dank ist er nun endlich klug geworden …«

Was sie nicht erzählt, das weiß die Helga von der Anni, die immer noch bei Lenchen Grossmann auf dem Hof wohnt.

»Den Adam hat der Otto rausgeworfen«, hat die Anni berichtet. »Weil er für dich geredet hat, und das hat der Otto net hören wollen. Der Adam ist jetzt bei uns auf dem Grossmannhof, und der Fritz, der Sohn vom Herbert, der ist heilfroh darum.«

Lenchen Grossmann hat bestimmt, dass die Anni bei ihnen bleiben kann. Weil sie immer eine gute Nachbarin und Freundin gewesen ist und weil sie beide doch das gleiche Alter haben. Auch der Herbert hätte das so gewollt, wenn er noch am Leben wär.

»Um mich brauchst du dir keine Sorgen zu machen, Mädchen«, sagt Anni zärtlich. »Aber was aus dir und dem Heini wird, das lässt mich net ruhig schlafen.«

Dass sie ihren Buben nicht wiedersehen soll, ist für Helga das Schlimmste. Kann es wirklich Gottes Ratschluss sein, dass der Heini seine Mutter für immer verliert und beim Vater bleiben muss, den er hasst? Man sieht den Heinz nur selten auf dem Hof, hat Anni erzählt. In der Schule ist er bis zu den Osterferien nicht mehr gewesen, es heißt aber, die Gertrud sei freundlich zu ihm und der Otto sei bemüht, ein guter Vater zu sein. Wenn man's nur glauben könnte.

»Da ist's gut, dass ich gleich gegenüber auf dem Grossmannhof bin«, freut sich die Anni. »Da kann der Bub zu mir hinüberlaufen. Das wird auch der Otto net verhindern können.«

Da ist der Helga auf einmal ein Licht aufgegangen, und Marthe hat sie darin bestärkt.

»Auch wenn der Heinz beim Vater bleiben muss«, hat sie zu Helga gesagt. »Wenn du hier in Dingelbach wohnst, dann kann er zu dir kommen, da kann der Otto nichts dagegen tun. Weil er den Bub ja net Tag und Nacht einsperren kann.«

Das erscheint Helga richtig. Das könnte eine Hoffnung, ein Weg sein. Aber wie soll sie das bewerkstelligen? Auf dem Grossmannhof ist kein Platz mehr für sie, das weiß sie. Den Dorfladenfrauen darf sie nicht weiterhin zur Last fallen, es ist schon jetzt eine Zumutung, weil sie alle zusammenrücken müssen und die arme Ida unten in der Küche schläft.

»Ich wüsste schon, wer dir da weiterhelfen kann«, sagt Marthe bedeutungsvoll.

Helga weiß natürlich, wen sie meint. Alle Leute im Dorf warten nur darauf, dass sie mit dem Oskar Michalski davonläuft. Und tatsächlich ist das ihr erster Gedanke gewesen, als sie den Brief gelesen hat, den Ida ihr gebracht hat. Ganz durcheinander ist sie gewesen, als sie all seine Geständnisse und Liebesschwüre entziffert hat. Er wartet auf sie, er steht zu ihr, er will sie heiraten. Sie braucht ihm nur zu schreiben, dass sie einverstanden ist, dann wird er mit ihr fortgehen und sie glücklich machen.

Aber gleich darauf hat sie gewusst, dass es der falsche Weg wäre. Weil sie hier in Dingelbach bleiben will, denn sie hat ein Kind, das sie nicht verlassen kann. Sie hat einen Ehemann, von dem sie noch nicht geschieden ist. Und selbst wenn einmal die Scheidung ausgesprochen ist – wird Oskar bereit sein, sie in Dingelbach zu dulden? Werden die Dingelbacher ihnen nicht das Leben zur Hölle machen, weil sie eine geschiedene Frau ist und Oskar ein Fremder, der sogar polnische Eltern hat?

Das alles schreibt sie auf die Rückseite des Briefs, den er ihr geschickt hat, denn sie will ehrlich zu ihm sein und ihm keine falschen Hoffnungen machen. Und auch sich selbst will sie kein Liebesglück vorspiegeln, das bald in Scherben zerbricht.

Ida ist am folgenden Morgen nicht zu finden, aber am Nachmittag taucht sie ganz harmlos in Helgas Kammer auf.

»Geht's gut?«, fragt sie. »Ist der Arm wieder drin?«

»Ja, Gott sei Dank. Ich muss noch ein wenig vorsichtig sein, hat der Alberti Rudolf gesagt.«

»Aber schreiben können Sie, oder?«, fragt Ida und blinzelt ihr zu.

»Schreiben kann ich«, sagt Helga verlegen.

»Dann her damit. Ich glaub, der platzt vor Ungeduld.«

Ida steckt das Blatt grinsend in ihre Rocktasche, wirft die roten Zöpfe zurück und nickt Helga verschwörerisch zu.

»Wird erledigt. Mit Blitzpost ohne Marke und Stempel.«

»Ich dank dir, Ida. Kann ich irgendetwas für dich tun? Schau einmal, dein Rock hat an der Seite einen Riss bekommen. Den könnte ich flicken …«

Ida ist nicht übermäßig interessiert, sie hat ständig Risse in der Kleidung, weil sie über Zäune steigt und auf Bäume klettert. »Wenn's Ihnen Spaß macht …«, meint sie schulterzuckend. »Mama näht net gern.«

Helga ist froh, eine Möglichkeit gefunden zu haben, sich nützlich zu machen, und tatsächlich ist Marthe hocherfreut, als Helga sie um ihr Nähzeug bittet. »Das Nähen ist noch nie mein Ding gewesen«, gesteht sie. »Die Flickarbeiten macht immer Herta, aber bei Idas Kleidern kommt sie kaum noch hinterher.«

»Da kann ich ihr zur Hand gehen«, sagt Helga. »Sie soll mir ein paar Sachen bringen, da schau ich einmal, was ich ausrichten kann.«

Herta kommt noch am gleichen Abend, kaum dass der Laden geschlossen ist, mit einem Bündel Kleider zu ihr hinauf.

»Magst du dich zu mir setzen?«, fragt Helga. »Dann nähen wir miteinander und können ein wenig schwatzen.«

»Wenn ich dich net langweile …«

»Aber woher denn? Ich muss mich noch für die schönen Heftchen bedanken, die du mir gebracht hast.«

»Haben sie dir gefallen?«, fragt Herta, ganz rot vor Verlegenheit.

»Ja, stell dir vor – einige hab ich sogar noch gekannt. Weil ich früher, als ich noch ein junges Mädchen war, auch immer die Groschenheftchen gekauft hab.«

Herta ist diejenige der drei Mädchen, die es am schwersten hat, findet Helga. Früher hat sie die grämlich dreinblickende Herta nicht gemocht, es war netter, sich im Laden von Frieda oder auch von Marthe bedienen zu lassen, weil man da schnell ins Gespräch kam. Jetzt, da sie hier im Haus wohnt, hat sie Herta von einer anderen Seite erlebt. Sie hat ihr einen Stapel ihrer heißgeliebten Groschenromane gebracht und dabei verlegen gemeint: »Das hilft dir vielleicht gegen den Kummer und die Schmerzen, Helga. Wenn man das liest, dann ist man auf einmal in einer anderen, schöneren Welt.«

Geholfen hat es Helga zwar wenig, weil sie sich vor lauter Sorgen nicht auf Romane über Prinzen und adelige Fräulein einlassen kann. Aber sie war von der guten Absicht gerührt, hat die Heftchen mit Dank angenommen und auch ab und zu einmal hineingeschaut. Nun sitzen sie beieinander, stopfen Strümpfe und flicken die Risse in Idas Kleidern, und Herta redet eifrig über ihre Lieblingsromane, in denen immer ein armes Mädchen vorkommt, das am Schluss den Prinzen heiratet.

»Ich würd auch gern heiraten«, sagt sie leise. »Aber ich glaub, mich nimmt keiner. Weil ich halt gegen die Frieda nicht ankomm. Die ist so hübsch und fröhlich, dass jeder, der in den Laden geht, nur noch die Frieda sieht …«

Helga ist momentan nicht in der Stimmung, irgendjemandem, auch nicht Herta, zu einer Ehe zu raten. Aber sie versteht gut, dass sich Herta zurückgesetzt fühlt. Frieda ist wie ein fremder, bunter Vogel, der sich in dieses Dorf verflogen hat und von allen angestaunt wird. Da hat die stille Herta keine Chance. Und wie zum Trotz trägt sie eine unnahbare Miene zur Schau, redet kaum mit den Kunden und zieht die alten Kleider ihrer Mutter an. Die sind ihr obenherum zu groß, weil Marthe einen stattlichen Busen hat und Herta eher schmalbrüstig ist.

»Wenn wir dein Kleid ein bisschen enger nähen, schaut es hübscher aus«, schlägt Helga vor. »Schau mal, wir könnten es hier raffen und den Saum kürzen. Du bist doch ein junges Mädchen und keine alte Frau.«

Herta lässt sich überreden, sie ist sogar begeistert, als sie sich nach der gelungenen Umwandlung im Spiegel betrachtet.

»Und jetzt zeig ich dir einmal, wie du dein Haar besser aufsteckst«, rät Helga. »Net immer so straff nach hinten und mit diesem Knötchen. Das haben wir früher immer ›die Glaubensfrucht‹ genannt, weil das so fromm und brav ausschaut.«

Es tut ihr gut, dass sie der armen Herta zu ein wenig Lebensfreude verhelfen kann, weil es sie von den eigenen Sorgen ablenkt. Und wie es scheint, hat sie mehr Erfolg damit, als sie geglaubt hat. Am Sonntag nach der Kirche steht nicht nur Herta in ihrer Kammer, auch Frieda hat sich eingefunden.

»Die Herta hat erzählt, dass du ihr ein Kleid genäht hast, Helga«, meint sie aufgeregt. »Richtig hübsch schaut das aus. Und da hab ich mir gedacht, dass du vielleicht auch etwas für mich nähen könntest. Natürlich nur, wenn es dir nicht zu viel Arbeit macht. Schau, ich hab da ein Modeheft mitgebracht, und in der Truhe im Flur, da hat die Mutter Kleider aufgehoben. Die hat Tante Lina von den Stadtfrauen letztes Jahr für Milch, Speck und Eier eingehandelt. Aber weil sie der Luise net gefallen haben, hat sie sie der Mama geschenkt.«

Helga ist etwas überrumpelt. Sie hat das Kleid ja nur verändert, aber ein ganz neues Kleid nach modischem Schnitt aus alten Beständen zu nähen, das ist eine schwierige Aufgabe.

»Da müssen wir zuerst deine Mutter fragen, ob du die Sachen aus der Truhe überhaupt nehmen darfst.«

Marthe Haller zeigt sich geneigt, auf den Wunsch ihrer Tochter einzugehen. »Bevor dir die Großmutter eines dieser albernen Schimmikleider kauft, wo oben und unten nichts dran ist – meinetwegen.«

Die Truhe im Flur ist eine Weile nicht geöffnet worden, sie

knarrt bedenklich, als Marthe den Deckel hebt, und ein intensiver Duft nach Naphthalin entströmt ihrem Inneren.

»Puh!«, meint Frieda und hält sich die Nase zu. »Das müssen wir erst mal waschen, sonst stinke ich das ganze Schauspielhaus voll.«

Marthe wühlt in den aufeinandergeschichteten Stoffen herum und zieht zwei Kleider und einen Mantel heraus. Aber die Farben gefallen Frieda nicht, sie will selbst nachschauen, und bald ist der Flur mit ausgebreiteten Kleidungsstücken übersät. Glitzernde Abendroben, zarte Seidenhemdchen, Kleider mit enger Taille, wie man sie unter dem Kaiser getragen hat, hochgeschlossene Blusen mit Spitzen und lange Jacken aus teurem Wollstoff.

»Kriegt die Frieda jetzt ein Elfenkostüm?«, fragt Ida, die mit einem Buch unter dem Arm durch den Kleidersegen stapft. »Das da wäre genau richtig.«

Sie hebt ein durchsichtiges Seidenhemdchen hoch und wirft es ihrer Schwester über den Kopf. Dann flüchtet sie eilig in die Schlafkammer und macht die Tür hinter sich zu.

Frieda wählt eines der Kleider mit Taille, das hat einen weiten Rock, aus dem man gut ein modisches Gewand nähen kann. Der Schnitt ist einfach: Es soll die Figur locker umschmeicheln, nichts zeigen, aber viel ahnen lassen.

Marthe schüttelt den Kopf über diese Mode. »Wenn der Wind weht, drückt er das Kleid an den Körper, und man sieht alles! Aber einen anständigen Büstenhalter ziehst du an!«, verordnet sie der Tochter.

Noch am Abend hat Helga den Stoff auseinandergetrennt, Frieda hat die Teile gewaschen und auf die Leine gehängt, dann muss alles glatt gebügelt werden, und Helga macht sich ans Werk. Die erste Anprobe fällt großartig aus, Frieda dreht sich drei Mal schwungvoll im Kreis, sodass Helga Angst um die Stecknadeln bekommt, mit denen alles zusammengesteckt ist.

»Das ist famos!«, ruft Frieda. »So kannst du es zusammennähen!«

Aber Marthe ist der Ansicht, dass Helga auf keinen Fall stundenlang sitzen und sticheln soll, weil ihr dann ganz sicher der Nacken und die Arme wehtun. Ida wird hinüber zu Onkel Schorsch geschickt, der besitzt eine Nähmaschine mit Fußantrieb, die er einmal gekauft hat, weil die Lina sie unbedingt hat haben wollen. Die Schwägerin ist dann aber nicht mit der Maschine zurechtgekommen und hat doch lieber mit der Hand genäht.

»Die stellen wir ans Fenster, dass du genug Licht hast«, bestimmt Marthe. »Und wenn du schon dabei bist, dann kannst du auch für dich selber ein Kleid nähen. Oder willst du ewig in der Dorftracht herumlaufen?«

Daran hat Helga noch gar nicht gedacht. Bisher hat sie sich vor aller Welt bei Marthe Haller im Dorfladen versteckt, aber irgendwann muss sie wieder unter Menschen gehen. Alle ihre Röcke, Blusen, Mieder und was sonst zur dörflichen Tracht gehört, sind auf dem Schützhof geblieben. Die kann der Otto ruhig behalten – sie will diese Sachen nicht mehr haben.

»Ein Kleid – das wär schön«, sagt sie leise. »Ein dunkles Kleid, das ich am Karfreitag in die Kirche anziehen könnte.«

»In die Kirche willst du gehen?«

»Ja«, sagt sie. »Ich denk, es wär jetzt Zeit.«

Der Karfreitag ist der höchste Feiertag bei den Evangelischen, wichtiger noch als der Ostersonntag. Am Karfreitag fehlt kein einziges Gemeindeglied in der Kirche, auch der Killinger Hannes und der Dippel Alfred, die es mit dem Kirchgang sonst nicht so genau nehmen, sitzen dann fromm in der Kirchenbank und hören die Karfreitagspredigt von Pfarrer Seybold an. Seit Helga aus der Klinik gekommen ist, hat sie keinen Gottesdienst mehr besucht – aber nun, am Karfreitag, will sie sich wieder öffentlich im Dorf zeigen.

»Oder glaubst du, der Pfarrer schickt mich aus der Kirche, weil ich meinem Ehemann davongelaufen bin?«

»Das tut unser alter Pfarrer Seybold net«, meint Marthe. »Die Frau Pfarrer, die würd's wohl gern so machen – aber die hat da nichts zu sagen. Bloß die anderen – die werden dumm schauen.«

Das weiß Helga. Es ist eine Herausforderung an die Dorftradition, und es wird sich zeigen, was dabei herauskommt. Aber sie will es wissen.

»Ich setz mich ganz hinten in die letzte Bank«, kündigt sie an.

»Das tust du net!«, regt sich Marthe auf. »Du sitzt bei uns, zwischen mir und der Frieda. Da sollen sie sich die Mäuler zerreißen am heiligen Karfreitag.«

Nun sitzt Helga Tag und Nacht an der Nähmaschine. Zuerst hat sie sich mit dem Gerät nicht recht ausgekannt, die Maschine hat nicht nähen wollen, und wenn sie doch ein paar Stiche getan hat, ist der Faden gerissen. Aber dann hat Ida wieder einen Brief gebracht, und wie sie die Nähmaschine gesehen hat, wollte sie gleich damit nähen.

»Sie geht nicht, Ida.«

Das hat Ida nicht glauben wollen. Sie hat sich die Maschine angeschaut, hat ein bisschen herumprobiert und dann das feine Öl geholt, das sie für die alte Ladenkasse benutzen, die immer einmal klemmt. Da war die Nähmaschine schon williger, und schließlich hat Helga den Bogen herausgehabt. Das ist schon eine andere Sache, wenn man nicht Stich für Stich mit der Hand nähen muss, sondern eine ganze Naht einfach herunterrattert. Friedas Kleid ist im Nu fertig, und das eigene Kleid näht sie aus einem dunkelblauen Wollstoff, der einmal ein langer Mantel gewesen ist. Sie hat es so geschickt zugeschnitten, dass sogar noch ein Rest für eine kurze Jacke bleibt, die füttert sie mit einem Blusenstoff ab.

Am Karfreitagmorgen zieht sie die neuen Sachen an und kennt sich damit kaum wieder im Spiegel. Sie hat sich das Haar aufgesteckt, wie sie es früher als Mädchen getragen hat, und die feinen Strümpfe hat Marthe ihr geliehen.

»Gut schaust du aus«, sagt Frieda, als sie hinunter in die Küche kommt, um gemeinsam mit den Dorfladenfrauen zu frühstücken. »Eine ganz neue Helga!«

Bang ist ihr schon zumute, aber auch hoffnungsvoll, denn Oskar hat ihr geschrieben, dass er ihren Willen respektieren und auf sie warten wird, so lange es nötig ist. Wenn er nur weiß, dass sie ihn noch liebt. Als die Kirchenglocke zum Karfreitagsgottesdienst ruft, steht sie mit Marthe im Laden und schaut hinüber zum Kirchanger, wo die Dörfler vorbeigehen müssen, um zum Haupteingang des Kirchleins zu gelangen. Alle sind festlich angetan, die Männer in Schwarz, die Frauen in der Dorftracht, die bis auf die weißen Blusen auch in Schwarz gehalten ist. Die Ehepaare gehen gemeinsam mit den Kindern zur Kirche, drinnen aber müssen sie sich trennen, weil die Frauen und Kinder auf der einen Seite und die Männer auf der anderen Seite sitzen. Da geht der Dippel Alfred mit der Lore, der Guckes Jörg mit seiner Karin, die Kinder laufen festlich angetan hinterdrein. Der Grossmann Fritz ist mit seiner Gudrun und den beiden Kindern gekommen, die werden von allen Seiten bestaunt, weil die Gudrun aus der Stadt kommt und die Kinder städtisch angezogen sind.

»Da ist der Otto«, sagt Marthe.

Helga gibt es einen Stich ins Herz, wie sie ihren Heinz zwischen dem Vater und der Gertrud einhergehen sieht. Der Bub schaut blass und durchsichtig aus, er blickt ernst vor sich hin und beachtet die Mitschüler nicht, die ihm zuwinken. Otto trägt seinen guten Anzug und einen schwarzen Hut, den hat er sich vor einem Jahr gekauft, weil er meint, ein Bürgermeister müsse nicht mit einer Mütze herumlaufen wie die anderen Dörfler, sondern einen Hut aufsetzen.

»Da geh'n wir halt auch hinüber.«

Sie machen sich zu viert auf den Weg. Ida läuft voraus, Herta und Frieda haben Helga in die Mitte genommen, während Marthe noch den Laden abschließt. Aus dem Altmannhof kommen gerade der Schorsch und seine Lina, um hinüber zur Kirche zu gehen. Luise ist bei ihnen und bleibt verblüfft stehen. Sie muss zwei Mal zwinkern, weil sie Helga zuerst nicht erkennt, dann macht sie ein empörtes Gesicht und schaut weg.

»Musst dir nichts dabei denken, Helga«, sagt Frieda. »Das geht auf mich. Die ist ebbsch mit mir, seit ich auf die Schauspielschule geh.«

Aber natürlich ist Luise Altmann nicht die Einzige, die Helga mit unfreundlichen, ja bösen Blicken bedenkt. Als sie nun am Kirchanger vorbeigehen, bleiben die Leute stehen und starren sie an. Geflüster ist zu hören, aber auch laute Meinungskundgebungen.

»Dass die sich das traut!«

»So eine hätt man früher mit Stöcken aus dem Dorf gejagt!«

»Schämst dich gar net, in dem Aufzug herumzulaufen, Schützin?«

Marthe hat Helga fest an den Arm genommen, und so gehen sie am Pfarrhaus vorbei zur Kirchenpforte, wo Lehrer Hohnermann steht, der am Sonntag den Küsterdienst zu leisten hat. Die Orgel wird er nicht spielen, die schweigt heute, weil am Karfreitag kein Orgelspiel sein darf.

Lehrer Hohnermann ist freundlich zu ihnen, er begrüßt die Dorfladenfrauen und schließt auch Helga in seinen Morgengruß ein. Die Kirche ist schon voll, alle sitzen brav auf ihren Plätzen, der vertraute Geruch nach feuchtem Gemäuer, Mottenkugeln und Stalldunst steigt Helga in die Nase. Vorn am Altar ist die schöne Decke aufgelegt, und der Abendmahlkelch steht bereit. Als Helga mit den Dorfladenfrauen eintritt und sie langsam durch den Mittelgang zu ihren Plätzen gehen, fährt ein Wispern durch die Reihen, die Köpfe drehen sich in ihre Richtung, die

Blicke sprechen Bände. Aber weil es ein hoher Feiertag ist, müssen sie still und andachtsvoll in den Bänken sitzen, auch das Flüstern ist nicht erlaubt, nur in den Gesichtern kann man lesen, was die Leute denken.

Die Dorfladenfrauen sitzen in der Mitte des Kirchenschiffs, und weil sie spät dran sind, müssen die Lore Dippel und die Ella Schmidtkunz aufstehen, um sie auf ihre Plätze zu lassen. Ganz vorn in der ersten Reihe bei den Frauen sehen sie die Gertrud Schütz und neben ihr den Heinz. Der Otto sitzt drüben bei den Männern, auch in der ersten Reihe, aber neben ihm hat der Alberti Rudolf sich niedergelassen, und der Guckes Jörg ist bei ihm. Ganz am Schluss, als Pfarrer Seybold schon an den Altar treten will, kommt noch der Killinger Hannes mit seinem Gesellen. Die setzen sich immer in die letzte Reihe, aber wie der Killinger Hannes merkt, dass die Helga bei den Dorfladenfrauen ist, geht er ganz unbefangen zur Kirchenmitte und schiebt den Heini Schmidtkunz beiseite, dass er ihm in der Bank Platz macht.

Der Gottesdienst nimmt seinen Verlauf, wie es die Dingelbacher seit vielen Jahren gewohnt sind. Es gibt eine Karfreitagsliturgie, Lehrer Hohnermann stimmt an und dirigiert, wenn sie »Oh Haupt voll Blut und Wunden« singen, weil ja keine Orgel spielen darf, dann wird die Passionsgeschichte gelesen, und Pfarrer Seybold hält die Karfreitagspredigt. Die kennen die Dingelbacher auswendig, weil er jedes Jahr das Gleiche sagt. Am Schluss wird das Abendmahl gefeiert, da gehen sie in kleinen Gruppen zum Altar und bekommen eine Hostie in den Mund gesteckt, worauf sie einen Schluck aus dem Kelch nehmen dürfen.

Das ist der Prüfstein. Wenn der Pfarrer ihr das Abendmahl verweigert, ist sie eine Ausgestoßene, dann wird sie in Dingelbach keinen Fuß mehr vor die Tür setzen können.

Die Hand des alten Pfarrers zittert leicht, als er die Hostie aus der Schale nimmt, aber er steckt sie ihr in den Mund und reicht ihr den Kelch. Dazu murmelt er die Worte, die er zu jedem Kirchgänger beim Abendmahl spricht: »Dies ist mein Blut, vergossen für die Sünden …«

Als Helga neben Marthe zurück zu ihrem Platz in der Kirchenbank schreitet, ist eine Zentnerlast von ihr abgefallen. Der erste Schritt ist getan. Sie gehört dazu, ist keine Ausgestoßene. Nun kann es weitergehen, auf steinigem Weg, aber aufwärts. Beharrlich immer aufwärts.

Vor der Kirche empfängt sie heller Sonnenschein. Die Kirchgänger stehen noch beieinander und schwatzen, die Buben und Mädchen laufen herum, froh, dass sie dem Stillsitzen in der dunklen Kirche entkommen sind. Helga kümmert sich nicht mehr um das Gerede ringsum, die Dorfladenfrauen umgeben sie, Rudolf Alberti und seine Karin begrüßen sie, auch der Killinger Hannes kommt herbei und schüttelt ihr lange die Hand.

»Hübsch schaust du aus, Helga«, sagt er und grinst. »Grad zum Verlieben.«

Dabei gleitet sein Blick jedoch zu Frieda hinüber, die sich eifrig mit Lehrer Hohnermann unterhält. Dann aber nähert sich die Frau Küpper von der Fabrik, und Helga bleibt fast das Herz stehen, weil Oskar Michalski sie begleitet.

»Ich gratuliere zur Genesung und zum neuen Kleid«, sagt Ilse Küpper und reicht ihr die Hand.

»Ganz herzlichen Dank, Frau Küpper.«

Oskar sagt nichts, er nickt ihr nur zu, aber in seinen Augen kann sie mehr lesen, als alle Briefe der Welt ihr sagen könnten. Liebe kann man nicht verbergen, auch nicht hinter einer ernsten Miene und einem höflichen Neigen des Kopfes. Liebe verströmt sich unsichtbar und findet ihren Ort.

Wie sie aber noch überlegt, ob sie Oskar vielleicht ein freundliches Wort sagen soll, einen harmlosen Gruß oder auch nur einen frommen Osterwunsch, da spürt sie plötzlich einen Ruck, der sie fast von den Beinen reißt. Es ist Heinz, ihr Bub. Er ist der Gertrud entwischt und quer durch die umherstehenden Kirchgänger zu seiner Mutter gelaufen, um sie fest zu umarmen.

»Ich lieb dich, Mama. Ich lieb dich für immer und ewig!«, flüstert er ihr zu und presst sich an sie.

Dann macht er sich hastig los und rennt davon.

Kapitel 34

Frieda ist über Ostern in Dingelbach – an der Schauspielschule haben sie frei. Im Schauspielhaus findet zwar eine Lesung statt, die die Ausbilder ihnen wärmstens ans Herz gelegt haben, aber Frieda findet Lesungen langweilig, weil da ja nur gesprochen und nicht Theater gespielt wird. Und außerdem ist es ganz schön, zu Ostern daheim zu sein. Schon weil es jetzt mit der Helga ganz anders im Haus zugeht und man mit ihr reden und lachen kann. Nähen kann sie mindestens so gut wie die Schneiderin in Steinbach, die immer so viel Geld für eine kleine Änderung haben will und außerdem keinen Geschmack hat.

Vor Ostern ist Frieda bei der Großmutter gewesen, um ihr das neue Kleid zu zeigen und ein frohes Osterfest zu wünschen. Die Großmutter hat das Kleid nur kurz angeschaut und gemeint: »Recht hübsch …«

Da ist Frieda etwas enttäuscht gewesen. Nun ja – die Großmutter kann sich Kleider kaufen und nähen lassen, so viel sie will, sie muss dabei nicht aufs Geld schauen, und alte Stoffe braucht sie auch nicht zu verwenden. Aber dann war sie wieder versöhnt, denn sie hat von der lieben, alten Großmama ein unfassbar kostbares Ostergeschenk erhalten.

»Das habe ich getragen, als ich ein junges Mädel war«, hat sie gesagt und Frieda ein mit rotem Leder bezogenes Kästchen gegeben. Darauf war ein goldenes Wappen eingedruckt, und Frieda hat schon geglaubt, das sei das Geschenk, und wollte sich bedanken.

»Mach es auf«, hat die Großmutter sie lächelnd angewiesen.

Da war ein kleiner, runder Goldknopf, wenn man darauf gedrückt hat, ist der Deckel des Kästchens hochgesprungen. Darin hat auf einem dunklen Samtkissen ein feines Goldkettchen mit einem Kreuz gelegen. Das kleine Kreuz hat in tausend farbigen Blitzen geschimmert – das sind die Brillanten, mit denen es besetzt ist gewesen.

»Ist das … echtes Gold?«, hat sie gestammelt.

»Natürlich. Die Brillanten sind zwar klein, aber von guter Qualität. Ich habe es zu meiner Konfirmation von meinem Vater geschenkt bekommen. Und nun sollst du es haben.«

Frieda hat gar nicht gewusst, was sie sagen soll. Einen Schmuck aus echtem Gold mit Brillanten, von so etwas hat sie nicht einmal träumen können. Die Mutter hat eine zarte Goldkette mit einem Anhänger, die sie immer um den Hals trägt, weil der Vater sie ihr zur Verlobung gekauft hat. Sonst gibt es daheim im Dorfladen keinen einzigen Gegenstand aus Gold. Und Brillanten schon gar nicht.

»Ich wünsche dir ein schönes Fest«, hat die Großmutter zum Abschied gesagt. »Und wenn du wiederkommst, darfst du deine kleine Schwester mitbringen. Die mit dem roten Haar. Wie heißt sie doch?«

»Ida. O ja, die freut sich schon darauf.«

Mit Ida hat es gleich nach Ostern schon wieder Ärger gegeben, aber Frieda hat fest zu ihrer kleinen Schwester gehalten und mit ihr gemeinsam beratschlagt, wie man vorgehen muss. Zwei Tage nach Ostern ist der Brief von der Schule gekommen, den hat Ida geschickt abgefangen, weil sie gleich hinaus zum Postboten gelaufen ist und sich die Post für den Dorfladen hat geben lassen.

»Da!«, hat sie zu Frieda gesagt und ihr das Schreiben gezeigt.

Sie ist an der Schillerschule aufgenommen. Frieda ist begeistert gewesen und hat ihr gratuliert, aber Ida hat nur gelacht. Sie hat keinen Moment daran gezweifelt, dass sie die Prüfung besteht.

Das ist Ida. Die kennt keine Angst und geht geradeaus auf ihr Ziel los.

»Jetzt zeig ich das der Mama«, hat sie gesagt. »Und wenn die es nicht erlauben will, geh ich trotzdem auf die Schule.«

Aber Frieda weiß, dass es ohne die elterliche Erlaubnis nicht geht.

»Dann frag ich Onkel Schorsch!«

Keine gute Idee, findet Frieda. Onkel Schorsch ist seit der Geschichte mit der Helga auf Abstand zu seiner Schwester Marthe, weil Tante Lina ihm zu Hause die Hölle heißmacht. Die Tante ist der Ansicht, die Schwägerin leiste der Untreue und Unzucht Vorschub, indem sie Helga darin bestärkt, ihren Ehemann zu verlassen. Und das, da ihre Tochter Luise gerade in den Hafen der Ehe einlaufen soll. Da steckt Onkel Schorsch jetzt zwischen zwei Feuern und hat bestimmt keine Lust, sich weiteren Ärger einzuhandeln.

»Und was ist mit Lehrer Hohnermann?«, meinte Frieda. »Der hilft dir ganz bestimmt.«

Ida schob abschätzig die Unterlippe vor. Sie schätzt Lehrer Hohnermann, weil er gebildet ist und zu fast jedem Thema Bücher ausleihen kann. Aber er ist keiner, der mit Energie und Entschlossenheit seine Ansicht vertritt – die Mutter wird nicht auf ihn hören.

»Dann gehen wir eben alle drei.«

»Na gut.«

Natürlich ist es ein Reinfall geworden. Die Mutter hat sich Lehrer Hohnermanns Reden mit steinernem Gesicht angehört und dann gemeint, er sei schon einmal mit diesem Anliegen bei ihr gewesen, an ihrer Ansicht habe sich jedoch nichts geändert. Dann hat sich herausgestellt, dass Ida die Unterschrift gefälscht hat, wovon Lehrer Hohnermann in seiner Gutgläubigkeit keine Ahnung gehabt hat. Das war schlimm und hat ihm allen Wind aus den Segeln genommen. Dafür hat Ida der Mutter entgegengeschleudert, sie würde auf alle Fälle auf diese Schule gehen, und wenn nötig würde sie sich eben hinter die Großmutter stecken. Da war die Stimmung endgültig verdorben, denn so lässt Mama nicht mit sich reden. Lehrer Hohnermann hat sich verlegen verabschiedet, und Frieda hat sich anschließend ihre kleine Schwester vorgenommen.

»Du bist mindestens so stur wie die Mama«, hat sie geschimpft. »Immer mit dem Dickschädel durch die Wand. Aber so kommst du nicht weiter.«

Ida hat trotzig die Zöpfe nach hinten geworfen und »phhh« gemacht.

»Ich geh auf die Schule. Und wenn sie sich auf den Kopf stellt und mit den Zehen wackelt!«

Frieda hat sie in Ruhe gelassen, weil man mit Ida nicht weiterkommt, wenn sie ihren Dickkopf hat. Aber sie hat nachgegrübelt, wer wohl mit der Mama im Guten reden könnte. Und da ist ihr die Helga eingefallen. Die wohnt immer noch bei ihnen, weil bisher niemand in Dingelbach sie aufnehmen will, der Rabenwirt, der ihr schon ein Zimmer geben wollte, darf es auch nicht tun, weil es ihm seine Karin verboten hat.

Helga hat sich die Geschichte ruhig angehört und gemeint, sie will es versuchen, aber versprechen kann sie nichts. Dann hat es noch zwei Tage gedauert, Frieda ist schon wieder nach Frankfurt in die Schauspielschule gefahren und hat gar nicht mehr daran gedacht – da hat die Mutter beim gemeinsamen Abendbrot in der Küche verkündet, dass Ida ab der kommenden Woche gemeinsam mit ihr nach Frankfurt fahren werde. Weiter hat sie nichts gesagt, auch Ida schwieg sich aus, und sie haben das Thema gewechselt. Es ist um den Handelsvertreter, Herrn Krug, gegangen, der nächste Woche wegen der Lebensmittel kommen will, die Motte, die Herta in der Schublade mit dem Stopfgarn gesehen haben will, und um ein Kleid, das Helga für die Marlis Alberti nähen soll.

Später, als sie miteinander zum Kirchanger gegangen sind, um noch ein wenig bei den jungen Leuten zu stehen, hat Ida erzählt, wie es gegangen ist. Sie hat natürlich einmal wieder das Ohr an der Tür gehabt.

»Helga hat der Mama gesagt, dass sie stolz sein soll, solch begabte und aufstrebende Töchter zu haben. Und wenn sie selber damals den Mut gehabt hätte, einen Beruf zu lernen, wäre ihr vieles erspart geblieben.«

»Da ist was dran«, fand Frieda. »Einen Bauern zu heiraten ist wirklich das Dümmste, was einem Mädchen einfallen kann.«

Ida fand, dass nicht ein Bauer wie der andere ist. »Den Alberti Rudolf oder den Killinger Hannes – die könnt man schon nehmen. Aber den Schmidtkunz Rudi oder den Koppel Hans – die kannst in der Pfeife rauchen …«

Aber da hat Frieda schon nicht mehr zugehört, weil die Luise ganz hochnäsig an ihr vorbeigelaufen ist und ihr nicht einmal einen Abendgruß gegönnt hat.

»Du bist blass, Luise!«, hat sie ihr hinterher gerufen.

Luise hat sich umgedreht und macht ein schnippisches Gesicht. »Schaust selber aus wie ausgespuckt!«, hat sie gesagt und wollte weitergehen.

Aber Frieda ist zu ihr gelaufen und hat sie am Arm festgehalten.

»Das war doch net ernst gemeint, Luise«, lachte sie. »Das war ein Zitat aus *Kabale und Liebe*. Der Ferdinand sagt das zu der Luise in der ersten Szene …«

Luise hat die Augen verdreht und gemeint, dass Frieda wohl nur noch ihre Schauspielerei im Kopf hätte. »Hast ja mit deinen Freundinnen hier nichts mehr im Sinn, seitdem du eine Städterin geworden bist!«

»Das stimmt doch gar net!«, hat sich Frieda aufgeregt. »Aber die Schule und die Fahrerei – das braucht viel Zeit. Und dann muss ich alsfort noch Rollen lernen …«

Luise hat mit den Schultern gezuckt, die Entschuldigungen lässt sie nicht gelten. »Hast mir net einmal zur Verlobung gratuliert!«, hat sie beleidigt gesagt.

Frieda ist überrascht gewesen, weil sie von einer Verlobung gar nichts wusste. Weder Herta noch die Mutter haben ihr davon erzählt, dabei müssen sie es doch wissen, weil im Dorfladen ganz sicher darüber geredet worden ist.

»Das hol ich jetzt nach, Luise! Ich wünsch dir viel Glück und alles Gute zum neuen Stand als Verlobte. Ist's der Kappus Dieter?«

Luise hat zwar immer noch ein unnahbares Gesicht gemacht, aber Frieda hat gesehen, dass sie jetzt schon fast wieder versöhnt ist. Wie es schien, ist sie schrecklich stolz auf diese Verlobung. Sie ist ja auch schon sechsundzwanzig, da war's höchste Zeit.

»Wer sonst?«, hat sie gefragt. »Im Herbst nach der Ernte soll Hochzeit sein, das haben die Eltern so ausgemacht. Dann will der Dieter zu uns auf den Hof ziehen, und wir haben zwei große Zimmer für uns beide.«

Frieda weiß, wie eine Hochzeit bei den Dingelbacher Bauern ausgehandelt wird. Da sitzen die Eltern der jungen Leute lange zusammen, da wird gefeilscht und geschachert, da muss Land zu Land und Geld zu Geld kommen, und erst wenn beide Parteien einig sind, dürfen die jungen Leute heiraten. Nicht immer ist Liebe im Spiel, vor allem früher nicht, da ging's nur um den Besitz. Heutzutage ist es besser, da dürfen die jungen Leute mitreden, und wenn ein Mädchen den Bräutigam ganz und gar nicht mag, dann muss sie ihn auch nicht nehmen.

»Dann gefällt dir der Dieter jetzt doch, wo du ihn besser kennengelernt hast, wie?«, hat sie die Luise gefragt.

Die hat dann lächeln müssen und meinte vertraulich zu Frieda: »Schön ist er net, aber lieb ist er. Und gefügig. Dass der bereit ist, zu uns auf den Hof zu ziehen, wo er selber in Steinbach einen Hof hat – das tut der nur, weil er mich so liebt.«

Tatsächlich hat der Kappus Dieter eine Menge für seine Verlobte aufgegeben. Er hat den elterlichen Hof dem Bruder gelassen und geht auf den Altmannhof. Da ist er zwar der Hoferbe, aber bis das so weit ist, kann viel Wasser den Dingelbach hinunterfließen. Weil Onkel Schorsch noch rüstig ist und Tante Lina sich auch nicht die Butter vom Brot nehmen lässt. Bis die zwei aufs Altenteil gehen, hat Onkel Schorsch das Sagen, und der Schwiegersohn ist nicht mehr wert als ein Knecht, der gehorchen muss.

»Das ist das Wichtigste, dass er dich liebhat«, meinte Frieda. »Dann wird es ganz sicher eine gute Ehe werden, und du wirst viele Kinder haben.«

»Da musst du dir keine Sorgen machen«, hat Luise gesagt und auf eine ganz besondere Art gelächelt. »Dass der Dieter es kann, das weiß ich schon.«

Da ist Frieda verblüfft gewesen. Die hat ihn schon ausprobiert! Natürlich weiß sie, dass das oft so im Dorf passiert, nicht nur unter den jungen Leuten, die schon einander versprochen sind, sondern auch so einmal. Das ist zwar gegen die christliche Moral, aber in diesem Punkt nehmen es die Dingelbacher nicht so genau. Und geheiratet wird sowieso, dann ist der Pfarrer wieder zufrieden.

»Du hast … du bist …«, stotterte Frieda. Sie ist sich auf einmal gegenüber der Kusine ganz dumm und unwissend vorgekommen.

»Was glaubst du denn?«, hat Luise stolz gesagt. »Denkste, ich kauf den Kater im Sack?«

Jetzt hatte Luise die Oberhand, und sie hat es weidlich ausgenutzt. Weil sie ganz genau weiß, dass die hübsche Frieda von ihrer Mutter streng gehalten wird und noch nie etwas mit einem jungen Mann gehabt hat. »Das ist eine Sach, da sollt eine Frau Bescheid wissen, sonst ist sie ein Dummerchen und fällt auf die Nase«, hat sie mit neuem Sachverstand behauptet. »Aber in Frankfurt bei deinen Schauspielern wirst du ja Gelegenheit genug haben. Da muss du dich nur vorsehen, dass du net mit einem unehelichen Kind sitzen bleibst, weil man den Städtern ja net trauen kann. Die wollen nur ihren Spaß, aber wenn's ans Heiraten geht, da nehmen die keine, die vom Dorf kommt!«

Das hat Frieda gar nicht gern gehört, da ist sie es, die sich über die hochnäsige Kusine geärgert hat.

»Und wenn bei dir was unterwegs ist?«, hat sie gefragt.

»Dann gibt's halt schon im Mai eine Hochzeit!«, hat Luise gelacht. »Das wär dem Vater ganz recht, weil der Dieter dann gleich bei der Heuernte mithelfen kann.«

»Ja dann … Ich muss jetzt heim, die Helga will mir noch ein Kleid nähen«, hat Frieda gesagt. »Und ein Trikot für den Sport will sie mir auch machen.«

Das ist immerhin noch ein kleiner Trumpf, den sie da ausspielen konnte, denn Luise trägt nach wie vor die Dorftracht. Und sie weiß, dass die Kusine auch gern ein hübsches Kleid hätte, nur wollen es die Eltern nicht erlauben.

»Da pass nur auf, dass du net unter die Räder kommst mit den kurzen Röcken und dem ›Trikot‹«, hat ihr Luise neidisch mit auf den Weg gegeben.

Nein, mit der engen Freundschaft zu Kusine Luise war es wohl vorbei. Frieda ist traurig darüber, weil sie früher so oft mit Luise zusammengesteckt hat und sie einander immer alles erzählt hatten. Nun ist auf einmal ein Abstand zwischen ihnen. Luise ist eine erwachsene Frau, sie wird heiraten und Bäuerin auf dem Altmannhof werden. Sie selbst aber geht einen anderen Weg, der führt sie hinaus aus Dingelbach, weit fort von allem, was sie bisher gekannt hat. Sie will es ja so, hat es sich ausgesucht und durchgesetzt – aber es ist auch ein Gang in die Fremde, und sie muss mehr hinter sich zurücklassen, als sie bisher geglaubt hat.

Am Abend, als sie im Bett gelegen hat und Herta und die Mutter schon eingeschlafen waren, hat sie über das nachgegrübelt, was die Luise da behauptet hat. »Darüber muss eine Frau Bescheid wissen, sonst ist sie ein Dummerchen und fällt auf die Nase.« Ein Dummerchen will Frieda auf keinen Fall sein. Aber bisher hat sie noch nicht einmal einen Jungen geküsst. Was gewiss nicht an den Dingelbacher Buben gelegen hat, die hätten es schon gern getan. Aber es hat ihr keiner gefallen. Nur der Lehrer Hohnermann, den hat sie gern. Aber küssen wollte sie den auch nicht. Weil er so ein zerschnittenes Gesicht hat und vielleicht auch, weil er eher ein Papa als ein Mann für sie ist.

Küssen könnte ich schon einmal, hat sie gedacht. Vom Küssen bekommt keine ein uneheliches Kind. Und überhaupt muss ich wissen, wie es geht, weil ich ja auch Liebesszenen spielen will. Die Schauspieler auf der Bühne küssen sich auch manchmal, allerdings nicht richtig, sie tun nur so. Trotzdem schaut es echt aus für das Publikum. Weil die eben wissen, wie man es macht.

Als sie am Morgen nach Frankfurt fährt, spukt ihr die Sache immer noch im Kopf herum. Wenn überhaupt, dann kommt nur der Harry infrage, denkt sie. Den mag ich gern, da würde es mir sogar gefallen, wenn er mich küssen wollte. Aber dazu müssten wir beide allein sein, und das geht halt nicht. Wenn wir Unterricht haben, sind immer die anderen dabei, und in der Mittagspause gehen wir ins Café Bauer, da sind wir auch nicht allein. Sie war zwar schon einmal am Abend mit ihm im Theater, aber da hat die Großmutter sie von ihrem Chauffeur gleich vor dem Schauspielhaus abholen lassen. Da passt sie auf wie ein Schießhund, die Großmutter. Beinahe schlimmer als Mama.

Gleich zu Anfang haben sie heute rhythmische Gymnastik, das macht ihr großen Spaß, weil sie sich gern bewegt und jetzt auch richtig dafür angezogen ist. Danach ist Sprechunterricht bei Alexander Engels, da proben sie Sprechchöre aus antiken Dramen. Dabei kommt es auf eine deutliche, ausdrucksvolle Sprechweise an, das ist wichtig, weil die Bühne ja ein Stück weit von den Zuschauern entfernt ist und man auch das Flüstern verstehen soll.

»Leider fällt heute die Szenenprobe mit Frau Sagan aus«, kündigt Herr Engels am Ende des Unterrichts an. »Aber ihr könnt euch hier im Schauspielhaus oder auch draußen ein Plätzchen suchen und eure Texte lernen. Heute Nachmittag geht es dann bei Frau Einzig weiter.«

Das Wetter lädt dazu ein, sich nach draußen zu setzen, weil jetzt endlich wieder Laub an den Bäumen sprießt und die wintergraue Stadt Frankfurt sich mit ihren Anlagen in frühlingshaftem Grün präsentiert.

»Wir setzen uns draußen auf die Wiese«, sagt Annemarie.

Frieda findet das zwar verlockend, aber sie gibt zu bedenken, dass die Wiese feucht ist und sie ihr Kleid nicht ruinieren darf.

»Ich bleib lieber hier«, erklärt sie und schaut Harry an.

»Dann leiste ich dir Gesellschaft«, sagt er sofort. »Wir finden schon ein Plätzchen, wo wir in Ruhe lernen können.«

Annemarie ist etwas enttäuscht, aber sie zuckt mit den Schultern und meint: »Na ja, du kommst halt vom Land, da kannst du auf der Wiese sitzen, wann immer du Lust hast, oder?«

»Das stimmt«, lacht Frieda. »Einen nassen Hintern hab ich mir da schon oft geholt!«

Sie bleibt mit Harry im Schauspielhaus zurück, und sie stromern herum, um einen ruhigen Ort zu finden, wo man sich hinsetzen und lernen kann. Das ist nicht einfach, weil alle Probenräume besetzt sind: Die neuen Produktionen haben begonnen, die Schauspieler haben erste Sprechproben, die Tänzer sind sowieso täglich in ihren Räumen, und aus einzelnen Zimmern hört man Opernsänger, die mit ihren Korrepetitoren ihre Partien einüben.

»Wir könnten hoch auf den Schnürboden gehen«, schlägt Frieda vor.

»Das dürfen wir nicht«, meint Harry stirnrunzelnd.

»Wer hat das gesagt?«

»Der Weichert hat das mal gesagt. Weil man da runterstürzen kann.«

»Hast du Angst?«

Das lässt Harry nicht auf sich sitzen. Natürlich hat er keine Angst, er sorgt sich nur um Frieda, deshalb ist er lieber vorsichtig.

»Ich pass schon auf.«

Wo es zum Schnürboden geht, wissen sie inzwischen, es steht auf der Tür, die hinaufführt, und außerdem ist da zu lesen, dass der Zutritt für Unbefugte verboten ist.

»Wir sind nicht unbefugt«, behauptet Frieda. »Wir sind angehende Schauspieler und müssen uns informieren.«

Die Treppen zum Schnürboden sind schmal und wollen kein Ende nehmen, es ist fast so, als besteige man einen hohen Kirchturm. Oben erwartet sie Dämmerlicht, der Raum erscheint riesig und unübersichtlich, überall sind dicke und dünne Seile in Reihen gespannt, dazwischen Kästen mit Knöpfen. Die Bühnenarbeiter, die hier oben wirken, müssen sich sehr gut auskennen, um nicht an der falschen Strippe zu ziehen. Der Fußboden ist mit Eisengittern gesichert, durch die man hinunterschauen kann. Tief unter ihnen ist die beleuchtete Bühne, wo gerade geprobt wird. Man hört den Regisseur Ben Spanier, der den Darstellern etwas erklärt, dann mischt sich Arthur Bauer ein, und der Leo Biberti fängt an, einen Text zu sprechen.

»Nicht sehr gemütlich«, findet Harry.

»Nein, wirklich nicht …«

Sie gehen die Treppen wieder hinunter, und Frieda überlegt schon, ob sie sich nicht doch besser nach draußen setzen, da entdeckt Harry eine Tür.

»Da geht's zum Dachboden. Schauen wir mal rein?«

Sie gelangen in einen niedrigen Raum, der tatsächlich wie ein Dachboden ausschaut. Man sieht hölzerne Balken, die eine Dachkonstruktion tragen, und in der Mitte ist eine große Klappe. Die steht halb offen, sodass Sonnenlicht in den Raum fällt und der Wind hineinbläst.

»Da geht's zu den flachen Dächern auf den Gebäuden rechts und links vom Schnürboden«, erklärt Harry.

Mutig geht er zu der Leiter, die unter der Klappe befestigt ist. Die ist wohl für den Schornsteinfeger gedacht oder für den Dachdecker, wenn da oben mal ein Loch im Dach ist.

»Steigst du da hoch?«, fragt Frieda zweifelnd.

»Klar!«

Sie klettern beide nach oben, schlüpfen durch den Spalt ... und sind begeistert. Sie stehen auf dem Flachdach rechts neben dem hoch aufragenden Bau des Schnürbodens, die Sonne brennt ihnen auf die Köpfe, der Frühlingswind weht ihnen um die Nasen, und die Stadt Frankfurt liegt ihnen zu Füßen.

»Da ist der Main und drüben Sachsenhausen! Schau, da in der Gasse hinter dem großen gelben Haus, da ist unsere Äppelwoiwirtschaft!«

Das Flusswasser, das eigentlich eher grau oder gelb ist, glitzert wunderbar in der Sonne. Schiffe fahren darauf, auf den Brücken ist Verkehr, Straßenbahnen, Automobile und ein paar Pferdefuhrwerke bewegen sich wie Spielzeugfiguren. Man kann von hier aus sogar in die Gassen hineinschauen.

»Da drüben ist der Taunus«, ruft Frieda und zeigt auf die bläulichen Erhebungen in der Ferne. »Und da ist Dingelbach!«

Dass man ihr Heimatdorf von hier aus sehen kann, ist eher eine Einbildung, aber Harry nickt bereitwillig und meint, dort sei es bestimmt sehr schön.

Sie setzen sich nebeneinander auf die Dachpappe, mit der

der Boden bedeckt ist, und finden, dass sie den besten Platz im ganzen Schauspielhaus gefunden haben. Über ihnen der Himmel und unten die Stadt, deren Lärm gedämpft zu ihnen hinaufsteigt.

»Hier kann man sogar sonnenbaden, das ist echte Höhensonne!«, schwärmt Harry.

»Und keiner stört uns!«, meint Frieda.

Das findet Harry auch sehr angenehm. Er rückt ein Stück näher an sie heran und meint, wenn sie jetzt die Szene aus *Kabale und Liebe* miteinander proben, könnten sie ja gemeinsam in das gleiche Textbuch schauen.

»Kannst du deinen Text immer noch nicht auswendig?«

»Doch. Aber manchmal hakt's. Vor allem, wenn du mich so anschaust, Frieda. Da kann's passieren, dass ich meinen Text vergesse …«

»Wie schau ich denn?«

»Na ja … grad so wie jetzt …«

Es ist viel einfacher, als sie sich es vorgestellt hat. Sie muss nichts erklären und ihn nicht auffordern – Harry tut ganz von selbst, was sie sich erhofft hat. Ganz sacht legt er den Arm um ihren Nacken und zieht sie zu sich heran. Sie blinzelt, als er ihren Mund sucht, weil sie aufpassen will, wie er es macht. Aber dann ist es auf einmal passiert, sie zuckt ein wenig zusammen, als seine Lippen ihren Mund berühren, und ohne dass sie sich dessen bewusst ist, umfasst sie ihn und hält ihn fest.

Er küsst sie genauso, wie sie es im Film gesehen hat. Aber die ganz große Sache ist es nicht. Eher etwas eklig, weil seine Zunge jetzt in ihrem Mund ist und sie seine Spucke schmeckt. War das jetzt alles? Wieso machen alle so ein Gewese darum?

»Du bist so schön, ich bin bis über beide Ohren verliebt«, flüstert er.

Da hat sie schon bessere Liebesworte gelesen. Aber vielleicht kommt ja noch was.

»Mach's noch mal!«, fordert sie ihn auf.

Er nimmt sie fester in die Arme und zeigt ihr, dass er auch leidenschaftlich sein kann. Es tut etwas weh, weil er ihr den rechten Arm abquetscht, aber sehr viel aufregender findet sie es nicht. Und überhaupt schmeckt er nach der Wurstsemmel, die er vorhin noch rasch gegessen hat.

»Jetzt ist's genug!«, fordert sie und schiebt ihn von sich weg. Aber er mag sie noch nicht loslassen und versucht es noch einmal. Da tut es hinter ihnen plötzlich einen lauten Schlag, dass sie erschrocken auseinanderfahren.

»Die Klappe!«

War es der Wind oder die altersschwache Konstruktion? Jedenfalls ist die große Klappe, durch die sie auf das Dach gestiegen sind, ganz unerwartet und heimtückisch zugefallen.

»Keine Sorge«, meint Harry. »Die heben wir einfach wieder hoch.«

Aber die Klappe ist schwer wie Blei, und man findet keinen Griff oder Vorsprung, wo man sie anfassen könnte. Sie mühen sich beide ab, kommen ins Schwitzen und müssen schließlich einsehen, dass sie es nicht schaffen.

»Was machen wir jetzt?«

»Irgendwann werden sie uns ja hier oben finden.«

»Ja, wenn wir schon verschmachtet und erfroren sind.«

Es hilft nichts, sie müssen sich irgendwie bemerkbar machen, damit der Hausmeister sie aus ihrer unglücklichen Lage befreit.

Harry wagt sich an den Rand des Daches und schaut nach unten. Da ist der Bühneneingang, gerade geht der Rudolf Stimpel mit dem Kurt Bacholski ins Schauspielhaus, die Annemarie Stumpf kommt hinter ihnen mit Jonny Berthold. Harry winkt mit beiden Armen und schreit laut nach unten: »Wir sind hier. Hilfe! Wir können nicht mehr runter ...«

Keiner der Mitschüler schaut nach oben. Der Straßenlärm verschluckt seine Stimme; auch als Frieda nun neben ihn klettert und ebenfalls aus vollem Halse brüllt, gehen die Freunde seelenruhig durch den Bühneneingang ins Schauspielhaus. Weg sind sie.

»Da kommt der Weichert mit der Frau Einzig«, ruft Frieda. »Ich schmeiß einfach das Textbuch runter.«

Doch sie hat nicht mit dem Wind gerechnet, der treibt das Büchlein nach links, wo es unbeachtet in einem Busch der Anlage landet.

»Die Schuhe!«

Harry muss seine Schuhe erst aufschnüren, Frieda reißt sich die teuren Spangenschuhe von den Füßen und feuert sie nach unten. Es klappt! Oberspielleiter Weichert wird an der Schulter getroffen und starrt erschrocken hinauf. Da stehen zwei junge Leute auf dem Dach des Schauspielhauses und winken verzweifelt mit den Armen.

Was er jetzt zu Frau Einzig sagt, können sie nicht verstehen, aber denken können sie es sich schon. Es dauern ein Weilchen, dann hebt sich die große Klappe, und der Hausmeister flankiert von zwei Bühnenarbeitern erscheint.

»Des glaabt mer kaaner!«, regt er sich auf. »Was mescht ihr zwa dann hier uffm Dach? Des is verbote …«

Kleinlaut steigen sie mit dem Hausmeister wieder hinunter, Frieda in Strümpfen, Harry mit blutendem Zeigefinger, weil er sich beim Versuch, die Klappe aufzuheben, verletzt hat. Unten im Flur werden sie von Mathilde Einzig empfangen, die zunächst einmal bemüht ist, den zornigen Hausmeister zu besänftigen.

»Das sind halt noch Kinder, die stellen schon mal was an. Und die Tür gehört überhaupt abgeschlossen. Da kann ja sonst wer aufs Dach steigen und sich hinunterstürzen!«

Als der Hausmeister sich grollend verzogen hat, wendet sich die Lehrerin den beiden Sündern zu. »Das wird noch ein Nachspiel haben«, sagt sie zornig. »Jetzt macht, dass ihr hinüber in den Probenraum kommt, der Unterricht fängt gleich an.«

Harry nickt betreten und geht mit hängenden Schultern davon. Frieda bleibt stehen. »Meine Schuhe, Frau Einzig. Die müssen draußen irgendwo beim Eingang liegen. Bitte, darf ich die noch holen?«

Frau Einzig blickt sie so streng an, dass Frieda schon Angst hat, sie muss auf Strümpfen nach Hause fahren. »Dann lauf!«, sagt die Lehrerin. »Halt. Warte. Ich hab dir noch was zu sagen.«

Brav bleibt Frieda stehen und wartet, was nun kommen wird.

»Hör zu, Frieda Haller«, sagt Frau Einzig leise, aber eindringlich zu ihr. »Wenn du im Schauspielberuf etwas erreichen willst, dann merk dir eines: Halt dir die Männer drei Schritt vom Leibe! Hast du das verstanden?«

»Ja, Frau Einzig.«

Woher hat die denn gewusst, was da oben auf dem Dach zwischen Harry und ihr passiert ist? Die Frau muss einen sechsten Sinn haben.

Kapitel 35

Der Mai ist eingezogen wie ein junger Frühlingsgott. Er hat die Farben und die Düfte in die Natur zurückgebracht, die Wiesen mit gelben und weißen Blüten betupft und die Wälder um das Dorf mit zartem lindgrünem Laub geschmückt. Lehrer Hohnermann weiß, dass er seinen Schülern jetzt keine Hausaufgaben geben darf, sie hätten keine Zeit, über ihren Heften und Büchern zu sitzen, denn die Arbeit auf den Äckern steht an, und die ersten Bauern haben schon Gras geschnitten, da wird jede Hand zum Heuwenden gebraucht. Es hat kräftig geregnet in den letzten Tagen, da ist das Gras in den Wiesen hochgeschossen, und wie jedes Jahr hoffen die Dingelbacher Bauern, dass durch das frühe Mähen auch der zweite Schnitt, das Grummet, einen guten Ertrag bringen wird. Einen dritten Schnitt soll es vor Jahren einmal gegeben haben, die alten Leute erzählen noch davon, aber das klingt eher wie ein Märchen: Man ist in Dingelbach schon froh, wenn man die Wiesen zwei Mal schneiden kann.

Weil das schöne Wetter die Mädchen und Buben auch am Vormittag im Klassenraum recht unaufmerksam werden lässt, hat er heute mit seinen Schülern einen Ausflug in den Wald unternommen. In Äckern und Wiesen kennen sich die Dingelbacher Kinder gut aus, sie können die Erntefrüchte, die Wiesenblumen und das Obst bei ihren Namen nennen, die allerdings oft nicht den offiziellen hochdeutschen Begriffen entsprechen, sodass er auch hier nachhelfen muss. Im Wald jedoch wissen sie gar nicht Bescheid, weil die Dingelbacher traditionell nicht im Wald herumlaufen und dort weder Kräuter noch Pilze sammeln. Vor den Pilzen haben sie sogar eine Heidenangst, da kann man sich vergiften und tot umfallen, deshalb lassen sie die Finger davon. Einzig der Rudolf Alberti ist dort zu finden, aber der hat es schon vom Vater gelernt und kennt sich mit den Wildpflanzen aus.

Zuerst haben seine Schützlinge lernen müssen, dass man im Wald nicht umherrennen darf und auch nicht laut schreien und toben soll. Weil sich dann die Tiere erschrecken, die im Wald zu Hause sind. Die kennen sie natürlich, denn Füchse und Rotwild laufen am Morgen in den Wiesen umher. Auch die Dachse und Eichhörnchen sind bekannt, doch bei den Vögeln ist es schon schwieriger. Einen Eichelhäher haben sie vor Augen bekommen, die anderen Waldvögel haben sie zwar hören, aber kaum sehen können, weil sie sich im Laub verstecken. Dafür hat er ihnen die letzten weißen Kissen der Buschwindröschen gezeigt und auf die gezackten Blätter hingewiesen. Die Knoblauchrauke haben sie gepflückt und den Geruch geprüft, auch den lilafarbenen Seidelbast hat er ihnen erklärt und darauf hingewiesen, dass diese Pflanze ein Gift enthält. Ebenso die hübschen Maiglöckchen, die zwischen den Buschwindröschen zu finden sind, nicht aber der Bärlauch, der ihnen so ähnlich sieht und den man essen kann. Da muss man aufpassen, ein Blättchen vorsichtig zerreiben und daran riechen und auch schauen, ob die Stängel einzeln oder in Büscheln stehen.

»Wenn ich das Maiglöckchen esse, geh ich dann tot?«, hat die Pauline angstvoll wissen wollen.

»Schlimme Bauchschmerzen bekommst du dann. Deshalb darf man niemals unbekannte Pflanzen essen, man soll sie anschauen und sich an ihnen freuen«, schärft er ihnen ein. »Aber wer etwas von den Pflanzen versteht, der weiß, dass eine Giftpflanze auch eine Arznei sein kann.«

»Der Wald ist ja net zum Essen da«, sagt Karlchen. »Der ist für das Holz.«

»Aber Rehe und Wildsäue kann man schon essen«, findet Marie.

»Die darfste aber net schießen. Weil sonst der Förster kommt und du Strafe zahlen musst …«

Das Nutzdenken ist schon bei den Dingelbacher Schulkindern tief eingefleischt. Wozu braucht man den Wald? Fürs Holz. Von Waldromantik und der Schönheit der Natur wissen sie nichts. Das bäuerliche Denken ist nun einmal seit Jahrhunderten auf den Nutzwert der Natur ausgerichtet, der sie ihren Lebensunterhalt mit harter Arbeit abringen müssen. Gerade deshalb hat er sich vorgenommen, ihnen zu zeigen, dass die Natur unendlich viel Schönes bereithält und dass man die Augen aufmachen muss, um es zu erkennen. Sie sollen sich die Blättchen und Blüten genau anschauen, das Spiel des Lichts in den Zweigen bestaunen und die Vielfalt des Lebens im Moos beobachten. Natürlich dürfen sie auch pflücken und sammeln; die Pflanzen wird er für sie pressen, dann kleben sie sie in ihre Hefte ein und schreiben die Namen darunter.

Nach Ostern ist der Jahrgang der achten Klasse von der Dorfschule abgegangen, dafür hat er drei neue Schüler in den ersten Jahrgang bekommen: zwei Mädchen, die Lisa und die Astrid, und einen Buben, den Jochen. Die Mädchen sind recht brav und lerneifrig, der Bub ist jedoch ein wenig begriffsstutzig, da muss er nachhelfen und aufpassen, dass ihm nicht gleich zu Anfang die Freude am Lernen vergeht, weil er halt langsamer ist. Dass die Ida nun nicht mehr in die Dorfschule geht, ist ein Verlust, weil sie ihn als Lehrer gefordert und die anderen Schüler mitgezogen hat. Ihre frechen Zwischenrufe und die neugierigen Fragen fehlen ihm sehr – aber auf der anderen Seite hat er sich gefreut, dass sie nun doch auf die Schillerschule in Frankfurt gehen darf, denn dass sie das Abitur machen kann, steht für ihn außer Frage. Allerdings war es ein harter Schlag für ihn, dass sie ihn so hinters Licht geführt und sogar eine Unterschrift gefälscht hat. Nun – er hat es hinnehmen müssen. Er kennt sie ja, die Ida. Sie ist eine von der Sorte, die nach dem Grundsatz des Philosophen Machiavelli lebt: Der Zweck heiligt die Mittel. Aber sie hat auch ihre guten Seiten. Seitdem sie auf die Schillerschule geht, taucht sie noch häufiger als sonst am Nachmittag in seiner Wohnung auf, um Bücher auszuleihen.

»Brauchst du die für die Schule?«, will er neugierig wissen.

Ida steht vor seinem Bücherregal und schaut sich an, was er Neues angeschafft hat. Sie schüttelt den Kopf.

»Nee. Da lernt man nur seichten Mist. Wenn das so weitergeht, geh ich da weg und such mir eine bessere Schule!«

Nur der Lateinunterricht gefällt ihr, aber auch da geht es ihr viel zu langsam. Der Lehrkörper kommt in ihrem Urteil nicht gut weg, sie mag nur den Geschichtslehrer und den Lehrer, der Naturkunde unterrichtet.

Die Deutschlehrerin kann sie nicht ausstehen. »Die hat gesagt, ich muss mir den Dingelbacher Dialekt abgewöhnen und Hochdeutsch reden«, erzählt sie ärgerlich. »Dabei redet sie selber Frankfurterisch.«

Das hat Lehrer Hohnermann schon befürchtet, und er meint, es sei doch für sie nicht schwer, Hochdeutsch zu sprechen. Aber Ida hat dazu ihre eigene Meinung.

»Ich hab ihr gesagt, dass Dingelbach meine Heimat ist und ich darum rede, wie mir der Schnabel gewachsen ist. Wenn ich einen Aufsatz schreibe, dann tue ich das in astreinem Hochdeutsch. Das hat sie mir nicht glauben wollen, weil wir noch keine Aufsätze geschrieben haben. Aber das merkt sie dann schon!«

Er muss immer wieder staunen über so viel unerschütterliches Selbstvertrauen. Da ist sie ganz anders als ihre Schwester Frieda, die weiß zwar auch, was sie will, aber sie zweifelt schnell an sich selbst. Dafür verfügt sie über einen unwiderstehlichen Liebreiz und eine mitreißende Fröhlichkeit. Leider kommt sie nun gar nicht mehr zu ihm, um sich einen Text auszuleihen, denn die Großmutter in Frankfurt steckt ihr Geld zu, mit dem sie sich die Reclam-Hefte, die sie in der Schauspielschule benötigt, leicht kaufen kann. Immerhin erfährt er von Ida einiges, was Frieda so auf der Schauspielschule treibt. Neulich ist sie mit einem Mitschüler auf das Dach gestiegen, und weil die Dachklappe zugefallen ist, musste der Hausmeister die beiden befreien.

»Mit einem Mitschüler war sie dort oben?«, hat er sich ganz harmlos erkundigt.

»Ja, mit dem Harry. Den kann sie gut leiden. Seine Eltern haben eine Äppelwoiwirtschaft in Sachsenhausen. Da bin ich schon einmal vorbeigegangen, weil meine Schule ja da in der Nähe ist. So eine Kneipe ist das mit einem großen Krug und einem Bock aus Pappe vor der Tür.«

»Soso …«, hat er gemeint und sich seine Gedanken gemacht. Dann hat er schnell auf ein anderes Thema abgelenkt.

»Du hast ja bald Geburtstag, nicht wahr? Und konfirmiert wirst du auch kommenden Sonntag. Freust du dich darauf?«

»Und wie!«, ruft sie. »Die Helga will mir ein Kleid nähen, und Mama schenkt mir auch etwas zur Konfirmation.«

Dass sie nicht an die feierliche Aufnahme als erwachsenes Glied der Gemeinde denkt, sondern nur an die Geschenke, ist ganz normal, das sehen die Dingelbacher Kinder alle so. Die Geschenke fallen allerdings in den Bauernfamilien mager aus. Da gibt es höchstens ein Gesangbuch und ein gesticktes Taschentuch von den Paten und ein paar Kleinigkeiten von den Eltern und Familienmitgliedern. Vor allem wird eine Feier abgehalten, und weil die Konfirmation meist mit dem Schulabgang zusammenfällt, fühlen sich die Konfirmierten nun als Erwachsene. Er hat schon überlegt, was er Ida schenken könnte. Ein Buch natürlich. Momentan interessiert sie sich für die alten Römer, hat sich Cäsars

De bello gallico bei ihm ausgeliehen, durch den sie sich durchquälen will, und die *Römische Geschichte* von Theodor Mommsen. Da müsste doch etwas Passendes zu finden sein! Morgen Nachmittag will er nach Frankfurt fahren und sich in den Buchhandlungen umschauen.

Heute ist das Wetter einfach zu schön, da muss er nach Schulschluss selber noch einmal hinaus und einen Spaziergang um das Dorf machen, das braucht er ab und zu, um zur Ruhe zu kommen und seine Gedanken zu ordnen.

Vor allem das. Er hat nämlich einen Brief von einem ehemaligen Studienkollegen erhalten, der ihm ganz begeistert mitteilt, dass er sein Studium inzwischen abgeschlossen und eine Anstellung als Organist und Chorleiter in Stuttgart erhalten habe. Er hat ihn gefragt, wie es um sein Orgelspiel bestellt wäre und ob er sich zutraue, an seiner Kirche ein Konzert zu geben. Weil er ja weiß, dass der Johannes Hohnermann damals an der Musikhochschule ein ganz hervorragender Orgelspieler gewesen ist.

Der Brief hat ihn aufgeregt und zugleich tief deprimiert. Nein, er traut es sich nicht zu. Er hat nur eine sehr beschränkte Möglichkeit zu üben. Die großen Werke der französischen Komponisten kann er auf der Dingelbacher Orgel überhaupt nicht spielen, die Werke von Mendelssohn sind schon ein Problem; romantische Orgelmusik, die er so sehr liebt, ist einfach nicht zu realisieren. Schon wenn er eine Fuge von Bach spielt, kommt die Frau Pfarrer in die Kirche gelaufen und lamentiert, ob er die alte Orgel vollends ruinieren wolle, wenn er so darauf »herumhauen« würde. Bisher hat er sich damit abgefunden, aber nun, da er liest, dass ein Studienfreund es trotz Krieg und Soldatenzeit doch noch geschafft hat, fragt er sich, ob er nicht zu früh aufgegeben hat. Er hat die Anstellung als Dorfschulmeister vor drei Jahren um seiner Mutter willen angenommen, weil er glaubte, sie unterstützen zu müssen. Nach ihrem Tod hätte er nicht länger auf dieser Stelle arbeiten müssen. Trotzdem ist er geblieben, hat den Zug abfahren lassen, und wenn er jetzt, da er schon auf die dreißig zugeht, noch einmal mit dem Studium anfangen würde – nein, das wäre gar zu lächerlich. Und überhaupt – wie soll er einen großen Chor in der Stadt leiten mit diesem Gesicht?

Das hat er sich alles gut überlegt und geglaubt, mit sich im Reinen zu sein. Doch die Unruhe hat ihn nicht losgelassen, und ganz tief im Inneren hat es wehgetan. Unschöne Gedanken haben ihn beschlichen, als er gestern grübelnd in seinem Zimmer gesessen hat. Der Studienfreund ist Sohn wohlhabender Eltern, die in der Nachkriegszeit und Inflation ganz offensichtlich nicht viel verloren haben. Da kann er leicht weiterstudieren; die Sorgen, die ihn selbst nach dem Krieg bedrückt haben, hat der Freund nicht gekannt. Aber Neid ist ein böser Gegner, der einen Menschen innerlich zerfressen kann – darum will er hinaus in die Natur, um auf bessere und edlere Gedanken zu kommen.

Eine Jacke braucht er heute nicht, er muss sogar die Hemdsärmel aufkrempeln und wird dennoch schwitzen. Beim Kirchanger recken die Kastanien ihre weißen Blütenrispen wie dicke Kerzen auf, und die Linde hinter der Kirche hat ein zartgrünes, durchsichtiges Gewand über ihr knorriges Geäst gelegt. Noch ein paar Wochen, dann wird sie blühen, und ihr Duft wird zu ihm hinüber ins Studierzimmer ziehen. Er geht über die Brücke bei der Kirche und schlägt den Wiesenweg zum neuen Friedhof hinauf ein, bleibt aber gleich am Bach stehen, um in das wirbelnde, eilig dahinströmende Wasser zu schauen. Kleine graugrüne Fischlein zucken darin hin und her, das sind Barben, die einen Laichplatz suchen; es sind auch Bachkrebse und Saiblinge zu finden. Die Dingelbacher lassen die Fische in Ruhe, nur die Kinder fangen gern Krebse, weil das ein aufregendes Spiel ist. Gegessen werden sie nicht, sondern gleich wieder ausgesetzt.

Auf den Äckern und Wiesen um das Dorf tut sich jetzt einiges

Weizen und Wintergerste sind schon im Herbst ausgesät worden und decken die Felder mit grünem Flaum, die Sommergerste lässt auf sich warten, aber Kartoffeln und Dickwurz treiben jetzt mächtig aus. Er sieht viele seiner Schüler in den Kartoffeläckern stehen, da müssen sie die Kartoffelkäfer einsammeln, damit das Kraut nicht gefressen wird. Andere hocken zwischen den Reihen der ausgesäten Dickwurz und müssen da, wo es zu dicht wächst, kleine Pflänzchen vorsichtig herausziehen, damit sie in neuen Reihen eingepflanzt werden können. Das ist eine langweilige, mühselige Arbeit, die vor allem Frauen und Kinder verrichten und die ordentlich auf den Rücken geht. Die Männer sind am Grasmähen, der Schütz Otto hat die Stuten vor seine Mähmaschine gespannt, kommt aber auf dem abschüssigen Gelände nicht so schnell voran, wie er es sich wohl erhofft. Die anderen mähen noch nach alter Väter Sitte mit der Sense, das ist vor allem dann nötig, wenn auf der Wiese Obstbäume stehen, um die man herummähen muss. Auch hier sind Frauen und Kinder beim Heuwenden zugange, aber sie werden das Heu es trotz des warmen Sonnenscheins wohl heute noch nicht einfahren können. Da muss »gekegelt« werden, und es bleibt zu hoffen, dass es in den kommenden Tagen nicht regnen wird.

Hohnermann wird von den Bauern freundlich gegrüßt, er winkt zurück und hat ein schlechtes Gewissen, dass er hier wie ein Städter spazieren geht, während die anderen harte Arbeit verrichten. Morgen wird er der Ursula Dönges, die Kriegerwitwe ist, anbieten, eine ihrer kleinen Wiesen zu mähen, das hat er im vergangenen Jahr auch getan und dabei das Grasmähen recht gut gelernt. Mit den Blasen an den Händen hat er allerdings noch gut eine Woche lang zu tun gehabt. Dem Fritz Grossmann, der drüben beim Mähen ist, wird es wohl auch so gehen. Er ist zwar in Dingelbach aufgewachsen und versteht sich auf die Landwirtschaft, aber er hat lange Jahre in der Stadt gelebt, da ist die Hornhaut an den Händen vergangen. Auch seine Frau Gudrun und die beiden Kinder sind auf der Wiese und wedeln recht ungeschickt mit den hölzernen Harken herum, mit denen das Heu gewendet wird. Die Kinder heißen Kurt und Julia, sind acht und zwölf Jahre alt und haben sich zum Glück gut in der Dorfschule eingefunden. Nur die Namen klingen städtisch, da werden sie von den Dingelbacher Kindern oft gehänselt. Drüben auf dem Dickwurzacker hockt der Heinz Schütz bei dem neuen Knecht, der seit ein paar Tagen auf dem Schützhof angestellt ist. Sie zupfen Pflänzchen heraus, die die Gertrud weiter hinten in die Erde setzt. Heinz ist in der Dorfschule noch verschlossener als bisher, in der Pause steht er am Zaun vom Lehrergarten und schaut hinüber zum Dorfladen, ob ihm nicht die Mutter aus dem Fenster zuwinkt. Jetzt, auf dem Acker, scheint er jedoch gesprächiger, der neue Knecht ist ein junger Bursche aus einem Nachbardorf, kaum den Kindesbeinen entwachsen – die beiden scheinen sich gut zu verstehen. Hohnermann muss dennoch seufzen; der Bub tut ihm unsäglich leid, weil er nun zwischen Vater und Mutter hin- und hergerissen ist.

Helga Schütz wohnt immer noch bei den Dorfladenfrauen, aber es sieht so aus, als würde sie durch ihre Nähkünste ein wenig Geld verdienen und sich langsam aber sicher im Dorf unentbehrlich machen. Vor allem bei den jungen Frauen, die mitunter die Dorftracht ablegen und städtische Kleidung tragen wollen.

Während er nun kräftig weiterschreitet, wird ihm auf einmal deutlich, wie eng er schon mit dem Schicksal der Dingelbacher verbunden ist, wie er Anteil an ihren Freuden, aber auch an ihrer Not und ihrem Unglück nimmt, fast so, als wäre es seine eigene Familie. Warum sollte er von hier fortgehen, um einem unsicheren Traumwunsch hinterherzujagen? Das Schicksal hat ihn hierher gestellt – es wird seinen Sinn haben.

Er steigt zum Friedhof hinauf. Da ist noch der frische Grabhügel vom Herbert Grossmann, einen Stein hat er noch nicht gesetzt bekommen, nur ein hölzernes Kreuz steckt in der Erde. Berührt sieht er, dass jemand einen Strauß Feldblumen auf das Grab gelegt hat. Wer es wohl war? Das Lenchen? Der Sohn? Oder vielleicht die beiden Enkel? So sind sie halt, die Dingelbacher. Stur und in der bäurischen Tradition verhaftet. Aber sie halten zusammen und vergessen die Ihren nicht.

Er geht hinauf bis zum Waldrand, wo die jungen Grünfinken umherflattern und eine Hasenmutter mit ihren Kleinen eilig das Weite sucht. Auf einem Wiesenstück entdeckt er den Rudolf Alberti mit einer Astgabel in den Händen und muss ungläubig lächeln. Der Dorfheiler versteht zwar einiges von der Heilkunst und ist zudem ein kluger und ehrenwerter Mensch – aber den Zauber mit den Wasseradern und Kraftorten, die er angeblich aufspüren kann, mag er ihm doch nicht abnehmen.

»Guude, Herr Alberti!«, ruft er zu ihm hinüber.

»Guude! Gehen Sie spazieren?«

»Ja, bei dem schönen Wetter treibt es mich halt hinaus«, gesteht er und steigt zum Alberti auf die Wiese hinunter.

Der lässt jetzt die Astgabel sinken und weist mit der Hand zur Villa Küpper hinüber. Man sieht einen Lastwagen und ein Pferdefuhrwerk im Hof stehen und mehrere Männer, die Möbel abladen.

»Haben Sie schon gesehen? Da zieht jetzt ein Mieter in die Villa. Ein Herr Goldstein aus Frankfurt. Der soll dort eine Bank besitzen.«

Tatsächlich. Hohnermann ist etwas erstaunt. Heißt es nicht, dass die Fabrik »Pilz & Küpper« wieder gut dasteht unter der Leitung der umtriebigen Direktorin? Muss sie da eine Wohnung in ihrer Villa vermieten? Aber vielleicht ist es ja auch ein guter Bekannter.

»Ein reicher Jude, heißt es im Dorf«, berichtet Alberti lächelnd. »Einmal ist er mit seinem teuren Automobil ins Dorf gefahren, das war, als der Oskar Michalski auf den Schütz Otto hat losgehen wollen.«

Das ist noch nicht allzu lange her, aber Hohnermann hat es nicht miterlebt, weil zu der Zeit Unterricht in der Dorfschule gewesen ist.

Er zuckt mit den Schultern, weiß nicht recht, was er von der Sache halten soll.

»Im Dorf wird man den wohl nicht oft zu sehen bekommen«, vermutet er. »Aber die Frau Küpper weiß sicher, was sie tut.«

Alberti nickt, er ist ebenfalls dieser Ansicht. Er nimmt die Astgabel wieder hoch und geht ein paar Schritte, dann muss er stehen bleiben, weil das Holz in seiner Hand rüttelt und zittert, dass er es kaum festhalten kann.

»Hab ich's mir doch gedacht«, sagt er. »Da oben kommt's herunter, läuft in mehreren Adern über die Wiese und drunten in den Bach hinein.«

»Und das hat die Rute Ihnen gewiesen?«, fragt Hohnermann stirnrunzelnd.

»Glauben Sie mir etwa nicht?«

»Doch, doch …«

Es klingt halbherzig, und er sagt es auch nur, um den Dorfheiler nicht zu beleidigen. Unten im Dorf ist es Tradition, dass der Alberti Rudolf immer gerufen wird, bevor einer ein Haus oder auch nur eine Scheune baut. Weil es Unglück bringt, wenn ein Gebäude auf einer Wasserader steht.

»Da kommens einmal zu mir und nehmen die Astgabel in die Hände«, fordert der Dorfheiler ihn schmunzelnd auf.

»Das kann ich gern tun«, meint Hohnermann gutmütig. »Aber ich glaube nicht, dass ich eine Begabung zum Magier habe.«

Tatsächlich stiefelt er, die Rute in beiden Händen vor sich herhaltend, kreuz und quer über die Wiese, ohne dass sich irgendetwas dabei tut.

»Warten Sie«, sagt da Rudolf Alberti und legt ihm sacht die Hand auf die Schulter.

Nicht mehr – aber es reicht aus. Die Astgabel in Hohnermanns Händen bekommt plötzlich ein Eigenleben, sie ruckt und bebt, zittert und reißt, dass er sie nur mit Mühe halten kann.

»Sehen Sie, so geht's«, meint der Dorfheiler und nimmt die Hand wieder fort. »Aber dazu muss einer geboren sein, das ist eine Gabe. So wie andere ein absolutes Gehör mitbekommen haben oder ganz wunderbar die Orgel spielen können.«

Hohnermann reicht ihm beschämt die Rute, die ohne die Kraft des Heilers nun tot und bewegungslos geworden ist.

»Es gibt mehr Dinge im Himmel und auf Erden, als unsere Schulweisheit sich träumen lässt«, sagt er. »Ich danke Ihnen für diese Lektion, Herr Alberti.«

»War mir keine Mühe«, lacht der andere. »Ich mach's auch nicht bei jedem. Nur bei denen, die ich mag und die mir wichtig sind.«

Hohnermann ist von diesem Geständnis gerührt und überwältigt, er bedankt sich noch einmal, dann verabschieden sie sich mit Handschlag, und er geht mit dem Gefühl davon, eine große und wichtige Anerkennung erworben zu haben. Vorsichtig, um das hochgewachsene Gras nicht zu zertreten, steigt er wieder hinauf, um am Wald entlang bis zur Villa zu gehen und von dort aus über die Brücke hinunter ins Dorf. Noch steht die Sonne hoch am Himmel, aber im Westen ziehen ein paar graue Wolken auf, die von den arbeitenden Bauern sorgenvoll betrachtet werden. Wenn es heute Abend und in der Nacht regnen wird, schaut es schlecht für das Heu aus.

Er setzt sich auf einen Holzstapel, um noch ein wenig nachzudenken, bevor er zurück in seine Wohnung geht. Insekten umschwirren ihn, Finkenschlag ist zu hören, irgendwo im Wald hämmert ein Specht. Unter ihm liegt das Dörfchen in der Nachmittagssonne, die Kirche ragt ein wenig aus den roten und grauen Dächern hervor, man sieht das zarte Grün der Linde und die bunten Bauerngärten, in denen sie Obst, Kräuter und Gemüse ziehen. Er ist ruhiger geworden, der Neid auf den glücklicheren Studienfreund ist vergangen. Nein, er braucht keine Anstellung in der Stadt – hier ist sein Platz. Dieses Dorf und seine Bewohner sind ihm ans Herz gewachsen, bei all ihrer Sturheit und Rückständigkeit sind sie dennoch menschlich, viele sogar liebenswert. Die Stadt Frankfurt dehnt sich unaufhaltsam aus, sie zieht auch die Dörfler in ihren Bann, und nicht immer geht es gut für sie aus. Manche sind in die große Stadt gezogen, und man hat nie wieder von ihnen gehört. Andere sind zurückgekehrt, wie der Fritz Grossmann, der in Frankfurt kein Glück gehabt hat und nun wieder den elterlichen Hof führt. Ob seine beiden Kinder einmal in Dingelbach bleiben werden, steht in den Sternen.

Ihm, dem Dorfschullehrer, ist es in die Hand gegeben, seine Schüler auf das Leben vorzubereiten, das sich für etliche unter ihnen nicht mehr in Dingelbach abspielen wird. Aber er will dafür arbeiten, dass sie ihre Heimat nicht vergessen oder verleugnen, wenn sie einmal in die Fremde ziehen. Was auch immer einer im Leben erreicht, es ist wichtig, dass er seine Wurzeln kennt. Und die seiner Schulkinder stecken seit Jahrhunderten tief in der Dingelbacher Erde.